Blettenberg · Siamesische Hunde

Ullstein Thriller

Detlef Blettenberg

Siamesische Hunde

Ullstein

This one is for
Montri, Jip, Surasak, Chu,
Ken and Bhom

Satz: alfa datatype, Berlin
Druck und Verarbeitung: May & Co., Darmstadt
Printed in Germany 1987
ISBN 3 550 06138 2

Erster Teil

BANGKOK METROPOLIS

VI. Siam – Bangkok: Besuch siamesischer Tempel.
Todtenbestattung.
Sonntag, den 29. Dezember 1861

»... werde ich wohl nie ein Anhänger der Art werden, wie die Leichen der Armen, deren Verwandte das Holz zum Verbrennen nicht bezahlen können, aus der Welt geschafft werden.

Für diese ist ein von Bäumen umgebener Platz, auch bei Wat Ssikett, bestimmt, wo sie einfach hingeworfen werden.

Man kann wirklich nichts Scheußlicheres sehen, als die nackten Gerippe und umher die wohlgenährten Hunde und auf den Bäumen Dutzende von großen Aasgeiern, die sich so voll gefressen haben, daß sie stundenlang nicht fliegen können.«

Aus den Briefen des Grafen Fritz zu Eulenburg, Königlich Preußischer Gesandter, betraut mit außerordentlicher Mission nach China, Japan und Siam.

1

Khun Bao war einundsechzig Jahre alt. Ein anerkannter Altprofi. Sein Geschäft war der Tod.

Er konnte auf eine Million Opfer zurückblicken. Acht Baht pro Kadaver. Der Preis für zwei Flaschen Coca-Cola. Bao war der ungekrönte König der Schlächtereinheit. Sie bestand aus fünfzig Männern, die in neun Gruppen aufgeteilt operierten. Jagdgebiet waren die Straßen der Sechs-Millionen-Metropole. Ein Vollzeitjob, wenn noch hundertundfünfzigtausend Opfer frei herumliefen. Jede Gruppe setzte sich aus mindestens drei Mitgliedern zusammen: einem Fahrer, einem Mann mit einer Taschenlampe und einem Fänger mit einem Netz.

Khun Bao arbeitete am liebsten zwischen drei Uhr nachts und dem Morgengrauen. Die Temperatur sank um diese Zeit auf ein erträgliches Maß ab. Der Auto- und Motorradverkehr kam zum Stillstand. Fußgänger waren Mangelware. Ruhiges und ungestörtes Arbeiten. Angenehm.

Baos Team operierte in jener Nacht in einem Villenviertel nahe der Sukhumvit Road, zwischen Soi 49 und Soi 61. Der Altmeister machte sich gerade Gedanken über das Töten, als der Fahrer einen Grunzlaut von sich gab. Im Scheinwerferlicht war ein Opfer zu sehen. Der Fahrer hielt an. Khun Bao und der Beleuchter stiegen aus. Der mit der Taschenlampe blendete das Opfer, und Bao warf das Netz. Das Opfer gellte um Hilfe, wehrte sich, erlahmte und landete schließlich im Käfig auf der Ladefläche des Toyota Pickup.

Beide Männer stiegen wieder ein. Es war erst der dritte Fang in den letzten vierundzwanzig Stunden. Khun Bao knurrte mürrisch. Beinahe hatte ihn das Biest auch noch gebissen. Vor vier Jahren hatte ihn ein Köter mit Schaum vorm Maul am linken Unterarm erwischt. Er erinnerte sich an zwölf Antitollwutspritzen.

»Verdammte Hunde«, fluchte Khun Bao.

Der Fahrer legte den ersten Gang ein und fuhr weiter.

2

Die meisten Gerüchte über Bangkok entsprechen der Wahrheit.

Eine exotische Oase voller goldener Pagoden. In der Luft das Läuten von Tempelglocken. Wunderschöne Frauen mit perfekten Körpern. Muskulös-sehnige Männer mit dunkler Haut. Das immerwährende Lächeln, ohne Rücksicht auf das Geschlecht. Mönche in safrangelben Roben. Der Geruch von Räucherstäbchen. Buddhafiguren. Das Trompeten der Elefanten. Lastwagen voller Teakholz. Märkte wie Ameisenhaufen. Straßenhändler. Edelsteine, echt und gefälscht. Orchideen und Lotosblüten. Schwärme wilder Sittiche und Hochspannungsleitungen voller Schwalben.

Diebe, Träumer und Abenteurer bevölkern das Treibhaus und geben dem Chaos Leben. Auspuffgase in dicken, schwarzen Wolken schwängern die dampfende Waschküche Tag und Nacht. Die Magie der Vergangenheit. Märchen aus tausendundeiner Nacht und der Irrsinn der Moderne. Der Rock'n Roll der Neuzeit. Der Zauber des alten Siam, und der Terror des neuen Thailand.

Zur Hölle mit Bangkok! Man konnte dieses Monstrum lieben oder hassen. Dazwischen gab es gar nichts. Brandau war seit vier Jahren hier, und er hatte vor, noch zu bleiben.

»Ich habe Ihr Bild in der Zeitung gesehen«, sagte der weißgekleidete Boy in tadellosem Englisch, nachdem er die Eingangstür zum President Hotel aufgerissen hatte. Er lächelte.

»Bangkok Post?« fragte Brandau.

»Nation«, sagte der Boy.

»Feeling the pulse of Thailand«, gab der Deutsche zum besten. Aber der Bedienstete kannte den Werbeslogan der Tageszeitung nicht.

Brandau stieg die wenigen Treppenstufen zur Lobby hoch und dachte mit Schrecken an den vorgestrigen Empfang. Man steht nicht ungestraft zwei Stunden lang an der Tür zum Cocktail-Room des President herum und begrüßt die ankommenden Gäste. Er hatte zehn Gin Tonic gebraucht, um einigermaßen beim Smalltalk über die Runden zu kommen. Der Rücken tat ihm immer noch weh.

Er ging zum Zeitungsladen, kaufte die *Nation Review* und verzog sich in den Barraum. Der Innenarchitekt, der das Rattan arrangiert hatte, verdiente die Note Eins. Farben okay. Das Beste, was man in Bangkok in diesen Tagen an Hotelinnenleben finden konnte, die Autoren-Lounge des Oriental selbstverständlich ausgenommen.

Die Bedienung kam, ging in die Knie und lächelte. Er hatte wieder das Bedürfnis, einen langen Einkaufszettel für den Supermarkt herunterzubeten, damit es etwas länger dauerte. Die Frauen sahen alle so gut aus. Es war unfaßbar. Brandau bestellte Kaffee und ein Stückchen »Black-Forrest-Cake«. Sie bestrafte ihn mit einem von diesen Sonnenaufgangslächeln. Die Sorte, die man im Rückenmark spürt.

Auf Seite 15 der *Nation* grinste er sich stumpfsinnig entgegen. Es war peinlich. Man konnte direkt sehen, wie ihn das Blitzlicht in den Wahnsinn getrieben hatte. Eingekeilt zwischen dem dritten Mann aus dem Landwirtschaftsministerium und einem deutschen Experten für Tierproduktion hielt er seine Einmeterneunzig recht gerade. Vor dem Bauch ein leeres Glas mit Papierserviette. Kenner hätten ihn auf um die zehn Drinks geschätzt und damit goldrichtig gelegen. Der perfekte Werbeträger. Total überfordert. Man sah ihm die Bewußtlosigkeit förmlich an.

Ein zweites Foto zeigte die Scheckübergabe. Der Startschuß zur Arbeit an dreißig Milchkühen und drei Gebäuden. Zum Glück war Brandau seitlich so getroffen, daß er auch jemand anderes hätte sein können.

Er trank einen Schluck Kaffee, während der blauhaarige Morgenschein um ihn herum hantierte, als wolle sie ihn tagelang mit Schwarzwälderkirsch versorgen.

Sein glattrasiertes Gesicht wirkte auf den Fotografien aufgedunsen. Die blonden Haare standen wie elektrisch geladen vom Kopf ab. Nur, daß er fett war, konnte wirklich niemand ernsthaft behaupten. Daran lag ihm. Er sah wieder sehr sehnig aus, sehr zäh. Ein Rest Sportlichkeit war unübersehbar.

Auf Seite 2 hatte ein thailändischer Fachmann noch einen Artikel über Milchkühe beigesteuert. Er erklärte den Lesern vor allem den HF-Anteil. *Holstein Friesian.* Eine nordamerikanische Hochleistungsrasse, die aus dem in Nordwesteuropa verbreiteten schwarzbunten Niederungsvieh hervorgegangen ist. Der Autor hatte Bedenken gegen Milchkühe mit einem hohen HF-Anteil. Er war also mit anderen Worten der Meinung, daß Brandau einen Scheck für die falsche Sache gestiftet hatte und sich umsonst zwei Stunden lang dem Smalltalkterror ausgesetzt hatte.

Brandaus Rücken schmerzte wieder. Der Autor war der Meinung, daß das Leistungspotential der *Holstein Friesian* mit der in Thailand üblichen Haltung und Fütterung gar nicht genutzt werden könne. Die Empfindlichkeit der HF gegenüber ungünstigen Umweltbedingungen schlage aber wiederum voll durch. Und das sei schlußendlich der Grund für einen absehbaren Fehlschlag. Der Autor wies zur Untermauerung seiner Behauptung noch auf die Tatsache hin, daß in früheren Jahren eine Vielzahl HF in einer Versuchsfarm in Muak Lek innerhalb kürzester Zeit eingegangen sei. Aus Neuseeland importiert. Und trotz zahlreicher Tierärzte und Tierzuchtspezialisten.

Brandau nahm noch einen Schluck Kaffee und knabberte am Kuchen. Der Autor des Artikels war ein Schwarzseher. Mit dem nötigen Schuß Optimismus, den man bei Brandaus Job brauchte, würde man nicht arbeitslos werden. Es würde Milchkühe geben. Sogar Milch. Basta! Man würde sich etwas einfallen lassen. Wie immer.

Für einen kurzen Augenblick hatte Brandau das dringende Bedürfnis, den Namen des Schreiberlings auf ein Stück Papier zu schreiben und mit den Füßen darauf herumzutrampeln oder es gar zu verbrennen. Die übelste ortsübliche Art, jemanden für null und nichtig zu erklären. Aber er beherrschte sich. Er hatte ein kleines Privatprojekt. Er wollte immer noch ein guter Buddhist werden. Und Buddhisten sind keine Missionare. Buddhisten dulden die Gedanken, Entscheidungen und Lebensweisen anderer. Und Toleranz soll zu Freundschaft führen und sowieso immer siegen. Was waren schon dreißig Milchkühe von gemischter Rasse gegen diese Herausforderung.

Brandau legte die *Nation* beiseite. Ein dezentes Klingeln ließ ihn aufsehen. Ein Hotelboy trug eine Tafel mit kleinen Glocken vorbei. Er konnte seinen Namen lesen. Mr. Brandau. Er stand auf, gab sich zu erkennen, damit der Tafelträger seine Runde abbrechen konnte und ging in die Empfangshalle hinüber. Am Telefon war seine Sekretärin.

»Du weißt mit tödlicher Sicherheit, wo du mich auftreiben

kannst«, motzte er. »Wegen dir habe ich meinen Kaffee verschüttet.«

»Und dich am Kuchen verschluckt. Was machst du schon, wenn du am frühen Nachmittag im Ministerium bist. Du läßt dein Büro die Arbeit erledigen und gibst dich dem süßen Leben hin. Hast du auch deine Badehose nicht vergessen?« Robin kicherte.

»Was gibt es?«

»Ein Telex aus Bonn. Nicht allzu wichtig. Ein Bundestagsabgeordneter. Für zwei Tage. Er will ein paar Projekte sehen.«

»In zwei Tagen ein paar Projekte«, schmatzte Brandau geringschätzig. Immer dieselbe Leier. »Und wann will er die ganze Folklore absolvieren und den Schmuck für seine Ehefrau einkaufen?«

»Dein Problem!« sagte die Königin der Schreibmaschine.

»Was sonst noch?«

»Die halbe Million ist auf unserem DM-Konto eingegangen. Du kannst dir also noch ein Stück Kuchen bestellen. Ich nehme an, daß du wegen dieser heißen Nachricht nicht extra noch im Büro vorbeikommst, um uns durch deine kurze Anwesenheit glücklich zu machen.« Sie raschelte mit dem Telex.

»Wollte eigentlich von hier aus nach Hause. Keine Lust, mich durch den Feierabendverkehr quer durch die Stadt zu euch zu kämpfen.«

»Ich schicke Samart mit dem Motorrad vorbei. Ist auch noch ein privater Brief für dich da. Er kann die Post beim Hausmädchen abgeben. Wir wollen doch nicht, daß du an einer Abgasvergiftung verendest.« Ihre Tonlage war jetzt sehr persönlich.

»Das ist lieb. Ich weiß die Fürsorge zu schätzen. Wofür habe ich schließlich einen Büroboten?« Er schickte ein Kußgeräusch über die Leitung und legte auf.

Nachdem er seine Schwarzwälderkirsch ordentlich aufgegessen hatte, zahlte Brandau der knieenden Madonna mit dem Superlächeln die Rechnung und ging zum Parkplatz vor dem Hotel.

Der Volkswagen war aufgeheizt. Brandau war sofort naß, startete den Motor, ließ den Schweiß durchs Hemd sickern und schaltete die Klimaanlage auf Stufe drei. Der uniformierte Parkplatzwächter kam längsseits. Brandau kurbelte die Seitenscheibe runter und gab ihm den Parkschein und zehn Baht. Der Wächter reichte ihm die rosa Quittungen zu fünf Baht das Stück, grüßte lässig und Brandau kurbelte die Scheibe wieder zwischen sich und die überhitzte Außenwelt. Beim Anfahren merkte er, daß die fünf Zylinder etwas müde reagierten. Er drehte den Regler zur Klimaanlage auf Stufe eins zurück.

Vorsichtig fädelte er sich mit dem Passat in den Verkehr auf der Phloenchit Road ein, kämpfte sich mit lauter Huperei auf die mittlere Spur und war in fünf Minuten an der Einfahrt zum Super Highway. Der Junge im Schalterhäuschen hatte wieder seine helle Freude daran, wie sie bei nur leicht verringerter Geschwindigkeit mit ausgestreckten Armen eine Quittung und einen Zehn-Baht-Schein austauschten. Der Junge lachte Brandau begeistert an. Fliegender Wechsel bei der Autobahngebühr war ihre Spezialität, ihr Spaß. *Sanuk!*

Der Wagen nahm Geschwindigkeit auf. Die 116 PS zogen ihn die Auffahrt hoch, an den Betonpfeilern vorbei. Dann flog er im fünften Gang über die Stadtautobahn, hoch über den Dächern der Metropole. Die Sonne war auf dem absteigenden Ast und hing verschwommen im Dunst über dem Golf von Siam. Brandau konnte sie im Rückspiegel sehen.

3

Der Ventilator quirlte die feuchtheiße Hitze in der Kabine durch. Von draußen konnte man den gedämpften Lärm der sechstausend Zuschauer hören, die den Vorkämpfen im Lumpini Stadion folgten.

Suwit Aroonkit saß auf der Liege. Einer der Betreuer massierte ihm die Schultermuskulatur. Neben ihm stand, gegen die Liege gelehnt, der Dolmetscher. Der kanadische Reporter auf dem wackeligen Hocker schwitzte. Er hatte etwas von einem Vertreter eines Magazins für schöneres Wohnen, der eine finnische Sauna testete. Er schrieb für ein Sportblatt. Die Boxseite. Der Notizblock auf seinem rechten Oberschenkel war verquollene Wellpappe. Der matte Glanz des Dupont-Drehbleistiftes, mit dem er nervös aufs Papier klopfte, nahm sich in der Kabine seltsam aus.

Der Übersetzer räusperte sich, als wolle er signalisieren, daß die Zeit für dieses Interview begrenzt sei. Man wußte nicht, wer in den Vorkämpfen vorzeitig ausgezählt wurde.

»Sie hatten sich nach Ihren großen Erfolgen im internationalen Stil bereits als Farmer zurückgezogen. Sie sind eine berühmte Persönlichkeit der Sportszene in diesem Land. Warum versuchen Sie ein Comeback?«

Suwit hörte sich geduldig die Version des Übersetzers an und starrte auf seine Fußspitzen. Eine Weile schien es so, als wolle er gar nicht antworten. Dann suchten seine Augen die des Kanadiers.

»Ich war Weltmeister im Fliegengewicht. Als ich anfing, euren Stil zu boxen, haben mich meine Freunde für verrückt erklärt. Aber ich hatte einen guten Lehrer. Kruh Chao Sukhnata. Damals in New York hat mir keiner eine Chance gegen diesen Mexikaner eingeräumt. Keiner hat an mich geglaubt. Keiner. Und diejenigen, die Hoffnung in mich gesetzt hatten, glaubten an einen glücklichen Punktsieg. Ich habe ihn in der dritten Runde k. o. geschlagen. Ich habe meinem König und meinem Land Ehre gemacht.« Suwit verstummte, und der Dolmetscher redete auf den Reporter ein.

Bevor der Kanadier eine neue Frage stellen konnte, fuhr der Boxer fort: »Ich hatte noch einige gute Kämpfe, habe meinen Titel zweimal erfolgreich verteidigt. Ich bin damals ungeschlagen zurückgetreten, mit 24 Jahren. Von meinem Geld habe ich mir 22 Rai gutes Land gekauft. Ich hatte eine Frau und habe zwei Kinder. Einen Sohn und eine Tochter.« Für einen Moment lächelte Suwit.

»Ich bin nicht zurechtgekommen. Meine Frau hat mich verlassen, mit den Kindern. Ich machte Schulden. Man bot mir an, in den Ring zurückzukehren. Und hier bin ich.« Er brach abrupt ab. Seine Augen fixierten den Reporter.

Der Übersetzer vermittelte dem Zeitungsmann mit offensichtlicher Verlegenheit das Gesagte. Er wischte sich dabei mit einem großen Taschentuch über den Nacken und hustete zwischen den Sätzen.

»Wieviele Aufbaukämpfe haben Sie vor Ihrem Comebackversuch bestritten? Ich hörte vier. Aber ich konnte nur zwei Zeitungsberichte finden.« Der Kanadier sank immer mehr auf dem Hocker in sich zusammen, floß weg. Seine Stirn stand voller Schweißperlen.

Bevor der Dolmetscher ausgehustet hatte, antwortete Suwit direkt. Sein Englisch war fehlerhaft und schwer zu verstehen. Er hatte es sich auf den Kampftouren angeeignet, in Ringnähe, mit nordamerikanischen Betreuern und Sparringspartnern, mit den Huren des schnellen Geldes, mit schwarzen Kämpfern, die von sich selbst als Nigger geredet hatten und ihn als gelbes Schlitzauge beschimpft hatten. Er hatte viel gelernt und gesehen. Und er konnte mittlerweile einem Ausländer, einem Farang, seine Geschichte erzählen ohne sich schämen zu müssen, für die verlorenen Kämpfe, die verlorenen Frauen, das verlorene Geld. Wenn dieser Kanadier es hören wollte, dann konnte er auch wissen, daß er ein gutes Jahr an der Flasche gehangen hatte.

»Ich habe zweimal in Japan geboxt. Beide Kämpfe habe ich nach Punkten gewonnen. Dann habe ich hier im Lumpini vor vier Monaten einen Schotten geboxt. Der Kampf wurde nach drei Runden abgebrochen. Der Schotte hatte eine Platzwunde an der Augenbraue. Der Ringarzt war Europäer.« Suwit lächelte leise.

Der Übersetzer hustete beleidigt und verließ die Kabine.

»Wie sind Sie zum Boxen gekommen? Ich meine damals, am Anfang.« Der Reporter witterte die Chance, die in diesem holprigen aber direkten Dialog lag und saß wieder kerzengerade auf seinem Hocker. An seiner Nasenspitze hing ein einzelner Schweißtropfen. Der Drehbleistift fiel zu Boden. Der Kanadier machte keine Anstalten ihn aufzuheben. Er legte den Schreibblock ebenfalls auf den Fußboden und konzentrierte sich aufs Zuhören.

»Nicht weit von meinem Elternhaus war ein Trainingslager für Boxer. Es hieß Luk Wangderm und lag in der Nähe eines Tempels, des Wat Arun. Sie wissen, was das bedeutet?« Der Boxer sah den Reporter fragend an, als gehöre das zu den einfachsten touristischen Grundlagen.

»Nein«, sagte der Farang kleinlaut.

»Der Tempel der Morgendämmerung«, übersetzte Suwit geduldig. In seinen Augen lag ein seltsamer Glanz. Seine Sonne ging wieder auf.

»Auf dem Gelände des Tempels haben viele junge Leute trainiert. Ich war sofort von diesem Sport begeistert. Aber es war nicht nur das. Ich hatte unsere Familie mit zu ernähren. Dann habe ich meinen Lehrer kennengelernt, Kruh Chao Sukhnata. Ich betrachte ihn als meinen Onkel.«

Der Reporter nickte eifrig. Er wußte, was das bedeutet. Er wischte sich über die Stirn und hielt den Mund.

»Er hat mir einen Manager besorgt und mich aufgebaut. Er hat mich großgemacht. Mit fünfzehn Jahren habe ich meinen ersten Kampf im internationalen Stil absolviert. Im Naval Welfare Stadium. Ein k. o.-Sieg. Damals habe ich 50 Baht für einen Sieg bekommen.« Suwit lächelte wieder.

»Ungefähr zwei Dollar«, murmelte der Kanadier.

»Heute«, warf Suwit ein, »damals war es weniger.«

»Was ist aus Ihrem Lehrer geworden?« fragte der Reporter. »Ist er heute abend dabei?« Er sah sich in der Kabine um, als suche er ihn.

»Nein«, antwortete der Boxer düster. Er sackte unmerklich in sich zusammen. Die ganze Zeit über hatte er seine Haltung nicht verändert, auch nicht, nachdem sich der Masseur zurückgezogen hatte. Nur seine Augen hatten sich bewegt. Jetzt wurde er etwas kleiner, nur wenige Millimeter, sein Rücken wurde runder.

»Er hat die Zusammenarbeit mit mir eingestellt.« Nachdem ich mit dem Alkohol angefangen hatte, dachte er. Aber er sagte es dann doch nicht. Er hatte jetzt genug geredet. Er sprang von der Liege und blieb davor stehen.

Der Reporter verstand und kam vom Hocker hoch, bückte sich nach seinem Schreibzeug. »Noch eine Frage?«

Suwit nickte kurz und sah mahnend zu dem kleinen Altar in der Kabinenecke. Es war Zeit an den Kampf zu denken. Draußen am Ring brüllte die Menschenmenge auf. Gleichzeitig ertönte der Gong.

»Was halten Sie von Ihrem Gegner?«

»Nibhon ist die Nummer eins im Thaistil. Es ist heute sein erster Kampf im internationalen Stil. Beim Muay Thai macht er die meisten Punkte mit Fuß- und Knietreffern. Seine Faustarbeit ist mittelmäßig. Heute wird er seine Beine zum Tanzen brauchen. Wenn er das kann. Ein starker Mann. Wir werden sehen.« Der Boxer schloß den Mund und sah durch den Reporter hindurch.

»Danke und viel Glück!«
Der Thai reagierte nicht.
Der Kanadier verließ den Raum.

4

Brandau hupte vor dem Tor. Durch die Zwischenräume der Metallstäbe konnte er den Schatten des Hundes sehen. Das Tor zitterte, als das Tier von der Hofseite mit den Vorderpfoten dagegen sprang.

Nui kam angelaufen und öffnete. Sie hatte ihre gelben australischen Fünf-Liter-Shorts an und ein rotes T-Shirt mit einem weißen Schmetterling auf der Brust. So wie ihre Haare aussahen, hatte er sie gerade unter der Dusche erwischt. Die Härten im Leben einer Hausangestellten. Sie lachte, und sein schlechtes Gewissen verflog. Nach all den Jahren war er schlichtweg unfähig auszusteigen und ein Tor zu öffnen. In Thailand wurde dem ausländischen Gast ganztägig der Hintern gepudert. Bei Bedarf natürlich auch in der Nacht. Das hatte Folgen. Eine gewisse Unselbständigkeit in den Dingen des banalen Alltags hätten die Thais es genannt. Faulheit hätte es Brandau nennen müssen, wenn er in dieser Angelegenheit der Selbstkritik noch fähig gewesen wäre. Aber man hatte seine Entschuldigungen. Er wußte auf Anhieb nie, welcher Schlüssel paßte. Und meist hatte er sowieso kein Schlüsselbund dabei.

Der Hund riskierte wieder sein Fell, tanzte vor dem Kühlergrill herum, als sein Herr in den Hof einfuhr. Beim Aussteigen hatte Brandau alle Mühe, seine Hosenbeine sauber zu halten. Der Hund ließ schließlich von ihm ab, nutzte die Gelegenheit und spurtete durch das offene Tor, bevor Nui es schließen konnte. Er machte einen seiner kleinen Ausflüge. Brandau sah in Gedanken Mütter, die mit hysterischem Geschrei ihre Kleinkinder einsammelten. Dobermänner waren Killer. Alle! Außer diesem. Er war von einer so herzzerreißenden Trotteligkeit, daß Brandau nachts oft unruhig schlief. Aber das konnten die Mütter natürlich nicht wissen. Und der Hund sah wirklich sehr beeindruckend aus.

Brandau versuchte erst gar nicht hinter ihm her zu pfeifen. Es war zwecklos. Herr Dobermann mußte jetzt Gräser beschnuppern, die Kollegen in den Vorgärten der Nachbarhäuser verbellen und alles mögliche anpinkeln.

Nui ließ das Tor einen Spaltbreit offenstehen, lief in ihr Zimmer neben der Garage und kam mit dem Telex und dem Brief zurück. Brandau nahm die Post entgegen und machte die übliche und sehr bescheidene Thai-Konversation mit seiner Angestellten. Sein Thai war mitleiderregend. Er hatte die Sprache nie richtig gelernt. Seine verbalen Beiträge bewegten sich zwischen dem hilflosen Kläffen eines Rehpinschers und dem phantasielosen Grunzen eines gutwilligen Warzenschweins. Er hatte vergessen, ihr Geld zum Einkaufen zu geben, und sie machte es ihm über versteckte Andeutungen über eine leere Gasflasche in der Küche klar. Er gab ihr einen Fünfhunderter. Sie nahm den Schein mit langem Gesicht, hätte lieber Kleingeld gehabt. Aber er hatte mal wieder nichts Passendes in der Tasche.

Brandau ging die wenigen Stufen zur Veranda hoch, zog die Schuhe aus und betrat den dunkelbraunen Teakfußboden des Wohnzimmers hinter der aufgeschobenen Glastür.

Der Hund kam angeschossen, schnappte sich einen Schuh und sprang auf der heißen Grenze zwischen Verandakacheln und gelacktem Holz hin und her. Er liebte es, zwei bis drei Pfoten ins verbotene Terrain zu setzen, um Brandau herauszufordern.

»Hau ab!« rief der Hausherr lahm und sah bekümmert zu, wie sein Slipper durchgekaut wurde. Es war ein netter

Hund. Aber er konnte einem ausgesprochen auf die Nerven gehen, wenn er in Form war. Er japste aufgeregt und turnte auf den Hinterbeinen vor Brandau auf und ab, um ihm zu zeigen, wie sehr er ihn vermißt hatte. Es war seine Art zu sagen: Spiel gefälligst mit mir, du fauler Sack!

»Der Hundefänger wird dich eines Tages holen, wenn du immer wegläufst«, sagte Brandau nachdrücklich.

Der Hund bellte, und Brandau zog sich tiefer ins Haus zurück. Im ersten Stock stand die Hitze. Im Arbeitszimmer, das ihm auch als Schlafzimmer diente, schloß er die Tür, die Fenster und die Fliegengitter, schoß einige Salven Baygon um sich und stellte die Klimaanlage auf super cool.

Das Telex war nicht spannend. Die wichtigsten Dinge wußte er schon. Der Brief war von Dulf Dombrovsky. Er kündigte sein Kommen für den Dreiundzwanzigsten des Monats an. Brandau sah auf die Datumsanzeige seiner Armbanduhr und laß 23. Dann besah er sich den Poststempel auf den Briefmarken. Der Brief war zwanzig Tage unterwegs gewesen. Normal waren um die fünf Tage, vielleicht auch mal zehn. Ankunft SQ 25 von Frankfurt um 11 Uhr 55, schrieb Dombrovsky. Singapore Airlines. Das war heute vormittag gewesen. Ob er ihn bitte abholen könne. Dazu war es zu spät. Wenn nicht, auf jeden Fall Treffen im Oriental Hotel, bis er ihm etwas Preisgünstigeres vermittelt hätte. Dombrovsky wollte schon immer mal im Oriental...

Das konnte Brandau gut verstehen. Also war der Abend verplant. Er ging unter die Dusche.

5

Es war Nibhons schnelle Fußarbeit, die ihm den entscheidenden Vorteil verschaffte. Außerdem hatte er eine gute und präzise Waffe. Einen nagenden linken Jab, den Thai-Boxer selten zum Punkten nutzen.

Suwit ließ nach. Er hatte sich in den ersten sechs Runden verausgabt. Er versuchte zu klammern und sich auf seinem Gegner auszuruhen, wann immer er Gelegenheit dazu fand.

Die sechstausend Zuschauer im Lumpini Stadion waren bereits in Nibhons Lager übergewechselt und feuerten ihn fanatisch an. Der Muay-Thai-Spezialist stand zum ersten Mal bei einem offiziellen Kampf mit Schuhen im Ring. Die Experten hatten nicht erwartet, daß er, nur auf seine Fäuste als Waffen angewiesen, die Beine zu einer brauchbaren und unterstützenden Arbeit benutzen würde. Jetzt konnte auch der letzte Zweifler sehen, daß Nibhons Beinarbeit nicht nur brauchbar, sondern ausgesprochen gut war. Er schlug und punktete und war weg.

Bis zur fünften Runde hatte Suwit Vorteile gehabt. Die größere Erfahrung im internationalen Stil. Seine Aufwärtshaken machten Nibhon zu schaffen.

Von der sechsten bis zur achten Runde punktete Nibhon fleißig und mit der zuverlässigen Regelmäßigkeit eines Uhrwerks. Sein linker Jab kam immer schneller und genauer. Er bekam die zweite Luft. Suwit hatte Blei an den Füßen und schlug immer häufiger unkontrollierte Schwinger, die ihn ins Leere zogen.

In der neunten Runde kam Nibhon mit einem rechten Aufwärtshaken zum Kinn des Gegners durch. Suwit strauchelte, fiel, war bei sechs wieder auf den Knien, bei acht hing er halb aufgerichtet in den Seilen. Dann kam der rettende Gong. Suwits Ecke glich einem Wespennest. Die Betreuer beschworen den Ex-Champ, redeten auf ihn ein, als hinge der weitere Kampfverlauf nur von der geistigen Verfassung ihres Zugpferdes ab. Mit Sicherheit bemühten sie Buddha. Sie massierten an Suwit herum und verbrauchten viel Wasser und Salbe. Es schien, als wolle er nie mehr vom Hocker aufstehen, geschweige denn zur Ringmitte gehen, um zu boxen. Sein Rücken war sehr rund. Die Beine hingen wie Prothesen zu Boden. Die goldfarbenen Stiefel mit den kunstvoll geschnürten roten Bändern gehörten gar nicht mehr dazu.

Das Publikum grölte, wollte eine klare Entscheidung. In Nibhons Ecke herrschte gelassene Ruhe.

Der Gong zur zehnten Runde ertönte. Suwit sprang auf, als habe er noch einmal alle Kräfte mobilisiert, als habe er endlich begriffen, daß seine Existenz auf dem Spiel stand. Die Flasche wartete. Der Frust. Die Armut. Es würde keine Aufbaukämpfe mehr geben. Kein Sparring. Kein Training. Kein Promoter würde einen Baht, geschweige denn einen Dollar, in ihn investieren. Suwit schüttelte den Kopf. Ein zorniger Büffel. Schweißtropfen flogen beeindruckend um seinen Schädel. Scheinwerferlicht und Wasser produzierten für den Bruchteil einer Sekunde einen dünnen Heiligenschein über seiner Stirn.

Er war mit wenigen Schritten am Gegner. Nur die Kenner sahen, daß es ein schnelles aber unkontrolliertes Stolpern war. Nach zehn Sekunden erwischte Nibhon den angeschlagenen Gegner mit einer Rechtslinkskombination am Kopf.

Suwit fiel schwer, blieb auf dem Rücken liegen, und der Ringrichter zählte den ehemaligen Weltmeister aus.

6

Sie können das Oriental modernisieren und ausbauen wie sie wollen. Es kann der Kultstätte nichts anhaben. Sie frisieren an einer noblen Ruine herum.

Das Herzstück ist der alte Trakt. Weißes Holz im Kolonialstil. Das Zentrum des Herzens ist die Autoren-Lounge. Weiß, viel Weiß. Hoch und hell. In zwei Ecken von innenarchitektonischer Bedeutung dunkelgrüne, hoch aufragende Bambusstauden. Darin, sehr sparsam eingeflochten und farblich perfekt abgestimmt, Orchideen. In der Halle selbst weißgestrichene Korbmöbel mit dezenten grünbeigefarbenen Sitzpolstern. Wenn man genau hinsieht, kann man kleine Elefanten erkennen. Über den Sitzgarnituren Sonnenschirme, weiß mit sehr blassen gelben Streifen. Auf der Treppe zu den Suiten im ersten Stock wieder vereinzelt ausgesuchte Blumenarrangements. An den Wänden unter rahmenlosen Glasträgern alte Fotografien der Chakri-Dynastie.

Brandau betrat das Hotel durch den Seiteneingang im alten Gebäudeteil, warf einen Blick in die beiden verglasten Buchschränkchen und besah sich zum hundertsten Mal die Buchrücken. Somerset Maugham. Joseph Conrad. John le Carré. Gore Vidal. James A. Michener. Steinbeck und Peter Scholl-Latour. Sie alle hatten hier länger oder kürzer gelebt, geschrieben. Er sah die Jungs förmlich vor sich, wie sie sich in der Lounge von einer Thai-Schönheit einen Kaffee im Glaszylinder brauen ließen und sich Gedanken machten. Wie sie auf der Veranda über dem Chao Phraya saßen und den Dschunken zusahen, die fettbäuchig vorbeischwammen. Wie sie sparsam Notizen machten und gelegentlich so Erfolgreiches zu Papier brachten, daß es zur Anmietung einer Suite reichte.

Der Zeitungskiosk aus der Empfangshalle des modernen

Trakts war kurzfristig in den alten Flügel verlegt worden. Wegen Umbauarbeiten. Brandau fand den neuen Standort angemessen. Der Kiosk gehörte hierher. Die Verkäuferin lächelte ihn an. Er kaufte die *Herald Tribune* aus Singapur. Dann ging er zum Ticker und warf einen Blick auf die neuesten Sportnachrichten.

Im Gartenrestaurant am Flußufer war *Siam-Night.* Vereinzelte Touristen und etablierte Hotelgäste klirrten dezent mit Weingläsern und Silberbesteck. Dazu erklang die monotone Musik einer traditionellen Musikgruppe. Zwei Schwerttänzer gaben sich sportlich. Es duftete orientalisch. Brandau bekam Hunger. Ein Blick auf den Fluß erinnerte ihn an die Tagesnachrichten. Im Nordosten hatten große Überschwemmungen das Land verwüstet.

Der Chao Phraya war vom Grün der Wasserhyazinthen fast zugedeckt. Auf der Veranda saß eine Gruppe spanischer Touristen und bestimmte lautstark die Geräuschkulisse. Ein einzelner Besucher aus den arabischen Emiraten trank zügig einen Liter Rotwein und schwitzte in seinen Kaftan.

Brandau setzte sich in die klimatisierte Cafeteria und bestellte eine Flasche Kloster. Der Biermarkt war fest in germanischer Hand. Lizenz aus Neustadt an der Donau. In der *Herald Tribune* erschlug ihn der alltägliche Kriegsschauplatz. Irgendwo auf der Welt wurde in Fortsetzungen geschlachtet. Libanon. Irak. Iran. El Salvador. Auf Seite 14 wurde mitgeteilt, daß Art Buchwald noch in Ferien war. Sie hatten sich ersatzweise zu einem Bericht über den Billigverkauf von Seidenartikeln bei der Jim Thompson Thai Silk Company durchgerungen. LETTER FROM BANGKOK. *Silk Sales, U.S. Style.* Das erinnerte ihn an Dulf Dombrovsky.

Dombrovsky war wegen der Jim-Thompson-Story hier. Er war nicht der Erste. Viele Artikel waren schon erschienen. Ein paar Bücher. Einige Fernsehsendungen. Das meiste in Englisch.

Ein deutsches Monatsmagazin, für das sich Brandau von Zeit zu Zeit entwicklungspolitische Beiträge abquälte, hatte Dombrovsky auf Brandau aufmerksam gemacht. Die Jungs von der Redaktion hatten es so dargestellt, als sei Brandau der alte Trapper, der Dombrovsky sachkundig an den wilden Indianern vorbeilotsen könne, um ihm die versteckten Bärenhöhlen zugänglich zu machen. Dombrovsky hatte jedenfalls in seinem ersten Brief zu diesem Thema dieses Flair vermittelt. Sie schienen in Deutschland den Eindruck zu haben, daß Brandau seinen original Graham Greene lebte. Die meiste Zeit auf dem Opiumbett. Zwischendurch im Massagesalon. Und fortwährend in die wildesten politischen und kriminellen Angelegenheiten verwickelt. Natürlich nur, wenn er nicht gerade in einem Eisenbahnzug nahe der Grenze zu Malaysia saß, dessen Lokomotive von kommunistischen Terroristen in die Luft gesprengt wurde oder in Kambodscha über die Totenschädelfriedhöfe Pol Pots irrte. Er würde ihnen von den Milchkühen berichten müssen.

Dombrovsky hatte nett geschrieben. Brandau hoffte, daß er auch so sympathisch war. Er hatte sich vor einer Stunde am Telefon mit einem dunkelblauen Polohemd und einem angegrauten Vollbart unter einer Nickelbrille angekündigt. Als Dombrovsky die Cafeteria betrat, war Brandau sicher, daß es sein Mann war. Etwa einsachtzig groß. Beige Baumwollhose mit schrägen Seitentaschen, an den Knien ausgebeult, sehr wenig Bügelfalte. Rotbraune Slipper, die sehr nach Mailand aussahen. Das besagte Hemd. Der Bart. Die Brille. Kurzgeschnittenes braunes Haar ohne Scheitel. Dazu ein sonnenverbranntes Gesicht, genau so, wie man es von alten Tropenfürsten immer in der Heimat erwartete. Aber Brandau und Konsorten schlichen ja alle bleich durch den Schatten von einem klimatisierten Raum zum nächsten.

Nur der reisende Weiße aus dem Westen brachte noch diese gesunde Grillhähnchenpatina auf die Beine, die jede Zigarettenreklame rettet. Dombrovsky hatte klare grüne Augen. Das versöhnte Brandau. Blau hätte er in dieser Kombination nur schwer ertragen. Er machte Dombrovsky ein Zeichen und warf sich in die Brust seines verwaschenen olivgrünen Lacoste. Der Alligator straffte sich. Kein Mensch, der nicht länger als ein paar Tage in Bangkok war, konnte wissen, daß es sich hierbei um eine jener gut gelungenen Edelkopien des thailändischen Textiluntergrundes handelte. 60 bis 70 Baht das Stück. Oder zwei für 100. Zehn Prozent vom Originalpreis. Da konnten die Anwälte des Patent- und Musterschutzes nur resigniert abwinken. Der Markt war stabil, mobil und absolut konkurrenzfähig.

Dombrovsky steuerte Brandaus Tisch an.

Brandau stand auf. Sie schüttelten sich die Hände. Auch so eine Angewohnheit, die Brandau in Asien immer fremder wurde. Dombrovskys Rolex war nicht zu übersehen. Aber Brandau war ja mit seinem Krokodil angemessen genug ausstaffiert, um nicht unnötig nachzuhinken.

Sie stimmten sich ab und gaben der Bedienung noch zwei Flaschen Kloster in Auftrag, und Dombrovsky hatte die üblichen Anlaufschwierigkeiten, war schon vom weiblichen Bedienungspersonal des Hotels überfordert, starrte hinter der Lotosblütenerscheinung her, als sei ihm bereits die Frau seines Lebens über den Weg gelaufen. Brandau hatte volles Verständnis.

»Tut mir leid... ich hätte Sie vom Flughafen abgeholt, aber die Post...«

Dombrovsky kam aus dem Traumland zurück und winkte ab. »Ging doch auch so.«

»Sie sind also Jim Thompson auf der Spur«, stellte Brandau fest. Das Bier kam, und es entstand die absehbare Pause.

Dombrovsky sammelte sich sichtlich und verkniff sich Nachbetrachtungen zum Personal. »Ja, ein heißer Fall. Besser als jede Fiktion. Und Sie entwickeln hier alles, hörte ich. Personelle Hilfe oder finanzielle?«

»Geld«, sagte Brandau. »Ausschließlich Geld!«

Dombrovsky nickte. »Ich möchte Sie sozusagen zu einem gemeinsamen *brainstorming* heranziehen. Ich möchte langsam und sorgfältig an diesen Fall herangehen. Habe viel darüber gelesen. Aber die Fakten fallen noch lose in meinem Schädel herum. Sie können mir beim Sortieren helfen.« Er sah, daß Brandau ein säuerliches Gesicht machte.

»Kein Interesse mehr?« fragte Dombrovsky besorgt.

»Doch, doch«, versicherte Brandau. »Sie benutzen nur diese Ausdrücke, die mir von meiner Tätigkeit her so vertraut sind. Das dämpft mich. *Brainstorming.* Fakten. In meinem Geschäft ist das eine der aufwendigsten Dauerbeschäftigungen. Eine Menge Leute sitzen auf Spesen zusammen, wirbeln alles hochverbal durcheinander, geilen sich an Möglichkeiten auf und machen große Pläne. Dann sinken sie erschöpft in die Sessel zurück und warten, bis sich der aufgewirbelte Staub wieder gesetzt hat. Bevor sie sich zum Abschied die Hände schütteln und zum nächsten Termin hetzen, lassen sie noch ein paar verbindliche Worte über das Machbare fallen. Sie nennen das Realismus.« Brandau brauchte einen großen Schluck Bier.

»Was Ihren Job angeht, so klingen Sie mir etwas resigniert.« Dombrovsky sagte es mit Bedauern, so als sei er Zeuge eines langen Abschieds.

»Bitter«, sagte Brandau. »Nicht resigniert, nur desillusioniert. Aber das reicht nicht zum Aufgeben. Ich habe nur das Hurra-ich-helfe-der-Welt-Stadium gerade hinter mir. Und die feine Art des Zynismus, die das Überleben ermöglicht, muß ich mir erst noch erarbeiten. Geld verteilen kann ja sehr sinnvoll sein, wenn man irgendwann eine vage Vorstellung davon bekommt, wo es letztendlich versickert. Aber reden wir über Ihr Vorhaben. Immer wenn mal ein intellektuellerer Besucher kommt, heule ich mich gleich aus. Entzugserscheinungen. Man wird zu wenig gefordert. Die meiste Zeit hirnloser Smalltalk mit aufwendig verkleideten Mumien. Thompson ist auf jeden Fall spannender. Ich bin bereit, mit Ihnen zu sortieren.«

Dombrovsky lächelte und leerte seine Bierflasche.

Brandau bestellte Nachschub.

»Ich will ehrlich sein. Was mich noch mehr als eine gute Reportage interessiert, ist die ausgesetzte Belohnung von 25000 US-Dollar.«

Brandaus Verblüffung zeichnete sich auf seinem Gesicht ab.

Dombrovsky grinste, als habe er einen guten Witz gemacht, über den sein Gegenüber nicht lachen konnte, weil die Pointe so ausgefeilt war, daß es sie nicht mitbekommen hatte.

»Etwas Leichteres haben Sie sich zum Geldverdienen nicht ausdenken können?«

Die frische Runde Kloster kam. Die Lotosblüte hatte an diesem Punkt des Gespräches keine Chance. Beide Männer ignorierten sie. Brandau hatte das dringende Gefühl, daß er Dombrovsky die Spielzeugeisenbahn wegnehmen mußte. Sie saßen nicht unter dem Weihnachtsbaum.

»Mein Gott, der Mann ist 1967 in den Bergen Zentralmalaysias spurlos verschwunden. Vor fünfzehn Jahren! Er wurde nach der Wartefrist, die das thailändische Gesetz vorschreibt, nach sieben Jahren, für tot erklärt. Er ist also juristisch gesehen spätestens seit 1974 eine Leiche.«

»Ich sehe, daß Sie eine Menge Fakten im Kopf haben, was diesen Fall angeht. Die Redaktion hatte recht. Sie sind mein Mann. Ich brauche ein Visum und Ihre unregelmäßige Beratung. Wieviel Prozent wollen Sie?« Dombrovsky hatte eine

Miene aufgesetzt, als sprenge er in diesem Moment die Spielbank in Monte Carlo.

Brandau schüttelte den Kopf und bemühte sich um eine Tonlage, die einem Tierarzt Ehre gemacht hätte, der einem kranken Gaul das Hindernisspringen ausredet.

»Hundertschaften von Leuten haben an diesem Fall herumgedoktert. Keiner hatte eine Lösung zu bieten. Aber Sie kommen eben mal eingeschwebt, lösen den Zauber und kassieren ab. Ich gestehe, daß ich beeindruckt bin. Sie fordern mich. Ihr Selbstvertrauen in allen Ehren, aber wird das nicht alles von den Spesen her viel teurer, als Sie verkraften?«

»Machen Sie sich darum keine Sorgen!« Dombrovsky war absolut gelassen. »Eines meiner Bücher läuft sehr gut. Außerdem habe ich gerade die Filmrechte verkauft.«

»Sie schreiben also auch Bücher. Richtige Romane?«

»Zwei bislang. Kriminalromane.« Dombrovsky war in seiner Art bescheiden.

»Ich hätte es ahnen müssen.« Brandau hob theatralisch die Hände.

»Haben Sie vielleicht den Beweis, daß er tot ist? Ich meine wirklich tot, nicht nur für tot erklärt.« Die grünen Augen des Reporters fixierten Brandau. Er spielte seinen Trumpf aus.

»Nein«, gab Brandau zu. »Ich bin kein Spielverderber. Es wäre besser gewesen, wenn Sie sich gleich bei der Thai-Botschaft in Bonn ein längeres Visum hätten ausstellen lassen. Das Zweiwochenvisum ist nur sehr schwer verlängerbar. Ich glaube ja sowieso, daß Sie nicht mehr als vierzehn Tage brauchen. Aber ich werde versuchen, Ihnen über meine Kontakte ein Visum für drei Monate zu besorgen. Ich erkenne Ihr ehrliches Bemühen. Ich habe schließlich selbst mal einen Artikel über die Geschichte geschrieben. Spannend ist die Story. Das ist sicher. Ob sie auch lukrativ ist, möchte ich bezweifeln. Aber es sind ja Ihre Spesen.«

»Ich wußte, daß Sie mitmachen«, sagte Dombrovsky geduldig und klopfte Brandau den rechten Handrücken. Er mußte sowas Ähnliches mal im Kino gesehen haben.

7

Manchmal wurde einem ein großer Wunsch erfüllt. Ganz einfach so. Unverhofft.

Als die riesige schwarzweißgefleckte Dogge im Scheinwerferlicht auftauchte, vergaß Khun Bao die dürftige Erfolgsquote der letzten Nächte. Da war er. Der große Clou. Das Prunkstück seiner Sammlung. Absolut reinrassig. Das sah er auf den ersten Blick. Und gefährlich. Sehr gefährlich, diese Riesenbiester. Genau dafür war er da. Um zu verhindern, daß diese Bestie die Leute anfiel. Er hatte einen sehr wichtigen Job. Risikoreich, aber eben notwendig.

Der Fahrer stellte die Zündung aus. Der Motor starb ab. Der Beleuchter zitterte vor Aufregung, ließ beim Aussteigen fast die Stablampe fallen. Bao war kalt und ruhig. Er rechnete mit Bißverletzungen und hoffte, daß das verdammte Netz nicht reißen würde.

8

Das Bier hatte Brandau so müde gemacht, daß er auch ohne Klimaanlage einschlief.

Er träumte, daß Jim Thompson nach mehr als fünfzehnjähriger Abwesenheit sein Haus am Ende der Soi Kasemsong 2 betrat. Er war mittlerweile um die Siebzig, hatte einige Falten mehr im Gesicht. Er ging auch etwas gebeugter.

Aber im Grunde genommen war er immer noch der Alte, so, wie er auf dem wohl meistveröffentlichten Foto zu sehen war. Den Kopf leicht nach vorne geneigt. Ein Lächeln im Gesicht. Nur Cocky, der schneeweiße Kakadu auf seiner Schulter fehlte. Blaue Augen. Gebräunt. Leichtes Übergewicht.

Es blieb in Brandaus Traum unklar, ob Thompsons Gallensteine mittlerweile entfernt worden waren, oder ob er immer noch Tabletten bei sich trug, für den Fall, daß sich eine Kolik ankündigte. Sicher war, daß er das Medikament nicht in jener »Dschungelbox«, einem antiken Silberdöschen, transportierte, die ihm eine seiner Schwestern geschenkt hatte, und die er am Nachmittag des Ostersonntags 1967 zurückgelassen hatte, bevor er zu einem Spaziergang aufbrach. Sicher war auch, daß er sich die sportliche Bräune nicht neben dem Pool des Royal Bangkok Sports Club geholt haben konnte.

Er trug ein weitgeschnittenes Baumwollhemd, dunkelblau. In der linken Hand hielt er eine brennende Zigarette, obwohl er schon Anfang seiner Sechziger versucht hatte, sich das Rauchen abzugewöhnen.

Das Haus lag unmittelbar an einem Kanal, dem Klong Maha Nag. Es war aus den Teilen von sechs antiken Teakholzhäusern im Thaistil zusammengefügt. Die traditionelle Architektur sicherte den natürlichen Durchzug der Luft. So war es, im Vergleich zur feuchten Hitze in den Straßen, fast angenehm kühl.

Ein Haus wie aus den berühmten Südostasien-Romanen. Die großzügige, aber nicht protzige Heimstätte der legendären Einzelgänger, die die Region hervorgebracht und die die Literatur verewigt hatte. Eine Mischung aus gemütlicher Hütte und Museum. Ästhetik in der verführerischsten Form, also mit Patina. Veranden mit Blumen, tropische Gärten, antike Möbel, chinesisches Porzellan, kambodschanische Bronze, burmesische Lackarbeiten. Und immer wieder Seidenkissen in schillernden aber dezenten Farben. Von der Hand des Hausherren entworfen.

Thompson streifte durch das Haus, machte Licht, verweilte hier und dort, um einen besonders geliebten Gegenstand in die Hand zu nehmen. Dann ging er auf die obere Veranda, blieb stehen und starrte in die Dunkelheit über dem Kanal.

Und plötzlich umgaben ihn ein halbes Dutzend Gäste. Wie in seinen besten Zeiten. Truman Capote residierte im weißen Tropenanzug auf dem Sofa, ein beschlagenes Glas mit einem Longdrink in der Hand. Lyndon B. Johnson polterte mit einem jovialen Lachen in die gedämpfte Konversation. Tennessee Williams redete auf einen gutaussehenden jungen Thai ein, erzählte ihm, wie Marlon Brando damals, mit dem Schlafsack unter dem Arm, in seinem Haus auf Cape Cod aufgetaucht war und die elektrischen und sanitären Installationen auf Vordermann gebracht hatte. Der Thai war beeindruckt. Somerset Maugham betrachtete einige Opiumgewichte, toastete dem Gastgeber zu und sagte: »Sie haben nicht nur herrliche Dinge zusammengetragen, mein Freund, Sie haben sie auch, was sehr viel seltener ist, geschmackvoll arrangiert.«

Über das Wasser des Klong klangen Wortfetzen. Lichter blinkten auf. Dort drüben wohnten Thompsons Seidenweber. Sie hatten das Licht im Haus gesehen und stellten sich wohl zum wiederholten Mal die Frage: War der Meister zurückgekehrt? War Jim Thompson noch am Leben?

Brandau wachte auf. Es war stickig heiß. Der Hund bellte. Ein Duell mit einem weit entfernten Genossen.

Brandau stand auf, ging zum Fenster und sah in den Hof hinunter. Es genügte, einmal mit dem Daumennagel über den Draht des Fliegengitters zu kratzen. Die Arie verklang, zumindest was das häusliche Terrain anging. Er mußte sich nur noch etwas einfallen lassen, damit er nicht jedesmal aufstehen mußte.

9

Als die Beleuchtung im Zimmer eingeschaltet wurde, war er sofort wach.

Der Mann saß neben ihm auf der Bettkante. Von dort aus war der Lichtschalter am Nachttisch leicht zu erreichen gewesen. Dombrovsky kam genau um die drei Zentimeter mit dem Kopf vom Kissen hoch, die ihm die Messerklinge am Kehlkopf gestattete.

»Es ist drei Uhr in der Nacht, Herr Dombrovsky. Die weitaus meisten Gäste im Hotel schlafen. Wir sollten deshalb leise sein.« Die Tonlage war freundlich aber nachdrücklich, das Deutsch einwandfrei, bis auf den französischen Akzent.

Dombrovsky nickte vorsichtig seine Zustimmung.

Der Mann nahm das Messer zurück und klappte die Klinge behutsam in den Griff. Der nächtliche Besucher mußte um die Vierzig sein. Das schwarze Haar war in der Mitte gescheitelt und mit Haarcreme nach hinten gekämmt. Die Nase war scharf und kantig. Sie stach aus dem sonst völlig asiatischen Gesicht mit den schmalen Mandelaugen und der bleichen Pergamenthaut heraus. Der Mann stand auf und nahm, ohne Dombrovsky aus den Augen zu lassen, in einem Sessel Platz.

Der Reporter konnte sehen, daß der Besucher nicht weniger als einen Meter neunzig groß war. Der graue Zweireiher unterstrich die breiten Schultern und machte die Hüften schmal.

Dombrovsky schluckte versuchsweise und sagte: »Vater Franzose, Mutter Vietnamesin.«

Der Mann zog die Stirn in Falten und lächelte. »Sie sind jedenfalls nicht von der Sorte, die gleich in Panik gerät. Vater Belgier. Ansonsten liegen Sie richtig.«

Dombrovsky setzte sich im Bett aufrecht und verschränkte die Arme vor der nackten Brust. »Und Ihr Deutsch?«

»Lassen wir das! Sie sollen ja keine Personalakte über mich anlegen. Ich möchte nur, daß Sie mir genau zuhören. Sie bleiben dabei besser im Bett. Ich könnte Ihnen eine Pistole zeigen, aber ich glaube, daß Sie vernünftig die Ohren aufmachen werden, denn es geht um Jim Thompson.«

Der Besucher strich mit den Fingerspitzen der rechten Hand über die leichte Ausbuchtung der Anzugjacke unter der linken Schulter und lächelte wieder.

Dombrovsky war hellwach. Bevor er eine Frage formulieren konnte, fuhr der Eurasier fort:

»Es scheint so zu sein, daß Sie einer journalistischen Sensation auf der Spur sind und auch an die stattliche Belohnung denken. Schminken Sie sich beides ab. Sie sind nicht der erste, dem das einfällt. Viele haben in der Vergangenheit herumgeschnüffelt. Dilettanten. Einige waren hartnäckiger. Einige von diesen Hartnäckigen sind tot. Man ertrinkt hier leicht im Fluß oder krepiert an einer unvorhergesehenen Lebensmittelvergiftung. Bei Ihnen haben wir allen Grund anzunehmen, daß Sie zu den hartnäckigen Schnüfflern gehören. Reportagen über das organisierte Verbrechen in Westdeutschland riskiert nicht jeder Zeitungsreporter. Dazu gehört Mut. Sie haben ihn bewiesen. Lassen Sie es dabei bewenden. Dann Ihre *Spiegel*-Serie über die Schmiergelder an Politiker. Alle Achtung. Normalerweise sehen wir uns erst mal an, wie ernst es die Jim-Thompson-Jäger so meinen, wie weit sie gehen. Bei Ihnen scheint es uns wichtig zu sein, daß wir Ihnen frühzeitig klarmachen, auf welch dünnem Eis Sie sich bewegen. Vergessen Sie Ihr anspruchsvolles Projekt! Schreiben Sie was Romantisches über den Seidenkönig. Den Mythos und so. Das Märchen, das die Leute lesen wollen. Damit sind Sie gut bedient. Oder schreiben Sie über was ganz anderes. Es gibt genug andere heiße Themen in diesem Land. Prostitution. Kinderarbeit. Flüchtlingslager. Seepiraten. Nur im Fall Thompson sollten Sie langsam wie eine Schnecke sein. Wir möchten auch nicht, daß Sie überstürzt abreisen. Machen Sie einen netten Urlaub. Und recherchieren Sie was anderes. Das ist gesünder!«

»Es bricht mir das Herz, wie besorgt Sie um mich sind.« Dombrovsky versuchte, dem asiatischen Lächeln etwas entspannt Europäisches entgegenzusetzen. Sein Grinsen wirkte allerdings eine Spur handgeschnitzt.

»Vielleicht sollten wir an dieser Stelle unser kleines Gespräch beenden. Sie haben gehört, worum es uns geht. Kein Wort zu Dritten!« Der Eurasier stand auf und steckte die linke Hand in die Tasche der Anzugjacke. »Sie sehen, daß wir auch im besten Hotel der Welt geräuschlos durch die Tür kommen. Sie können sicher sein, daß dies ohne grünes Licht des Managements geschieht. Wir haben Sie im Auge. Wo immer Sie hingehen. Das war Ihr Exklusivinterview in Sachen Jim Thompson. Sie leben auf Kredit, Herr Dombrovsky.« Der Eurasier verließ das Zimmer.

Dombrovsky saß einige Minuten im Bett. Fixiert wie ein Stier, den der Matador allein in der Arena zurückgelassen hat. Dann stand er auf und ging zum Fenster. Die Vorhänge waren nicht vorgezogen. Er sah aus dem sechsten Stockwerk auf das Wasser des Chao Phraya. Das nächtliche Tropenarrangement wirkte seltsam ruhig und träge. Wie im Opiumfieber, dachte Dombrovsky. Satt, zäh und unwirklich. Er fühlte sich erleichtert. Nicht nur, daß die direkte körperliche Bedrohung vorüber war. Was ihm hier nächtlicherweise in einem Zimmer des Oriental passiert war, war der Beweis dafür, daß er recht hatte. Er war auf der richtigen Spur. Er würde Zeit brauchen. Geduld. Und er mußte vorsichtig sein. Vorsichtiger als jemals zuvor. Aber er war ein erfahrener Vertreter seiner Zunft. Und wenn es um die Wahrheit ging und darum, sie öffentlich zu machen, hatte er einen ausgesprochenen Killer-Instinkt. Drohungen waren in diesem Zusammenhang wie ein Aufputschmittel. Besser als in irgendeiner Sackgasse herumzustochern oder auf einer toten Spur zu kriechen. Er ging wieder ins Bett.

10

Milano Fong warf einen konzentrierten Blick in den Spiegel über dem Waschbecken.

Er überlegte zum wiederholten Male, ob er sich den schütteren Oberlippenbart abrasieren sollte. Irgendwie war er nicht mit seinem Status als reicher Geschäftsmann in Einklang zu bringen. Aber dann fiel ihm wieder rechtzeitig ein, daß er sich noch einen Diamanten in den Schneidezahn setzen lassen konnte. Damit war der Bart gerettet. Der Diamant war noch eine Möglichkeit. Trotz goldener und brillantenbesetzter Rolex, vergoldetem Dupont-Feuerzeug und diversen anderen Statussymbolen gab es immer noch eine Gelegenheit zuzulegen. Er ahnte im übrigen eine Lederphase. Seit er diesen schwedischen Bankier mit dem weichen Aktenkoffer gesehen hatte, spielte er mit dem Gedanken, sein verchromtes Gerät mit den Safeschlössern aufzugeben.

Er ging zur Mitte des Badezimmers, hielt die Arme leicht angewinkelt vom nackten Körper weg und widmete sich seinem Hals-Nasen-Ohren-Takt. Zunächst hob er zierlich erst die rechte, dann die linke Hand, spreizte jeweils den kleinen Finger mit dem überlangen Nagel ab und bohrte sich energisch in den Ohren. Dann ging er wieder zum Waschbecken zurück, beugte sich darüber, drückte sich abwechselnd die Nasenflügel zu und blies das offene Nasenloch frei. Abschließend ging er wieder zur Badezimmermitte, nahm Haltung an, als übe er für den Morgenappell, und versuchte die Spitzen seiner Lungenflügel nach oben zu ziehen. Er holte es von ganz tief unten. Er rotzte und gurgelte mehrfach mit der professionellen Mimik und Lautstärke eines Operntenors, der über die Verstärkeranlage einer Rockgruppe singt. Als er genug gefördert und den Mund voll hatte, spuckte er Speichel und Schleim in elegantem Bogen durch das angelehnte Fliegengitter des offenen Fensters in den Garten.

Milano Fong fühlte sich besser. Er ging ins Schlafzimmer, um sich zum Frühstück anzuziehen. Der Chinese war schlank und mittelgroß. Nur italienische Kleidung, war sein Motto. Damit stach er alle aus. Er wollte sich von diesen fetten Hongkongchinesen absetzen, zumindest was Anzüge, Hemden und Schuhe anging. Schließlich war er auch seinem Vornamen verpflichtet, den er seiner Mutter verdankte, die fünfzehnmal ihren Urlaub in Mailand verbracht hatte. Er entschied sich für einen leichten, dunkelblauen Sommeranzug von Colegio Favori, den er bei seinem letzten Deutschlandaufenthalt in Frankfurt von der Stange gekauft hatte. Dazu ein hellblaues Hemd derselben Marke und ein dunkelblauer Seidenbinder von Stefano Ricci. Die schwarzen Montefiori-Slipper würden geputzt an der Haustür stehen. Er nahm die Anzugjacke über den Arm, sprühte sich noch etwas Paco Rabanne ins Genick und verließ das Schlafzimmer.

Hielt er es bei der Kleidung mit den Europäern, so hatte er beim Frühstück eindeutig nordamerikanische Tendenzen. Die Zeiten, in denen er morgens seine Reissuppe gelöffelt hatte, waren lange vorbei. Auf der überdachten Terrasse wartete ein nur für ihn gerichteter Tisch. Seine Frau schlief noch. Sie stand meist erst gegen Mittag auf und machte sich zum Shopping fertig. Es war ihm recht, daß er um diese Stunde alleine war. Er warf einen Blick auf die Zeitungen. *Bangkok Post. Nation. Herald Tribune* vom Vortag. Die thaisprachige Presse las er im Büro.

Die Hausangestellte kam mit gebratenen Eiern und Speck, einer großen Flasche Tomaten-Catchup und gummiartigen Brötchen. McDonald's in perfekter Kopie. So hatte es der Hausherr gern. Er aß hastig, traktierte das Servierte mit Gabel und Löffel und schaufelte zügig in Richtung Mund. Das Messer benutzte er nur in internationalen Hotelrestaurants oder bei entsprechenden offiziellen Anlässen. Nebenbei sondierte er die Tagespresse.

Auf Seite 2 der *Bangkok Post* wurde klar, daß dies kein guter Tag für Milano Fong war. Eine Meldung aus Chiang Rai erinnerte ihn an die Art, in der er zu seinem Geld kam.

GRENZPOLIZEI ZERSTÖRT DROGEN-RAFFINERIE! Dem Artikel zufolge hatte eine Gruppe der 7. Kompanie der Grenzpolizei, die im Mae Chan Distrikt stationiert war, aufgrund erhaltener Informationen die Ortschaft Ban Mae Bung am späten Dienstagnachmittag besetzt. Das Dorf lag den Berichten nach etwa sechs Kilometer von Ban Therd Thai entfernt im Busch. Das heutige Ban Therd Thai, früher Ban Hin Taek, war der ehemalige Stützpunkt des Drogenkönigs und Kriegsherrn Khun Sa.

Die Gruppe war lediglich auf schwachen Widerstand gestoßen, da die strohgedeckte Raffinerie von nur drei Männern bewacht worden war; einem Chinesen von 72 Jahren und zwei Angehörigen eines Bergstammes, beide um die zwanzig.

Bei der Inspektion der Raffinerie fand die Grenzpolizei

10 Päckchen Heroin Nr. 4. Die Ware wog 4,7 Kilogramm und trug eines der Markenzeichen des Goldenen Dreiecks: DOUBLE UOGLOBE BRAND. Außerdem weiteres, in 226 Strohhalme abgefülltes Heroin, Rohopium und Morphinbase sowie zwei große Flaschen mit Essigsäureanhydrid.

Die Polizeitruppe zerstörte die Raffinerie, bevor sie die drei Männer, die Drogen und die Gerätschaften zur Mae Chan Polizeistation brachten. Sprecher der Polizei waren der Ansicht, daß vor dem Kommandounternehmen Teile des Drogenvorrats aus der Raffinerie weggeschafft worden seien.

Der Chinese legte die Zeitung beiseite und schob auch den Frühstücksteller weit von sich. Er haßte es, wenn wichtige Investitionen verlorengingen.

Während Fong überlegte, welche Maßnahmen zu ergreifen waren, fiel ihm auf, daß er den Hund noch gar nicht gesehen hatte. Er rief nach der Hausangestellten und erfuhr von ihr, daß der Hund kurz vor Mitternacht durchs Tor entwischt sei, als der Nachtwächter für einen Moment nicht aufgepaßt hatte. Bislang sei er noch nicht wieder aufgetaucht.

Die Laune des Hausherren erreichte den absoluten Nullpunkt. Er ließ den Nachtwächter rufen. Ein schlechter Tag. Die Polizei trampelte in den Vorgärten der Firma herum und seine Dogge machte Nachtausflüge. Das Biest war noch nicht mal gegen Tollwut geimpft. Lief einfach bei der ersten Gelegenheit weg. Dafür hatte er dieses schwarzweißgefleckte Monstrum nicht aus Deutschland importiert.

11

Brandaus persönliche Konfrontation mit dem Militär fand jeden Morgen um sechs Uhr statt.

Einen halben Kilometer von seinem Haus entfernt lag eine Kaserne. Er hatte sie nie gesehen, aber er hörte sie. Irgendein gehirnamputierter Schleifer bellte Befehle über eine Lautsprecheranlage, und eine Gruppe unterdrückter Rekruten antwortete im Chor. Brandau verstand kein Wort. Aber es klang verdächtig geistlos.

Immer wenn er sich an die gebrüllten Rituale gewöhnt hatte, so gegen halb sieben, fing dann dieser verhinderte DJ in Uniform an, das Radioprogramm auf die Verstärkeranlage des Kasernenhofs zu schalten und bei voller Lautstärke ausgiebig mehrere Sender in Betracht zu ziehen. Er blieb unweigerlich und immer genau zwischen zwei Kanälen hängen. Das war meist der Zeitpunkt, an dem sich Brandau aus dem Bett wälzte und sich ins Badezimmer unter die Dusche schleppte.

Er quälte sich von der Matratze und hörte, daß der Hund unten auf dem Hof schon in freudiger Erwartung seiner Person in jener Tonlage jaulte, die zusammen mit dem Radiosalat aus der Kaserne die Grenzen zum Wahnsinn deutlich machte. Brandau ging zum Schreibtisch, nahm die Jagdschleuder und öffnete Fliegengitter und Fenster. Auf dem Fensterbrett hatte er eine Keramikschale mit ausgesuchten Kieselsteinen stehen. Er entschied sich für ein leichtes Kaliber und briet seinem treuen Freund und Helfer eins über. Es erwischte den Hund am hinteren Rücken. Beleidigt brach der Vierbeiner seine Arie ab und verzog sich.

Eine Stunde später pflügte Brandau mit leichter Bugwelle durch die überwemmte Soi Kobfa. In der Nacht hatte es die üblichen zwei Stunden Monsungewitter gegeben. Die Welt war noch damit beschäftigt, das Wasser zu absorbieren. Es dampfte, und die Ochsenfrösche waren gerade dabei, ihre Instrumente einzupacken.

Die Fußgänger stelzten mit hochgekrempelten Hosenbeinen und gerafften Röcken durch die Straßen. Nach jedem Tropenregen hatte es den Anschein, als brächen im ehemaligen Venedig des Ostens die zugeschütteten Kanäle wieder auf. Als erfahrener Kanalschwimmer konzentrierte sich Brandau darauf, immer den kleinstmöglichen Gang zu benutzen, damit er im Notfall schnell zum Stehen kam. Die Bremsen waren bei diesen Bootsfahrten ein Totalausfall. Absolut Null. Zusätzlich betete er um einen trockenen Vergaser.

Am Ende der Inthamara 22 stand sein Verkehrspolizist und regelte das Chaos der Blechkarossen. Verspiegelte Sonnenbrille und Gummistiefel. Dazu ein engagiertes Trillern auf der Pfeife. Er hatte das Plastikgerät so gut wie immer im Mund. Ließ er es einmal für Sekunden lässig aus den Zähnen fallen, damit es einen Augenblick lang an der Schnur vor seiner Brust baumelte, so konnte man eine Sammlung brauner Stummel sehen, die jede Zahnpastareklame zum Mißerfolg verdammt hätte. Alles hatte seinen Preis. Der Uniformierte stoppte einen Bus und gab Brandau die Chance nach links abzubiegen.

An der Kreuzung zum Highway ging es immer ums Ganze. Brandau mußte jeden Quadratmillimeter Blech einsetzen, um nicht vom Kurs abzukommen. In der Sutthisan Road kam dann der Stop-and-go-Samba. Für einen Kilometer etwa dreißig Minuten. Gute Zeit zum Nachdenken. Immer vorausgesetzt, der Holzkohlenhändler mit seinem Dreirad, der mit morgendlicher Regelmäßigkeit und strammer Wadenmuskulatur die motorisierte Konkurrenz behinderte, torkelte einem nicht für mehrere hundert Meter vor der Motorhaube herum.

Kraftfahrzeuge, soweit das Auge reichte. Stoßstange an Stoßstange, zweispurig, Türschloß an Türschloß, hauchdünne Zwischenräume, durch die sich waghalsig Motorradfahrer schlängelten. Ein einziger Terror aus Gehupe, Auspuffröcheln, Abgasfahnen und feuchtheißer Luft. Sehnsucht nach klimatisierten Limousinen. Stumpfe Blicke durch tiefgetönte Windschutzscheiben. Alle fünfhundert Meter überforderte Polizisten in schnittigen Uniformen.

An der Phaholyothin Road kämpfte sich Brandau über die Kreuzung in die Pradiphat und mogelte sich nach rechts durch den Gegenverkehr in die Soi Saensuk. Beinahe hätte er die halbe Hähnchenbraterei auf der Motorhaube mitgenommen. Er hupte einen Morgenschläfer vom Fahrrad und machte es ohne größere Lackschäden bis zur ambulanten Nudelküche vor seinem Büro. Das Tor stand offen. Der Nachtwächter lag auf der Holzbank im Garageneinstellplatz und arbeitete die Nacht auf. Sein Schnarchen klang satt und zufrieden.

Am Ende der Treppe zum ersten Stock erwartete Brandau Robins Lächeln. Sie hatte den Kopfhörer zum Abspielgerät der Diktieranlage aufgesetzt und stellte einen Geschwindigkeitsrekord auf der Tastatur ihrer IBM auf.

In seinem Büro lief das Klimagerät, und die Putzfrau ordnete die Orchideen in der Vase. Er ließ es langsam angehen und widmete sich den Tageszeitungen, die auf dem Schreibtisch bereitlagen.

Später sah Brandau sich nochmal die Unterlagen zum Milchkuhprojekt an. Sie konnten jetzt eine Akte anlegen. Das Geld war übergeben, der nächste Zwischenbericht erst in einem halben Jahr fällig. Dann griff er sich die Unterlagen zu einem neuen Antrag. Seidenraupen. Nordosten des Landes. Benachteiligte Region. Unterentwickelt im Vergleich zum zentralen Thailand. Sie wollten sechzigtausend Mark.

Er lernte, daß die Lebenserwartung einer Seidenraupe bei 32 bis 35 Tagen lag. Ei. Wurm. Kokon. Schmetterling. Eier. Ein Kilogramm Seidengarn konnte zu fünf Quadratmetern Seidenstoff verwoben werden. Ein Quadratmeter feiner Seide war derzeit in Thailand zweihundert Baht, also gut zwanzig Mark wert.

Fünfzig Seiten und ausführliche Anlagen. Gute Arbeit. Technisch und kaufmännisch durchdacht. Sozialpolitisch gesehen im Sinne des neuesten Fünfjahresplanes der Regierung. Der Antrag war es wert, näher geprüft zu werden.

Brandau hatte sich angewöhnt, die verschiedenen Aktennummern für die Projekte durch Kennworte zu ergänzen. Das Projekt für Milchkühe lief unter THAI-XR-42. Er nannte es »Holstein«. Die Seidenraupenproduktion würde unter THAI-XR-43 laufen. Er taufte es »Jim-Thompson-Gedächtnis-Projekt«.

Dombrovsky fiel ihm dabei ein. Das Visum. Außerdem hatte er dem Reporter versprochen, ein preiswerteres Hotelzimmer zu besorgen. Der große literarische Durchbruch war noch nicht geschafft. Auch wenn die beiden Romane gut liefen, für das Oriental reichte es auf Dauer doch noch nicht. Brandau hatte das Liberty empfohlen. Akzeptabel. Anständige und klimatisierte Zimmer zu vernünftigen Preisen. Das Hotel hatte den Vorteil, nur fünf Minuten vom Büro entfernt zu liegen. Die Mittelklasseherberge war ein stadtbekanntes Araberbordell. Aber die Freudenhäuser Bangkoks hatten ja touristisches Niveau. Wer nicht wollte, mußte nicht. Und das ständige Summen der Klimaanlagen dämpfte die Lustschreie aus den Nachbarzimmern. Den regelmäßigen Anrufen der Vermittler konnte man nach hartnäckigen Absagen auch entgehen. Brandau traute Dombrovsky zu, damit fertig zu werden.

Er rief im Liberty an und reservierte ein Einzelzimmer. Es schien gerade wieder ein Jumbo aus arabischen Regionen gelandet zu sein. Sie hatten keine Lust, eines ihrer kostbaren Doppelzimmer zum Einzelzimmerpreis abzugeben. Also handelte Brandau ein Doppelzimmer mit zwanzig Prozent Rabatt aus. Mehr war nicht drin, wenn die Wüstensöhne kollektiv Frühlingsgefühle bekamen und mit den Erdöldollars um sich warfen.

12

Sie kamen am hellen Vormittag gegen zehn Uhr. Fünf Mann in einem Datsun-Pickup. Alle um die zwanzig. T-Shirts und Jeans. Die Schrotflinte mit abgesägtem Lauf, die zwei Automatik-Pistolen und die zwei Revolver waren nicht auf Anhieb auszumachen.

Das Hausmädchen dachte, daß es die Jungs von der Wartungsfirma für Klimageräte wären. Normalerweise wurden die im Haus installierten Geräte einmal pro Monat gewartet. Das entsprechende Technikerteam kam in der Regel auch mit vier bis fünf Mann. Das Mädchen kettete den Hund an, öffnete das Tor, und der Wagen fuhr auf den Hof. Die Männer warteten, bis die Hausangestellte das Tor wieder abgeschlossen hatte. Der Beifahrer stieg aus der Fahrerkabine. Der Mann am Steuer blieb sitzen. Die drei restlichen Männer sprangen von der Ladefläche des Pickups und einer zeigte dem Mädchen die Schrotflinte, bedeutete ihm, ruhig zu bleiben und ins Haus zu gehen. Das Mädchen preßte die Hände vor den Mund und ging gebückt und zitternd vor den Angreifern über die Terrasse zum Hauseingang.

Der Hausherr, ein pensionierter Fliegergeneral, befand sich im Schlafzimmer im ersten Stock, als er den Wagen hörte. Er stand vom Schreibtisch auf, wo er einen Brief geschrieben hatte, und warf einen Blick in den Hof. Er sah, wie einer der jungen Männer auf der Ladefläche des Datsun die abgesägte Flinte vom Boden aufnahm und wußte Bescheid. Es war ihm bislang erspart geblieben. Aber einmal mußte es ja kommen. Die steigenden Prozentsätze in den Statistiken über Raubüberfälle konnte man jahrelang zur Kenntnis nehmen und mit den Schultern zucken. Aber irgendwann war man selbst betroffen. Die Regierung war eben doch zu liberal.

Der Hausherr ging zum Schreibtisch und nahm den großen Revolver aus der linken oberen Schublade, einen 17-Colt Python .357 Magnum. Er überprüfte die Waffe, verließ das Schlafzimmer, dachte kurz daran, daß außer ihm und dem Dienstmädchen glücklicherweise niemand im Haus war und ging zur Treppe.

Die vier Männer waren gerade dabei, das Wohnzimmer im Erdgeschoß zu erkunden, als der General am oberen Ende der kurzen Treppe erschien. Der mit der Schrotflinte riß den verstümmelten Lauf nach oben, aber noch während er abdrückte, erwischte ihn das Projektil in der Brust und warf ihn seitlich um. Die Schrotladung zersiebte wenige Meter neben dem Hausherrn eine Porzellanvase auf dem Treppenabsatz. Das Hausmädchen kauerte sich hinter einem Rattan-Sessel zusammen und jammerte leise. Der General hatte die entspannte Haltung, die er beim Übungsschießen auf dem Schießstand an den Tag gelegt hatte. Bevor die restlichen drei Angreifer wußten, wie ihnen geschah, hatte der pensionierte Militär zwei weitere Schüsse abgegeben. Es donnerte wie bei einem schweren Monsungewitter. Einer der jungen Angreifer hatte seinen Revolver in Anschlag gebracht, kam aber nicht mehr dazu abzudrücken. Es riß ihm das Gesicht weg. Der zweite hatte vergessen, die Automatik fertigzuladen und fummelte an der Waffe herum, als er im

Bauch getroffen wurde. Der dritte bekam seinen stupsnasigen Revolver erst gar nicht aus dem Hosenbund, lief zur Terrasse, und der General mußte zweimal den Abzug durchziehen. Ein Projektil schlug zwischen den Schulterblättern des Flüchtigen ein. Das zweite verfehlte den Sterbenden, der stürzte und in die Scheibe der halb aufgeschobenen Glastür fiel. Es krachte und splitterte. Das Mädchen steigerte sein Jammern zu einem panischen Kreischen.

Der General schnauzte seine Bedienstete unasiatisch an, sich zusammenzureißen und in die Küche zu verschwinden. Das Mädchen zog sich schluchzend und gebückt aus dem Blickfeld ihres Arbeitgebers zurück.

Der Hausherr schnupperte. Es stank nach Kordit. Er besah sich ruhig das Schlachtfeld im Wohnzimmer. Er hörte das heisere Bellen des angeketteten Dobermannes. Diesmal hatte er den Hund gar nicht gebraucht. Das jahrelange Training hatte sich gelohnt. Auch mit siebzig Jahren war er noch in der körperlichen und geistigen Verfassung, im Ernstfall den Überblick zu behalten. Er war stolz und, trotz des Chaos in seinem Haus, zufrieden. Er stieg die Stufen ins Wohnzimmer hinab. Die heiße Waffe hielt er in der rechten Faust, den Arm parallel zum Bein, die Mündung nach unten. Auf der letzten Treppenstufe fiel dem erfolgreichen Schützen ein, was er übersehen hatte. Aber noch bevor er den Revolver wieder in der Waagerechten hatte, nahm er den Schatten des Fahrers auf der Terrasse wahr, und ein halbes Magazin einer Walther P38 fällte den Siebzigjährigen am unteren Treppenabsatz. Drei Neunmillimeterprojektile in der Brust, ein viertes im rechten Oberarm.

Der Fahrer starrte teilnahmslos auf die Leichen seiner Kumpane. In seltsamer Ehrfurcht streifte er die Schube ab, bevor er den Wohnraum betrat. Die Glassplitter störten ihn nicht. Er ging zur Treppe, schien zu überlegen, ob er trotz der Schußwechsel und des damit verbundenen Lärms noch nach Wertgegenständen suchen sollte. Er war wie betäubt und dachte zu lange nach. Das Mädchen hatte mittlerweile den Küchenausgang zum Hof benutzt und den Dobermann von der Kette befreit.

Der Mann hörte das Kratzen der Krallen auf dem Lackfußboden. Der Hund brauchte zwei lange Sätze und einen Sprung nach oben. Der Mann drehte sich um, aber die restlichen Patronen im Lauf und im Magazin seiner Pistole nützten ihm nichts mehr. Er versuchte, den Arm mit der Waffe noch nach oben zu bringen. Die freie Hand fuhr schützend zum Hals. Es reichte nicht mehr. Gelbe, leicht gekrümmte Reißzähne und dahinter etwas großes Schwarzes. Und dann sein eigenes warmes Blut.

13

Brandau gehörte zu diesen charakterlosen Managertypen, die mit ihrer Sekretärin schlafen.

Robin war Engländerin. Einssiebzig groß. Nicht zu dünn und nicht zu üppig. Brauner Bubikopf und meergrüne Augen. Sie hatte eine Vorliebe für schnittige Kostüme im französischen Stil, meist in hellgrau oder stahlblau. Diese Sorte, die Frauen tragen, wenn sie mit fünfunddreißig Jahren ein Erdölimperium oder einen Automobilkonzern leiten.

Vor zwei Jahren war sie die Arbeit mit einem Tourismusunternehmen satt gewesen, und Brandau hatte sie als Mitarbeiterin angeheuert, nachdem er zwanzig Projektfinanzierungen laufen hatte. Zwanzig war die magische Zahl. Bis zu dieser Grenze mußte man alles allein erledigen. Das einundzwanzigste Projekt war ein Frauenprojekt im Nordosten. THAI-XR-21. Brandau hatte es »Yoko-Ono-Connection« getauft. Sie hatten es ihm lange aus Deutschland angedient, weil irgendein wahlkreisgeknechteter Politiker der zweiten Garnitur diese Mode zu einer besonders förderungswürdigen erklärt hatte. Der Mann hatte Brandau bei einem Besuch nahegelegt, die »Emanzipationsgeschichten« etwas stärker zu fördern. Dies sei auch der Wunsch führender entwicklungspolitischer Denker. Brandau hatte ihn darauf aufmerksam gemacht, daß dies bereits geschähe und ihm acht Projekte präsentiert, die den thailändischen Frauen zugute kamen. Aber es war dem Politiker nicht offensichtlich genug. Nicht im Sinne einer wirkungsvollen Öffentlichkeitsarbeit verwendbar, nannte er sie. Er tat, als säßen ihm bereits die ersten militanten Frauenrechtlerinnen im Genick und drohten mit Kastration. Brandau und der Politiker hockten im übrigen in einem Nachtlokal, und der Besucher hatte zwei halbnackte Mädchen auf seinen Oberschenkeln sitzen. Irgend etwas sagte Brandau, daß er sich derartigen Verlogenheiten verweigern müsse.

Er verweigerte sich. Bis er Robin in Phuket Wasserski laufen sah. Es war ein Urlaubswochenende im Süden. Und sonntagnachts auf einer dezent beleuchteten Hotelterrasse entwickelte er seine Pläne. Neuer Arbeitsplatz für die Engländerin. Mehr Arbeitsplätze für Thaifrauen im Sinne der Werbewirksamkeit zuhause. Die in Deutschland bekamen ihr einundzwanzigstes Projekt und er seine Sekretärin. Schluß mit den selbstgetippten Briefen und den Spielereien mit dem Scheckbuch und dem Taschenrechner. Sie kauften eine elektronische Schreibmaschine, eine elektronische Tischrechenmaschine, ein Diktiergerät mit Zubehör und einen großen Terminkalender. Die Frau war Profi. Sie konnte sogar tippen, wahnsinnig schnell. Sie erzog Brandau binnen eines Jahres zu einem brauchbaren Jungunternehmer. Später stellten sie noch einen Nachtwächter und einen Büroboten ein.

Robin schloß das Büro ab. Der Nachtwächter kam von der Bank hoch und öffnete das Tor.

Sie fuhren durch den Feierabendverkehr der Sutthisan zu Brandaus Wohnung. Vor einem der Häuser in unmittelbarer Nachbarschaft standen drei Streifenwagen. Mehrere Polizisten in Uniform riegelten das betreffende Grundstück ab.

Nui berichtete, daß am späten Vormittag ein Überfall stattgefunden habe. Sechs Tote. Fünf erschossen. Einer mit durchbissener Halsschlagader. Brandau hätte nicht den ganzen Bericht mitbekommen, aber Robins Thai war brauchbar, und die Frauen tauschten erregt die Einzelheiten aus. Daß das Hausmädchen und der Dobermann überlebt hatten, schien Nui zu beruhigen. Außerdem war der Hund im entscheidenden Moment angekettet gewesen. Diesen Fehler würde Nui nicht machen. Im Bedarfsfall hielt sie ihn am Halsband fest, wenn sie das Tor öffnete. Die Einbrecher mußten wie die Berserker gewütet haben, dachte Brandau, wenn es schon gegen Mittag passiert war und die Polizei noch immer am Tatort war. Er sah seinem Hund in die Augen und fühlte sich unwohl. Brandau war nicht sicher, ob der Hund überhaupt wußte, was eine Halsschlagader war. Alles, was über Kleinkinder hinausging und nichts mit kleineren Hunderassen zu tun hatte, würde ihn überfordern.

»Ich werde noch einen Nachtwächter anstellen müssen«, sagte Brandau wie zu sich selbst, als er die Veranda betrat.

»Aber es war am hellen Vormittag, Mike!« merkte Robin an. Sie sagte immer Mike zu ihm. Michael gefiel ihr nicht. »Es kann immer passieren!«

»Aber meistens kommen sie nachts. Außerdem kette ich meinen Hund nicht an«, antwortete er mit Valiumstimme und sah stolz auf Attila, so als habe der schon mindestens ein halbes Dutzend Einbrecher an der Mauer gekillt und er heimlich die Leichen verbuddelt.

Robin redete lebhaft auf Nui ein. Brandau verstand nahezu nichts. Dann erklärte Robin ihm, daß Nui mit ihm der Meinung sei, daß zusätzlich ein Nachtwächter hermüsse. Nui machte zustimmende Gebärden.

»Sieh mal, Darling, ich wohne zwar nicht hier, aber ich möchte auch nicht, daß sie dir was antun und Nui und dem Hund.« Sie küßte ihn flüchtig auf die Wange.

Daß sie den Hund mit einschloß und an ihrer Sorge teilhaben ließ, quittierte Attila, indem er ihr zwei lehmverschmierte Pfoten auf den hellgrauen Rock setzte, als sie gerade ihre hochhackigen Riemchenschuhe auszog. Sie nahm es ruhig und gelassen hin. Ihr war nach Frieden. Sechs Leichen an einem Tag waren genug.

»Okay, okay«, sagte Brandau. »Ich werde mich umsehen. Aber sowas kann in den neumodischen Appartmenthäusern an der Sukhumvit Road auch passieren. Wenn sie deinen Hauswächter umlegen, ist mehr als eine Familie gefährdet.«

»Aber wir haben wenigstens alle diese großen Sicherheitsschlösser und Vorhängeketten«, sagte Robin, um sich selbst Mut zu machen.

Brandau schwieg vorsichtshalber.

»Nui fragt, ob sie uns was zu essen machen soll. Ich hätte Lust. Vielleicht etwas später, so gegen halb acht.« Robin kniff ihn ins Ohrläppchen.

»Gut... aber was anständig Nationales mit Pilzen, Spargel, Cashew-Nüssen und ein bißchen Schwein und Rind. Um Gotteswillen keinen Fisch. Ich hasse Fisch! Etwas Süßsaures.«

»Süßsauer bekommst du in jedem europäischen Lokal«, rügte sie ihn.

»Aber ich mag es halt nun mal. Tu nicht immer so, als habe das was mit phantasieloser Currywurstfresserei zu tun.«

Robin redete auf Nui ein, die den Auftrag mit Lächeln bestätigte. Wenn sie kochen konnte, war sie glücklich. Brandau ließ viel zu wenig kochen. Das hatte sie schon immer bemängelt.

Während Nui zum Fahrrad eilte, um einige Zutaten zu besorgen, und der Hund wie ein übergeschnappter Akrobat auf der Veranda herumturnte und Damenschuhe zerfledderte, gingen Robin und Brandau nach oben.

Er stellte seinen Aktenkoffer in die Ecke, zog die Ausgehuniform aus und stieg in seine Jeans und ein rosa Lacoste mit Löchern unter den Armen.

»Freizeit«, sagte Robin und öffnete den Reißverschluß ihres Rocks.

»Ja, wollen wir noch was auf der Veranda trinken oder soll ich die Klimaanlage sofort anstellen?«

»Ich lege mich jetzt erst mal ein halbes Stündchen in die Badewanne«, sagte sie und zog sich ganz aus. »Du gehst brav nach unten, liest deine *Herald Tribune* und kommst dann wieder hoch. Stell die Klimaanlage gleich an, sonst kleben wir danach wieder wie die Briefmarken aufeinander.«

Sie hatte einen wunderschönen Hintern. Er setzte sich auf den Stuhl hinter seinem Schreibtisch und sah ihr durch die offene Badezimmertür zu, wie sie Wasser in die Wanne laufen ließ und mit den Handtüchern hantierte. Am liebsten hätte er es jetzt gleich mit ihr getrieben. Statt dessen stand er diszipliniert auf, schloß alle Fenster, kontrollierte die Fliegengitter, schaltete die Klimaanlage ein und verzog sich.

Auf dem Weg nach unten schnappte Brandau sich die Autan-Spraydose und die Zeitung und setzte sich dann in einen Rattan-Sessel auf der Veranda. Attila legte sich auf die Fliesen, nahe genug, damit der Chef mit einer Hand an seinen Kopf kam, für den Fall, daß ihm nach Kraulen war.

Es war nach sechs Uhr. Die Dunkelheit kam und mit ihr die Mücken. Brandau zog die Lippen nach innen, schloß die

Augen, hielt sich die Sprühdose vors Gesicht und drückte ab. Die Moskitos gingen auf Distanz. Je eine Salve auf Unterarme und Füße, und sie zogen sich unter die Deckenbeleuchtung über der Veranda zurück. Lustlos blätterte er in der Zeitung, warf ab und zu einen Blick in die Bananenstauden und die Äste des Mangobaumes, um Erntemöglichkeiten zu überprüfen, aber es war schon zu dunkel, um Früchte ausmachen zu können. Er legte die Zeitung beiseite. Ein kleiner, gelblich-grauer Gecko flitzte durch das helle Feld auf den Fliesen, das die Lampe erleuchtete. Das Abendkonzert begann. Ein monotones Zirpen der Zikaden, unterlegt vom Quaken der gewöhnlichen Froscharmee. In regelmäßigen Abständen das dröhnende Solo eines Ochsenfrosches. Der Getränkechinese knatterte auf seiner Vespa vorbei, zwei Kisten Sodawasser im Rücken. Dann zockelte der Thai mit seiner Fahrradnudelküche durch die Straße. Seine nervtötende Ballonhupe machte dem Symphonieorchester der Tiere Konkurrenz. Das Nachtleben der städtischen Randbezirke tobte von einem Höhepunkt zum nächsten.

Brandau gab der Frau in der Badewanne zwanzig Minuten und der Klimaanlage dieselbe Zeit, um eine erträgliche Temperatur zu produzieren. Dann ging er nach oben und duschte. Später nutzten sie den Platz im Doppelbett, bis sie der Gong von unten trennte. Nui war mit dem Essen fertig.

14

»Es bröckelt«, sagte der Australier. »Überall bröckelt es!« Er zog mißmutig sein Vierkantschlüsselgesicht in Falten und kippte den Rest Whisky-Soda runter. Seine wässrigen Blauaugen fixierten Milano Fong.

Der Chinese wich dem Blick aus und sah auf das lehmiggelbe Wasser des Chao Phraya. Das schwimmende Restaurant kam leicht ins Schwanken, als eine Kette von vier Lastkähnen und einem Schlepper vorbeituckerte. Mit der linken Hand sicherte er ein Eßstäbchen, das vom Tisch zu rollen drohte.

»In der letzten Sonntagsbeilage der *Bangkok Post* dieser Artikel über Drogenfahnder, die unseren Leuten im Flugzeug bis nach Paris folgen, um sie dann dort in Zusammenarbeit mit den Franzosen in aller Seelenruhe zu verhaften. Und jetzt trampeln sie schon in unseren Gewerbebetrieben herum.« Der Australier schlug mit der Faust auf den Tisch. Die drei Chinesen zuckten zusammen. Er liebte es, die improvisierten Raffinerien seine Gewerbebetriebe zu nennen. Er betrachtete sich als Kleinindustrieller.

»William tut wieder so, als hätten die Amerikaner gerade die gesamten industriellen Produktionsanlagen Westeuropas demontiert, um die Landwirtschaft einzuführen«, sagte Fong leise und sah zwischen den beiden anderen Chinesen hindurch auf die Bedienung, die die ersten Schüsseln und Platten mit Essen brachte. Mit der rechten Hand rückte er den Knoten seiner Seidenkrawatte zurecht.

William Abbott spürte, wie in ihm wieder die Wut auf diesen Italo-Chink hochkam. Alles lief entschieden schief. Er analysierte die Lage, und sein wichtigster Partner verströmte Arroganz. Der Australier schwitzte in sein Polohemd, das am Hals weit offenstand. Es provozierte ihn, daß Milano Fong nicht einmal die Anzugjacke ausgezogen hatte und mit fest zugezogenem Schlips am Tisch saß, ohne einen Schweißtropfen auf der Stirn. Abbott fühlte sich morbide und schwach. Er schnappte sich die gekühlte und parfümierte Stoffserviette und riß die Zellophanhülle auf. Mit aufwendigen Armbewegungen rieb er sich Nacken und Brust trocken. »Was zum Teufel tun wir eigentlich dagegen?« fauchte er Fong an.

»Wir arbeiten daran«, antwortete der Chinese gelassen »Die Zwillinge haben bereits eine Spur.«

William Abbott fluchte leise, weil ihm ein Stück Entenfleisch in die Suppenschale gefallen war. Er haßte diese Stäbchenstocherei. Er sah die beiden anderen Tischgenossen fordernd an, als könne er damit seine mangelnden Künste mit den fernöstlichen Eßgeräten überspielen. Er wußte nie genau, welcher Jack und wer John Law war. Sechsundzwanzig Jahre alt. Beide glattrasiert, soweit das überhaupt nötig war. Der Australier pflegte sie gelegentlich die »jungen Vorsitzenden« zu nennen, weil sie dem jugendlichen Mao ähnlich sahen.

»Zeig ihm das Material, Jack«, sagte Fong.

Während Jack Law einen braunen Umschlag aus dem Aktenkoffer neben dem Stuhl nahm, versuchte Abbott wieder einen Anhaltspunkt zu finden, ein Merkmal, nach dem er die beiden endlich auseinanderhalten konnte. Das war also Jack. Aber er fand nichts. Absolut identisch. Bis zu den vergoldeten Rolex-Armbanduhren am linken Handgelenk und den Brillantringen am rechten kleinen Finger.

»Das Problem ist doch, wie die immer so verdammt schnell Bescheid wissen. Ist doch fast übernatürlich, wie gut und schnell die manche Sachen spitzkriegen. Früher hat es Monate gedauert, bis sie mal in einen Gewerbebetrieb reingestolpert sind. Und dann auch mehr aus Zufall.« Der Australier leistete schnell noch einen gedanklichen Beitrag, bevor seine chinesischen Partner wieder ihre Fakten-Show abzogen.

»Ganz richtig«, sagte Fong amüsiert und knabberte eine Nuß klein, die er geschickt zwischen den Spitzen seiner Stäbchen aus dem Schälchen zum Mund transportiert hatte. »Du hast die richtige Witterung in der Nase, William. Ganz heiß!« Der erfahrene Jäger lobte seinen eifrigen Hund.

Jack Law las Daten von einem Blatt ab. Er hatte sich dazu

eine Intellektuellenbrille mit vergoldetem Metallgestell und halben Gläsern ins Gesicht geschoben.

»Michael Brandau. 36 Jahre alt. Westdeutscher. Seit vier Jahren in Thailand. Visum Nummer 3001/22. Artikel Nummer 15. Wird alle zwei Jahre mit Unterstützung des DTEC durch das Außenministerium verlängert...«

»DTEC?« fragte der Australier.

»*Department of Technical and Economic Cooperation,* die Entwicklungshilfebehörde, die im Auftrag des Premierministerbüros die personelle und finanzielle Hilfe ausländischer Staaten koordiniert und überwacht«, erläuterte Jack Law geduldig und fuhr fort: »Bewohnt ein Haus in der Soi Kobfa, Nummer 54, Verlängerung der Inthamara 22. Militärdienst bei der Marine. Kampfschwimmerausbildung. Mit einer Engländerin befreundet. Robin Royce. Arbeitet auch als seine Sekretärin. So alt wie er. Brandau arbeitet für eine private Entwicklungshilfeorganisation mit Sitz in Bonn. Spendengelder und großzügige Zuschüsse der bundesdeutschen Regierung und der Europäischen Gemeinschaft. Der Laden nennt sich FFA, Fortschritt für die Armen. Unterstützt ländliche Entwicklung im weitesten Sinne. Die Organisation taucht hier fast nur unter dem Kürzel FFA auf, da keiner was mit der deutschen Langfassung anfangen kann. Es gibt noch einen englischen Namen. *Freedom and Food Agency.* Aber der scheint nicht sehr beliebt zu sein.« Jack Law hatte das »Fortschritt für die Armen« absolut akzentfrei über die Lippen gebracht und entnahm dem Umschlag einen Zeitungsausschnitt.

»Wir haben hier zwei Bilder von ihm. *Nation.* Von einem Cocktail-Empfang im President Hotel.« Er reichte dem Australier den Zeitungsausschnitt über den Tisch. Das eine Foto zeigte das Gesicht eines Mannes, der ins Blitzlicht grinste. Das zweite den ganzen Mann, der einen Scheck überreichte. Alles in allem als Erkennungsmaterial sehr dünn.

»Den kenn ich doch«, sagte Abbott verblüfft.

»Gut?« fragte Fong.

»Nein, nicht persönlich, aber ich habe ihn gelegentlich bei offiziellen Anlässen gesehen. Ab und zu ist er in der Zeitung. Meistens Sozial- oder Wirtschaftsseite.«

»Aha!« sagte Milano Fong, als habe der australische Partner wieder einmal sehr wenig zu bieten.

»Keine vorteilhaften Fotos«, bemerkte Abbott.

»In diesem Land ist es leichter, jemanden für wenig Geld umbringen zu lassen, als ein brauchbares Foto in die Zeitung zu bekommen.« Milano Fong dozierte mit der Selbstgefälligkeit eines Soziologieprofessors, der die Strukturen Thailands in allen Einzelheiten durchlitten und ausgewertet hatte.

»Hier steht was von Milchkühen«, sagte der Australier.

»Es wäre völlig unproblematisch, wenn er sich immer auf derartige Sachen konzentriert hätte. Aber er fördert nicht nur Tierproduktion.« Fong nippte an seinem Glas Sodawasser.

»Er fördert auch technische Projekte«, ergänzte John Law vorsichtig. Es war das erste, was er während des Essens von sich gab. Und plötzlich wußte Abbott, wie er die beiden Brüder in Zukunft auseinanderhalten konnte. Johns Stimme war heller als die von Jack.

»Und was tun wir?« Der Australier bestellte noch einen Whisky-Soda.

»Das Hühnchen vor den Augen der Affen killen!« antwortete Milano Fong bedächtig.

»Was?« Abbott verzog sein Gesicht zu einer fragenden Grimasse.

»Chinesisches Sprichwort zum Prinzip des abschreckenden Beispiels.« Fong lächelte sparsam.

»Was genau treibt er denn nun?« wollte Abbott wissen.

»Das werden wir dir jetzt erzählen. Vielleicht ist es sowieso besser, wenn du erstmal mit ihm redest, William«, sagte Fong und zerbrach mit einer kontrollierten Bewegung der Hände seine Stäbchen. »Bevor *wir* uns um ihn kümmern müssen.«

15

Robin schlief mit Brandau, aber sie übernachtete so gut wie nie bei ihm. Einer ihrer Grundsätze.

Nachdem er sie in ihrem Apartment an der Sukhumvit Road abgesetzt hatte, fuhr er zum Napoleon Club in der Patpong I. Er hatte sich dort um zweiundzwanzig Uhr mit Dombrovsky verabredet. Den Passat parkte Brandau vor dem Montien Hotel und lief dann zum Club rüber. Die Mädels und Transvestiten rissen geschäftsmäßig die Türen zu sämtlichen Go-Go-Schuppen auf, und zwei Schlepper hingen zwanzig Meter lang an Brandau, um ihm eine *fuckingshow* oder eine *body-massage* anzudrehen.

Im Napoleon sang die dickere der beiden Jazzsängerinnen gerade »For Your Eyes Only«. Neo blies eines seiner coolen Trompetensoli. Brandau entdeckte Dombrovsky an einem Tisch vor dem Piano.

»Hallo«, grüßte der Reporter und reichte Brandau die Hand.

»Ohne Schwierigkeiten gefunden?« wollte Brandau wissen.

»Kein Problem!« Die lässige Handbewegung sollte wohl bedeuten, daß Dombrovsky den Stadtplan bereits tief im Hirn eingraviert hatte.

Die Bedienung kam. Brandau bestellte einen Bacardi mit Eis. Die Band machte eine Pause, und Neo fing an, sich die vier bis fünf Zigaretten durch die Lunge zu arbeiten, die er zu brauchen schien, um die nächsten Stücke ordentlich zu blasen.

»Ihr Visum geht klar.«

Die Drinks kamen.

»Nach allem, was ich mittlerweile gehört habe, ist die Verlängerung eines zweiwöchigen Touristenvisums in Thailand wohl ein kleines Wunder. Ich habe Ihnen also ganz besonders zu danken.« Der Reporter prostete Brandau zu.

»Schon umgezogen?«

»Ja. Ein wirklich heißer Schuppen. Ich hoffe, daß der kurze Aufenthalt im Oriental stimmungsmäßig noch ein wenig vorhält, bevor mir die Jungs in ihren Kaftans auf den Gängen des Liberty den letzten Nerv rauben.«

»Was macht Thompson?«

»Habe mir heute am Vormittag sein Haus am Klong angesehen. Abgesehen vom verdreckten Wasser des Kanals sehr beeindruckend. Der Mann hat Geschmack.«

Brandau registrierte, daß sein Gegenüber »hat« sagte. Er schien felsenfest daran zu glauben, daß sein Mann noch lebte.

»Er war schließlich Architekt und Designer und verfügte über ein ausgesprochen gutes Gefühl für Farben. In den USA, als er noch als Architekt arbeitete, war er auf Landhäuser im traditionellen Stil spezialisiert und auf Gartengestaltung und Innenarchitektur.« Brandau redete über Thompson, als hätte er ihn persönlich gekannt.

»1931 bis 1940«, warf Dombrovsky ein. Er hatte seine Zahlen gelernt.

»Ja, neun Jahre. Dann kam die große Langweile. Gesellschaftsleben, Parties, Fuchsjagden, Ballett. Ist auch auf die Dauer nicht so aufregend.«

Wenn mir jemand zuhört, der mich länger kennt, dachte Brandau, dann bin ich absolut glaubwürdig in meiner Geringschätzigkeit. Schließlich führe ich ein kerniges Naturburschenleben, fernab jeder gesellschaftlichen Verpflichtung.

»Mit Vierunddreißig dann der erste Schnitt.« Dombrovsky unterbrach sich für einen Schluck Bier. »Er meldet sich freiwillig zum Militär. Die Vereinigten Staaten stehen kurz vor dem Kriegseintritt. Erst Grundausbildung. Dann Schule für Offiziersanwärter in Florida. Später Küstenartillerie in North Carolina.«

»Der Krieg spielte sich allerdings nicht auf dem nordamerikanischen Festland ab. Also wieder Langeweile.«

»Ja...« Dombrovsky bestellte eine neue Flasche Bier und fuhr fort: »Deshalb meldet er sich zum *Office of Strategic Services*. Ich glaube, ein Onkel, der ebenfalls beim Militär war, hat ihm das empfohlen. Thompson geht also zum OSS, dem militärischen Vorläufer der heutigen CIA.«

»Vorher hat er aber schon noch eine Alternative getestet«, bemerkte Brandau und lächelte.

»Was?«

»Er hat geheiratet.«

»Ja, aber nicht vorher, sondern sozusagen nebenher.« Dombrovsky argumentierte hastig. »1942. Sechs Monate Eheleben, dann ab nach Übersee. Nordafrika. Später Italien und Frankreich. Höchste Geheimhaltungsstufe. Was er da genau gemacht hat, habe ich eigentlich nirgendwo nachlesen können. Er war, was das angeht, offensichtlich ein Schweiger.«

»Nun, man erzählt sich, daß er in seiner Bangkoker Zeit doch einiges an Anekdoten aus seiner frühen Agententätigkeit zum Besten gegeben hat.« Brandau nutzte die Gelegenheit, daß die Bedienung Dombrovskys Bier brachte, und bestellte sich noch einen Bacardi.

»Dann kommt endlich Asien.« Dombrovsky ließ nicht locker. »Pazifik. Neues Kommando. Eine OSS-Einheit, die sich auf die Invasion Thailands vorbereitete.«

»Befreiung ist besser«, warf Brandau ein. »Die Thai kooperierten zwar offiziell mit den japanischen Imperialisten, bauten jedoch gleichzeitig eine Widerstandsbewegung auf. Die Free Thai, die in Zusammenarbeit mit den westlichen Alliierten einen Partisanenkrieg gegen die Japaner führten. Die Thai waren schon immer Weltmeister in diplomatischer Schaukelpolitik. 1945 waren die Free Thai eine tatkräftige Organisation, die in- und außerhalb Thailands aktiv war und eng mit dem OSS zusammenarbeitete. Chef war ein prominenter Politiker unter dem Decknamen Ruth.«

»Das ist doch dieser Pridi.« Dombrovsky hatte wirklich jedem Ableger der Geschichte nachgespürt, zumindest soweit man darüber lesen konnte.

»Pridi Banomyong.«

»Vorbereitendes Training auf Catalina Island vor der kalifornischen Küste, dann, im Juni 1945, ab nach Ceylon. In Trincomalee beginnen die abschließenden Vorbereitungen auf die Operation hinter den feindlichen Linien. Überlebenstraining im Dschungel. Fallschirmabsprünge...«

»Thompson war fast vierzig Jahre alt.« Brandau hatte Leute, die mehr als die übliche Sauna-Fitness im fortgeschrittenen Alter auf die Beine brachten, schon immer bewundert.

»War offensichtlich gut beisammen. In der zweiten Augusthälfte sollte er mit einer Gruppe im Nordosten Thailands, nahe der laotischen Grenze abspringen. Aber es kam dann doch nicht zu Kampfhandlungen. Das Flugzeug, das die Agenten zum Einsatzort bringen sollte, wurde per Funk zur Landung in Rangun angewiesen.«

»Die Japaner hatten überraschend kapituliert.« Der Bacardi war schon wieder weg.

»In der burmesischen Hauptstadt erhielt unser Mann dann den letzten Marschbefehl. Es ging nach Bangkok«, sagte Dombrovsky mit heiserer Stimme. Er näherte sich nun dem eigentlichen Spielfeld, auf dem er fündig werden wollte.

»Das ist ein Teil der Geschichte«, brummte Brandau müde. Die Jungs nahmen wieder ihre Positionen an den Instrumenten ein, und er verspürte keine große Lust, im Dialog über Jim Thompson gegen die Musik anzubrüllen.

»Macht Spaß, mit Ihnen durch die Story zu marschieren und alles abzuchecken. Aber lassen wir es für heute dabei. Ich würde gern noch was mit Mädchen sehen.« Dombrovsky grinste.

»Dann gehen wir noch ins Safari. Da sehen die Mädchen nicht nur gut aus, sie haben auch richtige Brüste, was hier nicht überall die Regel ist.« Brandau winkte der Bedienung, um zu zahlen.

Vor der Tür umfing sie die feuchtheiße Orgie aus herbeimassierten Orgasmen, aus Sperma, immerwährendem Lächeln und freundlichem Gekicher.

Im Safari lief gerade die langsame Phase. Die beiden Mädchen, die tanzten, hatten die tigergestreiften Minitrikots bis zum Bauchnabel hinuntergepellt, machten erotische Schlangenbewegungen und streichelten ihre Brustwarzen. Dombrovsky wurde sichtlich ruhiger, zumindest was das Reden anging. Ein Transvestit führte sie zu einem Tisch.

Nach einer guten Stunde heißer Musik und Vortanzerei war Brandaus Begleiter reif für eine im knappen schwarzen Trikot, die erfolgreich an ihm herumgeknetet und -gestreichelt hatte. Sie war sehr hübsch, hatte lange blauschwarze Haare und viel Figur. Dombrovsky wollte sie mitnehmen. Brandau sagte ihm, daß es sich eine halbe Stunde vor der Schließung des Lokals nicht mehr lohnte, sie auszulösen. Sie bestellten noch was zu trinken und warteten angenehm unterhalten bis die aufflackernden Neonlichter die schwüle Atmosphäre der Bar plötzlich zerstörten. Die Mädchen zogen sich in den Umkleideraum zurück. Wenig später kam Dombrovskys Fee modisch angezogen zurück. Es war für Brandau immer wieder ein Erlebnis, wie sich die Göttinnen der Nacht urplötzlich in kleine, brave Verkäuferinnen nach Feierabend verwandelten, die das Kaufhaus durch den Hauptausgang verließen.

Irgendwann auf der Fahrt zum Liberty Hotel mußte der Thompson-Jäger auf dem Rücksitz neben den Zärtlichkeiten, die er mit dem Mädchen austauschte, auch des öfteren aus dem hinteren Fenster gesehen haben.

»Wir werden verfolgt«, sagte er gedämpft.

»Von wem?« fragte Brandau mit einem leichten Lachen.

»Ein weißer BMW. Dreierreihe. Ist schon seit einer Viertelstunde hart hinter uns.«

»Das muß gar nichts bedeuten. Daß Sie heute vormittag Jim Thompsons Haus besichtigt haben, ist noch kein ausreichender Grund für die CIA, ihre Spur aufzunehmen und Sie zu beschatten. Das ist doch das, was Sie mir einreden wollen, nehme ich an.«

»Ich habe so ein komisches Gefühl.«

»Konzentrieren Sie sich auf die Frau. Das wird Sie entspannen. Alles halb so wild...« Das Mädchen kann froh sein, dachte Brandau, daß Dombrovsky nicht genug Thai spricht und sie nicht genug Englisch, um ihr das Märchen vom Seidenkönig zu erzählen.

Am Liberty angekommen, ließ Brandau Dombrovsky an der Empfangshalle im vorderen Gebäude raus, damit er seinen Zimmerschlüssel holen konnte. Er fuhr mit dem Wagen bis zum hinteren Gebäude, wo Dombrovsky sein Zimmer im fünften Stock hatte, und parkte vor dem Eingang zum Aufzug.

Das Mädchen beugte sich vom Rücksitz über ihn und küßte seinen Nacken. Sie roch gut. Dombrovsky würde eine Menge Spaß bekommen. Brandau kam sich alt und allein vor.

Dombrovsky erschien mit dem Schlüssel. Das Mädchen stieg aus. Brandau kurbelte die Seitenscheibe herunter, und die beiden Männer gaben sich zum Abschied die Hände.

»Sie wissen, wie das läuft?« fragte Brandau.

»Vielleicht geben Sie mir noch ein paar Tips, damit nichts anbrennt.« Dombrovsky lächelte verlegen.

»Sie nehmen sie mit auf Ihr Zimmer. Das ist hier ganz normal. Am besten bestellen Sie ihr erstmal was zu essen. Sie hat hart gearbeitet und hat vermutlich Hunger. Dann setzt sie Sie erst mal in die Badewanne und schrubbt den *farang* sauber. Sie bleibt die ganze Nacht bei Ihnen, wenn Sie es so wollen. Morgens laden Sie das Mädchen zum Frühstück ein und setzen es dann in ein Taxi. Geben Sie ihr fünfhundert Baht. Das ist fair.«

»Hört sich gut an«, sagte Dombrovsky.

»Ja, anders als in Deutschland, wo Sie eine Stunde mit einer arroganten Bordsteinschwalbe einen Blauen kostet«, erwiderte Brandau. »Nur rund sechzig Mark, und es dauert wirklich eine ganze Nacht.«

Der Reporter ging mit dem Mädchen zum Aufzug.

»Bringen Sie morgen Ihren Paß im Büro vorbei. Wegen des Visums!« rief Brandau ihm nach.

Dombrovsky nickte bestätigend. Das Mädchen sah neben ihm sehr klein und zerbrechlich aus. Ein zierlicher Vogel.

16

»Es ist eine Schande!« sagte der Schlachter.

Sein Gehilfe sah ihn verblüfft an. Es war neu, daß der Meister Gefühle an den Tag legte.

»Ein so schönes Tier. Hat sicher viel Geld gekostet. Viel zu schade für Damenhandtaschen und Fischfutter.« Der

Schlachter schüttelte den Kopf und sah betrübt auf die schwarzweißgefleckte Dogge.

»Bist du sicher, daß die üblichen drei Tage Wartefrist eingehalten worden sind?« fragte er den Gehilfen.

»Wird schon so sein«, antwortete der Handlanger gelangweilt. »So ein Exemplar holt jeder ab, dem was dran liegt.«

»Also gut«, sagte der Schlachter und begann dem Hund das Fell abzuziehen.

17

Brandau war den Ursachen seines nächtlichen Durchfalls auf der Spur.

Nachdem er sich eine Flasche Sodawasser aus dem Kühlschrank gegriffen hatte, um seinen Durst zu stillen, öffnete er das Gefrierfach, um sich Eiswürfel zu nehmen. Sein Blick fiel auf die Innenseite der Tür. Er sah je ein schwarzes Symbol für einen Fisch, einen Krebs und eine Muschel und las »2–3«. Daneben konnte er ein Schwein, ein Stück Butter und einen Kuchen erkennen und »4–5« lesen. Dann kam ein Hase, ein Truthahn, ein Brotlaib, ein Hirsch, wohl für Wild, und eine »6«. Darunter konnte er so etwas wie Trauben erkennen, eine stilisierte Paprikafrucht, einen Fasan und ein Rind. Daneben stand »9–12«.

»Was war das gestern abend, neben dem ganzen Thaizeug? Du hast noch was Deutsches gebraten. Ich will nicht sagen als Nachtisch, aber immerhin. Es war etwas Heimisches?« Er sah Nui fragend an, plapperte sein Englisch durchfallgeschwächt runter und erwartete eigentlich nicht ernsthaft, daß sie ihn verstehen würde.

»Khoo thoot«, sagte sie vorsichtig.

Daß es ihr leid tat, führte Brandau auf sein angegriffenes

Äußeres zurück. Aber sie verstand ihn nicht wirklich. Wie sollte sie auch?

»Leberkäse«, sagte er auf Deutsch und ohne jeden bayrischen Akzent.

Sie nickte. Aber er war sicher, daß es nur aus Höflichkeit geschah.

»Also Schwein, nehme ich an«, fuhr er in Englisch fort und sah auf die immer noch offenstehende Gefrierfachtür. Es dampfte. »Haben wir wieder mal zu lange eingefroren!« Er klappte die Tür abschließend und energisch zu.

»Muu«, sagte Nui.

»Schwein, ganz recht!«

»Mai mi muu«, stellte Nui entschieden fest.

Brandau zögerte mit der Antwort und trank ersatzweise einen Schluck Soda. Also war es doch kein Schwein gewesen.

»Nüa«, erklärte Nui fest.

»Auch wenn es Rind war. Auf jeden Fall zu lange. Wir haben zum letzten Mal vor zwei Wochen eingekauft. Auch Rindfleisch wäre kaputt.«

Nui nickte zustimmend und sagte: »Gabudd!«

Er liebte diese Diskussionen zwischen Kosmopoliten. Absolute Klarheit. Bester Durchblick. Man kaufte, verbrauchte und machte sich mit seinem Konsumterror fertig. Die Vorteile des Genießerlebens.

»Nai Suung mai sabai«, stellte Nui vorsichtig fest.

Nai Suung, so nannte sie ihn. Sein Spitzname. Der Lange. Und es gab keinen Zweifel daran, daß es ihm wirklich nicht gutging. Sie hatte absolut recht. Er nickte betrübt.

»Mai sabai«, sagte Brandau in seinem rudimentären Thai. Er war kurz vor dem nächsten Gang zur Toilette.

Sie verstand ihn. Das konnte man sehen.

18

Am Swimmingpool spielten zwei baumlange Somalis mit winzigen Thaifrauen.

Dombrovsky hatte das Mädchen in ein Taxi gesetzt und ging zum Café-Restaurant des Liberty hinüber. Er setzte sich wieder an den Tisch, an dem er kurz zuvor noch mit dem Mädchen gefrühstückt hatte und bestellte ein Bier. Hinter den tiefgetönten Fensterscheiben stand die Zeit still. Es blieb unklar, ob es Tag oder Nacht war. Also sprach nichts gegen eine große Flasche Bier am frühen Morgen. Auch der Sexbetrieb funktionierte rund um die Uhr.

Einen Tisch weiter saß ein Araber und blätterte gelangweilt Bündel von 500-Baht-Noten durch. Vier Tische weiter saß ein Transvestit und lächelte. Der Araber stauchte die Thai-Bedienung mürrisch zusammen, weil ein Würstchen seines Mixed Grill zwei Zentimeter über den Tellerrand hing. Er mußte offensichtlich sein schlechtes Gewissen überspielen, was den Genuß des Schweinefleischs anging.

Dombrovsky bekam sein Bier, schenkte selbst ein, da er auf Schaum Wert legte, trank sein Glas in einem Zug aus und dachte darüber nach, wieviele weiße BMW der Dreierreihe es wohl in Bangkok geben mochte. Erst eben, als er das Mädchen ins Taxi gesetzt hatte, hatte er wieder einen gesehen. Mit laufendem Motor, damit die Klimaanlage arbeitete, und die beiden Männer im Wageninneren nicht vor Hitze umkamen. Sie waren nur schwer auszumachen gewesen, hinter der getönten Scheibe. Trotzdem war es Dombrovsky so vorgekommen, als hätten sie sich sehr ähnlich gesehen.

19

Sie kämpften sich auf der Ausfallstraße nach Westen, dem offenen Land entgegen, dem Grün, den gut asphaltierten Highways. Wenige der sogenannten Entwicklungsländer verfügen über so viele Kilometer Qualitätsstraße wie Thailand. Dafür war Bangkok zu, verstopft wie ein überfüllter Kuhmagen, voller Blähungen. Überall drückte es. Und wo es keine Ventile gibt, da stehen Explosionen ins Haus.

Highway No. 4, die Straße von Bangkok nach Kanchanaburi. Zwei Autostunden lang Palmenhaine, Reisfelder, lehmverschmierte Wasserbüffel, Lotosblüten, Ortschaften und Tempel, der größte auf halber Strecke in Nakhon Pathom. Die vermutlich älteste Stadt des Landes. Geburtsstätte des Thai-Buddhismus. Der Phra Pathom Chedi ist die größte, höchste und älteste Pagode dieser Bauart der Welt. Sein mit Goldmosaik verzierter Kegel ist weithin sichtbar.

Brandaus Magen rumorte immer noch. Er hatte Dombrovsky im Hotel abgeholt und ihm kurzentschlossen einen kleinen Wochenendausflug vorgeschlagen. Wenn Brandau seinen Bangkok-Koller bekam, mußte er raus aus der Stadt. Robin hatte verständnisvoll geschmunzelt. Sie kannte das. Alle paar Wochen verschwand er für ein, zwei Tage und kam danach mit entspannteren Gesichtszügen zurück.

Nach eineinhalb Stunden Fahrt hielt Brandau an einer Tankstelle. Während der Treibstoff in den Tank gluckerte, besorgte er zwei Lipo an der Kasse. Er ging zum Wagen zurück und reichte Dombrovsky ein gekühltes Fläschchen.

»Was ist das?« Der Reporter musterte die Arznei mißtrauisch. »Kraftstoff für Fernfahrer«, sagte Brandau aufmunternd und trank. »LIPOVITAN-D. Vitamine, Koffein, Honig. Davon lebt der Transportverkehr Thailands. Diesel und Lipo. Ich selbst bevorzuge THEOPLEX-D-SYRUP. Hatten sie aber leider nicht auf Lager.«

»Schmeckt gut!« Dombrovsky schmatzte und grinste energiegeladen. »Nette Droge!«

Brandau zahlte. Sie fuhren weiter.

»Als Thompson 1945 in Bangkok hängenblieb, muß es weniger hektisch als heute gewesen sein.« Dombrovsky näherte sich seinem Thema.

»Weniger Autos. Weniger Verkehr. Eben weniger modern. Und ohne brauchbare Hotels. Der Architekt lebte wieder auf. Sie wissen, daß er das Oriental mit aufpoliert hat?« Der Nachhilfelehrer Brandau hörte seinen Schüler die Vokabeln ab.

»Ja, ein ehemaliger Palast oder etwas derartiges. Bekannte Herberge für Südostasienreisende. Treffpunkt der Ausländerkolonie. Informationsbörse und Kultstätte. Wohl ein wenig anders als heutzutage.«

»Die Stadt hatte den Krieg fast völlig unbeschadet überstanden. Sie war strategisch bedeutsam in der Region. Knotenpunkt der Luftfahrt. Der Touristenboom war absehbar. Also Hotels!«

»Wie heißt diese Französin nochmal, seine Partnerin beim Hotelprojekt?«

»Das weiß ich nun wirklich nicht mehr«, seufzte Brandau. Dombrovsky konnte einem viel abverlangen, sah unter jeden Stein, siebte alle Kiesel durch.

»1946 flog er in die USA. Angeblich hat er seinen Agentenjob an den Nagel gehängt und sich nach Investoren umgesehen.« Dombrovsky musterte den Wasserbüffel, der bis zum Bauch im Wasser eines Reisfeldes stand.

»Hat wohl auch versucht, seine Frau mit nach Bangkok zu nehmen.«

»Aber die ließ sich scheiden. Er kam 1947 allein nach Thailand zurück.«

Ein todesmutiger Hund zwang Brandau, den Fuß vom

Gas zu nehmen. Dann beschleunigte er wieder, bis die Tachonadel bei 120 Stundenkilometer stehenblieb, ohne Rücksicht auf die Geschwindigkeitsbegrenzung.

»Mit dem Oriental-Job und der französischen Partnerin ist es ja auch nicht lange gutgegangen. Er Design. Sie das Kaufmännische. Hat wohl nicht zusammengepaßt. Thompson stieg aus.« Dombrovsky zündete sich eine Zigarette an.

»Er hatte auch so genug zu tun, war inoffizieller Berater des amerikanischen Botschafters in Bangkok. Der Botschafter war angeblich mit ihm befreundet. Unser Mann interessierte sich hauptsächlich für die nationalen Befreiungsbewegungen in Vietnam, Kambodscha und Laos. Bangkok war Standort von Exilpolitikern, die auf die Befreiung ihrer Heimatländer von den Franzosen hinarbeiteten. Heißes Pflaster. Französischer Geheimdienst und die gesamte Konkurrenz. Um die Zeit lernte er übrigens Pridi kennen.«

»Ruth!« sagte Dombrovsky. Das war der Codename, der Schlüssel zum Safe, in dem die Belohnung wartete.

Brandau sah seinen Nachbarn für Sekunden an. In den Augen des Reporters spiegelten sich 25000 grüngraue Dollarscheine. Brandau konzentrierte sich wieder auf die Schnellstraße.

»Pridi Banomyong« flüsterte Dombrovsky andächtig.

»Den hatten wir schon mal. Populärer Rechtsanwalt und Politiker. Erfolgreicher Führer der Free Thai. Sein guter Ruf als Widerstandskämpfer ermöglichte ihm nach Abzug der Japaner eine politische Stellung, die ihn zu einem der mächtigsten Männer Thailands machte. War bereits 1932 unter den Revolutionären gewesen, die das Ende der absoluten Monarchie herbeiführten. 1946 brachte er es bis zum Premierminister. Nach nur fünf Monaten Amtszeit stolperte er über einen bis heute ungeklärten Mord. Das prominente Opfer war der junge Herrscher der nunmehr konstitutionellen Monarchie.«

»Ananda, Bruder des derzeitigen Königs!« warf Dombrovsky ein. Er unterstrich, daß Brandau ihm nur Sachen erzählte, die er schon lange wußte. Es war wohl das, was er als *brainstorming* ansah.

»Ganz recht. Er wurde am 9. Juni 1946 tot im Großen Palast gefunden. Seine Leiche lag auf dem Bett, daneben die Pistole. Unfall? Selbstmord? Pridi konnte sich jedenfalls nicht mehr von dem Verdacht befreien, daß er etwas mit der Sache zu tun hatte. Die Aufklärungsarbeiten waren verworren und schlampig im Detail. Pridis Popularität nahm ab.«

»Das ist aber eine sehr eigenwillige Interpretation der Fakten.«

»Wie dem auch sei«, fuhr Brandau unbeirrt fort, »seine Situation war schwierig. Er zog sich, immer noch einflußreich, ins zweite Glied der Politik zurück. Im November 1947 flüchtete er nach einem Staatsstreich außer Landes. Im Februar 1949 unternahm er, mit Unterstützung der Marine, den Versuch, die Regierung zu stürzen. Er scheiterte, ging ins Exil nach Kanton, später nach Paris.«

»Man hat ihn doch lange Zeit verdächtigt, aus der Volksrepublik die kommunistische Untergrundbewegung in der Grenzregion zwischen Thailand und Malaysia aufgebaut und unterstützt zu haben...« Dombrovsky drückte umständlich seine Zigarette im Aschenbecher über dem Schalthebel aus.

»Ungefähr die Ecke, in der Jim Thompson spurlos verschwunden ist«, sagte Brandau.

Dombrovsky schwieg.

Die Provinzhauptstadt Kanchanaburi ist der Nabel des River-Kwai-Tourismus. Sie mieteten sich im River Kwai Hotel ein, der Herberge für Kriegsveteranen, Flitterwöchner und Globetrotter, und brachten ihr spärliches Handgepäck auf die Zimmer. Brandau registrierte freundliche Hinweise in

Englisch, Deutsch und Japanisch und trank eine Flasche Mineralwasser aus der Minibar. Eine Viertelstunde später trafen sie sich wieder an der Rezeption. Es zog sie zur Brücke.

Nur wenige Kilometer weiter lag der Tatort. Der erste Eindruck fetzte alle heroischen Vorstellungen über das Kriegsepos beiseite. Ein Parkplatz voller klimatisierter Reisebusse. Mehrere Andenkenläden, in denen Ansichtskarten, bedruckte T-Shirts, Schirmmützen, Saphire, Jade und Rubine angeboten wurden.

Dazwischen zwei ausgediente Lokomotiven, von Kindern und Familienvätern beklettert. Darüber hinweg dröhnte Barbra Streisands »Woman In Love« aus der Musikbox. Dann die Brücke über den Fluß, von Touristen besetzt wie eine Hochspannungsleitung von Zugvögeln. »Over and over again«, brüllte Barbra.

Brandau versuchte, das Gewimmel und die Musikbox zu verdrängen, aber altbekannte Filmszenen und der River-Kwai-Marsch hatten keine Chance. Die moderne Verwurstung von Heldentum war immun gegen Nostalgie.

»Das hatte ich mir aber anders vorgestellt«, sagte Dombrovsky.

»Haben wohl den Film gesehen?«

»Nein, eigentlich weiß ich gar nicht, wie die Geschichte aussieht. Hab' nur immer davon gehört. Und diesen gepfiffenen Marsch natürlich.«

»Sie meinen, Sie haben nie Sir Alec Guinness und all die anderen Stars in diesem Film gesehen?« Brandau ließ deutlich spüren, daß dies eine schlimme Bildungslücke war.

Der Reporter zuckte mit den Schultern.

Gemeinsam gingen sie zum einspurigen Schienenstrang und überquerten die Brücke. 250 Meter Spannweite. 15 Betonpfeiler, davon sechs im lehmigbraunen Wasser. Eine vernietete Stahlträgerkonstruktion. Die Schienen mit Stahlpflöcken auf Holzschwellen befestigt. Zwischen den Schienen waren brüchige Bohlen über die Schwellen genagelt. Der Fußgänger- und Mopedweg. Wollte man dem Gegenverkehr ausweichen, mußte man hoch über dem Fluß seitwärts in die luftige Konstruktion turnen. An jedem Pfeiler ein kleiner Austritt mit Balkongeländer.

Beide Flußufer waren üppig bewachsen. Bananen, Zukkerrohr, Mimosenbäume, Tapioka. Das Hinterland hügelig und dunkelgrün. Der Himmel bleigrau bewölkt.

»Etwa einhundert Meter flußabwärts muß die alte Brücke gestanden haben, die bei der Fertigstellung der jetzigen abgerissen wurde.« Brandau deutete mit ausgestrecktem Arm über den Fluß. »Bei niedrigem Wasserstand sollen die Pfeilerstümpfe noch zu sehen sein.«

Dombrovsky nickte. Ein Hornsignal ertönte. Die Brükkentouristen in Ufernähe flüchteten aufs Festland, der Rest verzog sich auf die Austritte über den Pfeilern. Aus den Bananenstauden tauchte ein Schienenbus auf und schlich müde vorbei. RIVER KWAI TRIP, konnten sie lesen. Aus den Fenstern lärmten Touristen. Der Schienenbus überquerte die Brücke und zockelte weiter. Keine Minen wie im Film. Keine Explosionen. Sie spazierten über die Brücke zurück. Brandau besah sich die schwimmenden Restaurants auf fest verankerten Flößen. Der Steg für Hungrige und Durstige war eine Miniaturreproduktion der berühmten Brücke. Bogen. Trapez. Ölfässer dienten als Schwimmer. In einem Andenkenladen erstand Dombrovsky für 30 Baht ein dünnes Heft, das auf 16 Seiten die militärischen und verkehrstechnischen Fakten zur River-Kwai-Story enthielt.

Als sie aus dem Andenkenladen kamen, sah Brandau den weißen BMW. Das Heck zeigte etwa dreißig Meter entfernt eine 318. Dombrovsky sah den Wagen im selben Moment. Und dieses Mal konnte Brandau ihm nicht schon wieder seinen Spionagefimmel vorhalten. Irgendwas war an der Sache dran.

20

Suwit Aroonkit knackte den Verschluß zur zweiten Flasche Mekhong. Das rote Neonlicht tauchte seine linke Gesichtshälfte in fiebrigen Glanz. Der Whisky verschmierte seine Worte, als er zu der Prostituierten sagte: »Sie wollen mich nicht mehr.«

Die Tür des Lokals wurde geöffnet. Ein neuer Gast erschien. Für Sekunden stach das grelle Licht des Mittags in die künstlich-dunkle Neonwelt. Ein Schub Hitze machte der Klimaanlage zu schaffen, zog aber den kürzeren.

»Jeder Mann findet Arbeit, wenn er nur lange genug sucht«, sagte die Frau und hantierte vorsichtig mit ihrem Glas.

»Ich kenne nur eine Arbeit, von der ich was verstehe. Die hier!« Suwit hielt ihr die rechte Faust unter die Nase. »Gute Handarbeit. Gute Beinarbeit. Aber ich habe einfach kein Glück mehr.«

»Hast du einen Führerschein?« Das Mädchen fragte mit plötzlichem Optimismus, so als wäre ihm eine Erleuchtung gekommen.

»Ja... wozu?«

»Du könntest als Fahrer arbeiten. Lastwagen oder Bus.«

»Jede Nacht auf der Straße? Nichts für mich!« Suwit trank den Mekhong jetzt wie Eiswasser.

»Oder du könntest Wetten annehmen oder Lose verkaufen.«

»Ich?« fragte Suwit ungläubig. Für einen Augenblick leistete er sich eine Spur arroganten Stolz im verquollenen Gesicht. Der Trinker bemühte sich um Sportlichkeit. »Ich soll den Leuten das Glück verkaufen, das ich selbst nicht mehr habe?«

21

»Ein beliebter Autotyp«, sagte Dombrovsky. »Und eine beliebte Farbe!«

»Es scheint wirklich was mit uns zu tun zu haben.« Brandau bemühte sich, etwas Langeweile auszustrahlen. Aber er war schon gottverdammt gespannt, was hinter dem Ganzen stecken mochte.

»Was nun?« Dombrovsky blätterte aufwendig in seiner Informationsschrift über die Brücke, was etwa so unbeteiligt und natürlich auf die Jungs im BMW wirken mußte als montiere er ihnen gerade die 318 ab.

»Geduld und abwarten. Ich schlage vor, wir gehen jetzt zum Restaurant auf dem Floß und essen was. Ich muß Ihnen ja sowieso noch die Geschichte zur River Kwai Brücke erzählen, wenn Sie den Film nicht kennen und den Roman nicht gelesen haben.«

»Okay, lassen wir die Knaben etwas hängen. Mal sehen, was sich ergibt.«

Sie gingen zum Flußufer hinunter und überquerten den Steg in Minibrückenaufmachung. Zwei Kellner stürzten sich auf das Paar. Sie nahmen an der Reling Platz, mit wahlweisem Blick auf das lehmigbraune Wasser und in die Uferböschung, für den Fall, daß sie noch andere Gäste anzogen. Dombrovsky entschied sich für Fisch. Brandau für einen Hamburger. Und Brandau erzählte Dombrovsky die Geschichte zur Brücke.

Die Japaner hatten 1941 Transportprobleme. Bereits seit mehreren Jahren im Krieg mit China, traten sie in den Krieg mit den Vereinigten Staaten, Großbritannien und den Niederlanden ein. Thailand und Burma wurden besetzt. Indien schien im Bereich des Möglichen zu liegen, wenn man auf Expansion setzte.

Die Japaner dachten jedoch zunächst an die Sicherung des eroberten südostasiatischen Terrains. Versorgungsprobleme waren zu lösen. Es gab den Seeweg über Singapur nach Rangun. Aber Gegenangriffe der Alliierten Seestreitkräfte auf diese lebenswichtige Verbindung waren zu erwarten. Die Militärführung der Japaner beabsichtigte aus diesem Grund eine neue Eisenbahnlinie zu bauen, die Bangkok und Singapur mit der Burmalinie nach Rangun verbinden sollte. Ein Infrastrukturprojekt von gehobenem Schwierigkeitsgrad, durch dschungelbedeckte Berge zwischen dem Golf von Bengalen und dem Golf von Siam. 415 km Schienenstrang, davon 303,95 km auf thailändischem Gebiet und 111,05 km in Burma, die als »Death Railway« in die Kriegsgeschichte eingehen sollten.

Die Bauarbeiten begannen im Oktober 1942 und endeten ein Jahr später, am 23. Oktober 1943. An diesem Projekt waren 60000 alliierte Kriegsgefangene und 300000 asiatische Arbeiter aus Indien, Burma, Malaysia, Indonesien, China und Thailand beteiligt.

Ein strategisch bedeutsamer Punkt dieser Eisenbahnlinie wurde weltberühmt. 130 km westlich von Bangkok am River Kwae Yai. Und er ging nicht nur in die Kriegs-, sondern auch in die Literatur-, Film- und Musikgeschichte ein. Die Brücke am Kwai. Sie ist dem breiten Publikum in drei Versionen bekannt. Den Grundstein legte Pierre Boulle mit seinem Roman. Der Film mit Alec Guinness als Oberst Nicholson und der River-Kwai-Marsch taten ein übriges.

»Ich kenne, wie gesagt, nur die gepfiffene Version«, sagte Dombrovsky und kaute auf einer Fischgräte herum. Gelegentlich warf er einen sichernden Blick in die Uferböschung.

»Der Roman hat einen leicht elitären Grundton. Abendländische Übermenschen mit kleinen Schwächen werden von morgenländischen Primitiven zeitweise gefangengenommen und müssen diesen die Technik erklären. Die Brücke gerät zu einer Meisterleistung der angepaßten Technologie, die jeden Bauingenieur in freudigen Taumel versetzen muß. Die 60000 erwähnten Bauarbeiter bestehen nur noch aus Amerikanern, Briten und Niederländern, aber vor allem aus Engländern, denen als Japse oder gelbe Affen umschriebene Japaner gegenüberstehen. Gelegentlich tauchen einige Thai-Partisanen auf, die wiederum Engländern zur Hand gehen. Inder, Burmesen, Malayen, Indonesier und Chinesen werden unterschlagen.«

»Das hört sich doch deutlich nach Ihrem Geschäft an«, merkte Dombrovsky nicht ohne Genugtuung an.

»Ja, wenn man so will, weist das Bauvorhaben deutliche Parallelen zur zeitgenössischen Entwicklungshilfe auf.« Brandau bestellte sich ein Sodawasser. »Im Mittelpunkt des Geschehens steht Oberst Nicholson, alias Alec Guinness. Ein Mann von spartanischer Disziplin, durchdrungen von Autoritätsglauben und militärischem Snobismus. Einmal wird angedeutet, daß sich hinter der Haltung Nicholsons scharfsinniger Machiavellismus verbirgt, aber die menschlich-sympathischen Seiten des englischen Oberst setzen sich doch immer wieder durch.« Das Sodawasser kam. Er löschte seinen Durst, und das Getränk erschien fast augenblicklich wieder als Schweißfilm auf seiner Haut.

»Was war sonst noch?« fragte Dombrovsky.

Brandau bestellte noch ein Sodawasser, sah, daß sich beim Feind nichts tat und lieferte den Rest der Story.

Nicholson war hauptsächlich damit beschäftigt, seinem Gegenüber, dem japanischen Lagerkommandanten Oberst Saito, zu erklären, daß zwar britische Mannschaften, nicht aber Offiziere arbeiten dürften. Zur Unterstreichung dieses Sachverhalts hielt er Saito immer wieder das Militärstrafgesetzbuch unter die Nase, in dem die Genfer und Haager

Konvention enthalten waren. Die Japaner hatten allerdings diejenigen Passagen der Genfer Konvention, welche die Behandlung von Kriegsgefangenen betrafen, gar nicht erst ratifiziert. Kriegsgefangenschaft war für die Japaner gleich Ehrverlust. Bevor man in Gefangenschaft ging, kämpfte man bis zum Tod. Wenn Gefangenschaft nicht zu vermeiden war, beging man Harakiri. In der Philosophie der japanischen Streitkräfte war der Tod die einzige Alternative zum Sieg; ein Glaube, der von der japanischen Gesellschaft derart akzeptiert wurde, daß die Verabschiedung eines in den Krieg ziehenden Soldaten oft nicht weniger als eine Beerdigungszeremonie war. Lebend kamen nur Sieger zurück. Das Militärgesetz von 1942 schrieb vor, daß jeder, der an der Erledigung seiner Aufgabe scheiterte, sterben müsse. Deshalb gab es wenige japanische Kriegsgefangene. Ende des Krieges waren es 6400 gegenüber fast 20000 alliierten. Ein britischer General soll in Burma gesagt haben, daß von allen Soldaten, die behaupten, sie würden bis zum Tod kämpfen, die Japaner die einzigen seien, die sich daran hielten.

Oberst Nicholson war all dies nicht bekannt, und er beharrte auf seinem Recht. Oberst Saito blieben die Ansprüche des Abendländers unverständlich. Über beiden lastete jedoch der Anspruch General Yamashitas, die Eisenbahnlinie inklusive Brücke in sechs Monaten fertigzustellen. »Arbeitet freudig und mit Eifer«, hatte der General den Bauleuten mit auf den Weg gegeben und regelmäßige körperliche Arbeit als beste Vorsorge gegen Ruhr, Malaria, Beriberi und Geschwüre bezeichnet. Ausbruchsversuche wurden mit dem Tod bestraft.

Der Zeitdruck und die technische Unfähigkeit seiner eigenen Bauexperten brachten Oberst Saito zur Verzweiflung. Er schloß sich immer häufiger in seinem Zimmer ein, ersäufte seine Wut in schottischem Whisky und trauerte dem Gesichtsverlust entgegen. Nicholson setzte trotz Folterstrafe unerbittlich nach und behielt die Oberhand. Der Japaner ernannte ihn in der Not zum Projektleiter, degradierte die heimischen Bauingenieure zu Counterparts und befreite die gefangenen Offiziere von körperlicher Arbeit.

Nicholson stellte sich ein Beraterteam zusammen, das aus einem Organisator und einem Bauingenieur bestand, beide britische Offiziere. Der Bauingenieur stützte sich auf die Erkenntnis, daß Brückenpfeiler aus Ulmenholz bei der London Bridge 600 Jahre gehalten haben, wechselte den sumpfigen Untergrund gegen sandigen aus, empfahl eine andere Holzsorte, stellte einen Plan auf und erklärte nebenbei dem japanischen Partner die Statik. Der zeigte sich lernwillig, nachdem seine empirischen Bambusbasteleien ohne Erfolg geblieben waren. Fortschritte wurden sichtbar. Der britische und der japanische Oberst kamen sich näher.

Aber die Koordinierung nationaler und internationaler Hilfsmaßnahmen war schon 1942 ein schwieriges Geschäft. Während die Brücke am Kwai dank britischer Initiative Form annahm, planten andere alliierte Offiziere in einer militärischen Geheimdienstzentrale in Kalkutta die Inspektion des Vorhabens. Hierzu wurde ein Team aus einem Oxford-Professor, einem Kavallerieoffizier und einem technischen Zeichner eingesetzt. Die drei sprangen über feindlichem Gebiet mit dem Fallschirm ab, schätzten das Projekt mit Unterstützung von Thai-Partisanen ab und beschlossen die Sprengung.

Nicholson bekam jedoch Wind von der Sache. Er reaktivierte die japanischen Partner, die er schon an die Wand gedrückt hatte, und machte gegen die eigene Seite mobil. Es kam zu Kampfhandlungen, bei denen Nicholson und Saito umkamen. Der erste Zug der neueröffneten Linie kündigte sich in der Ferne durch lautes Pfeifen an. Das Sprengkommando scheiterte. Die Brücke blieb stehen. Der Zug überquerte die Brücke, fuhr auf eine Mine und entgleiste. Die

Lokomotive und drei Waggons stürzten die Böschung hinab in den Fluß.

»Eine ganze Menge *action*«, bemerkte Dombrovsky.

»Das ist der Roman in der Kurzfassung. Im Film gibt es natürlich ein etwas pompöseres Ende. Die Brücke fliegt in die Luft.« Brandau hatte sich an das Sodawasser gewöhnt.

»Der Roman endet übrigens mit einem philosophischen Gespräch zwischen dem Oxford-Professor und dem Leiter der Zentrale in Kalkutta über die Mystik der Tat. Schlußfolgerung ist, daß es trotz Heldenmuts an überlegener Intelligenz gefehlt hat.«

»Und was ist in Wirklichkeit passiert?« fragte Dombrovsky.

»Mit Sicherheit haben sich hier in den Gefangenenlagern eine Menge spannender Geschichten abgespielt. Die Brücke ist im übrigen einem Luftangriff der Royal Air Force zum Opfer gefallen.«

Der Kellner kam und wollte ihnen noch einen Nachtisch aufladen. Brandau verzichtete. Dombrovsky nahm ein Schokoladeneis.

»Ich erzähle Ihnen die Geschichte nicht nur als wissenschaftliche Ergänzung zum Tourismus. Indirekt hat das Ganze auch mit Jim Thompson zu tun.« Brandau servierte die kleine Zeitbombe kurz vor dem Eis.

Dombrovsky reagierte mit sofortiger Konzentration und bekam wieder den Fieberglanz des Jägers in seine grünen Augen.

»Die Thai-Partisanen in der Geschichte sind die Free Thai von Pridi. Und das Sprengkommando, das hinter den feindlichen Linien absprang, um die Brücke zu erledigen, war von der Sorte, die 1945 auf Ceylon trainiert wurde, so wie Jim.«

Brandau sah, wie Dombrovsky diesen Aspekt der Story in sein Gehirn sickern ließ. Bevor er sich dazu äußern konnte, blickte Brandau vorsichtshalber zur Uferböschung hinüber und hatte eine Erscheinung.

»Ich sehe doppelt«, sagte er leise zu Dombrovsky.

Der weiße BMW stand direkt am oberen Ende der Böschung, und zwei Männer gingen langsam über den Steg. Die Ölfässer kamen ins Schwanken. Die Bewegungen ließen die Brückenimitation unnatürlich erscheinen. Abmessungen und Schwankungsrhythmus widersprachen sich.

»Zweimal Mao«, raunte Dombrovsky. »Ich hatte schon vor dem Liberty, heute morgen, so ein Gefühl, als sähen sich da zwei sehr ähnlich.«

»Davon haben Sie mir gar nichts erzählt.«

»Ich wollte Sie nicht wieder mit meinen Wahnvorstellungen belästigen. Gestern abend im Wagen schienen Sie mir bei diesem Thema etwas gereizt.«

Die Zwillinge gingen bis zum Rand des Floßes und besahen sich den Fluß. Sie unterhielten sich leise auf Thai, soweit Brandau seinen Ohren trauen konnte.

Dombrovsky saß so verspannt auf seinem Stuhl, als wolle er gleich in einer Karatebewegung explodieren und die Initiative an sich reißen.

Die Zwillinge kehrten gemächlich um, bevor der Kellner ihnen zu nahe kommen konnte, überquerten den Steg und stiegen zum Auto hinauf. Einsteigen. Türen zu. Ende der Vorstellung. Der Motor wurde nicht gestartet.

»Die haben Nerven!« Der Thompsonjäger war beeindruckt.

»Ich schlage vor«, sagte Brandau gleichmütig, »daß wir jetzt erstmal zahlen.«

22

»Ich brauche nicht zu sagen, daß Sie unsere beste Kraft sind.« Der Chef der Tollwut-Kontroll-Abteilung der Bangkoker Stadtverwaltung legte alle Höflichkeit und persönliche Betroffenheit in seine Stimme, die er zusammenkratzen konnte.

Khun Bao saß vor dem Schreibtisch und schwieg sich aus.

»Aber wir machen alle unsere Fehler.« Der Chef schloß sich mit ein, um es Bao leichter zu machen. »Daß wir die Dogge erwischt haben, ist in Ordnung, schließlich hatte sie da draußen nichts zu suchen. Auch daß wir sie umgebracht haben, ist zu entschuldigen, denn schließlich laufen so die Dinge, wenn ein streunender Hund erstmal eingefangen ist. Daß wir jedoch in diesem Fall nicht die vorgeschriebene Wartefrist von drei Tagen eingehalten haben, um dem Besitzer die Chance zu geben, seinen Hund wieder einzusammeln, das bricht uns das Genick. Wie wollen wir nachweisen, daß der Chinese nicht doch noch am letzten Tag die hundert Baht vorbeigebracht hätte und alles geregelt gewesen wäre?«

Der Chef sagte immer »wir«. Aber es war natürlich nicht sein Job, um den es hier ging. Ein wenig ärgerte es ihn, daß er wegen diesem Vorfall an einem Samstag im Büro sitzen mußte. Er hatte eigentlich einen Familienausflug übers Wochenende im Auge gehabt.

Bao rutschte leise auf dem Stuhl hin und her. Er hatte nichts zum Gespräch beizutragen. Eigentlich war er ja nun für die Wartefrist nicht verantwortlich. Er war der Jäger. Aber wen interessierte das schon.

»Es gibt eine Menge einflußreicher Leute in Bangkok«, sagte der Chef tröstend. »Das macht das Leben so schwer.«

Bao räusperte sich verlegen. Es war ihm peinlich, daß er so viel Ärger machte.

»Nun...«, versuchte der Chef die Überleitung zum Todesstoß zu finden.

»Ich habe es fünfunddreißig Jahre lang gemacht«, bemerkte Bao leise.

»Ich weiß«, beschwichtigte der Chef. »Eine lange und ehrenvolle Zeit, aber...«

»Eine Million habe ich erledigt für die *Rabies Control Division.*«

»Ein stolzer Rekord.« Der Chef sagte es feierlich, mit einer gewissen Anerkennung. »Aber...«

23

»Wir fahren jetzt einfach zum Friedhof, mal sehen, was sie dann machen«, sagte Brandau und schloß die Fahrertür des Passat auf.

Dombrovsky sah ihn verblüfft an.

»Zum Gefallenen-Friedhof der *British Commonwealth War Graves Commission.* Gehört zum River-Kwai-Programm.«

Sie stiegen ein und fuhren los. Der BMW folgte in vertretbarem Abstand.

»Der Typ wird übrigens hier zusammengebaut. Fünfzig Prozent müssen vor Ort produziert werden, zum Beispiel Sitze, Türverkleidung und Reifen.«

»Damit wollen Sie mir wohl unterschwellig sagen, daß ein weißer BMW in Thailand keine Seltenheit sein muß.«

»Nein«, sagte Brandau versöhnlich. »Nicht mehr.«

Nach Schätzungen müssen etwa 18000 Kriegsgefangene beim Bau der Eisenbahnlinie umgekommen sein. Die Gebeine der weitaus meisten liegen, von der Vegetation überwuchert, im tropischen Wald. Diejenigen, die gefunden wurden, sind auf zwei Friedhöfen untergebracht. Einer liegt in Kanchanaburi.

Auf der großen Rasenfläche hinter der Friedhofsmauer tummelten sich Jugendliche in Schuluniformen; einige saßen neben den Gräbern und lasen. Zwei Thai-Gärtner arbeiteten in der Nachmittagssonne. Dombrovsky und Brandau spazierten die langen Reihen kleiner rechteckiger Bronzeplatten entlang, die auf Zementsockeln montiert waren und Auskunft über die Toten gaben.

NX31694 / PRIVATE / B. A. CANN / 2-30 INFANTRY BATTALION / 14TH DECEMBER 1943 / AGE 28 / »HE DIED THAT HENCEFORTH WE MIGHT LIVE IN PEACE.«

NX4J104 / PRIVATE / I. J. KITCHENER / 2-30 INFANTRY BATTALION / 7TH DECEMBER 1943 / AGE 35 / »HE ANSWERED HIS COUNTRY'S CALL. MAY HIS DEATH BE NOT IN VAIN.«

Neben dem Text Kreuze oder das Wappen der jeweiligen militärischen Einheit. Brandau ging in die Hocke und musterte ein Wappen genau. AUSTRALIAN IMPERIAL FORCE. Einige Reihen weiter das Grab eines Namenlosen. AN ALLIED SOLDIER OF THE 1939–1945 WAR / KNOWN UNTO GOD. Etwas weiter entfernt lagen die Holländer. KONINKRIJK DER NEDERLANDEN / IHR J. C. N. VAN EYS / SERGT M. M. D. / 7. 6. 1913–7. 9. 1944.

Dombrovsky warf zwischendurch kontrollierende Blicke zum Friedhofseingang. Die Verfolger zogen es vor, jenseits der Mauer im Wagen zu warten.

Linker Hand vom Haupteingang lag ein Gedenktempel, in dem die Namen der betroffenen Einheiten aufgeführt waren: The Gordon Highlanders, Royal Corps of Signals, Malacca Volunteer Corps. In der Mitte der Gefallenenstätte stand ein einfaches Kreuz aus Stein.

Sie wanderten zum Ausgang zurück. Beim Verlassen des Friedhofs sagte Dombrovsky leise die deutsche Version einer Grabinschrift vor sich hin: »Ehrenvoll seine Pflicht erfüllt!«

Zurück im Hotel spürte man die Präsenz der Japaner. Sie waren wieder da, als Touristen, quirlig, laut wie deutsche Neckermänner; das Geld verkaufter Toyota-Limousinen und Sony-HiFis in den Taschen.

Im River Café traf sie die Eiseskälte der Klimaanlage. Coffeeshops waren *in.* Es gab sie in jeder Provinzstadt Thailands. Zu einem anständigen Coffeeshop gehörte fast absolute Dunkelheit, in der man von mit Minitaschenlampen bewaffneten Bediensteten zu einem Tisch geführt wurde, von wo aus man auf eine kleine Bühne blicken konnte, auf der ein Mann mit einer elektronischen Orgel und Rhythmusgeber arbeitete. Den Gesang lieferten diverse Sängerinnen und Sänger, die sich in festen Zeiteinheiten ablösten und seichte Schnulzen in der Landessprache darboten. Konversation war mit Einschränkungen möglich. Coffeeshops wurden bereits um fünf Uhr, zur »Happy Hour«, mit aufwendigen Verdunkelungstechniken in Betrieb genommen.

Es machte große Mühe, die Getränkekarte bei den Lichtverhältnissen zu entziffern. Dombrovsky nahm einen Campari-Soda. Brandau entschied sich für einen Bacardi mit Eis. Das doppelte Lottchen im Mao-Look erschien in der Tür zum Coffeeshop und versuchte, sie in der Finsternis zu orten. Die beiden Chinesen hatten so wenig Erfolg dabei, daß sie sich beinahe aus Versehen mit an ihren Tisch gesetzt hätten. Um nicht allzu nervös zu erscheinen, nahmen sie dann nur zwei Tische weiter Platz. Beide tranken Bier. Was immer sie vorhatten, es schien nicht völlig geheim zu sein. Die Art, in der sie ihrem Handwerk nachgingen, war beeindruckend solide und unaufwendig. Sie waren nicht von der Sorte, die das zu beschattende Objekt beim Wechseln der Pappnasen und der Trenchcoats aus den Augen verlor. Irgendwie waren die Jungs sympathisch. Sie strahlten robuste Zuverlässigkeit aus. Mehr auf die Nerven fiel das Gelalle des Sängers, der zu gequetschten Orgeltönen etwas wie »Es ist schwer, bei der Luftwaffe eine Frau zu finden, besonders bei mir hier oben in den Wolken...« von sich gab. Zwischen den Strophen schluchzte er.

Am nächsten Morgen besuchten sie das Kriegsmuseum an der Pak Phraek Road. Buddhistische Mönche hatten in einem Nachbau eben jener Bambushütten, in denen die Kriegsgefangenen untergebracht gewesen waren, Zeugnisse und Reliquien des Lagerlebens zusammengetragen. Naive Malereien vom tristen Alltag rechts und links der Eisenbahnlinie. Viele vergrößerte Schwarzweißfotografien, grobkörnig, leicht gelblich. Abgehärmte Menschen mit Krücken und Prothesen, von verschmutzten Verbänden zusammengehalten, die mit einem Lächeln in die Kamera sahen. Totenverbrennungen. Auf den in Kniehöhe errichteten Bambuspritschen lagen statt kranker Soldaten jetzt Uniformreste, Bombensplitter, Stahlpflöcke und schwere Hämmer.

Auf dem Gelände vor dem Museum hatten die Mönche ein Sandkastenmodell des Flußlaufes mit genauer Lageangabe der verschiedenen Camps gebaut. Überall fotografierende Japaner. Ein ganzer Bus voll. Dazwischen zweimal Mao. Brandau blätterte das Besucherbuch durch. Was da unter der Rubrik »Anmerkungen« stand, konnte den Besuchern aus Tokio und Umgebung nicht gefallen. James Hutton aus England stellte die Frage: *Don't it make you love the Nips?* Und T.Y. Chan aus Hongkong meinte: *The Japs will come again!*

24

Der Vertreter des Bundeskriminalamtes stand den thailändischen Reportern Rede und Antwort. Er war immer im Dienst. Auch an einem Sonntag.

Die feuchtheiße Mittagshitze auf dem Flughafen Don Muang hatte ihn auf dem Weg von der Lufthansa-Maschine bis zum VIP-Room fast auf Null gebracht, obwohl ihm lange Paß- und Zollkontrollen erspart geblieben waren.

»Mister Baumann ist zu einem fünftägigen Besuch hier in Bangkok«, erläuterte ein Vertreter des *Office of Narcotics Control Board* den Pressevertretern. »Als Beauftragter des westdeutschen BKA und der Interpol wird er mit uns und den Kollegen der *Metropolitan Narcotics Unit* Gespräche im Hinblick auf eine noch engere Zusammenarbeit im Rahmen der Drogenbekämpfung führen. Wir haben Grund genug, uns bei dieser Gelegenheit für die großzügige Unterstützung unserer Arbeit durch die Bundesregierung zu bedanken. Fünfzehn Personenkraftwagen und dreizehn Motorräder, sowie Sprechfunkgeräte, alles im Wert von etwa sechs Millionen Baht, sind uns zur Verfügung gestellt worden. Darüber hinaus werden uns drei Millionen Baht für ein Trainingsprogramm zur Drogenbekämpfung bereitgestellt werden. Der BKA-Vertreter ist bereit, auf einige Fragen zu antworten.«

Die Reporter gingen ins Detail, und Baumann antwortete betont freundlich. Drogen aus Thailand waren eine der Hauptquellen, aus denen der westdeutsche Markt Mitte der siebziger Jahre versorgt worden war. Natürlich wußte er, daß es eigentlich nicht Drogen aus Thailand, sondern vielmehr aus dem Goldenen Dreieck waren, meist auf den burmesischen und laotischen Seiten der Grenzen produziert. Aber Thailand war nun mal Sammelbecken und Durchgangsstation. Der Zufluß nach Westdeutschland hatte sich in den Jahren 1978 und 1979 verringert, da die Türkei als Zulieferer größere Bedeutung erlangt hatte. Die große Zahl von Türken, die in der Bundesrepublik Arbeit suchten, erschwerte es den Behörden sehr, den Drogenhandel ausreichend zu kontrollieren. Seit dem Regierungswechsel wurden jedoch Maßnahmen ergriffen, den Ausländerzustrom zu verringern. Seit einem Jahr war wieder eine ansteigende Tendenz beim Zufluß von Drogen aus Thailand zu verzeichnen. Genaue Angaben über den Umfang der Lieferungen waren nicht möglich, da unsicher war, ob nicht ein Teil der zwischen Bangkok und der Bundesrepublik transportierten Ware aus anderen Ländern des südostasiatischen Raumes stammte.

Baumann führte weiter aus, daß die Bundesrepublik Deutschland oft als Drogenumschlagplatz für andere Länder, wie die Niederlande und die USA, benutzt werde. Die enge Zusammenarbeit zwischen den Thai-Behörden und dem BKA umfasse auch den Austausch von Beamten. Thai-Polizisten hätten Ausbildungsprogramme zur Drogenbekämpfung in der Bundesrepublik besucht. Die Entsendung eines offiziellen Drogenexperten und Verbindungsmannes an die Botschaft in Bangkok sei ins Auge gefaßt. Die bisherige Unterstützung habe mehr Symbolcharakter, aber technische Hilfe im größeren Ausmaß sei eingeplant.

Die Pressevertreter schrieben eifrig mit. Kassettenrekorder arbeiteten. Und hinter den drei Reihen von Reportern stand William Abbott, saugte gelassen an seiner Zigarre und hörte sich an, wie seine Arbeit in Zukunft behindert werden sollte. Der Australier hatte sich unter Gewerbeförderung und internationaler Zusammenarbeit eigentlich etwas anderes vorgestellt.

25

Der Mann mit der Habichtsnase im Asiatengesicht fixierte seinen Gesprächspartner und sagte in seinem französisch gefärbten Deutsch: »Sie sollten keine separaten Streitigkeiten mit Ihren Kunden anfangen. Sie bringen das ganze Gefüge durcheinander. Auch Ihre Kollegen von der Waffenindustrie werden nicht glücklich sein, wenn unnötige Turbulenzen entstehen. Wenn Khun Sa und Lao Su, die wohl Ihre Hauptabnehmer sind, aus verschiedenen Interessenlagen nicht mit Ihrer Lieferkapazität und dem Preis zufrieden sind, dann muß ja was dran sein. Die beiden Herren machen normalerweise nicht gemeinsame Sache, Herr Meier.«

Die beiden Männer saßen in einer ruhigen Ecke der Lobby des Indra Hotels und tranken Cognac. Jens Martin Meier war ein kleiner, kahlköpfiger Schwabe. Konfektionsanzug in Anthrazit. Weißes Hemd mit so hohem Kunststoffanteil, daß man es sehen konnte. Binder in Dunkelblau mit Goldmünzenmotiv. Weinrotes Einstecktuch. Gesicht der Marke Posaunenengel; der Hautfarbe nach zu schließen nach einem längeren Bläsersolo oder mit zu hohem Blutdruck. Massive Hornbrille des Typs Industrieboss, so schwer, daß er sie in regelmäßigen Abständen mit seinem kurzen und kräftigen Zeigefinger vom Rücken seiner fleischigen Nase zur Wurzel zurückbefördern mußte. Aber das konnte auch eine sorgsam eingeübte Geste sein, für wichtige Besprechungen wie diese. Es lag Meier nicht, in der Lobby eines Hotels zu verhandeln. Auch dann nicht, wenn niemand in unmittelbarer Nähe saß. Aber die meisten seiner hiesigen Geschäftspartner zogen die belebten und übersehbaren Räumlichkeiten für den Austausch gewisser Informationen vor. Wahrscheinlich aus Angst vor Abhöreinrichtungen. Nur so konnte Meier es sich erklären. Jens Martin Meier atmete schwer, als er dem Eurasier antwortete.

»Wir unterhalten uns hier über eine ganz normale Industriechemikalie, Monsieur Simenon.« Das *Monsieur* benutzte Meier ganz bewußt. Auch wenn sein eigener schwäbischer Akzent diesen Gag etwas abwertete. »Was den Mißbrauch derartiger Produkte angeht, so geschieht dies nicht innerhalb der uns möglichen Kontrolle. Die ist nämlich perfekt.«

»Essigsäureanhydrid dient nun mal der Heroingewinnung. Jeder weiß, wieviele Kilogramm Heroin jährlich im Goldenen Dreieck produziert werden. Für ein Kilo benötigt man in etwa einen Liter Ihres Produkts. Also ist auch der Umsatz der chemischen Industrie nachvollziehbar. Ich kann verstehen, daß Sie den Namen Ihrer Firma in der Bundesrepublik lieber im Zusammenhang mit Pflanzenschutzmitteln oder Medikamenten als im Zusammenhang mit Heroin in der Öffentlichkeit hören. Aber die Gefahr ist ja wohl sehr gering, was das Bewußtsein der Medien und des Bürgers angeht. Hier weiß jedenfalls jeder im Geschäft, wie die Sachen zusammenhängen. Also erzählen Sie mir bitte nicht diese Märchen, die Sie Ihren Landsleuten zu Hause auftischen. Sie verkaufen hier nicht Traktoren auf der Hannovermesse.« Der Eurasier war ruhig, fast von einer verständnisvollen Güte. Seine Stimme hatte jedoch eine feine Spur Drohung, nur rasierklingendünn, aber sehr wirksam.

»Ihre Kollegen von der Waffenindustrie haben die gleichen Berührungsängste mit den verschiedenen ideologischen Bekenntnissen der Befreiungsbewegungen, die sie beliefern. Ihr Deutschen habt da ein fast heuchlerisches Verhältnis zum Markt, den ihr beliefert und auf den ihr, wie alle Geschäftsleute, angewiesen seid. Die bundesdeutsche Kirche unterstützt schließlich auch die Karen in ihrem Freiheitskampf gegen die burmesische Zentralregierung in Rangun. Schließlich sind die Karen Christen.«

»Welche Kirche?«

»Spielt das wirklich eine Rolle, Herr Meier, ob es Protestanten oder Katholiken sind? Ob Burma oder Birma, wie die Sprachregelung nun in Ihrem Lande heißt, es bleibt dasselbe. Lassen wir die Spielchen. Sie hängen drin. Das hier ist ein in sich verzahntes Gesamtvorhaben. Und damit Sie sich nicht einbilden, daß Sie in der Auseinandersetzung über Liefermengen, Lieferfristen und den Preis mit Ihren Kunden alleine sind und sich buchhalterische Kleinkariertheiten erlauben können, werde ich Ihnen noch einmal das gesamte Szenario aufreißen. Ihre Partner im Geschäft sind nicht nur die Raffineriebesitzer. Mit denen haben Sie direkt oder über die entsprechenden Verbindungsmänner zu tun...«

»Ich habe die Herren Sa und Lao Su noch nie persönlich kennengelernt«, warf Meier ein.

»Wahrscheinlich ist das auch gesünder für Sie. Es ist ja auch nicht nötig fürs Geschäft. Die Herren sind im übrigen militärische und politische Faktoren erster Ordnung in der Region, in der sie jeweils operieren. Das macht sie interessant für die Großmächte und ihre Geheimdienste und damit verbunden auch für die Waffenindustrie. Und ich meine in diesem Zusammenhang nicht nur die USA und die Sowjetunion, sondern auch die Volksrepublik China. Außerdem haben Ihre direkten Kunden ja auch ihre Abnehmer für den Stoff. Und damit sind wir beim Vertrieb der Droge, mit all seinen Verästelungen in der restlichen Welt. Chinesische Organisationen, japanische, korsische. Die Mafia. Nun ja, Sie kennen das ja alles aus dem Kino.« Der Eurasier lächelte mitleidig. Die Deutschen taten immer so, als hätten sie nie etwas mit einem perfektionierten Netzwerk derartiger Organisationen zu tun gehabt. Keine Gestapo, keine SA, keine SS, keine Dienste der Wehrmacht und all die anderen Abteilungen.

»Sie vergessen die Verwicklung der Thai-Seite in das Ganze«, merkte Meier trotzig an. »Es wird aufwendig Trokkenmilch und Babypuder verbrannt, aber dann beschlagnahmen sie wieder mal eben 50000, angeblich illegal importierte Liter unseres Produktes, die in dunklen Kanälen verschwinden.«

»Ich sehe, daß auch Sie Ihre Absatzprobleme haben, Herr Meier, aber Sie sollten wirklich nicht zu einseitig an die ganze Angelegenheit herangehen.«

»Und zu welcher Gruppierung gehören Sie?« fragte Meier, ohne ernstlich eine Antwort zu erwarten.

»Zu allen oder auch zu keiner. Wir koordinieren das Ganze. Deshalb war mir auch sehr daran gelegen, einmal persönlich mit Ihnen zu sprechen.«

»Langley?« hakte der Schwabe nach.

»Was macht schon die Bedeutung des Standortes aus, Herr Meier? Ob die Baracken des Hauptquartiers nun in Virginia stehen oder sonstwo. Ihr Deutschen seid eigenartige Leute, Meier, und hier in dieser Region so einflußlos. Das macht eure Großkotzigkeit manchmal so schwer erträglich. Wenn es Ihrer Verwurzelung im westlichen Bündnis dient, sagen wir doch: die Heimmannschaft, meinetwegen die CIA oder irgendeine andere Außenstelle. Ein Anhängsel. Ein Ableger, der die Dreckarbeit verrichtet. All das gibt es natürlich nicht in einer westlichen Demokratie. Oder möchten Sie, daß der Bundestag sich offiziell und öffentlich mit der chemischen Industrie, dem Drogenproblem und dem Waffenhandel beschäftigt, sozusagen in einem Aufwasch? Vorsitzender der Untersuchungskommission ein Linker, und der BND oder eine der anderen im System etablierten Organisationen werden zur Rechenschaft gebeten. Dafür gibt es Ausputzer, Herr Meier. Deshalb nehmen sie auch Eurasier, wie mich.« Simenon grinste. Der Belgier kam durch. Das asiatische Lächeln hatte ausgedient.

»Alles, was ich Ihnen ganz verbindlich sagen kann, Herr Meier, ist: Es gibt uns offiziell nicht, trotzdem ist es schwer genug, an uns vorbeizukommen. Jeder wird leugnen uns zu kennen. Und wenn die politische Scheiße in den Ventilator gerät und den falschen Politikern ins Gesicht fliegt, dann sind wir für die Sommersprossen verantwortlich und die ersten, die weg vom Fenster sind. Aber bis das passiert, sind wir ein Faktor, ein wesentlicher, den Sie bitte berücksichtigen wollen.« Gustave Simenon lächelte jetzt wieder freundlich, obwohl er den Deutschen für ein Arschloch hielt.

»Sehr deutlich, was Sie da so von sich geben, sehr deutlich.« Meier schluckte, als könne er so den bitteren Geschmack im Mund loswerden. »Da ist noch dieser Reporter«, fuhr Meier fort.

»Ich weiß. Dieser Herr Dombrovsky. Ihre Kontaktleute haben mir berichtet.«

»Ekelhafter Schnüffler. Hat einen umfangreichen Artikel über unsere Aktivitäten in Pakistan in einem renommierten Monatsmagazin veröffentlicht. Ausgesprochen unangenehm. Wir befürchten, daß er hier ähnliches vorhat.«

»Ich habe mich bereits darum gekümmert. Er ist auf einer anderen Fährte. Er weiß nicht, daß Sie im Lande sind. Es besteht die Möglichkeit, daß diese andere Fährte ihn zwangsweise zum alten Thema bringt. Aber wir beobachten ihn. Keine Sorge!«

»Dann kommt da demnächst noch einer vom Bundeskriminalamt«, warf Meier ein.

»Haben wir auch im Auge. Die offizielle Vorhut ist schon da. Bis die einen festen Berater installieren, wird es wohl noch einige Zeit dauern. Das kann nicht so wild werden. Die DEA und die CIA schaffen es schließlich auch, ihre verschiedenen Interessen zu vertreten, ohne sich jedesmal gegenseitig anzuschwärzen.«

»Ist das nicht alles absurd?« fragte Meier. »Alles aus denselben Steuertöpfen bekämpft und gefördert.«

»Es ist absurd. Aber es funktioniert. Der Interessenausgleich ist gegeben. Und das ist es, worauf es in der Welt ankommt.«

»Sie sind nicht zufällig vom KGB?«

»Nein!« Der Eurasier lachte. »Soweit kann ich Sie wirklich beruhigen. Weder KGB noch GRU.«

»Das beruhigt mich wirklich«, sagte Meier fest.

»Es wird der Tag kommen, an dem auch das Sie nicht mehr beruhigt, mein Bester. Glaube ist eine fischige Sache. Ich orientiere mich immer mehr an dem, was man wissen kann.«

Jens Martin Meier sah trübsinnig auf den Teppichboden der Hotelhalle.

»Wir haben Ihnen wieder eine Laotin besorgt«, sagte Gustave Simenon. »Ihre Kontaktleute haben mich darauf hingewiesen, das dies das übliche Arrangement für Sie sei. Sie wartet auf Ihrem Zimmer.« Der Eurasier stand auf, streckte seine Einmeterdreiundneunzig und ging davon, ohne dem Deutschen die Hand zum Abschied anzubieten.

26

Am Montagmorgen schrieb Brandau dem Kommandanten einen Brief. Es schien an der Zeit, seine täglichen Erfahrungen mit der lautstarken Propaganda des Militärapparates in konstruktives Handeln umzusetzen, bevor er ein Magengeschwür bekam.

Um sechs Uhr hatte ihn die erste Lautsprecherattacke nach einer unruhigen Nacht geweckt. Er fand den Weg ins Bad nicht, sondern schleppte sich mit erhöhter Adrenalinausschüttung zum Schreibtisch, spannte Papier in seine Kofferschreibmaschine und tippte sich die Wut, den Haß und den Ärger aus dem Bauch.

Dear Sir,
seit langem wohne ich in einem Haus in der Soi Kobfa 54, Inthamara 22 und möchte heute um Ihre freundliche Kooperation in einer bestimmten Angelegenheit bitten. Aufgrund der engen Beziehungen zwischen Ihrer und meiner Regierung bin ich mir über die Bedeutung der Aufgabe Ihrer Einheit bewußt und der damit verbundenen Notwendigkeit von Aktivitäten in Ihrer Kaserne.
Ich verstehe in diesem Zusammenhang den frühmorgendlichen Drill und seine Unausweichlichkeit, auch wenn hierfür Lautsprecher eingesetzt werden müssen. Aber was sicher nicht in Ihrer Absicht liegt, ist die Tatsache, daß Angehörige Ihrer Einheit die Lautsprecheranlage dazu benutzen, zu sehr früher Morgenstunde (meist gegen sechs Uhr) Fragmente von Radiomusik und Werbesendungen zu übertragen. Dies geschieht in einer Lautstärke, die die gesamte Gegend abdeckt und das Privatleben der Zivilbewohner empfindlich stört, sogar dann, wenn sie, wie ich, fast einen halben Kilometer entfernt wohnen.
Ich bin sicher, daß Ihnen diese weitreichenden und negativen Ergebnisse der erwähnten Aktivitäten weder bekannt sind, geschweige denn Ihrer Absicht entsprechen. Aus diesen Gründen würde ich es außerordentlich begrüßen, wenn Sie in dieser Angelegenheit intervenieren könnten und die Lautstärke der Anlage auf ein erträgliches Maß reduzieren lassen würden, speziell dann, wenn es sich um Radioübertragungen handelt.
Für Ihre freundliche Kooperation darf ich mich herzlich bedanken.
Yours sincerely
Michael Brandau

Er hoffte, daß er die richtige Mischung zwischen Bitte, höflichem Schnörkelenglisch und verdeckter Anklage gefunden hatte, die den Chef der Schleifer vor dem Gesichtsverlust bewahrte und ihn vor weiterem Krach.

Nach diesem schriftstellerischen Racheakt fühlte er sich so befreit, daß er unter der Dusche ein längeres Operetten-Potpourri intonierte. Sein brüchiger Tenor wurde durch das entfernte Winseln des Hundes untermalt.

Während Nui das Frühstück zusammenbastelte, nahm sich Brandau zwei liegengebliebene Ausgaben der *Zeit* und des *Spiegel* vor. Kurz vor acht Uhr wußte er wieder einigermaßen in der Welt Bescheid, was die deutsche Sicht der Dinge anging, hatte eine Kanne Jacobs Krönung (die Vorräte gingen zu Ende, wie ihm Nui bedeutet hatte), ein Fünfminutenei und drei Scheiben Bauernbrot aus der deutschen Bäckerei in der Sukhumvit mit Salami aus dem Kangaroo Supermarket gegenüber der Bäckerei vertilgt. Und als dann kam, was Punkt acht kommen mußte, war er seltsam entspannt und gelassen. Die Lautsprecheranlage der Kaserne eskalierte in einem wilden Pfeifen. Der Meister der Musikmaschine hatte den Lautstärkenregler bis zum Anschlag aufgedreht und durch den Salat diverser Rückkoppelungssalven dröhnten die vertrauten Glockenschläge einer viktorianischen Standuhr. Dann eine kurze, fast unerträglich totenstille Pause. Es folgte die tägliche Nationalhymne. Ein Musikstück, das, von einem Österreicher komponiert, durchaus seine melodiösen Qualitäten hatte, aber, mit so viel tontechnischer Macht vorgetragen, nur aufgrund seines Bekanntheitsgrades und wegen des eindeutigen Zeitpunktes der Ausstrahlung identifiziert werden konnte. Er sah die Jungs dort drüben strammstehen und war sicher, daß alle mitsangen. Es war immer wieder ein Erlebnis. Wenn sein freundlicher Brief ohne Erfolg bleiben würde, dann würde er eines Tages in der Endphase seiner Belastbarkeit zurückschlagen. Er würde sich ein Megaphon besorgen, die deutsche Hymne auf den

Plattenteller legen, genüßlich die Nadel in die Rille setzen und ihnen ein »Deutschland-Deutschland-über-alles« als Konter servieren, das sich gewaschen haben würde.

Attila sabberte ein bißchen Speichel auf Brandaus nackte Füße und grunzte glücklich. Es war Zeit ins Büro zu fahren.

»Einer der Wächter unseres Apartmenthauses hat einen Bruder«, sagte Robin bedeutungsschwer, nachdem sie ihn begrüßt hatte.

»Aha«, antwortete Brandau.

»Und dieser Bruder ist seit gestern arbeitslos.« Sie machte es wirklich spannend.

Er sah gelangweilt über die Tageszeitungen auf seinem Schreibtisch und sortierte die Post, die während des kleinen Ausfluges mit Dombrovsky gekommen war.

»Ich glaube, daß er als Nachtwächter für dein Haus in Frage käme.« Sie eröffnete ihm diese Möglichkeit mit einer gewissen Nachdrücklichkeit in der Stimme, als verordne sie strenge Bettruhe und Medizin.

»Darum habe ich mich noch gar nicht gekümmert.« Er nickte mäßig interessiert. »Aber ich habe dich ja; du erledigst die wirklich wichtigen Sachen zügig. Gestern arbeitslos und heute eine neue Anstellung in Aussicht. Du scheinst nebenbei noch ein paar kleine Arbeitsbeschaffungsprogramme angeleiert zu haben, von denen ich bislang nichts wußte. Wann hat dir denn euer Apartmentwächter das alles vermittelt? Es muß heute nacht gewesen sein!«

»Besonders erholt zu haben scheinst du dich aber diesmal nicht, bei deinem kleinen Fluchtversuch aus der Großstadt. Bist etwas bissig heute morgen.« Sie war die Ruhe selbst und sehr nachsichtig. Sie kannte ihn eben.

»Scheiß Ruhestörung am frühen Morgen«, maulte er eine Spur versöhnlicher. »Dieser Lautsprecherterror macht mich wirklich noch fertig. Aber heute habe ich dem Obermacker einen Brief geschrieben und ihn eigenhändig am Kasernentor abgegeben.«

Sie sah ihn an, als habe er seine Bauklötzchen wütend gegen die Wand geworfen und zusätzlich die Flasche mit handwarmer Milch verweigert. »Manchmal glaube ich wirklich, daß du hundertprozentig neurotisch bist.«

»Wir müssen eine Ledercouch fürs Büro kaufen, damit ich mich regelmäßig hinlegen kann, um dir mein Herz auszuschütten. Dann kaufen wir dir noch so einen niedlichen Silberhammer, mit dem du mir gegen die Kniescheibe klopfen kannst, um meine Reflexe zu überprüfen.«

»Um auf den möglichen Nachtwächter zurückzukommen«, fuhr Robin hartnäckig fort, »davon habe ich gestern abend erfahren, als die beiden zusammen am Wachhäuschen standen. Ich unterhalte mich öfter mit unserem Wächter. Er erzählt mir sein gesamtes Familienleben, immer in kleinen Raten; und diesmal war halt sein Bruder da.«

»Ich hoffe, du revanchierst dich nicht mit Berichten aus deinem Leben«, nörgelte er unverdrossen weiter.

Sie gönnte ihm darauf nicht mal eine Antwort.

»Was ist das für ein Mann? Was qualifiziert ihn dazu, meine Sicherheit zu gewährleisten?«

»Er war Hundefänger!«

Er sah ihr verdutzt auf die Brüste und ließ den Blick ratlos dort hängen. Die Tatsache, daß Attila jede Gelegenheit dazu nutzte, bei offenem Tor abzuhauen und einen kleinen Ausflug zu machen, schien ihm nicht Grund genug dafür zu sein, einen Nachtwächter mit entsprechender Spezialausbildung einzustellen.

»Sie haben ihm gekündigt, weil er einen Fehler gemacht haben soll, obwohl er seinen Job fünfunddreißig Jahre lang und erfolgreich ausgeführt hat.« Robin hatte jetzt diesen Ton drauf, den Sozialarbeiter und Bewährungshelfer im Verteidigungsfall zustande bringen.

»Das ist so bei Kündigungen. Sie halten einem Fehler vor.« Er fragte sich, was erfolgreiche Tätigkeit bei einem Hundefänger konkret bedeutete.

»Ich habe ihn für halb zehn ins Büro bestellt, damit du ihn dir mal ansehen kannst.« Sie hatte klare Vorstellungen, und sie setzte sie durch, wann immer sie konnte.

Brandau nickte ergeben. Robin machte die meisten seiner Termine fest. Warum nicht auch diesen?

27

Der Thompsonjäger hatte einen Ortstermin.

Der Laden der Thai Silk Company in der Surawong Road hatte seit einer Stunde geöffnet, als Dulf Dombrovsky anfing, sich einen persönlichen Eindruck über Jim Thompsons Produktpalette zu verschaffen. Was er sah, gefiel ihm. Im Erdgeschoß Seidenballen als Meterware, Tücher, Kissenbezüge, Krawatten, Handtaschen, Bilderrahmen und Geschenkschatullen. Alles in hervorragenden Farben. Sehr ästhetisch. Eigentlich mehr Mailand oder Paris, was das Ambiente anging. Mindestens vier der westlichen Kundinnen, die sich prüfend und mit demonstrativer Langeweile mit dem Angebot auseinandersetzten, waren dem *Vogue*-Magazin direkt entsprungen.

Dombrovsky blieb an einem Kimono hängen. Zartgrau mit beige Muster. Sehr dezent. Und nicht billig. 250 DM. Aber er war ja nicht zum Shopping angereist. Er riß sich von der Edelrobe los und stieg die Stufen zum ersten Stockwerk hinauf. In Glasvitrinen waren erlesene Schmuckstücke zu ausgesuchten Preisen ausgestellt. Im Obergeschoß gab es die aufwendigeren Sachen für Damen und Herren. Kleider, Blusen, Hemden. Viele Spiegel und die nachlässig-elegante

Möblierung, die Häuser dieses Namens bereitstellen, damit gelangweilte Ehefrauen reicher Kreditkartenbesitzer in drei Stunden fünf Kleider anprobieren können, ohne Wadenkrämpfe zu bekommen, während sie die Zeit totschlagen. Nette doppelsitzige Sofas. Niedliche Sessel. Unmengen von Seidenkissen.

Ein stahlgraues Hemd mit halbem Ärmel machte Dombrovsky zum zweiten Mal zu schaffen. Grau war seine Farbe. Rund hundert Mark. Es gelang ihm noch einmal, den Konsumtrieb zu unterdrücken. Daran hatte Jim Thompson also unter anderem gearbeitet. Kein typisches Umfeld für einen militärischen Ex-Agenten und Fallschirmspringer. Hätte er nicht das meiste der Geschichte gekannt, hätte er hinter all dem, was er sehen konnte, eher einen mit teurem Rasierwasser eingenutteten Modeschöpfer in seidenem Hausmantel mit Einstecktuch vermutet.

Die lieben Klischees, dachte Dombrovsky, als er ins Erdgeschoß hinunterging. Er hatte sich insgeheim erhofft, daß die Konfrontation mit diesem Laden ihm eine Erleuchtung bescheren würde. Irgendeine Eingebung. Aber sein Instinkt sprach nicht an. Hier war alles in weiche, glänzende Seide eingehüllt. Kein unverhoffter Anhaltspunkt. Keine Spur. Nur Schönheit. Ohne Spannung.

Beim dritten Mal strauchelte Dombrovsky. Die Krawatte in Hellgrau mit den kleinen weißen Punkten kostete nur fünfundzwanzig Mark. Er konnte sich diesem ausgewogenen Angebot nicht verweigern.

28

Der Mann war absolut pünktlich. Halb zehn. Robin wußte, wen sie förderte.

Brandau hatte sich auf einen Arbeitslosen eingestellt, der in der ortsüblichen Art, also tiefgebeugt und abgrundtief schüchtern, vorstellig werden würde. Die Sorte, die man an der Tür abholen und freundlich weitertransportieren muß, um deutlich zu machen, daß auch Hierarchien ihre Grenzen haben.

Der Hundefänger war anders. Nachdem er sich bei Robin angemeldet hatte, und diese ihn durch die offene Tür zu Brandaus Büro weiterverwiesen hatte, erschien er im Türrahmen, nahm die Hacken in olivfarbenen Socken zusammen und sagte klar und deutlich: *»Good Morning, Sir!«*

Brandau war beeindruckt. Der Thai hatte seinen ersten Punkt bereits gemacht. Brandau war nicht klar, ob der Khaki-Overall mit dem dunkelbraunen Lederkoppel und das schwarze Filzbarett, das der Mann mit den Händen vor dem Koppelschloß hielt, die Grundausstattung für städtische Hundefänger war, oder ob er sich als Mitarbeiter einer modernen Wach- und Schließgesellschaft präsentierte. Er war ungefähr einen Meter siebzig groß, drahtig wie die meisten Thai. Sein Gesicht war ein freundlich zerknittertes Faltenmeer mit einer breiten Nase und mandelförmigen Augen. Die Augäpfel waren bräunlichgelb. Die Haare hatte er zum Bürstenschnitt gestutzt. Brandau tippte auf einen laotischen Elternteil. Beim Alter paßte er. Es war ihm nach wie vor fast unmöglich, einen Thai altersmäßig einzuschätzen. Sie sahen in der Regel immer jünger aus, als sie waren. Der hier hatte das durchtrainierte Gehabe eines Enddreißigers. Sein Gesicht war irgendwo zwischen Säugling und Großvater erstarrt. Mit Sicherheit war er über fünfzig.

Brandau erwiderte den Gruß.

Der Mann nahm nochmal die Hacken zusammen. Diesmal erinnerte es Brandau an sein morgendliches Erlebnis mit den Militärs. Eine Spur schlechte Laune kam auf. Bevor ihn Hilflosigkeit befallen konnte, war Robin zur Stelle, bat den Besucher, in einem der Sessel Platz zu nehmen und übernahm die Gesprächsleitung in Thai und Englisch.

Das Englisch des Hundefängers schien ausreichend zu sein, um sich mit Brandau über die Arbeit verständigen zu können. Brandau ermunterte ihn, mit Robin Thai zu reden. Der Mann informierte auf Befragung exakt über die Anzahl der gefangenen und getöteten Hunde seiner Laufbahn, darüber, daß er Junggeselle war, daß er aus dem Süden stamme, aber kein Muslim sondern Buddhist sei, und daß er den Job als Nachtwächter gern hätte. Er habe schließlich nicht nur in der Bekämpfung von Hunden Erfahrung, sondern auch im Kampf Mann gegen Mann. Er hatte zur Zeit der japanischen Besatzung in der Widerstandsbewegung der Free Thai mitgekämpft, hatte Erfahrung im Nahkampf und mit Waffen. Stolz berichtete er, daß er noch heute täglich sein Boxtraining absolvierte. Viel Arbeit am Sandsack. Wie zur Untermauerung seiner Behauptung zog er eines seiner Knie leicht nach oben, als plaziere er einen Treffer. Über die Gründe, die zum Ende seiner Karriere als Hundefänger geführt hatten, schwieg er sich aus. Es interessierte Brandau auch nicht. Robin hatte etwas Verworrenes angedeutet, das wie »den falschen Hund gekillt« geklungen hatte. Der Mann gefiel Brandau. Daß er bei den Free Thai gekämpft hatte, beeindruckte ihn stark. Es stellte Brandau ungefähr mit bundesdeutschen Politikern auf eine Stufe, die ihren privaten GSG 9-Schutzmann hatten. Er bot ihm fünfhundert Baht mehr, als er zuletzt verdient hatte. Der Thai akzeptierte. Brandau gab ihm die Anschrift seines Hauses, die glücklicherweise auf seiner Visitenkarte auch in Thai-Schrift gedruckt war, und der Hundefänger kündigte mit professioneller Würde an, daß er noch heute abend um sieben Uhr seinen Dienst antreten würde. Dabei hob er den linken Unterarm leicht vor die Brust und sah demonstrativ auf die taiwanesische Edelkopie einer Rolex.

Brandau war sicher, daß sein neuer Nachtwächter auf die Minute pünktlich erscheinen würde. Für einen Thai war er beeindruckend präzise. Wahrscheinlich würde er als erstes nach der Stechuhr fragen. Es war lächerlich, aber Brandau fühlte sich plötzlich sicherer.

29

»Wie wir hören, bist du arbeitslos«, sagte Milano Fong und klopfte sich mit einer nachlässigen Bewegung des linken Handrückens eine Falte aus seiner altrosa Seidenkrawatte.

»Sie geben mir keinen Kampf mehr.« Suwit Aroonkit sah auf den staubigen Fußboden des Gartenlokals und rührte unschlüssig mit den Stäbchen in seiner Nudelsuppe. Es war ihm alles sehr peinlich.

»Mit dem Boxen ist es wohl endgültig vorbei.« Fong fällte ein Urteil; mit leiser Stimme.

»Aber vielleicht haben wir was anderes für dich. Auch wenn du das viele Geld, das wir in deine Laufbahn als Boxer investiert haben, nicht wieder reingebracht hast.« Der Chinese ließ seine vorwurfsvollen Worte eine Weile wirken, inspizierte währenddessen die Rückseite seiner Krawatte und überzeugte sich davon, daß das Schild mit dem Stefano-Ricci-Schriftzug noch vorhanden war.

»Wir lassen unsere Leute nicht im Stich!« sagte Milano Fong gütig.

Suwit beugte sich tief über die Suppenschale und schob sich ein paar Reisnudeln zwischen die Zähne.

»Wir möchten, daß du einen Beobachtungsauftrag übernimmst. Ein Farang. Deutscher. Du bekommst die Adresse seines Hauses und verlierst ihn nicht aus den Augen. Sieh ihn dir genau an. Wenn du ihm folgen mußt, nimmst du dir ein Taxi oder was sonst zur Verfügung steht. Du bekommst genug Geld. Er soll dich natürlich nicht sehen. Wenn er abends nach elf Uhr noch im Haus ist, gehst du schlafen. Morgens um sechs bist du wieder auf Posten. Wenn er nachts länger in der Stadt unterwegs ist, hast du Pech gehabt. Wenn du ihn verlierst, rufst du uns an. Einmal am Tag rufst du auf jeden Fall an und berichtest. Wenn du nicht dranbleiben mußt, wenn einer von uns übernimmt, dann erfährst du das früh genug. Hier ist ein Foto und unsere Kontaktnummer.« Fong gab Suwit einen Zettel mit einer Telefonnummer und zeigte ihm eine Fotografie. Zwei Männer neben einem weißen VW-Passat.

»Welcher ist mein Mann?« fragte der Boxer.

»Der hier!« Fong tippte mit der Spitze eines Eßstäbchens auf eine der beiden abgelichteten Gestalten. »Der andere Mann ist oft mit ihm zusammen. Auch ein Deutscher. Aber der braucht dich nicht zu interessieren. Studiere du deinen Mann. Wie einen Gegner. Erinnere dich an deine Kämpfe. Vielleicht hast du noch intensiver mit ihm zu tun. Vorerst allerdings nur beobachten. Nicht mehr.«

»Er sieht nicht so aus, als ob er mir Schwierigkeiten machen könnte«, sagte Suwit. Es war Zeit, den letzten Rest Selbstwertgefühl zusammenzukratzen und die eigenen Fähigkeiten zu unterstreichen.

»Es gibt Jobs«, sagte der Chinese nachdrücklich, »die sind schwieriger, als jemanden k. o. zu schlagen.«

Suwit schwieg. Er wagte nicht einmal, nach der Bezahlung zu fragen. Sie würden das schon regeln. Sie hatten immer alles geregelt.

»Ich fahre dich jetzt zu seinem Haus. Du merkst es dir.

Morgen früh um sechs Uhr fängst du an. In der Nähe gibt es übrigens eine kleine Nudelküche, aber keinen Alkohol«, sagte Milano Fong drohend.

»Ich werde nicht trinken«, versicherte Suwit verbissen.

»Ist auch gesünder«, stellte Fong fest.

30

Sie hatten sich mit Dombrovsky zum Mittagessen im Oriental verabredet.

Robin hatte ihre Monatsabrechnung fertiggestellt. Eigentlich war es Brandaus. Aber sie konnte das so gut, daß er nur noch unterschrieb. Es war ein immer wiederkehrender Akt des bürokratischen Schwachsinns. Viele kleine Pfennige wurden in viele kleine Töpfe verrechnet und zwischen DM-Konten und Baht-Konten einerseits und diversen Kassenbüchern und Überwachungskonten andererseits wurden wilde Saldenbrücken konstruiert, die das Gefühl künstlicher Sorgfalt vermittelten, von dem Rechnungsprüfer in Deutschland ein Leben lang zehrten, was ihren beruflichen Ehrgeiz anging. Diesmal waren sie wieder wegen zweier unerlaubt gekaufter Bleistifte und einer Reparatur der Klimaanlage in Beweisnöte gekommen, was die »Sinnhaftigkeit derartiger Mittelverausgabung« anging. Eigentlich hatten sie nämlich gar keine Klimaanlage. Das war nicht statthaft. Der Gipfel des Schwachsinns. Ungefähr so logisch wie die Aberkennung einer Heizung im europäischen Winter. Aber schlichtweg nicht vermittelbar, zumindest nicht an die mit den Scheuklappen und den Ärmelschonern. Die Interpretation der Richtlinien und Vorschriften machte einen zum Märchenonkel oder man ließ es ganz sein. Irgendwie hatte Brandau bei diesem Monatsabschluß der kreative

Schub gefehlt. Er hatte ersatzweise noch einen Brief diktiert, in dem er sich über die Lächerlichkeit der Kultivierung buchhalterischer Minderwertigkeitskomplexe ausgelassen hatte. Das war unklug gewesen. Es würde ihnen wieder viel Ärger, Arbeit und Rückfragen einbringen. Aber er fühlte sich einfach besser.

»Heute nachmittag machen wir blau«, sagte er nachdrücklich. »Das haben wir uns verdient. Nach dem Essen mit Dombrovsky können wir uns doch noch ein bißchen am Pool aalen. Was hältst du davon?«

»Eine blendende Idee«, sagte Robin anerkennend. »In letzter Zeit bist du gar nicht mehr so vom Ehrgeiz zerfressen.«

»Bis dieser Bundestagsabgeordnete auftaucht, bleibt uns noch ein Tag in beschaulicher Ruhe. Den sollten wir nutzen. Wer weiß, welcher neue Modetrend gerade in einem dafür eigens gebildeten Ausschuß kreiert worden ist. Angepaßte Technologie hatten wir. Frauenprojekte hatten wir. Ländliche Entwicklung ist langsam ausgelutscht. Den entwicklungspolitischen Publikationen nach, müßte die Kulturwertewelle auf uns zukommen. Rückbesinnung auf die kulturelle Eigenständigkeit unserer Partner ... natürlich bei ausreichender Berücksichtigung unseres Goethe.« Brandau schloß das Büro ab. Der Nachtwächter drehte sich sorgfältig auf der Bank um, mit dem Rücken zum Tor, um seinen verdienten Schlaf fortzusetzen. Eigentlich war er auch zur Erledigung diverser Gartenarbeiten angestellt worden. Aber es wuchs ja alles von selbst.

»Vielleicht hat eine alte Dame, die letzte Weihnachten fünfzig Pfennige in den Klingelbeutel geworfen hat, einen Brief an ihren Abgeordneten geschrieben, um sich nach dem Verbleib von Spendengeldern zu erkundigen. Dann wird es brenzlig. Er wird uns hier Löcher in den Bauch fragen, damit er Material für eine Anfrage im Bundestag zusammenbekommt. Er ist von der Opposition. Wenn man schon mal Gelegenheit hat, vor Ort zu kommen, dann muß das auch richtig ausgeschlachtet werden.«

»Laß uns abwarten«, wiegelte Robin ab. »Vielleicht ist es ja ein ganz Lieber. Der letzte war doch ganz ordentlich und hilfreich.«

»Ja, wenn er beim Essen nicht seine Kreditkarte vergessen hätte.«

Am Schalterhäuschen zur Hochgarage des Oriental gab ihm der Wächter einen weißen Freiparkschein. Die Auffahrt kostete Brandau fast einen eingebeulten hinteren Radkasten. Die Architekten, die Thailands Parkhäuser konstruieren, müßten zur Strafe von morgens bis abends im eigenen Wagen auf den engen Schleichwegen ihrer eigenen Unfähigkeit unterwegs sein, um planerischen Durchblick zu entwickeln. Begriffe wie Wendekreis und Wagenlänge oder die einfache Technik des Ein- und Ausparkens mußten für diese Betonstrategen in den Bereich überflüssiger Banalitäten gehören. Der Passat sah am Hinterteil beiderseits aus, als hätte er Hautausschlag. Rost wucherte an langen Kratzspuren, und im Gegenlicht konnte man Unregelmäßigkeiten an der geschundenen Karosserie erkennen.

Im obersten Stockwerk fand Brandau einen Ruheplatz für sein Karambolagegefährt. Zwischen einem Jaguar und einem Mercedes 280 S, in dem ein gelangweilter Fahrer bei angelehnter Tür vor sich hin schnarchte. Sie gingen zum Fahrstuhl. Es war einer von der hungrigen Sorte, die, kaum haben sie die Tür aufgemacht, schon nach den Beinen der Benutzer schnappen oder einen einfach in Hüfthöhe in die Zange nehmen. Robin kam durch. Brandau blieb mit dem linken Fuß hängen, zerrte, verlor den Slipper und fluchte. Sie fuhren gelassen hinunter. Robin kicherte. Unten angekommen, machte der Apparat sein Haifischgebiß auf, schluckte zwei verschreckte Thai-Damen im kleinen Cocktailkleid, die mit Mühe ihre verschiedenen Extremitäten in Sicherheit bringen konnten, machte zu und ruckelte nach oben. Die beiden Damen stolperten beim Aussteigen erstaunt über Brandaus Schuh. Er stammelte etwas Thai für den Hausgebrauch, schnappte sich seinen Treter, bevor die Tür schloß und hüllte seinen entblößten Huf wieder in Leder. Der Aufzug förderte sie ohne weitere Zwischenfälle ins Erdgeschoß. Sie kamen gut aus den Startlöchern und machten es ohne Verluste ins Freie.

Einer der Boys in weißer Uniformjacke riß die Tür zur Hotelhalle auf und sagte: *»Good Morning, Sir!«* zu Robin. Er meinte es gut. Brandau lächelte. Der Boy hatte einen jener klassischen Hosenröcke in Grau an, bei denen eine Stoffbahn zwischen den Beinen nach oben durchgezogen war, und aus dem zwei weißbestrumpfte Beine herausragten, die in schwarzen Lackschuhen mit Schnallen endeten. Ein obszönes Arrangement. Brandau fand die Dinger widerlich.

Dombrovsky stand am Blumenstand, befingerte die Blüte einer Orchidee und machte Konversation mit der Verkäuferin.

»So werden Sie Thompson nie finden«, sagte Brandau mit tadelndem Unterton.

Dombrovsky fuhr herum, als habe Brandau ihn beim Geschlechtsverkehr überrascht. Die Thaifrau zwischen den Blumen kicherte. Robin kicherte. Irgendwie war es der Tag der Clowns und Gaukler. Alles sehr lustig.

Dombrovsky zwang sein Gesicht von dümmlicher Überraschung in etwas Freundliches, musterte Robin, kratzte sein bestes Englisch zusammen und sagte: »Ich wußte, daß dieser Mann einen hervorragenden Geschmack hat.« Dabei blieb unklar, ob er Thompson oder Brandau meinte. Irgendwie bekam er Robins Hand zu fassen und produzierte einen

Handkuß. Sissi, die gesamte Wiener Hofburg und alle Dialoge aus zweitklassigen Hollywoodschinken waren dürftige Kost gegen diese Szene.

»Scheint so, als ob wir heute nicht alle Tassen im Schrank hätten«, sagte Brandau.

»Er hat nur ein begrenztes Potential an Humor«, erläuterte Robin in ihrem hochnäsigsten Oxbridge-Englisch. Hörte sich an, als hätten Dombrovsky und sie mehrere Jahre gemeinsam im Sandkasten verbracht.

Die Thaischönheit sah ihnen interessiert zu. Sie begutachtete einen gelungenen Werbespot für Cremeseife. Brandau grinste sie an. Ihr Lächeln machte klar, daß sie Ausländer wie diese recht putzig fand.

»Hier«, sagte Dombrovsky und hielt Brandau ein Buch vors Gesicht. Schwarzer Einband. JIM THOMPSON stand in weißen Lettern über dem Titel in roten Buchstaben: THE LEGENDARY AMERICAN OF THAILAND.

»Wenn Sie das durch haben, brauchen Sie mich nicht mehr«, sagte Brandau. »William Warren hat jeden Stein umgedreht, über den man bei diesem Fall stolpern kann. Hervorragende Arbeit!«

»Wie wärs mit ein bißchen Hummer?« fragte Dombrovsky.

»Gute Idee.« Robin hatte einen Verbündeten für Seafood gefunden.

»Wenn es auch was vom Rind gibt, könnt ihr meinetwegen so viel Seezeugs essen, wie ihr lustig seid.« Brandau schloß sich den beiden an, die in Richtung Veranda abzogen.

»Draußen ist es entschieden zu heiß, mein Bester.« Dombrovsky sah ihn an, als erwarte er Widerspruch.

»Ich bin auch für drinnen«, antwortete Brandau.

Robin nickte, und sie verschwanden im Coffeeshop.

Kaum hatten sie etwas zu trinken bekommen, klopfte

Dombrovsky mit den Knöcheln seiner rechten Faust auf Warrens Buch neben dem Bierglas und hielt eine kleine Vorlesung über seine neuesten Erkenntnisse.

31

Die besten Kontakte im Lager der nationalen Befreiungsbewegungen hatte Jim Thompson zu den Laoten. Mit ihnen unternahm er regelmäßig Ausflüge in den Nordosten, eine benachteiligte Region, was den Vergleich mit dem Rest des Landes angeht. Die Heimat von Feldmarschall Sarit Thanarat, der 1957 nach einem Putsch die Macht an sich riß, und dessen Vetter laotischer Premier wurde.

Eine der Haupteinnahmequellen der Bewohner des Nordostens war und ist die Produktion von Rohseide. Maulbeerbäume haben keine Schwierigkeiten mit wenig fruchtbaren Böden.

Es bleibt unklar, in welche politischen Vorhaben Thompson an der Grenze zu Laos verwickelt war. Genau die Ecke, in der John le Carré seinen Agenten Jerry Westerby auf den Berufsrebellen Captain Ricardo treffen läßt. Drumherum kommunistische Terroristen. Ricardo umgeben von Handgranaten, Maschinengewehren, Büchern über Steuerrecht und Sexualtechniken, Thaimädchen und einem Rudergerät mit Gleitsitz zum Fitness-Training. Im Schuppen eine Beechcraft. Vermutlich Drogen. Westerby und Ricardo unterhalten sich bei Whisky und Wasser über Tennis, Gewichtheben und Spionage.

Sicher ist, daß Maulbeerbäume und Seidenraupen in Thompsons Kopf hängenblieben. Er nahm Kontakt mit einer Gruppe von Seidenwebern, Angehörige der islamischen Minderheit, in Bangkok auf. Außerdem sprach er mit dem

Handelsattaché der US-Botschaft über die Möglichkeiten, eine international konkurrenzfähige Seidenindustrie aufzubauen.

Im Alter von einundvierzig Jahren bestieg Thompson abermals ein Flugzeug, das ihn in die Vereinigten Staaten brachte. Bei seinem Gepäck befand sich ein Musterkoffer voller Seidenproben.

Diesen Koffer öffnete er in New York für die damalige Herausgeberin der Zeitschrift *Vogue*. Hier wurde Mode gemacht, wurden Trends gesetzt. Hier war der Marktplatz für Luxusartikel. Die *Vogue*-Redaktion reagierte, als habe Thompson vom Feinsten aus dem Goldenen Dreieck mitgebracht. Die Modebranche hing wenig später voll an der Nadel, sah die Welt in den prächtigsten Farben. Die Geburtsstunde für Thai Silk schlug. Der rote Faden, von den Maulbeerbäumen im Nordosten Thailands über die Weber in Bangkok bis hin zum Absatzmarkt, wurde sichtbar. Die Presse überschlug sich in positiven Berichten.

Thompson kehrte zuversichtlich nach Bangkok zurück. Und es war spätestens jetzt für ihn eine Heimkehr. Das Unternehmen lief an und expandierte. Das Broadway-Musical *The King and I* wurde mit Thai-Seide ausgestattet. Wenig später wurde der Film *Ben Hur* mit siamesischem Glanz angereichert. Und weltweit fragten sich Kinogänger, welches kolossale Blau da Charlton Heston beim Wagenrennen trug. Es ging steil bergauf. Thai Silk war und ist überwiegend in den Händen von Thai. Thompson fungierte als Managing Director, verdiente anfangs ein Jahresgehalt von 3000 und zuletzt von 33000 US-Dollar. Er galt unter Fachleuten als unterbezahlt, verzichtete jedoch auf höhere Einkünfte aus dem Topf der Seidenproduktion. Thompson konnte es sich leisten. Eine Familienerbschaft hatte ihn zum Millionär gemacht.

32

»Ich wittere überall den Farbengeschmack von Thompson«, sagte Dombrovsky und ließ den Blick über das Freiluftarrangement des Oriental wandern.

Dunkelgrün-hellgrün gestreifte Sonnenschirme, mit grünem Plastik bezogene Liegen und orange Badetücher am Pool. Orange wie die Tischdecken auf der Veranda. Derselbe Ton, den die buddhistischen Mönche tragen.

»Hätte mir jemand gesagt, daß Grün und Orange zusammenpassen, ich hätte an die Stirn getippt. Aber es paßt. Habe Orange immer für eine Frage der Verkehrssicherheit gehalten. Diese Phosphorleuchterei auf Hinweisschildern und Absperrbalken. Es muß an der Dosierung und der Zusammenstellung liegen. Was meinen Sie?« Er hatte jetzt eindeutig diesen bornierten Gesichtsausdruck des amtlich beglaubigten Sachverständigen, der in einem wichtigen Prozeß aussagte.

»Ich weiß nicht, was Altmeister Thompson zu Ihren Ansichten sagen würde. Bezweifele auch, daß die Kompositionen hier noch aus der Gründerzeit stammen. Ich weiß nur, daß Waage-Menschen zu den Ästheten unter den Sternzeichen gehören. Wenn man kleine Waagen in einen flaschengrünen Pulli und eine rote Hose steckt, dann fangen sie aus Protest an zu brüllen. Also fragen Sie Robin, was sie davon hält.«

»Er versteht mich nicht«, klagte Dombrovsky. »Ich lasse mich doch nicht über ein Flaschengrün aus oder Rot. Orange wie Mönche und helles und dunkles Grün wie im deutschen Wald. Nadelhölzer und Blätter. Tannen und Buchen!«

»Ich würde es in Altrosa oder einem gedämpften Violett schöner finden. Übrigens ist das Orange ein Safrangelb«, sagte Robin.

Dombrovsky zuckte resigniert mit den Schultern und schwieg. Er versuchte, aus allen Positionen an sein Ziel heranzukriechen, wollte sich in jede Regung des Meisters hineinversetzen, um alles besser zu verstehen, aber keiner konnte ihm folgen, keiner ihm helfen. Es war tragisch.

»Haben Sie Ihre Badehose dabei?« Brandau wollte jetzt ins Wasser, möglichst bevor der Reporter eine neue Querverbindung konstruierte, die zwingende Rückschlüsse auf das Verschwinden des Seidenkönigs zuließ.

Dombrovsky hielt ihm kommentarlos eine kleine braune Plastiktasche mit Druckknopfverschluß und Klarsichtfenster unter die Nase. GIVENCHY GENTLEMAN PARIS, konnte Brandau lesen. Durch das Klarsichtfenster schimmerte es hellblau.

»Sehr edel«, bemerkte Brandau.

»Und sehr praktisch«, erwiderte Dombrovsky. »Zollfrei sechsunddreißig Mark.«

Sie stiegen die Treppe zu den Umkleidekabinen und zur Handtuchausgabe am Kopfende des Pools hinunter.

»Ihr seid sowieso schneller. Kümmert euch um freie Liegen. Ich organisiere Badetücher.« Robin lächelte Dombrovsky aufmunternd zu und verschwand im Damen-Umkleideraum.

»Ist hier frei für alle?« fragte Dombrovsky.

»Nur für Hotelgäste. Aber Robin kommt besonders gut mit dem Jungen von der Handtuchausgabe aus, quasselt ein bißchen Thai mit ihm und schreibt wild erfundene Zimmernummern in seine Kladde. Bislang sind wir noch nicht aus dem Tempel vertrieben worden. Obwohl der Bademeister gelegentlich skeptisch guckt. Solange genügend Liegen frei sind, kein Problem.«

Unter einer der Duschen im Umkleideraum für Männer schnaufte ein älterer Herr als synchronisiere er einen Dokumentarfilm über Walrösser. Die Seife flutschte ihm aus den

Händen und landete vor Brandaus Füßen. Bevor Walroß sich kümmern konnte, hatte Brandau die Seife aufgehoben und ihm zugeworfen. Er fing sie vor dem Bauch auf. Seine Haltung war absurd. Hängeschultern. Schwabbelbauch. Rumpf und Gliedmaßen behaart wie ein Orang Utan. Die wenigen Haarsträhnen auf seinem Schädel klebten neben seinen Ohren wie Seetang. Nach dem abrupten Ende seiner Schnaub- und Prusteshow war das Rauschen der Dusche wie Filmmusik zu einer besonders beschaulichen Szene. Es fehlte nur noch, daß er die Hände noch tiefer nahm und keuchend seinen kleingeschrumpften Schwanz bedeckte. Ohne sich zu bedanken, zog er den Plastikvorhang zu. Bei seinen weiteren Aktivitäten nahm er sich so zusammen, daß sie mühelos vom Rauschen des Wassers überdeckt wurden.

Dombrovsky war schon aus der Hose, als Brandau klarwurde, daß es noch ein weiter Weg bis ins Wasser des Schwimmbeckens war.

»Mist!«

»Was?« Dombrovsky warf einen sichernden Blick in Richtung Plastikvorhang.

»Badehose vergessen. Liegt im Auto.«

»Aber mich die Vokabeln abfragen, was?« Triumphierend öffnete der Reporter den Druckknopf seines braunen Plastiktäschchens und nahm den hellblauen Badeslip heraus. Weiße Seitenstreifen, wie Brandau bemerkte.

»Nur zu«, sagte Dombrovsky aufmunternd. »Laufen Sie Ihrem verlorenen Gedächtnis hinterher. Ich werde mittlerweile Ihre Freundin unterhalten.«

»Bestellen Sie mir ein Lemon-Soda. Es dauert immer so lange.« Brandau gab sich Mühe, Dombrovsky spüren zu lassen, daß er den Überblick noch nicht verloren hatte.

»Und bitte ohne Salz!«

»Salz?«

»Ja, nur Zucker. Die machen hier immer Salz und Zucker

rein. Schmeckt scheußlich. Irgend so ein Tourismusarzt muß ihnen das eingetrichtert haben. Von wegen Salzverlust beim Schwitzen in den Tropen.« Brandau machte sich auf den langen und überflüssigen Weg ins Parkhaus.

Bevor er an der Tür war sagte Dombrovsky: »In einem der Zeitungsinterviews werde ich dann den Journalisten antworten, daß es einer jener heißen Tage in Bangkok war, nach einem Mittagessen, im Umkleideraum am Oriental-Pool, als ich Sie zum letzten Mal gesehen habe. Sie wollten nur mal eben ihre Badehose aus dem Wagen holen...«

»Sie haben wirklich nichts anderes mehr im Kopf.« Brandau sah zu, wie der Thompson-Jäger in seine Givenchy-Badehose stieg und mit einem professionellen Handgriff sein Geschlechtsleben ordnete.

»Absolut nichts, was mich *davon* abbringen könnte«, sagte Dombrovsky mit einem breiten und gelassenen Lächeln. Er zog die weiße Schnur seiner Badehose fest und machte ein Schleifchen.

»Und glauben Sie mir«, sagte der Reporter noch. »Er ist nicht tot!«

Der Plastikvorhang wurde zur Seite geschoben, und das Walroß griff geräuschlos zum Handtuch.

Brandau ging.

33

Lao Su war tot. Ein Projektil hatte ihn in der rechten Brusthälfte getroffen, das zweite seine linke Hand durchschlagen. Neben seiner Leiche lag die eines anderen Mannes Mitte Dreißig; Lao Sus rechte Hand.

Zwei Gruppen der thailändischen Grenzpolizei, jede 25 Mann stark, hatten der Drogenkarawane, die von 20 bewaffneten Männern begleitet wurde, in der Nähe von Ban Hueyping, nahe der burmesischen Grenze, aufgelauert. Die Grenzpolizisten hatten zunächst den bewaffneten Vortrupp passieren lassen und dann die Menschenkarawane, die die Drogen transportierte, angerufen und aufgefordert sich zu ergeben. Lao Su und seine Männer hatten statt dessen das Feuer eröffnet und die Thaitruppen in ein halbstündiges Feuergefecht verwickelt. Der Dschungel war dicht. Das Wetter schlecht. Regen. Schlamm. Matsch. Dem Feuerwechsel war eine lange Periode der absoluten Stille gefolgt, in der keine der beiden Seiten es gewagt hatte, die Deckung aufzugeben.

Nach Einbruch der Dunkelheit hatten die Grenzpolizisten per Funk Verstärkung angefordert, die am darauffolgenden Morgen mit Hubschraubern eingetroffen war. Die anschließende Aufklärungsoperation hatte nur zu den beiden Leichen geführt. Der Rest hatte sich abgesetzt. Der Hinterhalt war von der *Border Patrol Police* und der nordamerikanischen *Drug Enforcement Agency* sorgfältig geplant worden, nachdem die BPP und die DEA den Tip erhalten hatten, daß einer der Drogenkönige Heroin von Burma nach Thailand schmuggeln würde, und zwar über einen der bekannten Kanäle, Ban Muang Na, im Dschungel von Chiang Dao. Andere bedeutende Drogenhändler wie Khun Sa und Chang Si, hatten ihre eigenen Kanäle, die sie kontrollierten. Ban Muang Na gehörte nicht dazu. Alles hatte für Lao Su gesprochen.

Lao Su, alias Wankho sae Wan, alias Sawang sae Su, 55 Jahre alt, chinesischer Abstammung, war ein hochbegehrter Mann gewesen. 50000 US-Dollar Belohnung waren auf seinen Kopf ausgesetzt.

Die von Admiral Sa-ngad Chaloryu geführte Militär-Junta hatte ihn in Abwesenheit zum Tode verurteilt. Nach der Beschlagnahmung von 144 Kilogramm Heroin und bedeutenden Mengen von Morphin und Rohopium am 14. Juli 1977 in seinem Haus in Bangkok, war er am 20. August 1977 verhaftet worden. Am 25. Oktober desselben Jahres war ihm trotz Bewachung die Flucht aus einer Station des Bangkoker Zentralhospitals gelungen, wohin man ihn wegen Ohrenschmerzen eingeliefert hatte. Sein damaliger Bewacher war später zu zehn Jahren Gefängnis verurteilt worden. Fahrlässigkeit im Dienst.

»Er sieht fetter aus als auf den Fahndungsfotos, die vor fünf Jahren aufgenommen wurden. Sein Haar ist dünner. Aber die Konturen seines Gesichts haben sich nicht verändert«, hatte ein leitender Offizier der Grenzpolizei den Reportern berichtet.

Die Leichen waren später per Hubschrauber von der burmesischen Grenze zur Polizeistation des Chiang Dao-Distrikts geflogen worden, wo die vorläufige Identifizierung stattgefunden hatte. Später waren die Fingerabdrücke der Leichen zur endgültigen Überprüfung der Identität nach Bangkok gebracht worden.

Das Foto auf der Titelseite der *Bangkok Post* zeigte den von Polizistenhänden angehobenen Oberkörper und Kopf des Toten. Aus dem rechten Mundwinkel zog sich eine Blutspur zum Kinn. Das Hemd war auf der Brust blutverschmiert. Auf Seite 2 gab es weitere Fotos. Ein anderes Porträt, dem auf der Titelseite vergleichbar, mit Blutspuren aus dem halbgeöffneten Mund. Ein Foto der beiden Leichen. In Planen eingewickelt und verschnürt. Fertig für den Hubschraubertransport. Ein Foto des jüngeren Lao Su bei seiner Verhaftung am 20. August 1977. In einem wildgemusterten kurzärmeligen Hemd. Vor ihm auf dem Tisch die 147000 Baht, eine größere Summe US-Dollar-Noten und der Revolver, die er bei seiner Verhaftung bei sich getragen hatte. Ein Foto eines leeren Stahlbetts mit unbezogener Matratze.

Am Fußende eine Kette. Fußboden und Wand am Kopfende gekachelt: Seine Flucht aus dem Zentralhospital in Bangkok vom 25. Oktober 1977. Ein Foto der per Hubschrauber eingeflogenen Verstärkung der Grenzpolizei auf dem Marsch ins Gefecht.

Milano Fong legte resigniert die Zeitung beiseite, musterte müde den Schreibtisch, zupfte an seiner Krawatte herum. Dann schlug er mit der Faust auf den Tisch.

Es war ein Elend. Die Polizei jagte von einem Erfolg zum nächsten. Es wurde verdammte Zeit zu handeln.

Er nahm sich nochmal das Aufmacherfoto von Lao Su vor, betrachtete es, ganz nahe, studierte die Spuren der Gewalt. Das Gefängnis oder der Tod. Sonst nichts. Er würde etwas für seine Freiheit tun müssen, wenn er sich aus den Schlagzeilen über die Opfer dieses Geschäfts heraushalten wollte.

34

Mit blitzartigen Bewegungen schlug Brandau dem Aufzug und seinem Haifischgebiß ein Schnippchen.

Die Edelschlitten hatten den Passat im Stich gelassen. Allein und verbeult ruhte er von Brandaus Fahrversuchen aus. Das Wageninnere war trotz Garagendach und leichter Brise vom Fluß aufgeheizt und trieb ihm den Schweiß aus den Poren. Er nahm die Badehose aus der Tasche auf dem Rücksitz.

Er verschloß seine Kutsche wieder sorgfältig und konfrontierte sich zur fünften Teilstrecke mit dem Aufzug an diesem Tag.

In der Hotellobby, nur noch wenige Minuten vom kostbaren Naß des Pools entfernt, die Gedanken schon im Umkleideraum, trat ihm ein Mann in den Weg.

»Mister Brandau?«

Nach Dombrovskys gestörtem Lispelenglisch und Robins Oxfordorgasmus hatte Brandau keinerlei Schwierigkeiten, das australische Element zu erkennen.

Der Mann hatte einen ausgesprochen quadratischen Schädel, verwässerte blaue Augen und eine halbaufgerauchte Zigarre im Mundwinkel. Die Frage war ihm bei nur unerheblichen Zuckungen der fünf Millimeter Asche über die Lippen gekommen.

»Ja?« Brandau blieb stehen und betrachtete das kleine Segelboot in Rosa auf der linken Brusthälfte des weinroten Polohemdes.

»Abbott, William Abbott. Hätte gern ein paar Worte mit Ihnen gewechselt, Mister Brandau. Entschuldigen Sie, daß ich Sie hier so einfach überfalle, aber es ist wichtig, für Sie wie für mich.« Er zuckte bedeutungsschwer mit seinen buschigen Augenbrauen, und die fünf Millimeter Zigarrenasche fielen zu Boden.

»Ich habe leider Bekannte...«

»Am Pool, ich weiß.« Er war verständnisvoll, sehr verständnisvoll. Von einer gewissen Unnachgiebigkeit in der Stimme, fast einer Drohung, einmal abgesehen. »Vielleicht ein kleiner Jack Daniel's in der Bamboo Bar? Ich nehme an, daß wir nicht mehr als eine Viertelstunde benötigen. Es wäre mir eine große Hilfe.«

»Okay, wenn's denn sein muß.« Brandau hatte sich schon immer mit höflichen Menschen schwergetan, ob aufgesetzt oder echt. Höflichkeit war eine Herausforderung, erst recht in Thailand.

Der Mann ging etwas schwankend vor Brandau her zur Glasschiebetür, die sich automatisch, durch Fußkontakt ausgelöst, öffnete. Er ließ Brandau den Vortritt, so, als wolle er ganz sicher sein, daß er sich nicht hinter seinem Rücken verdrückte.

Brandau ging mit der Zielstrebigkeit eines Alkoholikers zur Eingangstür der Bar und steckte die zusammengeknäulte Badehose in die rechte Hosentasche. Der Sport mußte noch warten.

Im Inneren der Bamboo Bar war es etwas schummrig. Die elegante Version des Trans. Keine abgestandene Asche. Kein Bierdunst. Nichts Verquollenes. Einfach nett und adrett. Bester Stoff für überstrapazierte Lebern. Die Leute, die hier ausgiebig tranken, nahmen vorsorglich Vitamintabletten und aßen viel Fisch, weil Eiweiß gut für die Leber ist. Es war nicht grundsätzlich falsch, die Sportkleidung schon bei sich zu tragen. Ein bis zwei Doppelte vor zehn Bahnen Kraul.

»Wie wäre es hier?« Abbott hatte etwas von einem bessergestellten Oberkellner, als er seinen Gesprächspartner in eine bestimmte Ecke manövrierte.

»Okay«, sagte Brandau. Das Känguruhenglisch reizte ihn förmlich, die gesamte Bandbreite seiner anglophilen Fähigkeiten auszuspielen.

Abbott ließ seine nahezu zwei Zentner in die Sitzgelegenheit fallen und signalisierte der Bedienung mit großflächiger Pranke seine Sucht.

Eine Thaischönheit in dezentem Schwarz beugte sich mit herzlichem Lächeln über ihn.

»Bleibt es bei Jacky Daniel's?« fragte er Brandau.

»Nichts gegen einzuwenden. Sauberes Zeug. Wenn ich meine Milch nicht bekomme, gibt es nichts Gesünderes.«

Abbott lachte. Gluckerte richtig vor Herzlichkeit. Hielt der Siamesin zwei Finger vors Gesicht. Die Bedienung lächelte. Es war alles so einfach. Liebenswürdigkeit war angesagt. Drogen waren bestellt. Die Grundlage für ein nettes kleines Geschäft war geschaffen.

»Sie machen also Entwicklungshilfe... oder was ist Ihr Job, Brandau?« Abbott redete über irgendwas. Über das

Wetter. Über die Schönheit der Frauen an sich. Nichts weiter. Eine kleine unverfängliche Frage.

»Sie wollen doch wohl nicht mit mir über die Bedürftigkeit der Zielgruppen diskutieren«, antwortete Brandau bissig. »Oder über die ländliche Entwicklung. Oder gar über die Standorte unserer geheimsten Windenergieträger. Von den Biogasreaktoren ganz zu schweigen.«

»Wie ich höre, machen Sie in Milchkühen, Seidenraupen und so. Alles sehr vernünftige Sachen.« Abbott legte den Rest seiner Zigarre in den Aschenbecher.

Die Drinks kamen.

»Auch ein gutes Projekt«, brummte der Australier und starrte in die bernsteinfarbene Flüssigkeit. »Haben eine ausgezeichnete Technik, die alten Jungs in Tennessee. Holzkohlefilter und Ahornholzfässer. Das ist das ganze Geheimnis, das uns den dicken Kopf hinterher erspart.«

»Also«, raffte sich Brandau auf. »Wozu soll das Ganze dienen? Wozu brauchen Sie Geld?«

»Sie sind wirklich der Prototyp des Entwicklers, gehen in Ihrem Job hundertprozentig auf.« Abbott lachte leise und trank einen Schluck Whiskey. »Sie nehmen Ihren Auftrag ernst!«

»Ich verteile Geld. Das ist nicht allzu schwer.«

»Wessen Geld?«

»Spenden und Steuergelder. Bundesdeutscher Topf und Europäische Gemeinschaft.«

»Ich will Ihr Geld nicht, Mister Brandau. Geben Sie es den Armen.« Der Australier klang jetzt sehr überlegen.

»Was ist Ihr Geschäft?« Der Bourbon schmeckte gut. Brandau bekam Bedenken, was die sportliche Seite des Nachmittags anging.

»Kleingewerbe«, konterte Abbott und steckte sich eine frische Zigarre an.

»Das ist die Zukunft. Arbeitsplätze schaffen. Am interessantesten ist der Werkzeugbau. Schlüsselfertigungszweig für jede industrielle Entwicklung.«

»Das mag alles richtig sein, Mister Brandau. Aber wir möchten Ihnen doch sehr raten, sich auf die ländliche Entwicklung zu konzentrieren. Tierzucht. Pflanzenzucht. Machen Sie weiter Milch. Ein bißchen alternative Fruchtfolge oder dergleichen. Kleine Ferkel. Schwarzbuntes Vieh. Was immer. Biogas. Windmühlen. Knöllchendünger. Aber halten Sie sich aus der Technik raus. Technische Projekte sollten Sie meiden.«

Brandau hatte das plötzliche »wir« registriert.

»Noch einen Whiskey?« fragte Abbott freundlich.

»Danke.« Brandau befühlte seine rechte Hosentasche, stellte fest, daß die Badehose noch da war.

»Wirklich ausgezeichneter Stoff!« Abbott schüttete den Rest Bourbon runter.

»Biogas und Windmühlen sind auch technische Projekte«, gab Brandau trotzig zu bedenken.

»Solange Sie damit rumspielen, haben wir gar nichts dagegen.« Abbott rappelte sich aus dem Sitz hoch, lächelte und zahlte die Rechnung im Stehen.

»Ich fände es schön, wenn Sie ein wenig Verständnis für uns entwickeln könnten, Mister Brandau. Und viel Spaß am Pool!« Abbott schwankte zur Tür.

Brandau blieb sitzen.

35

Eigentlich hatte Gustave Simenon sich nur selbst vom harmlosen Treiben des Herrn Dombrovsky überzeugen wollen. Als der Eurasier jedoch William Abbott mit Brandau zusammen sah, gefiel ihm das gar nicht. Nicht wegen Brandau.

Die damit verbundene indirekte Nähe Abbotts zu Dombrovsky paßte Simenon nicht. Es gab keinen Anlaß zu glauben, daß der Australier und der Reporter sich überhaupt kannten. Aber was hatte Abbott mit diesem anderen Deutschen zu schaffen, diesem Brandau?

William Abbott hatte allen Grund, die Vergangenheit zu vergessen. Seine eigene, die Simenons und vor allem die des alten Herrn. Der Eurasier war immer der Meinung gewesen, daß der alte Herr den Australier zu sehr gemocht hatte. Er hätte Abbott liquidieren lassen oder dafür sorgen müssen, daß er bei ausreichender Pension und mit vernähten Lippen in Australien oder in den Vereinigten Staaten sein Altenteil ablebte.

Simenon hatte die Angelegenheit auf sich beruhen lassen. Schon deshalb, weil er Abbotts Aufgaben bei dessen Ausscheiden übernommen hatte. Daß sich aber ein ehemaliger Mitarbeiter im Operationsgebiet niederließ, um seinen kriminellen Tagesgeschäften nachzugehen, war absurd.

Gut, Abbott hatte bislang den Mund gehalten. Nicht mal sein Partner, Milano Fong, war sich darüber im klaren, was der Australier hinter sich hatte. Trotzdem war Abbott ein Risikofaktor.

36

Die *Cameron Highlands Tourist Promotion Association* gibt Besuchern der Region folgende Hinweise zum Wandern:

1. Gehen Sie nie alleine.
2. Informieren Sie einen Bekannten, bevor Sie aufbrechen, über
   a) die Route, die Sie einschlagen wollen
   b) den voraussichtlichen Zeitpunkt Ihrer Rückkehr

3. Wenn Sie sich verirren, gehen Sie entweder nach Osten oder Westen (immer entgegengesetzt der Richtung, in der Sie die Hauptstraße verlassen haben), bis Sie die Hauptstraße wieder erreichen.
4. Wenn Sie sich unsicher darüber sind, wo Osten oder Westen ist, bleiben Sie, wo Sie sind, wenn möglich in der Nähe eines Wasserlaufs, bis Sie gefunden werden. Es kann über 24 Stunden dauern, bis man Sie findet. Geraten Sie nicht in Panik!
5. Sie sollten immer die nachfolgenden Gegenstände mitführen:
   a) Eine gefüllte Wasserflasche
   b) Streichhölzer (um ein Signalfeuer anzuzünden)
   c) Einen Kompaß (den Sie im Touristenbüro kaufen können)
   d) Eine Trillerpfeife
   e) Eine Kleinigkeit zu essen (z.B. Schokolade)
   f) Ein Messer
6. Sie sollten immer lange Hosen und Ärmel tragen. Das wird Sie vor Kratzwunden schützen und Sie bei Nacht warmhalten. (Nehmen Sie warme Kleidung mit!)
7. Bleiben Sie auf den nummerierten Pfaden, die auf unserer Karte ausgewiesen sind.

Es handelt sich also bei dieser hügeligen Region Zentralmalaysias um angenehm kühles, aber schwieriges Gelände. Jim Thompson muß die meisten dieser Ratschläge in den Wind geschlagen haben, als er am Nachmittag des Ostersonntags 1967 vom Wochenendhaus eines befreundeten Ehepaares zu einem Spaziergang aufbrach. Immer vorausgesetzt, man hält es für möglich, daß ein Mann, der für den Fallschirmabsprung im Dschungel trainiert wurde, Schwierigkeiten dieser Art bekommt.

Thompson war kurzfristig mit einer alten Bekannten über

die Feiertage angereist. Der Besuch galt einem befreundeten Ehepaar aus Singapur, ebenfalls alte Bekannte. Moonlight Cottage, das Wochendendhaus der Gastgeber, in dessen Garten jetzt Rosen wuchsen, hatte eine blutige Vergangenheit. Während der kommunistischen Widerstandskämpfe in den fünfziger Jahren, hatte das Haus als Kommandoposten für eine der Guerillagruppen gedient, und im Garten hatten Massenhinrichtungen stattgefunden.

Nach einem gemeinsamen Picknick zogen sich Gäste und Gastgeber zur Siesta zurück. Die Gastgeberin berichtete später, sie habe gehört, wie Thompson kurz nach 15 Uhr das Haus verlassen habe. Sich über den Kies entfernende Schritte waren zu hören gewesen. Thompsons Anzugjacke hing über der Rückenlehne eines Stuhls auf der Veranda. In seinem Zimmer blieben seine Zigaretten, das Feuerzeug und seine »Dschungelbox« mit den Tabletten zurück, Anhaltspunkte dafür, daß der starke Raucher und Gallenkranke keinen großen Ausflug vorgehabt haben konnte, als er das Wochenendhaus verließ. Zudem hatte seine Begleiterin seinen Reisepaß. Nachdem er ihn auf der Anreise beinahe aus Versehen im Taxi liegengelassen hatte, hatte er sie gebeten, das Dokument für ihn aufzubewahren.

Trotzdem war dies der Abgang des Seidenkönigs von der öffentlichen Bühne. Er wurde nie mehr gesehen. Tagelange Suchaktionen in der beurwaldeten Bergregion blieben erfolglos. Um die 400 Personen, davon 325 malaysische Polizisten, waren daran beteiligt. US-General Black, ein Freund Thompsons, schickte aus Thailand Hubschrauber zur Unterstützung. Man fand keine einzige Spur.

Was konnte passiert sein? Hier fängt jene Mischung aus Tatsachen, Indizien und Spekulationen an, die bis heute immer neue Varianten des Themas hervorgebracht hat.

Hat unser Mann sich verlaufen? Unwahrscheinlich. Er kannte die Gefahren der Wildnis besser als jeder andere

Tourist, kannte das Hochland zudem von früheren Besuchen.

Er ging nachmittags um drei Uhr los, wußte, daß es zu dieser Jahreszeit gegen halb sechs dunkel wird. Er traf keinerlei Vorbereitungen für eine längere Tour, sprach auch nicht davon.

Ein Unfall? Wäre er in eine Erdspalte gefallen oder sonstwie durch Unachtsamkeit zu Schaden gekommen, dann hätte man ihn irgendwann in dem Radius, den er zu Fuß in etwa drei Stunden Fußmarsch zurückgelegt haben konnte, finden müssen. Wenn nicht die Menschen, dann die Hunde oder die Geier. Das gilt auch für den Fall, daß er von einem wilden Tier angefallen wurde.

Wurde er von den Eingeborenen der Region getötet, oder fiel er einer ihrer Tierfallen zum Opfer? Ein anerkannter Kenner der betroffenen Volksstämme unternahm eine Exkursion, um dies zu ermitteln. Es gibt keine Grundlage für diese Vermutung.

Hat er Selbstmord begangen? Er war in guter psychischer Verfassung. Keine Depressionen. In Bangkok verabschiedete er sich von Mitarbeitern mit Hinweis auf Arbeitsvorhaben nach seiner Rückkehr. Er hatte den Kurzausflug zudem unfreiwillig gefährdet, weil er seine Cholera-Impfung vergessen hatte. Nach den Feiertagen hatte er einen Geschäftstermin in Singapur verabredet.

Wurde er entführt? Warum war dann nie ein Lösegeld gefordert worden? Wurde er ermordet? Warum hat dann niemand, der an einem solchen Verbrechen beteiligt war, Interesse an den 25 000 US-Dollar Belohnung gezeigt, die zur Aufklärung des Falls ausgesetzt waren, sah man einmal von den üblichen Informanten ab, die sich wichtig tun, aber nichts zu bieten haben außer ihrer Geldgier?

An der Lösung des Falls waren Kriminalisten und Hellseher beteiligt. Die malaysische Polizei hat offensichtlich gute

Arbeit geleistet. Alle Verdachtsmomente, die für Entführung sprachen, sind überprüft und glaubwürdig widerlegt worden. Wenn es nach dem in den Niederlanden geborenen Hellseher Peter Hurkos geht, dann ist Thompson in Kambodscha. Gründe dafür sind nicht bekannt.

Oder war »Lord Jim« doch der Prototyp des »stillen Amerikaners«? Hat er sich zu Pridi Banomyong nach Kanton abgesetzt, um dort in Ruhe sein Opiumpfeifchen zu rauchen? Wenn man seinen Lebensweg betrachtet, ist es auch durchaus möglich, daß er einfach die Nase voll hatte. Sein Job im Seidengewerbe war zur Routine geworden. Er hatte sein Leben mit dreißig Jahren radikal geändert, mit vierzig erneut. Warum nicht mit einundsechzig der letzte große Wurf, der Absprung in das anonyme Nichts?

Dombrovsky legte das Magazin beiseite.

»Was studieren Sie da so intensiv?« fragte Robin Royce.

»Einen Artikel Ihres Freundes Brandau, den er vor geraumer Zeit für eine deutsche Zeitschrift geschrieben hat. Sorgfältige Arbeit. Gefällt mir als Zwischenbericht schon deshalb besonders gut, weil er die Möglichkeit einräumt, daß Jim Thompson noch lebt.« Dombrovsky rief die Bedienung und bestellte sich ein Bier.

»Die Sache interessiert Sie ja offensichtlich sehr. Ich habe mich nicht sonderlich damit beschäftigt. Natürlich kennt hier jeder den Fall Thompson. Aber doch nicht die Einzelheiten. Der Mythos überdeckt alles. Vielleicht sollte ich dieses Buch da in Englisch doch mal lesen. Können Sie es mir nochmal zeigen?« Robin Royce streckte die Hand aus.

»Hier«, sagte Dombrovsky andächtig. »Spannender als jede Fiktion!«

37

Was zum Teufel hatte es mit diesem Australier auf sich? War das die neue Art der harten Konkurrenz zwischen Entwicklungshilfegebern?

Es war absurd. Kein Mensch würde solche Auftritte inszenieren, nur um seinen Anspruch auf Projekte im Bereich der Gewerbeförderung zu unterstreichen. Wer das wollte, der konnte staatliche Stellen schmieren. Bleib du bei deinen Kühen; wir machen Kleinindustrie! Kaum vorstellbar. Obwohl die Australier nicht zimperlich waren, was Vormachtstellung in der wirtschaftlichen Zusammenarbeit anging. Aber das galt auch für die Japaner. Eigentlich für alle in diesem Geschäft. Nein, es mußte etwas anderes mit diesem flotten Intermezzo beim Bourbon auf sich haben. Seidenproduktion war auch Gewerbe. Vielleicht ein Ableger bei Dombrovskys Schnüffeleien im Fall Jim Thompson.

Brandau schüttelte den Kopf. Bevor die Bedienung ihm einen frischen Drink anbieten konnte, verließ er die Bar. Robin und Dombrovsky aalten sich in der Sonne und winkten ihm zu, als er zum Umkleideraum ging. Zwei Engländer diskutierten die Ergebnisse im Fußball-Europapokal der Landesmeister. Halbfinalspiele ohne britische Beteiligung. Sie waren ziemlich trübsinnig. Einer frisierte sich aufwendig. Der andere betrachtete ein Loch in seiner weißen Tennissocke.

Brandau zog sich aus, stieg in die Badehose und hängte seine Kleidungsstücke an einen Haken. Plötzlich fühlte er sich schlapp und besoffen. Die Geschehnisse und der Whiskey überforderten ihn. Müde und abgespannt schleppte er sich poolwärts.

»Wo treibst du dich rum?« fragte Robin.

»Hab einen Bekannten getroffen... sorry.«

»Wir haben mittlerweile ein bißchen über den alten Jim

nachgedacht«, informierte ihn Dombrovsky und starrte anzüglich auf das adidas-Markenzeichen auf Brandaus schwarzer Badehose. Allenfalls Kreisklasse.

Der Reporter ging Brandau auf den Wecker. Einen Augenblick lang spielte er mit dem Gedanken, Dombrovsky mit den Vorgängen um William Abbott zu belasten. Aber er ließ es dann doch sein. Es würde Dombrovsky nur zu neuen Versionen des alten Märchens anstacheln.

»Ihr Lemon-Soda...« Der Reporter zeigte auf ein Glas, in dem keine Eiswürfel mehr zu erkennen waren.

Brandau ließ die warme Brühe stehen und sprang ins Wasser.

38

Es sollte ein Spaziergang sein, allenfalls eine kleine Wanderung, mehr nicht.

Der Gedanke, einen Lebensabschnitt in einem leichten Hemd und Anzughose, ohne Pullover oder Jacke, geschweige denn mit größerer Ausrüstung, zu beenden, gefiel ihm. Er ging noch etwas langsamer. Seine Augen musterten das Hochland. Gelassenheit. Das war wohl das richtige Wort, das seinen Zustand treffend beschrieb.

Der Paß, der ihn als US-amerikanischen Staatsbürger namens James Harrison Wilson Thompson auswies, war im Cottage zurückgeblieben. Er hatte eine Eintrittskarte in ein neues Leben gelöst. Das einzige Mittel gegen die Langeweile, die unweigerlich aufkam, wenn man einen seiner Träume verwirklicht hatte. Die Seide. Das Haus. Die Existenz in Thailand. Man konnte satt und zufrieden werden. Aber das war nichts für ihn.

Als er nach einer halben Stunde den Kontaktmann auf der

Lichtung traf, war der erste Schritt in ein neues Arrangement getan.

Der Mann, der ihn erwartete, war Mitte Dreißig, trug einen leichten grauen Anzug und ein weißes Hemd, das am Hals offenstand. Er hatte einen quadratischen Schädel, und das Blau seiner Augen war sehr blaß. Er wirkte durchtrainiert, war der Typ, der später massig werden würde. Vielleicht würde dann der kantige Kopf zum Rest passen, dachte Thompson, als er auf ihn zuging.

»Sir, schön Sie zu sehen«, sagte der Kontaktmann und streckte die Hand zur Begrüßung aus.

Thompson schüttelte sie kurz und sah ihn fragend an.

»Der Wagen wartet etwa eine Viertelstunde von hier, Sir. Wir werden noch ein wenig marschieren müssen. Sorry Sir!«

Marschieren, dachte Thompson. Die neue Generation, die für die Company arbeitete, gab sich immer so betont sportlich. Alles wie beim Football. Muskelgestählt. Angreifen. Durchsetzen.

»Haben Sie eine Zigarette?«

»Tut mir leid, Sir, leider nicht, rauche nur diese Dinger hier, falls Sie wollen ...« Der Mann zog ein Lederetui aus der Jackentasche, zog es auseinander und zeigte Thompson Zigarren.

»Nein, so dringend ist es nicht.« Die Zigarren paßten zu dem Typ so wenig, wie der Schädel zum Körper. Wohl wirklich eine Frage des Alters.

»Mein Fehler, Sir, hätte welche vom Wagen mitbringen können... Starker Raucher...«, deutete er seine Detailkenntnis an. Eifrig schob er nach: »Ihr Gallenmedikament haben wir allerdings vorsichtshalber dabei. Außerdem einen neuen Paß, einen vorläufigen. Man will ja wohl noch etwas an Ihrem Gesicht herumfrisieren, Sir.«

»Australier?« fragte Thompson.

»Ja! An dem Akzent ist nichts zu machen.« Er grinste.

»Abbott. William Abbott. Bei dieser Operation heiße ich Clark, Jim Clark.«

»Diese Operation ist ein Langzeitprojekt, mein Freund, richten Sie sich auf zunächst zehn Jahre ein.« So wie ich auf ein neues Leben, dachte Thompson.

»Bin froh, mit Ihnen arbeiten zu dürfen, Sir.«

»Vergessen Sie alles, was Sie über mich gehört haben. Schon mal was mit Waffenhandel und Drogen zu tun gehabt?

»Ja, Sir!«

»Widerstandsbewegungen?«

»Nein, Sir!«

»Dann werden Sie einiges dazulernen müssen. Und gehen Sie in Zukunft vorsichtiger mit Ihrem Namen um. Sie sind Clark. Und ich bin nicht mehr Thompson. Wenn Sie so lange leben, wie ich bislang gelebt habe, dann werden Sie irgendwann froh sein, Ihren wirklichen Namen wieder benutzen zu können. Für das, was alle Welt für ein ehrbares Leben hält.«

»Sie werden meine Akte sowieso bis in jede Einzelheit studieren«, sagte der Australier entschuldigend.

»Gehen wir«, sagte der Amerikaner. »Drogen machen süchtig. Ich brauche dringend eine Zigarette.«

39

William Abbott gönnte sich noch einen Bourbon. Zwar nur Jim Beam, aber was konnte man von einem Italo-Chink schon anderes erwarten. Abbott war dankbar, daß sein Partner ihn mit Campari, Amaretto oder dergleichen italienischen Spielereien verschonte.

Milano Fong nippte an einem eisgekühlten Gläschen

Grappa. »Du hast also mit ihm gesprochen?« fragte er. »Ergebnis?«

»Ergebnis, Ergebnis... Ich habe ihn gewarnt.« Der Australier dämpfte seinen aufkommenden Zorn mit einem Schluck Alkohol.

»Ich glaube, daß wir es nicht bei zärtlichen Warnungen belassen können«, sagte der Chinese. Er hielt Abbott die *Bangkok Post* mit den Fotos von Lao Sus Leiche vor die Nase.

William Abbott überflog den Artikel, besah sich die Bilder.

»Wir werden ein abschreckendes Beispiel geben müssen«, vermittelte Fong hartnäckig.

»Jetzt fang nicht wieder mit diesem Hühnchen- oder Hähnchenzitat an.« Abbott schnaufte geringschätzig.

»Wahrheiten und Weisheiten kann man nicht oft genug wiederholen... Das Hühnchen vor den Augen der Affen killen!« Milano Fong befingerte seinen Schlips. Er hatte sich heute für ein blasses Blau entschieden.

»Das Hühnchen hat meiner Meinung nach nur am Rande mit dieser Angelegenheit zu tun. Der Mann spielt Entwicklungshelfer. Mein Gott... ich glaube der weiß gar nicht, was er da mal gemacht hat. Wir sollten uns nicht mit der Vergangenheit beschäftigen, sondern aktive Schritte für die Zukunft einleiten. Brandau ist nicht unser Feind!« Der Australier lebte auf. Es ging jetzt darum, eine klare Linie zu entwickeln. »Aktive Schritte für die Zukunft« war gut. Eine gelungene Formulierung, wie er fand. Er ginste selbstgefällig.

»Jeder, der es der Polizei leichter macht, uns unser Geschäft zu erschweren, ist unser Feind. Auch kleine Beiträge verjähren nicht. Du wirst wohl weichherzig, William.« Der Chinese gab sich bewußt überlegen. Er mußte diesem Büffel den Tango erklären. Ganz behutsam. Aber nachdrücklich.

»Und wer sind die Affen?« fragte Abbott bissig.

»Alle die mit dem Gedanken spielen, den Drogenfahndern künftig unter die Arme greifen zu wollen. Auf die eine oder andere Art. Es gibt genug von der Sorte. Sie brauchen eine Warnung.«

»Du und deine Präventivschläge.« Der Australier griff zur Flasche.

»Wir werden es dramaturgisch aufbauen. Erst der körperliche Verweis. Dann die Hinrichtung.« Milano Fong gönnte sich noch ein Gläschen eiskalte Grappa.

40

Punkt 19 Uhr stand der Hundefänger vor Brandau, um seinen Dienst anzutreten.

Er knallte die Absätze seiner Fallschirmspringerstiefel derartig hart zusammen, daß der Hof etwas vom Exerzierfeld einer Kasernenanlage bekam. Das Echo hallte Brandau noch in den Ohren, als der Mann den rechten Arm hochriß und die Hand grüßend an sein Barett legte.

Brandau war beeindruckt, hatte wieder dieses Gefühl der Sicherheit. Der Thai mußte den Nachmittag damit verbracht haben, an seiner Uniform zu arbeiten. Alles aufgebügelt. Das Koppelschloß glänzte wie die Auslage eines Juwelierladens.

Bevor Brandau einfallen konnte, was »Rühren!« in Englisch oder Thai heißt, verfiel der Hundefänger urplötzlich in eine sportlich-lockere Körperhaltung und sagte: *»May I see the house and the garden?«*

Brandau nickte. Natürlich konnte er das zu bewachende Terrain begutachten. Brandau ging voran. Sie waren allein. Niemand störte sie. Nui hatte sich beim Anblick des neuen Nachtwächters fluchtartig in ihr Zimmer zurückgezogen.

Der Hund hatte sich verkrochen. Hätte er nicht nur einen Stummel, sondern noch einen Schwanz gehabt, er hätte ihn mit Sicherheit zwischen die Hinterbeine geklemmt. Der Geruch der getöteten Hunde schien Attilas neuer Konkurrenz anzuhängen. Der Mann hatte den Hund gar nicht beachtet. Er konnte die Sorte Tier offenbar nur aus dem Verkehr ziehen oder ignorieren.

Unter dem Mangobaum blieb der Thai kurz stehen, zeigte mit dem rechten Zeigefinger auf seine Brust und sagte:

»Khun Bao!«

»Khun Mike!« antwortete Brandau der Einfachheit halber und legte die linke Hand auf sein Herz.

Bao wanderte weiter. In Höhe der drei Palmen kontrollierte er die Mauerhöhe und runzelte kritisch die Stirn. Keine übertriebenen Sicherheitsvorkehrungen. Kein Stacheldraht. Keine Glasscherben auf dem Mauersims. Er umrundete systematisch das ganze Haus und beäugte strategische Schwachstellen der Befestigungsanlage. Abschließend nahm er sich nochmal das Eingangstor vor, untersuchte das lose eingehängte Vorhängeschloß und rüttelte prüfend an der Stahlkonstruktion.

Brandau nützte die Gelegenheit, um ihm ein Schlüsselbund auszuhändigen. Bao quittierte mit einem dezenten Zusammennehmen der Hacken. Brandau winkte ihm, und sie gingen durch den hinteren Eingang in die Küche. Brandau zeigte Bao Wasser- und Cola-Flaschen im Eisschrank. Der Thai nickte verlegen, war derartigen Luxus offenbar nicht gewöhnt.

Wenn ich besser Thai könnte, dann würde er mir sicher erklären, daß er im Dienst nicht trinkt. Er wird sicher auch die Matratze unter dem überdachten Garagenteil ignorieren. Ein Mann dieses Kalibers bleibt wach, dachte Brandau.

Bao ging die Treppe in den Hof hinunter und nahm seinen Dienst auf. Durch das Küchenfenster konnte Brandau sehen, wie er zur Mauer ging und der Frau von der Nudelküche am gegenüberliegenden Straßenrand etwas in Auftrag gab. Bao fand sofort offene Ohren. Brandau hatte die Frau noch nie so schnell hantieren sehen. Khun Bao strahlte natürliche Autorität aus.

Brandau hatte Visionen von Sandsäcken, Barrikaden und MG-Nestern. Jetzt konnten sie ruhig kommen, um ihm seine Stereoanlage abzunehmen. Mit hoher Wahrscheinlichkeit würde er nicht einmal mitbekommen, wie sie an der Mauer liquidiert würden. Er würde ruhig weiterschnarchen. Und am Morgen würde Bao die Leichen schon sauber vergraben haben. Wie man das von einem Mann seines Zuschnitts schließlich verlangen konnte.

Brandau ging hinauf ans Telefon und wählte Robins Nummer. Es tutete dreimal, dann war sie dran.

»Michael«, meldete er sich.

»Ist er gekommen?« Man konnte deutlich hören, daß es ihr sehr am Herzen lag.

»Er war absolut pünktlich und hat das Kommando auf der Brücke sofort an sich gerissen. Ich fühle mich so sicher, daß ich heute früher ins Bett gehen werde. Wer immer diese Banden sein mögen, die alte Generäle umlegen, Chinesen oder sonstwas, sie haben nicht die Spur einer Chance. Meine Trutzburg ist völlig vermint. Ich nehme an, daß er in dieser Nacht die Fliegerabwehrkanonen installiert.«

»Das beruhigt mich, daß er jetzt auf dich aufpaßt«, sagte sie mit echter Anteilnahme. »Schlaf schön!« Sie schickte ein Kußgeräusch über die Leitung.

»Ich werde jetzt in mein Zimmer gehen, ›Johnny Cash at San Quentin‹ auflegen und sanft entschlummern.« Brandau legte auf.

41

Robin Royce ging zum Sofa zurück und verfolgte die Sendung »Gespräche über Probleme des Landes« weiter.

Der Oberkommandierende General des Heeres machte die Fernsehzuschauer im Rahmen eines Interviews, das alle Fernsehkanäle ausstrahlten, mit einer neuen Einrichtung bekannt. Die *Bangkok Peace Keeping Force* (BPKF) würde von sofort an allen Thailändern, die in Bangkok und den vier Stadtrandprovinzen von Samut Prakarn, Samut Sakhon, Nonthaburi und Pathum Thani wohnten, zur Verfügung stehen. Die neue Einsatztruppe zur Sicherung des städtischen Friedens setzte sich aus Angehörigen der Polizei und der drei Teilstreitkräfte Heer, Luftwaffe und Marine zusammen. Sie war im Ernstfall unter der Nummer 123 zu erreichen.

Der General sprach von mindestens 100 Motorrädern, Funkgeräten und erläuterte typische Notfälle wie Vergewaltigungen, Raubüberfälle und dergleichen, in denen die neue Einheit hilfreich sein könnte. Er bat die Zuschauer eindringlich, nur im äußersten Notfall die Nummer 123 zu wählen und nicht, wenn eine Schlange durchs Wohnzimmer krieche oder der Wasserhahn tropfe. In abgelegeneren Gegenden würden regelmäßige Streifen eingesetzt, speziell auf Straßenabschnitten zu Wohnvierteln. Waffenkontrollen würden routinemäßig durchgeführt.

Robin Royce stand auf, ging in die Diele, nahm einen Kugelschreiber aus der Schublade des Telefonschränkchens und schrieb neben die 191 des normalen Polizeirufs eine große 1-2-3. Dann ging sie zurück zum Sofa. Zehn Minuten später war sie eingeschlafen.

42

Es war eine Sache im großen Stil. Dombrovsky hatte zwei Patronengurte umgehängt, die sich über der Brust kreuzten. Er trug schwarze Schaftstiefel und eine verspiegelte Sonnenbrille. Seine olivfarbene Uniform war duchgeschwitzt. An seinem linken Handrücken klebte ein Blutegel. Er drückte seine Zigarettenkippe auf dem dunklen Fleck aus, und der Egel fiel ab. Dombrovsky kniete neben einem leichten Granatwerfer.

Brandau hielt ein Schnellfeuergewehr in den Händen und gab den acht laotischen Guerillas, mit denen sie den ganzen Weg von Vietnam durch Laos bis zum Mekong gemacht hatten, eine Anweisung, die die Tragbahre betraf. Auf der Bahre, einem Überbleibsel aus nordamerikanischen Armeebeständen, war eine tönerne Urne festgezurrt. Die Urne enthielt die Asche von James H. W. Thompson.

Die Thai-Truppen auf der gegenüberliegenden Flußseite deckten sie mit Artilleriefeuer ein.

»Es ist ein guter Tag, um zu sterben«, sagte Dombrovsky und nahm eine frische Granate zur Hand.

Plötzlich sah Brandau die Schatten der beiden Jagdbomber über dem Dschungelstreifen am anderen Flußufer.

»Napalm!« rief er.

Die Laoten zitterten. Dombrovsky hatte jetzt einen texanischen Cowboyhut auf und blies ein Trompetensolo zur Attacke. Er sah wie Robert Duvall aus, und die nächste Szene war eindeutig aus *Apocalypse Now,* schon wegen der Wagnermusik. Bevor Altmeister Brando auf der Szene erscheinen konnte, war Brandaus Traum zuende. Er schlug die Augen auf, registrierte, daß er ins Bettlaken verwickelt war, wie nach einer mißglückten Fallschirmlandung und besah sich das Zifferblatt des Weckers. Sieben Uhr dreißig. Irgend etwas war anders.

Es war die Stille. Die morgendliche Ruhe. Das durch die beigefarbenen Baumwollgardinen gefilterte Sonnenlicht malte helle Flecken an die Wand über dem Bücherregal. Leise konnte er hören, wie Nui in der Küche hantierte. Vogelgezwitscher. Eine völlig neue Welt. Der Terror der Lärmmaschinerie in der Kaserne war gebrochen.

Der Brief war angekommen, der Kommandeur hatte ihn gelesen und, was Brandau erschütterte, das hatte positive Folgen. Selbst die Hitzc war heute früh erträglich.

Wenn dies nicht nur ein beschränktes und vorübergehendes Friedensangebot war, würde er sich wieder den Wecker stellen müssen, um nicht zu verschlafen.

Im Bad genoß er die Dusche und pfiff etwas Marschmusik. Alles war verbesserbar. Veränderungen waren möglich. Man mußte es nur anpacken! Selbst der Militärapparat war durch gute Argumente zu beeinflussen. Er fühlte sich optimistisch. Beim Anziehen wählte er ein grünes Hemd. Die Farbe der Hoffnung. Dann ging er nach unten.

Khun Bao war bereits verschwunden. Der Hund hatte nach dem Abgang des Nachtwächters seine gewohnte Form wiedergefunden und zappelte um den Frühstückstisch herum. Im Maul trug er eine zusammengeraffte Fußmatte. Die Morgengabe für den Boss. Der lobte ihn. Er schnaufte tief durch, ließ die Matte fallen und legte sich neben den Sessel.

Punkt acht Uhr war die gedämpfte Version der bekannten Glockenschläge zu vernehmen, und aus Richtung Exerzierplatz wehte die Ahnung einer Melodie herüber. Fast war es peinlich, wie sehr sie sich am Riemen rissen. Sogar die Nationalhymne war auf Umweltfreundlichkeit getrimmt worden. Es war seit langer Zeit das erste wirkliche entwicklungspolitische Erfolgserlebnis, das er zu verbuchen hatte. Und als Nui scheu andeutete, daß die letzte Sendung Jacobs Krönung nun endgültig alle war, und die Kanne nur schnöden Nescafé enthielt, nahm er es mit der gelassenen Ruhe eines altgedienten Tropenfürsten hin, der weiß, daß nach langen Hitzeperioden auch wieder kühlere Tage kommen, daß nach der Trockenzeit der Regen fällt und die Ochsenfrösche irgendwann aufhören zu quaken.

»Mit welcher Frau hast du mich heute nacht betrogen?« fragte Robin wenig später im Büro. »Du siehst so entspannt und glücklich aus.«

»Ich habe ein kleines privates Projekt erfolgreich abgeschlossen... zumindest vorläufig.« Stolz berichtete Brandau.

»Für einen Spitzenneurotiker wie dich muß das wie eine abgeschlossene Therapie sein.« Sie lächelte mitfühlend.

»Mein Seelenleben hat eher etwas von der simplen Gemütsverfassung eines Arbeitselefanten. Aber es gibt halt Extremsituationen, in denen man handeln muß.« Ihm war nach ein paar aufmunternden Worten zur Lage. »Und du kennst doch dieses alte Thai-Sprichwort?«

»Welches?« Robin klang etwas mütterlich und nachsichtig.

»Es ist keine Schande, einem Elefanten auszuweichen!« Er griff zur Tageszeitung.

Sie kicherte.

»Der Häuptling dieser Einheit muß auf der gleichen philosophischen Grundlinie wandeln wie ich. Nur so ist es erklärbar!«

Robin murmelte etwas wie »absolut größenwahnsinnig« und widmete sich ihrer Schreibmaschine.

Die *Bangkok Post* meldete, daß die seit Jahren größte Opiumernte anstand. 700 Tonnen aus dem Goldenen Dreieck. Eine Steigerung um 100 Tonnen gegenüber dem letzten Jahr.

Die Schätzungen von Experten basierten auf Luftbildaufnahmen und Landerkundungen. Der Großteil der Ernte war aus dem östlichen Teil Burmas zu erwarten. Thailand produzierte geschätzte 57 Tonnen Rohopium, Laos etwa 50 Tonnen.

Die Opiumpreise in den Grenzregionen zwischen Thailand, Burma und Laos waren wegen der zu erwartenden Rekordernte gefallen. Offizielle Stellen berichteten, daß die Preise, die von Aufkäufern an die verbotenen Raffinerien entlang der unzugänglichen thai-burmesischen Grenze gezahlt wurden, von mehr als 250 US-Dollar pro Kilo auf nur noch 50 Dollar pro Kilo gefallen waren. In den Ernteperioden 1978/1979 und 1979/1980 war die Ernte durch eine Dürrezeit und Schädlingsbefall stark reduziert worden, was einen Preisanstieg zur Folge gehabt hatte. Die Raffinerien zahlten den Zulieferern vor zwei Jahren etwa 100 US-Dollar pro Kilogramm; im letzten Jahr nur noch 65 Dollar. Bei den eigentlichen Produzenten, den verarmten Angehörigen der verschiedenen Bergstämme, deren Existenz vom Anbau des Mohns abhing, kam nur ein geringer Bruchteil dieser Summe an.

Gezielte militärische Aktionen Thailands gegen die *Shan United Army* (SUA), die die weitaus meisten Grenzraffinerien von burmesischer Seite aus betrieb, hatten die Kontrolle des Opiummarktes durch die Vereinigte Shan-Armee eingeschränkt. Die SUA kämpfte für einen von Burma unabhängigen Shan-Staat und finanzierte diesen Widerstandskampf gegen die Regierung in Rangun mit dem Rauschgiftschmuggel. Chan Shee-fu, besser bekannt als Khun Sa, war Kopf der insgesamt 1500 Soldaten der bestbewaffneten Drogentruppe der Welt. Noch vor etwa einem Jahr hatte die Vereinigte Shan-Armee etwa siebzig Prozent des Heroins kontrolliert, das aus dem Goldenen Dreieck nach Thailand floß. Nach den Aktionen der Thai-Streitkräfte gegen den vormaligen Stützpunkt Ban Hin Taek, kontrollierte die SUA noch etwa die Hälfte. Khun Sa und seine Streitmacht waren gezwungen, in Bewegung zu bleiben und mußten einige ihrer Raffinerien schließen. Trotzdem war der Heroinpreis nicht gestiegen, was darauf schließen ließ, daß erhebliche Lagerbestände existierten.

Der Großteil des Rauschgifts aus dem Goldenen Dreieck erreichte den Weltmarkt über den Landweg durch Thailand und See- und Flughäfen. Der Verkaufswert eines Kilogramms Heroin aus dieser Anbauregion lag in New York derzeit zwischen 180000 Dollar für einen Käufer mit guten Verbindungen und 210000 Dollar für weniger gewiefte Interessenten.

Trotz seiner hohen Qualität war das südostasiatische Heroin auf dem amerikanischen und europäischen Markt mit harter Konkurrenz konfrontiert. Steigende Ernteerträge aus dem Goldenen Halbmond von Pakistan und Afghanistan waren zu verzeichnen. Ein Absacken des Heroinpreises konnte zu einem Preiskrieg zwischen den Händlern beider Anbauregionen führen. Währenddessen hatte in Washington der nordamerikanische Justizminister, der gerade von einer Tour durch fünf Länder in Sachen Drogenhandel zurückgekehrt war, festgestellt, daß nur der Bruch mit den jahrhundertealten Stammesgebräuchen den Anbau von Mohn verhindern kann. Der Anbau alternativer Produkte wie Tee, Kaffee, Gemüse oder Obst war seiner Meinung nach der sinnvollste Weg, den Krieg gegen das Opium zu führen. Aber es war natürlich noch eine Menge Arbeit zu tun.

Robin brachte ihm eine Tasse Kaffee, und er legte die Zeitung beiseite.

Marktberichte von der Rauschgiftfront gehörten in diesem Land so selbstverständlich zur Berichterstattung der

Presse wie Informationen über die Börsenkurse, andere Lebensmittelzweige oder über Erdölgeschäfte. Kalt durchorganisiert. Klare, wenn auch schwierige Rahmenbedingungen. Voll in den Weltmarkt integriert. Nur ein Blick auf die enormen Gewinnspannen machte deutlich, daß die Abwicklung des Drogengeschäfts im Detail tödlich sein mußte.

Brandau und seine Arbeitgeber leisteten ebenfalls einen bescheidenen Beitrag zum Problem der Anbaualternativen. Sie förderten Erdbeeren. THAI-XR-19. Brandau nannte das Projekt »Strawberry Fields Forever«. Es klappte zwar noch nicht alles so, wie es gedacht war. Die Früchte kamen doch meist etwas zermatscht zum Verbraucher. Und die neuerfundenen Erdbeercocktails und die hartnäckige Promotion von Erdbeertorte mit Schlagsahne in den Luxushotels von Bangkok allein sicherte noch keine breiten Abnehmerkreise.

Aber auch der US-Justizminister hatte ja nach einem dreiwöchigen Trip nach Japan, Hongkong, Thailand, Pakistan und Italien, auf dem ihn seine Frau und zwanzig Helfer begleitet hatten und der etwa 400000 Dollar gekostet hatte, erkannt, daß es sehr schwierig war.

Es war nicht nur sehr schwierig, es war fast unmöglich. Aber nicht nur nordamerikanische Politiker waren unterwegs und schwärmten für Kaffee, Tee, Obst und Gemüse. Deutschland hatte eigene Durchblicker, die voll durchsubventioniert zum Kern der Problematik stießen. Deshalb förderten sie Erdbeeren.

43

Suwit ging die Soi Saensuk zurück bis zur Pradiphat Road. An der Ecke kaufte er sich einen gebratenen Hähnchenschenkel. Der Deutsche war im Büro. Es war nicht zu erwarten, daß er vor Mittag wieder in Bewegung kam. Er mußte auf jeden Fall wieder an Suwit vorbei, zurück zur Pradiphat, wenn er wegwollte. Die Saensuk war eine Sackgasse.

Das Hähnchen war ausgezeichnet. Suwit sagte der Verkäuferin, einer alten Frau, einige anerkennende Worte. Es war gut, unter Menschen zu sein. Er würde sich hier wohl noch öfter aufhalten müssen. Vor dem Bürogebäude war es zu auffällig und auch zu langweilig. Hier war sein Platz. Strategisch günstig. Voller Leben. Es gab zu essen, zu trinken, Zeitungen und Taxis, um die Verfolgung jederzeit wieder aufzunehmen. Was wollte er mehr?

Die Frau bot ihm ein zweites Stück Hähnchen an. Er akzeptierte. Zahlte seine zehn Baht und aß.

44

Gegen elf Uhr war Brandau am Flughafen. Er parkte den Wagen auf dem bewachten Parkplatz vor dem Gebäudeteil, in dem die Paß- und Zollkontrollen für die Ankunft internationaler Flüge untergebracht waren.

Er zwängte sich durch die Menschenmassen in der Halle zum Monitor. Ein Blick zeigte ihm, daß LH 646, aus Frankfurt und Delhi kommend, noch nicht gelandet war. Es blieb bei 11.30 Uhr. Hinweise auf eine zu erwartende Verspätung waren nicht verzeichnet. Brandau sah auf die Armbanduhr und beschloß, die halbe Stunde im Flughafenrestaurant des Abflugtrakts zu verbringen.

Im Aufzug hinauf in die Abfertigungshalle rollte ihm ein Araber seinen Gepäcktransporter über die linke Fußspitze. Er ertrug es mit Würde. Der Araber entschuldigte sich aufwendig. Brandau lächelte großzügig. Wer wußte, wann ihn der nächste Schub des Tropenkollers packte, wann ihn Hitze, Feuchtigkeit und Fieber in den nächsten Wutausbruch trieben, wen er demnächst anblaffen würde. Der Neokolonialist lauerte beständig. Ein bißchen Schnaps und schlechtes Wetter, und er war sofort da. Herrisch, mißgelaunt, dominant und mit Kommandostimme. Der kleine Angriffskrieg gegen den Frust des Tropenalltags. Aber heute war Brandau ausgeruht, entspannt und versöhnlich gestimmt. Wenn man gut mit ihm umging, dann ging er auch gut mit anderen um. Und heute morgen war es sehr still gewesen. Ein Zeichen des besten Willens. Er hatte es registriert. Der Araber profitierte davon.

In der Halle summte und quirlte es. Ein Bienenstock war gar nichts dagegen. Mindestens fünf Gruppen von Thai-Arbeitskräften für die arabischen Emirate lagerten auf dem Fußboden zwischen den Abfertigungsschaltern der Fluggesellschaften und zwangen die Schlangen der wartenden Fluggäste, die mit Tickets und Koffern zum Einchecken bereitstanden, zu absurden Kurven.

Die Männer wurden von Vermittlungsagenturen in Bangkok angeworben, in uniforme Overalls gesteckt, mit Taschengeld versehen und ins Flugzeug Richtung Öllánder gesteckt. Ihr spärliches Gepäck, oft nur ein Plastikbeutel, enthielt meist die letzten zwei Flaschen Mekhong für die lange Durststrecke in der Wüste. Ein Land ohne Alkohol und Frauen war ihnen nur schwer vorstellbar. Deshalb waren sie auch meist nach zwei Jahren wieder zurück. So hielt sich das Abwanderungsproblem ungelernter und ausgebildeter Fachkräfte in Grenzen. Die eigene heimatliche Scholle war zu attraktiv. Man machte ein bißchen schnelles Geld und lernte was dazu. Die Thai-Behörden sahen die Sache gelassen. Ein kostenloses Auslandspraktikum. Berufsausbildung auf Großbaustellen, wie sie in diesem Umfang zu Hause nicht angeboten werden konnte. Finanziell und berufspraktisch konnten solche Auslandsaufenthalte nur von Vorteil für Thailand sein. Also wurden sie eingeplant. Der Islam hatte keine Chance.

Brandau nahm die Rolltrepe, um zwei Stockwerke höher ins Restaurant zu kommen und besah sich im Hinaufgleiten den Hexenkessel unter sich. Vor der Paßkontrolle staute sich der Andrang zu den nächsten abgehenden Flügen. Im Restaurant suchte er einen freien Tisch und warf einen Blick auf den Monitor.

SV 381 um 11.50 Uhr nach Riad und Dschidda... LH 646 um 12.25 Uhr nach Manila... IA 434 um 13 Uhr nach Bagdad... MH 83 um 13.50 Uhr nach Kuala Lumpur...

Es gehörte zu seinem Selbstverständnis als erfahrener Vielgereister, daß er die Kürzel aller internationalen Fluggesellschaften kannte. Am Monitor war es einfacher, weil im Zweifelsfall der Zielflughafen etwas über die Herkunft der Linie aussagte. Saudi Arabian, Lufthansa, Iraqi Airways und Malaysian Airline System. Ein guter Tag. Brandau fühlte sich wie nach einer guten Serie am Flipper oder nach der Goldenen Sieben. Die Bedienung kam. Er gab ein Tonic in Auftrag. Am Nebentisch saßen zwei Französinnen und frischten ihr Make-up auf. Sein Tonic kam. Er trank und besah sich die Leute im Restaurant.

Fünf vor halb zwölf zahlte er und machte sich auf den Rückweg zur Ankunftshalle. Es gab im Restaurant keinen Monitor für die ankommenden Flüge. Es war besser, auf Nummer Sicher zu gehen. Pünktlichkeit war das letzte, was die Lufthansa im Kampf um Marktanteile noch aufbieten konnte. Und meistens klappte es. Der Aufzug kam ewig nicht, und als Brandau in der Ankunftshalle ankam, zeigte der Monitor hinter dem Lufthansaflug ein *landed.* Aber es dauerte immer eine Weile, bis die Fluggäste mit dem Bus von der Maschine zum Gebäude gekarrt waren und dann ging es noch durch die Kontrollen. Es waren weitere Maschinen gelandet. Cathay Pacific aus Hongkong, Thai International aus Manila und Iraqi Airways aus Bagdad. Alle mit Verspätung. Lufthansa lag gut im Rennen.

Brandau hatte keine Ahnung, wie der Bundestagsabgeordnete aussehen sollte. Johann Müller-Brahms. Sozialdemokrat. Achtundvierzig Jahre alt. Jetzt Opposition. Sein Wahlkreis lag irgendwo im Saarland oder war womöglich das ganze Saarland. Brandau kannte sich mit der Verteilungspolitik auf Regionalebene nicht aus. Eine der ehrenamtlichen Aufgaben seines Besuchers war jedenfalls ein Sitz im Aufsichtsgremium bei Brandaus Arbeitgeber. Das machte ihn gezwungenermaßen interessant und wichtig. Erfahrungsgemäß würde er seine Aufgabe als ein Gesamtes begreifen, also politische Ideologie seiner Partei, entwicklungspolitische Leitlinien der Bundesregierung und Kriterien der privaten Organisation, für die sie beide tätig waren – der Abgeordnete für die Ehre und die politische Lobby, Brandau für Cash – wild durcheinanderschmeißen, um eine persönliche Meinung zum Problem der finanziellen Hilfe zu demonstrieren. Nach Brandaus Erfahrungen spielte es absolut keine Rolle, für welche Partei sie geradestehen mußten. Hier im Ausland unterschieden sie sich nur durch schwache Nuancen.

Was die erkennungsdienstliche Komponente anging, so gab es nur zwei Standardverkleidungen. Phantasieloser Einreiher in Farbtönen von hellgrau bis dunkelblau, dazu weißes oder hellblaues Hemd mit dunklem Binder. Oder aber leichter Baumwollanzug, auch Einreiher, diese Sorte Sommerverkleidung, die in bügelfaltenbeherrschten Zonen mit triker trugen dazu rotbraune Schuhe. Aber das war äußerst selten. Sozialdemokraten waren im übrigen häufig in sandfarbenen Arrangements anzutreffen. Liberale und Christdemokraten waren immer ein bißchen mehr in die Bankerrichtung verkleidet.

Um die bundesdeutsche Zugehörigkeit zu bestimmen, gab es ein untrügliches Erkennungssignal. Die Aktentasche! In östlichen Regionen, in denen der Aktenkoffer in jeder Spielart fester Bestandteil der politischen und geschäftlichen Kostümierung ist, traten deutsche Vertreter aus Politik und Verwaltung ungebrochen mit diesen verschlissenen und verbeulten Ungeheuern von Butterbrotbehältern an. Es mußte ihnen ein Stück Sicherheit bedeuten. Der ausgetretene Pfad der Gänge des Bundeshauses. Von Tagungszimmer zu Tagungszimmer. Immer schwer mit Akten beladen. Es war hilfreich, auf Drucksache Nummer Sowieso verweisen zu können, wenn einem die Argumente aus der gelebten Praxis zu knapp wurden.

Zwanzig Minuten später kam er. Es gab keinen Zweifel. Etwa einssiebzig groß. Massig, um nicht zu sagen: fett. Das Gesicht von Gert Fröbe in seinen späteren Filmen. Das ärgerte Brandau, denn er verehrte Fröbe sehr. Er tröstete sich damit, daß der Schauspieler viel größer war, zumindest in den Filmen immer so erschien.

Der Abgeordnete überraschte Brandau mit einem weinroten Schlips und einem dunkelbraunen Pilotenkoffer. Die Jungs holten auf, was die internationalen Uniformvorschriften anging. Ansonsten sandfarbener Anzug von C & A, hellblaues Hemd und dunkelbraune Slipper. Jemand mußte dem Abgeordneten gesteckt haben, daß man in Siam oft die

Schuhe ausziehen mußte. Der Kabinenanhänger der Lufthansa am Pilotenkoffer war unübersehbar. Der übliche Aluminiumkoffer.

Müller-Brahms verrenkte sich den Hals wie eine Giraffe auf der Suche nach ganz zarten Blättern im Baumwipfel. Wahrscheinlich erwartete er, daß Brandau mit einem handgemalten Pappschild auf ihn wartete, auf dem sein eigener oder der Name ihrer Organisation stand.

Als Brandau ihn ansprach, zuckte Müller-Brahms zunächst zusammen, produzierte aber sofort ein strahlendes Wahlkampflächeln. Er setzte den Alukoffer in der engen Ausgangsschneise ab und hielt Brandau demonstrativ seine rechte Hand hin, die erstaunlich zartgliedrig war.

»Herr Brandau«, sagte er laut und deutlich. »Endlich lerne ich Sie einmal persönlich kennen!« Er hatte jahrelang auf ihn gewartet und war entzückt.

Brandau drückte seine Hand. Die Leute um das Paar herum gafften, als fände in diesem Moment eine geschichtsträchtige Szene statt.

Der Abgeordnete merkte, daß er mit seinem Alukoffer bereits an die zehn Mitreisende im Engpaß aufhielt. Er machte eine aufwendige Gebärde der Entschuldigung.

Brandau nahm den Koffer und ging zum Wagen. Es blieb dem Abgeordneten nichts anderes übrig, als hinterherzulaufen. Brandau hatte es nicht so mit dem Zeremoniellen. Leute wie Müller-Brahms hatten immer den Drang, beim ersten Händeschütteln schon etwas Smalltalk zu produzieren. Dafür war es entschieden zu heiß. Der Abgeordnete war allerdings nicht von der lahmen Sorte, holte schnell auf, ging neben Brandau, und auf den etwa zwanzig Metern bis zum Volkswagen teilte er mit, daß er mit dem Service im Flugzeug nicht zufrieden gewesen sei, daß er wenig Beinfreiheit gehabt hätte und die Kinder mit ihrem Lärm kein ungestörtes Aktenstudium zugelassen hätten. Aber man flog natürlich trotzdem nationale Linie. War doch selbstverständlich. Während Brandau das Gepäck verstaute, erwähnte er, daß er ja daran nicht so eng gebunden sei und deshalb auch die netten Stewardessen von Singapore Airlines, Thai International und Cathay Pacific kennenlernen konnte. Der Abgeordnete quittierte dies mit Hochziehen einer Augenbraue. Die Mittagshitze zeigte Wirkung. Auf der Besucherstirn glitzerten Schweißperlchen. Müller-Brahms entschuldigte sich und zog die Anzugjacke aus bevor sie einstiegen.

Brandau startete den Motor, schaltete die Klimaanlage auf die höchste Stufe und bat Müller-Brahms, die Seitenscheibe wieder hochzukurbeln.

»Ach so, ich bin immer noch in Deutschland. Frische Luft kommt hier wohl nicht durchs Fenster.« Der Abgeordnete lachte betont herzlich.

»Hier in Bangkok nicht. Zuviel Abgase, zu heiß, mal ganz abgesehen vom Verkehrslärm. Werden Sie später im Zentrum noch merken.«

»Wir machen im Winter ja auch die Heizung an«, merkte Müller-Brahms verständnisvoll an.

»Das ist richtig.« Brandau zahlte seine zehn Baht an der Kasse und mogelte sich auf den Highway.

»Sie fahren ein deutsches Fabrikat«, stellte der Politiker fest.

»Ja, die Japaner sind billiger, aber ich hab was für gute Autos übrig.« Brandau verspürte den Zwang, die unbedeutenden Sachen so zu verkaufen, wie sie sein Besucher hören wollte.

»Das ehrt Sie«, sagte Müller-Brahms. Brandaus erster Eindruck auf ihn schien ausgesprochen positiv zu sein.

»Ich habe ein Zimmer im Rama Gardens für Sie reservieren lassen. Liegt auf halber Strecke zwischen dem Flughafen und unserem Büro. Ganz ordentlich und extrem verkehrsgünstig, was unsere gemeinsamen Besuche angeht.«

»Ich verlasse mich da ganz auf Sie.« Der Politiker griff sich an den Krawattenknoten.

Wenn Brandau gehofft hatte, ihn mit dieser Andeutung dahin zu bringen, sich über seine Programmvorstellungen zu äußern, dann hatte er sich getäuscht. Zwei Tage waren verdammt knapp. Der Abgeordnete hatte brieflich keine Vorgaben gemacht. Wenn Brandau das übliche Kurzprogramm für Gehetzte als Planungsgrundlage nahm, dann ging ein halber Tag für einen Besuch in der Botschaft drauf, ein weiterer halber Tag war für Schmuck, Antiquitäten, Maßanzüge oder -hemden zu veranschlagen. Blieb ein Tag für die sogenannten Projektbesuche, die zwangsläufig in Bangkok stattfinden mußten. Sie redeten alle vom Land, wollten erklärtermaßen auch alle dorthin. Aber es klappte halt nie. Dafür war gesorgt. Abends natürlich ein bißchen essen und trinken und – man war ja schließlich in Bangkok – Nachtleben.

Es wurde jetzt schnell kühler im Wageninneren. Brandau fuhr achtzig. Geschwindigkeitsbegrenzung auf der Schnellstraße. Keine Lust, sich mit diesem Passagier in den Radarfallen der Polizei zu verfangen.

»Wie ich höre, werden die Chinesen hier als Bevölkerungsgruppe benachteiligt.« Müller-Brahms schien jetzt nach etwas ernsthafter Diskussion zumute zu sein.

»Sie müssen das mit Malaysia verwechseln«, sagte Brandau liebenswürdig. »Die Bumiputra-Politik. Malayen, Chinesen, Tamilen und so weiter. Es gibt da einige Rassenprobleme.«

»Ganz richtig! Sie haben natürlich völlig recht. Ich werfe da immer noch einiges durcheinander. In den Ausschußsitzungen und Arbeitsgruppen kommt das ja auch alles nicht so optimal rüber. So viele Anträge auf Hilfe. So viele Probleme in der Dritten Welt. Und wir haben zu wenig Zeit, leider. Man weiß gar nicht, wo man anfangen soll, geschweige denn, wie wir das alles auf seine Förderungswürdigkeit hin prüfen sollen. Aber dafür haben wir ja Leute wie Sie«, betonte das MdB mit einem Schub Jovialität.

»Was würden wir ohne unsere Kontakte vor Ort machen?« Müller-Brahms sah versonnen durch die getönte Scheibe in die Abgasfahne eines Lastwagens. »Malaysia, da muß ich auch noch hin. Alles wieder viel zu knapp, ja... das war das mit den Chinesen.« Er stöhnte behutsam.

»Der Islam«, sagte Brandau.

»Ja, dieser Islam. Schwierige Religion. Seit der Sache mit dem Ajatollah müssen wir das ja auch alles nochmal überdenken. Doch alles sehr intolerant, wie mir scheint.« Er fummelte sich erneut am Krawattenknoten herum, konnte sich dann aber doch nicht entschließen, ihn zu lockern.

»Und was haben Sie hier?«

»Buddhismus. Staatsreligion. 94 Prozent der Bevölkerung. 24000 Klöster. 175000 Mönche«, dozierte Brandau.

»Klare Mehrheiten!« Das war der Wahlkämpfer.

Brandau nickte, ohne den Blick von der Fahrbahn zu nehmen.

»Das muß man eben alles wissen.« Eine klagende Geste mit den Unterarmen wischte am Rande von Brandaus Blickfeld vorbei. »Alles so verzwickt. So viele Ableger. Man kann die ganzen Hintergründe doch gar nicht erfassen, wenn man in Bonn Entscheidungen fällt.« Müller-Brahms sagte das sehr nachdrücklich. Eine kleine Verteidigungsrede für die Notwendigkeit, eben doch alles über einen Kamm scheren zu müssen. Der Wille war ja da, aber, leider...

Brandau schwieg.

»Ist das ein Tempel?« fragte der Politiker und deutete mit dem Zeigefinger nach rechts in die städtischen Außenbezirke.

»Ja!«

»Welche Pracht! So viel Gold. So ästhetisch. Kein Wunder, daß der deutsche Bürger das nicht mit der Armut zusammenbringt, wenn er Bilder davon sieht. Sie glauben gar nicht, wie negativ sich diese protzigen Reportagen über das thailändische Königshaus in gewissen Publikationen auf das Spendenverhalten der Bürger auswirkt. Mal von der Billigung der Verausgabung von Steuergeldern für Entwicklungshilfe ganz abgesehen. Machen Sie das denen doch mal klar, daß das nur eine Seite der Medaille ist!«

»Und zudem eine falsch dargestellte.« Brandau brummte mißmutig. »Der König spielt ja nicht nur Saxophon und fotografiert. Er tut ja auch eine ganze Menge für seine Leute. Fast kann man sagen, daß er selbst der engagierteste Entwicklungshelfer ist. Sie können sicher sein, daß die Königsmärchen der Boulevardpresse nichts mit der Pressearbeit des Palastes zu tun haben. Man kann als Europäer zu Monarchien stehen wie man will. Die hier ist auf jeden Fall sehr viel anders als man sich gemeinhin vorstellt.«

»In Kambodscha haben sie ja auch erst Herrn Pol Pot gebraucht, um wieder Verständnis für Prinz Sihanouk zu entwickeln.«

Brandau verzichtete auf diesen Ableger der Diskussion, fuhr vom Highway ab und folgte der Parallelstraße über die nächste Kreuzung bis zur Einfahrt zum Rama Gardens Hotel.

»Deshalb sind wir ja auch so sehr auf gute Berichte angewiesen, auf gut begründete Anträge ... aber wie ich hörte, sind Sie ja wohl auf dem Laufenden, was das angeht. Man hat sich seitens Ihres Arbeitgebers sehr positiv geäußert.« Der Politiker verabreichte das Lob lässig und kumpelhaft. Und bevor seinen Gastgeber Selbstgefälligkeit überkommen konnte, schob er sich selbst nach. »Aber auch solche Besuche sind wichtig. Man muß das schließlich auch mal mit eigenen Augen gesehen haben.«

Brandau hielt an, kurbelte die Seitenscheibe runter, nahm die Parkkarte vom Wächter entgegen und kurbelte die Scheibe wieder hoch. Dann steuerte er den Wagen über die asphaltierte Zufahrt durch den Park und bremste sorgfältig die drei Bremsschwellen aus.

»Großzügige Anlage«, meinte Müller-Brahms.

»Relativ neu, deshalb noch nicht so zugewachsen. Alles etwas kahl.«

»Was ist das?« Der Abgeordnete zeigte auf ein denkmalartiges Gebilde.

»Ein Geisterhäuschen. Ein sehr großes. Gehört hier zu jedem Thai-Gebäude, privat oder offiziell. Die Größe hängt vom Wohlstand ab. Der Buddhismus ist noch mit viel Hinduismus und Geisterglauben angereichert. Solche Häuschen beherbergen meist eine Buddhastatue, mehrere Elefantenfiguren und werden mit Blumenkränzen geschmückt und mit Essen versorgt. Die Räucherstäbchen nicht zu vergessen.« Brandau hielt vor dem Haupteingang an.

Vier Boys kümmerten sich um das Gepäck.

»Wenn Sie eben aussteigen und schon mal zum Empfang gehen ... ich stelle nur den Wagen auf dem Parkplatz ab ... komme dann nach.«

Müller-Brahms stieg aus und verteidigte hartnäckig seinen Pilotenkoffer gegen den Zugriff der Bediensteten.

Als Brandau später zum Empfang kam, wurde sein Besucher schon von drei Schönheiten betreut und füllte sein Anmeldeformular aus.

»Muß man die Paßnummer ...?« fragte er.

»Ist besser.«

Müller-Brahms kramte seinen Paß aus der Innentasche der Anzugjacke. »Innen doch sehr feudal«, bemerkte er, während er kurz über die halben Gläser seiner Brille in die Hotelhalle sah und die Wasserspiele begutachtete.

»Sie sind jetzt sicher müde«, regte Brandau an.

»Ja, eine kleine Siesta wäre nicht übel«, gab der Abgeordnete zu und strapazierte die drei Siamesinnen von der Hotelrezeption mit seinem Wahlkampflächeln. Er zeigte keinerlei Ehrgeiz, was den Zeitplan für seinen entwicklungspolitischen Blitzkrieg anging.

»Schlage vor, daß ich Sie hier gegen neunzehn Uhr wieder abhole. Wir können dann in der Stadt etwas essen und unser Programm durchsprechen.«

»Ausgezeichnete Idee. Ich möchte mir auch noch einige Sachen durchlesen. Wie gesagt im Flugzeug... die Kinder...« Müller-Brahms sah jetzt sehr gestreßt aus.

Brandau nickte mitfühlend.

Zwei Boys schnappten sich das Gepäck. Einer den Alukoffer. Der andere den Pilotenkoffer. Sie nahmen den Politiker in die Mitte, um ihn auf sein Zimmer abzuführen. Der mit dem Pilotenkoffer spielte ungeduldig mit dem Schlüssel.

Müller-Brahms machte keinerlei Anstalten, sein Handgepäck erneut unter Kontrolle zu bekommen. Er winkte lässig und ging mit Begleitschutz zum Aufzug.

45

Milano Fong nahm den Telefonbericht von Suwit entgegen. Der Deutsche war wieder in seinem Büro in der Soi Saensuk.

»Bleib du unserem Mann an den Fersen. Ich schicke jemanden zum Rama Gardens, um herauszufinden, wer der Besucher ist. Falls unser Mann wieder zum Hotel fährt, bleibst du sicherheitshalber dran. Wenn er nach Hause fährt sowieso. Sollte es wieder zum Hotel zurückgehen, dann wirst du dort abgelöst. Du trittst dann morgen früh wieder vor seinem Haus an.«

Suwit quittierte jede Atempause des Chinesen mit einem *krap*. Am Ende der Anweisungen sagte er *krap bom,* was soviel wie »jawohl« bedeutete.

Fong legte auf. Es war wichtig zu wissen, wer der Besucher war. Öffentlichkeit zur falschen Zeit war hinderlich, wenn der Mann ein größeres Tier war, sogar gefährlich. Er schickte die Zwillinge zum Rama Gardens.

Eine Stunde später wußte er, daß es sich um ein bundesdeutsches Parlamentsmitglied handelte. Wichtig genug, um behutsam zu sein.

»Er ist für zwei Nächte gebucht, fliegt dann nach Kuala Lumpur weiter«, sagte Jack Law. Die Leitung war miserabel.

»Der Deutsche wird mit ihm Geschäfte machen. Bleibt da, bis er wieder auftaucht. Hängt euch dann dran. Aber unauffällig. Und absolute Zurückhaltung. Keine Aktionen außer nahtloser Beschattung. Wenn ihr übernehmt, könnt ihr den Boxer zu Brandaus Wohnung schicken. Bei Unvorhergesehenem Telefonkontakt.«

»Was ist, wenn der Politiker alleine loszieht?« fragte Law.

»Ihr bleibt dran. Vielleicht trifft er sich mit seinem Partner in der Stadt. Der Boxer bleibt auf jeden Fall an seinem Mann, egal wo der hinfährt.« Fong legte auf.

46

Dombrovsky saß in Brandaus Büro und freute sich über sein Visum.

»Guter Service, mein Freund!« Er blätterte sinnlich in seinem Paß herum.

»Er hat mich einfach von der Arbeit abgehalten«, bemerkte Robin mit gespielter Traurigkeit. »Willst du auch einen Kaffee?«

Brandau nickte.

»Wie ist er denn?« fragte Robin neugierig.

»Wie sie so sind.« Brandau wollte nicht über Müller-Brahms reden. »Politiker halt!«

»Ich habe keine große Lust mitzukommen, wenn du heute abend mit ihm weggehst.« Robin warb um Verschonung.

»Das wird keinen guten Eindruck machen«, sagte er mit seiner besten Schulmeisterstimme. »Er wird das ganze Team kennenlernen wollen, das, wie er sich auszudrücken pflegt, *vor Ort* ist.«

»Er kann mich doch morgen an der Schreibmaschine bewundern. Das ist sowieso mein Platz im Team.« Sie blieb hartnäckig.

»Okay«, sagte Brandau. »Ich werde ihn allein unterhalten. Obwohl es zu zweit sicher leichter zu ertragen wäre.«

»Guter Freund«, warf sich Dombrovsky dazwischen. »Sie haben immer Zeit für mich, warum soll ich Ihnen in dieser Situation nicht auch mal unter die Arme greifen?« Das Visum schien ihn wirklich in Hochstimmung gebracht zu haben. Fast verschüttete er vor Eifer seinen Kaffee.

Auch das noch, dachte Brandau im ersten Moment. Aber eigentlich war die Idee nicht schlecht. Er hatte schließlich keine Geheimnisse mit Müller-Brahms zu bequatschen.

»Ich werde diesen Parlamentsritter angemessen beschäftigen, damit Sie Ihr Steak in Ruhe durchkauen können«, sagte Dombrovsky flott wie ein Pfadfinder, der einen Spezialauftrag in schwierigem Gelände übernahm.

»Na schön«, brummte Brandau. »Besser als nichts.«

»Na also«, sagte Robin. »Noch Kaffee?«

»Nein, keine Lust mehr, im Büro rumzuturnen, während die ehrenamtlichen Aufpasser im Hotel matt vor sich hinschnarchen. Ich gehe jetzt zum Friseur.«

»Ist das nicht etwas übertrieben?« fragte Dombrovsky.

»Was?«

»Wegen so einem Bundestagsheini extra Haareschneiden...«

Brandau sah den Reporter nachsichtig an. »Friseur in Thailand«, sagte er langsam, »hat nur unter anderem etwas mit kurzen Haaren zu tun. Es dient zur Entspannung. Sie können ruhig mitkommen. Mein Meister ist sowieso in Ihrem Hotel. Wir können zu Fuß gehen. Es wird aber eine Weile dauern. Ich hoffe, Sie haben Geduld. Volles Programm eine gute Stunde. Mit Nägelschnippeln, Öhrchenbohren und so weiter.«

»Machen Sie ruhig mal«, sagte Robin aufmunternd.

»Wenns dem besseren Verständnis des Landes dient«, gab Dombrovsky zurück.

»Wir fahren dann von dort aus gleich zum Rama Gardens. Bin zwar erst um sieben Uhr mit Müller-Brahms verabredet. Aber ein paar Drinks an der Bar können wir ruhig dazwischenschalten, wenn es Ihnen nichts ausmacht.«

»Wie heißt er?« fragte Dombrovsky.

»Müller-Brahms!«

»Heiß«, sagte Dombrovsky. Dann lachte er.

»Trinkt nicht soviel«, gab Robin ihnen mit auf den Weg.

»Ja, Mutti«, sagte Brandau und küßte sie auf die Wange.

Zehn Minuten später betraten sie den Friseursalon des Liberty Hotels. Sie hatten Glück. Die Araber waren mit anderen Sachen beschäftigt. Der Meister lächelte Brandau an. Er deutete auf die drei freien Stühle, und sie nahmen nebeneinander Platz. Es waren keine Worte nötig. Das kam Brandaus Thai-Sprachkenntnissen entgegen.

Der Meister und seine Kollegen drapierten die Umhänge um sie und brachten sie vor den Spiegeln in Position. Beim sanften Klappern der Scheren dösten sie vor sich hin.

Nach angemessener Zeit wechselte der Meister den Umhang gegen einen wasserdichten und eine Handtuchhalskrause, kippte den Sessel nach hinten, drehte Brandau um hundertachtzig Grad und wusch ihm die Haare. Aus den Augenwinkeln konnte er sehen, daß Dombrovsky dasselbe wiederfuhr. Die beiden Thai arbeiteten absolut synchron, wie eine Kopierfräsmaschine.

»Nett«, sagte Dombrovsky später. »Wirklich eine gute Idee von Ihnen. Macht Spaß!«

Der Meister drehte Brandau wieder in die Ausgangsposition, trocknete ihm flüchtig die Haare und stellte die Elektrik im Sessel ein. Es schnurrte und massierte. Dann goß er ihm dieses Zeug auf die Kopfhaut, das ihn zum Nordpol brachte. Kalt und frisch.

»Mannomann«, grunzte Dombrovsky. »Die haben's aber raus. Ist wohl irgendwas mit Alkohol.«

»Ja, ich finde das ist das Beste am ganzen Programm, wenn sie mir das Gehirn vereisen.«

Dann kamen die heißen Tücher. Das Gesicht. Die Arme. Schließlich schüttelte der Meister an jedem Finger die Gelenke durch und massierte Stirn, Nacken und Schultermuskulatur.

»Das bekommen bei uns nur Sportler mit einem Stipendium kurz vor der Olympiade«, merkte Dombrovsky an.

»Aber nicht so gut!«

»Was kostets denn?«

»Volles Programm fünfzehn Mark.«

»Und bei uns kostet ein schnöder Messerschnitt mit Waschen schon fast dreißig Mark. Dabei knallen sie Ihnen allerdings den Nacken beim Waschen brutal auf den blanken Beckenrand.« Dombrovsky brummelte anklagend vor sich hin.

Der Meister holte jetzt die Stehlampe, kippte Brandau in Rückenlage und deponierte Watte auf seiner Brust.

»Was kommt denn jetzt?« fragte sein Partner.

»Ohren saubermachen. Dabei können Sie auch eine Maniküre haben. Wenn Sie wollen auch die Füße«, erklärte Brandau.

»Finger reicht«, sagte Dombrovsky.

Während der Ohrenoperation herrschte Stille. Dann kamen die letzten Großangriffe auf die Muskulatur. Sessel aufrecht. Umhang ab. Und der Meister begann, Brandau die Arme gestreckt und angewinkelt so zurechtzubiegen, daß es krachte. Er schob ihn im Sessel herum, bis er mit dem Kinn auf den Kniescheiben landete.

»Volles Programm«, stöhnte Dombrovsky.

Dann kam die abschließende Phase der Formfrisiererei. Es dauerte immer seine Zeit, bis das letzte Haar so gelegt war, wie es in den einschlägigen Modezeitschriften gerade offeriert wurde. Brandau erduldete es immer gelassen, wohlwissend, daß er es mit einer einzigen Rasenmäherbewegung der Finger zu seinen Gunsten korrigieren konnte.

Während des Endspurts der Barbiere erzählte er Dombrovsky von seinem Hund, von seinem neuen Nachtwächter und davon, daß er Hundefänger war.

»Hunde«, sagte Dombrovsky versonnen, »kommen ja bei Jim Thompson auch vor.«

Und damit war er wieder beim Thema.

47

Am Morgen des 30. August 1967 wurde in einem abgelegenen Haus zwischen Philadelphia und Wilmington von einer Putzfrau eine Leiche gefunden.

Es handelte sich um Katherine Thompson, die älteste Schwester des Seidenmannes. Die vierundsiebzig Jahre alte

Frau lag in ihrem Schlafzimmer im Erdgeschoß, mit einem stumpfen Gegenstand erschlagen. Spuren am Tatort ließen darauf schließen, daß Dokumente gesucht worden waren.

Es blieb ein ungeklärter Mordfall, der natürlich nichts mit Thompson zu tun haben mußte. Aber die Ermordete hatte zwei trainierte Wachhunde, einen deutschen Schäferhund, einen Labrador. Beide Tiere müssen ruhig zugesehen haben, ohne den Täter anzugreifen.

48

Brandau fädelte sich stadteinwärts auf den Highway ein, als er den weißen BMW sah.

Dombrovsky saß neben ihm. Er lehnte halb verdreht in seinem Sitz, um Müller-Brahms auf dem Rücksitz besser sehen zu können. Die beiden unterhielten sich angeregt.

Brandau ging sofort auf die rechte Spur und beschleunigte. Der BMW zog mit. Der Abendverkehr auf der gut beleuchteten Schnellstraße war dünn. Die Verfolger konnten sich einen großen Abstand leisten. Er ignorierte die Geschwindigkeitsbegrenzung auf achtzig Stundenkilometer und trieb den Passat bis auf hundertfünfzig. Die anderen blieben dran. Unveränderter Abstand. Es gab keinen Zweifel. Er nahm das Gas zurück und blieb bei neunzig auf der mittleren Spur.

»Ich kann mich nur schwer an diesen Linksverkehr gewöhnen. Er irritiert mich«, sagte der Abgeordnete zu Brandau, so als wolle er ihn höflichkeitshalber am Gespräch beteiligen.

»Im Stadtverkehr, auf den Kreuzungen und beim Abbiegen ist es anfangs schwierig. Hier auf der Schnellstraße ist es sowieso egal. Man überholt rechts wie links.«

»Die waren doch nie britische Kolonie. Warum dann Linksverkehr?«

»Keine Ahnung. Vermutlich weil es nebenan, in Burma und Malaysia, so von den britischen Herren vorgemacht worden ist. Außerdem hatten es die Thai schon immer ein bißchen mit dem Stil aus London. Aber freiwillig. Die Thai sehen das mit rechts und links nicht so eng«, erläuterte Brandau. »Auf der Insel fährt man links. Auf dem Kontinent rechts. In Thailand fährt man da, wo Platz ist.«

Die beiden Mitfahrer unterhielten sich wieder über ihre ersten Eindrücke von Asien. Brandau ärgerte sich, daß er Dombrovsky mitgenommen hatte. Es war zwar nett, durch ihn bei der Besucherbetreuung entlastet zu werden, aber dafür hatte er sich wieder seine Freunde in diesem weißen Phantomauto eingehandelt. Es war absurd. Heute früh hatte er noch an Radarfallen und Geschwindigkeitsbegrenzungen gedacht, um seinen dienstlichen Oberaufseher nicht zu beunruhigen, und jetzt war er wieder in dieses Dombrovskybeschattungsprojekt verwickelt. Er fragte sich langsam, ob der Reporter alles über die Nachforschungen im Fall Thompson erzählt hatte. Etwas stimmte nicht. Er merkte, daß er sauer wurde. Auf der Überführung in Höhe des Central Plaza Einkaufszentrums erhöhte er nochmal die Geschwindigkeit. Sie blieben dran. Bei der nächsten Überführung an der Sutthisan Road war er wieder auf Neunzig und steuerte die Gebührenschalter zum Expressway an. Von den neun Schaltern waren die offenen mit grünen Leuchtpfeilen gekennzeichnet, die geschlossenen mit roten Kreuzen. Wenige hundert Meter vor der Sperre fächerte sich die Fahrbahn auf.

Brandau schaltete die Klimaanlage ab und ging vom fünften in den vierten Gang zurück. Grün war gut verteilt. Zweimal linksaußen. Einmal in der Mitte. Zweimal rechtsaußen. Brandau hielt sich auf der rechten Spur. Der BMW blieb ebenfalls rechts und verringerte die Geschwindigkeit entsprechend. Außer dem Verfolgerwagen hatte er noch einen blauen Volvo im Innenspiegel, weit genug zurück. Im linken Außenspiegel sah er einen roten Peugeot 504, der in etwa gleicher Geschwindigkeit fuhr. Es blieb offen, ob Brandau die mit DIN DAENG ausgeschilderte Abfahrt vor der Sperre zum Expressway nehmen wollte oder eines der linken Schalterhäuschen anstrebte.

Etwa dreihundert Meter vor den Schaltern und hundert Meter vor der Abfahrt schaltete er in den dritten Gang zurück, gab Gas, zog den Wagen scharf nach links und hoffte, daß die Jungs im BMW gerade damit beschäftigt sein würden, ihre zehn Baht Gebühr aus der Tasche zu fummeln. Im Unterbewußtsein registrierte er, daß Dombrovsky und Müller-Brahms ihr Gespräch abbrachen. Er schaffte die Ausfahrt knapp. Der Fahrer des Peugeot mußte auf die Bremsen steigen, damit der Passat noch vor seiner Motorhaube vorbeikam. Ein langgezogenes Hupen dokumentierte den Ärger des Geschnittenen. Brandau hoffte, daß die Polizisten in ihrer Station links neben der Kontrollstelle besseres zu tun hatten, als auf die Motorräder zu klettern und die Verfolgung aufzunehmen.

Die Jungs im BMW waren gut, schnippelten den Volvo, der ebenfalls Protest hupte, und kamen mit überhöhter Geschwindigkeit in die Ausfahrt. Es wurde eng. Unter dem säulengetragenen Expressway wurde der Verkehr neu verteilt. Die Ampel zum Victory Monument stand auf Rot und gab Brandau keine Chance. Die Schlange der wartenden Autos endete gerade so, daß der U-Turn die letzte Karte war, die stechen konnte.

Zurück in den zweiten, Gas und in die scharfe Kurve nach rechts. Er spürte die Blicke seiner Mitfahrer. Wahrscheinlich machten sie sich Gedanken über ihn. Aber sie waren stumm. Seine ganze Hoffnung und Liebe galt dem Vorderradantrieb des Volkswagens. Normalerweise fuhr er keine Rennen. Aber er war ziemlich sicher, daß er der Kiste mehr abverlangen konnte, als bislang nötig gewesen war.

Er spürte, daß er gut aus der Kurve herauskommen würde. Die Reifen wimmerten fürchterlich. Eine Sekunde lang dachte Brandau erneut an die Polizisten, genau in dem Augenblick, als es hinter ihnen krachte. Der Fahrer des BMW hatte die Schnauze des Wagens noch in die Einfahrt zum U-Turn gebracht, aber das Heck brach aus und krachte dem letzten Wagen in der wartenden Schlange vor der Ampel, einem Toyota, voll in die Rückleuchten. Mehr sah Brandau nicht in Innen- und Außenspiegel, denn er war schon auf der Gegenspur des Highways, zurück, Richtung Flughafen.

»Ausgezeichnete Arbeit, mein Lieber«, sagte Dombrovsky anerkennend. Er hatte durchs hintere Fenster noch einen Blick auf den weißen BMW mitbekommen und sich den Rest zusammengereimt. Er musterte die taghell erleuchtete Kontrollstelle.

»Sie kommen nicht mehr. Sitzen fest. Und jetzt werden die Bullen aktiv. Sie bemühen sich zur Unfallstelle. Kein Interesse an uns.« Dombrovsky drehte sich im Sitz nach vorn.

Müller-Brahms war noch immer stumm.

»Hatte gar nicht mitbekommen, daß die wieder hinter uns herschnüffeln. Die haben Sie aber sauber abgehängt. Da kann einem ja heiß werden.« Dombrovsky wischte sich über die Stirn.

Brandau schaltete die Klimaanlage wieder ein und nahm die Ausfahrt zur Sutthisan Road, um sich über die Phaholyothin wieder ins Zentrum zurückzupirschen.

Müller-Brahms steckte seinen Kopf zwischen Dombrovskys und Brandaus Schultern. Brandau spürte, daß der Politiker seine Mitfahrer intensiv musterte, sah jedoch stur nach vorn, denn er mußte sich auf den Stop-and-go-Samba auf der verstopften Sutthisan konzentrieren. Wahrscheinlich dachte der Abgeordnete, daß er mit zwei unreifen Bengeln auf dem Abenteuerspielplatz gelandet war.

»Also meine Herren«, sagte Müller-Brahms bedeutungsschwer. »Also... ich muß schon sagen... Sie überraschen mich, Herr Brandau!« Er strafte seine Mitfahrer durch mehrere Sekunden verschärftes Schweigen, bevor er weiterredete. »Vielleicht können Sie mir das erklären? Man kommt sich doch etwas komisch vor!« Auf dem Rücksitz des Dienstwagens saß jetzt eine komplette Untersuchungskommission, die sich dieses Vorfalls annehmen würde.

Brandau war verärgert, kam sich absolut außenbestimmt vor. Der eine Besucher besorgte ihm die Verfolger, der andere quengelte. Bevor er eine patzige Antwort geben konnte, warf sich Dombrovsky dazwischen.

»Es ist meine Schuld. Hat nichts mit Herrn Brandau zu tun!« Dombrovsky legte den rechten Unterarm wieder auf die obere Kante seiner Rückenlehne, um sich Müller-Brahms zu widmen, der nach seinem Appell zurück in die Tiefe der Sitzbank gesunken war.

»Es ist wegen Thompson!« sagte der Reporter nachdrücklich.

»Weswegen? Also jetzt verstehe ich überhaupt nichts mehr. Ich bitte um Erläuterungen!«

Und die gab der Thompson-Jäger dem Mitglied des Bundestages dann auch, ganz ausführlich. Ein bißchen zu selbstgefällig, wie Brandau registrierte, wenn er auch gleichzeitig zugeben mußte, daß der weiße BMW die Spinnereien des Reporters zunehmend glaubwürdiger machte.

49

Am 27. Mai 1967, zwei Monate nach Thompsons Verschwinden, saß Edward Pollitz, Geschäftsmann und Bekannter des Verschollenen, im Büro der Geschäftsleitung des Tahiti Hotel in Papeete. Während des Gesprächs sah er zufällig aus dem Fenster und wurde Zeuge, daß Jim Thompson das Hotel verließ. Er sprang auf, rief ihm nach, sah aber vor dem Hoteleingang nur noch, wie Thompson mit einer grauhaarigen Dame ins Auto stieg und davonfuhr. Bei den nachfolgenden Erkundungen auf der Insel wurde weder Thompson noch ein anderer Mann mit einer grauhaarigen Begleiterin gefunden. Pollitz war absolut sicher, daß keine Verwechslung vorlag. Was machte Thompson auf Tahiti?

50

Hatte man in Bangkok dieser Tage Hunger auf ein anständiges Stück Fleisch, dann steuerte man »Nick's Number One« an.

Schon auf dem dunklen Parkplatz vor dem angegammelten Gebäude erinnerte alles verdächtig an einen geheimen und wenig sicheren Treffpunkt für obskure Gestalten.

Dombrovsky, Müller-Brahms und Brandau hatten sich einen schummrigen Tisch an einer der mit Visitenkarten bespickten Wände ausgesucht. Das Gemäuer der edlen Gruft sah immer so aus, als wolle es gleich einstürzen. Aber das machte den Reiz des Lokals aus. Der gastgebende Altmeister mit der Aura diverser ungarischer und österreichischer Dynastien saß auf seinem Stammplatz neben dem Eingang und las ein Taschenbuch. Er tat das immer. Und es gab Grund genug, sich bei diesem Dämmerlicht um seine Augen zu sorgen. Aber wenn er so dasaß, mit seiner Zigarettenspitze, Rauch blies und einen begrüßte, dann wußte man, daß das Gulasch hier besonders gut sein mußte.

»Was können Sie uns denn empfehlen?« fragte Müller-Brahms.

»Wenn Sie nicht schon wieder heimische Küche wollen, dann Kobe Baby Beef. Das ist immer gut«, antwortete Brandau.

»Fleisch ist gut«, sagte Dombrovsky und entnahm der Speisekarte einen grob bedruckten Zettel. »Und was haben wir hier?« fragte er.

»Ein bißchen Geschichte zum Lokal. Sollten Sie sich aufheben und in Ruhe durchlesen.«

Dombrovsky schob den zusammengefalteten Zettel in die Brusttasche seines Hemdes.

»Wohl für Touristen?« fragte der Abgeordnete und legte den Zettel beiseite. »Was ist Kobe?« Er wollte es wieder sehr genau wissen.

»Soviel ich weiß, eine Stadt in Japan, in der man die Rinder mit Bier mästet. Deswegen sind die Filets dann auch so zart.«

»Das klingt vielversprechend. Nehme ich.« Der Politiker verstaute seine Lesebrille in einem rotbraunen Lederhandtäschchen für Herren, mit dem er Dombrovsky und Brandau überrascht hatte, als sie ihn im Rama Gardens abgeholt hatten.

Sie orderten dreimal Kobe Baby Beef. Nach entsprechender Rückfrage des Kellners kam es zu dreimal *medium*. Dazu drei große Flaschen Kloster.

»Das ist ja eine wilde Geschichte, die Sie mir da erzählt haben«, sagte Müller-Brahms zu Dombrovsky. Sozusagen als abschließende Bemerkung zu der kompletten Jim-Thompson-Lesung, die Dombrovsky ihm verpaßt hatte.

Dombrovsky hatte noch einige ergänzende Bemerkungen

zu machen. Und während die beiden kein Ende fanden, schaltete Brandau seine Ohren auf Durchzug und las Nicks berühmten Handzettel durch. Er kannte die Geschichte bereits. Aber auch bei mehrmaligem Lesen wurde sie nicht langweilig.

»Warnung! Vorsicht vor Geistern! Denn Sie essen gerade in einem der ältesten Paläste des Königreichs. Er wurde vor etwa 200 Jahren von einem alternden Prinz für seine bevorzugte Konkubine gebaut, eine sechzehnjährige Jungfrau von außergewöhnlicher Schönheit und großer Tugend. Aber kurz nachdem das appetitliche kleine Mädchen eingezogen war, wurde der widerstrebende Prinz von seinem Herrscher in den Krieg gegen den Nachbarkönig gerufen. Und bei seiner siegreichen Rückkehr – will man den Geschichtenerzählern glauben – berichtete ihm sein privater Geheimdienst, daß während seiner Abwesenheit ein indiskretes Techtelmechtel zwischen seiner Favoritin und einem ansehnlichen Pagen stattgefunden hatte. Darauf erwürgte der von unkontrollierter Eifersucht geblendete und wütende Prinz das Mädchen mit seinen eigenen Händen. Der erschrockene Page warf sich in den Chao Phraya, um sein Leben zu retten. Aber er kam nie ans andere Ufer. Die reißende Strömung des großen Flusses war zu stark für ihn. Seine Leiche wurde an den Ufern bei Thonburi aus dem Wasser gefischt.

Sollten Sie also einen reizenden kleinen Geist auf Ihrem Schoß sitzen haben, der seine Arme liebevoll um Ihren Hals legt – nur keine Panik! Er sucht lediglich Trost in seiner Einsamkeit.«

Auch so eine Geschichte. Brandau schüttelte den Kopf. Geheimnisvoll wie ganz Siam.

Dombrovsky beendete gerade sein abschließendes Plädoyer im Thompson-Fall: »... ich komme mir wie ein Wiederkäuer vor, habe Unmengen Gedrucktes absorbiert, ein halbes Dutzend Personen interviewt, die ihn noch gekannt haben. Aber es kommt nichts Neues dazu. Ein festes Angebot an Fakten und Informationen. Bruchstücke von besonderem Interesse, die in Gesprächen vertieft wurden. Das, was jeder herausfinden kann, wenn er sich intensiver mit der Geschichte beschäftigt. Ein Kreis, aus dem nicht auszubrechen ist. Scheinbar alles in sich logisch, überprüft und ohne Antwort über den Verbleib des Amerikaners.«

Müller-Brahms schwieg in angemessener Teilnahme.

»Es gibt noch Hoffnung«, sagte Brandau.

»Welche?« Dombrovsky sah verständnislos auf den Handzettel, den Brandau ihm entgegenhielt.

»Noch mehr Gedrucktes. Mit Geistern und schönen Frauen. Zwei Elemente, die in den Spekulationen um Jim Thompson bis heute keine bedeutende Rolle gespielt haben«, klärte Brandau auf. »Vielleicht ist doch etwas übersehen worden!«

51

»Amateure!« sagte Milano Fong angewidert. »Blutige Amateure, die nicht mal Auto fahren können.« Er knallte den Telefonhörer in die Gabel.

»Wovon redest du?« fragte das Mädchen und zog ihn aus seiner sitzenden Haltung in die Waagerechte aufs Bett.

»Ach nichts. Vergiß es!«

»Ärger im Geschäft?« Sie begann, seinen Nacken zu massieren, nachdem sie ihn auf den Bauch gewälzt hatte.

»Ja«, grunzte er.

»Bleibst du heute nacht?«

»Du weißt, daß ich nicht bleiben kann.«

»Also noch eine Stunde«, stellte das Mädchen fest.

Mitternacht war die Zeit, zu der er gewöhnlich zu seiner Frau zurückkehrte. Seit zwei Jahren trafen sie sich jeden Dienstagabend in diesem Hotelzimmer. Milano Fong ermöglichte ihr einen Lebensstandard, der sie versöhnte, aber nicht befriedigen konnte. Anuttra war neunzehn Jahre alt. Sie hielt sich an die Spielregeln, aber sie paßten ihr nicht. Sie war gut genug, um ihren Gönner und Liebhaber enger an sich zu binden. Es war nur eine Frage der Zeit. Anuttra hatte Zeit. Die Jugend war auf ihrer Seite. Sie gab Fong alles. Und seine Frau machte Fehler, würde mehr Fehler machen. Und schließlich würde Fong seine Frau überbekommen und sie wegschicken; in Ehren und im Rahmen der gesellschaftlichen Spielregeln. Anuttra konnte warten.

Ihre schlanken Finger massierten Ruhe in den Körper des Chinesen. Er lag regungslos auf dem weißen Bettlaken und starrte über das Kopfkissen hinweg an die Wand. Die beige Seidentapete war ihm nach all den Monaten gemeinsamer Freuden vertrauter als vergleichbare Einzelheiten seiner eigenen Wohnung. Er kam sich in diesem luxuriösen Hotelzimmer mit seiner geheimen Intimität geborgen vor. Was sich hier seit zwei Jahren abspielte, war mit wenig organisatorischem Aufwand, gleichbleibenden Geldbeträgen in vergleichsweise bescheidener Höhe und einem gesunden Sexualtrieb zu regeln. Ein ausgesprochen gutes Geschäft. Er gab etwas und bekam die entsprechende Leistung dafür, den exakten Gegenwert. Stete Regelmäßigkeit. Entspannung. Manchmal sogar echte Freude. Milano Fong wußte, was er an Anuttra hatte.

Das Mädchen kletterte auf seinen Rücken. Sein nackter Hintern übte rhythmischen Druck auf das untere Ende seiner Wirbelsäule aus, während sich die Hände seiner Schultermuskulatur annahmen. Fong entspannte.

»Wenn du jemals mit einem Deutschen schlafen solltest, dann bringe ich dich um«, sagte Fong ins Kopfkissen.

»Wie kommst du nun gerade darauf? Du weißt doch, daß ich nur für dich da bin«, beruhigte sie ihn und machte mit ihren Fingerspitzen noch etwas mehr Druck. Daß er immer wieder die Eifersuchtsmasche brachte, war sie gewohnt. Aber daß er sie speziell auf Deutsche einengte, war neu.

»Diese Deutschen müssen immer die Nase vorne haben. Hängen doch glatt einen BMW mit einem Volkswagen ab. Wenn sie nur selbst am Steuer sitzen und den BMW in Asiatenhand wissen. Ich hätte es wissen müssen. Teufelskerle. Alle zusammen. Traue niemals einem Germanen!« Er lachte gequält. Es schien ihm zu helfen.

Fong überließ sich den Händen seiner Geliebten. Ruhe, das war es, was er wollte. Er hatte den festen Vorsatz, den ärgerlichen Kleinkram der täglichen Arbeit zu vergessen. Der Australier hatte nicht unrecht, wenn er den Stellenwert dieses Deutschen herunterspielte.

Natürlich war Brandau nur eine Randfigur. Sicher lag das, was er konkret beigetragen hatte, um dem Gegner, der Polizei, die Arbeit zu erleichtern, schon geraume Zeit zurück. Aber die Auswirkungen waren jetzt zu spüren. Und er war schon immer für eine philosophische Aufarbeitung und Zuweisung von Schuld gewesen. William Abbott schlug nur zurück, wenn es momentan weh tat. Ein Boxer, der erst nach zwei Aufwärtshaken des jeweiligen Gegners die nötige Killerstimmung entwickelte, um sofort und unverzüglich zu kontern; dann allerdings mit einer Gründlichkeit, die Schlachthausniveau erreichen konnte. Er, Milano Fong, war für wohldosierte pädagogische Maßnahmen. Er begriff Schuld und Bestrafung mehr medizinisch, mehr wie eine Droge, die im jeweiligen Krankheitsfall gespritzt werden mußte. Die Dinge waren nicht nur durch kurative Techniken in den Griff zu bekommen. Ergänzend mußten Präventivschritte unternommen werden, mittelfristige und langfristige Investitionen, die eine übersichtliche Planung und ein ruhiges Arbeiten möglich machten. Hektik und kurzfristig durch den Gegner erzwungene Aktionen waren immer eine Gefahr in sich. Ruhe mußte ins Spiel gebracht werden. Und deswegen konnte auch der Deutsche nicht einfach ausgeklammert werden.

Das Mädchen hatte ihre Hände durch ihre Brüste ersetzt. Ihre Brustwarzen strichen über Fongs Schulterblätter und sie begann, an seinem linken Ohrläppchen zu knabbern. Nach weiteren drei Minuten hatte sie den Chinesen soweit, daß er Mittel- und Kurzfristiges zurückstellte, um direkt zu handeln.

52

Boris Malenkow war auf Störaktionen spezialisiert.

Er verließ die Sowjet-Botschaft in der Sathorn Nua Road nur selten. Er koordinierte. Er hatte seine Leute. Thailand war ein Heimspiel für die Amerikaner und ihre westlichen Verbündeten. Initiativen waren für das KGB hier nur schwer zu starten und durchzuhalten, zumindest was größere Aktionen anging. Malenkow konzentrierte sich deshalb darauf, dem Gegner gut gezielte Knüppel zwischen die Beine zu werfen. Er bemühte sich, so gut wie möglich über die Absichten des Feindes informiert zu sein und verwirrende und behindernde Maßnahmen zu starten, wann immer sich eine Gelegenheit bot.

Der schwere, fast zwei Meter große Mann wirkte am Schreibtisch seines spartanisch gehaltenen Arbeitszimmers wie ein Zelleninsasse im Untersuchungsgefängnis und nicht wie der legalisierte Botschaftsangehörige, als der er firmierte. Kollegen, die sich Vertraulichkeiten im Umgang mit Boris Malenkow leisten konnten, nannten ihn »Kojak«. Die Ähnlichkeit mit dem Schauspieler dieser Fernsehserie war nicht von der Hand zu weisen. Die Nase war zwar etwas kürzer und fleischiger, und die fast farblosen Augenbrauen machten einen Unterschied. Aber immerhin. Der Vergleich lag nahe.

Malenkow war bekannt für seine umfassende Fotosammlung. Sie war das Kernstück seiner Aktenlage zu jedem Vorgang. Die Fotografien mußten alle gleich groß sein. 25 mal 20 Zentimeter. Ob Hoch- oder Querformat. Wenn möglich Farbe. Malenkow holte acht derartige Fotos aus der linken oberen Schreibtischschublade und legte sie im Stapel auf die Tischplatte. Er nahm den Artikel, den er gelesen hatte, steckte ihn in die Schublade und schob sie zu. Der Artikel beschäftigte sich mit den Waffengeschäften der Volksrepublik China und der Zusammenarbeit zwischen der VR und Großbritannien in der Waffenindustrie, speziell was Panzer des Typs T-69-II anging.

Malenkow war sehr zufrieden mit diesem kleinen Stück informeller Dreckarbeit. Es gelang nicht jeden Tag, einen ganzseitigen Beitrag im Sinne der KGB-Aufklärung in einem angesehenen asiatischen Wochenmagazin unterzubringen.

Er widmete sich den Fotos und legte sie in zwei Viererreihen übereinander auf dem Tisch aus. Er liebte diese nächtliche Denksportstunde, bevor er gegen ein Uhr morgens die Arbeit beendete. Der direkte Blick in die Gesichter seiner Pflegekinder war gut, um sich die Daten nochmals ins Gedächtnis zu rufen und zu Schlüssen über das weitere Verfahren zu kommen.

Die Fotografien zeigten in der oberen Reihe von links nach rechts: Milano Fong, William Abbott, Anuttra Panyachan und Montri Pramulratana. In der unteren Reihe folgten in der gleichen Reihenfolge: Johann Müller-Brahms, Michael Brandau, Gustave Simenon und Dulf Dombrovsky.

Boris Malenkow zog die rechte obere Schublade des Schreibtischs auf und holte eine Kiste mit Zigarren der Marke Alhambra und des Typs Especiales, die er aus Manila bezog, einen großen Glasaschenbecher, eine Schachtel großer Zündhölzer aus Zedernholz und eine stinknormale Rasierklinge hervor. Er nahm sich eine der zeppelinförmigen Zigarren, beschnitt sie an beiden Enden und zündete sie an. Dann widmete er sich dem Chinesen.

Milano Fong war ein eitler Geck. Ein Vorstadtmafioso. Gefährlich auf seinem Terrain, aber politisch unbedeutend. Seine Italienermacke sprach für sich. Er würde irgendwann über seine eigenen Füße stolpern, über etwas ganz Banales, und daran würde er dann auch sterben. Man mußte ihn im Auge behalten, aber eigentlich nur, weil er der Partner des Australiers war.

William Abbott war sehr viel interessanter. Abbott war der Hebel, den man ansetzen konnte, um das gesamte Aktionsgebäude der Amerikaner ins Wanken zu bringen. Ein Fehler im System des Gegners. Sie hätten den Australier liquidieren müssen, schon vor Urzeiten. Statt dessen lief er in privaten Angelegenheiten immer noch munter auf dem Spielfeld herum. Er trug nicht mehr das Trikot der Heimmannschaft, aber er war erpreßbar. Zum richtigen Zeitpunkt unter Druck gesetzt, war er wertvoll. Ein ungeschliffener Edelstein in Malenkows Schatzkästlein.

Anuttra Panyachan war derzeit eine glatte Fehlinvestition. Sie stand auf der Lohnliste der Botschaft, war aber auf den falschen Mann angesetzt. Was dieser sizilianische Chinese zusammenvögelte und -stöhnte war unerheblich. Und seine Drogengeschäfte waren nur marginal von Interesse.

Hätte Anuttra es bislang mit dem Australier getrieben, so wäre mehr dabei herausgekommen. Malenkow würde sie einfach weiterlaufen lassen. Sie war preiswert. Fong zahlte ihr soviel, daß eher Bedenken angebracht waren, ob sie auf

Dauer den Mund halten konnte. Sie auf Abbott umzupolen war schwierig. Der Chinese war krankhaft eifersüchtig. Ein richtiger Operntenor. Ein Streit zwischen William Abbott und Milano Fong war nicht das, was gebraucht wurde. Vielleicht würde Malenkow es trotzdem versuchen, und die Nutte näher an der wertvolleren Informationsquelle postieren. Es mußte noch durchdacht werden.

Die Fotografie von Anuttra war die einzige, die nicht nur das Gesicht zeigte. Der ganze nackte Körper war zu sehen, leider nur in Schwarzweiß. Mit dem Rücken lehnte sie an einer glatten Wand. Ihre Hände hielten die Brüste leicht nach oben. Sie lächelte. Für eine Thai hatte sie beachtliche Titten, stellte Malenkow erneut fest. Eigentlich war das Foto erkennungsdienstlich fast unseriös. Aber bei seinen nächtlichen Sitzungen war es eine nette Abwechslung. Schließlich kam die Pose ja auch ihrer Tätigkeit sehr nahe.

Dann war da dieser Thai-Bulle. Montri Pramulratana. Ein Profi. Ehrlich und nicht korrumpierbar. Zumindest nicht unter Normalbedingungen. Der Mann war geradlinig. Ein Freund des Deutschtums. Leider hatte er sich frühzeitig nach Bonn und nicht nach Ostberlin orientiert. Aber er war sowieso auf klare Abgrenzung seiner polizeilichen Tätigkeit zu den Aktivitäten der Geheimdienste bedacht. Schwer anzuwerben. Auf seine Art ein Idealist. Hatte noch Illusionen, trotz seines Berufes. Ehrlicher Handwerker. Auch bei der Drogenbekämpfung. Entweder war der Mann naiv oder er wollte gewisse Zusammenhänge nicht wahrhaben, weil er sonst mangels Motivation seinen Job an den Nagel hätte hängen müssen. Vielleicht auch ein ganz Ausgekochter.

Der Politiker war ein Faselbruder. Der Uninteressanteste von allen. Ein Abziehbild der bundesdeutschen Musterdemokratie. Geschwätz und Inkompetenz. Verweichlicht und missionarisch veranlagt. Die Unterlagen waren erst vor zwei Tagen eingegangen. Wohl auch nicht so wichtig. Müller-

Brahms' Sekretärin arbeitete sowieso für Ostberlin. Viel kam dabei allerdings auch nicht heraus. Es gelang nicht jedesmal, bis zum Kanzler vorzustoßen.

Michael Brandau war ein unbedeutender Entwicklungshilfeverwalter. Es gab eine Akte über ihn, weil er vor Jahren in Somalia ein Gutachten erstellt hatte, bei dem er sich auch näher mit den Freiwilligen der ostdeutschen FDJ und deren Arbeit beschäftigt hatte. Aber alles recht belanglose Schnüffeleien. Immerhin schien es zwischen Brandau und einigen der Figuren, die hier abgelichtet waren, Berührungspunkte zu geben, die man im Auge behalten mußte.

Der Eurasier war das Paradestück der Sammlung. Der direkte Gegner von Malenkow. Sehr schwierig zu packen, weil er nicht innerhalb der etablierten Strukturen operierte. Das war Gustave Simenons Vorteil gegenüber Boris Malenkow. Es war klar, daß Langley dahinterstand. Aber sie bedienten sich wieder einmal einer Putzkolonne, von deren Existenz sie sich jederzeit distanzieren konnten, wenn sich überhaupt jemand die Mühe machen sollte und Simenon und seine Aktivitäten mit der CIA in Verbindung zu bringen. Der »offizielle« Mann der Agentur in der US-Botschaft wußte höchstwahrscheinlich nicht einmal, daß der Eurasier zur eigenen Seite gehörte, vom Botschafter ganz zu schweigen. Botschafter waren sowieso immer so unschuldig wie Neugeborene. Simenon war nur über Abbott in Bedrängnis zu bringen. Malenkow starrte auf die Habichtnase. Um Abbott zu Reflexen zu verleiten, war dieser deutsche Reporter gerade rechtzeitig auf der Bildfläche erschienen.

Malenkow griff sich die letzte Fotografie. Dulf Dombrovsky. Ein erfolgreicher Schnüffler. Schreiben konnte er auch. Warum sollte dieser Dombrovsky nicht schriftstellerisch für den KGB tätig werden? Es ging schließlich nicht um Fiktionen aus Moskau. Es ging nur darum, wohlgehütete Geheimnisse der Gegenseite zu publizieren, ein Stöckchen mehr in den Lauf des Feindes zu werfen, um ihn zum Stolpern zu bringen. Es ging um die Wahrheit. Und jeder gute Journalist war der Aufdeckung der Wahrheit verpflichtet. Auch Dombrovsky. Man mußte ihm die Informationen nur so liefern, daß sie nicht wie ein Postpaket aus der Sowjetunion aussahen. Er würde sich wohl einmal persönlich mit dem Deutschen unterhalten müssen. Zunächst einmal ein Telefonkontakt als Köder. Dann ein Gespräch unter vier Augen. Außerhalb des Bunkers. Er verließ die Botschaft nicht gerne. Aber um diesen Fall mußte er sich selbst kümmern. Er war sicher, daß ein solches Gespräch machbar war. Er mußte dem Suchhund nur die richtige Witterung in die Nase bringen, ihm einen ganz großen Knochen, an dem noch viel Fleisch hing, zeigen. Malenkow brauchte nur den magischen Namen zu erwähnen: Jim Thompson.

53

»Wie ist denn Ihr Verhältnis zur Botschaft so?« fragte Müller-Brahms.

»Gut, fast herzlich. Ich kann mich nicht beklagen«, antwortete Brandau. »Da unser Geschäft nicht über das Entwicklungshilfereferat der Botschaft läuft, ist die Zusammenarbeit zwangsläufig informell. Wenn ich Hilfe brauchte, habe ich sie immer bekommen.«

»Das hört man gern. Gerangel zwischen Auswärtigem Amt und dem Ministerium für Wirtschaftliche Zusammenarbeit im entwicklungspolitischen Bereich ist ja nie ganz ausgeschlossen. Wer macht denn hier Entwicklungszusammenarbeit? Einer aus dem BMZ?«

»Zwei Mann. Beide AA. Beide gut, soweit ich das beurteilen kann.«

»Zwei Mann. Scheint ja eine Menge anzuliegen. Na ja, ist ja auch eine großte Botschaft«, stellte Müller-Brahms zufrieden fest, denn das unterstrich ja nur die Wichtigkeit seines Blitzbesuches. Er hatte sich per Telex direkt angekündigt.

Brandau hatte den Eindruck, daß sein Besucher eine vor Ehrfurcht zitternde Truppe von Karrierediplomaten erwartete, die das Mitglied des Deutschen Bundestages als Inspekteur der Bonner Demokratie am siamesischen Frontabschnitt mit gehöriger Aufmerksamkeit auf Händen tragen würde. Die Tatsache, daß der im Telex übermittelte Termin nicht einmal mit Brandaus Büro telefonisch rückbestätigt worden war, deutete nicht auf roten Teppich und Ehrenwachen hin.

»Der Außenminister kommt in einer Woche wieder. Ist öfter hier in Bangkok. Nächste Verhandlungsrunde zwischen ASEAN und EG. Im Oriental Hotel, wie es sich gehört. Geschmack haben die Herren. Die Botschaft wird rotieren.« Brandau flocht das ein, um Müller-Brahms eine würdige Entschuldigung für den Fall anzubieten, daß kein Ehrensalut für ihn geschossen wurde.

»Hans Dietrich weiß, wie man sich in Szene setzt«, bemerkte der Abgeordnete. Etwas von der Nestwärme des jovialen Umgangstons zwischen den Machern der verschiedenen Fraktionen im Bundestag klang an. »Aber lange ist er ja nicht mehr der Häuptling in der EG. Wird demnächst von einem Griechen abgelöst!« Den *Griechen* betonte er so, als habe er erhebliche Zweifel daran, daß die da unten aus der Ägäis das auch schon richtig konnten.

»Na ja, das alte Schlitzohr hat uns ja entmachtet«, merkte Müller-Brahms an, um seine Rolle als Oppositionspolitiker nicht ganz aus dem Auge zu verlieren.

»Da sind wir!« Brandau bog von der Sathon Tai Road nach links in das offenstehende Tor zur Botschaft ein.

Ein Grenzschutzbeamter fragte ihre Namen ab, ging ins Wachhäuschen zurück, sah auf seine Besucherliste und gab ein Handzeichen zum Weiterfahren. Sie rollten langsam auf das zweite Stahltor zu. Der Wachmann betätigte den elektrischen Kontakt, und die Sperre öffnete sich. Sie passierten. Das Tor schloß sich wieder. Geradeaus vor ihnen lag die Residenz. Brandau fuhr im Schrittempo nach rechts zur Kanzlei und parkte.

»Nette Anlage«, kommentierte der Abgeordnete mit einem Rundblick durch den Park. Dann fingerte er hektisch an seinem Pilotenkoffer herum, zog einige Aktendeckel halb ins Freie und kontrollierte flüchtig den Inhalt. Es sah aus, als würde er jetzt gleich die wichtigsten Rahmenverträge zwischen der Bundesrepublik und dem Königreich Thailand aushandeln. Er hatte Henry Kissinger zum Vorbild, was machtbewußte Diplomatie im Alleingang anging. Jedenfalls bemühte er sich ernsthaft, die Aura des weitgereisten Krisenmanagers zu verbreiten. Aber er war nun mal nicht mit der *Airforce One* in Bangkok gelandet, sondern mit einem Linienflug der Lufthansa. Brandau blieb gelassen.

»Wie heißen die Herren, die das Entwicklungspolitische bearbeiten?« fragte der Politiker, während er die wenigen Stufen zum Pförtner hochstolperte.

»Dr. Gerau und Herr März!«

»Lohmann ist Botschafter. Hab ihn mal in Afrika erlebt. Alter Haudegen. Zweimal zur *persona non grata* erklärt worden. Aber ausgezeichneter Ruf.« Die wirklichen Persönlichkeiten kannte er alle. Auf seinem Niveau bewegte er sich mit der Sicherheit eines Fünfjährigen im Kindergarten.

Brandau sprach durch das runde Sprechloch in der Glasscheibe der Pförtnerloge. Die Dame vom Empfang ließ sie durch die elektrisch gesicherte Glastür in die Halle und telefonierte nach oben.

Einige Minuten später erschien Dr. Gerau auf der Treppe und begrüßte sie. Er hatte einen dieser dünnen italienischen Baumwollanzüge von gutem Schnitt in Grau an, für die er bekannt war. Er hob sich immer wohltuend und in feinbemessenen Nuancen vom phantasielosen Kleiderallerlei der Zwangsverkleideten ab. Dazu graues Hemd, eine Spur heller als der Anzug und weinrote Krawatte in Strick. Im übrigen sah er aus wie der deutsche Bruder von Robert Redford. Einer jener strohblonden Weißhäute mit Sommersprossengesicht, die mit dem Baseballschläger schlafen gehen und deretwegen Frauen mit kleinen spitzen Ohhh-Seufzern in Ohnmacht fallen. Brandau mochte ihn.

»Der Herr Abgeordnete«, sagte Dr. Gerau und schüttelte Müller-Brahms die Hand. Offensichtlich hatte er den Namen des Besuchers nicht genau im Kopf. Brandau registrierte es mit Befriedigung.

»Dr. Gerau«, intonierte der Wahlkämpfer durch sein Profilächeln. »Fehlt nur noch, daß sie auch aus Groß-Gerau kommen«, schob er nach. Das war der Kommunalpolitiker in ihm. Ohne Schlittschuhe auf fremdem Eis. Aber immer Kür. Egal, wie verkrampft die Doppelaxel ausfielen. Unerbittlich.

Dr. Gerau sah es ihm nach. Brandau besah sich die Szene nicht ohne Genuß. Nachtvorstellung. B-Picture. Gert Fröbe und Robert Redford.

»Wie geht es Ihnen, Herr Brandau?« Dr. Gerau deutete zur Treppe. »Gehen wir doch nach oben, meine Herren.«

Müller-Brahms zog los. Dr. Gerau drückte Brandau kurz die Hand. Keine weiteren Worte. Aber sein Gesichtsausdruck sagte alles. Unerquickliche Routinearbeit lag an. Sie wußten darüber beide aus Erfahrung Bescheid. Wer waren schon diese mittelmäßigen Hampelmänner, die über bierselige Wahlkampfreden in Gaststätten des deutschen Mittelgebirges nach oben kamen?

In Geraus Büro nahmen sie um einen runden Rauchtisch Platz. Müller-Brahms schnaufte wie ein überstrapaziertes Walroß, als er in den Sessel fiel.

»Kaffee?« fragte Dr. Gerau.

»Gerne«, gab Brandau zurück.

»Für mich mit Milch und Zucker!« ordnete der Abgeordnete an.

Der Gastgeber verschwand kurz auf den Gang, kam zurück.

»Mein Kollege März ist leider im Heimaturlaub«, sagte Dr. Gerau mehr zu Müller-Brahms.

»Dafür muß man Verständnis haben«, gab der Volkspolitiker zurück. »Bei dem Klima hier!«

»Sicherlich ist die Luft bei Ihnen im Sauerland besser«, bemerkte der Diplomat und übersah die geöffnete Blechschachtel mit Dannemann-Zigarillos, die ihm Müller-Brahms hinhielt.

»Saarland«, korrigierte Brandau und nahm sich eine Sumatra.

»Verzeihung«, entschuldigte sich Dr. Gerau mit einer leichten Verbeugung in Richtung Müller-Brahms.

»Macht nichts, mein lieber Doktor Gerau, macht gar nichts. Wer will denn auch schon all die Wahlkreise im Kopf haben und auseinanderhalten. Saarland! Die Grenzen der Kommunalpolitik verlaufen eben anders.« Er dozierte mit der Gelassenheit des Mannes von der Urscholle, verzieh dem verbeamteten Weltpolitiker, daß er offensichtlich vergessen hatte, wer die Dreckarbeit zu Hause im Detail erledigte.

Der Kaffee kam. Müller-Brahms sah die Dame, die bediente, an, als habe er jetzt eigentlich mehr ein kühles Pils im Sinne.

»Also dann mal los«, forderte Müller-Brahms den Botschaftsmann auf. Er erwartete jetzt ein kleines Referat über den Gesamtzusammenhang, damit er seinen Wählern später verklickern konnte, wohin die Steuergelder in Thailand flossen.

Dr. Gerau spulte den Standardvortrag ab. Regierungsverhandlungen. Finanzielle Zusammenarbeit. Technische Zusammenarbeit. Personelle Hilfe. Kirchen. Consulting-Firmen. Ein bißchen Kultur. Ein paar thai-politische Interna für den Hausgebrauch.

Von Zeit zu Zeit stellte Müller-Brahms Fragen, die keinen Zweifel darüber aufkommen ließen, daß er null Ahnung hatte. Zweimal verwickelte er Brandau in unpräzise Rückfragen, wollte Gerau deutlich machen, daß er nicht alles so einfach schluckte, den Sachen schon ordentlich auf den Grund gehen wollte. Nach zwanzig Minuten war es soweit überstanden. Dr. Gerau sah auf die Uhr.

»Der Herr Botschafter möchte Sie natürlich gern kurz sprechen.«

Der Bundestagsabgeordnete nickte angemessen und sichtlich befriedigt. Sie standen auf, und der Gastgeber führte sie zum Büro des Geschäftsträgers. Eine kurze Verzögerung entstand, weil Müller-Brahms seinen Pilotenkoffer vergessen hatte.

Der Botschafter war ein weißhaariger Mann Ende Fünfzig, etwa einen Meter achtzig groß. Er strahlte auf natürliche Art jene Jovialität aus, um die sich Leute wie der Abgeordnete verbissen und ohne Erfolg bemühten.

»Meine Herren«, sagte er, schüttelte Müller-Brahms und Brandau die Hand und deutete auf Sessel, Sofa und Besuchertisch. »Nehmen Sie doch bitte Platz!«

Es gab wieder Kaffee.

»Ich erinnere mich genau an Sie, Herr Müller-Brahms«, sagte der Botschafter zum Abgeordneten.

Müller-Brahms konnte seine tiefe Zufriedenheit nur

schwer verhehlen. »Damals in Äthiopien, Herr Botschafter«, sagte er eifrig.

»Ganz recht! Schon lange her.«

Müller-Brahms streifte Dr. Gerau und Brandau mit einem Blick satter Genugtuung. Sehen Sie meine Herren, so ist das! Die wahren Größen finden immer zueinander. So ist das halt in der Politik, da, wo es ums Wesentliche geht. Die Macht, meine Herren. Alles eine Frage des Niveaus.

»Hat Sie denn Dr. Gerau über das Entwicklungspolitische informiert?« fragte der Botschafter.

»Ausgezeichnet und umfassend!« Der Mann aus dem Bundestag war jetzt sehr gönnerhaft. Es ging ums Notenverteilen. Warum sollte er geizig sein?

Bevor Müller-Brahms Gelegenheit fand, die politische Großwetterlage in der Region mit dem Botschafter zu erörtern, brachte die Vorzimmerdame einen Herrn im blauen Anzug herein.

»Herr Groß«, stellte der Botschafter vor. »Herr Groß bearbeitet Fragen, die sich auch ganz speziell mit einem Unternehmen aus Saarbrücken beschäftigen, das sich hier in Bangkok engagieren will. Und da dachten wir uns, daß es vielleicht ganz hilfreich sei, wenn Sie sozusagen bilateral einige Einzelfragen besprechen könnten. Sie sind ja regional zuständig«, erklärte der Botschafter mit einem freundlichen Blick auf Müller-Brahms.

»Nun, zuständig ist wohl zuviel gesagt... aber wenn es darum geht, kommunalpolitische und Fragen der Wirtschafts- und Außenpolitik sinnvoll aufeinander abzustimmen, dann will ich gern behilflich sein.« Er gab sich Mühe. Aber man konnte merken, daß er Arbeit witterte, die er gern umgangen hätte. Der Botschafter hatte ihn höflich aber bestimmt aus der luftigen Höhe der belanglosen Unverbindlichkeiten gerissen. Aber er bewahrte Haltung.

»Wir wären Ihnen wirklich sehr verbunden, wenn Sie eine

halbe Stunde Zeit fänden, um mit Herrn Groß in dessen Büro die Angelegenheit kurz durchzusprechen.« Der Botschafter machte deutlich, daß sich Groß gar nicht erst zu setzen brauchte, bevor er fortfuhr: »Dann haben wir noch ein Attentat auf Sie beide vor, meine Herren!« Er sah Müller-Brahms und Brandau an und überließ die weiteren Ausführungen Dr. Gerau.

»Ich bedaure, daß wir Sie so kurzfristig überfallen. Normalerweise stimmen wir natürlich entsprechende Aktivitäten mit Herrn Brandau und seinen Besuchern ab.« Gerau nickte Brandau kurz zu. »Aber wie Sie ja selbst wissen, Herr Brandau, ergeben sich Projektbesuchstermine mit dem Palast oft sehr kurzfristig. Diesen hier hatten wir bereits zweimal verschoben. Kurz und gut: Der persönliche Sekretär des Königs, der Landwirtschaftsminister und der Herr Botschafter werden morgen diese Molkerei in Ayuthaya besuchen. Wir dachten uns, daß dies eine hervorragende Gelegenheit für Sie sei, besonders für Sie, Herr Abgeordneter, sich uns kurzfristig anzuschließen. Vor allem, da ja Herr Brandau vor etwa zwei Jahren nicht unerhebliche Mittel beigesteuert hat, um die molkereitechnischen Anlagen auszubauen. Und da Sie, Herr Müller-Brahms, sozusagen in Doppelfunktion, also auch als Vertreter des Aufsichtsgremiums des Geldgebers hier sind, wäre dies doch eine hervorragende Gelegenheit die deutsch-thailändische Zusammenarbeit ins entsprechende Licht zu rücken. Ich brauche den Stellenwert der Beteiligung des Palastes an diesem Projektbesuch nicht extra zu unterstreichen«, Gerau warf Brandau erneut einen Bruderblick zu, »die Presse wird natürlich entsprechend vertreten sein!«

»Ein wichtiger Anlaß!« ergänzte der Botschafter.

Spätestens das Wort Presse hatte Müller-Brahms überzeugt. Er strahlte kooperativ in die Runde. »Ganz ausgezeichnet. Gern. Ich freue mich!«

Brandau kam sich etwas überflüssig vor. Wie immer, wenn es an der nötigen Koordinierung haperte. Aber eigentlich war er froh, daß damit ohne organisatorische Arbeit für ihn das Besuchsprogramm für den morgigen und letzten Tag des Bundestagsheinis abgedeckt war.

»Ich schlage vor, daß Sie beide morgen gegen neun Uhr aufs Botschaftsgelände kommen. Wir fahren dann von hier aus zum Palast und schließen uns dort dem Konvoi an«, sagte Dr. Gerau.

Herr Groß stand noch immer etwas verloren neben ihnen. Der Botschafter erhob sich, schüttelte dem Abgeordneten die Hand und führte ihn Herrn Groß zu.

»Sie, mein lieber Herr Brandau, hätte ich währenddessen noch gern in einer anderen Angelegenheit gesprochen«, sagte der Botschafter.

Brandau setzte sich. Dr. Gerau verabschiedete sich von Müller-Brahms und nahm ebenfalls wieder Platz. »Wir kommen anschließend in Herrn Groß' Büro vorbei«, sagte er noch. Müller-Brahms schien etwas hin und hergerissen zu sein. Einerseits war er arbeitstechnisch gefordert. Andererseits entging ihm da was. Er machte eine Abschiedsgebärde, als würden Brandau und er auf schwierigem Gelände getrennt. Nachdem Groß und Müller-Brahms gegangen waren, nahm der Botschafter einen düsteren Gesichtsausdruck an. Auch Dr. Gerau bemühte sich um einen ernsteren Zuschnitt.

»Wir müssen Sie da über einen Vorgang unterrichten, mein lieber Herr Brandau, der möglicherweise Weiterungen hat, die auch Sie betreffen könnten.« Der Botschafter holte resigniert mit beiden Armen aus, lehnte sich in seinem Sessel zurück und überließ Gerau die weitere Berichterstattung.

»Sie erinnern sich an Herrn Feldner, Dieter Feldner?«

»Ein Fernmeldetechniker, soweit ich mich erinnere. Hab

ihn mal auf irgendeiner Party getroffen, schon länger her. Arbeitet wohl in Chiang Mai...«

»Ganz richtig. Er ist Diplomingenieur für Hochfrequenztechnik, aber sein Vorlauf als Funker bei der Bundesmarine, er war Zeitsoldat, und seine Tätigkeit als Funkoffizier bei der Handelsmarine sind von der praktischen Seite her für seine derzeitige Projekttätigkeit wohl am wichtigsten. Er arbeitet als integrierter Experte, hat also einen Arbeitsvertrag mit den Thaipartnern und wird auch von ihnen bezahlt.« Gerau nutzte die Gelegenheit, um seinem Chef deutlich zu machen, daß er sich in seinem Arbeitsbereich genau auskannte.

»Wer ist Projektträger?« fragte Brandau.

»Das *Office of Narcotics Control Board.«*

Brandau spitzte die Ohren.

»Herr Feldner liegt im Krankenhaus«, warf der Botschafter ein. »Ich habe ihn gestern besucht. Man hat ihn übel zugerichtet.«

Irgendwo, ganz hinten in Brandaus Schädel klingelte etwas. Sein freundlicher Gesprächspartner aus der Bamboo Bar des Oriental fiel ihm ein. Der Australier.

»Er war für einige Tage in Bangkok«, fuhr Gerau bedächtig fort und rührte mit seinem Löffel sorgfältig den Rest Kaffee in seiner Tasse durch. »Zwei Männer haben ihn auf seinem Hotelzimmer im Liberty Hotel besucht und wirklich ziemlich scheußlich zugerichtet. Keine Erklärung. Nichts.«

»Wir wissen natürlich nicht, welche Feinde sich Herr Feldner privat hier in Thailand gemacht hat«, ergänzte der Botschafter, »aber es ist nicht auszuschließen, daß der Anschlag was mit der Drogenszene zu tun hat. Die Thai schließen das jedenfalls nicht aus. Ich hatte gestern ein längeres Gespräch mit Generalmajor Montri Pramulratana, dem Chef des ONCB.«

»Ich habe in der Presse gelesen, daß die Kooperation auf

diesem Gebiet ausgeweitet werden soll. Vielleicht finden das einige Herren hier nicht so gut.« Brandau hätte gern noch einen Kaffee gehabt, wollte jedoch das Gespräch nicht unterbrechen.

»Wir haben etwa 500000 DM zur Verfügung gestellt. Kraftfahrzeuge und Funkgeräte. Etwa 250000 DM sollen für ein Trainingsprogramm in Drogenbekämpfung bereitgestellt werden. Die Entsendung eines deutschen Drogenexperten nach Bangkok ist ins Auge gefaßt. Wenn ich mich richtig informiert habe, Herr Brandau, dann wurden von Ihrer Seite etwa 150000 DM extra zum Ankauf von Sprechfunkgeräten beigesteuert«, sagte Gerau.

»Das muß schon zwei Jahre her sein. Lange bevor das Ganze einen größeren Zuschnitt bekam. Eine Einzelmaßnahme.«

»Es scheint sich um Gerät zu handeln, zumindest teilweise, das Herr Feldner jetzt wartet und repariert.« Der Botschafter sah jetzt sehr düster aus.

»Irgendwie ist das doch absurd. Die paar Funkgeräte. Ein harmloser Techniker. Die ganz kleinen Fische in einem Zusammenhang, in dem es um ganz andere Größenordnungen geht.« Brandau schüttelte den Kopf. »Wenn ein Vertreter der chemischen Industrie entführt worden wäre, dann wäre das einleuchtender.«

Dr. Gerau räusperte sich, um anzudeuten, daß kein Bedarf an einer Diskussion über die Rolle bundesdeutscher Produzenten bei der Lieferung von Essigsäureanhydrid zur Weiterverarbeitung von Opium zu Heroin bestand. Widerstandsbewegungen, Waffenhandel, Drogen und Verästelungen zwischen DEA, CIA, BKA, Waffen- und Chemieproduzenten, das war ein heißes Terrain. Da nahm man lieber die üblichen Umleitungen, denn der direkte Weg führte in den Abgrund.

»Das mag alles sein, mein lieber Brandau.« Der Botschafter sah ihn freundlich und sehr besorgt an. »Aber die Thai nehmen das sehr ernst. Möglicherweise soll hier im Kleinteiligen deutlich gemacht werden wie unangenehm das alles noch werden kann, wenn es erst einmal richtig umfangreich wird. Vielleicht versprechen sich gewisse Leute von einem solchen Kleinkrieg eine abschreckende Wirkung, daß wir kalte Füße bekommen und zurückstecken.«

»Sie meinen, die spekulieren darauf, daß der BKA-Experte gar nicht erst ins Flugzeug steigt, daß die Trainingsprogramme ausfallen, keine weiteren Sachleistungen mehr erfolgen?«

»So etwa denkt zumindest der Generalmajor!«

»Und was habe ich damit zu tun?« fragte Brandau mit gezwungener Lässigkeit, obwohl ihm der Australier und ein weißer BMW nicht aus dem Kopf gingen.

»Natürlich brauchen Sie gar nichts damit zu tun haben. Aber wenn Herr Feldner als Reparaturtechniker einen Denkzettel bekommen hat, wenn das wirklich so ist, dann kann es möglich sein, daß sie auch einem Finanzier, sozusagen dem Schecküberreicher ans Leder wollen.« Dr. Gerau musterte Brandau, als wolle er sich ein genaues Bild seiner körperlichen Widerstandsfähigkeit im Ernstfall machen.

»Wir wollen Sie ja vorerst nur informieren, mein lieber Brandau. Sie müssen aber auch verstehen, daß ich hier eine gewisse Sorgepflicht wahrnehmen muß. Auch wenn Sie kein offizieller Regierungsvertreter sind.« Der Botschafter bemühte sich um einen väterlichen Ton.

Brandau schwieg.

»Montri vom ONCB möchte sich mit Ihnen unterhalten«, fuhr der Botschafter fort. »Er wird morgen zur Besuchsdelegation gehören. Er ist einer der direkten Typen und wird sicher die Gelegenheit nutzen. Er hat angeregt, daß Sie in seinem Wagen mitfahren. Also genug Zeit, sich auszutauschen. Ich begrüße das sehr.«

Für einen Augenblick wollte sich Brandaus Verunsicherung Luft in der Frage machen, was denn ein Drogenfahnder in einem Molkereiprojekt suche, aber er hielt den Mund. Die Zusammensetzung repräsentativer Delegationen war auch in anderen Fällen geheimnisvoller Art.

»Ich brauche nicht zu betonen, meine Herren, daß dies alles vertraulich behandelt werden sollte!« Der Botschafter stand auf.

»Vielleicht ist Herr Feldner ja nur in ein dramatisches Eifersuchtsdrama verstrickt.« Er versuchte zu lachen.

Sie gingen zur Tür.

»Herr Montri erwähnte im übrigen, daß einer Ihrer Besucher oder Bekannten im Liberty Hotel wohnt. Ein Herr Dombrovsky.« Der Botschafter blieb stehen und sah Brandau fragend an.

»Ein Reporter, der in Sachen Jim Thompson recherchiert. Ich helfe ihm ein wenig. Ein Fanatiker, was die Story angeht.«

»Na, der Fall ist doch nun wirklich ausgebrannt«, sagte der Botschafter und lachte jetzt entspannter.

»Was meinen *Sie* denn dazu? Was ist aus Thompson geworden?« fragte Brandau versuchsweise.

»Tot!« stellte Dr. Lohmann fest.

»Und wie?«

»Waren Sie mal in den Cameron Highlands?«

»Nein.«

»Ich war im Urlaub in Malaysia und habe mir die Gegend genau angesehen. Ich habe mich bei einem vergleichbaren Spaziergang so elendig verlaufen, daß ich vor Angst fast umgekommen bin. Es gehört nichts besonderes dazu, sich in dieser Wildnis rettungslos zu verirren. Glauben Sie mir! Ich bin fest davon überzeugt, daß sich Thompson verlaufen hat und umgekommen ist!«

Brandau sah dem weißhaarigen Mann ins Gesicht. Er war

sehr überzeugend. Es gab wenig Hoffnung, daß die Verfolger Herrn Dombrovsky die Ehre gaben.

»Im Fall Jim Thompson gibt es keine heißen Spuren mehr, sagen Sie das Ihrem Bekannten. Er soll sich lieber am Strand erholen!« Der Botschafter gab ihm die Hand.

Es war ungefähr das Gefühl, das Brandau damals als Junge gehabt hatte, als man ihm nahelegte, die Märchen als nette Kinderunterhaltung abzubuchen und sich auf die Härten des wirklichen Lebens zu konzentrieren.

»Bis morgen«, sagte er.

Und während er mit Dr. Gerau zum Büro von Herrn Groß marschierte, um seinen Bundestagsabgeordneten abzuholen, war er sicher, daß vor den beiden gesicherten Toren des Botschaftsgeländes ein weißer BMW der Dreierreihe auf ihn wartete.

Es würde schwierig werden, Dombrovsky irgendwann beizubringen, daß Rotkäppchen tot war, und der böse Wolf Michael Brandau im Auge hatte.

Zweiter Teil

KRUNG THEP / SINGHA PURA

»Ich wache oft am Morgen auf und wundere mich, warum ich hier bin und wie ich jemals in all dies verwickelt werden konnte. Ich muß sagen, daß ich es genieße, und es gibt genug interessante Leute, mit denen man reden kann, wenn einem danach ist, und es gibt immer etwas für das Auge, ob es ein Sonnenuntergang über dem Fluß ist oder ein kleiner chinesischer Tempel, der hell in die Nacht leuchtet. Die Geschichten aus *Tausendundeine Nacht* haben mich als Junge immer fasziniert, und dieser Teil der Welt kommt dem sehr nahe.«

Jim Thompson an seine Schwester Elinor

54

»*Deine* Zwillinge!« sagte William Abbott.

Milano Fong ignorierte die sarkastische Anmerkung und betrachtete das Gefieder eines Papageien. Rot, gelb, grün, blau, rot. Die Vogelsammlung in den Käfigen auf der Dachterrasse des Ambassador Hotels war beeindruckend vielfältig. Das Hobby des Eigentümers. Ein mittlerer Privatzoo. Überall Buntgefiedertes. Ein Konzert wie im Urwald.

Fongs Blick wanderte über die Brüstung der Terrasse und verlor sich auf den Dächern der Wohnhäuser in den Seitenstraßen zur Sukhumvit Road. Er hatte gewußt, daß sein Partner die Pleite bei der Autoverfolgung ausnutzen würde, um sein Mißfallen über die beiden chinesischen Mitarbeiter erneut und nachdrücklich zu unterstreichen.

»Die jungen Vorsitzenden. Unsere Mao-Abziehbilder. Frisch und unverbraucht in Aktion ... aber erfolglos.« Der Australier puhlte mit Genuß in Fongs offener Wunde, streute noch etwas Salz hinein.

Der Chinese schwieg und ging langsam zu einem Käfig mit einem sprechenden Vogel hinüber. Der schwarze Vogel mit dem gelben Schnabel beherrschte einige Schimpfwörter in Thai.

»*Gatoei*«, krächzte der Vogel.

Fong sah Abbott an, als müsse er der Transvestit sein. Der Australier ließ sich nicht ablenken.

»Da haben wir also diese jungdynamischen Nachwuchsleute. Gut bezahlt. Von dir persönlich handverlesen. Sie haben einen klaren Auftrag. Gar nicht so schwierig, sollte man meinen.«

Abbott schüttelte betrübt den Kopf.

»Vielleicht haben sie in der Fahrstunde geschlafen. Möglicherweise waren sie auch im entscheidenden Moment körperlich behindert, weil ihnen die dicken Rolex-Wecker am Handgelenk zu schaffen machten. Oder die feinen Ledersohlen ihrer italienischen Ballett-Treter waren noch so unverbraucht und glatt, daß einer von ihnen zum falschen Zeitpunkt vom Gaspedal rutschte. Vielleicht können sie auch Brems- und Kupplungspedal nicht richtig auseinanderhalten.« Der Australier triefte vor künstlicher Anteilnahme.

»Kamoi!« rief der Vogel.

Fong grinste und schwieg.

Aber auch mit »Dieb« fühlte sich William Abbott nicht angesprochen.

»Was immer die Ursache gewesen sein mag, sie hat zu einem erschütternden Ergebnis geführt, denn der Deutsche kann offensichtlich Auto fahren. Ich habe dir immer gesagt, daß man mit Homos und Milchgesichtern in unserem Geschäft nichts werden kann.« Abbott kratzte sich am Hosenlatz, als ginge es unter anderem auch um seine Männlichkeit.

Fong befingerte seine hellblaue Seidenkrawatte von Stefano Ricci. Es gefiel ihm nicht, daß sich der Australier bis zur Kritik an italienischer Mode verstieg. Er fühlte sich jetzt sehr direkt angesprochen. Mit den Fingern der rechten Hand wischte er einen Fussel vom Revers seines dunkelblauen Armani-Anzuges.

»Idiot!« sagte der Vogel in glasklarem Englisch.

Beide Männer sahen sich an.

»Zu breit!« bemerkte William Abbott.

»Was?« Fong zog seine Schlitzaugen für einen kurzen Moment zu rasierklingendünnen Strichen zusammen.

»Dein Schlips.« Ein dicker Zeigefinger zielte auf die Brust des Chinesen.

Fong war perplex.

»Hat man jetzt schmaler. Habs bei Jim Thompson gesehen. Mußte mir gestern was Schwarzes zulegen. Todesfall bei Freunden. 250 Baht. Nicht gerade billig, aber sicher preiswerter als das da. Solltest du dir auch zulegen. Es gibt nette blaue Binder mit hellen Pünktchen. Natürlich auch andere Modelle. Breites Angebot. Aber wie gesagt: alles sehr schmal!«

Fong schluckte.

Abbott rundete den Tip mit einer lässigen Handbewegung ab. Er war schon jahrelang in der Modebranche zu Hause.

»Jetzt reicht es aber«, schnappte der Chinese. »Du und Eleganz!«

Die beiden Männer drehten dem Vogelkäfig den Rücken zu und gingen durch die Glasschiebetür zurück ins klimatisierte Hotelgebäude.

Auf der Rolltreppe ins Erdgeschoß sagte Abbott noch: »Und das mit diesem anderen Deutschen, diesem Fernmeldeingenieur, war auch so eine Kinderei. Ich weiß wirklich nicht, was das soll. Da tauchen unsere Halbstarken wie die Kleiderschränke aus irgendeinem alten Hollywoodschinken im Liberty auf, klopfen an eine Hotelzimmertür und prügeln dieses arme Arschloch zusammen. Wundert mich, daß sie sich dabei nicht die Händchen gebrochen haben. Trotzdem Schwachsinn. Man kann direkt froh sein, daß sie nicht aus Versehen einen von diesen geilen Wüstensöhnen aus den Ölländern zusammengewichst haben. Die Jungs haben nämlich genug Geld, um sich gegen solche Spinnereien erfolgreich zu wehren... wie heißt dieser Senderschlosser?«

»Feldner«, antwortete Fong. Die Aussprache stimmte.

»Alles Nebenschauplätze«, brummte Abbott und verließ die Rolltreppe mit vorsichtigen Trippelschritten.

Fong blieb vor den Aquarien in der Halle stehen und besah sich ein kugelrundes Süßwasseretwas mit rosa Schleierflossen.

»Der Hotelheini hat 'ne Tiermacke«, stellte der Australier fest.

»Du magst das Nebenschauplätze nennen. Ich halte an meinem Prinzip fest.« Fong studierte die Aquarien, als wolle er zu Hause Schleierschwänze anschaffen.

»Was für ein Prinzip?«

»Abschreckendes Beispiel... das Hähnchen vor...«

»Hör auf! Ich kann das nicht mehr hören. Ihr Chinesen spinnt. Sprüche. Geisterglaube. Alles natürlich mit Räucherstäbchen und mordsmysteriös. Scheiße!«

»Du bist eben nicht in Traditionen verwurzelt, William. Ihr in Australien habt da ein Problem.« Fong klang jetzt sehr mitleidig.

»Traditionen. Medizinmänner. Alles Quatsch. Was euch Asiaten fehlt, ist ein bißchen Sportsgeist. Du kannst nicht verlieren. Das ist es!«

»Heute nacht werden wir es besser machen«, sagte Fong.

»Was heißt wir? Doch wohl nicht schon wieder diese Zwillinge?«

»Nein«, sagte Milano Fong nachsichtig. »Wir geben uns sportlich. Wir nehmen den Boxer.«

55

Auch die heile Thai-Welt war nicht mehr ganz in Ordnung. In der *Bangkok Post* konnte Brandau es schwarz auf weiß lesen. SHOCK MUAY THAI WIN BY ENGLISHMAN!

Ein »ebenholzfarbener«, also schwarzer Engländer namens Ronny Green hatte am Vorabend im Rajdamnern Stadion einen technischen K.o. in der zweiten Runde gegen Sirimongkol Trachohae gelandet. Er war vor einem Jahr nach Thailand gekommen, um Thai-Boxen zu lernen und hatte offenbar erhebliche Fortschritte gemacht, denn der Thai, den er besiegt hatte, war nicht gerade ein unbeschriebenes Blatt. Der Engländer hatte bereits vor der Entscheidung fleißig gepunktet und den Thai mit zwei aus der Hüfte gezogenen Fußtritten auf die Matte geschickt. Sirimongkol ließ sich bis acht anzählen, und als er wieder hochkam, war der Engländer über ihm. Kniestöße und ein abschließender Ellenbogenstoß, und der Thai mußte wieder auf die Matte. Der Ringrichter brach den Kampf ab.

Aber auf einer der nächsten Seiten ging es dann doch wieder sehr normal zu. LOEI TO GIVE ELEPHANT TO HIS MAJESTY. Die Provinz Loei beabsichtigte in guter alter Tradition, dem König einen einjährigen weißen Elefanten zu schenken. So gehörte sich das! Für seine Königliche Hoheit würde es das vierzehnte Exemplar sein. Der Elefant war vor einem Jahr in einem Dorf namens Namsuay Wanglao geboren worden. Die Besitzer, Ngern Pholcha, 74, und seine Frau Boon, 65, hatten schon frühzeitig die Merkmale eines weißen Elefanten erkannt und den Distriktvorsteher informiert, der den Provinzveterinär zur Inspektion des Tieres vorbeibrachte. Später wurde der Fund dem *Royal Household Bureau* gemeldet. Ein Experte bestätigte endgültig, daß es sich mit Sicherheit um einen weißen Elefanten handelte, der zur Pitsanuphong-Familie gehörte. Derzeit wurde der Elefant auf

Anordnung des Gouverneurs von einer Polizeieinheit in der Tempelanlage des Wat Erawan bewacht, wo sich das Tier aufhielt, bis weitere Weisung aus dem Palast erfolgte.

Das war Brandau eine zweite Flasche Bier wert. Er ging zu dem kleinen Kühlschrank in Robins Büro und besorgte sich Nachschub. Die Ruhe im Büro war Balsam für seine Seele. Fast meinte er, den Nachtwächter unten auf seiner Bank schnarchen zu hören.

Robin war so lieb, den Bundestagsabgeordneten den Nachmittag über in Sachen Schmuck und Maßgeschneidertem zu betreuen. Er setzte sich wieder an seinen Schreibtisch und nahm sich eine vier Tage alte deutsche Tageszeitung vor. In der Wochenendbeilage fand er etwas über Seidenraupen.

Im Alter von fünf Wochen wickelt sich die Seidenraupe *(Bombyx mori)* zwei Tage lang mit rund 250000 Windungen in Form einer Acht mit einem aus zwei Spinndrüsen ausgestoßenen, fadenförmigen Brei ein, der an der Luft sofort trocknet. Der so entstehende Kokon wiegt zwei Gramm und enthält neben der Puppe fünf bis acht Kilometer Faden. Aus einem Gramm Eier schlüpfen tausend Raupen, die dreißig Kilogramm Maulbeerblätter fressen. Aus den Kokons dieser tausend Raupen werden insgesamt 200 Gramm Seidenfaden abgewickelt. Nach 500 bis 800 Metern reißt der Faden. Ein Gramm Faden ist neun Kilometer lang. Aus sieben bis neun Kilogramm Kokons gewinnt man zwei Pfund Rohseide.

Seidenraupen sind hochempfindliche Wesen. Sie vertragen keinen Lärm, verabscheuen üble Gerüche und Schmutz, ihre Nahrung verlangen sie pünktlich. So hat die Seidenraupe seit 4600 Jahren ihren Anteil an der Erziehung der Chinesen zu Ruhe, Sauberkeit, Zuverlässigkeit und Pünktlichkeit. Reine Seide kommt nach wie vor aus Fernost, hauptsächlich aus China und Thailand. Gewebt werden die Stoffe dort, in Japan oder in Europa. Im Hinblick auf Design, Farben und Druck sind die Italiener nach wie vor führend.

Brandau war beeindruckt. Alle Achtung vor den Seidenraupen! Den Artikel schnitt er fein säuberlich aus und heftete ihn in Akte THAI-XR-23 zum »Jim Thompson-Gedächtnis-Projekt«.

Dann griff er sich Akte THAI-XR-5. Eines seiner ersten Projekte. Seine Stimmung sank. Auch das zweite Bier half ihm nicht. Irgend etwas sagte ihm, daß er diese Finanzierung besser nicht angefaßt hätte. »Funkbude« hatte er das Unternehmen damals getauft.

Er arbeitete die Akte durch. Die Botschaftsleute waren gut informiert gewesen. Genau 155000 DM. Sender. Empfänger. Zubehör. Es führte kein Weg daran vorbei, daß er in bescheidenem Maße beteiligt war. Nicht vergleichbar mit der Größenordnung anderer Hilfsmaßnahmen. Aber wer unbedingt was gegen ihn haben wollte, der hatte eine Begründung. Brandau besorgte sich das dritte Bier.

56

Es gab noch Hoffnung. Dombrovsky fühlte sich in seinen wildesten Ahnungen bestätigt. Richard Hughes hatte in seiner wöchentlichen Kolumne in der *Far Eastern Economic Review* den Silberstreifen am Horizont deutlich gemacht. Dombrovsky glättete die betreffende Seite des Magazins liebevoll mit der flachen Hand und ging den Beitrag über Jim Thompson noch einmal durch.

»Ich bestehe jedoch darauf, daß er seine OSS-Verbindungen beibehalten hat – einmal einer, immer einer...« stellte der Altmeister unter den Südostasienberichterstattern aus Hongkong fest. Hughes vertrat die These, daß Thompson an jenem Ostersonntag die Cameron Highlands heimlich in Richtung Singapur verlassen hatte, daß es Anhaltspunkte dafür gäbe, daß er sich zwei Tage nach seinem Verschwinden in Singapur auf einem japanischen Schiff befunden habe – mit Kurs Hongkong.

Dombrovsky lächelte. Also doch China, Kanton, Pridi Banomyong.

Es klopfte an die Zimmertür.

Dombrovsky öffnete einen Spalt, sah einen Hotelboy mit der Wäsche und hängte die Sicherheitskette aus.

Der Junge plazierte das Wäschepaket mit der angeklebten Rechnung auf einem der beiden Betten. Ein Zehn-Baht-Schein wechselte den Besitzer. Der Junge bedankte sich mit einer Verbeugung und zögerte sich zurückzuziehen.

Dombrovsky sah ihn fragend an.

»You want a lady?« fragte der Thai lächelnd.

Dombrovsky verneinte. Nein, er brauchte jetzt kein Mädchen. Er war auf einer heißen Spur. Und er würde sich durch nichts ablenken lassen, auch wenn um ihn herum in jedem Stockwerk, jedem Zimmer das Sperma in olympischen Ausmaßen floß. Er war bei der Sache, war nur an Seide, Geheimdiensten und einem ganz bestimmten Mann interessiert. Aber das konnte er dem liebenswürdigen Hotelbediensteten nicht vermitteln.

»What about a boy?« hakte der Junge sanft nach.

Nein, auch kein Knabe. Dombrovsky grinste.

Das Gesicht des Thai wurde ernst. Echte Besorgnis war ablesbar. Er zog sich zurück. Die Impotenz des Farang war bewiesen.

Dombrovsky ging zum Bett, um die Wäsche auszupakken. Er sah, daß unter der durchsichtigen Plastikverpakkung ein weißes Briefkuvert steckte. Er riß die Klarsichthülle auf, griff nach dem Kuvert und öffnete es. Es enthielt einen Bogen Papier mit einer Schreibmaschinennotiz in Deutsch. RUFEN SIE 2344223 IN SACHEN THOMPSON AN.

Dombrovsky zog die Augenbrauen hoch und ging zum Telefon neben dem Bett. Nach einigen holprigen Sprachübungen mit der Thai von der Hotelvermittlung hatte er den Anschluß an der Strippe. Es tutete.

Dann eine tiefe und ruhige Männerstimme, die in sauberstem Deutsch ein »Ja, bitte?« artikulierte.

»Ich habe Ihre Nachricht erhalten, wegen Thompson.« Der Reporter griff vorsichtshalber zum Kugelschreiber und rückte den kleinen Notizblock auf dem Nachttisch zurecht.

»Herr Dombrovsky. Schön, daß Sie sich melden«, sagte die Stimme.

»Wer sind Sie?«

»Das ist nicht so wichtig.«

»Was wissen Sie in der Sache?«

»Einige spannende Fakten, die Ihnen unbekannt sein dürften, Herr Dombrovsky... und nicht nur Ihnen.«

»Dann sollten wir uns treffen und austauschen.«

Die Gegenseite schwieg. Nur das Rauschen in der Leitung war zu hören.

»Wieviel verlangen Sie?« fragte Dombrovsky.

»Es geht weniger um Geld.«

»Worum dann?«

»Das können wir bei nächster Gelegenheit unter vier Augen aushandeln.«

»Wann und wo?«

»Sagen wir übermorgen. Ich rufe Sie wieder im Hotel an. Mittags. Punkt zwölf.«

»Das ist mir alles zu vage. Ich habe vor, nach Singapur zu reisen.« Dombrovsky ließ Mißmut durchklingen.

»Singapur?«

»Ja. Es gibt, wie Sie ja sicher auch wissen werden, einige

Anhaltspunkte dort, die eine Recherche wert sind. Und was Sie mir da in Aussicht stellen, ist doch etwas schemenhaft möchte ich sagen...«

Für eine Weile rauschte es erneut in der Leitung. Dann war die Stimme wieder da.

»Singapur ist vielleicht nicht so falsch, Herr Dombrovsky. Fahren Sie ruhig nach Singapur. Wir nehmen dort Kontakt mit Ihnen auf.«

»Wo und wie? Und wer ist *wir*?«

Es klickte in der Leitung. Die Verbindung war tot. Dombrovsky schüttelte den Kopf und legte den Hörer auf.

57

Boris Malenkow lächelte den Telefonapparat an.

Der Köder war ausgelegt. Die Reiseabsichten Dombrovskys hatten ihn für einen Moment aus dem Rhythmus gebracht. Er hatte sich schon so sehr darauf eingestellt, den Bunker demnächst verlassen zu müssen, hatte sich bereits über einen geeigneten Treffpunkt Gedanken gemacht, daß ihn der Schlenker nach Singapur überraschte.

Aber dann war ihm sofort Heliane Baum eingefallen. Es war eine gute Möglichkeit, im Bunker zu bleiben und zu delegieren. Es war ihm nicht unlieb. Wofür hatten sie schließlich die Frau in Singapur. Genaue Instruktionen. Wo die Informationen verabreicht wurden, war egal. Er konnte im Schatten bleiben. Kein Bühnenauftritt. Gut so. Dombrovsky mußte nur beobachtet werden. Blieb zu hoffen, daß der Reporter tatsächlich bald abflog. Daß er später nach Bangkok zurückkommen würde, stand für Malenkow fest.

Alles lief zufriedenstellend, und Boris Malenkow gönnte sich eine Zigarre.

58

Brandau wollte gerade Feierabend machen, als der Thompson-Jäger in seinem Büro auftauchte. Das breite Grinsen ließ nichts Gutes ahnen.

»Jetzt weiß ich, wo es langgeht – Singapur, mein Bester. Singapur ist die nächste Station!« Er sah auf Brandaus leeres Bierglas.

»Dort drüben«, sagte Brandau und deutete mit dem Zeigefinger durch die offene Verbindungstür auf Robins Kühlschrank.

Dombrovsky ging rüber, nahm sich die letzte kalte Flasche Kloster, öffnete sie und teilte großzügig mit Brandau.

»Ich dachte immer, die nächste Station wäre das Hochland in Malaysia.«

»Glaube ich nicht. Alles ganz ausgelutscht. Jeder, der an dem Fall interessiert war, ist dort herumgetrampelt. Nichts dabei rausgekommen. Kann übersprungen werden. Alles deutet auf Singapur. Dort muß der Faden wiederaufgenommen werden.« Dombrovsky sagte das sicher und verbindlich, mit der Präzision eines Polizeibeamten, dem der Großcomputer gerade die neusten Ergebnisse einer aufwendigen Rasterfahndung ausgedruckt hatte.

»Okay ... er wollte ursprünglich dorthin. Seine Gastgeber in den Cameron Highlands kamen daher. Das ist aber auch schon alles.« Brandau gab sich desinteressiert und nippte am Bierglas.

»Er ist auf einem japanischen Schiff gesehen worden. Zwei Tage nach seinem geheimnisvollen Abgang. Von Singapur nach Hongkong.«

»Wer behauptet das?«

»Richard Hughes.«

»Wer ist Richard Hughes?«

Dombrovsky sah Brandau an, als wäre diese Bildungslücke so peinlich, daß Mitleid angebracht war. Er zog ein zusammengefaltetes Magazin aus der Gesäßtasche seiner beigefarbenen Baumwollhose. Er hatte wieder das blaue Polohemd an, das er bei ihrem ersten Treff getragen hatte. Brandau musterte den angegrauten Vollbart, die Nickelbrille und wunderte sich, daß Dombrovsky nach all den Tagen in Bangkok immer noch sonnenverbrannt im Gesicht aussah. Normale Menschen wurden hier bleich und setzten Schimmel an.

»Die *Review*«, sagte Brandau. »Doch wohl mehr Lesestoff für Politiker und Banker.«

Dombrovsky musterte Brandau sehr besorgt. Der Mann war seit Jahrzehnten von der Außenwelt abgeschnitten. Er dachte darüber nach, wie Brandau wohl seine gelegentlichen Artikel zusammenbrachte.

»Meinen Sie das im Ernst?« setzte der Reporter nach.

»Was?«

»Daß Sie die Kolumne vom guten alten Hughes nicht kennen.«

»Mag sein, daß ich sie bei Gelegenheit überflogen habe. Was macht diesen Richard denn so berühmt?«

»Er ist *der* Auslandskorrespondent in Hongkong, in der ganzen Region, *der* Chinaexperte. Alte Schule. Eine Reliquie des Zeitungswesens. Berühmt! Nie John le Carré gelesen?«

»Den kenne ich. Guter Schriftsteller!« Brandau gab sich gelassen. Bei Polit-Thrillern war er gut, le Carré, Ambler, Thomas, Freemantle, Allbeury, Bagley, Deighton. Er kannte sie alle. Natürlich nicht persönlich.

»Dieser alte Platzhirsch im Hongkonger Auslandskorrespondenten-Club Old Craw aus *Eine Art Held* – das ist der da, das ist Dick Hughes.« Dombrovsky zeigte mit dem Fingernagel auf die Stelle, wo der Kopf des Mannes zwischen seinem Vor- und Nachnamen abgebildet war.

Soweit Brandau bei näherer Betrachtung erkennen konnte, war der Mann ein älteres Semester, trug ein am Kragen offenes Hemd und hielt einen Füllfederhalter oder eine Zigarre in der Rechten. Der übliche Tick bei den Schreiberlingen. Es war Brandau ein Rätsel, warum sie sich immer mit den gleichen Gegenständen in den gleichen Posen ablichten ließen. Füllfederhalter, Schreibmaschinen, Katzen. Dombrovskys belehrende Art ging ihm auf die Nerven.

»Ich lese nur im Original«, konterte Brandau.

Dombrovsky zuckte nur kurz mit den Augendeckeln.

»In Englisch heißt es *The Honourable Schoolboy.*«

»Kenn ich. Da gibt es doch diesen Captain Ricardo. Habe ich mal in einem Artikel über Thompson zitiert, wenn ich mich recht erinnere. Halb Latino. Halb Asiate. Flieger und Drogentransporteur. Hauste er nicht in einer Hütte im Nordosten Thailands, umgeben von Hanteln, Schnaps, Mädchen, Waffen und einem Kleinflugzeug? Ich erinnere mich dunkel an einen hohen Frauenkonsum.«

»Sie schweifen ab. Aber es stimmt. Jedenfalls hat nicht nur John le Carré in diesem Buch Richard Hughes ein Denkmal gesetzt. Auch Ian Fleming. Ich denke, das spricht für sich.« Dombrovsky legte den Artikel auf den Schreibtisch.

Brandau überflog das Gedruckte.

»Hier steht, daß einiges für gewisse Thesen spricht«, merkte er nörgelnd an. »Ihr Reporterkollege ist sehr vorsichtig in seinen Formulierungen. Sehr klug. Klüger als Sie, will mir scheinen. Das einzig Bewiesene ist wohl, daß Hughes und Thompson 1906 geboren wurden. Im chinesischen Jahr des Pferdes. Außerdem auch noch im selben Monat, März, also Fische nach unserem Horoskop. Alles andere sind Vermutungen und Thesen.« Sein Bier war alle, und Brandau hatte keine Lust mehr, über den Fall zu diskutieren. Er hatte andere Sorgen. Ein weißer BMW spukte in seinem Kopf herum.

»Sie sind viel zu pessimistisch. So löst man keine Probleme. Ich sage Ihnen: Singapur!« Dombrovsky war verärgert.

»Also dann Singapur.«

»Ich werde so bald wie möglich starten.« Dombrovsky servierte das wie eine Verlustmeldung, die Brandau hart treffen sollte.

»Keiner hält Sie!«

Dombrovsky sah plötzlich traurig aus. Irgendwie mußte er Brandau ins Herz geschlossen haben. Sein einziger Vertrauter in Sachen Seidenkönig – lustlos. Es bedrückte den Reporter.

»Gut, ich sehe, daß Sie nicht gut drauf sind.«

»Tut mir leid.«

»Wohl die Arbeit...«

»Ja, die Arbeit, wenn man so will. Manchmal gibt es Probleme. Man hilft den falschen Leuten. Aber... na ja.«

»Vielleicht sehe ich Sie morgen, wenn dieser Parlamentarier abgezogen ist.« Dombrovsky hob die Hand zum Gruß und ging.

Eine Weile blieb Brandau noch sitzen. Dann sammelte er seine Sachen zusammen, verstaute sie in seinem speckigbraunen Lederköfferchen, einer Edelkopie aufwendigerer Modelle, in der Volksrepublik China hergestellt und in Hongkong für sechzig Mark zu haben. Die Prestigeverkäufer dieser Welt machten sowas nicht unter dreihundert Mark. Sie verkauften keine Ware sondern Preise. Aber Brandau hatte schon immer etwas für Porschemotoren unter Mittelklassehauben übriggehabt.

Er überzeugte sich davon, daß der Safe verschlossen war, schloß die Türen zu den oberen Büroräumen ab und ging über die Treppe hinunter.

Der Nachtwächter lag wieder wie erwartet auf der Bank

und sägte klafterweise Teakholz. Als Brandau den Motor startete, zuckte er hoch und lief zum Tor, um den Chef rauszulassen. Das Schlüsselbund an seiner Hüfte schaukelte hin und her, aber Brandau konnte das Klirren nicht hören. Hinter den getönten Scheiben, dort, wo die Klimaanlage rauschte, lag eine andere Welt, meilenweit vom Nachtwächter entfernt. Der Thai lächelte ins Wageninnere, ohne Brandaus Gesicht erkennen zu können. Der Chef sah ihn durch die tiefgetönte Trennwand, das wußte er. Es genügte, um ihn in Bewegung zu halten. Brandau kam sich alt und verbraucht vor. Der verknöcherte Neokolonialist in seiner Tiefkühlbox auf dem Weg zum nächsten Termin. Müller-Brahms wartete. Brandau mußte Robin erlösen.

Die Soi stand handbreit unter Wasser. Der dunkelgraue Himmel kündigte baldigen Nachschub an. Eines Tages würde er sich ein Boot zulegen müssen. Bangkok sank jedes Jahr um einige Zentimeter und würde zum Ende des Jahrhunderts unter den Meeresspiegel absacken. Das Venedig des Ostens war auf trügerischen Grund gebaut worden. Das Chaos war schon existent. Immer wenn die Regenzeit kam. Von Mai bis Oktober, wenn mächtige Monsungewitter unerbittlich Regenwasser in die Metropole kübelten. Es würde noch schlimmer kommen. Bis nichts mehr ging.

Als die Stadt vor rund zweihundert Jahren gegründet wurde, betrachtete man die feuchte Umarmung von Fluß- und Kanalläufen als strategisch optimal. Gedacht war an den Verteidigungsfall, an die Burmesen, den Erzfeind. Krung Thep, die Stadt der Engel, entstand in all ihrer Pracht. Das Wasser war Lebenselement in jeder Beziehung. Menschen wohnten auf Hausbooten, auf dem Fluß, auf den Kanälen. Die schwimmenden Domizile waren miteinander vertäut. Brach ein Feuer aus, so schlugen die betroffenen Einheiten die Fesseln durch und ließen sich flußabwärts treiben. So wurden größere Stadtteilbrände verhindert. Alles gut durchdacht und praktisch. Später, viel später kamen dann die ersten Entwicklungshelfer. Amerikaner. Sie bekämpften die Malaria. Sie trugen mit dazu bei, daß die Kanäle zugeschüttet wurden. Die Lage an der Gesundheitsfront verbesserte sich. Und die Verkehrsplaner freuten sich, machten aus den ehemaligen Kanälen Straßen, asphaltierten, betonierten. Die Blechkarossen vermehrten sich wie die Kaninchen, verstopften jeden befahrbaren Streifen. Etwa 600000 Kraftfahrzeuge verpesteten derzeit die Luft in einer Stadt, die offiziell 5,4 Millionen Einwohner hatte. Experten waren der Ansicht, daß sechs oder sieben Millionen der Realität näher kamen. Menschen, immer mehr Menschen. Trinkwasserprobleme mußten gelöst werden.

Wieder kamen kluge Entwicklungshelfer, und es wurden Brunnen gebohrt. Der Untergrund Bangkoks wurde durchlöchert wie ein Schweizer Käse. Elftausend Bohrlöcher. Das Wasserversorgungsproblem wurde weitestgehend gelöst. Aber dafür sackte der Boden immer weiter in sich zusammen. Jedesmal, wenn Brandau eine Dusche nahm, sank die Stadt etwas mehr ab. Autos fuhren bis zur unteren Türkante im Wasser. Auspuffe bliesen ihre Abgase blubbernd ins Heckwasser der schrittweisen Vorwärtsbewegung. Und oben, im Norden des Landes, holzten sie fleißig die allerletzten Bäume ab. Die Armen, um ihre Brennholzprobleme zu lösen; die Wohlhabenden, um edles Teakholz zu verschieben und ein paar schnelle Baht zu machen. Der Erdboden hielt das Regenwasser nicht mehr. Die Flüsse schwollen an und pumpten die im Niedergang begriffene Metropole noch voller. Das Meerwasser aus dem Golf von Siam schwappte in die Mündungsarme zurück. Es war ausweglos. An schlimmen Tagen die vorweggenommene Apokalypse. Szenen für Science fiction-Filme, die nicht in Hollywood nachgestellt werden mußten. Das Chaos. Das Grauen.

Der Regen setzte unvermittelt ein. Das Blech des Volkswagens dröhnte unter den harten Tropfen. Brandau pflügte vorsichtig an Nudelküchen und Hähnchenbratereien vorbei zum Ausgang der Soi Saensuk und stieß die Motorhaube todesmutig in den dichten Querverkehr auf der Pradiphat Road. Angriff war hier alles. Nur Herausforderer überlebten auf diesem Pflaster. Immer nach vorne – solange es noch ging.

Die Scheibenwischer schafften es auch im Schnellgang nicht mehr. Die Scheiben beschlugen von innen. Brandau ahnte die Lücken und riskierte viel Kotflügel. Nach drei Minuten stand das Regenwasser in den Hauptverkehrsstraßen dreißig Zentimeter hoch. Um ihn zuckten Blitze. Schwerer Donner rollte über die Stadt. Für die Phaholyothin bis zum Victory Monument brauchte er eine halbe Stunde. Ein paar lächerliche Kilometer. Alles war mehr mit dem Dampferverkehr auf einem Fluß zu vergleichen. Nur nicht so unterhaltsam. Gequälte Kupplungen. Gepeinigte Getriebe. Immer wieder in den ersten Gang zurück, auskuppeln, Bremsen naß, Handbremse zur Not, dann wieder anfahren. Wer immer den Spruch »Nach uns die Sintflut« erfunden hatte, kannte das hier nicht. Brandau war mittendrin.

Nach einer Stunde und zehn Minuten kam er am Montien Hotel an. Eine Strecke, die man bei normalem Wetter in etwa zwanzig Minuten schaffen konnte. Normalen Verkehr gab es sowieso nicht. Er fuhr von der Rama VI Road nach links ins Hotelparkhaus. Der Wächter steckte eine gelbe Kontrollkarte in die Stechuhr, klemmte eine Hälfte unter den rechten Scheibenwischer und reichte ihm die andere durchs heruntergekurbelte Fenster.

Auch dieser Bunker war total verbaut. Verbissen arbeitete er am Lenkrad, um die engen Auffahrten ohne Lackschäden zu überstehen. Auf dem dritten Parkdeck fand sich eine Lücke. Einer dieser uniformierten Aufpasser mit

Schlagstock und Schirmmütze winkte ihn pompös ein und trillerte dabei erbarmungslos auf seiner Pfeife.

Im Aufzug nach unten dachte Brandau rechtzeitig daran, sich mit dem Daumennagel drei Kerben auf die Parkkarte zu machen. Er vergaß regelmäßig, wo er sein Auto abgestellt hatte.

Über ein Gewirr von Holzbohlen kam er trockenen Fußes vom Parkhaus ins Hotel.

Müller-Brahms stand bei WORLD TAYLOR im Laden und ließ sich vermessen. Robin saß auf einem Hocker und sah ziemlich genervt aus.

»Er sagt, er hat bis morgen mittag alles fertig und im Hotel«, brüllte der Abgeordnete Brandau entgegen und zeigte auf den Inder, der ihn mit dem Maßband bearbeitete.

»Fünf Hemden und zwei Anzüge«, schob er nach.

Robin verdrehte die Augen, was Müller-Brahms nicht sehen konnte.

Der Inder begrüßte Brandau verhalten. Einerseits war er dankbar, daß einer seiner Stammkunden für Nachschub aus dem Bekanntenkreis sorgte, andererseits hatte sein neuer Auftraggeber wohl schon reichlich an seiner Geduld gekratzt.

»Wie finden Sie die Stoffe?« fragte Müller-Brahms und grabschte fahrig an etwas Braunem mit Fischgrätmuster und etwas Dunkelblauem mit grauen Längsstreifen herum.

»Wird Ihnen stehen«, sagte Brandau fest.

Das gefiel ihm. Er sah sich schon auf den Gängen des Bundestages, in irgendeiner Ausschußsitzung... »habe ich damals bei meinem Aufenthalt in Bangkok«...

»So, ich mache mich dann mal auf den Weg.« Robin drückte Brandau einen Kuß auf die Wange. »Die Ablösung ist ja da. Einen schönen Abend noch... amüsiert euch gut!«

Brandau war da zuviel Ironie in ihrer Stimme. Der Abend mit seinem Besucher lag noch vor ihm. Nachtleben war angesagt. Was ihn tröstete, war der Gedanke, daß Robin ausnahmsweise zu Hause auf ihn warten würde. Er hoffte auf einen Schnelldurchgang an der Sextouristenfront. Jetzt war es sechs Uhr. Bis zehn mußte reichen, um den Gast mürbe zu machen. Die Lokale waren sowieso nicht durchgehend geöffnet. Vier Stunden waren schließlich genug. Notfalls konnte er mit dem morgigen Projektbesuch drohen.

»Gnädige Frau...« Müller-Brahms warf sich in Positur. »Ich bedanke mich ganz herzlich für Ihre geschätzte Begleitung. Es war das reine Vergnügen!«

Robin lächelte süß.

Der Politiker produzierte einen Handkuß zur Untermalung seiner Ansprache. Mittleres Hofburgniveau. So wie er sich aufführte, mußte er noch einen Samtanzug in Auftrag geben.

»Auch mir hat es sehr gut gefallen. Auf Wiedersehen... und falls wir uns nicht mehr sehen... guten Flug!« Sie war unschlagbar, auch wenn sie log.

Müller-Brahms starrte auf ihre Beine, als sie ging, dann sah er Brandau an.

»Sie sind wirklich zu beneiden, Brandau.« Er grinste, klatschte in die Hände und sagte: »Aber jetzt wollen wir uns mal die einheimischen Mädels ansehen!«

59

Suwit stellte sich auf den Gegner ein.

Kampftag. Anders als gewohnt, aber immerhin war er wieder gefragt – wenn auch nicht im Ring. Aber Hauptsache war, daß es noch Leute gab, die an seine Kampfkraft glaubten. Er würde nur zwei Glas aus der Whiskyflasche trinken, die vor ihm auf dem wackligen Tisch stand. Er mußte seine

Sinne beisammen haben, wenn es zur Sache ging. Zwei Uhr morgens, hatte der Chinese angeordnet, nicht vorher, nicht viel später.

»Du zitterst«, sagte die Prostituierte, die ihm gegenübersaß.

Er ignorierte die Bemerkung und schüttete etwas Mekhong in sein Glas, ganz behutsam und kontrolliert.

»Hast du Arbeit gefunden?« fragte das Mädchen.

Er nickte.

»Als Fahrer?«

»Nein«, antwortete er.

»Was dann?«

»Ich kämpfe wieder.« Er trank einen kleinen Schluck.

»Wo? Im Lumpini Stadion oder im Rajdamnern?« Sie verzog ihr Gesicht zu einer zweifelnden Maske.

Er schwieg.

»Stimmt doch gar nicht.« Es klang nicht hämisch oder vorwurfsvoll. Eher erleichtert, so, als mache sie sich echte Sorgen um ihn.

»Ein guter Kämpfer wird immer gebraucht«, sagte er, und das rote Neonlicht ließ sein Gesicht dabei aufleuchten als sehe er in die verheißungsvolle Morgenröte eines frischen Tages. Noch einen kleinen Schluck, damit es wahr wurde.

»Du solltest damit besser aufhören!« Sie versuchte, seine Hand auf der Tischplatte zu halten. Er zog sie weg.

»Was verstehen Frauen schon davon«, murmelte er und sah an ihr vorbei.

»Irgendwann wird es zu spät sein.« Sie stand auf und ging durch die Tür der Bar hinaus. Die schwüle Hitze des frühen Abends kämpfte sich einige Meter ins Innere des Lokals, bevor die ratternde Klimaanlage sie in den Griff bekam.

60

Sie ließen nichts aus.

Das ganze Programm. Die Stadt hatte 20000 Prostituierte und 2000 Transvestiten zu bieten, und Müller-Brahms wollte wenigstens einen kleinen Teil davon sehen. Er war mehr von der passiven Sorte. Ein bißchen anfassen und ansonsten hartnäckig glotzen.

Zum Aufwärmen nahmen sie ein Bier vom Faß und einen irischen Eintopf in Bobby's Arms. Der Einstieg zum Pub durch die Hintertür, erstes Parkdeck der öffentlichen Garage in der Patpong II Road beeindruckte Müller-Brahms nachhaltig. Er bewegte seine Schultern anders und fing an, Gene Hackman in *French Connection* zu imitieren. Beim zweiten Glas Bier verließ er seinen Barhocker und drängelte sich todesmutig in eine Gruppe alteingesessener Darts-Spieler, die mit britischer Routine die Scheibe bearbeiteten. Ein rothaariger Zweizentnermann gab verdutzt zwei Pfeile ab, und Müller-Brahms setzte einen in die Acht und einen in die Wand neben der Scheibe. Danach bestellte er sein drittes Bier und begann, Brandau Vertrauliches aus der Bonner Waschküche mitzuteilen. Die schmutzigen Socken und Unterhosen, in denen er herumstöberte, waren Brandau allerdings schon aus der Tagespresse bekannt.

Eine dreiviertel Stunde später fiel dem MdB auf, daß es bei Bobby keine Mädchen gab, von den keuschen Bedienungen abgesehen. Das war richtig. Also zog Brandau mit ihm ins Super Star.

Es erschlug den Politiker. Eine gute halbe Stunde lang saß er wie festgeschweißt am Tresen und stierte den Go-Go-Girls auf die langen Beine. Nach zehn Minuten hatte er die erste Katze auf dem Schoß, eine weitere machte sich an seinem Rücken zu schaffen. Er schüttete fleißig Flaschenbier nach. Brandau war sicher, daß Müller-Brahms zu Hause mehr zu Operettenmelodien neigte. Hier ließ er sich Rod Stewart, Glenn Frey und Donna Summer durch die Gehörgänge blasen. Voll auf der Nadel. Jogi-Bär bei der Fleischbeschau. Eine Konversation wäre nur gebrüllt möglich gewesen. Brandau konzentrierte sich auf die Musik und genoß die Unterbrechung im Redefluß des Abgeordneten.

Eine kleine Samthäutige mit Afrolook drängelte sich von links an Brandau, kletterte auf seinen Oberschenkel, bevor er seine Deckung aufbauen konnte. Sie rieb ihre festen Titten an seiner Brust und versuchte, ihn in ein Hotel abzuschleppen. Mit Zeigefinger und Daumen führte sie ihm anhand eines sehr kleinen Kreises vor, wie eng sie gebaut war. Brandau machte auf impotent und abgearbeitet und bestellte ihr einen Drink. Das half. Nach fünf Minuten war er sie los.

Der Abgeordnete warf ihm einen Blick aus glasigen Augen zu. Seine Gesichtsmuskulatur fabrizierte die schlechte Kopie eines seligen Lächelns.

Später sahen sie sich noch die Kobra-Show an. Auf dem Weg durch die dunklen Gassen zur Geheimadresse stolperte und wankte Müller-Brahms schon verdächtig. Als das nackte Mädchen mit der Schlange spielte, schlief er fast ein. Als dann später das Huhn gebracht wurde und die Kobra das Huhn mit Giftzähnen schlug, die alle Neulinge unter den Besuchern für »gemolken« gehalten hatten, zuckte er entsetzt zusammen. Gegen elf hatte Brandau seinen Schützling im Hotel.

Eine halbe Stunde vor Mitternacht war Brandau zuhause. Er duschte und legte sich neben Robin auf das kühle Laken. Die Klimaanlage summte fleißig.

Robin war wach.

»Na, habt ihr eure Sex-Kür absolviert?« fragte sie und deutete ein Kichern an.

»Für mich war es mehr die Pflicht. Aber Müller-Brahms brachte seine Pirouetten zum Schluß auch nicht mehr so sauber. Total zu. Säuft wie ein Loch.«

»Dann hat er doch wenigstens kein Mädchen mehr gebraucht.«

»Stimmt. Um die Zuhälternummer bin ich diesmal rumgekommen. Er hat sowieso eine panische Angst vor Geschlechtskrankheiten, und er sieht mir nicht so aus, als ob er Gummis mit sich herumschleppt.«

»Ich hoffe, er hat sich nicht noch ein paar Krokodilstränen über das soziale Schicksal der Thai-Mädchen abgerungen und über ein neues Frauenprojekt philosophiert.«

»Nein... das war auch gut so. Dem Nächsten, der mir damit kommt, weil er eine Erektion und ein schlechtes Gewissen in Einklang bringen muß, dem hau ich in die Fresse«, sagte er. Er fühlte sich ausgenutzt und leer. Er kam sich in seinem eigenen Schlafzimmer wie in einer Klinik vor oder wie daheim am sauberen Küchentisch mit Mutter. Brandau hatte sich auf etwas Erotisches mit Robin gefreut, aber es ging nicht.

»Weißt du, daß du fast zweimal so groß bist wie diese Thai-Frauen?« fragte er.

»Ja, ganz schön mächtig.«

Dann beugte sie sich über ihn. Ihre Brüste waren weich und, nach allem was er an diesem Abend gesehen hatte, ungeheuer groß. Sie fing an, ihn an seinen Körper zu erinnern. Sie holte es sich. Er brachte es. Aber es war nicht gut.

61

Die Stelle, an der er über die Mauer wollte, lag hinter der Küche.

Suwit hatte diese Stelle gewählt, weil sich niemand nachts in den Straßen bewegen konnte, ohne daß die Hunde anschlugen. Dieses Stück der Straße lag im toten Winkel für alle Köter. Er saß schon seit einer Stunde am Fuß der Mauer. Der alte Mann, den er als Nachtwächter identifiziert hatte und den er nicht fürchtete, hatte seine übliche Stellung bezogen, auf der gegenüberliegenden Hausseite auf der Veranda. Den Dobermann hatte er zum letzten Mal in der Nähe des Eingangstores liegen gesehen, nahe beim Auto, etwa zwanzig Meter entfernt. Meist schlief der Hund genau an dieser Stelle, zumindest wenn es nicht regnete. Und augenblicklich regnete es nicht. Das paßte Suwit Aroonkit ins Geschäft. Er sah auf die Armbanduhr. Zwei Uhr und zehn Minuten. Es gab keinen Grund, länger zu warten.

Um auf die Mauer zu kommen, genügte ein Klimmzug. Keine Glasscherben, kein Stacheldraht, nichts Schmiedeeisernes. Der Deutsche war vertrauensselig. Ein alter Mann und ein Hund. Die ganze Schutztruppe. Suwit sprang lautlos ins feindliche Terrain. Er wußte, daß er nur das Schloß der Küchentür zu öffnen brauchte. Von dort aus ging es durchs Wohnzimmer eine kleine Treppe hoch zu den Schlafräumen. Die inneren Verbindungstüren standen normalerweise offen. Er hatte einen Ring mit Schlüsseln der gängigsten Türschlösser, außerdem einige Dietriche bei sich.

Er war beim fünften Schritt in Richtung Küchentreppe, als der Alte urplötzlich vor ihm stand. Wie aus dem Erdboden gewachsen. Dann hatte er die Profilsohle eines Fallschirmspringerstiefels unter dem Kinn. Er spürte und hörte, wie sein Unterkiefer brach. Bevor er Anstalten machen konnte sich zu verteidigen, traf ihn ein erneuter Fußtritt in der Nierengegend. Er kannte das. Es erinnerte ihn an den Ring. Er war wieder auf der Verliererstraße. Der Gegner war im Vorteil und punktete. Suwit war völlig überrascht. Der Opa. Es war nicht zu fassen. Diese dürre Vogelscheuche in der Phantasieuniform war dabei, ihn fertig zu machen.

Khun Bao klammerte den angeschlagenen Gegner mit beiden Händen im Genick fest, zog den Kopf nach unten und landete einen Knietreffer. Es knirschte gemein, als der gebrochene Kiefer und diverse Zähne erneut mit Gewalt gegeneinanderschlugen und splitterten. Suwit brach zusammen, blieb liegen.

Der Hund kam verspätet aus den Startlöchern, schlug an, hielt aber respektvollen Abstand zum Nachtwächter und seinem Opfer. Der Geist des Hundefängers hielt ihn auf Distanz.

Khun Bao drehte den ausgeknockten Angreifer auf den Bauch, zog ihm den Gürtel aus den Hosenschlaufen und band ihm die Hände auf dem Rücken zusammen. Das leblose Bündel Mensch war lehmverschmiert. Überall im Garten standen noch Pfützen vom letzten Regenguß. Khun Bao ging zum Wasserhahn für den Gartenschlauch neben der Küchentreppe und wusch sich die Hände. Mit den feuchten Fingern fuhr er sich durchs Haar, rückte das Koppelschloß zurecht und setzte das schwarze Filzbarett wieder auf, das er vor dem Einsatz zusammengefaltet unter dem linken Schulterstück seines Khakioveralls festgeknöpft hatte. Er sah auf die Rolex-Kopie am Handgelenk. Zwei Uhr zwanzig. Zeit, seinem Arbeitgeber Meldung zu machen.

62

Brandau träumte in Fortsetzungen.

Dombrovsky und er hatten die Tragbahre mit der darauf festgezurrten Urne über den Mekong gebracht. Sie hatten den Napalm-Angriff unbeschadet überstanden und schlugen sich im mörderischen Zickzack durch die Thai-Truppen auf der heimischen Seite der Grenze zu Laos. Irgendwie waren Dombrovsky seine schwarzen Schaftstiefel und die verspiegelte Sonnenbrille abhanden gekommen. Die zwei Patronengurte kreuzten sich über seiner olivfarbenen Uniformbluse, die jetzt von einer ausgewaschenen Levi's und hellblauen Cowboystiefeln ergänzt wurde.

Brandau hatte nicht mehr das Schnellfeuergewehr, sondern eine Panzerfaust in den Händen. Von den acht laotischen Guerilleros hatten nur zwei die Flußüberquerung überlebt. Sie trugen die Bahre mit Thompsons Resten. Der ganze Film lief zu *Finlandia* op. 26 von Jean Sibelius ab. Brandau schwitzte. Irgendwo in der Nähe, im dunklen Unterholz bearbeitete ein Specht einen Teak-Stamm. Sein Schnabel trommelte in regelmäßigen Abständen gegen das Holz.

Er schlug die Augen auf. Die Klimaanlage summte gleichmäßig. Es klopfte wieder, an die Tür zum Schlafzimmer.

Neben ihm atmete Robin gleichmäßig und ruhig. Das Laken bedeckte eine ihrer Brüste. Die andere war ein wohlgerundeter Hügel im fahlen Mondlicht, das durch die Gardinen sickerte. Soweit er sich erinnern konnte, hatte es noch nie an die Tür des Schlafzimmers geklopft. Es mußte etwas Dringendes sein. Ungewöhnlich. Entweder lagen der Nachtwächter und Attila mit durchschnittener Kehle im Hof, das Haus brannte oder Nui hatte einen nächtlichen Telefonanruf angenommen, ohne daß er das Klingeln mitbekommen hatte.

Brandau zog den seidenen Kimono über und schlich zur Tür. Er öffnete. Vor ihm tauchte das freundlich zerknitterte Gesicht seines Schutzmannes auf. Die breite Nase. Die mandelförmigen Augen. Das Lächeln. Er nahm Haltung an und grüßte zackig. Er trug zwar nur Socken, aber es sah absolut nicht lächerlich aus.

»*Kamoi!*« meldete Bao und ging voran.

Brandau folgte ihm über die Holztreppe hinunter ins Wohnzimmer und dann in die Küche. Dort stolperte er über Baos Fallschirmspringerstiefel. Von der obersten Stufe der Küchentreppe aus konnte er den Körper des Fremden zwischen den Regenpfützen im Garten liegen sehen. Er sah sehr tot aus. Der Hund saß zehn Meter entfernt ziemlich entnervt auf seinem Hinterteil und sah seinen Herrn hilflos an.

Brandau nickte, durchquerte das Wohnzimmer, ging die Holztreppe hoch und nahm in der Diele vor dem Schlafzimmer den Telefonhörer ab. Er wählte 1-2-3.

63

Die sieben Einbrecher kamen mit dem Morgengrauen über den Kanal.

Sie hatten den Außenbordmotor rechtzeitig abgestellt und für die letzten zweihundert Meter bis zu Jim Thompsons Haus Paddel benutzt. Der Klong Maha Nag lag spiegelglatt in der schwächer werdenden Nacht. Die Männer schwiegen diszipliniert, denn jeder Laut wäre über dem Wasser verstärkt transportiert worden.

Drei der vier Nachtwächter wurden von den Eindringlingen überwältigt und mit Handschellen gefesselt. Einer der Wächter wurde schwer verletzt, als er Widerstand leistete.

Der vierte Mann wachte erst auf, als die Bande eine Buddhafigur aus der Dharavadi-Periode ins Boot verlud.

Vier der Diebe entkamen über den Kanal, drei verließen Thompsons Haus durch den Haupteingang über die Straße.

Die Polizeibeamten der zuständigen Pathumwan Station registrierten als Beute vier unbezahlbare Buddhafiguren.

64

Polizei und Militär hatten das Land unter Kontrolle.

Sie rauschten mit satten einhundertzwanzig Stundenkilometern über den Highway am Flughafen vorbei in Richtung Ayuthaya. Vor sich zehn Limousinen, die unter anderem den Prinzen und persönlichen Sekretär Seiner Majestät, den bundesdeutschen Botschafter und diverse Minister und Staatssekretäre transportierten. Die Spitze machten zwei dieser nordamerikanischen Straßenkreuzer in Weinrot und Beige mit Rotlicht. Einer der Polizeibeamten hing weit aus dem linken Seitenfenster und brüllte durch ein Megaphon: *»Saysaysay!«*

Die Normalsterblichen verringerten die Geschwindigkeit oder blieben ganz stehn, jedenfalls ganz links am Fahrbahnrand, wie ihnen die Stimme des Herrn befahl.

Brandau saß tief versunken in den Polstern eines Mercedes 280 SEL, neben ihm Generalmajor Montri Pramulratana, der Leiter des ONCB. In ihrem Rücken wußte Brandau einen weiteren Polizeiwagen, der das Schlußlicht bildete. Seitdem der Konvoi den Palast verlassen hatte, stand an jeder Kreuzung ein Polizist, der den Verkehr anhielt und dann salutierte. Es war ein eigenartiges Gefühl, klimatisiert mit den Spitzen der Macht durch das Land zu düsen. Brandau machte eine entsprechende Bemerkung.

»Einfluß«, sagte der Chef der Drogenbekämpfer, »ist besser als Macht.« Er lächelte. »Geben Sie sich keinen falschen Illusionen hin, mein Freund. Einfluß ist das, worauf es ankommt. Wer war der Stärkere – Kissinger oder Nixon?«

Das Beeindruckendste an Montri Pramulratana war, daß er fast fließend Deutsch sprach. Er hatte dem Deutschen nicht gesagt, wo er es gelernt hatte. Fast jeder Thai tat das. Daß sein Gesprächspartner eben das nicht nötig hatte, machte Brandau vorsichtig. Der Generalmajor hatte ihn wie selbstverständlich begrüßt, als sich die Projektbesucher auf dem Gelände des Palastes zusammengefunden hatten und ihn in seinen Wagen gebeten. Der Botschafter hatte sich des Bundestagsabgeordneten angenommen. Dr. Gerau fuhr mit einem leitenden Vertreter des Landwirtschaftsministeriums.

Auch nachdem sie die Randzonen Bangkoks verlassen hatten, stand an jeder größeren Kreuzung ein Uniformierter mit Schnellfeuergewehr. Brandau hatte die Fäden, an denen die Macht in diesem Land hing, nie so deutlich wahrgenommen. Alles schien völlig unter Kontrolle zu sein, auch wenn sich sein Nachbar auf dem Rücksitz des Mercedes mit Einfluß zufriedengab.

»Sie sehen bleich aus, mein Freund«, sagte Montri. Es war eher eine Frage.

Brandau erzählte ihm vom nächtlichen Überfall. Als er damit endete, daß er 1-2-3 gewählt hatte, fragte Montri Pramulratana nach dem Resultat.

»Absolut professionell, kann nicht klagen. Es gab zwar nichts mehr zu tun. Sie nahmen den Einbrecher fest und vernahmen mich. Waren gut bewaffnet. Es hat, glaube ich, fünfzehn Minuten gedauert, bis sie da waren. Ganz gut.«

»Das wird der General gern hören!« sagte Montri.

»Welcher General?«

»Der Oberbefehlshaber der drei Teilstreitkräfte. Er ist

außerdem nach wie vor Chef der Armee und der *Bangkok Peace Keeping Force.* Wenn Sie eins-zwei-drei wählen, dann rufen Sie *ihn.*«

»Das scheint mir aber eher Macht als Einfluß zu sein«, sagte Brandau.

»Richtig«, antwortete Montri, »aber vergessen Sie den Zeitfaktor nicht. Es kommt immer auch darauf an, wie lange man etwas macht oder kontrolliert...« Er schwieg genüßlich.

Entweder war der nächste Putsch schon geplant oder er hatte ganz konkrete Vorstellungen von seiner Karriere, die sich auf anderen Gleisen bewegten.

Montri Pramulratana war ein ausgesprochen dünner Mann, sehr groß für einen Thai, etwa einsfünfundsiebzig. Er trug eine schwarze Hornbrille. Sein Gesicht war stark chinesisch, fast weiß, das Haar zu einer Bürstenfrisur gestutzt, schwarz, mit wenigen grauen Strähnen durchsetzt. Er trug einen unscheinbaren grauen Zivilanzug. Bei einem Anlaß wie dem heutigen, an dem sich auch der letzte Angestellte eines Ministeriums in die Dienstuniform zwängte, war das erstaunlich. Er war unbewaffnet. Dafür hatte sein Begleiter, der neben dem Fahrer den Vordersitz hütete, eine großkalibrige Handfeuerwaffe in einem Holster am Gürtel, gut sichtbar.

»Aber der Vorfall zeigt, mein Freund, daß die Befürchtungen, die ich Ihrem Herrn Botschafter gegenüber geäußert habe, berechtigt sind. Erst Herr Feldner, jetzt Sie!«

»Und das alles nur wegen lumpiger 155000 Mark meinerseits«, merkte Brandau mit gepflegtem Selbstmitleid an.

»Wir wissen auch kleinere Beträge zu schätzen«, antwortete Montri mit Liebenswürdigkeit. »Jeder Sender, jeder Empfänger ist wichtig.«

Brandau ließ die fragwürdige Anerkennung einsickern und schwieg.

»Achthunderttausend Drogenabhängige«, fuhr sein Begleiter fort, »die höchste Quote in Südostasien, auch was die Qualität beziehungsweise die Härte des Stoffs angeht. Eine zweifelhafte Ehre für mein Land. In Malaysia, Singapur, auf den Philippinen, in Indonesien und Hongkong wird von den Abhängigen meist Heroin Nummer Drei benutzt. 38 Prozent. Die Mehrzahl der Thaikonsumenten jagt sich 98prozentiges Heroin Nummer vier in die Adern. 28 Prozent der Drogenabhängigen in Thailand sind heroinsüchtig, zwölf Prozent rauchen Opium, der Rest nimmt Amphetamine, Marihuana und Valium. Wir haben 86 Behandlungsstationen im Land. Die Statistiken zeigen, daß die größte Konsumentengruppe zwischen 21 und 25 Jahre alt ist. Etwa 32 Prozent. Die zwischen 26 und 30 machen etwa 27 Prozent aus. Der Anteil der 16- bis 20jährigen macht etwa neun Prozent aus. Die jüngsten Erhebungen zeigen, daß sogar Kinder mit elf und zwölf Jahren inhalieren oder schnüffeln. 95 Prozent der Drogenabhängigen sind männlichen Geschlechts. In Zentral-, Südthailand und Bangkok ziehen sie Heroin vor. Im Norden und Nordosten haben sie es mehr mit Opium.«

Montri hatte seine Zahlen im Kopf. Er spulte die Informationen routiniert ab. Fehlerfreies Deutsch. Hätte er vor dem Berliner Bahnhof Zoo gestanden und etwas über Kinderprostitution erzählt, er wäre absolut glaubwürdig gewesen. Sogar Begriffe wie *Stoff* oder *schnüffeln* gingen ihm glatt über die Lippen. Er strich sich übers Haar.

Brandau schwieg kurz und sah durch die getönten Scheiben des Benz in die Reisfelder. Er vermißte Wasserbüffel.

»Wieviele von den Achthunderttausend lassen sich denn überhaupt behandeln?«

»Vierzigtausend.«

»Was ist mit den Projekten zum Anbau von Ersatzkulturen im Goldenen Dreieck?«

»Schwierig... sehr schwierig.« Montri hustete verhalten.

»Ihre Regierung ist ja auch hier so freundlich, uns zu helfen. Etwa 900 Quadratkilometer im Distrikt Muang in der Provinz Mae Hong Son. Soll am oberen Ping River bis auf 1500 Quadratkilometer ausgebaut werden.«

»Hoffentlich nicht alles Erdbeeren«, sagte Brandau bissig. Montri Pramulratana ignorierte das. »Kaffee und Bohnen bringen den Bauern gutes Geld«, klärte er auf. »Die Kaffeenachfrage ist groß. Die zu erwartende Produktion wird in etwa zehn Jahren zum Export reichen.«

»Was machen Sie bei der Verbrechensbekämpfung für Fortschritte?«

»IBM 3083!«

»Ein Computer?«

»Ganz recht. Wird in unserem Hauptquartier in Din Daeng installiert. Er wird alle Dealer und straffällig gewordenen Drogenkonsumenten speichern.«

Brandau schüttelte ungläubig den Kopf.

»Sie scheinen nicht viel von moderner Technologie zu halten?« Der Thai fuhr sich mit den gespreizten Fingern der rechten Hand durch seine schwarze Bürstenfrisur mit den grauen Strähnen.

»Ist das nicht wahnsinnig teuer?«

»Sehr teuer, mein Freund«, bestätigte Montri nachsichtig. Wieder die kämmende Bewegung mit der Rechten. »Die australische Regierung hilft uns hier sehr großzügig. Ein Fünfjahresprogramm zur Drogenbekämpfung. Insgesamt etwa 15 Millionen Deutschmark, grob umgerechnet.«

Brandau kam sich mit den eigenen Klingelbeutelbeträgen recht kleinkariert vor. Er riskierte für 155 000 Mark Prügel. Vermutlich würden die Drogengrößen einen Raketenangriff auf den Computer anzetteln, um im Maßstab zu bleiben. Er erinnerte sich an sein Gespräch in der Bamboo Bar des Oriental Hotel.

»Dabei dachte ich, daß die Australier auf der anderen Seite stehen.« Zugegeben, es klang ein bißchen verbittert und beleidigt.

»Sie meinen William Abbott?« Montri lächelte wieder wie der allwissende Buddha.

»Ich hatte da eine merkwürdige Begegnung.«

»Ich weiß. Er hat versucht, Sie einzuschüchtern. Sie haben sehr gefährliche Kontakte, Herr Brandau. Aber wir sind überzeugt, daß Sie sich diese Kontakte nicht gewünscht haben. Wir beobachten diverse Vorgänge seit geraumer Zeit. Deswegen machen wir uns auch Sorgen um Sie.«

»Ich mache mir langsam auch Sorgen«, leistete Brandau seinen Offenbarungseid.

»Die Stadt ist groß. Wir haben unsere Probleme. Ich fürchte, daß wir Sie nicht immer zuverlässig beschützen können. Auch bei bester Absicht.«

Brandau nickte. Es war eine geschickte Art klarzustellen, daß es wichtigere Probleme als ihn gab.

»Was schlagen Sie denn vor?«

»Am besten wäre es, wenn Sie sich zu ein paar Wochen Urlaub außerhalb des Landes entschließen könnten. Ein Vorschlag, den uns im übrigen Ihr Herr Botschafter gemacht hat. Wir könnten dann der Sache in Ruhe nachgehen, ohne Sie zu gefährden.«

»Ein paar Wochen ist ja sehr hochgegriffen. Würden es ein paar Tage nicht auch tun?« Den Deutschen verbitterte, daß man ihn aufs Abstellgleis befördern wollte.

»Besser als nichts. Vielleicht können Sie sich dann ja doch noch zu einer Verlängerung Ihrer Abwesenheit entschließen, wenn es Ihnen gefällt.« Eine typische Thai-Antwort.

Brandau muffelte still vor sich hin. Durch das Wagenfenster konnte er eine Gruppe von fünf Wasserbüffeln sehen.

»Wir unterstellen Ihnen keinesfalls, daß Sie sich notfalls nicht selbst wehren können«, lenkte Montri ein.

»Das beruhigt mich«, gab Brandau knapp aber beleidigt zurück.

»Wir unterschätzen Ihre Kampfschwimmerausbildung in Eckernförde keinesfalls.«

Brandaus Unterkiefer sackte um einige Millimeter ab. Sie mußten bis in seine Säuglingsjahre recherchiert haben.

»Ein Mann wie Sie kann sich notfalls helfen, mit dem Körper oder mit Waffen. Aber Sie sind aus der Übung, mein Freund. Nicht schlimm. Wir haben Ausländer nicht gern, wenn sie militant sind. Aber für Sie kann es lebensgefährlich sein, daß Sie nicht mehr so in Form sind. Verzeihen Sie mir die Deutlichkeit.«

»Ich liebäugele nicht mit meiner Militärvergangenheit. Eine Jugendsünde sozusagen.«

»Das höre ich gern.«

»Wie dick ist eigentlich Ihre Akte über mich?«

Der Thai schwieg diplomatisch.

Der Fahrer des 280 SEL zuckte plötzlich unmotiviert im Sitz und machte eine Bemerkung in Richtung Beifahrersitz. Der Typ mit der großkalibrigen Knarre sah nach hinten und machte Meldung in Thai an seinen Vorgesetzten. Der gab eine Anweisung. Der Mann auf dem Beifahrersitz betätigte ein Sprechfunkgerät. Wenig später ließ sich der zweite Polizeiwagen von der Spitze des Konvois zurückfallen und setzte sich vor den Mercedes.

»Der Trottel hat nicht genug Benzin im Tank«, informierte Montri und nickte in Richtung Fahrer. »Wir müssen an der nächsten Tankstelle raus.« Es war ihm sehr peinlich.

»Man kann nicht für alles selbst sorgen«, sagte Brandau tröstend.

Wenige Minuten später ließen sie den Konvoi ziehen und steuerten eine Esso-Tankstelle an. Der Polizeiwagen hinter ihnen begleitete sie. Der Mann neben Brandau ging kein unnötiges Risiko ein.

Der Fahrer gab den Zündschlüssel mit dem Schlüssel für den Tankverschluß an den Tankwart, der sichtlich überfordert war. Er zitterte vor Aufregung. Die Klimaanlage stand still, und sie kurbelten die Seitenscheiben herunter.

Montri redete auf den Typ mit dem überdimensionierten Schießeisen ein, der sich darauf ins Tankstellengebäude bewegte. Wenig später kam er mit zwei Fläschchen Lipo wieder.

Montri reichte dem Deutschen eine und drehte den Verschluß seiner Flasche auf.

»LIPOVITAN-D«, sagte er bedeutungsvoll. »Ich hoffe, Sie mögen es.«

»Ich stehe eigentlich mehr auf THEOPLEX-D«, sagte Brandau im Stil eines drittklassigen Feinschmeckers.

Der Generalmajor ließ das durchgehen und schmatzte genüßlich.

»Kennen Sie die genaue Wirkung?« fragte er. Er wollte einen kleinen Vortrag halten. Auch bei den weichen Drogen war er im Bilde.

»Sie werden es mir erklären.«

»Drei Phasen. Zuerst Koffein. Befehl an die Nieren, mehr Urin zu produzieren, Anweisung an die Lunge, schärfer zu pumpen, angenehme Reizung der Nerven. Lipo hat viermal soviel Koffein wie Kaffee. Zweite Phase: Vitamine und Zucker. Die Zellen produzieren Kurzzeitenergie. Gehirnzellen sind extrem sensibel, was Zucker betrifft. Wachmacher. Die dritte Phase fängt die zweite sozusagen weich auf: Taurin!«

Brandau wußte nicht, was Taurin war. Es interessierte ihn auch nicht weiter. Montri war schließlich der Drogenexperte. Er nahm ihm alles widerspruchslos ab.

Der Tankwart bekam irgendwie den Tank voll, ohne mehr als zehn Liter zu verschütten. Seine Ehrfurcht war grenzenlos. Hätten die Beamten ohne zu zahlen die Reise fortgesetzt, er wäre widerspruchslos und salutierend zurückgeblieben.

»Wohin werden Sie denn im Urlaub fahren?« fragte der Drogenmentor hartnäckig. Absolut gnadenlos.

»Ich denke«, sagte Brandau betont locker und suhlte sich etwas tiefer in den Rücksitz der Luxuskutsche, »daß ich einen guten Freund nach Singapur begleiten werde.«

»Herrn Dombrovsky, nehme ich an.« Montri wußte alles.

»Was wissen Sie über die Schwester meiner Mutter?«

Der Generalmajor lachte.

»Ja, Herr Dombrovsky. Muß Ihnen doch irgendwie gefallen. Ein Sensationsreporter und ein Ex-Kampfschwimmer auf der Flucht aus der Gefahrenzone.«

»Er interessiert sich für den Thompson-Fall, wie ich höre?« Die Klimaanlage sprang zusammen mit dem Motor an.

»Ja, leider.«

»Sie scheinen nicht sonderlich fasziniert zu sein?«

»Was meinen Sie denn zu den Vorgängen um den Amerikaner? Sicher haben Sie auch hierfür Ermittlungsergebnisse, nach allem, was Sie so zu bieten haben.«

»Ihn für tot zu halten, hieße die CIA zu unterschätzen«, konterte Montri trocken.

Brandau rutschte noch etwas tiefer in den Sitz, und der Benz hetzte über den Highway, suchte Anschluß an den vorausgeeilten Konvoi.

65

Der Boxer lag in seinem Krankenhausbett und wartete auf die Operation. Sein rechtes Handgelenk war mit Handschellen an das metallene Bettgestell gefesselt.

Die Exklusivität als Untersuchungsgefangener hatte Suwit ein Einzelzimmer beschert. Vor der offenen Tür, im Gang, saß auf einem Stuhl ein Polizist und döste vor sich hin. Regelmäßig fiel das Kinn des Wächters auf die Brust. Sofort kam der Kopf ruckartig wieder nach oben, um wenig später wieder im Zeitlupentempo nach vorne zu sinken. Es war die einzige Unterhaltung, die der schwerverletzte Boxer hatte. Das Bett stand glücklicherweise günstig postiert.

Suwit kam es vor, als läge er bereits seit Tagen unbeachtet herum. Tatsächlich war es später Vormittag. Dic Krankenschwester hatte etwas von ein Uhr und Operationssaal gesagt, aber da war er noch halb im Koma gewesen.

Auf dem Gang ertönten Schritte. Dann ein Poltern, und der Stuhl neben der Tür war leer. Statt dessen tauchten zwei vertraute Gestalten im Türrahmen auf. Die Law-Zwillinge. Beide lächelten Suwit freundlich zu. Jack postierte sich auf der einen Bettseite neben dem Patienten, John auf der anderen.

Jack prüfte den Sitz der Handschellen.

John fragte: »Wie geht es dir?«

Suwit zuckte schwach mit der Schulterpartie und sabberte etwas Speichel auf sein Kinn.

»Siehst schwer mitgenommen aus«, stellte Jack fest.

»Wohl ein Kieferbruch. Die Nase sieht auch nicht gut aus. Alles sehr geschwollen.« Johns Anmerkung war absolut gefühlsneutral.

Suwit zuckte schwach.

»Pech«, stellte Jack fest. »Aber in gewisser Weise beruhigt es uns, daß du nicht reden konntest. Der Chef wird das gern hören.« Er stellte seinen Aktenkoffer neben Suwits Oberschenkel und ließ die Schlösser aufschnappen.

John Law begab sich zur Tür, sah sichernd den Gang hinauf und hinunter, schloß die Tür und nickte seinem Bruder zu.

Jack Law prüfte den Sitz des Schalldämpfers und entsicherte die fertiggeladene Pistole. Wer wußte schon, wie lange ein gebrochener Kiefer den Boxer am Sprechen hindern würde.

66

Die Molkerei in Ayuthaya war gesichert wie ein Atomreaktor.

Im großen Kreis um das Hauptgebäude und das Futtermittellager standen Uniformierte mit Schnellfeuerwaffen und roten Oberarmbinden. Etwa im Abstand von dreißig Metern voneinander. Den Rücken zum bewachten Objekt. Den starren Blick unter dem Stahlhelm in die Weite der teilweise überschwemmten Felder gerichtet.

Sie waren einige hundert Kilometer von der Grenze zu Kambodscha entfernt. Trotzdem herrschte eine Atmosphäre, als stünde der nächste Angriff der Vietnam-Besatzer oder versprengter Khmer Rouge-Partisanen unmittelbar bevor.

Die Limousinen hatten entlang der Landstraße geparkt, die auf einem aufgeschütteten Damm zwischen den Feldern verlief. Die meisten der offiziellen Vertreter hielten respektvollen Abstand zum Prinzen und seinen persönlichen Mitarbeitern. In seinem hellgrauen Tropenanzug, der genau in der Mitte zwischen Militär und Zivil lag, sah der fast Siebzigjährige sehr beeindruckend aus. Hager, aber zäh. Etwas von einem Raubvogel, aber nicht unsympathisch. Einige Begrüßungen wurden nachgeholt.

»Tadellose Organisation«, sagte Müller-Brahms anerkennend zu Montri Pramulratana, nachdem Brandau die beiden Männer miteinander bekanntgemacht hatte.

Montri nickte. »Nicht mein Verdienst«, antwortete er bescheiden. »Hier geht es nur um Milch. Ein sehr gesunder Stoff.« Er lächelte.

Müller-Brahms lachte in einer Lautstärke, die er auf deutschen Jagdpartien eingeübt haben mußte. Der Botschafter warf einen besorgten Blick über die Schulter zurück und konzentrierte sich dann wieder auf den Prinzen neben sich.

»Wir haben Glück, daß kein Wasser zwischen Straßendamm und Molkerei steht. Nach starken Regenfällen sind die Felder oft tagelang überschwemmt. Die Milch wird von den Bauern dann hier oben an der Straße abgegeben und mit dem Boot zur Verarbeitung transportiert«, erläuterte Brandau dem Abgeordneten.

»Und wo sind die Kühe?« fragte der Politiker ernst und mit fachmännischem Unterton, als wolle er jeder einzelnen das Euter streicheln.

»Da hinten!« Brandau machte eine schlappe Armbewegung ins Gelände.

»Ich sehe nur fünf«, nörgelte Müller-Brahms.

»Wir haben es hier nicht mit Weidewirtschaft zu tun.« Es blieb Brandau nicht erspart, den üblichen kleinen Vortrag zu halten.

Montri hörte interessiert zu. Er schien dies als angemessenen Ausgleich zu seinem Bericht über die Drogenszene zu betrachten.

»Die Bauern, die der Genossenschaft angehören, leben mit ihren Kühen unter einem Dach.«

»Wir werden später noch einen solchen Bauern besuchen«, warf Dr. Gerau ein, der sich angeschlossen hatte. Tadelloser Khakianzug im Pariser Stil. Bester Schnitt, gerade so verbeult, wie er sein mußte. Unschlagbar. Robert Redford mußte sich warm anziehen.

»Die Kühe gehören sozusagen zur Familie«, fuhr Brandau fort. »Die Bauern, die im Stadtgebiet von Ayuthaya und in der näheren Umgebung wohnen, sammeln das Futter, also das Gras, überall. Am Straßenrand, auf unbebauten und ungenutzten Grundstücken und Feldern. Sehen Sie die Gruppe dort hinten?« Er zeigte die Straße stadteinwärts.

Müller-Brahms nickte.

»Die sammeln gerade. Schneiden das Zeug ab, rein in den Sack und nach Hause zum Stall.«

»Wie bei unseren Karnickeln!« bemerkte Müller-Brahms.

Brandau sah ihn verdutzt an.

»Na, Karnickelfutter suchen. Nie gemacht?« Der Abgeordnete musterte Brandau mit hochgezogenen Augenbrauen, mit der Arroganz des Hobbybauern von der Urscholle. Jahrelang selbst... in der freien Natur... auf dem Land...

»Natürlich«, antwortete Brandau gefaßt. »Sie haben völlig recht. Vergleichbares Prinzip. Kaninchen im Stall. Futtersammeln im Gelände.«

»Also nicht wie im Allgäu, Bärenmarke, glückliche Kühe und so...« Das MdB nickte tiefsinnig und begriff die Andersartigkeit der Lage an der Entwicklungshilfefront. Man konnte es direkt sehen. Er legte die Stirn in Sorgenfalten und brütete im Gehen vor sich hin.

»Warum kaufen wir denen nicht ein paar Felder?« kam es plötzlich, wie aus der Pistole geschossen. »Sozusagen Gemeinschaftsweiden, auf denen Gras angebaut wird. Die Kühe können ja ruhig im Stall bleiben – obwohl ich da auch noch meine Bedenken habe – aber dann kann das Futter zentral geschnitten werden, und die ganze Herumsucherei fällt flach.« Er redete sich in Eifer. Er sah das Projekt schon auf dem Papier und kalkulierte den Finanzbedarf.

»Diskussionswürdig«, merkte Dr. Gerau an.

Müller-Brahms stolperte und wäre fast die restliche Schräge des Straßendamms hinuntergepurzelt. Er mußte unbedingt querfeldein. Das war er sich bei einer richtigen Projektbesichtigung schuldig. Sie kletterten hinter ihm her die Böschung runter und trampelten durchs Gras. Montri sah bedrückt auf seine schwarzen Lackschuhe. Dr. Gerau ging nicht, er *wanderte,* mußte das seinem Bundespräsidenten abgeguckt haben. Eine Variante der diplomatischen Kür.

»Wir machen da eine Planungsvorlage«, erklärte Müller-Brahms. Er sah Brandau beifallheischend an.

Der bewegte den Kopf mit gezügelter Zustimmung von oben nach unten und zurück. Mit »wir« war er gemeint. Delegationsprinzip.

»Ich werde das den Kollegen im Aufsichtsrat persönlich vortragen«, unterstrich der Politiker fest. Es war alles gebongt. Das Geld war schon so gut wie genehmigt. Er stand dafür.

Schwere Regenwolken hatten sich gnädig vor die Sonne geschoben, und so kam es auf den dreihundert Metern bis zur Molkerei nicht zu wesentlichen Schwächeanfällen. Einige der bleichen Bürohengste sahen allerdings so aus, als bewegten sie sich gefährlich nahe an den Grenzen ihrer körperlichen Leistungskraft.

Das Management und die Mitarbeiter der Molkereianlage standen wie die Zinnsoldaten im Hof. Ein Vertreter der Königsfamilie im Projekt, das war ein Jahrhundertereignis. Die Gebäude waren mit kleinen blaurotweißen Nationalflaggen übersät. Der Prinz war ungeheuer freundlich und volksnah. Er war bekannt dafür und sehr beliebt. Ein interessanter Mann, nicht von dieser Sorte, die so tut, als ob und dabei lächelt. Er hörte auffallend oft mit sehr ernster Miene zu.

»Das ist doch nicht der Sohn von Bhumibol?« fragte Müller-Brahms verstört. »Der ist doch selbst schon Mitte Fünfzig oder so.«

»Ein Nebengleis«, sagte Brandau. »Es gab ja früher mehrere Königinnen.«

Getränke und Früchte wurden gereicht. Der Botschafter und der Prinz mußten gemeinsam ein rosa Band durchschneiden, um eine neuinstallierte Abpackmaschine für Kakao in Plastiktüten einzuweihen. Es gelang nicht ganz, da ja nur einer die Schere halten konnte. Der Prinz schnitt, und der deutsche Botschafter fing die beiden zertrennten Enden des Bandes auf und ließ sie dann dezent auf den zementierten Fußboden der Halle fallen.

Der Applaus legte sich, und der ranghöchste Vertreter des Landwirtschaftsministeriums hielt eine kleine Rede, die ab und zu vom entfernten Brüllen einer Milchkuh untermalt wurde, das aber zu schwach ankam, um wirklich zu stören.

Es ließ sich alles sehr gut an. Zügiger Ablauf. Konzentrierte Besucher. Es gab gute Hoffnung, daß sie bis zwei Uhr nachmittags durch waren. Futtermittellager für Kraftfutter mußte noch besichtigt werden. Blick auf die Säcke, teilweise von Ratten angenagt. Blick auf die Waage. Kurze Erklärung der Kraftfutterkomponenten. Zurück über die Weide. Vielleicht noch ein etwas intensiverer Blick auf die Repräsentationskühe. Dann weiter, zurück in die Autos und zum Paradebauern in den Stall.

Der eine oder andere Verwaltungsexperte hatte die Chance, zum ersten Mal eine richtige Milchkuh anzufassen. Müller-Brahms hatte mit Sicherheit noch eine Frage zur Weiterverwendung der Kuhscheiße. Da war sich Brandau ganz sicher. Dünger? Biogas? Brennstoff? Dann sicher das übliche Thai-Essen in diesem schwimmenden Restaurant auf dem Fluß. Es sah alles nicht nach Streß aus. Und notfalls konnte er Müller-Brahms ja auch noch seinen kleinen Vortrag über »Holstein-Friesian« halten. Nordamerikanische Hochleistungsrasse. Ursprünglich schwarzbuntes Niederungsvieh aus Nordwesteuropa...

67

»Ich weiß wirklich nicht, welche Gestalten du immer anheuerst.« William Abbott suhlte sich im erneuten Fehlschlag seines chinesischen Partners. »Jeden Tag eine Pleite. Scheint unser Programm zu werden.«

»Er hat diesen Nachtwächter unterschätzt. Wer konnte schon wissen, daß der Alte eine solche Granate ist.« Fong war müde. Nichts lief nach Wunsch. Er war langsam an dem Punkt, an dem er sich selbst um alles kümmerte.

»Ich frage mich, wie der Kerl je einen richtigen Boxkampf überstehen konnte.« Abbott schmatzte geringschätzig.

»Er ist tot«, merkte Fong an.

»Jetzt verkauf mir das nicht noch als die gelungene Rehabilitierung dieser Mao-Zwillinge.«

»Laß uns warten, bis dieser deutsche Politiker abgeflogen ist«, sagte der Chinese. »Ich lasse mich vom eingeschlagenen Weg nicht abbringen. Es geht halt auch mal was schief.«

»*Mal* was ist gut.« Abbott grinste und machte eine wegwerfende Handbewegung. »Ist dieser Deutsche gar nicht wert... all den Ärger.«

»Er ist es, William, glaub mir!« Fongs Stimme wurde schärfer. »Du bist zu satt geworden, William, denkst, daß alles von selbst läuft. Deine Großzügigkeit. Deine selbstgefällige Lässigkeit. Kann uns alles sehr viel kosten.« Er war jetzt nicht mehr müde, sondern wütend.

»Okay, okay«, murmelte der Australier und hob wie zum Schutz beide Hände vor die Brust. »Wir hätten uns gleich diesen deutschen Politiker schnappen sollen. Das hätte Wirkung!«

»Nur Extreme. Typisch für dich. Entweder null Reaktion oder gleich der große Coup, mit dem du auf die Fresse fällst. Politiker entführen. Indianer spielen.« Der Chinese schulmeisterte in alter Form. Abbott schwieg beleidigt.

68

Es lief alles wie geplant.

Um halb drei waren sie zurück in Bangkok. Um 18.45 Uhr startete MH 415 mit Müller-Brahms nach Kuala Lumpur. Malaysian Airline System mußte den direkten Vergleich mit Lufthansa aushalten. Und der Abgeordnete war ein strenger Punktrichter.

»Wir sind ihn los«, sagte Brandau zu Robin, als er sich gegen 19.30 Uhr mit ihr zum Abendessen in der Trattoria da Roberto in der Patpong II traf.

Die Hammondorgel wurde wieder bis zur Schmerzschwelle strapaziert. Sie trösteten sich mit trockenem Weißen aus Italien, gut gekühlt. Robin aß etwas Nudelartiges. Er zersägte mit einem gezahnten Messer ein auf Mittelmeer gequältes Filetsteak. Sie legen einem immer diese Extrawaffe mit Holzgriff bei, wenn sie mit dem Fleisch kein Risiko eingehn wollen.

»Ich bin froh, daß ich dir Khun Bao als Nachtwächter empfohlen habe«, sagte Robin stolz.

»Ohne ihn hätten wir alt ausgesehen«, gab Brandau zu.

»Jetzt erzähl mal«, forderte sie. Ihre meergrünen Augen sahen ihn an. Es war jetzt Zeit, die Hosen herunterzulassen. Er erzählte ihr die Geschichte mit dem Fernmeldeprojekt, dem weißen BMW, den Mao-Zwillingen, alles was er wußte und mutmaßte. Das erklärte ihr, warum er noch am späten Nachmittag vom Büro aus telefonisch für Dombrovsky und sich Tickets nach Singapur geordert hatte. Sie hatte nur erstaunt eine Augenbraue hochgezogen, jetzt verstand sie.

»Vielleicht richtig, was dieser Polizist empfohlen hat. Wie heißt er?«

»Montri!«

»Ich mache mir Sorgen«, sagte sie.

»Ich auch.«

Die Bedienung erschien mit einem weiteren halben Liter Weißwein.

»Manchmal denke ich, mir liegt wirklich zuviel an dir.« Sie sah ihn sehr vorwurfsvoll an. »Meine Mutter wußte, was sie sagte, als sie mir ans Herz legte, mich nie von einem Mann abhängig zu machen. Finanziell ist mir das wenigstens bei dir gelungen.« Sie hielt ihm ihr leeres Glas vor die Nase.

Er schüttete nach und schwieg. Es war ihre Art, übers Heiraten zu reden.

Gegen neun wechselten sie ins Napoleon in der Patpong I. Neo blies etwas von Cole Porter. Sehr cool, sehr professionell. Chet Baker hätte seine Freude gehabt. Dann fiel Brandau der Titel des Stücks ein. »Love For Sale.«

Dombrovsky saß, wie verabredet, an der Bar. Er wechselte mit ihnen in eine Sitzecke.

Die Bedienung kam, und sie gaben drei Bacardi in Auftrag.

»Das ist ja eine ganze Menge, was Sie mir da am Telefon auf die Schnelle vermittelt haben«, sagte der Thompson-Jäger.

Brandau nickte.

»Aber ich freue mich, daß Sie mitkommen. Freut mich, daß Sie der Fall doch nicht so kalt läßt, wie Sie letztens spüren ließen.«

Brandau ließ den Reporter absichtlich im Glauben, daß ihm das Rätsel um Thompson das Feuer unter dem Hintern machte.

»Ich habe Ihnen ja gesagt: Singapur! Da geht die Spur weiter. Ich überlasse mich also gern Ihrer perfekten Organisation. Nehme an, daß mit den Tickets bereits alles geregelt ist. Wie steht es mit Visa?«

»Brauchen wir nicht«, antwortete Brandau.

»Wir werden ein richtig gutes Team«, sagte Dombrovsky zu Robin und prostete ihr zu. Zu diesem Zeitpunkt war Brandau noch nicht klar, wie recht er damit haben sollte.

69

Das rote Neonlicht gab den Gesichtern der beiden Prostituierten etwas Puppenhaftes. Sie teilten sich eine Flasche Mekhong. Sie war halb leer.

»Er hätte Lastwagen oder Bus fahren sollen. Aber er wollte ja nicht. Hielt sich für etwas Besonderes. Wie Boxer halt so sind. Wollte nicht auf mich hören.«

»Hätte er aber besser getan. Jetzt ist er tot.«

»Jetzt ist er tot«, wiederholte die Bekannte des Boxers und fing an zu weinen.

Ein Freier machte sich an den Tisch ran. Als er sah, daß eine der Nutten heulte, verzog er sich wieder. Er ging zur Tür, um eine andere Bar anzusteuern, schüttelte den Kopf. Er wollte Spaß. Er hatte Sorgen und mußte etwas dagegen tun. Aber wenn schon die Nutten heulten, am Abend, bei der Arbeit, dann wurde die Lage bedenklich.

70

Der letzte Tiger auf der Insel soll angeblich unter einem Billardtisch im Raffles Hotel erschossen worden sein. August 1902. Das Opfer war ein entlaufener Zirkusveteran. Die hochgemotzte Variante der Geschichte behauptet sogar, die Bestie habe auf dem grünen Filz des Tisches ihr Leben ausgehaucht. Die bescheidene Version berichtet über einen

Tod durch Kopfschuß unter dem Billardraum, der damals ortsüblich auf Holzstelzen stand.

Bevor der zuständige Zirkusdirektor seine Hauptattraktion wieder einfangen konnte, hatte das Hotelmanagement Charlie Phillips aktiviert, den anerkannt besten Gewehrschützen in der britischen Kolonie. Der griff sich, noch verkatert, seine Enfield-Büchse, ausreichend Munition und eilte im Schlafanzug ins Raffles. Dort sah er die Augen des Gegners im Dunkeln aufleuchten und arbeitete mit der ihm eigenen Präzision und Sicherheit. Ein Schuß. Das steht fest.

Vielleicht war es auch ein Löwe. Mit der eindeutigen Identifizierung von Raubtieren hatte auch ein Prinz aus Sumatra Schwierigkeiten, der wohl einem Musang, einer Wildkatzenart, begegnete, ihn ungewöhnlich fand und zu einem Löwen aufwertete. Der Prinz taufte den Ort der Begegnung in wilder Sanskrit-Poesie Singa Pura, die Löwenstadt. Aber die Geschichten über Wildkatzen sind so ungenau wie die Klischees, die über diese Stadt verbreitet werden.

Nach dem Start in Bangkok hatte zunächst alles seine Ordnung. Singapore Airlines flog einen Airbus, also technisch vom Feinsten, und die Stewardessen waren genauso atemberaubend schön, wie einem das in den aufwendigen Reklamen eingehämmert wurde. Sie fühlten sich umsorgt. Dombrovsky grunzte ab und zu mit Genuß. Es gab für eine Zwischenmahlzeit auf einem Zweistundenflug eine gedruckte Speisekarte, zwei Gerichte wahlweise. Kopfhörer umsonst. Bestes Stereoprogramm, und trockener Muscadet oder Burgunder wurde aus Nullkommasiebener-Flaschen eifrig nachgeschenkt. Noch während Brandaus Hand zum Geldbeutel zuckte, wie es ihm als IATA-geknechtetem Fluggast immer noch im Blut steckte, wurde ihm die Lächerlichkeit dieser Zwangshandlung bewußt. Ein Lächeln bestrafte ihn. Und plötzlich wußte er, warum Lufthansa auf dem Frankfurter Rhein-Main-Flughafen den Grabenkrieg gegen die asiatischen Billigflieger angezettelt hatte. Pünktlichkeit war eben nicht alles.

Kurz nach der Landung auf dem Changi-Airport befand sich Brandau vorläufig noch im Einklang mit den in Europa absorbierten Schwarzweiß-Vorstellungen. Er war innerlich vorbereitet auf diese zubetonierte, seelenlose, total saubere Großstadt mit dem straffen Regime, das Drogendelikte und Vergewaltigungen innerhalb einer Woche mit der Hinrichtung sanktionierte. In dieser Stadt gab es mehr Golfbälle als Moskitos. Und es kostete 500 Singapore Dollar, also rund 600 Mark Strafe, wenn man eine Kippe in die Gosse warf. Wobei Gosse schon falsch war. Sowas gab es in Singapur gar nicht.

Der Flughafen also hochmodern. Wenn man auf neumodische Lösungen stand, sogar schön anzusehen. Köln-Bonn oder Berlin-Tegel hatten dagegen etwas von einem Luftfrachtschuppen. Die Zoll- und Paßbeamten waren freundlich und wirkungsvoll. Das Mädchen am Schalter für Hotelreservierungen besorgte ihnen Einzelzimmer im Raffles, nachdem sie sich dafür entschuldigt hatte, daß das Shangri-La ausgebucht war. Aber ihnen stand der Sinn nicht nach aufgeblasenen Banker-Herbergen mit Tennisplatz und Fitnesszirkus. Sie mußten nicht morgens mit dem hoteleigenen Kleinbus gratis zum Botanischen Garten gekarrt werden, um ihr tägliches Jogging abzureißen.

Also blieb es bei diesem Literatenhotel. Das Mädchen sah sie besorgt an, so, als griffen sie beide nach dem Nobelpreis. Joseph Conrad, Rudyard Kipling, Somerset Maugham. Die Zeiten waren vorbei. Allenfalls noch Journalisten. Dafür war Dombrovsky zuständig. Da er es offensichtlich mit den Worten hatte, zog das Mädchen einen Brief aus der Handtasche, die sie hinter dem Schalter deponiert hatte, und wollte in bestem Englisch wissen, in welcher Sprache die Mitteilung geschrieben sei, woher sie komme.

»Deutsch«, sagte Dombrovsky. »Den Briefmarken nach aus der Schweiz, Helvetia!«

Es war der Fragebogen einer Firma, die über Computer Partnerschaften vermittelte. Immer ein Fragewort und zwei Kästchen zum Ankreuzen. Schlank? Ja/Nein. Lange Beine? Ja/Nein. Das Mädchen nickte und war zufrieden. Dombrovsky empfahl ein Deutsch-Englisches Wörterbuch. Im übrigen nahm er sich vor, wie er Brandau beiläufig mitteilte, die statistischen Daten im Hinblick auf einen Frauenüberschuß zu überprüfen.

Das Taxi in die Stadt war klimatisiert, hatte ein Taxometer und diverse Hinweistafeln. NICHT RAUCHEN – NUR PREIS AUF TAXOMETER ZAHLEN! Zuzüglich möglicher Zuschläge, die auf einer Tafel extra angegeben waren. Vom Flughafen ins Zentrum immer drei Singapore Dollar plus, konnte man lesen. Alles hatte seine Ordnung. Außerdem sollten Chinesen mit chinesischen Taxifahrern Mandarin sprechen. Dieser Hinweis war in der Stadt allgegenwärtig. DON'T HESITATE – SPEAK MANDARIN!

Die Straßen waren erstklassig. Auch niedrigste Sportwagen hatten keine Probleme. Der Taxifahrer zeigte ihnen im Vorbeifahren das alte Kolonialgebäude des Raffles und entschuldigte sich aufwendig dafür, daß er noch ungefähr hundert Meter in der eingeschlagenen Richtung bis zum nächsten U-Turn fahren müsse, um dann über die Gegenspur die Hoteleinfahrt ansteuern zu können. Es war erschütternd. Absolute Transparenz am Kunden. *Nobody fools no one.* Wenn man vom Normalen abwich, brauchte man eine Entschuldigung.

Es kostete zehn Singapur-Dollars. Sehr billig. Ein Sikh mit Turban riß den Wagenschlag auf und umsorgte das Gepäck. An der Rezeption lächelte eine Chinesin. Zimmer 227 und Zimmer 228. Anex-Room im alten Trakt. Ein Malaye brachte das Gepäck auf die Zimmer. Brandau hatte mittlerweile schon mehrmals den Hinweis NO TIPPING PLEASE! gelesen. Er gab dem Malayen trotzdem ein Trinkgeld. Seinem Verhalten nach schien dies kein unverzeihlicher Stilbruch zu sein.

Brandau schaltete die Klimaanlage ab und das Radio an. Es wurde über Pferderennen berichtet. Rudi Michel und Heribert Krämer hatten ihn in Sachen Fußball schon immer tief beeindruckt. Aber was der Junge am Turf produzierte, schlug alles. Er galoppierte förmlich mit. Erst mit ruhigen, getragenen Worten, sozusagen zum Aufwärmen. Pferde. Jockeys. Quoten. Dann gingen die Boxen auf, und er nahm mit den Gäulen Tempo auf, einen leicht schrillen Unterton in der Stimme. Nach zweihundert Metern teilte er mit, daß man *Golden Boy* jetzt vergessen könne. Man sah den lahmen Klepper förmlich hinten am Horizont kleiner werden, während der Reporter mit den Favoriten die *Pace* machte. Die Stimme wurde hektisch, die Informationen knapp, abgehackte Prosa im Rhythmus der dampfenden Leiber. Dann bog man in die Zielgerade ein. Die ersten Peitschen wurden gezeigt, und die Stimme des Mannes auf der Welle hatte die nervtötende Tonlage einer Motorbaumsäge erreicht. Er litt mit *Brown Sugar,* der es doch auf den letzten Metern nicht mehr ganz brachte. Und im Knirschen des Sattelleders stahlen sich alle Zuhörer mit einer halben Länge Vorsprung mit *Bad Behaviour* über die Ziellinie. Der Meister verröchelte erschöpft und fiel in leichten Trab. Aber schon kam das nächste Rennen. Brandau schaltete auf einen Musikkanal.

Eine Stunde später waren sie zu Fuß auf dem Weg ins Zentrum. Der Weg durch die Stamford Road, vorbei am Nationalmuseum, machte klar, daß hier saubere Stadtplanungsarbeit geleistet worden war. Viel Grün. Altes perfekt erhalten und in Szene gesetzt. Neues geschmackvoll dazugebaut. Das Ganze ergab ein attraktives Stadtbild. Manchmal wirkte ein

Teil des Arrangements wie ein Quadratkilometer Gartenschau, aber mit Leben.

In der Orchard Road warteten die aneinandergereihten Shopping-Centers auf die Zollfreikunden. Rolex, Minolta, Bally, Davidoff. Nur vom Besten, wenn man darunter das Teuerste verstand. Alles, was der westliche Reklameterror dem Erfolgreichen als Rückgrat verkauft, konnte hier Stück für Stück erworben werden. Die Glaubwürdigkeit begann mit mindestens drei Kreditkarten. Das Vokabular dieses Marktes klang wie Amex, Visa, Diners, Master Charge. Die Grammatik war in elektronischen Kassen und automatischen Wechselgeldgebern festgelegt.

In einem der Konsumbunker erwarb Brandau ein Paar italienischer Schuhe. Der chinesische Verkäufer betätschelte seine einzige und abgewetzte Kreditkarte liebevoll und sagte mit Profilächeln und einer gewissen Hochachtung:

»You spent a lot of money.«

Brandau sah ihn zweifelnd an.

»No more colour on it. You use it a lot.« Der Chinese zeigte mit manikürtem Zeigefingernagel auf den im Plastik eingestanzten Namenszug, der nur noch gegen das Licht erkennbar war, weil die schwarze Farbe abgescheuert war.

Brandau nickte jetzt ergeben. Der Verkäufer deutete es als die desinteressierte Antwort des Vielkartenbenutzers, der vorrangig mit dem Problem beschäftigt war, wo er die ganze Kohle loswurde.

Nach drei Stunden Konsumterror taumelten Dombrovsky und Brandau in die Lobby-Bar des Hyatt Orchid und bestellten Kaffee. In den teuren Hotels der Stadt hatten sich alle Innenarchitekten und Designer bemüht, die einschlägigen Vorlagen von *Schöner Wohnen* und *Ambiente* umzusetzen.

Die Bedienung trug ein knöchellanges, glattes Kleid aus grüner Seide mit Schlitzen an beiden Außenseiten der

Schenkel bis zur Höhe des Punktes, der es so spannend macht, den man aber nie zu sehen bekommt. Die zweite Haut saß so gut, daß man die Grübchen über dem Hintern sehen konnte.

Man hielt hier nicht hinter dem Berg mit seinen Vorzügen. Singapur bot an. Auf allen Ebenen. In allen Bereichen. Schön und perfekt. Nie kalt. Kaum steril. Oft geheimnisvoll. Der Prototyp des hiesigen Bürgers kam als hochprozentiger Ästhet auf die Welt, sprach mindestens drei Sprachen fließend und bemühte sich jeden Tag, ein guter Technokrat zu sein. Eine Mischung, die jedem satten Besucher aus der westlichen Welt an die Substanz ging. Man saß in ihren Superhotels und besah sich die Arrangements.

»Mein Gott, die machen es uns vor, sind viel besser. Was sind wir doch für überheblich gewordene Freßsäcke.« Dombrovsky zeigte Wirkung und nippte an der Kaffeetasse.

»Altstars in einem B-Picture«, sagte Brandau. »Hier wird unser Traum poliert. Die Version vom netten und unterhaltsamen Kapitalismus. Aber es bleibt uns ja noch die Entschuldigung, daß wir nicht mehr so recht wissen, ob wir den richtigen Kurs steuern. Und sie schwimmen schließlich nur in unserem Kielwasser, nur mit mehr Pomp.«

»Eine sehr müde Form von Selbstbewußtsein, um uns das Überleben in der Überlegenheit zu sichern.« Dombrovsky grinste mitleidig.

»Zur geistig-moralischen Aufrüstung kann man dann noch nach Chinatown ziehen, wo die Welt wenigstens noch teilweise in Ordnung ist. Da stinkt es manchmal noch so, wie es uns der Eurozentrismus im Hinblick auf den Orient gelehrt hat.«

»Die Arbeit in der Entwicklungshilfe muß Ihnen gelegentlich ja ganz schön auf die Rübe gehen«, sagte Dombrovsky mit echter Anteilnahme in der Stimme.

»Immer auf der Suche nach einer Alternative«, sagte

Brandau müde. »Jede Betelnuß wird dankbar mitgekaut. Wir bewundern angegammelte Altbauten mit der Faszination von Leuten, die nie darin wohnen mußten. Wir lieben die Ratten, solange sie uns nur nicht ihre nackten, unbehaarten Schwänze zeigen.«

71

Robin Royce informierte sich ausführlich über die schillernde Karriere des Nachtwächters als Hundefänger.

Khun Bao hatte ihr verschämt einen ganzseitigen Artikel aus einer abgegriffenen Wochenendbeilage der *Nation* geliehen. Er mochte vor allem die Bilder, die ihn und seine Kollegen im nächtlichen Einsatz zeigten. Den Text hatte er dazumal von einem Bekannten übersetzt bekommen. Aber Khun Robin würde das ja ohne Mühe entziffern können.

Robin hatte es sich auf dem Sofa in ihrer Wohnung bequem gemacht und trank einen Bacardi mit Coca-Cola. Die Fotos zeigten Hundefänger bei verschiedenen Arbeitsvorgängen. Neben einem großaufgemachten Artikel mit der Schlagzeile HUNDEFÄNGER: DAS TÖTEN MUSS WEITERGEHEN! gab es eine kleinere Rubrik mit einem Foto von Khun Bao und einem Interview.

»Bao Amnuay hält den Rekord aller Hundefänger. Während seiner 35jährigen Tätigkeit für die Abteilung für Tollwutbekämpfung bei der *Bangkok Metropolitan Administration* hat er nicht weniger als eine Million Vierbeiner aus dem Verkehr gezogen. Er ist ein Meister-Killer mit der Lizenz, streunende Hunde zu töten. Und er bedauert nichts.

Trotz seines einmaligen Rekordes entkommen jedes

Jahr wenigstens 150000 Hunde den Händen der Fänger und streifen durch die Straßen Bangkoks.

Khun Bao berichtet, daß er jeden Tag in der Stadt Hunde gefangen oder getötet habe. Seine Aufgabe war auch das Vergiften mit Strychnin. Glaubt Bao Amnuay, daß es für einen Buddhisten eine Sünde ist, Tiere zu töten?

›Ja, ich glaubte das, als ich mit der Arbeit anfing. Der Geruch der Hunde war auch übel. Aber jetzt habe ich mich daran gewöhnt. Ich habe begriffen, daß es meine Pflicht ist, sie loszuwerden, wegen der Gesundheit der Bevölkerung. Natürlich habe ich keine Angst, meinen Job zu tun. Kein einziger Hundegeist hat mich jemals verfolgt. Sie haben sicher Angst, daß ich ihnen Strychnin auf ihre Zungen schmiere‹, sagt er amüsiert.

Khun Bao erzählt, daß jeder Mitarbeiter in der »Hundeabteilung« wenigstens einmal von einem Hund gebissen worden ist. Er selbst ist sowohl von gesunden als auch von kranken Tieren gebissen worden. Er erinnert sich an einen Tag vor vier Jahren, als er von einigen Leuten hörte, daß ein tollwütiger Hund in ihrer Nachbarschaft sein Unwesen trieb. Er begab sich unverzüglich in das Stadtviertel und entdeckte den Hund, der die Bewohner angriff. Als er es fangen wollte, sprang das Tier ihn an und biß ihn in den Arm. Er mußte sich vierzehn Antitollwutinjektionen geben lassen.

Khun Bao berichtet weiter, daß das Töten tollwütiger Hunde eigentlich einfach sei.

›Du schüttest nur einen Eimer Wasser über das Vieh und es wird kurz darauf krepieren.‹

Außerdem sei ein Netz überflüssig, fährt er fort, wenn man tagsüber einen Hund fangen muß.

›Tagsüber, wenn du den Hund klar sehen kannst, kannst du ihn leicht an einem seiner Hinterbeine fassen.

Natürlich mußt du einige Erfahrung sammeln, bevor du diese einfache Technik anwenden kannst.‹

Es gibt noch eine andere Methode, Hunde während der Paarungszeit zu töten.

›Wir bestreichen das Geschlechtsteil einer Hündin genau da, wo die Rüden gern lecken.‹

Eine andere Methode ist Fisch mit Strychnin, der den Hunden zum Fraß vorgeworfen wird. Khun Bao sagt, daß er acht Baht für jeden streunenden Hund erhält. Eine seltsame Sache zwischen dem Hundefänger und den Hunden ist:

›Immer wenn mich Hunde auf der Straße sehen, bekommen sie es mit der Angst zu tun und laufen weg. Sie haben ihre Instinkte, und der Geruch der toten Hunde, der mir anhängt, ist mittlerweile zu stark als daß ich ihn noch wegbekäme‹, sagt er gutmütig...«

Robin legte die Zeitung zur Seite. Sie hatte nie bemerkt, daß der Nachtwächter nach Hund roch. Vielleicht hatte sich der Geruch mittlerweile doch verloren. Attila hatte allerdings den Respekt gezeigt, der dem Hundefänger zustand, auch wenn er nicht gleich weggelaufen war. Trotzdem – irgendwie konnte sie den netten Nachtwächter nicht mit dem Hundefänger Bao zusammenbringen.

Aus dem großaufgemachten Artikel lernte sie weiter, daß die Hunde in der Regel getötet wurden, indem ein an einem Ende mit einer strychninhaltigen Paste bestrichener Metallstab von etwa eineinhalb Meter Länge dazu benutzt wurde, dem Hund das Gift auf die Zunge zu schmieren.

Pro Jahr wurden etwa 40000 Hunde in der Stadt aus dem Verkehr gezogen. Etwa 1500 Kadaver wurden Medizinstudenten an den Universitäten für Forschungs- und Studienzwecke zur Verfügung gestellt. Der Rest wurde für fünf Baht das Stück an Fischzüchter verkauft, die das gekochte

Fleisch an die Fische verfütterten. Zuvor wurde noch das Fell abgezogen. Produkte aus Hundeleder waren bei Händlern in Hongkong und Japan sehr beliebt. Taschen aus diesem Material waren haltbar und teuer.

Robin legte die Zeitung erneut zur Seite, nahm noch einen Schluck Bacardi und ging dann zur Kommode in der Diele. Sie öffnete die oberste Schublade, holte eine dunkelbraune Handtasche hervor und musterte sie eingehend. Dann beschnupperte sie das Leder. Sie war nicht ganz sicher.

72

Am Abend blüht das Raffles auf.

Alte Kolonialbauten entwickeln ihren weißen Glanz am besten bei nächtlicher Beleuchtung. Die Fächerpalmen raschelten im Wind. Im Palm Court klirrten leise die Gläser. Am weißen Flügel saß einer im Frack und spielte »As time goes by«.

Brandau süffelte importierten Blanc de Blancs, schaute über den Pool zum Hotelflügel und sagte zu Dombrovsky:

»Jetzt müßte die Tür zur Conrad- oder Maugham-Suite aufgehen und einer der Altmeister unter dem dezenten Beifall der Gäste seinen Stammtisch auf der Veranda einnehmen und eine Suppe bestellen.«

»Natürlich *Fresh Turtle Amontillado* und dann *Tournedos Sir Stamford Raffles.* Zum Nachtisch *Ananas Surprise*«, erwiderte Dombrovsky, indem er aus der Speisekarte vorlas.

»Aber die guten alten Zeiten sind vorbei.« Brandau seufzte mit einer Spur von Tragik.

»Doch immer noch ganz nett hier«, tröstete ihn Dombrovsky und winkte dem Ober.

Später, beim Essen, fing der Reporter wieder mit Thema

Nr. 1 an. Was er alles machen wollte. Dieses Ehepaar aufsuchen, dem dieses Haus in den Cameron Highlands gehörte. Dann mußte er natürlich in den Hafen, wo dieses Schiff nach Japan abgedampft war. Es hörte sich alles so an, als würde Brandau immer brav an seiner Seite mitdackeln, sozusagen mit dem Notizblock und einem sauber gespitzten Bleistift in den Händen, um für den Meisterdetektiv sorgfältig mitzuschreiben. Brandau wollte sich eigentlich erholen. Er gab aber keine unnötigen Widerworte und ließ Dombrovsky in Ruhe weiterspinnen.

Bei der zweiten Flasche Wein wechselte Dombrovsky unvermittelt das Thema.

»Wieviel bedeutet Ihnen Ihre Freundin?«

Brandau fand die Frage so aus dem Blauen ziemlich unverschämt und kaute erst einmal auf einem Schluck Wein herum, als ginge es darum, die Qualität des Weißen zu ermitteln. »Sie meinen meine Sekretärin?« fragte er mit kühler Arroganz und kam sich auch gleich beschissen und verlogen vor.

Dombrovsky grinste verständnisvoll. Kein Kommentar.

»Na ja«, fuhr Brandau fort. »Ich liebe sie. Irgendwann werden wir heiraten. Sie bedeutet mir eine ganze Menge. Schätze, ohne sie wäre ich ein ziemlich mitleiderregender Typ.« Es brach einfach so aus ihm heraus. Er wunderte sich selbst. Aber es war richtig.

»Das wäre mir im Traum nicht zu Ihnen eingefallen«, merkte der Reporter an. »Gelegentlich erinnern Sie in Ihrer Selbstkontrolle ja an einen Computer.«

»Das täuscht. Die wenigsten Leute wissen, was in solchen Geräten steckt, was sie wirklich können. Das macht Computer so gefährlich.«

Dombrovsky nickte.

»Ich vermisse Robin«, sagte Brandau.

Dombrovsky nickte erneut.

Später stießen sie in der Long Bar des Hotels auf Chuck Chase aus San Francisco. Alfa Beta Management Group. Er lud zu einem Singapore Sling ein. Genau hier, im Raffles, war der Drink schließlich erfunden worden. Eine Hälfte Gin. Ein Viertel Cherry Brandy. Ein Viertel gemischter Fruchtsaft. Orange, Limone, Ananas. Einige Tropfen Cointreau und Benedictine. Ein Spritzer Angostura bitter. Darauf eine Kirsche und ein Stück Ananas.

Chuck Chase kaufte Gebrauchtes. Alles was mit Flugzeugen zu tun hatte, inklusive Zubehör und Wartung. Singapore Airlines war ein guter Kunde, was den Ankauf anbelangte.

»Die Jungs haben weltweit einen sagenhaften Ruf«, sagte er in dem Tonfall, den sie ihm wohl bei Alfa Beta eingebleut hatten. »Spitzenservice! Ihr wißt, was ich meine.«

Brandau nickte. Dombrovsky zog die Stirn in Falten.

»Jede zweitklassige Fluglinie auf dieser Welt würde deren Schrott unbesehen aufkaufen, weil sie wissen, wie die alles polieren und hegen und pflegen.«

Der Sling schmeckte verdammt süß. Brandau überlegte, warum die harten britischen Gummipflanzer gerade auf so ein Bonbongesöff abgefahren waren.

»Wißt Ihr, was die machen?« fragte Chuck und bestellte drei frische Drinks.

Brandau schüttelte den Kopf. Dombrovsky knabberte desinteressiert an einem Stück Ananas herum.

»Sie waschen die Flieger und wachsen sie ein. Ich meine, sie wachsen die gottverdammten Vögel wirklich ein. Unglaublich!«

Chuck Chase schlug Brandau auf den linken Oberschenkel. Der Deutsche brach sich mit dem Glas fast die Schneidezähne aus. Die rote Kirsche rutschte ihm in das rechte Nasenloch. Er hustete.

»Sie behaupten, das spart ihnen so viel Treibstoff, daß der

Aufwand an Personalkosten und Arbeitszeit leicht wieder eingespielt werden kann und unterm Strich sogar noch Profit übrigbleibt. Absolute Profis!«

Nichts anderes hatte Brandau erwartet. Er traute den Einheimischen alles zu. Alles, was mit Pfiffigkeit und Erfolg zu tun hatte.

»Wie lange machst du das schon?« fragte er den Amerikaner.

»Hier in Singapur seit zwei Monaten.«

»Gefällt es dir, fühlst du dich wohl?«

»Blendend, alles ganz groß. Kalifornien kannst du vergessen!«

Eine neue Runde Sling.

»Wann fliegt ihr zurück?« fragte Chuck Chase.

»Noch offen«, sagte Brandau. Die Jazzgruppe mit dem heißen Saxophonisten spielte sich in Take-Five-Ekstase.

»Das einzige, was die Jungs hier noch nicht im Griff haben, ist der Sex, den offiziellen, meine ich.« Chuck hatte seinen Drink schon wieder alle.

»Kannst du dir vorstellen, daß es in dieser Stadt nicht mal den *Playboy* gibt? Prüde, was? Nicht zu glauben. Wozu soll das gut sein?« Er grunzte geringschätzig.

»Nein«, sagte Dombrovsky. Der sechste Sling klebte ihm fast den Mund zu. »Eigentlich unvorstellbar. Aber alles hat seinen Preis.«

73

Die Dame in dem dotterfarbenen Chiffonkleid saß sechs Tische entfernt und musterte die drei Männer.

Aufgrund der Beschreibung, die Malenkow ihr hatte zukommen lassen, hatte sie Dombrovsky mühelos identifiziert. Er sah gut aus, und sie freute sich auf ihre Aufgabe. Eigentlich hatte sie noch heute abend mit dem Reporter Kontakt aufnehmen wollen. Aber der Alkoholkonsum des Trios ließ sie darauf verzichten. Sie strich sich über die kastanienbraunen Haare, die straff am Kopf anlagen, in einem einfach geflochtenen Zopf bis tief in ihren Rücken fielen und den gewagten Ausschnitt des Kleides milderten. Ihre Brüste waren im Gegensatz zu ihrer Rückansicht bis an den Hals verhüllt. Der locker fallende Stoff ließ den Spekulationen über die Beschaffenheit dieses Körperteils freien Raum.

Ihr Fahrer war Tamile. Er stand in einem einfachen dunklen Anzug an der Bar. Mit einem Blick bedeutete sie ihm, daß sie aufbrechen wolle. Er kam an ihren Tisch und kümmerte sich um den Sessel, als sie aufstand.

Sie war einen Meter vierundsiebzig groß, und ihre Beine waren beeindruckend. Die meisten Männer in der Long Bar stierten ihr nach, während sie hinausging. Nur die drei Angetrunkenen, die die Dame beobachtet hatte, verpaßten ihren Abgang.

Sie ging zum Empfang.

»Ich würde gern eine Nachricht für einen Ihrer Gäste hinterlegen«, sagte sie zu der Chinesin.

Sie bekam einen Briefbogen und ein Kuvert des Raffles. Der Tamile gab ihr seinen Kugelschreiber.

Sie schrieb einige Zeilen, steckte den Bogen in den Umschlag und befeuchtete die Gummierung mit spitzer Zunge, bevor sie das Kuvert zuklebte. Sie schrieb »Mr. Dombrovsky«, und die Chinesin fügte die Zimmernummer hinzu, nachdem sie sich vergewissert hatte, und legte die Nachricht ins Fach.

»Ich wäre Ihnen dankbar, wenn Sie den Brief aufs Zimmer bringen lassen könnten. Wie ich sehe, ist der Schlüssel nicht im Fach, und ich möchte vermeiden, daß der Gast die Nachricht erst morgen bekommt.«

Die Chinesin schloß von dem leichten Akzent des Englischen auf eine Deutsche, nahm den Brief wieder aus dem Fach und winkte einen Boy heran.

Der Tamile schob ein Trinkgeld über den Empfangstisch, und die Chinesin lächelte die Dame im Chiffonkleid an.

»Danke«, sagte die Dame. Und dann schwebte sie auf die Stufen des Hoteleingangs und wartete neben dem Sikh, bis ihr Tamile den dunkelgrünen Jaguar in Position gebracht hatte. Der Fahrer kümmerte sich beim Einsteigen um die Wagentür. Das gab dem Sikh die Möglichkeit, sich hingebungsvoll dem Anblick ihrer Beine zu widmen und der Art, wie sie sie über die Stufen zum Jaguar brachte und im Wageninneren verstaute.

74

Es klopfte an die Tür.

Robin Royce stand vom Sofa auf, drehte den Fernseher leiser. Es klopfte wieder. Ich muß die Türglocke endlich reparieren lassen, dachte sie und ging durchs Wohnzimmer in die Diele. Der Blick durch den Spion zeigte ihr das hellblaue Uniformhemd und die schwarze Schirmmütze eines Wächters der Apartmentanlage. Das Gesicht war nicht genau zu erkennen. Sie drehte den Schlüssel, der im Sicherheitsschloß steckte, zweimal herum und zog die Eingangstür genau den Spalt weit auf, den die Länge der Sicherheitskette hergab.

Sie sah das vertraute Gesicht von Khun Baos Bruder. Er lächelte. Er lächelte um sein Leben. Aber das konnte Robin Royce nicht wissen, als sie die Kette aushakte und die Tür ganz öffnete.

Drei weitere Gestalten tauchten auf. Sie fühlte, wie sie zunächst nach hinten gestoßen wurde, dann, wie sich starke Arme um sie klammerten, eine Hand ihren Mund zuhielt. Sie wurde halb zum Sofa gedrängt, halb geschleift. Ihr Mund war wieder frei. Sie schrie nicht. Zwecklos. Noch bevor sie die Angreifer im einzelnen registrieren konnte, bemerkte sie, daß der Wachmann auf dem Teppich im Wohnzimmer lag und am Kopf blutete. Jemand band ihr die Hände auf dem Rücken zusammen.

Es waren drei Männer. Asiaten. Daß sie nicht vom Sofa aufsprang, um wegzurennen, lag an dem Mann, der ihr genau gegenüber, auf der anderen Seite des flachen Tisches mit der Glasplatte, in einem Sessel saß. Der Mann trug einen schütteren Oberlippenbart. Chinese. Die linke Hand strich ordnend über das Haar. Der Nagel des kleinen Fingers hatte deutliche Überlänge. Robin hatte sich immer eingebildet, daß sie nicht in den dunklen Augen der Asiaten forschen konnte. Sie hatte es aufgegeben. Keine Pupille, die man fixieren konnte. Ausdruckslosigkeit. Aber dieser Mann hatte kluge und kalte Augen. Sie gaben ihm einen spöttischen Gesichtsausdruck. Er war gepflegt und gut angezogen. Europäischer, südländischer Stil. Rehbrauner Zweireiher. Beigefarbenes Hemd mit festgeknöpftem Kragen. Altrosa Krawatte. Seide. Die linke Hand bewegte sich von den Haaren zur Brust und rückte die Krawatte zurecht. Was aber viel bedeutsamer war, was Robin auf dem Sofa festnagelte, war die Automatik in der rechten Hand des Mannes. Die Mündungsöffnung zeigte genau auf Robins Bauch. Ein häßliches schwarzes Loch. Ein Auge, viel ausdrucksloser und gefährlicher als der Blick des Mannes sein konnte.

»Es tut mit leid«, sagte der Mann in fehlerfreiem und akzentlosem Englisch, »daß wir Sie so überfallen müssen. Aber ich mußte befürchten, daß Sie uns gar nicht erst hereinlassen würden.«

Robin war verblüfft. Eigentlich wollte sie sich aufregen. Aber sie war nur verblüfft. Da saß dieser wildfremde Mensch vor ihr, zielte mit einer Pistole auf ihren Bauch und redete so kultiviert wie ein Karrierediplomat. Hinter dem Mann standen zwei Asiaten, die ebenfalls sehr chinesisch aussahen. Sie war sicher, daß man ihr nicht auf den Kopf geschlagen hatte. Trotzdem hatte sie das Gefühl, daß sie doppelt sah. Es mußten Zwillinge sein. Außerdem sahen sie dem Vorsitzenden Mao so ähnlich, daß es fast lächerlich war.

»Was wollen Sie?« Die Frage geriet ihr zu einem heiseren Krächzen.

»Eigentlich wollten wir mehr etwas von Mister Brandau, Ihrem Geliebten. Aber nun hat er sich unglücklicherweise abgesetzt. Nach Singapur, wie wir hörten. Nicht sehr zuvorkommend und rücksichtsvoll von ihm, daß er Sie hier so allein und schutzlos zurückläßt.« Der Chinese schüttelte betrübt den Kopf. Er arbeitete mit ernsthafter Teilnahme Beziehungsprobleme auf.

Robin Royce schwieg. Was sollte sie sagen. Sie wußte immer noch nicht ganz, wo es langgehen sollte. Aber sie ahnte es bereits. Und sie hatte Angst.

»Sie sind eigentlich nur aufgrund unglücklicher Entwicklungen in dieser Angelegenheit wichtig geworden. Das tut uns leid. Aber es gibt gewisse Zwänge, denen auch wir uns beugen müssen. Prinzipien. Bei Ihnen zu Hause sagt man wohl Zahn um Zahn oder Auge um Auge.« Der Mann lächelte. Sehr dünn, aber er lächelte.

»Nun haben wir auch unsere Sprichwörter, unsere Prinzipien. Und wir möchten uns an diese Grundwerte auch halten. Ihr Liebhaber hat uns sehr ärgerlich gemacht. Viele Probleme, die wir derzeit haben, mit denen wir ohne unseren Wunsch kämpfen müssen, haben wir indirekt Mister Brandau zu verdanken.«

Der Wächter stöhnte und zuckte mit einem Arm. Einer der Männer hinter dem Wortführer im Sessel kniete sich kurz neben den Körper des bewußtlosen Mannes und schlug ihm erneut die Pistole über die Schläfe. Dann steckte er die Waffe wieder unter die Jacke.

»Sie sind das Hühnchen!« Der Chinese ließ den Lauf der Automatik etwas sinken und lächelte nicht mehr.

»Was?« Sie schrie jetzt fast. Es würde nicht mehr lange dauern, und sie würde hysterisch reagieren. Ruhig, sagte sie sich, nur ruhig. Sie wollen dir nur Angst einjagen.

»Vergessen Sie es... auch nur so ein Spruch«, sagte der Chinese. Er winkte einem der Zwillinge.

Der Mann trat hinter das frei stehende Sofa. Sie hörte die Schlösser eines Pilotenkoffers schnappen. Sie hatte den Koffer eben noch neben dem niedergeschlagenen Wachmann stehen sehen. Sie wagte nicht, über die Schulter zurückzusehen.

»Es geht mir nicht darum, Sie zu quälen. Ich bin nicht von der Sorte, der sowas Spaß macht. Es ist mehr eine Operation. Unumgänglich. Leider. Aber sauber. Kein Grund zur Panik!«

Robin hörte dem Mann mit der Pistole fast fasziniert zu. Die Mündung zeigte jetzt auf die Glasplatte des Tisches. Da war wieder das dünne Lächeln unter dem schütteren Oberlippenbart.

Dann wurde sie von hinten gepackt. Der Geruch. Ein Betäubungsmittel. Äther oder so. Sie hielten ihr einen Lappen mit Betäubungsmittel unter die Nase. Sie mußte sich wehren. Sie versuchte es. Aber es war so schwer. Sie war so müde. Eins, zwei, drei! dachte sie.

Milano Fong sah die Frau auf dem Sofa in sich zusammensinken. Eine schöne Frau. Schade. Er stand auf und inspizierte das Apartment. Küche. Bad. Schlafzimmer.

»Tragt sie ins Schlafzimmer. Legt sie aufs Bett!« befahl er den Zwillingen. Er zog die Anzugjacke aus und hängte sie sorgfältig über die Seitenlehne seines Sessels.

Die Zwillinge kamen aus dem Schlafzimmer zurück.

»Macht es euch bequem«, sagte er. »Es wird eine Weile dauern.«

Er ging hinüber ins Schlafzimmer, schloß die Tür sorgfältig und sah auf die Frau, die entspannt auf der rostroten Überdecke lag. Fong schüttelte den Kopf, ging zur Tür und riß sie auf.

»Man muß euch wirklich alles vorgeben. Nehmt die verdammte Decke unter ihr weg. Woran denkt ihr eigentlich?«

»Wieso?« fragte John Law.

Bevor Fong antworten konnte, zog Jack Law seinen Bruder zum Bett. Er hatte kapiert.

»Farbenblind!« stellte Fong fest. Er blieb ruhig. Er wollte sich jetzt nicht aufregen. Er drehte eine Runde im Wohnzimmer, während die Zwillinge mit der Frau hantierten.

Dann kamen die beiden wieder ins Wohnzimmer und setzten sich. Fong betrat das Schlafzimmer erneut, schloß die Tür mit derselben Sorgfalt. Die Frau lag jetzt auf weißen Laken. Sie hatten sie genau wieder so drapiert, wie sie gelegen hatte. Der Anschiß hatte offensichtlich gewirkt. Der Bademantel war alles was sie trug. Er war weiß und stand vom Kehlkopf bis zu den Knien leicht offen.

Fong hörte, daß einer der Zwillinge im Wohnzimmer den Fernseher lauter drehte. Er ging zum Bett und schob den Bademantel zur Seite. Ein schöner Körper. Üppige Brüste. Flacher Bauch. Lange Beine mit gutgeformten Oberschenkeln. Er spürte seine Erektion. Sie war wirklich eine schöne Frau. Sehr begehrenswert. Er faßte sie an. Warm und weich. Versuchsweise knetete er eine der Brüste. Er tat es sehr zärtlich, sehr vorsichtig. Sie fühlte sich gut an. Dann besann er sich und bewegte den Körper so, daß er die Arme aus den Ärmeln des Bademantels bekam. Er zog das weiße Frottee weg und warf den Mantel vor dem Bett auf den Fußboden. Sie lag jetzt seitlich verdreht, mit dem Rücken nach oben, ein Bein angewinkelt, so, als habe sie es im Schlaf nach oben gezogen.

Fong starrte auf die kleinen und festen Gesäßbacken. Er spürte seine Erektion jetzt ganz deutlich. Er mußte an Abbott denken. William würde sich jetzt den Schwanz mit Vaseline einreiben und die Sau abgeben. So war William. Wenn schon, dann auch noch das mitnehmen. Es war schließlich da, verfügbar, keine zusätzlichen Anstrengungen. Aber er, Milano Fong, war anders. Er hatte sich im Griff. Es war eben nur eine Frage des Stils. Beherrschung zum richtigen Zeitpunkt war wichtig. Sehr wichtig. Kaltes Herz. Klarer Kopf. Grundlagen zum Erfolg. Die Frau war schön. Sie war sogar ausgesprochen aufregend. Sie war ihm auch gar nicht unsympathisch. Es war schade um sie, ausgesprochen schade. Aber es mußte sein. Es gab Prinzipien, die auf jeden Fall durchgehalten werden mußten. Das abschreckende Beispiel. Sie war das Hühnchen!

Er steckte das Ende der Seidenkrawatte bedächtig zwischen den dritten und den vierten Knopf an der Brustleiste seines Hemdes. Dann krempelte er sich die Ärmel bis zu den Ellenbogen hoch. Schließlich zog er das Stilett aus der rechten Hosentasche und ließ es aufschnappen.

Der erste Stich war tödlich. Der Rest war Dreckarbeit. Es dauerte wenige Minuten. Dann trat Fong vom Bett zurück und kontrollierte kurz seine Bekleidung auf Flecken. Er ging neben dem Bett in die Knie und wischte die Klinge an der rostroten Überdecke ab, die die Zwillinge sorgsam zusammengelegt hatten. Wie er sich gedacht hatte: Das Blut war kaum auf dem Stoff zu sehen. Das gesäuberte Messer wanderte wieder in die Hosentasche, Klinge im Griff.

Fong ging zur Tür, öffnete sie und trat ins Wohnzimmer.

Die Zwillinge kamen sofort aus den Sesseln hoch. John Law schaltete das Fernsehgerät ab. Jack Law machte sich am Pilotenkoffer zu schaffen und förderte eine Kamera mit Blitzgerät ins Freie.

»Ich will astreine und scharfe Bilder. Lieber ein paar Aufnahmen mehr als zu wenig. Das Blut kommt auf den Laken gut raus. Ich hoffe, ihr habt einen Farbfilm in der Kamera. Wenn ihr mir Schwarzweißfotos liefert, schlag ich euch tot.« Fong sagte das völlig emotionslos. Die Zwillinge verschwanden Richtung Bett und Leiche, mit dem Gehabe überkonzentrierter Studenten, die auf keinen Fall durch ein wichtiges Examen fallen wollten. Kurz darauf schnappte der Verschluß der Kamera in regelmäßigen Abständen.

75

Dombrovsky hatte den Reisewecker auf neun Uhr gestellt und fluchte, als er aus dem Schlaf gerissen wurde. Für einen Augenblick fragte er sich, warum er das Gerät überhaupt auf diese Uhrzeit eingestellt hatte. Dann fiel es ihm wieder ein. Er verzichtete auf das Umdrehen und Weiterschlafen. Schließlich hatte ihn eine Heliane Baum per Briefeinladung zum Frühstück bestellt und für halb zehn ihren Fahrer angekündigt. Die Singapore Slings hatten sein Gehirn nicht so eingetrübt, daß er diese Nachricht nicht verstanden hätte. Sie hatte in akkurater Handschrift auf einen Telefonanruf in Bangkok angespielt und den Namen des Seidenkönigs ins Spiel gebracht. Damit waren die Würfel gegen einen ausführlichen Kater am Morgen gefallen.

Er schleppte sich unter die Dusche, schrieb eine Nachricht für Brandau, und Punkt halb zehn stand er neben dem Sikh und wartete. Er musterte den Bärtigen mit dem Turban und überlegte, ob sie mehrere Exemplare dieser Gattung als Türsteher angestellt hatten, denn der Junge konnte ja nicht ununterbrochen rund um die Uhr arbeiten.

Dann kam dieser dunkelgrüne Jaguar angerauscht, und ein sehr dunkelhäutiger junger Mann im schwarzen Anzug trat als der Chauffeur auf. Dombrovsky versank fasziniert im Rücksitz. Der Fahrer hatte dezente Musik von Miles Davis auf der Kassette, und Dombrovsky freute sich auf sein Frühstück, wer immer die Gastgeberin sein mochte, jedenfalls konnte sie Deutsch. Das machte die Dinge einfacher.

Die Fahrt ging ein Gutteil der Strecke entlang, die er am Tag zuvor mit Brandau zu Fuß gemacht hatte. Orchard Road. Dann Orange Grove Road. Und in der Nähe des Shangri-La-Hotels ging es in diese gewundene Auffahrt zur Villa hoch. Das Knirschen der Jaguarreifen auf dem weißen Kies war durch das dünne Rauschen der Klimaanlage zu hören, trotz Miles und seiner hohen Töne. Vor etwas sehr Kolonialem in Zartrosa hielt der Fahrer. Man konnte nicht sagen, daß er im eigentlichen Sinne bremste. Das wäre eine schnöde und unangemessene Beschreibung dafür gewesen, wie er den Jaguar aus einem Gleiten heraus so versammelte, daß das Aussteigen möglich wurde. Die Wagentür öffnete sich und Dombrovsky entstieg dem nur leicht vibrierenden Raubtier, zog den Gürtel seiner Hose in Position und ging genau dahin, wo ihn der Fahrer hinwinkte, die Stufen hoch, durch das Portal mit den Jungfrauen und ihren steinernen Brüsten in die Halle. Eine malaiische Bedienstete im schwarzen Kleid mit weißer und hart gestärkter Schürze nahm ihn in Empfang und lotste ihn lautlos weiter. Es ging durch mehrere doppelflügelige Türen, weiß und sehr hoch, dann durch ein Wohnzimmer mit lindgrünen Polstergarnituren. Schließlich erreichten sie einen Innenhof, in dem seine Gastgeberin auf einer Liege lag, in einem sehr kleinen Tanga, ebenfalls lindgrün. Das Oberteil hatte Mühe mit den

Brüsten, und über den oberen Rand des Höschens kräuselten sich kastanienbraune Härchen. Alles, was an Textilgewebe zu sehen war, war eine sehr reduzierte Form der Bekleidung. Riesengroß die Lady, nachdem sie aufgestanden war und auf Dombrovsky zukam. Nicht viel kleiner als er. Graue Augen, eine Mähne ungebändigten Haars. Er mußte gegen die Sonne schaun und kniff die Augen zusammen.

»Dombrovsky«, sagte er. »Sie waren so freundlich, mich zum Frühstück einzuladen.«

»Ich freue mich, daß Sie den Weg gefunden haben.«

»Nicht schwer. Alles perfekt organisiert.«

»Entschuldigen Sie...« Sie ging kurz zur Liege zurück und beugte sich hinab, um ihr Handtuch zu greifen. Wie sie das tat, war harte Kost für einen Hetero am frühen Vormittag. Dombrovsky war nicht sicher, ob seine Leber noch den Sling-Kater aufarbeitete. Jedenfalls war ihm schwindlig.

Die Hausangestellte kam mit einem dunkelgrünen Kimono aus Seide und hüllte die Chefin ein. Das heißt, sie versuchte den Umhang von unten über ihre Schultern zu bugsieren, was schwierig genug war. Die Lady ging aber leicht in die Knie. Und so wurde es möglich. Sie stieg dann in ein paar leichte Hochhackige, und Dombrovsky drückte sein Kreuz etwas mehr durch, damit er nicht allzu kurz gegen sie wirkte.

Sie führte ihn zu einer schattigen Ecke am Pool, wo der Frühstückstisch mit reichem Angebot wartete.

»Nehmen Sie bitte Platz«, sagte die Gastgeberin. Und diesmal bekam Dombrovsky eine weiße Brust zu sehen als sie sich setzte. Wie und wann sie das Oberteil losgeworden war, blieb ihm ein Rätsel.

»Tee oder Kaffee?« fragte sie.

»Kaffee!«

Sie bediente ihn. »Ich hasse es, wenn Personal neben dem Tisch lauert«, erläuterte sie. »Ich bekomme dann keinen Bissen hinunter.«

Dombrovsky sah ihr gebannt zu, wie sie Hausfrau spielte. Sichere Handgriffe verrieten, daß er nicht der erste Mann war, den sie derart bediente. Und Dombrovsky hatte auch das Gefühl, daß sie das alles schon einmal unter ärmlicheren Bedingungen gemacht hatte. Es war etwas an ihr, das ihm sagte, daß die Lady nicht reich auf diese Welt gekommen war. Sie hatte ihren Weg gemacht. Von ziemlich weit unten immer weiter nach oben. Dombrovsky hatte ein feines Gespür dafür, ob jemandem der Wohlstand zugefallen war, ob er ihn sich hatte erarbeiten müssen oder ob es sich einfach um einen Schauspieler in einer adaptierten Rolle handelte. Heliane Baum war eine Aufsteigerin.

»Sie mustern mich so intensiv...«, bemerkte sie und deckte die Haube zu einem Rechaud mit Rühreiern auf. »Wollen Sie?«

»Ja, gerne...« Dombrovsky sah kurz auf das Rührei, um nicht allzu fixiert zu erscheinen.

»Man hat mir verschwiegen, daß es sich um einen so attraktiven Mann handelt.« Das stimmte natürlich nicht, denn sie hatte ihn aufgrund des Fotos und der Personenbeschreibung in der Long Bar identifiziert. Aber das konnte er wegen des kleinen Saufgelages nicht wissen. Er war abgelenkt gewesen. Sie hatte eine Vorliebe, Männern an gewissen Tagen einige Komplimente zu verabreichen. Dombrovsky war dieser Typ, der sie dazu reizte. Sie war nicht sicher, ob sie Malenkows Informationsgabe so völlig ohne alles abwickeln würde. Es war einfach zu schade, diesen Gast nur beim Frühstück zu beobachten und ihn auf eine ganz bestimmte Fährte zu bringen. Sie lächelte. Erst die Arbeit.

»Sie sind also in Sachen Thompson unterwegs?«

Er nickte.

»Was hat Sie dabei nach Singapur gezogen?«

»Zunächst diese Gastgeber, damals in den Cameron Highlands. Bürger dieser Stadt. Dann die These, daß er von hier aus ein Schiff nach Hongkong genommen haben soll.« Dombrovsky kaute sein Rührei gut durch und spülte mit Kaffee nach.

»Vergessen Sie beide Ansätze. Keiner ist die Mühe einer Recherche wert«, sagte sie bestimmt.

»Sind Sie sicher?«

»Ganz sicher!«

»Warum eigentlich?«

»Weil wir mehr als diese Märchenvarianten zu bieten haben.« Sie bot ihm Toast an.

Dombrovsky nahm sich die dunkelste Scheibe und sah sie mit vorgeschobener Unterlippe an.

»Sehr sinnlich«, sagte sie.

»Was?«

»Ihre Unterlippe.«

Dombrovsky gehörte nicht zur eingebildeten Valentino-Sorte. Aber es war ihm ziemlich klar, daß er zum Abschuß freigegeben war. Es war ein angenehmer Gedanke. Die ganzen Umstände waren nicht von schlechten Eltern. Der Jaguar. Der Fahrer. Miles Davis, damit es bei der Anreise nicht langweilig wurde. Dieses Haus. Und dann diese Frau. Was Dombrovsky störte, war die Tatsache, daß er sich zum ersten Mal nicht richtig auf die Thompson-Story konzentrieren konnte. Und das war doch eigentlich der Anlaß.

»Wer ist ›wir‹?« versuchte er den Faden wieder aufzunehmen.

»Solche Fragen sollten Sie nun wirklich nicht stellen.« Ihre grauen Augen musterten ihn spöttisch. »Damit Sie nicht soviel fragen müssen, werde ich Ihnen jetzt einfach sagen, was für Sie wichtig ist. Kaffee?« Sie hob die Kanne an.

Dombrovsky winkte ab. Irgend etwas war mit seinem Herz und seinem Blutdruck nicht in Ordnung. Es konnte nicht der Alkohol vom Vorabend sein. Auch mit den Fakten um den Seidenkönig konnte er cool umgehen. Seine Blutpumpe arbeitete heute morgen im Unterleib. Das wars. Die Frau!

»Wenn Sie wieder in Bangkok sind, sollten Sie sich um einen Herrn kümmern, der William Abbott heißt, alias Jim Clark. Unter dem zweiten Namen hat er mit Thompson zusammengearbeitet und zwar *nach* dessen Verschwinden ...« Sie ließ das erstmal wirken.

»Hochinteressant«, murmelte Dombrovsky.

»Der Mann ist Australier. Bevor Sie gehen, werde ich Ihnen einen Umschlag mit einem Foto von ihm und einigen Daten geben. Ihr Freund Brandau kennt ihn übrigens. Er hatte zumindest Kontakt zu ihm. Er scheint Abbott und seinem chinesischen Geschäftspartner in die Quere gekommen zu sein. Drogengeschäfte.«

»Brandau und Drogengeschäfte?« Der Reporter zog die Stirn in Falten.

»Das mit der Unterlippe hat mir besser gefallen«, rügte sie sanft.

Er grinste.

»Keine Angst. Brandau scheint nichts wesentliches verbrochen zu haben. Er ist denen nur unglücklicherweise auf die Zehen gestiegen. Vergessen Sie diesen Seitenaspekt. Das ist ein Nebenschauplatz. Hat nichts mit Abbott und Ihrer Story zu tun.«

»Lebt Thompson noch?«

»Wir geben Ihnen den Namen des Mannes, der Ihnen das erzählen kann. Mehr nicht. Verlangen Sie nicht alles auf einmal. Sie müssen sich schon noch ein bißchen was erarbeiten. Wir haben Herrn Abbott auch noch nicht gefragt. Nur soviel: William Abbott ist ein Ex-CIA-Agent.«

»Und Sie?« Dombrovsky schob versuchsweise die Unterlippe vor, um sie zu einer klaren Antwort zu animieren.

»Ich bin Heliane Baum. In Königsberg geboren. Alt genug, um die großdeutsche Scheiße, zumindest einen Rest davon, noch mitbekommen zu haben. Ich hoffe, man sieht mir nicht an, daß ich solch ein Fossil bin. Erst DDR. Dann BRD. Jetzt Singapur. Mein Mann ist Libanese. Er ist reich. Ich bin reich. Wir leben getrennt. Ohne Probleme. Wir kommen uns nicht mal in dieser Stadt ins Gehege. Weder geschäftlich noch privat. All das können Sie jederzeit über mich erfahren, wenn Sie sich umhören.« Der Kimono rutschte etwas auseinander, und die weißen Brüste gaben eine Teilvorstellung für Dombrovsky.

»Sie mögen die Amerikaner nicht?«

»Da haben Sie recht.«

»Lassen wir es dabei. Ich werde der Sache nachgehen. Sie und Ihre Freunde wollen offensichtlich, daß etwas in die Presse kommt, das Ihre Schadenfreude fördert. Ich bin nicht von der Sorte, die deswegen Gewissensbisse bekommt, solange die Tatsachen nicht frisiert worden sind.«

»Das sind sie nicht. Da kann ich Sie beruhigen.« Sie sah ihn an. Die Info-Stunde war beendet. Aber der Vormittag war noch nicht vorüber. Ihr Blick lastete schwer auf ihm.

»Was machen Sie, wenn Sie nicht an diesen brandheißen Geschichten recherchieren und schreiben?«

»Ich schaue mir die Schauplätze an, zum Beispiel Singapur.«

»Dann sollten Sie auch seine Bewohner besser kennenlernen!« Sie bewegte sich leicht nach vorn. Aber der Kimono gab nicht wesentlich nach.

Dombrovsky fühlte wieder dieses Pochen. Die Pumpe arbeitete auf Hochtouren. Er hatte ein gutes Gefühl. An der Lady war nichts Falsches. Sie wollte ihn auf eine Spur setzen. Das hatte sie geschafft. Jetzt wollte sie ein bißchen mit ihm spielen. Und das konnte nur angenehm werden.

»Fangen wir mit Ihnen an«, sagte er mutig.

»Das ist nett von Ihnen.« Sie stand auf. »Der Champagner steht in meinem Schlafzimmer.«

76

Brandau pflegte seinen Kater.

Als er gegen Mittag aufgewacht war, hatte er sich wie eine aufgepumpte Reklamepuppe für klebrige Mixgetränke mit viel Alkohol gefühlt. Er mußte das Zeug kanisterweise in sich reingeschüttet haben. Die Zähne klebten jetzt noch zusammen. Nach einer Dusche hatte er sich zu einem verspäteten Frühstück mit einer heißen Brühe entschlossen. Dombrovsky hatte es offensichtlich mit dem Aufstehen eiliger gehabt. Er war unterwegs. Suchte diese chinesische Familie mit dem Wochenendhaus im malaysischen Hochland. Wollte in den Hafen, wo dieses Schiff nach Japan, Hongkong oder sonstwohin abgegangen war, auf dem Thompson damals gesehen worden war. Der Zettel, den er Brandau hinterlassen hatte, las sich als Nachricht so, als sei er ganz nahe am Ziel, sehr heiß alles, sehr vielversprechend. Der Reporter hatte Hoffnung. Die Slings hatten ihm wohl nichts ausgemacht. Eigentlich war es auch kein Zettel, sondern ein dreiseitiger Abenteuerroman. Dombrovsky mußte ihn noch vor dem Einschlafen oder beim Frühstück verfaßt haben. Der Gedanke, diesen Seidenkönig aufzuspüren, mußte ihn auch nach durchzechten Nächten wie ein Adrenalinstoß treffen, möglicherweise nahm er auch Vitamintabletten. Jetzt hatte er noch eine zusätzliche Spur mit einer deutschen Dame und einem Fahrer aufgetan.

Brandau hatte sich jedenfalls an den Pool geschleppt, wo er immer noch lag. Er blätterte in der Tageszeitung. Sehr gelangweilt. Gegen die *Bangkok Post* war die *Straits Times* ein Schlafmittel. Zwischendurch versuchte er *Time for a Tiger* von Anthony Burgess zu lesen, um sich etwas Lokalambiente anzueignen. Brillant geschrieben. Aber Brandaus Kopf gab es nicht her. Und Tiger war zudem eine Biersorte. Alkohol stand derzeit nicht zur Diskussion. Er würde enthaltsam leben. Absolut abschwören würde er. Seine Leber würde eine glückliche sein. Er würde...

Die Blondine in dem knappen grünen Bikini, die einige Meter entfernt auf einer Liege lag, versuchte ihm seit etwa einer halben Stunde mit ihrem Körper klarzumachen, daß es noch andere Dinge im Leben gab außer in der Sonne zu braten und von Zeit zu Zeit ins Wasser zu springen. Ihre Titten waren gigantisch. Ihr Hintern forderte geradezu dazu auf, angefaßt zu werden. Sie war das perfekte Ausklappbild im Herrenmagazin. Er raschelte hilflos mit der Zeitung und redete sich ein, daß er alt sei, daß er viel Ruhe brauche, um alle diese Singapore Slings aus seinem Körper zu bekommen. Er war ein ausgelutschter Kaugummi, völlig durchgekaut und ohne Geschmack. Er war Kurgast in diesem Hotel. Erholung war angesagt. Es mußte Ruhe in seinen Körper kommen.

Die Blondine drehte sich auf den Bauch, und Brandaus Welt der ausgelaugten Vorsätze geriet ins Wanken. Erotik und Sex waren Drogen, die eventuell auch ihm helfen konnten. Man sollte sich schließlich nicht von seinen kleinen Krankheiten in die Knie zwingen lassen. Vor allem sollte man sich nicht selbst aufgeben. Man mußte an seine Genesung glauben. Das war wichtig! Und da lag seine Krankenschwester.

Blondie sah über die Schulter zurück ob er auch guckte. Brandau grinste. Sie drehte den Kopf wieder über ihr Taschenbuch und bewegte den Hintern leicht. Genau um jene magischen Millimeter, die den Spermiendurchbruch ins Hirn verursachen.

Irgendwie paßte diese Frau nicht in dieses Kulthotel. Sie war eine Spur zu ordinär. Aber sie paßte zu Brandaus Kater. Er hatte hier auch nichts zu suchen. Teurer, sorgsam gekühlter Champagner, in Maßen genossen, konnte einen schließlich nicht so aus den Schuhen heben, wie es ihm passiert war.

Die Hotelgäste um ihn herum sahen jedenfalls alle aus, als kämen sie gerade aus der Sauna, von der Massage oder vom Golfplatz. Sie waren so gezähmt gelangweilt, so unterdrückt dynamisch. Blondie war damit verglichen eine Handgranate. Und er selbst war noch halb besoffen. Das verband! Brandau stand auf und ging zu ihrer Liege, setzte sich keck auf die Kante neben ihren Prachtkörper und sagte etwas Belangloses. Er war es irgendwie gar nicht. Deshalb wußte er auch nicht, was er so vor sich hin brabbelte. Es schien sie ungeheuer zu beeindrucken. Sie drehte sich herum. Ihre Titten stachen ihm fast in die Augen. Er schwitzte. Sie fragte ihn, ob er ihr den Rücken einreiben könne und reichte ihm eine Plastikflasche mit Coppertone. Lichtschutzfaktor vier. Sie hakte das Bikinioberteil auf. Er begann sie einzuschmieren. Es tat gut, entspannte ihn. Er kam sich schon viel gesünder vor. Er brauchte Pflege. Hier lag seine Krankenschwester. Alles war bestens geregelt. Er massierte ihr mindestens die halbe Flasche in die zarte Rückenhaut. Es schien ihr zu gefallen. Sie redete nicht. Das war ihm recht. Manchmal bildete er sich ein, daß sie leise stöhnte. Er war nicht ganz sicher.

Später gingen sie zusammen in den Pool und planschten ein bißchen herum. Er faßte sie versuchsweise an den verschiedensten Stellen an, und es war sehr vielversprechend. Sie war aus Denver. Colorado schien überhaupt sehr interessant zu sein, nach allem, was sie ihm so erzählte. Schöne Natur. Gute Luft. Sie sah ja auch sehr gesund aus.

Brandau ging zu seiner Liege zurück. Sie blieb noch im Wasser. Sie konnten sich jetzt zeitweise wieder trennen. Es war alles klar. Der Tag war verplant. Duschen. Essen. Der besagte Wein. Vielleicht Champagner. Auf jeden Fall Sex. So einfach war das. Sein Kopf war leer. Sogar die Reste des Sling verflüchtigten sich vollständig.

»Mister Brandau?« hörte er über sich.

Er schlug die Augen auf und konnte durch die Gläser der Sonnenbrille vage einen Bediensteten mit einem Tablett sehen. Er nahm die Brille ab. Es war mittlerweile später Nachmittag. Außerdem schoben sich regelmäßig dicke weiße Wolken vor die schwächer werdende Sonne.

»Ja?« fragte er.

»Das ist für Sie abgegeben worden.« Der Mann schob ihm das Tablett mit einem DIN A4-großen, braunen Umschlag vor die Augen.

Er richtete sich auf, stützte sich mit einem Ellenbogen ab und nahm den Umschlag in die Hand. Sein Name, der des Hotels und der Stadt in neutralen Druckbuchstaben. Kugelschreiber. Keine Briefmarken.

»Es ist von einem Herren abgegeben worden. Er wollte Sie nicht sprechen. Er war in Eile.«

Chuck Chase hatte ihm wohl ein paar Flugzeugprospekte oder einen abgegriffenen *Playboy* eingepackt. Brandau nahm den Umschlag endgültig an sich. Der Bedienstete entfernte sich, bevor er sich bedanken konnte.

Er warf einen Blick zum Pool. Blondie spielte Seehund. Sie war sehr sportlich und beweglich. Er winkte. Aber sie sah ihn nicht.

Dann riß er den Umschlag auf. Er enthielt vier vergrößerte Farbfotos. Auf den ersten Blick verstand er gar nichts. Mit dem zweiten Hinsehen wurde ihm eiskalt. Die Aufnahmen verschwammen ihm vor den Augen. Ein Schwindelgefühl. Unter ihm schwankte die Liege. Die Sonne kam hinter einer Wolke vor und brannte auf seinen Kopf und auf die Hochglanzfotos in seinen Händen. Aber ihm war nicht heiß. Ihm war kalt. Durch und durch kalt. Sein Blut wurde dicker. Sein Magen umschloß Tiefkühlkost. Seine Fingerspitzen schmerzten, als ob er Trockeneis angefaßt hätte. Die Bilder vor ihm waren weiß und rot. Sie waren schrecklich klar, schmerzhaft scharf.

Mechanisch steckte er die Aufnahmen wieder in den Umschlag und stand von der Liege auf. Seine Beine waren sehr fragwürdige Transportgeräte. Ein alter Mann schleppte sich am Pool vorbei. Er sah nicht auf, hielt den Blick stumpf auf den Boden gerichtet. Er hörte seinen Namen rufen. Aber er war sicher, daß niemand ihn wirklich kannte. Er war nicht gemeint. Seine Füße kamen kaum vom Rasen hoch. Dann die wenigen Treppenstufen. Noch zwanzig Meter bis zur Zimmertür. Er mußte in seine Höhle, wollte allein sein. Immer den groben Teppichläufer entlang. Aber er schaffte es nicht ganz, nicht in einer Runde. Er mußte kurz Zeit nehmen, auf ein Knie. Er war angeschlagen. Sein Magen revoltierte. Ein Zimmermädchen, eine Malaiin, beobachtete ihn verstört. Der alte Mann erbrach sich auf den groben Läufer. Er würgte. Aber er konnte es nicht wirklich loswerden. Es war nicht in seinem Magen. Es war in diesem Umschlag. Er taumelte wieder hoch und setzte seinen Weg fort. Er trug die bittere Wahrheit in Farbe in einem braunen Umschlag mit sich. Es war schrecklich. Er erreichte die Höhle. Das Zimmermädchen sah, daß er seinen Schlüssel nicht hatte. Es kam näher, ängstlich, aber es schloß für ihn auf. Er nickte stumm. Das Mädchen ging hastig weiter. Er mußte aussehen wie der Tod. Er trug den Tod bei sich. Er schleppte sich ins Bad und erbrach sich erneut. Und dann fing der alte Mann an zu weinen.

77

Montri Pramulratana widmete sich dem Aktenstudium.

Brandau und Dombrovsky hatten beide abwechslungsreiche Berufslaufbahnen hinter sich. Keiner hatte sich etwas zuschulden kommen lassen. Keine der beiden Personen war bislang in Westdeutschland oder in Thailand negativ aufgefallen. Alles, was dem Chef der Drogenfahnder als wesentlich auffiel, war die Tatsache, daß Brandau eine militärische Ausbildung als Kampfschwimmer hinter sich hatte und Dombrovsky ein hartnäckiger Reporter war. Das war nicht gegen die beiden Männer verwendbar. In Montri Pramulratanas Wertesystem sprach es sogar eher für sie. Es konnte in der Zukunft von Bedeutung sein. Vor allem jetzt, wo diese Engländerin tot war.

Die für Mord zuständigen Kollegen hatten ihn wieder viel zu spät eingeschaltet und informiert. Er hatte sich den Tatort erst am heutigen Nachmittag ansehen können. Die Leiche war bereits abtransportiert worden. Aber die polizeilichen Fotografien in Schwarzweiß hatten ihm genug gezeigt, um beunruhigt zu sein, was Brandaus Reaktion anging, wenn er von der Sache Wind bekam. Und Montri Pramulratana war ganz sicher, daß Brandau bald mit der Nase auf den Mord gestoßen würde. Sonst hätten sie nicht den Wachmann am Leben gelassen. Sie wollten, daß es durchsickerte, daß es die Runde machte. Milano Fong, Jack und John Law. Die Personenbeschreibung des Wächters war eindeutig gewesen. Nachdem das klar gewesen war, hatte man ihm die Angelegenheit nachträglich in die Schuhe geschoben. Er war sicher, daß alle Beteiligten ein bombensicheres Alibi hatten. Fong war für seine Vorliebe zu abschreckenden Beispielen bekannt. Er wollte Brandau aus dem freiwilligen Exil locken. Montri war sicher, daß die Nachricht schon mit der ersten Frühmaschine nach Singapur gewandert war, per Kurier, wahrscheinlich mit Bildern. Er kannte Fong. Er kannte ihn sehr gut. Aber er hatte ihn noch nicht aufs Kreuz legen können. Er würde alle Alibis überprüfen, und er würde absehbar wieder vor die Wand laufen. Und der Wachmann war als Zeuge ein wackeliger Kandidat. Sie hatten ihre Methoden.

Der Generalmajor schob den Stuhl zurück, stand von seinem Schreibtisch auf, ging dann zum Fenster seines Büros und sah in den abendlichen Berufsverkehr unter sich. Absoluter Stillstand. Er nahm die schwarze Hornbrille von der Nase und rieb sich die Augen. Dann fuhr er sich über die Bürstenfrisur und setzte die Brille wieder auf.

»Scheiße!« sagte Montri Pramulratana in Deutsch gegen die Fensterscheibe. Das Wort war dem Fall angemessen.

»Verdammte Scheiße!« sagte er leise und vorsichtig, so, als überprüfe er seine Sprachkenntnisse. Schließlich hatte er einen guten Teil seines Handwerks in der Bundesrepublik gelernt. BKA, GSG 9, er kannte sie alle. Er hielt viel von den Deutschen. Gerade in seinem Geschäft. Kalt, tüchtig, konzentriert. Bislang hatte er diesen Brandau schützen wollen. Während er registrierte, daß sich der Stau da unten etwa einen Meter vorwärts verschob, entschloß er sich, mehr auf die guten deutschen Tugenden zu setzen. Er wollte diese Chinesen und diesen Australier. Fong hatte Abbott offensichtlich bislang rausgehalten. Mit Recht, dachte Montri, William Abbott war der erste, der einen Fehler machen würde. Es war zu hoffen, daß der Deutsche den Mord an seiner Geliebten nicht so einfach hinnahm. Zu irgend etwas mußte diese militärische Laufbahn, auch wenn sie recht kurz war, doch gut gewesen sein. Es war zu hoffen, daß Brandau nicht alles vergessen hatte, was man ihm damals beigebracht hatte. Er hatte nicht völlig untrainiert ausgesehen, als er mit ihm gesprochen hatte, zumindest kein Übergewicht. Zu trinken schien er auch nicht, zumindest nicht übermäßig. Außerdem war zu hoffen, daß Dombrovsky ihn zu Taten anstachelte. Einer der beiden Deutschen mußte doch wenigstens genügend Ehre im Leib haben, um an Rache zu denken. Wenn diese Westdeutschen es nicht so supergenau mit ihrer Demokratie nehmen würden, dann hätte er vielleicht den Botschafter zum Zureden gewinnen können. Aber das war undenkbar. Die Thai-Polizei mußte den Fall aufklären. Also er. Und er würde sich dieses Deutschen bedienen. Er würde ihm die lange Leine lassen und ihn nicht aus den Augen verlieren. Diesmal würde er Fong und Konsorten auf frischer Tat erwischen.

Montri Pramulratana ging zu seinem Schreibtisch zurück und sammelte die Unterlagen zusammen. Er legte alles in eine Schublade und schloß ab. Für heute war Feierabend.

Alles, was er jetzt in dieser Angelegenheit tun konnte, war auf das Flugzeug aus Singapur zu warten, mit dem Brandau zurückkommen würde und darauf zu hoffen, daß Rache für den Deutschen nicht nur ein Gedanke bleiben würde. Er brauchte einen Köder.

78

»Ich habe sie umgebracht«, sagte Brandau.

»Quatsch!« Dombrovsky nahm den Telefonhörer, wählte und orderte eine Flasche Schnaps und Eis auf Brandaus Zimmer. Sie hatten sich auf Bourbon geeinigt. Das heißt, Dombrovsky hatte es vorgeschlagen, und Brandau hatte dazu apathisch genickt. Schnaps war immer gut, wenn es einem dreckig ging. Und Brandau ging es verdammt dreckig.

Eigentlich war Dombrovsky nach einer Feier zumute gewesen, als er beschwingt ins Hotel zurückgekommen war und an Brandaus Zimmertür geklopft hatte. Der Champagner und dieser unverhoffte Glücksfall von Frau hatten ihn in Hochstimmung versetzt. Von den neuen Perspektiven in Sachen Seidenkönig ganz zu schweigen.

Brandau hatte ihm die Bilder gezeigt und die ganze Geschichte aufgetischt. Dombrovskys Stimmungsbarometer war tief in den Keller gefallen, und er kam sich jetzt dumm und geil vor. Er hatte der Lust gefrönt, und Brandau hatten sie die Frau abgestochen. Er hatte das Gefühl, irgend etwas kaputtschlagen zu müssen. Aber es reichte, wenn einer völlig aus der Fassung war. Brandau hatte die meiste Zeit über geheult. Es hatte ihn nicht am Sprechen gehindert, aber die Tränen waren einfach sein Gesicht heruntergelaufen, und Dombrovsky kam sich hilflos vor.

»Einfach abgeschlachtet. Wer rechnet denn damit? Wegen ein paar lausiger Funkgeräte und sonstigen Klimbims im Werte von was weiß ich wie wenig D-Mark.« Dombrovsky hatte das Gefühl, daß er etwas sagen mußte. Und gleichzeitig kam ihm alles hohl und überflüssig vor. Er wollte Brandau nicht verletzen.

Brandau schniefte.

»Und ich dachte die ganze Zeit, daß in diesem weißen BMW der Seidenkönig persönlich hinter uns herfährt. Naiver Trottel der ich bin. Märchen im Kopf. Die Realität bekomme ich nicht mit. Omannomann!« Dombrovsky regte sich auf, und es tat Brandau gut.

»Ich hätte diesen Australier ernster nehmen sollen«, schniefte Brandau.

»Dieser Herr scheint für uns beide wichtig zu werden.«

»Wieso?«

Dombrovsky gab einen knappen Bericht über seine neuen Erkenntnisse. Ohne den Sex.

»Aber die Thompson-Sache ist jetzt zweitrangig«, sagte der Reporter. Und er meinte es auch so.

»Hast du schon Rückflüge gebucht?« fragte Dombrovsky. Es kam Brandau ganz normal vor, daß sein Partner an dieser Stelle zum Du überging. Er schüttelte den Kopf. »Ich habe nur betäubt in der Ecke gelegen und versucht, Ordnung in meinen Schädel zu kriegen.«

»In dein Herz, Alter.« Dombrovsky bekam die Brutalität des Geschehens und die Seelenlage des Hauptbetroffenen nicht in Worte umgesetzt, von denen er den Eindruck hätte haben können, daß sie eine Hilfe waren.

»Ich habe immer den großen Einsamen gespielt. Und jetzt ist sie weg.« Brandau hustete.

»Hör auf, dir Vorwürfe zu machen!«

Es klopfte an die Zimmertür. Der Schnaps kam. Dombrovsky gab dem Boy ein Trinkgeld und machte zwei Doppelte fertig. Der Boy dienerte und verschwand.

Dombrovsky gab Brandau ein Glas und deutete ein stilles Prost an. »Ich werde mich gleich morgen früh um alles kümmern. Vielleicht schaffen wir es, mit dem ersten Flug rauszukommen.

»Ich denke, du bist in Sachen Thompson hier«, sagte Brandau lahm.

Dombrovsky sah ihn an, als wolle ihn Brandau ins Kino schicken, während das blanke Leben eine Extravorstellung gab.

»Erstens muß ich auch in dieser Sache wieder nach Bangkok zurück. Und zweitens ist das jetzt sowieso nicht von großer Wichtigkeit. Abbott interessiert jetzt erst mal wegen Robin. Und sonst nichts. Ich komme mit!«

»Danke.« Brandau kippte den Whisky runter. »Ich habe sie geliebt«, sagte er. »Ich habe sie wirklich geliebt.« Er sah Dombrovsky an. »Was mache ich jetzt ohne sie?«

»Du mußt dich jetzt nicht quälen.« Dombrovskys Finger waren weiß an den Knöcheln, die das Glas festhielten.

»Es ist mir alles wieder durch den Kopf gegangen. Wie wir uns in Phuket kennengelernt haben. Wie wir das Büro aufgebaut haben. Kannst du dir vorstellen, daß ich all diese Wochenenden allein irgendwohin gefahren bin, weil ich dachte, ich müßte was anderes sehen, allein sein. Mein Gott! Hätte ich diese Wochenenden nur mit ihr verbracht...«

»Das nützt doch nichts. Das bringt sie nicht wieder. Hör

auf damit.« Dombrovsky machte noch zwei Doppelte fertig. Was sollte er schon anderes tun, als da zu sein und Alkohol auszuteilen? Ein dürftiges Hilfsprogramm für einen Freund. Er haßte sich selbst für seine Unfähigkeit, überzeugende Ruhe auszustrahlen und von irgendeinem größeren Nutzen zu sein.

Brandau liefen wieder die Tränen übers Gesicht. Tief da drinnen war ein feuchtes Reservoir verdrängter Gefühle, das unerschöpflichen Nachschub bot.

Dombrovsky sah weg, kippte seinen Drink runter und machte Anstalten zu gehen.

»Versuch zu schlafen!«

Brandau nickte.

»Das kostet die Brüder was«, sagte Dombrovsky.

Dann war Brandau mit der Flasche und seiner Trauer allein. Es wurde eine schwere Nacht. Er machte alles noch einmal durch. Er schlief mit ihr. Er spürte ihren warmen Körper und ihre Küsse. Er lief mit ihr den Strand entlang und in die Wellen hinein. Sie saßen gemeinsam bei Kerzenlicht, Wein und gutem Essen. Und er saß wieder an seinem Schreibtisch und hörte das geschäftige Rattern der Schreibmaschine. Er stand in seinem Schlafzimmer und sah sie im Bad mit den Handtüchern hantieren. Wieviel Zeit hatte er vergeudet ohne sie. Er hatte ihr nie deutlich gemacht, wie viel ihm alles mit ihr bedeutet hatte. Jetzt war es zu spät. Er haßte sich für alles, was er ihr nicht gesagt hatte, was er nicht mit ihr getan hatte. Zeit hatte nie eine Rolle gespielt. Da war immer noch eine Zukunft gewesen. Er hatte damit kokettiert, Distanz zu ihr zu halten. War davon ausgegangen, daß sie einfach immer so für ihn da sein würde, so, wie es am bequemsten für ihn war. Und jetzt war alles aus und vorbei. Endgültig. Ende. Aus. Kein Rest Leben mehr. Der komplizierte Junggeselle hatte seine Karten überreizt. Hatte zu hoch gepokert. Er hatte um die Liebe gespielt. Und er hatte verloren. Es würde in Zukunft nicht mehr viel geben, das ihm etwas bedeutete. Da war nur Wüste. Kalte, eisige Wüste und die richtige Einsamkeit, nicht die lässige Version. Die harte und unabänderliche Wirklichkeit, etwas nicht nochmal leben zu können. Vorbei. Das einzige, woran er sich vielleicht würde klammern können, war die Rache. Die Rache war das Korsett, das ihn zusammenhalten konnte. Wenn die Trauer vorbei war. Aber sie würde niemals vorbei sein. Wenn sie weniger würde, so, daß er den Kopf wieder klarbekam, dann war da die Rache. Das war gut. Wenigstens eine Hoffnung. Besser als nichts. Er würde an sie denken und in diese Wüste marschieren, um sie zu rächen.

79

Sein Bruder hatte ihm alles erzählt.

Als Khun Bao den weißen BMW auf der anderen Seite der Mauer ortete, sagte ihm zwar der Wagentyp nichts, wohl aber das Gesicht des Fahrers und das des Mannes auf dem Beifahrersitz. Es waren Zwillinge. Sie beobachteten das Haus.

Khun Bao ging zur hinteren Treppe und begab sich in die Küche. Bevor er den lackierten Teakfußboden des Wohnraumes betrat, zog er die Fallschirmspringerstiefel aus. Dann ging er zum Telefon im Obergeschoß. Er tätigte zwei Anrufe.

Wieder unten, zog er die Stiefel an, verschnürte sie sorgfältig und bezog Stellung auf der vorderen Veranda, um durch die Bananenstauden und die Blätter eines Mangobaumes den Wagen und seine Insassen im Auge zu behalten.

Eine halbe Stunde später knatterte ein Tucktuck vor das Eingangstor. Der Dobermann schlug an, verzog sich jedoch, als der Nachtwächter in den Hof lief, um seinen Bruder einzulassen.

Baos Bruder benutzte das motorisierte Dreirad und den Fahrer geschickt als Deckung und begab sich mit dem Rükken zum weißen BMW, der etwa dreißig Meter entfernt parkte, in den Hof. Er hatte weder sein Uniformhemd an, noch die Schirmmütze auf, er trug eine Sonnenbrille und einen Strohhut. Die beiden Männer im Wagen dösten vor sich hin, wie Khun Bao befriedigt feststellte. Sie hatten offensichtlich für längere Zeit Posten bezogen, sonst hätten sie die Seitenscheiben nicht heruntergedreht und den Motor abgestellt. Leute dieser Preisklasse überstanden kurze Aufenthalte mit laufender Klimaanlage und geschlossenen Seitenfenstern.

Das Tucktuck entschwand mit einer wilden Zweitakterkakophonie. Wenig später hatte sich Khun Baos Bruder im Schutz der Stauden und Bäume davon überzeugt, daß es sich um genau die Zwillinge handelte, die ihn niedergeschlagen und Khun Robin umgebracht hatten. Bao nickte ruhig und zufrieden, als die Bestätigung kam.

Es vergingen weitere zehn Minuten, bis vor dem Tor ein Wagen hupte. Nui kam aus der Dienstbotenwohnung. Bao bedeutete ihr, daß er sich kümmern würde. Der Hund hielt Distanz. Das Dienstmädchen sah zu, wie der Nachtwächter einen Toyota Pickup in den Hof ließ und dann das Tor wieder schloß. Sie verzog sich wieder auf ihr Zimmer.

Die mit einer Plane überdachte Ladefläche des Toyota war in einen mit Maschendraht bespannten Käfig umgebaut worden. Eine einfache Stahlrohrkonstruktion mit einer Doppeltür über den Rückleuchten.

Zwei Männer stiegen von der Sitzbank im Fahrerhaus. Bao begrüßte sie. Es waren Thai wie er. Sein altes Team. Der Fahrer. Der Beleuchter. Sie waren komplett. Er war der Fänger.

Die beiden Neuankömmlinge brachten eine Dose mit einer teerartigen schwarzen Paste, einen Metallstab von etwa eineinhalb Meter Länge und ein Netz. Das Handwerkszeug.

Khun Bao zeigte ihnen den Abstellraum, der neben der Küchentreppe lag. Stapel alter Tageszeitungen, ein verrosteter Rasenmäher, ein tragbarer Kanister mit Schlauch und Spritzdüse zur Insektenbekämpfung, eine Gartenschere, ein Grill und Kästen voll leerer Flaschen. An einer der Wände der Verteiler- und Sicherungskasten mit dem Hauptschalter zur Stromversorgung. Das wichtigste aber war die Einstiegsluke. Khun Bao nahm die Abdeckung weg. Das Haus stand auf Pfählen. Von hier konnte man sich unter die einhundertzehn Quadratmeter unter dem Wohnzimmer begeben. Festgestampfte Erde. Holzpfosten in regelmäßigen Abständen, darüber der Teakfußboden. Eine einsame Glühbirne, deren Versorgungsdraht bis in den Abstellraum lief. Normalerweise wurde diese Gruft nur von den Männern betreten, die einmal jährlich die Holzkonstruktion gegen Termiten imprägnierten. Sie bohrten Löcher und spritzten ihr Gift.

Nach der Besichtigung zogen sich die Männer um Bao auf die Küchentreppe zurück. Er versorgte sie mit Coca-Cola aus dem Kühlschrank in der Küche. Er wußte, daß sein Boß diesen ungehörigen Eingriff in seine Lebensmittelbestände gebilligt hätte. Schließlich ging es um Khun Mikes Frau. Es war besser, wenn der Farang nicht erfuhr, was sich tat. Aber er war sicher, daß er die Versorgung der Truppe auf Kosten seines Arbeitgebers vornehmen durfte.

Sie warteten. Es war früher Nachmittag. Bao sah ab und zu zum Himmel. Bleigrau. Schwer. Es mußte regnen. Es war Regenzeit. Nur eine Frage von einer zur anderen Stunde, bis ein schwerer Monsunwolkenbruch herunterkommen würde. Bao fühlte sich wie damals gegen die Japaner. Die Free Thai hatten ihn nach einem Jahr Partisanenkampf gegen die Besatzer zum Truppführer gemacht. Er galt als Spezialist für Granatwerferaktionen. Er fühlte sich genau in diese Tage zurückversetzt. Die Hunde waren ein schlechter Ersatz gewesen. Ein Job, nicht mehr. Besser als nichts. Das hier war eine Nummer größer. Und er wußte, daß es das Beste in ihm aktivieren würde. Aber er brauchte den Regen, den Schutz gegen den Gegner, keine Sicht, keine Zeugen.

Gegen drei Uhr war es soweit. Der Regen setzte unvermittelt und hart ein. Sofort stand eine Wand aus Wasser um das Haus, die die Sicht ab sechs Meter Entfernung fast völlig blockierte. Bao lief geduckt zur vorderen Veranda, um sich davon zu überzeugen, daß der weiße BMW noch auf Posten war. Er hatte dies viertelstündlich getan. Er ging auf Nummer Sicher, auch wenn in der relativen Stille des Nachmittags ein gestarteter Motor wie ein Donnerschlag zu hören gewesen wäre. Es war alles beim alten. Die Zwillinge hatten nur die Seitenscheiben hochgedreht. Und genau in diesem Moment starteten sie die Maschine. Aber sie fuhren nicht weg. Die Klimaanlage! Es war ihnen zu heiß und zu feucht geworden.

Bao ging mit dem Fahrer und dem Beleuchter hinter der Küche, außer Sichtweite für die Beobachter, über die Mauer, während sein Bruder sich geduckt durch den Regenguß zum Haupttor bewegte. Bao und der Fahrer hielten Schlagstöcke aus Holz in der Hand. Der Fahrer in der rechten. Bao in der linken. In der rechten hatte Bao einen Armeerevolver. Der Beleuchter hielt sich hinter den beiden und vertraute auf ein Buschmesser.

Der BMW stand einsam wie in einer Waschanlage. Alles war sehr günstig. Die Wasserwand. Die reduzierte Sicht, zusätzlich beeinträchtigt durch die getönten Scheiben. Der laufende Motor, der die Klimaanlage antrieb. Außerdem spielte das Autoradio volle Lautstärke.

Bao hielt sich rechts an der Fahrerseite. Der Fahrer bezog an der linken Tür Stellung. Der Beleuchter hielt sich am Wagenheck in Reserve. Bao zertrümmerte die Seitenscheibe mit einem Stockschlag und hielt dem verblüfften Mann im Fahrersitz die Revolvermündung an den Kopf. Ein Schwall Popmusik made in Hongkong drang aus dem Wageninneren. Er öffnete die ungesicherte Tür und forderte die Insassen mit einer eindeutigen Geste zum Aussteigen auf. Die Zwillinge waren dermaßen überrascht, daß sie keine Gegenwehr leisteten. Sie stiegen aus und ließen sich entwaffnen. Eine Walther PPK, 7,65 Millimeter. Eine Sauer P 225, 9 Millimeter. Beide in Lederholstern am Gürtel getragen. Der Beleuchter griff zum Zündschlüssel, stellte den Motor ab, schlug die beiden Wagentüren wieder zu, und der kleine Trupp bewegte sich auf das Eingangstor von Brandaus Haus zu. Der Regen fiel unverändert stark. Alle Männer waren bis auf die Haut durchnäßt.

Baos Bruder ließ Gefangene und Jäger ein, und der Hundefänger und Free Thai-Kämpfer dirigierte die Zwillinge mit leichten Andeutungen seines Revolverlaufes über den Hof in den Abstellraum. Der Dobermann spielte für einige Sekunden verrückt, bellte hektisch und verzog sich dann vorsichtig.

Einen der Zwillinge schlug Bao mit dem Revolver nieder, dem anderen warfen der Beleuchter und der Fahrer das Netz über den Kopf und verknoteten es in Hüfthöhe. Dann bugsierten sie den Gefesselten durch die Einstiegsluke in den Verhörraum unter dem Holzfußboden. Es herrschte Ruhe. Nur draußen, weit weg, das monotone Rauschen des Monsunregens. Sie waren absolut ungestört. Bao folgte seinen Teamgefährten und bedeutete dem Beleuchter, sich im Abstellraum zur Verfügung zu halten, um ein Auge auf den niedergeschlagenen Zwilling zu haben, der noch als Reserve benötigt wurde. Über den gestampften Lehmfußboden zwischen den Stelzen liefen vereinzelte Wasserrinnsale und bildeten Pfützen. Die Glühbirne spendete hartes Licht.

Bao sah zu, wie der Fahrer den gefesselten Mann an einen Teakholzpfosten lehnte. Er ging gebückt zurück zur Einstiegsluke und ließ sich vom Beleuchter den Topf mit der dunklen Paste geben. Der Beleuchter wollte den Metallstab nachreichen, aber Bao winkte ab. Zwischen den Pfosten lagen genug kleinere Holzstücke, die sich als Spachtel hervorragend eigneten. Spachtel, die auf jede Zunge paßten.

Eine Stunde später war der gefesselte Gefangene an einer Strychninvergiftung gestorben. Bao hatte seine Verhörtechniken aus der Partisanenzeit. Aber sie waren erfolglos geblieben. Der Mann hatte dichtgehalten.

Erst Drohungen und Befragung. Wieder Drohungen. Dann der bittere Vorgeschmack der Paste auf der Zunge. Eindringliche Warnung. Kostprobe des Gifts. Dann vorsichtige Steigerung der Dosierung. Genau nach fünfundzwanzig Minuten hatten die heftigen und schmerzhaften Muskelkrämpfe eingesetzt, die die Atmung behindern, ein bis zwei Minuten dauern und durch den resultierenden Sauerstoffmangel zu Stammhirnschädigungen und später zum Tod führen. Die Anfälle wiederholten sich im Abstand weniger Minuten. Der fünfte Anfall war tödlich.

Der Bruder, der zwischenzeitlich zu sich gekommen war, wurde herangeschafft und neben der Leiche befragt. Erfolglos. Bao entschloß sich, die letzte Trumpfkarte zu spielen. Er hatte es vermeiden wollen. Es war aufwendig. Aber jetzt war es unumgänglich. Sie transportierten den mit dem Netz gefesselten Mann in den Käfig auf der Ladefläche des Toyota. Es folgte die Leiche. Der Beleuchter breitete eine Plane über die beiden Körper auf der Ladefläche.

Bao wechselte die Rolex-Kopie an seinem linken Handgelenk gegen ein Original aus. Die zweite Rolex gab er seinem Bruder. Der Fahrer und der Beleuchter erhielten die beiden Pistolen. Bao ging zur Dienstbotenwohnung und klopfte an die Tür. Nui öffnete vorsichtig. Er redete beruhigend auf sie ein und offerierte ihr die Rolex-Kopie. Sie nahm sie und bedankte sich. Er wußte nicht, wieviel das Mädchen mitbekommen hatte, aber er war sicher, daß sich Nuis Mitteilungsdrang nunmehr in Grenzen halten würde.

Baos Bruder blieb zurück, um das Haus zu bewachen. Das Hundefängerteam fuhr nach Din Daeng zum Hundeschlachthof, dorthin, wo der Käfig mit den tollwütigen Hunden war. Bao war überzeugt, daß er innerhalb der nächsten Stunde erfahren würde, wer hinter dem Mord an Khun Robin steckte, wer dieser Chinese war, der dritte Mann, den sein Bruder so gut beschrieben hatte. Der Boß sollte ruhig Urlaub in Singapur machen. Er würde sich schon um alles kümmern.

80

Es war zwanzig Minuten vor sieben, als der Airbus der Singapore Airlines in Bangkok landete. Ein Sonntagabend.

Mit dem beabsichtigten Frühstart hatte es nicht geklappt. Es verkehrten elf Flüge an diesem Tag von Singapur nach Bangkok. Erst im achten, dem zweiten von drei Flügen dieser Linie, hatten sie Plätze bekommen.

Der Weg durch die Paßkontrolle und den Zoll war unproblematisch. Am Ausgang wartete Montri Pramulratana. Brandau hatte damit gerechnet. Die schwarze Hornbrille. Die schwarze Bürste mit den vereinzelten Grausträhnen. Der unscheinbare Zivilanzug. Wieder fiel Brandau auf, daß der Thai sehr dünn war, daß er groß wirkte.

»Guten Abend«, sagte der Generalmajor in seinem ordentlichen Deutsch und musterte den Reporter. »Herr Dombrovsky, nehme ich an?«

Dombrovsky nickte ruhig. Brandau hatte ihn auf die mögliche Begegnung mit dem Drogenfahnder vorbereitet.

»Es tut mir sehr leid um Frau Royce. Mein aufrichtiges Beileid!« Montri sah Brandau an. Das Gesicht ausdruckslos. Der Tonfall verständnisvoll. »Ich würde gern mit Ihnen reden«, schob er nach.

Brandau zuckte gleichgültig mit den Schultern.

»In der VIP-Lounge bitte, dort sind wir ungestört. Es wird nicht lange dauern, mein Lieber.« Der Generalmajor deutete vage in Richtung Aufenthaltsraum für Bessergestellte. Zwei Thai-Beamte schoben sich in den Vordergrund und nahmen das Gepäck an sich. Es war für alles gesorgt.

Im VIP-Raum plazierten sie sich in Sesseln um einen niedrigen Rauchtisch. Die beiden Gehilfen bezogen Stellung an der Tür.

Montri Pramulratana sah Brandau an, dann Dombrovsky. Er gab Brandau Zeit, sich zu entscheiden, ob er unter vier Augen oder im Beisein des Reporters reden wollte. Brandau gab keinerlei Entscheidungshilfe. Sie blieben zu dritt.

»Damit hatte ich nicht gerechnet.« Eine Entschuldigung. Es war klar, daß der Generalmajor den Mord an Robin Royce meinte. Betretenes Schweigen.

Brandau nahm es dem Thai nicht ab. Er wußte nicht warum. Kein Hirn. Nur Bauch. Aber er nahm es Pramulratana nicht ab.

»Sie werden denken, daß sie noch leben könnte, daß man hätte Vorsichtsmaßnahmen treffen können. Aber ich sagte Ihnen ja, daß wir nicht einmal für Ihre Sicherheit ausreichend garantieren können. Deshalb der Urlaub. Wir konnten nicht damit rechnen, daß die Angelegenheit so hoch gespielt würde.«

»Wer war es?« fragte Brandau.

Der Thai sah Brandau und Dombrovsky an. Dann griff er in die linke Innentasche seiner Anzugjacke und nahm zwei Fotografien heraus. Schwarzweiß. Er gab sie Brandau.

»Die beiden Männer habe ich gesehen. Sie haben uns in einem weißen BMW beschattet.«

Dombrovsky nahm das Foto und nickte zustimmend, nachdem er es gemustert hatte.

Das andere Foto zeigte einen Chinesen mit dünnem Oberlippenbart. Brandau kannte ihn nicht.

»Wer ist das?«

»Milano Fong«, antwortete Montri. »Eine der örtlichen Größen im Drogenhandel. Die drei Männer haben Frau Royce besucht und sind die mutmaßlichen Mörder.«

Es fiel auf, daß er das Wort »mutmaßlich« ganz besonders sorgfältig aussprach. Sie schienen ihm diese Vokabel in der Bundesrepublik sehr ans Herz gelegt zu haben. Resultat der Baader-Meinhof-Ära. Rasterfahndungs-Slang.

»Was ist mit dem Australier?« fragte Brandau.

»William Abbott. Er gehört zu der Gruppe. Aber es gibt keine Anhaltspunkte dafür, daß er an der Tat aktiv beteiligt war, mein Lieber.« Der Generalmajor schien das »mein Lieber« für eine besondere Form des Trostes zu halten, so hartnäckig verwendete er es.

»Was gedenken Sie zu tun?« fragte Brandau und gab die Fotos zurück.

»Wir werden versuchen, die Täter zu überführen«, sagte Montri vorsichtig. Er steckte die Aufnahmen wieder ein.

»Haben Sie die verdächtigen Personen verhaftet?« Dombrovsky knetete ungeduldig seine Hände ineinander.

»So einfach ist das nicht, Herr Dombrovsky«, antwortete Montri nachsichtig.

»Und was erwarten Sie von mir?« Brandaus Frage war eine Spur zu scharf, so, als müsse er sich verteidigen.

»Daß Sie sich nicht wie ein Racheengel aufführen! Überlassen Sie uns die Ermittlungen und die notwendigen Schritte. Haben Sie Geduld!« Der Thai musterte die beiden Deutschen zum wiederholten Male.

Brandau hatte das dringende Gefühl, daß der Drogenfahnder nicht meinte, was er sagte, aber er schwieg.

»Wir haben tiefstes Verständnis für Ihre Trauer. Eine scheußliche Sache, die wir alle bedauern. Seien Sie dessen versichert. Möchten Sie den Leichnam sehen?«

Darauf war Brandau nicht vorbereitet. Ihm wurde übel. Es ging sofort vorbei. Aber seine Schwäche war ihm wieder sehr bewußt. Er war angeschlagen. Er tat so, als ob er gerade erst warm geworden wäre, daß er noch zehn Runden gut durchstehen würde, aber er war verdammt wacklig auf den Beinen.

»Der Wächter des Apartmenthauses und ein Angehöriger der Britischen Botschaft, der sie näher kannte, haben sie bereits identifiziert. Es ist also nicht unbedingt nötig, daß Sie sich damit konfrontieren.«

»Ja ... ich glaube ... besser nicht«, brachte Brandau leise hervor und kam sich wie ein Verräter vor.

»Kann ich verstehen«, bemerkte Montri im Tonfall eines Seelsorgers bei der Truppe. »Wir stehen in Kontakt mit der Britischen Botschaft. Es wird alles erledigt. Sie müssen sich um nichts kümmern. Eltern tot. Keine Geschwister. Rückführung des Leichnams schließt sich wohl aus. Sobald die Leiche, pardon, der Leichnam freigegeben ist, sollte eine Einäscherungszeremonie stattfinden. Urnenbestattung. Oder haben Sie andere Vorstellungen?«

Brandau schüttelte sprachlos den Kopf.

»Ich höre, daß Sie sich speziell für den Fall Jim Thompson interessieren?« wandte sich der Drogenjäger an Dombrovsky und lächelte in einer Art, die er wohl für Schmetterlingssammler und Briefmarkenspezialisten reserviert hatte.

»Ich habe mich dafür interessiert«, erwiderte Dombrovsky mürrisch. »Aber das ist jetzt nicht so wichtig«. Es war das erste Mal, daß er das Gespräch zu diesem Thema verweigerte. Fast schien es ihm peinlich zu sein, daß er sich je damit beschäftigt hatte. Er sah an Montri Pramulratana vorbei.

Montri schien sehr zufrieden zu sein. Auffällig zufrieden. Er stand auf.

»Ich kann Sie mit in die Stadt nehmen«, bot er an.

»Danke, wir nehmen ein Taxi.« Brandau zog es nicht auf den Rücksitz des Mercedes Benz.

Montri nickte.

»Wir bleiben in Kontakt. Ich bin Ihr Ansprechpartner. Die Kollegen halten sich zurück.«

»Welche Kollegen?«

»Die *Crime Suppression Division,* die *Metropolitan Police Narcotics Unit,* das *Narcotics Suppression Centre.«*

»Das sind ja nicht wenige, die da zuständig sind«, bemerkte Dombrovsky anzüglich.

»Keine Sorge«, verabschiedete sich Montri. »Es ist alles nur eine Frage der Koordination!«

Die beiden Gehilfen schwenkten hinter ihm ein, nachdem sie ihm die Tür geöffnet hatten.

»Und von welchem Laden ist der Meister?« fragte der Reporter Brandau.

»Office of Narcotics Control Board«.

»Soviel Drogen kann es doch in ganz Thailand nicht geben.«

»Frag ihn gelegentlich mal danach, und er wird dir gnadenlos seine statistischen Daten um die Ohren schlagen. Außerdem spricht er Deutsch und hat Erfahrungen mit Jungs wie uns. Das darfst du nicht vergessen. Vielleicht haben seine Kollegen ihn deswegen zum Mannschaftsführer in dieser Sache ernannt.«

»Er kommt mir mehr wie ein Forscher und Theoretiker vor«, stellte Dombrovsky abfällig fest.

»Unterschätz den nicht«, warnte Brandau. »Der ist zäh und gerissen. Der weiß genau, was er tut. Ich bin mir nur nicht sicher, ob sich das mit meinen Interessen deckt.«

»Okay, erst mal ab ins Hotel.« Dombrovsky nahm seinen kleinen Koffer auf.

»Ich komme mit zum Liberty. Muß erst mal kurz ins Büro. Übrigens kannst du bei mir wohnen, wenn du Lust hast.«

»Nehme ich gerne an. Wenn ich dir nicht auf den Wecker falle, mein Lieber.« Dombrovsky grinste.

»Wenn du mich nochmal so nennst, ziehe ich das Angebot zurück.«

»Schon gut. Also dann zu deinem Büro.«

Es regnete, regnete, regnete.

Der Highway stand gut zwei Zentimeter unter Wasser, und der Taxifahrer schlich im Schneckentempo in Richtung Innenstadt. Die Scheinwerfer und Rückleuchten der Wagenkolonnen zerflossen im Aquarium um sie herum zu einer apokalyptischen Lichtorgie. Dazu das stete Rauschen der Klimaanlage im Wageninneren. Und da draußen, in einer ganz anderen Welt, schwache Motorgeräusche und vereinzeltes Hupen, ganz dünn, wie Hilferufe in der Sintflut. Über allem monoton und schwer das Lied des Monsunregens, dieses tiefe Summen, voller Kraft. Rhythmus aus den Wasserwänden. Die Melodie nach den aufschlagenden Tropfen, je nachdem, worauf sie trafen.

Brandau war kalt. Er kroch auf dem Rücksitz in sich zusammen.

»Wie in diesem Film«, sagte Dombrovsky.

»Welchem?«

»*Blade Runner* von Ridley Scott, ein Science-fiction-Streifen.«

»Ich kann mit Science-fiction nichts anfangen«, erwiderte Brandau desinteressiert.

»Ich glaube, der würde dir gefallen. Im übrigen lebst du ja schon mittendrin im Zukunftshorror. Schau nur nach draußen.«

Sie verließen den Highway in Höhe des Central-Plaza-Einkaufszentrums, und der Taxifahrer schob sich in die Schlange auf der Phaholyothin Road.

»Ein einziger Salat aus Neonreklamen, Nudelküchen, Verkehrschaos, Kriminalität und viel zu vielen Menschen. Spielt in Los Angeles. Zweitausendsoundsoviel. Die Verkehrssprache ist ein Mischmasch aus Englisch, Chinesisch und Japanisch. Chaos überall, wie da draußen.« Dombrovsky kratzte mit dem Nagel seines rechten Zeigefingers an der Scheibe.

Das Wasser stand jetzt höher in den Straßen. Ab und zu war ein Polizist im Regenmantel zu sehen, der wild mit den Armen ruderte und die Trillerpfeife blies, als habe er eine Chance gegen den feuchten Sound im Treibhaus.

Lächerlich, dachte Brandau. Weltuntergangsstimmung!

Da war wieder diese leichte Übelkeit, das dringende Verlangen nach Alkohol. Leer und ausgebrannt. Einsam und überflüssig. Selbstmitleid. Der Tod. Die Welt spielte verrückt. Der Fahrplan stimmte nicht mehr. Man fuhr von einem Ort zum nächsten, als könne man irgendwo ankommen. Illusion. Vergeblich. Hoffnung. Optimismus. Immer wieder, wie eine aufgezogene Spielzeugmaus. Eifrig. Überzeugt von Nichtigkeiten ohne Tiefgang. Immer voran. Geradeaus. Immer zügig und mit der Wut auf jeden Stillstand, auf Hemmnisse, Bremsen, so wie hier mitten in der Stadt, in dieser Wartereihe der hochmodernen Technik, die nicht so konnte wie sie sollte.

»Manchmal will ich gar nicht mehr«, murmelte Brandau.

»Was?« hakte Dombrovsky nach.

»Alles sinnlos.«

»Das ist nur der Schock. Ganz normal. Du hängst ein bißchen durch. Das gibt sich wieder. Denk dran: Nicht was uns zustößt zählt, sondern wie wir damit fertig werden.«

Hört sich gut an, dachte Brandau.

»Heute noch gar keinen weißen BMW gesichtet«, wechselte Dombrovsky das Thema und sah demonstrativ durchs Rückfenster. »Scheinen auch nicht bei jedem Wetter zu arbeiten, die Jungs.«

»Ich glaube, wir fahren doch gleich zu mir nach Hause«, sagte Brandau plötzlich.

»Was wolltest du überhaupt am Sonntagabend im Büro?«

»Der alte Arbeitstrieb wahrscheinlich.« Brandau rappelte sich im Sitz hoch, beugte sich nach vorn und sagte dem Fahrer, daß er nach links in die Sutthisan abbiegen solle.

»Ein Schnaps, dann richtig ausschlafen, und morgen sehen wir weiter. Was hast du vor?« Dombrovsky blickte Brandau an.

»Ich werde mich an diesen Australier halten. Er ist der einzige, den ich kenne. Vielleicht tauchen ja auch bald unsere Zwillinge im Geisterwagen auf und führen uns zu Abbott. Irgendwie geht es schon weiter.«

»Ich glaube nicht, daß wir viel suchen müssen. Die werden aus ihren Löchern kommen.«

»Warum sollten sie es mir so einfach machen?«

»Glaubst du wirklich, daß sie Robin ermordet haben, um dir soviel Angst einzujagen, daß du endgültig einpackst und die Finger aus ihren Angelegenheiten hältst?« Dombrovsky zog sie Stirn in Falten.

»Eigentlich nicht.«

»Ich auch nicht. Sie haben dich genau richtig eingeschätzt. Sie warten darauf, daß du ins Messer läufst. Und dein edler Drogenfahnder hat das auch schon einkalkuliert. Er läßt uns die lange Leine und hängt sich hinter uns.«

»Mag sein. Ich glaube, daß du recht hast. Aber das wird wohl nicht viel ändern.«

Brandau hatte jetzt nur noch ein Projekt. Ein einziges! Ein Projekt, das er zu Ende bringen mußte. Ein Projekt, für das er keine Akte anlegen würde.

81

Khun Bao kam mit dem Taxi zurück und trat seinen Nachtdienst an.

Baos Bruder verabschiedete sich, nachdem er Anweisungen erhalten hatte, ging zum verlassenen BMW, fluchte über den Regen, den nassen Fahrersitz, die fehlende Seitenscheibe, startete den Motor und fuhr eine halbe Stunde lang mit dem zähen Verkehrsstrom, bog dann in eine Seitenstraße ab, wo er den Wagen in einer Hotelgarage zurückließ. Ein Tucktuck brachte ihn nach Hause.

Bao saß währenddessen auf der Veranda, sah in den Monsunregen und war sehr zufrieden. Die Drohung mit den tollwütigen Hunden hatte gewirkt. Er wußte jetzt, wer dieser Chinese war. Nachdem es heraus gewesen war, hatte Bao dem Zwilling das Genick gebrochen. So, wie er es damals im Dschungelkrieg gelernt hatte, schnell und lautlos. Beide Leichen schwammen mittlerweile im Chao Phraya. Das Wetter war günstig. Der Regen bot Schutz, war eine gute Tarnung für vieles. Der Himmel grollte. Aber Buddha lächelte. Bao hatte sehr genaue Vorstellungen davon, wann ein guter Buddhist töten durfte. Tiere. Menschen. Es gab Regeln. Und von jeder guten Regel gab es begründete Ausnahmen. Als das Taxi vor dem Tor hupte und sein Arbeitgeber unerwartet früh zurückkam, war Bao verwundert aber sehr gelassen.

82

Die fünf doppelten Bourbon halfen nicht viel.

Brandau träumte von Leichenteilen, fein zerhackt und blutig. Dann war er wieder im Kampfanzug unterwegs.

Dombrovsky an seiner Seite. Diesmal trug der Reporter eine rosarote Fallschirmspringerkombination mit hellgrauen Seehundstiefeln. Auf dem Kopf hatte er eine Bärenfellmütze. Überall Schnee. Sie saßen vor einer Blockhütte und hüteten die Überreste eines Menschen. Dombrovsky war der Meinung, daß sie vom Seidenkönig waren. Für Brandau war es das, was von seiner Geliebten übriggeblieben war. Grauenhaft. Dann ein Handgemenge mit Dombrovsky. Plötzlich viel Wasser. Sie ertranken. Unmengen von Wasser. Dann Blut. Der Reporter gewann die Oberhand und schrie: »Thompson!«

»Robin!« brüllte Brandau.

Dann sah Dombrovsky ihm voll ins Gesicht.

Brandau kam zu sich. Sein Zimmer. Licht. Über ihm das besorgte Gesicht des Reporters.

»Hast du mich geschlagen?« fragte Brandau verwirrt und etwas einfältig.

»Ja... du hast ihren Namen immer wieder laut gerufen. Hörte sich nicht gut an, wie du dich durch diesen Alptraum gekämpft hast. Konnte es bis ins Gästezimmer hören. Trotz Klimaanlage. Da habe ich vorsichtshalber mal nachgesehen.«

»Tut mir leid.« Brandau war verschwitzt und hatte einen trockenen Hals.

»Schon gut. Geht es jetzt wieder?« Dombrovsky erhob sich von der Bettkante.

»Ja, danke.« Brandau stand ebenfalls auf. »Ich hole mir aus der Küche nur was zu trinken. Geh ruhig wieder schlafen.«

»Okay, bis morgen früh.« Der Reporter ging in sein Zimmer zurück.

Brandau sah auf die Armbanduhr. Zwei Uhr. Er ging hinunter und nahm sich ein Bier aus dem Kühlschrank. Er schob den Vorhang des Küchenfensters etwas zur Seite und sah in die Dunkelheit. Es regnete immer noch unverändert stark. Der Hof um das Haus stand zentimetertief unter Wasser. Eine gelbbraune Brühe.

Er sah sie überall. Er sah ihr Gesicht im Wasser, im Regen, an der Küchenwand. Tränen liefen ihm in die Mundwinkel. Er bekämpfte den salzigen Geschmack mit Bier, trank drei Flaschen, bevor er wieder hinaufging, um die zweite Runde mit der Nacht anzutreten. Dombrovsky sekundierte in der Ecke. Das war ein gutes Gefühl. Aber im Schlagabtausch konnte er nicht viel helfen. Im Infight war Brandau auf sich allein gestellt. Dombrovsky konnte nur von Zeit zu Zeit das Handtuch in den Ring werfen, um den gezeichneten Boxer vor dem Schlimmsten zu bewahren.

83

»Jack und John sind verschwunden«, stellte Milano Fong fest und sah William Abbott dabei an, als habe der die ungeliebten Zwillinge heimlich abserviert.

Abbott schmierte ungerührt etwas Butter auf seinen Toast und widmete sich dann konzentriert dem Rührei. Ein ruhiges Frühstück war der positive Auftakt zu einem erfolgreichen Tag. Alte Maxime, die er durchzuhalten gedachte. Es war schlimm genug, daß er frühmorgens, und er betrachtete neun Uhr als sehr früh am Morgen, im Ambassador-Hotel zur Lagebesprechung aufkreuzen mußte.

»Was war am Flughafen?« fragte der Chinese und löffelte

lustlos seine Reissuppe, wobei er peinlichst die kleinen Bällchen aus gehacktem Schweinefleisch vermied.

»Die beiden Deutschen kamen mit der Maschine, die uns avisiert worden war. Der Oberschnüffler war mit zwei Gehilfen zum Empfang da. Haben sich in der VIP-Lounge bequatscht. Dann sind die Bullen abgezogen und Brandau und Dombrovsky haben sich wenig später ein Taxi in die Stadt geschnappt.«

»Und dann?«

»Ich habe mich hinter sie geklemmt, auf dem Highway aber verloren.«

»Du hast sie also verloren. Sehr gut!« Fong machte aus seinem Ärger und seiner Geringschätzung kein Geheimnis, legte sorgfältig den Löffel neben die Suppenschüssel und sah den Australier vernichtend an. Erst verloren diese Zwillinge den Kontakt mit ihm und verschwanden spurlos von der Bildfläche, während sie das Haus des Deutschen observierten. Und dann verlor sein Partner höchstpersönlich den Kontakt zu den beiden Personen, die er mit List und Tücke aus Singapur zurückgelockt hatte. Das galt zumindest für Brandau. Aber mit Dombrovsky war immer zu rechnen gewesen. Es spielte auch keine Rolle.

»Spiel dich nicht so auf!« sagte Abbott mürrisch und säbelte einen Streifen Speck klein.

»Das will ich überhört haben«, antwortete Fong scharf.

»Das will ich überhört haben«, äffte der Australier den Chinesen nach. Alles hatte seine Grenzen. Woher nahm der Chink die Überheblichkeit. Abbott legte sorgfältig Messer und Gabel neben den Frühstücksteller, wischte sich mit der Serviette über den Mund und kaute bedächtig zu Ende.

»Bei so einem Scheißwetter kann man schon mal ein Auto aus dem Blickfeld verlieren. Es schüttete mordsmäßig. Ich hatte Mühe, nicht selbst zu verunglücken. Und außerdem bin ich es satt, mich für jeden meiner Schritte rechtfertigen zu müssen. Du liegst seit gestern abend da oben auf diesem Weib.« Abbott zeigte demonstrativ zur Decke über ihren Köpfen, als befände sich das Zimmer, in dem der Geschlechtsverkehr regelmäßig stattfand, genau über dem Restaurant.

»Laß Anuttra aus dem Spiel!« Fong war vor Wut weiß im Gesicht.

»Die Zwillinge belauern das Haus. Ich stehe mir am Flughafen die Beine in den Bauch und fahre anschließend Wasserski und morgens kann ich mich aufgrund deiner Panikanrufe auch noch in aller Frühe aus dem Bett quälen, um hier zur Lagebesprechung anzutreten. Du brauchst ja bloß von der Frau zu steigen und den Aufzug zu nehmen. Es kotzt mich an, wie du dich selbst zum allmächtigen Mandarin hochstilisierst und dabei denkst, daß alle anderen um dich herum Arschlöcher sind.«

Der Chinese zupfte nervös an seiner Krawatte.

Abbott hatte sich im Stuhl zurückgelehnt. Seine Stimme war ruhig, kontrolliert und von einer gewissen Nachdrücklichkeit. Er trug sein weinrotes Polohemd mit dem gestickten rosa Segelboot auf der linken Brusthälfte. Die buschigen Augenbrauen waren nur unmerklich zusammengezogen. Die wäßrigen Blauaugen im quadratischen Schädel zeigten keine Spur von Härte. Und trotzdem machte der Australier den Eindruck eines gereizten Kriegselefanten.

Fong spürte die Bedrohung und entschloß sich zur Mäßigung. Er schwieg.

»Ich will dir sagen, was jetzt passiert«, sagte Abbott emotionslos. »Ich werde jetzt mal die Spitze machen und mich um Brandau kümmern. Halte du dich bitte zurück. Ich halte dich auf dem laufenden.«

Der Australier zauberte eine jener gigantischen Zigarren in seinen rechten Mundwinkel, bei denen Fong schlecht wurde, wenn er sie nur qualmen sah.

»Wie du meinst, William«, erwiderte der Chinese versöhnlich. Er konnte ohne den Australier nicht. Er hätte ihn am liebsten umgebracht, aber er konnte nicht ohne ihn. Er würde ihm für einige Zeit die Rolle des Zugpferdes und Anführers überlassen müssen. Er hatte dies schon des öfteren tun müssen. Aus diplomatischen Gründen. Aber William war faul und deswegen kam die Macht immer sehr schnell zu ihm zurück. Sollte sich der Australier ruhig ein bißchen aufspielen.

»Du kannst jetzt wieder nach oben gehen und weitervögeln«, brummte Abbott gönnerhaft. Er wußte, wie er den Chinesen anmachen konnte. Die Großvatermasche war immer sehr wirkungsvoll, vor allem dann, wenn er Zigarre dazu rauchte.

Fong beherrschte sich sichtlich.

»Commandare é meglio di fottere!« zitierte der Chinese und studierte das Muster der weinroten Seidenkrawatte, die er mit der rechten Hand etwas angehoben hatte.

»Ich kann kein Italienisch... oder Spanisch«, brummte Abbott und entwickelte Rauchwolken wie eine Lokomotive.

»Altes sizilianisches Sprichwort«, erläuterte Fong gelassen, während er sich erhob und die Anzugjacke zuknöpfte. »Herrschen ist besser als ficken!«

84

Gegen zehn Uhr war Brandau im Büro.

Es kam ihm unwirklich vor, daß er erst am Freitag nach Singapur geflogen war. Heute war Montag. Am Freitagabend hatten sie Robin umgebracht. Ein Wochenende. Nicht mehr. Der Büronachtwächter hatte nicht einmal mitbekommen, daß außergewöhnliche Vorfälle zu verzeichnen waren. Er hatte Brandau begrüßt wie immer. Der Chef hatte das Wochenende in seinem Haus verbracht und heute wurde wieder gearbeitet. Kein Trip nach Singapur. Kein Mord. Wäre Brandau nicht erschienen, hätte der Wächter völlig ruhig auf Robin gewartet. Nun kam der Chef erstaunlicherweise allein. Auch in Ordnung. Die Farang waren sowieso nie ganz zu durchschauen.

Das Telefon klingelte. Es war Dr. Gerau.

»Man hat uns informiert. Ich brauche Ihnen nicht zu sagen, wie betroffen wir sind, Herr Brandau. Mein tief empfundenes Beileid. Eine üble Sache. Der Botschafter wird Sie noch persönlich anrufen, um Ihnen seine Anteilnahme auszusprechen...«

»Danke«, sagte Brandau.

»Die Kollegen von der Britischen Botschaft haben versucht, sich mit Ihnen in Verbindung zu setzen. Ich habe in diesem besonderen Fall Ihre Privatnummer zur Verfügung gestellt. Aber Sie waren über das Wochenende nicht zu erreichen, wie mir der britische Kollege eben am Telefon mitteilte. Er wird es sicher gleich nochmal mit der Büronummer versuchen. Ich nehme an, daß es um Formalitäten geht, die mit dem Todesfall zusammenhängen. Frau Royce hat wohl keine direkten Angehörigen...«

»Ja... das wird es sein. Pramulratana deutete das schon an.«

»Ach... Sie haben schon mit ihm gesprochen. Dann wissen Sie mehr als wir, nehme ich an?«

Brandau ließ das unbeantwortet.

»Dann ist am Wochenende noch ein Telex aus Bonn für Sie eingegangen. Ich kann mir vorstellen, daß Sie derzeit andere Sorgen haben, aber ich lese es Ihnen kurz vor und schicke es dann wie immer mit dem Boten vorbei.«

Das mit dem Boten war eine Übertreibung, denn meistens mußten sie so etwas dann doch selbst abholen. Aber das spielte jetzt wirklich keine Rolle.

»Geben Sie es mir durch!«

»Es ist vom Herrn Bundestagsabgeordneten«, kündigte Dr. Gerau bedeutungsschwer an.

Brandau unterdrückte ein Stöhnen.

»Habe Aufsichtsgremium über Ihre exzellente Arbeit vor Ort berichtet. Sehen Möglichkeit umfangreicherer Finanzierung des Molkereiprojektes bei prioritärer Berücksichtigung der Kraftfutterkomponente. Eventuell auch Förderungsmöglichkeiten künstlicher Besamungsaspekte. Professor Stübler aus Witzenhausen wird in etwa drei Wochen Südkoreaaufenthalt mit Stopover in Bangkok verbinden und Kontakt mit Ihnen aufnehmen, um Angelegenheit mit Ihnen zu erörtern. Er wird eventuelles späteres Gutachten erstellen. Nochmals Dank für Ihre Betreuung. Herzlichen Gruß. Johann Müller-Brahms, MdB.«

Dr. Gerau hatte sich bei der künstlichen Besamung nicht einmal geräuspert.

»Hat er wirklich MdB getelext?« fragte Brandau.

»Ja... das ist wohl so üblich.«

»Schmeißen Sie es in den Papierkorb.«

Dr. Gerau schwieg.

»Dafür ist Geld da«, maulte Brandau. »Aber wenn ich einen neuen Bleistift brauche, dann fällt mir die Bundeshaushaltsordnung auf den Kopf. Schwachsinn.«

Gerau kaute sichtlich an der saloppen Ausdrucksform. So kannte er Brandau nicht.

»Gut, schicken Sie es bei Gelegenheit rüber. Und besten Dank für den Anruf.«

»Nichts für ungut«, antwortete der Diplomat. Und Brandau mußte sich eingestehen, daß auch das unverändert freundlich klang.

Brandau hatte kaum den Hörer auf der Gabel, als es erneut klingelte. Er nahm ab. Es waren die Briten. Eine Sekretärin näselte ihm hochtrabend ins Ohr. Dann war ein Attaché in der Leitung, dem man den altgedienten RAF-Offizier anhören konnte. Außerdem Schottland oder so. Brandau hatte alle Mühe mit dem Verstehen. Nachdem auch dieser Diplomat die üblichen Beileidsformeln, diesmal in der Inselversion, übermittelt hatte, war Brandau soweit eingehört, daß er mitkam.

»Es geht um den Leichnam«, sagte der Brite behutsam. »Da keine Eltern und Geschwister über das weitere Verfahren entscheiden können, wäre eine Feuerbestattung angezeigt. Aber da Sie als Arbeitgeber die Verstorbene gut kannten, möchten wir Ihre Meinung einholen, bevor wir tätig werden.«

Brandau schwieg und hörte zu. Ob ihn nur die Chefrolle zu solch vertrauensvoller Rückfrage qualifizierte oder auch der Geliebte hier ein Mitspracherecht hatte, blieb offen. Im übrigen fand er es beeindruckend, wie schnell sie herausbekommen hatten, daß es keine Eltern und Geschwister gab. Wohl der gute alte britische Geheimdienst. Routineüberprüfung. Eine kleine Akte. Völlig überflüssig. Aber dann doch irgendwie hilfreich. Wenn auch bei nebensächlichem Anlaß, zumindest aus dem Blickwinkel der Datensammler.

»Eine Rückführung nach England, letzter Wohnort war Manchester, mit Britisch Airways würde etwa achttausend Deutsche Mark kosten. Eine Einäscherung und Rückführung der Urne etwa eintausendfünfhundert Deutsche Mark. Das wäre ungefähr auch zu veranschlagen, wenn eine Überführung nach Deutschland beabsichtigt wäre. Ihre Botschaft müßte dann eingeschaltet werden. Und natürlich wäre Lufthansa eine Alternative. Ich habe darüber bereits mit Dr. Gerau gesprochen.«

Brandau war ganz benommen. Der Brite hatte die Summen wirklich in DM ausgeworfen, mußte einen Spickzettel vor sich liegen haben. Gut vorbereitet. Außerdem schien der Geliebte doch neben dem Arbeitgeber berücksichtigt worden zu sein, wenn sie sogar über eine Überführung in die Bundesrepublik spekuliert hatten. Aber für Attachés war das sicher Alltagsroutine ohne größere Hintergedanken.

»Ich bin für Einäscherung und Bestattung in Thailand«, sagte Brandau kontrolliert.

Der Brite atmete hörbar auf. Das war bei weitem die einfachste Lösung, und er war sehr zufrieden, daß der Deutsche so cool blieb.

»Dann veranlassen wir das. Natürlich erst, wenn wir grünes Licht von den Thai-Behörden haben. Ich werde Sie rechtzeitig über den Termin unterrichten lassen. Bei uns ist Mister Starkey für die Abwicklung zuständig, falls Sie noch Fragen oder Sonderwünsche haben...«

»Ich glaube nicht. Vielen Dank!«

»Ich danke!« Der Attaché legte auf.

Bevor der bundesdeutsche Botschafter mit einer ergänzenden Beileidsbekundung auf Leitung gehen konnte, ging Brandau selbst zur Offensive über und wählte Bob Lees Nummer. Bob hatte einen Juwelierladen in der New Road.

Zunächst meldete sich eine der Verkäuferinnen, dann Bobs Frau. Ihr Mann war unterwegs, würde aber gegen Mittag wieder im Geschäft sein. Brandau bat ihm auszurichten, daß er nach zwölf vorbeikäme, um etwas zu besprechen.

Während Brandau noch sprach, tauchte Dombrovsky im Büro auf. Der Reporter hatte bei der Bangkok Bank in der Pradiphat Road Schecks eingetauscht. Brandau hatte ihn dort abgesetzt, bevor er ins Büro gekommen war.

Es war Brandau recht, daß Dombrovsky kam, denn es war an der Zeit, das Büro zu verlassen, um weiteren Anrufen aus dem Weg zu gehen.

85

Khun Bao sah auf das Zifferblatt der echten Rolex an seinem linken Handgelenk. Zehn Uhr fünf.

Bao trug einen hellgrauen Monteuranzug mit dem Emblem einer Wartungsfirma. In der rechten Hand hielt er demonstrativ eine Rohrzange und einen Meter zusammengerolltes Elektrokabel. Er hielt das für eine überzeugende Mischung. Besonders beeindruckend war die knallrote Schirmmütze mit der US-Flagge auf der Stirnseite. Fast sah er wie ein Astronaut aus. Er hatte sie gesehen, im Fernsehen, als sie aus dem Weltraum zurückkamen und auf diesem Flugzeugträger begrüßt wurden.

Alles, was die Angst vor der Tollwut aus dem letzten Zwilling herausgepreßt hatte, war bislang richtig gewesen. Nachdem er seinen Dienst beendet hatte, war er zum Ambassador Hotel gefahren, hatte den Mann gesehen, der Khun Robin umgebracht hatte und bei ihm einen anderen, einen Farang mit einer Zigarre. Der Farang war um zwanzig vor zehn gegangen, und der Chinese war zum Aufzug zum Tower Wing spaziert.

Bao war mit ihm in die Kabine geschlüpft und nach ihm im 26. Stockwerk ausgestiegen. Er hatte die Tür mit der Nummer 2680 registriert und auch, daß sich jemand in den Räumen hinter dieser Tür aufhielt, der auf das Klopfen des Chinesen hin die Sicherungskette aushängte und öffnete. Es mußte die Frau sein, von der der Zwilling berichtet hatte. Bao war den Gang entlanggelaufen. Die kreisrunde Anordnung der Zimmer und Suiten im Tower begünstigte den unauffälligen Aufenthalt auf den Gängen, hatte aber auch den Nachteil, daß die Türen nach wenigen Metern aus dem Gesichtsfeld verschwanden. Der Radius war allerdings so klein, daß man schon mit den Ohren kontrollieren konnte, wenn eine Tür ging oder jemand den Aufzug betätigte.

Vor einer offenen Tür stand der Servicewagen der Zimmermädchen. Khun Bao gelang es, eine Viertelstunde zu überbrücken. Gelegentlich mußte er handwerkliche Geschäftigkeit vortäuschen. Er fühlte sich unwohl, denn das hier war nicht der Dschungel. Seine Free Thai-Erfahrung hatte ihn mit keiner vergleichbaren Situation konfrontiert. Der Garten und das Haus von Khun Mike waren noch vertrautes Gelände gewesen. Hier kam er sich sehr fremd vor. Die größte Angst hatte er vor Hoteldetektiven. Er hatte davon gehört. Er spürte den Armeerevolver am Bauch unter dem Monteuranzug, dessen Reißverschluß bis zum Bauchnabel ging. Der Overall war weit, und die Waffe zeichnete sich nicht ab.

Als der Chinese nach zwanzig Minuten immer noch nicht das Zimmer verlassen hatte, stand fest, daß er es hier machen mußte. Es war riskant. Aber es mußte sein. Wer wußte, wann sich die nächste Chance bot.

86

Fong betrat das Zimmer. Anuttra schloß die Tür und hängte die Sicherheitskette wieder ein.

»Ich habe immer Angst, wenn ich allein hier oben bin«, sagte sie.

»Kein Grund dazu«, sagte Milano Fong. »Wenn ich hier noch Leibwächter aufbaue, dann ist es mit unserem verschwiegenen Nest vorbei. Außer den Zwillingen und William weiß niemand, daß wir hier unsere Treffs haben. Das ist auch Sicherheit.«

Er sah, daß sie angezogen war und die hochhackigen Sandaletten trug, zum Aufbruch bereit. Die Nacht war vorüber. Es gab keinen Grund mehr, ihn von der Arbeit abzuhalten.

Das Treffen mit Abbott hatte die Trennung nur unwesentlich hinausgezögert.

»Hast du etwas gegessen?« fragte er besorgt.

»Hab mir was aufs Zimmer kommen lassen.« Sie deutete auf ein Tablett mit Geschirr, Besteck und Essensresten, das neben dem Bett stand.

»Zieh dich aus«, sagte Fong.

»Was?« Sie sah ihn verblüfft an.

»Zieh dich aus. Ich arbeite heute nicht. William arbeitet heute. William herrscht, er versucht zu herrschen. Ich muß ficken.« Er begann sich auszuziehen.

Sie verstand ihn nicht. Aber sie kannte die Spielregeln, und sie zog sich aus. Vielleicht lag es auch daran, daß seine Frau in Hongkong war, und er nicht um Mitternacht gegangen war. Es schien ein längeres Zwischenspiel zu werden.

Fong sah ihr zu wie sie sich wieder von modisch verkleideter Dame in nackte Neunzehnjährige verwandelte.

»Hast du zufällig einen Bademantel da, einen weißen?« fragte er zögernd.

»Du weißt doch, daß ich keinen habe«, antwortete sie verwirrt.

»Dann zieh mein Hemd an... hier.« Er reichte ihr sein italienisches Oberhemd, weiß mit dünnen altrosa Streifen.

Sie zog das Hemd über.

»Laß es vorn offen... und leg dich da aufs Bett!«

Sie tat es.

Fong sah Anuttra an. Sie lag auf weißen Laken. Das Hemd war alles was sie trug. Es war fast weiß und stand vom Kehlkopf bis zu den Oberschenkeln leicht offen. Er ging zum Bett und streifte das Hemd zur Seite. Ein schöner Körper. Üppige Brüste. Flacher Bauch. Lange Beine mit gut geformten Oberschenkeln. Er spürte seine Erektion. Sie war eine schöne Frau. Eine begehrenswerte Frau. Er faßte sie an. Warm und weich. Er massierte eine der Brüste, sehr zärtlich, sehr vorsichtig. Sie fühlte sich gut an. Er bewegte ihren Körper so, daß er die Arme aus den Ärmeln des Hemdes bekam. Sie half ihm dabei. Er zog das Hemd weg und warf es auf den Boden. Sie lag jetzt seitlich verdreht mit dem Rücken nach oben, ein Bein angewinkelt – so, als habe sie es im Schlaf nach oben gezogen.

Fong starrte auf die kleinen und festen Gesäßbacken. Er spürte seine Erektion und drang in sie ein. Er vögelte die Frau in diesem Apartment in jener Nacht, diese Europäerin, und es war gut, es war Hölle und Himmel in schnellem Wechsel. Es war ein Abgrund, ein blutiger Abgrund, weiß, rot, dunkel, und sie stöhnte vor Lust. Er hatte das Gefühl unerschöpflicher Energie, unerschöpflicher Macht. Er litt und er siegte. Zu lange hatte er sich beherrscht, um der Logik seiner Planspiele zu genügen. Zu lange hatte er sich das versagt, was er nun erlebte. Er ließ sich fallen. Er explodierte und es war ihm alles egal. So einfach konnte das Leben sein. Man mußte nur zum Tier werden und Gefühle zeigen.

Als er wieder zu sich kam, hörte er die Frau unter sich wimmern. Aber er hatte sie nicht verletzt. Konnte sie nicht verletzt haben, denn das Stilett lag da, wo es immer lag, wenn er mit ihr zusammen war, im Badezimmer neben dem Waschbecken. Nein, er konnte sie nicht verletzt haben. Da war auch kein Blut. Er nahm sein Gewicht von ihr und legte sich neben sie. Sie wimmerte noch immer.

»Was ist?« fragte er scharf.

»Du hast mir weh getan.«

»Wie kann ich dir weh getan haben? Ich habe dir mein Bestes gegeben. Wie kann ich dir weh getan haben?« Er war echt betroffen. Er verstand sie nicht.

»Es war, als hättest du mich mit einem Messer aufgeschlitzt. Es tat sehr weh.« Sie schluchzte.

»Ein Messer?« Er lachte. »Mein Messer!« Er kicherte vor sich hin.

Es klopfte an die Tür. Er überhörte es. Es klopfte lauter, und er stand vom Bett auf. Er fühlte sich leicht. Er fühlte sich als Sieger. Mochte die Frau da auf den Laken sagen, was sie wollte. Es war wunderbar gewesen.

»Ich habe vergessen, das Schild an die Tür zu hängen, daß wir nicht gestört werden wollen«, sagte er zur Frau auf dem Bett, während er beschwingt ins Bad ging, sich ein Handtuch um die Hüften wickelte und die Sicherheitskette abnahm. Er öffnete die Tür.

Vor ihm stand ein Thai im Arbeitsanzug, mit einer Rohrzange und einem Stück Kabel. Er sah sich die knallrote Schirmmütze an und hörte gnädig zu, wie sich der Handwerker entschuldigte. Im Bad. Ein Rohr oder ein Abfluß oder was immer. Jedenfalls wieder eine verdammte Panne, die repariert werden mußte.

Erst wollte er den Trottel wegschicken. Aber schließlich hatte er versäumt *don't disturb* rauszuhängen. Und er hatte eigentlich auch nichts dagegen, daß dieser Handlanger sah, daß er es hier mit einem großen Liebhaber zu tun hatte. Warum sollte er nicht im Bad arbeiten, während er sich noch ein bißchen an der Frau zu schaffen machte. Dieses Neutrum war von der Sorte, die demütig weghörten, wenn ihnen Sachen zu Ohren kamen, die sie nichts angingen.

Fong machte dem Handwerker den Weg ins Bad frei und sah mit Befriedigung, daß der Mann unanständig lange auf die nackte Frau auf dem Bett starrte, bevor er sich zu den Rohren und Abflüssen verzog.

Fong ging zum Bett, ließ das Handtuch fallen und blieb über der Frau stehen. Sie wimmerte immer noch. Er spürte eine neue Erektion. Er hörte den Mann im Bad hantieren. Er sah nicht, wie dieser den Reißverschluß seines Overalls bis zum Bauchnabel herunterzog und den Armeerevolver aus dem Koppel zog, das er um den nackten Bauch trug. Er sah nicht, wie der Mann dann den Revolver wieder ins Koppel steckte und den Reißverschluß bis Brustmitte hochzog, weil er das Stilett gesehen hatte. Und er wußte nicht, daß der Mann beim Anblick des Messers seine alte Sicherheit wiederfand, sich im Dschungel wähnte. Und als er das Gefühl hatte, daß jemand hinter ihm stand, ihn bedrohte, war es zu spät. Er sah die nackte Frau, das weiße Laken.

Fong drehte sich um und nahm die wischende Bewegung vor seinem Gesicht wahr.

Bao schnitt präzise von Ohr zu Ohr. Erst war es ein feiner roter Strich am Hals des Chinesen, dann ein purpurner Schal aus Blut. Das Gesicht darüber weiß wie ein Fischbauch.

Wäre Milano Fong in sich zusammengebrochen oder seitlich oder nach hinten umgefallen, Khun Bao hätte es auf sich beruhen lassen. Er wußte, daß der Tod ausgeteilt war. Aber Fong kam ihm entgegen. Der Hundefänger hielt das Messer so, daß der Chinese mit dem Bauch hineinfiel und zog die Klinge nach oben, bis Stahl gegen Knochen stieß.

87

»Seit Samstag muß hier die Hölle los sein«, sagte Dombrovsky. Er blätterte in verschiedenen englischsprachigen Tageszeitungen. »Land unter. Alles überschwemmt. Es hat ununterbrochen geregnet. Der Fluß steht fast zwei Meter über Normal. Und es soll noch viel schlimmer kommen...«

Das brauchte er Brandau nicht zu erklären, denn das Wasser in den Straßen klatschte laut gegen das Bodenblech des Passat. Sie machten eine kleine Dampferfahrt durch den Mittagsverkehr. Sicht nahe Null. Die Scheibenwischer arbeiteten an der Belastungsgrenze. Es war zum Kotzen.

»Dieses Scheiß-Treibhaus«, fluchte Brandau.

An den Bushaltestellen standen die Leute bis Mitte Wade im Wasser. Liegengebliebene Autos bildeten verlassene Inseln im Verkehrsstrom.

»Wie Wracks im Wattenmeer«, merkte Dombrovsky poetisch an, während er einen Peugeot 504 und einen Toyota Corolla mit geöffneten Hauben musterte. Dann widmete er sich wieder seinen Zeitungen.

»Zeiten für Froschmänner.« Brandau quälte sich ein Lachen ab.

In der New Road zwängte er den Passat in eine verstopfte Seitenstraße voller wirr geparkter Fahrzeuge. Er war der letzte und er würde rückwärts als erster wieder rauskommen.

»Also dann: Hose hochgekrempelt und Socken und Schuhe in die Hand«, ordnete Brandau an.

»Es soll jede Menge ansteckender Hautkrankheiten in dieser Brühe geben, die man sich holen kann.« Dombrovsky machte ein unglückliches Gesicht, begab sich dann aber doch zögernd hinaus.

»Der berühmte *Hong Kong-Foot*«, erläuterte Brandau und rutschte fast auf etwas Schlierigem aus.

Vorsichtig machten sie es bis zum Eingang von Bob Lees DIAMONDS, GOLD & SILVER Ltd. Die Tür war mit Sandsäcken verziert. Im Ladeninneren schienen schon mehrere Lecksicherungsaktionen durchgeführt worden zu sein. Überall Eimer und feuchte Feudel.

Bob Lee grinste ihnen entgegen und kam hinter der Verkaufsvitrine vor. Es quietschte ein bißchen, denn er trug Gummischlappen an den bloßen Füßen, dazu einen dunkelblauen Nadelstreifenanzug, dreiteilig, Jacke und Weste sorgfältig zugeknöpft, Krawattenknoten festgezurrt. Die Flutkatastrophe spielte sich schließlich nur in niederen Regionen ab. Immer mit Stil, der gute Bob.

»Willkommen an Bord«, sagte er in einwandfreiem Englisch, kicherte zur Untermalung und schüttelte ihnen die Hände.

Bob Lee war naturalisierter Chinese. Er sprach Thai, Mandarin, Kantonesisch, Japanisch, Englisch und etwas Französisch. Thai konnte er allerdings nicht schreiben. Schecks und sonstiges mußte seine Frau ausstellen.

»Was kann ich für dich tun?« fragte er Brandau und kicherte wieder freundlich.

»Das hier ist ein guter Freund, Mister Dombrovsky. Also keine Geheimnisse. Ich muß aufrüsten. Habe ein paar Probleme. Fühle mich bedroht in meiner Hütte. Zuviele Einbrüche in der letzten Zeit. Der Dobermann und ein Nachtwächter sind ein bißchen dünn.«

»Du brauchst mir keine Märchen zu erzählen, mein Freund. Es stand schließlich in der Zeitung. Grauenhafte Sache, das mit Robin. Verzeih, daß ich überhaupt darüber rede.« Bob sah jetzt sehr traurig aus. Er erinnerte an einen gealterten Alain Delon. Nur die drei überlangen Warzenhaare am Kinn störten das Bild.

Die Presse hatte Brandau ganz vergessen.

»Du hast mir doch mal einen Revolver angeboten, wenn ich etwas Derartiges brauchen sollte.«

»Revolver habe ich derzeit nicht auf Lager, muß ich besorgen, dauert einen Tag. Habe nur Sturmgewehre, M-16, sofort verfügbar. Du weißt, daß Militärwaffen der größeren Sorte besser gehen. Die Bandenkriege. Mit leichter Artillerie ist da nichts mehr zu holen«, sagte Bob entschuldigend.

»Ich kann nicht warten«, unterstrich Brandau den Ernst der Lage.

»In diesem Fall kann ich dir wirklich nur ein Stück anbieten, das ich zufällig hier habe. Augenblick...« Bob verschwand durch einen zweiteiligen grünbraunen Vorhang im Hinterzimmer.

Wenige Minuten später kam er mit einer Automatik zurück und legte sie mit zwei Schachteln Parabellummunition zusammen auf eines jener Deckchen, auf denen er für gewöhnlich seine Juwelen anbot.

»Heckler & Koch P7, 9 Millimeter«, sagte Bob und hantierte fachkundig an der Pistole herum. Dabei achtete er sorgfältig darauf, daß Dombrovsky und Brandau zwischen der Waffe und der Tür- und Fensterfront standen.

»Geht in Ordnung«, stimmte Brandau schnell zu.

»Normalerweise bei mir zu etwa fünfundsiebzig Prozent vom offiziellen Ladenpreis. Kannst du hier bei der örtlichen Vertretung der Firma kaufen. Vorausgesetzt, daß du die Papiere hast. Die hier ist diesmal für fünfzig Prozent. Wegen Robin. Zahlbar, wenn du in ein paar Wochen noch lebst.« Er sagte es absolut solidarisch, wenn auch sehr sachlich. Aber es war ja alles richtig. Der Tod war eine Möglichkeit. Er hatte recht. Und er war sehr großzügig.

»Danke«, krächzte Brandau verlegen.

»Braucht dein Kumpel auch was?« Bob Lee sah Dombrovsky prüfend an.

»Vorerst noch nicht«, sagte der Thompson-Jäger außer Dienst.

Bob wickelte die Waffe und die Munition in Geschenkpapier.

»Auf der gegenüberliegenden Straßenseite steht einer von Pramulratanas Leuten«, sagte er vor sich hin. »Er kann nicht sehen, was sich hier im Laden abspielt. Aber er beschattet euch wohl.« Er befestigte sorgfältig eine zartrosa Schleife mit Klebeband auf dem gelben Papier. »Außerdem ist in den letzten Minuten dreimal ein Farang vor der Auslage vorbeigekrochen. Schwerer Typ. Kantiger Schädel. Zigarrenstumpen im Mund.«

»Der Australier«, sagte Brandau zu Dombrovsky. Er war erstaunt darüber, daß Bob Lee Montri Pramulratana kannte und auch noch einzelne seiner Leute. Aber Brandau war eben in den letzten Jahren mit seinen Milchkühen, Fruchtfolgen und Seidenraupen etwas naiv geworden. Schwarzhandel mit Waffen war etwas anderes. Und Lee verstand sein Geschäft. Daran hatte Brandau keinen Zweifel.

»Viel Glück«, sagte Bob Lee und nickte Brandau freundlich zu. Diesmal verzichtete der Chinese dezent auf das obligatorische Kichern.

Die beiden Deutschen verließen den Laden. Dombrovsky mußte noch einmal kurz zurück. Er hatte seine Schuhe und Socken vergessen. Während der Reporter sein Fußzubehör organisierte, spähte Brandau unauffällig auf die gegenüberliegende Straßenseite der New Road. Aber im Wirrwarr der Nudelküchen und Fußgänger konnte er keine Person ausmachen, die nach Drogenfahndung aussah. Auch den Australier konnte er nicht entdecken.

Dombrovsky kam zurück, und sie stelzten vorsichtig wie die Strandläufer zum Wagen zurück. Brandau dachte darüber nach, wo der Australier wohl geparkt haben mochte, wenn er sie wirklich bislang verfolgt hatte. Vielleicht war es ja auch gar nicht dieser Abbott.

Sie stiegen ein. Brandau deponierte das Geschenkpaket auf dem Rücksitz. Bevor er sich Socken und Schuhe über die feuchten Füße gearbeitet hatte und die Klimaanlage auf Touren kam, war er naß vor Schweiß. Dombrovsky fluchte aus dem gleichen Grund nörgelnd vor sich hin.

»Sumpfloch! Ein Teich für Molche und Frösche und Schlangen und Salamander«, motzte der Reporter.

»Ich sehe, daß sich langsam das richtige, weil realistische Bild des exotischen Bangkoks bei dir durchsetzt. Aber das Wasser kann noch tiefer werden. Das hier ist noch gar nichts. Und dann kommen zu den kleinen glitschigen Tierchen die Haie.«

»Wie geht es nun weiter?«

»Ich stelle mir vor, daß wir erstmal ein bißchen vor uns hinfahren oder- schwimmen, um zu sehen, ob dieser Australier an uns bleibt.«

»Und die von der Polizei ... oder der, wenn es nur einer ist und falls dein Juwelierfreund überhaupt recht hatte.«

»Wir sollten ihnen etwas Stinknormales anbieten«, bemerkte Brandau und trat voll auf das Bremspedal, um nicht auf einen Pickup zu knallen. Sein Fuß bekam fast keinen Widerstand zu spüren. Der Pickup gab Gas und rettete sich vor dem Zusammenstoß.

»Bremsfallschirm wäre angebracht«, gab Dombrovsky zum besten und löste den Griff, mit dem er sich zwischen Tür und Armaturenbrett abgestützt hatte.

88

Es war eine erfolgreiche Woche gewesen.

Montri Pramulratana las die Berichte, die auf seinem Schreibtisch gelandet waren, teilweise durch Pressemeldungen ergänzt, die die gelungenen Aktionen der Drogenfahnder feierten.

Im Distrikt Fang bei Chieng Mai hatten Angehörige der *Border Patrol Police* mehr als 100 Kilogramm bearbeitetes Opium in einem Haus beschlagnahmt und zwei Männer verhaftet, die das in Reissäcken versteckte Opium bewachten. Außerdem wurden drei M-16 Gewehre sichergestellt. Bei den beiden Männern handelte es sich um den dreißigjährigen Yeesee Ja-ngow und den zwanzigjährigen Lao-lu sae Yang. Die Grenzpolizei hatte einen Tip bekommen und das Haus mit fünfzig Mann umstellt und dann gestürmt.

In der Provinz Samut Sakhon waren 115 Kilogramm hochwertiges Heroin auf einem Fischkutter beschlagnahmt worden. Nach fast einjährigen Ermittlungsarbeiten des *Narcotic Suppression Centre* mit der *US Drug Enforcement Administration,* die sich speziell mit dem Drogenschmuggel auf dem Seeweg befaßte, konnte ein fünfzehn Mann starkes Team aus Mitgliedern des NSC, der in Samut Sakhon stationierten Marineeinheiten und der Provinzpolizei fünf verdächtige Männer verhaften, als sie den in Höhe der Gemeinde Tha Chalom im Muang Distrikt ankernden Kutter enterten.

Eine kleine Gruppe von Undercover-Agenten hatte den Kutter seit einer Woche unter strenger Observation. Weder der Eigner noch die Besatzung des Kutters waren verhaftet worden, da sie nichts mit der Schmuggelaktion zu tun hatten. Die 214 Päckchen Heroin und zusätzliche vier Kilogramm bearbeitetes Opium waren im Bug des Schiffes versteckt gewesen.

Einer der Verhafteten war seit etwa zwanzig Jahren als größerer Drogenlieferant für den Markt in Hongkong bekannt. Es handelte sich um seine erste Festnahme.

Mehrere Seekarten, die bei der Aktion in die Hände der Polizei fielen, markierten einen Inseltreff etwa drei Stunden Schiffsweg von Hongkong entfernt.

In der Nähe der Eisenbahnstation Hua Lampong waren zwei Männer mit 4,5 Kilogramm Heroin verhaftet worden. Die Polizei stoppte sie, während sie in einem Taxi die Rama VI Road entlangfuhren. Die Droge war in zwei Umhängetaschen verstaut, die die Männer bei sich führten.

Ein Mann, der verdächtigt wurde, in Thonburi ein illegales Spielkasino zu betreiben, wurde zusammen mit einem Studenten der Ramkhamhaeng Universität an einer Tankstelle in Bangkok verhaftet. Dabei wurden 20 Kilogramm Heroin Nr. 4 beschlagnahmt.

Die *Metropolitan Narcotics Unit* war darüber informiert worden, daß an der Charasmuang ESSO-Tankstelle ein

Rendezvous stattfinden sollte. Kurz nach Mitternacht war einer der Verdächtigen mit einem gelben BMW 316 auf das Gelände der Tankstelle gefahren und hatte dort geparkt. Wenig später kam ein Mercedes 280 hinzu und parkte unmittelbar neben dem BMW. Beide Fahrer stiegen aus und begaben sich zum Heck des BMW. Die beiden Männer wurden verhaftet, während sie einen schwarzen Handkoffer im Kofferraum inspizierten, der 40 Plastiksäckchen enthielt, die mit dem *Single Lion*-Markenzeichen gekennzeichnet waren.

Die belgische Polizei hatte elf Personen, darunter fünf Thai, in Antwerpen verhaftet und 75 Kilogramm hochwertiges Heroin beschlagnahmt, die an Bord eines thailändischen Containerschiffes in den Hafen geschmuggelt worden waren.

Die Ware war in Konservendosen mit Obst versteckt, die in Kartons mit der Aufschrift »Product of Thailand« verpackt waren. Es handelte sich um den größten Erfolg gegen den internationalen Drogenhandel in der Geschichte der belgischen Polizei.

Der Aktion war eine sorgfältige und langwierige Ermittlung durch Thai-Behörden vorausgegangen, die mit Unterstützung der US DEA die Verbindungen aufgedeckt hatten, auf denen die Ware von Asien nach Europa gelangen sollte.

Ein Angehöriger der 7. Unterabteilung der *Crime Suppression Division* hatte sich des Falles besonders angenommen und die Spur bis nach Belgien verfolgt.

Nachdem bekanntgeworden war, mit welchem Schiff und in welcher Verpackung die Droge den Weg nehmen sollte, versuchten die thailändischen Dienststellen zu verhindern, daß das Heroin außer Landes gebracht wurde. Dies mißlang. Die Ware hatte Thailand bereits auf besagtem Containerfrachter verlassen. Die Thai-Fahnder nahmen Kontakte mit US-amerikanischen, holländischen, französischen, westdeutschen und belgischen Drogenbekämpfungseinheiten auf. Falsche Informationen, von den Angehörigen des Rauschgiftringes ausgestreut, mußten aussortiert werden. So sollte angeblich eine Übergabe von Schiff zu Schiff auf hoher See und außerhalb nationaler Gewässer stattfinden, um den Stoff in die USA zu verbringen. Doch nach und nach kristallisierte sich heraus, daß die Spur mit dem ausgelaufenen Schiff von Bangkok nach Europa führen würde, genauer nach Antwerpen, um von dort aus das Rauschgift an die europäischen Abnehmer zu verteilen.

Das Haus des verdächtigen Chefs des Rauschgiftringes in Bangkok wurde rund um die Uhr überwacht. Die Ware war auf dem Weg zum Bestimmungsort. Eine Gruppe von Komplizen des Großhändlers war bereits per Flugzeug nach Belgien aufgebrochen. Aber der Boß bewegte sich nicht, hielt sich fast ausschließlich und offenbar desinteressiert in seiner Wohnung auf. Die Thai-Behörden begannen nervös zu werden. Was, wenn er gar nicht daran dachte, die Distanz zum vermeintlich großen Coup aufzugeben? Ein Monat verging und ein zweiter.

Dann kam Bewegung ins Spiel. Der Mann kontaktierte die niederländische Botschaft wegen eines Visums. Der Tag der Abreise wurde bekannt, die Fluglinie und die Flugnummer. Es ging nach Amsterdam.

In aller Eile beantragten und erhielten die thailändischen Fahnder die Zustimmung des Kabinetts, den Fall durch einen ihrer erfahrensten Leute über die Landesgrenze hinaus und in Zusammenarbeit mit ausländischen Dienststellen weiter zu verfolgen. Auf dem entsprechenden Flug der Singapore Airlines saß der Thai-Beamte nur wenige Plätze hinter dem Rauschgifthändler.

Der Beschattete verließ das Flugzeug in Frankfurt und wurde mit Hilfe der deutschen, französischen, belgischen und holländischen Polizei auf Umwegen bis zu einer Etagenwohnung in Antwerpen verfolgt. Auch die Vorausabteilung des Großhändlers wurde in einem anderen Haus in Antwerpen geortet und überwacht.

Das fragliche Schiff war bereits wenige Stunden vor Abflug des Anführers in Bangkok im Hafen von Antwerpen eingelaufen und wurde ebenfalls observiert.

Dann bewegte sich die Szene erneut. Zwei Männer und eine Frau fuhren in einem Simca über die Pier zum Frachter und gingen an Bord. Wenig später verließen sie das Schiff mit einigen Gepäckstücken wieder. Die belgische Polizei hielt sich zurück und verfolgte die Verdächtigen in die Stadt zurück zu ihrem Haus, um dort die gesamte Gruppe hochzunehmen. Dabei wurden 18 Kilogramm Heroin im Gepäck gefunden. Die Gruppe bestand aus einem Thai, drei Hongkong-Chinesen, einem Niederländer indonesischer Abstammung und einer Niederländerin burmesischer Abstammung.

Die folgende Durchsuchung der Etagenwohnung des Großhändlers führte zur Verhaftung zweier dort anwesender Thailänder und zur Beschlagnahmung von 57 Kilogramm hochwertigen Heroins.

Der Boß des Rings selbst wurde mit zwei weiteren Verdächtigen, einem Hongkong-Chinesen und einem Thai, kurz darauf in einer dritten Aktion in Antwerpen verhaftet. Der Kopf der Connection gestand. Die anderen Verdächtigen stritten nichts ab und gaben nichts zu.

Gute Arbeit, dachte Montri Pramulratana, stand vom Schreibtisch auf und ging zum Fenster.

Der Mittagsverkehr unter ihm floß zäh durch die Hitze, umwölkt von Abgasen und Dunst aus Regenpfützen. Fast schien es, als seien die Fahrzeuge auf dem Asphalt festgeklebt.

Morgen würden neun Tonnen beschlagnahmter Drogen verbrannt werden. 374 Kilo Heroin, 206 Kilo Morphinbase, 4442 Kilo rohes und weiterverarbeitetes Opium, 4310 Kilo Marihuana und etwa 60 Kilo sonstiger Drogen. Ein weiteres denkwürdiges Ereignis. Die Ausbeute harter Fahndungsarbeit in den letzten drei Jahren. Der stellvertretende Premierminister und andere hochgestellte Persönlichkeiten würden der öffentlichen Einäscherung beiwohnen. Es war die sechste Aktion, seit die Regierung Tanin Kraivixien im Jahre 1977 damit begonnen hatte.

Und da gab es eine weitere gute Nachricht. Nachrichtendienstliche Ermittlungen ließen vermuten, daß der Anführer der *Shan United Army,* Khun Sa, ernsthaft heroinabhängig geworden war und sich heimlich in der Provinz Kanchanaburi behandeln ließ. Der Drogenkönig litt angeblich an schweren Depressionen, seitdem Thaistreitkräfte ihn aus seinem Stützpunkt Ban Hin Taek vertrieben hatten und diesen in Ban Thoed Thai umbenannt hatten. Eine etwas sachlichere Version gab Diabetes als das Leiden an, das Khun Sa in die Knie zwang. Gerüchte über den Tod des Drogenkönigs waren ebenfalls im Umlauf. Aber an einen toten Khun Sa würde Montri Pramulratana erst glauben, wenn er die Leiche vor sich liegen hatte.

Der Generalmajor war sehr zufrieden. Im Gegensatz zu den verkehrstechnischen Problemen gab es in seinem Geschäft Anlaß zur Hoffnung. Er strich sich über die Haarbürste, nahm die Brille von der Nase, rieb sich die Nasenwurzel und sah prüfend durch die Gläser ins Mittagslicht, bevor er die Brille ohne sie zu putzen wieder aufsetzte.

Das Telefon auf seinem Schreibtisch klingelte und zerriß die friedliche Ruhe. Sein Gesicht verdüsterte sich. Nicht einmal seinen Erfolgen konnte man sich ungestört hingeben. Verärgert ging er zu seinem Arbeitsplatz zurück, nahm den Hörer ab und meldete sich.

Wenig später löste sich der Ärger in seinem Gesicht in ein Lächeln auf. Milano Fong war tot. Ermordet. Der Mörder war noch in der Nähe des Tatorts verhaftet worden. Aber es war nicht Brandau, auch nicht Dombrovsky. Aber immerhin. Ein weiterer der ganz großen Haifische hatte abgedankt. Ein sehr guter Tag. Montri Pramulratana bestellte sich einen Dienstwagen. Er würde es genießen, mit Rotlicht zum Ambassador Hotel zu fahren, um zu sehen, wie die Dinge lagen und sich dann der Presse stellen.

89

Auf dem Highway in Richtung Flughafen stand fest, daß ihnen ein grauer Toyota Crown folgte.

»Wird der Australier sein«, sagte Brandau zu Dombrovsky und musterte das Luxusschlachtschiff der japanischen Autofirma im Innenspiegel. Die Bugwelle vor dem Kühlergrill war beachtlich. Sie krochen mit fast vierzig Kilometern pro Stunde durch das teils knöcheltiefe Wasser auf der Schnellstraße.

»Woraus schließt du das? Können doch auch die Bullen sein.«

»Ich glaube kaum, daß der durchschnittliche Drogenfahnder in diesem Land die Edelausgabe als Dienstfahrzeug zur Verfügung hat. Bei gehobener Mittelklasse ist da Schluß. Aber wir werden ja sehen.«

An der Ausfahrt zur Chaeng Watthana Road verließ Brandau den Highway, nahm den U-Turn und fuhr auf der Außenspur in Gegenrichtung bis zum Rama Gardens Hotel. Der Fahrer des Crown blieb ihnen treu, schien auch keinen besonderen Wert darauf zu legen, nicht als Verfolger erkannt zu werden. An der Sperre zum Hotelgelände reichte der Wachtposten eine Parkkarte durchs heruntergekurbelte Seitenfenster. Er trug einen gelben Regenumhang und hatte eine Art durchsichtige Badehaube über seine Schirmmütze gezwängt.

Brandau zockelte über die Hotelzufahrt, bremste die liegenden Polizisten aufmerksam aus und sah, wie sich ihr Schatten eine Parkkarte abholte und folgte.

»Deutliche Verbesserung!«

»Was?«

»Endlich haben sie diese Bremsschwellen weiß angemalt. Vorher konnte man sie kaum sehen.«

»Beeindruckendes Geisterhäuschen«, bemerkte Dombrovsky. Der nächste Wolkenbruch ließ die Landschaft ins Graue zerfließen.

Brandau schaltete die Scheibenwischer ein und fuhr in die Tiefgarage.

Während sie zur Treppe hinübergingen, die in die Lobby hinaufführte, kam der Toyota Crown zum Stehen. Der Australier stieg aus, schloß den Wagen ab, war also allein und tat gänzlich unbekümmert, sah jedenfalls nicht in Richtung der beiden Deutschen.

»Da haben wir also William Abbott, den Australier«, sagte Brandau zu Dombrovsky.

Der Reporter musterte Abbott ungeniert.

Sie stapften die Treppe hoch und betraten die klimatisierte Empfangshalle. Die Wasserspiele wirkten bei den äußeren Wetterbedingungen etwas aufdringlich.

»Eigentlich müßte ich ja jetzt, um die Normalität der Geschehnisse zu unterstreichen, um unserem Freund sozusagen etwas Stinknormales anzubieten, rüber in den Sportclub gehen und ein paar Hanteln stemmen.«

»Warum tun wir das nicht?« fragte Dombrovsky.

»Weil ich mir blöd vorkomme, wenn ich da in der Folterkammer in leichter Sportmontur rumhopse, während die Killer von Robin Bereitschaft demonstrieren. Laß uns zur Bar gehen und einen heben.«

Dombrovsky folgte Brandau ohne Widerspruch zur Lobby-Bar. Sie setzten sich an den Tresen und bestellten. Einen Bacardi mit Coke für Brandau. Ein Kloster für den Thompson-Jäger im einstweiligen Ruhestand.

»Ich bekomme als Mitglied des Sportclubs zehn Prozent auf alles, was ich esse und trinke.«

»Ein Arrangement, das die Gesundheit fördert.«

»Die Drinks sind teurer als die Gebühr für die Benutzung der Sauna oder des Tennisplatzes.« Brandau nahm einen großen Schluck Rum mit Coke.

»Scheint nicht von Turnvater Jahn beherrscht zu sein, dieser Gymnastikladen«, brummte Dombrovsky in den Schaum seines Bieres.

Sie hatten sich kaum richtig auf olympische Probleme eingeschossen, als der Australier auftauchte.

»Gentlemen«, sagte er in seinem knitterfreien Englisch, »darf ich Ihnen Gesellschaft leisten?«

Sie nickten stumpfsinnig und in die Defensive gedrängt.

»Straight Bourbon on the rocks!« gab Abbott in Auftrag.

Brandau war nahe daran, die Fassung zu verlieren.

»Wir müssen unbedingt ins Gespräch kommen«, sagte der Australier und griff sich seinen Whiskey.

»Über was?« krächzte Brandau wie ein narkotisierter Papagei.

»Kommen Sie«, sagte William Abbott mit einer Großzügigkeit, die einem ein schlechtes Gewissen machen konnte. »Ich weiß, was Ihnen zu schaffen macht. Ich weiß! Aber die Welt dreht sich weiter. Stimmt's nicht? Und im übrigen ist die Seele wie die Leber«, sagte der Australier. »Verhärtungen sind nicht rückgängig zu machen!«

Brandau nickte.

»Also ... sollten wir nicht überlegen, wie wir aus dieser Situation herauskommen?« fragte Abbott versöhnlich.

Brandau hätte dem Australier liebend gerne in die Fresse gehauen. Rechtzeitig fiel ihm ein, daß die Heckler & Koch geschenkverpackt im Volkswagen lag.

Dombrovsky machte eine drohende Gebärde. Es blieb unklar, ob er seine Bierflasche ganz ausleeren oder sie dem Australier über den Kopf schlagen wollte.

Der Australier fühlte sich jedenfalls direkt angesprochen. Er setzte sein Bourbonglas hart auf den Tresen und sagte: »Damit kein Mißverständnis aufkommt... die Männer von unserem großartigen Drogenfahnder, Montri Pramulratana, sind abgehängt. Ich habe da so meine Techniken. Wir sind ganz ungestört und vollkommen allein. Also erwarte ich ein Mindestmaß an sachlicher Kooperation, meine Herren.«

»Was verstehen Sie unter sachlicher Kooperation?« fragte Brandau wütend.

»Sie interessieren sich, Mister Brandau, das ist ein Fortschritt«, merkte Abbott an und bestellte einen frischen Bourbon. »Ich schlage jetzt folgendes vor: Herr Dombrovsky verläßt uns an dieser Stelle, nimmt ein Taxi, fährt dahin, wo er seine persönlichen Sachen hat; ich nehme an, daß das im Liberty Hotel oder gar bei Ihnen zu Hause ist, Mister Brandau, und fährt dann zum Oriental Hotel, um sich dort ein Zimmer zu nehmen. Ich habe es bereits reserviert. Geht auf unsere Kosten. Wir haben gern direkte Drähte, direkten Zugang, ohne Umwege. Warten Sie dort in Ruhe ab, wie sich die Dinge entwickeln. Wir halten Sie auf dem laufenden. Und wir, Mister Brandau, unterhalten uns in aller Ruhe über die künftige Art des Umgangs miteinander. Es scheint mir nicht ausgeschlossen zu sein, daß wir uns einigen können.« Der Australier war absolut zuversichtlich.

»Das kann doch nicht Ihr Ernst sein«, sagte Dombrovsky.

Der Australier fummelte in der Außentasche eines Tropenhemdes in Blaßrosa herum, einer Art Uniformverschnitt. Er bewegte einen Gegenstand in dieser Seitentasche, hielt auf Dombrovsky und fragte: »Wissen Sie, was das ist?«

Dombrovsky schüttelte den Kopf.

»Eine Makarow. Neunmillimeter!«

Die Aussage überzeugte.

»Also?« fragte der Australier.

Dombrovsky sah seinen Partner hilflos an.

»Ist besser, wenn du machst, was er sagt.« Brandau nahm den Autoschlüssel aus der Hosentasche. »Nimm den Passat! Ich ruf dann im Hotel an.«

Der Thompson-Jäger a. D. sah ausgesprochen hilflos aus. Einen Augenblick lang bestand die Gefahr, daß er den Australier zwingen würde, den Ballermann ins Freie zu holen. Dann nahm er den Wagenschlüssel und ging.

»Und nun?« fragte Brandau aufsässig.

»Mein Partner hat da ein Sprichwort, das ich hasse, obwohl es nicht so wahnsinnig falsch ist. Nehme an, es stört mich, daß ich es mir immer wieder aus *seinem* Munde anhören muß«, philosophierte der Australier vor sich hin.

Brandau verstand kein Wort.

»Das Hähnchen vor den Augen der Affen killen!« sagte Abbott auf.

»Das kenn ich. Chinesisches Sprichwort.« Brandau schüttete den restlichen Bacardi-Coke runter. »Im übrigen heißt es Hühnchen!«

»In Ihrem Fall geht es ja wohl doch mehr um etwas Männliches, wenn ich das richtig sehe.« Abbott bestellte sich einen frischen Bourbon.

»Ich nehme an, Ihr Partner ist dieser Milano Fong. Ich würde ihm gern das Licht ausblasen, wenn er der Mann ist, der Robin umgebracht hat. Und diese Zwillinge können sich gleich daneben legen. *Sie* sind ja unschuldig, wie die Polizei mitzuteilen wußte.«

»Nun, ich will mal sagen, daß ich natürlich mitschuldig bin, Mister Brandau. Wir sind ein Team. Ich will nicht sagen, daß ich den Tod Ihrer Geliebten gewollt habe. Aber ich habe ihn mit zu vertreten. Im übrigen vermute ich, daß Sie besser wissen als ich, wo die Zwillinge zu orten sind. Wir vermissen sie nämlich seit kurzem. Und ich denke mir, daß nur Sie oder unser Drogenbeauftragter dahinter stecken können. Es ist alles wirklich sehr ärgerlich. Sie hätten bei Ihren niedlichen Hilfsprojekten bleiben sollen, die sich mit Landwirtschaft und ähnlichem Zeug befassen. Nicht, daß Sie denken, mir ginge der Verlust der Zwillinge so nahe. Personal macht genausoviel Arbeit, wie es erledigt. Aber eingearbeitete Leute sind halt schwer zu ersetzen. Was sind Ihre Bedingungen, Brandau?« Abbott kippte den Whiskey runter und knallte das leere Glas auf den Tresen.

»Welche Bedingungen, zum Teufel noch mal?«

»Wir wollen Sie ruhig haben, die Nase aus unseren Angelegenheiten genommen, in andere Sachen verstrickt, an anderen Projekten arbeitend. So wie diese drei Affen. Nichts sehen, nichts hören, na ja, Sie wissen schon, was ich meine...« Abbott grinste. Er hatte jetzt den Jovialen drauf.

»Was geht in Ihrem unförmigen Schädel vor?« fragte Brandau ihn ärgerlich. »Ihr habt meine Frau umgebracht und wollt jetzt verrechnen und abschreiben, ihr Schweine.«

»Aber ich darf doch bitten. Sie werden etwas ungenau in Ihren Vorwürfen.« Der Australier brummte angestrengt. Ein Bär, der mit dem Honig allein bleiben wollte, die Bienen aber ahnte.

»Ich gehe jetzt!« verkündete Brandau und bestellte die Rechnung.

Abbott zog nach. Sie zahlten.

»Sie sind unklug«, stellte Abbott fest. Sehr besorgt in der Tonlage, das mußte Brandau ihm lassen.

Brandau bewegte sich von der Bar weg zum hinteren Ausgang in Richtung Pool und Sportclub. Abbott folgte. Draußen regnete es in Strömen, dicht wie eine Wand aus grauem Leinen mit sehr groben Fäden. Es rauschte, nein es dröhnte, so laut wie unter einem Wasserfall. Der Deutsche ging die wenigen Stufen vom überdachten Vorraum hinunter zur Poolumrandung.

In wenigen Sekunden war er naß bis auf die Knochen. Abbott folgte ihm, sichtlich verstimmt. Am Beckenrand, links von den beiden Sprungbrettern, blieb Brandau stehen und sah auf das vom Regen zersiebte Wasser über den hellblauen Kacheln. Mit großem Interesse musterte er dann die Sprungbretter. Die Bretter waren hellblau, die Metallsockel waren weiß gestrichen. Die Sicht war so schlecht, daß der erhöhte Stuhl des Bademeisters am gegenüberliegenden Beckenrand, der, wie er wußte, auf einem dunkelgrün gestrichenen Metallgestell ruhte und eine Pepsi-Cola-Reklame trug, nur als vager Schatten auszumachen war.

Brandau erinnerte sich an ein NATO-Manöver im Mittelmeer. Die Wassertemperaturen der italienischen Häfen und Buchten waren nach all den Trainingsstunden im Gummianzug in den Gewässern der Nord- und Ostsee wie ein Kurprogramm gewesen. Pißwarm! dachte Brandau und sah wieder auf die Wasseroberfläche des Pools.

»Was soll der Mist?« brüllte der Australier in Brandaus Rücken gegen die Wasserwand an.

Brandau merkte, wie ihm Schwimmhäute wuchsen. Er drehte sich um und musterte Abbott, dessen rosa Uniformhemd mit der Nässe in ein Rot überging. Die Pistole war scharf durch den dünnen Stoff der aufgesetzten Tasche zu sehen. Das dunkle Metall schimmerte drohend durch das nasse Gewebe.

»Ich hoffe, Sie haben das Ding sorgfältig eingeölt«, grölte Brandau.

»Ich lege Sie hier um, wenn sie nicht zu sich kommen«, rief Abbott dem Deutschen zu.

»Keine Affen weit und breit«, lachte Brandau.

Der Australier versuchte, die Makarow ins Freie zu ziehen und verhedderte sich dabei. Er sah hilflos aus. Zwei Zentner, im Regen zerflossen. Die Haare hingen ihm in Strähnen in die Stirn. Sein Körper unter den angeklatschten Klamotten wirkte sehr anfällig und deformiert.

Brandau fühlte sich gut. Die Ostsee war kalt. Die Nordsee ebenfalls. Das hier war das tropische Paradies. Feucht und warm. Gute Zeit für Kaulquappen, für Froschmänner. Hervorragende Bedingungen zum Kämpfen, zum Schwimmen, für Kampfschwimmer. Der Deutsche drehte sich unbesorgt um, ging hart an den Beckenrand und musterte die in blutroter Farbe aufgemalte Tiefenangabe auf der grauen Sandsteinfassung des Beckens. 2,60 m. Das würde reichen. Er wandte sich wieder dem Australier zu.

Abbott kam den entscheidenden Schritt näher und hatte seine Kanone noch immer nicht ganz im Freien.

Er ist aus der Übung, dachte Brandau, lange her, daß er aktiver Agent war. Immer vorausgesetzt, Dombrovskys Story stimmte. Aber auch Brandaus Militärdienst lag weit zurück. Blieb zu hoffen, daß er trotzdem noch besser war als der Australier.

Es ging sehr schnell. Seit Brandau wußte, was er wollte, war die alte Sicherheit wieder da, auch ohne Gummianzug und Schwimmflossen. Abbott war eine menschliche Mine, eine Zeitbombe. Und Brandau entschärfte sie.

William Abbott rempelte Michael Brandau ein wenig an, schoß ein paar Mal in die Luft. Der Australier war sehr schwer. Aber dann im Wasser war er hilflos. Brandau ersäufte ihn ohne Mühe.

90

Khun Bao starrte auf die abblätternde Farbe an der Wand der Gefängniszelle. Es war eine seltene Ehre, daß man ihn allein eingesperrt hatte. Kein Schnarchen von Leidensgenossen. Er ging zum vergitterten Fenster und lauschte dem Bellen und Heulen der streunenden Hunde. Er konnte ihnen nichts anhaben.

Das Gespräch mit Generalmajor Montri war sehr angenehm gewesen. Der Mann hatte ihn sehr respektvoll behandelt. Sie hatten sich über den Partisanenkrieg unterhalten, damals, gegen die Japaner. Dann über Polizeihunde. Der Generalmajor hatte eine Vorliebe für deutsche Schäferhunde.

Der Hund, dachte Khun Bao, ein Tier mit guten Eigenschaften. Er akzeptierte seinen Herren, und wenn es sein mußte, kämpfte er für seinen Herren. Solange er unter disziplinarischer Aufsicht stand, war er eine Waffe von enormer Durchschlagskraft. Er konnte Wunden lecken und heilen. Er war genügsam. Erbrach er sich, so leckte er alles wieder auf. Seine Zunge war wichtig. Nicht nur um Schweiß abzusondern.

Und trotzdem hatte er die Hunde immer bekämpft, hatte sie eleminiert. Was ihn mit den Hunden verband, war der Respekt vor dem Gegner.

Sie heulten. Und er konnte ihnen nichts anhaben. Der Mond beschien ihn in seiner Zelle. Die Gitterstäbe warfen Schatten auf sein Gesicht. Und die Hunde beteten die kalte Kugel am Himmel an. Ihre Arie galt der Freiheit. Die Hunde waren frei. Er war ein Gefangener.

Als die Zellentür am Morgen aufgeschlossen wurde und der Generalmajor persönlich erschien, war Bao sicher, daß das Erschießungskommando bereits angetreten war.

»Du kannst gehen«, sagte Montri Pramulratana. »Du wirst später noch einmal vor Gericht erscheinen müssen. Wir werden dir einen Anwalt besorgen. Du redest nur mit ihm und mir. Das ist besser für dich.«

Bao verbeugte sich tief und wollte auf die Knie sinken, aber sein Richter packte ihn an der Schulter und zog den alten Kämpfer sanft hoch und schob ihn aus der Zelle.

91

Boris Malenkow saß an seinem Schreibtisch in der Sowjetischen Botschaft und paffte eine Alhambra.

Vor ihm auf der Tischplatte lag ein einzelnes Farbfoto in der üblichen Größe. 25 mal 20 Zentimeter. Es zeigte den Kopf eines Thai. Freundliches Gesicht. Faltig und zerknittert. Breite Nase. Mandelaugen. Bürstenhaarschnitt. Um die Fünfzig, schätzte Malenkow. Ehemaliger Free-Thai-Kämpfer. Dann Hundefänger bei der Stadtverwaltung. Jetzt Nachtwächter bei diesem Brandau. Das war also der Mann, der Milano Fong erledigt hatte, und den Anuttra für das Böse an sich hielt. Er sah nicht wie ein Killer aus. Aber das war normal. Sie sahen nie so aus, wie man sich das vorstellte.

Malenkow fühlte sich wieder einmal bestätigt. Es waren immer die Fotografien, die einem fehlten, immer die Personen, die man nicht kannte, die die Vorgänge in unabsehbare Bahnen lenkten. Die unbekannten Faktoren machten das Geschäft so schwierig. Wer war dieser Thai wirklich? Was steckte dahinter? Für wen arbeitete er, wenn er nicht Nachtwächter spielte? Für die Chinesen, die Koreaner oder gar für die Japaner? Oder hatten die Thai diesmal sogar selbst die Finger im Spiel? Oder war dieser Bao Amnuay ein Einzelkämpfer? Gab es sowas überhaupt noch? Er würde es herausfinden. Malenkow stöhnte und rieb sich die Augen unter den farblosen Brauen. Die zwei Zentimeter Zigarrenasche, die er sorgsam gehütet hatte, brachen ab und fielen auf die Tischplatte. Was Boris Malenkow tröstete, war die Tatsache, daß Heliane Baum wenigstens diesen Reporter auf die richtige Schiene gesetzt hatte. Dombrovsky war wieder in Bangkok und auf Herrn Abbott programmiert. Und das war das Wichtigste.

92

Brandau saß auf der Veranda und trank ein Bier.

Der Hund lag neben ihm auf den kühlen Kacheln. Im Garten arbeitete Khun Bao. Brandau hatte ihm einen Vollzeitjob verschafft, indem er ihm zusätzlich die Gärtnerarbeiten übertragen hatte. Es blieb dabei genug Zeit, um sich für die Nacht auszuschlafen. Brandau fühlte sich Robin verpflichtet. Sie hatte den Thai sehr gemocht. Und Brandau dachte, daß es ihr recht gewesen wäre, wenn er dem Mann etwas Gutes tat.

Brandau hörte den Motor, wie er abstarb, kurz nachdieselte. Dann das Schlagen der Wagentüren. Der Hund wollte zum Tor und knurrte.

»Platz!« sagte Brandau. Attila blieb liegen.

Es klingelte, und Nui lief zum Tor.

Als der Besucher durch den Hof und über die Stufen zur Veranda kam, hatte Brandau den Eindruck, daß die Bürste mehr graue Haare aufwies als zuvor. Der Generalmajor trug eine Pilotenbrille mit verchromtem Gestell und dunklen Gläsern, wechselte sie jedoch gegen die bekannte Hornbrille aus, sobald er den Schatten erreicht hatte.

Montri Pramulratana lächelte, verstaute die Sonnenbrille in der Brusttasche seines Hemdes und nickte Brandau zur Begrüßung zu.

Brandau blieb sitzen. Unten im Hof standen zwei Uniformierte.

Der Generalmajor setzte sich neben Brandau in einen Sessel.

»Meine Kollegen haben mich gebeten, diesen Besuch zu übernehmen. Man kann zwar über die Zuständigkeit streiten. Mord ist Mord und Drogen sind Drogen. Aber die Grenzen sind ja fließend, und ich dachte mir, daß es Ihnen vielleicht so lieber ist.« Der Thai verstummte und lächelte. Besuch war eine nette Umschreibung für Festnahme.

»Lieber als was?« fragte Brandau trotzig.

Der Drogenfahnder schwieg sich aus.

Der Hund knurrte.

»Geben Sie mir eine Viertelstunde«, sagte der Deutsche und stand auf.

»Natürlich«, antwortete Montri gelassen.

Brandau bot nichts zu trinken an, war nicht in der Stimmung, höflich zu sein. Oben duschte er, zog sich etwas Bequemes an, nahm seine Ausweispapiere und die Schlüssel und ging wieder hinunter.

»Was war mit Khun Bao los?« fragte Brandau. »Sein Bruder war hier und hat ihn entschuldigt, sagte, er sitze in Untersuchungshaft. Jetzt ist er wieder aufgetaucht. Hab versucht, ihn zu befragen. Aber er ist stumm wie ein Fisch. Scheint nicht nur an meinem Thai zu liegen.«

»Er hat den Mörder von Khun Robin liquidiert und damit einen großen Rauschgifthändler aus dem Verkehr gezogen. Wir müssen ihm beide dankbar sein.« Der Generalmajor sagte das mit deutlicher Anerkennung.

Brandau sah den Drogenfahnder geistlos an, dann wanderte sein Blick zu dem Mann im Garten. Der kombinierte

Nachtwächter und Gärtner schlug gerade mit präzisem Schwung des Buschmessers eine verdorrte Bananenstaude ab.

»Diesen Chinesen?« fragte Brandau verwirrt.

»Ganz recht. Milano Fong. Der Partner von William Abbott. Um den Australier haben Sie sich ja offenbar gekümmert. Deshalb bin ich hier. Fest steht jedenfalls, daß Sie und Khun Bao uns eine Menge Arbeit abgenommen haben, aber auch einige Arbeit machen werden, juristisch. Wir werden die Verdienste aber angemessen berücksichtigen«, sagte Montri Pramulratana, Polizist und Richter in einer Person. Besondere Situationen erforderten besondere Reaktionen. Er war flexibel, solange er dabei das Gefühl hatte, daß er etwas für die Gerechtigkeit tun konnte. Das Recht war eine andere Sache.

»Wieso hat er das getan?« Brandau sah Bao zu, wie er die Bananenstaude zum Abfallhaufen schleifte.

»Es wird Leute geben, die Sie fragen werden, ob Sie ihn beauftragt haben. Ich persönlich bin sicher, daß das nicht der Fall ist. Sie waren dabei, alles selbst zu erledigen, Schritt für Schritt. Das ist es, was ich glaube. Was das Motiv Ihres Nachtwächters angeht, so denke ich, daß wir Thais oft die absonderlichsten Loyalitäten entwickeln, so wie Khun Bao. Und manchmal sind wir sehr konsequent. Es dauert oft sehr lange, bis es soweit ist, aber dann geht es sehr schnell zur Sache.« Der Generalmajor sah Brandau von unten aus dem Sessel an.

Brandau setzte sich auf die Steinbrüstung neben den Thai.

»Ich werde euch Thai nie begreifen.«

Montri Pramulratana lächelte verständnisvoll.

»Wieso ist er dann wieder frei? Ich meine, es ist gut so, aber es erstaunt mich.« Brandau schüttelte den Kopf.

»Es wurde eine Kaution gestellt.«

»Von wem?«

»Sagen wir, die Thai-Seite hat eine kleine Kollekte durchgeführt.«

»Sie werden nicht drei Deutsche finden, die das gleiche für mich tun würden.« Brandau grinste bitter.

»Es werden sich Wege auftun.« Der Thai seufzte leicht.

»Was Khun Bao da getan hat, das ist auch meine Schuld!«

»Schuld?« Montri lächelte nachsichtig. »Ihr Deutschen und eure Schuldfrage. Das Christentum...«

»Denken Sie nie darüber nach?« fragte Brandau.

»Ich bin Buddhist. Ich trage nur mein eigenes Körpergewicht.« Montri strich sich nachdenklich übers Haar. »Nichts lastet auf meinen Schultern. Keine Erbsünde. Ganz im Gegenteil: Ich werde immer leichter!«

»Ich beneide Sie um Ihre Gleichgültigkeit«, stellte Brandau spöttisch fest.

»Es hat mit Gleichgültigkeit nichts zu tun. Eher mit Gleichmut...« Der Thai gab diese Erläuterung absolut emotionslos weiter. Keine Predigt. Kein Bekehrungsversuch. Kein Missionsauftrag.

Der Hund fixierte den Polizisten und schien trotz deutlicher Abneigung fasziniert zu sein.

»Sie haben da ein sehr schönes Tier«, wechselte Montri das Thema.

Brandau nickte. Eine Zeitlang schien es so, als wolle keiner von beiden aufbrechen.

»Was ich dazu tun kann, um Ihnen aus dieser Angelegenheit herauszuhelfen, werde ich tun«, sagte der Generalmajor nach einer Weile und musterte den Deutschen ernst. »Sie waren mein Köder. Ich habe meinen Fisch an Land gezogen, zwar anders als erwartet und dann noch mit Partner... aber immerhin... tot oder lebendig... was spielt das noch für eine Rolle. Aber die Juristen wollen auch ihr Geld verdienen. Ich muß mich den üblichen Spielregeln aussetzen, mit Ihnen. Auch die Justiz hat ihre Verfahren.«

»Ich hoffe, Ihr Arm ist lang genug«, brummte Brandau düster.

»Ich bin Optimist. Um in diesem Land zum Recht zu kommen, muß man ab und zu ein Gesetz brechen. Aber die Freiheit bedeutet uns hier eine Menge. Sie wissen: Thai heißt *frei*!«

Der Dobermann stand auf und knurrte.

»Platz!« sagte Montri scharf.

Der Hund gehorchte.

»Er spürt, daß ich mal in Deutschland war«, bemerkte der Drogenfahnder zufrieden.

»Was ist mit Dombrovsky?«

»Wir werden ihm empfehlen, das Land zu verlassen.«

»Sie schieben ihn also ab.«

»Wenn Sie es so ausdrücken wollen. Wir sind großzügig. Er kann jederzeit wiederkommen. Später. Wenn Gras über die Sache gewachsen ist.« Das »Gras« betonte er so liebevoll wie ein Schrebergärtner. »Und wir werden es ihm erst morgen mitteilen.«

»Warum so entgegenkommend?«

»Wir wollten ihm einen letzten Wunsch erfüllen. Er hat ihn zwar nicht geäußert, aber... Im Auslandskorrespondentenclub gibt es heute abend eine Veranstaltung zum Thema Jim Thompson, und ich dachte, da er derzeit sowieso im Oriental residiert und der Club direkt daneben liegt, können wir ihm diesen Gefallen noch tun. Er wird sicher hingehen. Er scheint ja ganz versessen auf diese Sache zu sein«, erzählte Montri milde.

Dombrovsky war versessen auf William Abbott. Brandau lächelte. Aber das konnte der Drogenfahnder nicht wissen. Abbott war tot. Und wahrscheinlich wußte Dombrovsky nicht einmal, daß seine letzte Quelle versiegt war. Brandau hatte das Telefon nicht abgenommen, wenn es geklingelt hatte. Er hatte ein schlechtes Gewissen. Es wurde ihm alles zuviel. Robin war wichtiger als dieser Seidenkönig. Das mußte auch Dombrovsky einsehen. Aber Brandau wollte sich nicht darüber auseinandersetzen. Nicht jetzt. Später.

»Sie lächeln so geheimnisvoll?« fragte Montri interessiert.

»Was sind schon ein paar Gramm Heroin, ein paar Milchkühe und ein Mord gegen das Mysterium des Jim Thompson.« Brandau lachte kurz und trocken.

Der Generalmajor musterte ihn amüsiert.

»Die alten Regeln stimmen nicht«, sagte Brandau.

»Und die wären?«

»Facts are stranger than fiction!«

»Wer will das eine schon vom anderen trennen. Wir leben alle unsere Romankapitel und sind die Schauspieler in der Wirklichkeit. Schwieriges Terrain.«

»Wir Märchenfiguren«, sagte Brandau und erhob sich.

Der Generalmajor und der Dobermann standen ebenfalls auf.

Es war Zeit zu gehen.

93

Gustave Simenon war sicher, daß er etwas unternehmen mußte, und zwar bald.

Seine Habichtnase hing tief über einem Glas Cognac. Er hatte nachzudenken. Die Bamboo Bar im Oriental war genau der richtige Ort dazu. Außerdem war dieser Reporter nahe genug, um sofort zu reagieren. Dombrovsky war auf seinem Zimmer. Sollte er es verlassen, so würden Simenons Leute dies sofort melden. Auch die Schatten des ONCB, des KGB und der chinesischen Drogenmafia waren geortet und konnten bei Bedarf neutralisiert werden. Er hatte sechs Männer im Hotel.

Die Lage war unübersichtlich. Jedenfalls hatte dieser Dombrovsky mit Abbott Kontakt gehabt. Genau das hatte Simenon befürchtet. Gut, dieser Brandau war auch dabei gewesen. Vielleicht war Dombrovsky wieder nur Randfigur. Es mußte nichts mit dem alten Herren zu tun haben. Es mußte nicht mit ihrer Arbeit im Zusammenhang stehen. Aber seine Leute hatten nicht mitbekommen, was die drei zu bequatschen hatten. Und dann hatten sie nur noch die Leiche des Australiers im Pool treiben sehen. Das war zu wenig, um sicher sein zu können. Vielleicht hatte Abbott gar nichts über Thompson erzählt. Vielleicht ging es um ganz andere Dinge. Aber wer wußte das schon? Vielleicht hatte William auch gute Gründe gehabt, ein paar Informationen herauszugeben, weil er Probleme mit seinen Drogengeschäften hatte. Und wenn Abbott diesem Reporter erzählt hatte, daß der alte Herr tot war, dann war das auch nicht ausreichend befriedigend für einen guten Journalisten. Schließlich hatte der alte Herr noch ein paar Jahre gelebt und solide gearbeitet. Und das war die Story. Und diese Story durfte nicht gedruckt werden, geschweige denn geschrieben. Und deshalb mußte man auf Nummer Sicher gehen. Kein Risiko.

Gustave Simenon war sicher, was zu tun war. Er richtete sich an der Bar auf, kippte den Cognac hinunter und bestellte einen neuen. William Abbott hatte Dulf Dombrovsky im Oriental ein Zimmer reserviert. Und das ONCB hatte seine Schnüffler schon fast überall, wo Brandau und Dombrovsky auftauchten. Ganz zu schweigen von den Gaststars aus Malenkows Stall. Das war mehr an Querverbindungen, Öffentlichkeit und Risiko, als Gustave Simenon sich leisten durfte.

94

Wenn Hemingway ihn erfunden hätte, dann hätten die Kritiker das große Lamento über die Klischees angestimmt. Aber die Klischees wurden eben immer wieder von der Wirklichkeit übertroffen. So wie hier.

Dombrovsky sah gebannt auf die Leinwand des *Foreign Correspondents Club of Thailand,* einer verschnörkelten Angelegenheit im Stil alter Lichtspielhäuser. Zum ersten Mal sah er Jim Thompson. Nicht auf Fotografien. Der Mann agierte, bewegte sich. Ein kettenrauchender Bogart. Ein näselnder John Wayne. Kaum verständlich, wenn er redete. Äußerlich nicht der vermutete hochsensible Ästhet, sondern eine jener Kultfiguren, wie sie die nordamerikanische Filmindustrie serienweise auflegte. Er hatte jede Bewegung, jede Redewendung drauf, die man aus Hollywood kannte. Der Macho an sich, der mit der klassischen Gebärde an der Zigarettenkippe sog, die er, gegen jeden Sturm gesichert, in der Hand barg.

Dombrovsky bestellte noch ein Bier vom Faß. Der Thai hinter dem Tresen riß die Coupons aus dem Heftchen, das Dombrovsky für 200 Baht erstanden hatte.

Die letzten Bilder des Dokumentarfilms *Das Haus am Klong* verblaßten. Es wurde geklatscht. Der Auslandskorrespondenten-Club war brechend voll. Alle waren da. Alle Fans von Jimmy Thompson. Der Mythos mobilisierte die Massen.

Ein semmelblonder Journalist vom Club-Vorstand ging zum Mikrofon und begrüßte die Gäste, die Mitglieder und ganz besonders die Stars des Abends. Vier Personen, die Thompson sehr nahegestanden hatten. Zwei Frauen und zwei Männer. Sein Arzt, ein Journalist, eine Geschäftsfrau und jene Frau, die bei ihm war, als er im malaysischen Hochland zum letzten Mal gesehen wurde.

Es wurden die bekannten, abgedroschenen Fragen gestellt und aufwendig beantwortet. Zu den verschiedenen Theorien über sein spurloses Verschwinden. Über den Mord an seiner Schwester. Die Guerilleros, die ihn entführt hatten. Das vermeintliche Exil in China mit Pridi Banomyong. Und immer wieder die CIA.

Dombrovsky trank sein drittes Bier und langweilte sich. Richard Hughes hatte recht gehabt, als er Reporterkollegen empfohlen hatte: Wenn dir nichts mehr einfällt, kannst du immer noch über Jimmy schreiben!

Nach etwa einer halben Stunde stellte einer der männlichen Gäste die erste interessante Frage.

»War Thompson homosexuell?«

Das war allerdings eine Fährte, die auch bei Dombrovskys Recherchen heiß geblieben war. Es war auffallend, daß der Sex, ob Männer oder Frauen, in der Geschichte bei allem Nachlesbaren auffallend peinlich ausgeklammert worden war. Das war zumindest ungewöhnlich. Es wimmelte nur so von guten und offensichtlich platonischen Freundschaftsverhältnissen.

Nach dem, was er auf der Leinwand gesehen hatte, glaubte Dombrovsky mehr denn je an eine Frau, denn der homosexuelle Ledertyp im Baumfällerhemd schien der Seidenmann nun wirklich nicht zu sein.

Der Diskussionsleiter gab die Frage sichtlich verstimmt an die vier Bekannten des Verschollenen weiter. Der Arzt sprach sich klar und sachlich gegen jede Vermutung aus, daß sein Patient schwule Neigungen hatte. Der Reporterfreund bestätigte die Aussage aus seiner Sicht. Es folgten weitere Fragen zu unverfänglicheren Spekulationen. Dombrovsky ärgerte sich. Doch dann nahm ein anderer Gast, offensichtlich ein Mitglied, das den Druck aushalten konnte, die Frage nach der sexuellen Komponente noch einmal auf.

»Es ist auffallend«, merkte er anzüglich an, »daß beide

Männer, der Arzt und der Journalist, ausführlichst auf die Frage nach der sexuellen Neigung eingegangen sind, nicht aber die beiden Damen.«

Ein Raunen ging durchs Publikum. Es war verdammt noch mal die einzig heiße Spur, die einzige Verästelung, die nicht sorgfältig aufgearbeitet worden war. Alle wußten es.

Aber der semmelblonde Diskussionsleiter gab sich prüde. »Wir sind hier, um das Verschwinden eines Mannes zu diskutieren und nicht über sein Sexualleben«, kanzelte er den Fragesteller ab.

Damit war das Thema tot. Ein paar ordentliche Journalistenfrauen machten ihrer Zustimmung zu dieser Zensur mit verhaltenem Applaus Luft.

Ein sehr journalistisches Argument, der Wahrheit verpflichtet, dachte Dombrovsky bitter und trank sein Bier aus. Dann zerriß er das Heftchen mit den restlichen Bons in kleine Fetzen und warf sie in den Aschenbecher. Er rutschte vom Barhocker und ging hinaus.

Der FCCT lag im obersten Stockwerk des Oriental Plaza. Dombrovsky lief die teppichbelegten Stufen ins Erdgeschoß hinunter, musterte die Auslagen der Läden im Einkaufszentrum, die teils beleuchtet und teils dunkel waren. Er verließ das klimatisierte Gebäude. Die feuchtwarme Nachtluft umhüllte ihn. Der Chao Phraya war nur wenige hundert Meter entfernt. Der Fluß. Die Mutter aller Dinge. Er fühlte sich schimmelig und abgestanden.

Man konnte über Thompson denken, was man wollte. Was immer wahr war oder nicht. Die Legende würde bleiben. Und das war vielleicht die größte Tat des Seidenmannes. Für ein paar Generationen hatte er die Unsterblichkeit, und er brauchte weder die Hose herunterzulassen, noch sonstige Peinlichkeiten zu produzieren. Vielleicht war er tot, aber er lebte. Das war Stil. Er hatte einfach die Kugel rollen lassen, mit Niveau – und sie rollte und rollte...

Dombrovsky ging hinüber zum Oriental Hotel. In seinem Rücken hörte er Schritte. Er maß ihnen keine Bedeutung zu, drehte sich nicht um. Sicher weitere Besucher der Veranstaltung, denen die Diskussion zu langweilig geworden war. Er steuerte die lange Holzplanke an, die die überschwemmte Seitenstraße zum Parkhaus des Oriental überbrückte.

Er würde eine Reportage über Seiden-Jim schreiben. Vielleicht auch ein Buch. Dieser Australier mußte ihm die Fakten liefern. Dombrovsky konnte warten. In diesem Fall war Leben. Alles war möglich. Der Mythos war unendlich. Möglicherweise würde er auch einen Artikel über Michael Brandau schreiben. Aber wer war schon Brandau? Wer interessierte sich dafür? Trotzdem! Im Hotelzimmer mußte er erneut versuchen, Brandau anzurufen. Er hatte ihn bislang nicht erreicht. Er wußte nicht, was er als nächsten Schritt tun sollte. Irgend jemand mußte ihn doch bald in dieser Luxusherberge kontaktieren. Brandau, Montri Pramulratana oder dieser Australier. Er kam sich vor wie auf einem Abstellgleis. Die Dinge ereigneten sich ohne ihn, und er wußte nicht einmal welche. Lächerliche Vernunft, die er da an den Tag legte, indem er auf Anweisung den toten Mann spielte. Das war nicht seine Art. Auch Freundschaften hatten ihre Grenzen.

Fast wäre er von dem glitschigen Holzbrett abgerutscht. Er stolperte hastig bis zum Ende der Bohle und war froh, wieder festen Boden unter den Schuhsohlen zu haben.

Er wußte nicht, ob er das trockene »Plopp« zuerst gehört hatte oder ihn der Schlag zwischen den Schulterblättern noch vorher getroffen hatte. Er wurde umgerissen und schlug auf den Asphalt auf.

Er erinnerte sich an das Geräusch von Schritten in seinem Rücken. Idiot, dachte er, naiver Idiot! Zinnsoldat ist umgefallen. Kinderspiel. Die Amateurdetektive gegen die CIA und die chinesische Heroinmafia. Dummkopf! Großartiger Reporter. Kriegsberichterstatter. Hingefallen. Gefallen...

Er versuchte aufzustehen. Es ging nicht. Er kroch wenige Zentimeter vorwärts. Aber kein Entkommen. Über sich sah er verschwommen dunkle Hosenbeine, dazwischen etwas schwarzes, in Form einer Blechdose mit einer runden Öffnung, direkt vor seinem Kopf.

Dombrovsky wußte nicht, daß es ein Schalldämpfer war, aber er ahnte, daß er sterben mußte. Er hustete etwas Blut und lächelte sehr asiatisch.

Wenn Jim Thompson tot war, dann war er ihm jetzt so nahe wie nie zuvor. Himmel oder Hölle. Er würde den Mann bald treffen.

Postscriptum

Dieser Roman spielt im Jahr des Hundes 1982. Fakten und Fiktion sind so gemischt, wie es der Wirklichkeit entspricht.

Neben Kunstfiguren wie Brandau, Dombrovsky, Robin und Khun Bao, wird über tatsächlich lebende und verstorbene Personen wie Jim Thompson, Khun Sa und Lao Su berichtet. Letztere, ob lebend oder tot, sind vom Mythos der phantastischen Erzählung und der trockenen Reportage umgeben.

Ich bitte um Verständnis dafür, daß ich diese Personen des öffentlichen Lebens und das, was jeder über sie in Erfahrung bringen kann, strapaziert habe, um deutlich zu machen, warum die wirklichen Schauspieler und die erfundenen Rollen oft ineinanderfließen müssen, damit das echte Leben sichtbar wird.

D.B. — Bangkok, 1982–1985

Das Buch befähigt seinen Leser zu einem grundsätzlichen Hundeverständnis, das notwendig ist, um auf einen Hund eingehen zu können. Lösungen für Problemfälle können hier nicht geboten werden, denn sie verlangen ein Eingehen auf die jeweilige Situation und auf die individuellen Verhaltensweisen von Mensch und Hund.

Jede erfolgreiche Klärung von Missverständnissen zwischen Hund und Mensch basiert auf dem Wissen, das durch dieses Buch vermittelt wird. Die Herstellung eines natürlichen Hund-Mensch-Verhältnisses, ermöglicht es dem Hund, sich dem Menschen anzuvertrauen und sich richtig zu verhalten.

Verfahrene Situationen und schlimme Unarten eines Hundes verlangen ein kluges Handeln, oft sind es nur kleine Änderungen in der Verhaltensweise des Hundebesitzers, die eine große Wirkung erzielen. Für eingefahrene Probleme empfiehlt sich die Zuhilfenahme eines erfahrenen Hundetrainers. Ein guter Hundetrainer arbeitet darauf hin, ein funktionierendes Hund-Mensch-Verhältnis aufzubauen, er zeigt Ihnen Ihre Fehler im Umgang mit dem Hund und Wege, die Sie aus verfahrenen Situationen dauerhaft heraus führen. Das Basiswissen aus diesem Buch erleichtert diese Arbeit und ermöglicht Ihnen sogar, alleine hartnäckig eingeübte Verhaltensweisen zu verstehen und zu ändern.

Wenn Sie Ihren Hund von Anfang an nach den aufgezeigten Richtlinien erziehen, werden Sie keine Probeme haben, keine Hundeschule und keinen Trainer benötigen und dennoch einen sehr gut erzogenen Hund haben. Sie werden sogar einen wesentlich besser erzogenen Hund vorzeigen können, als ein Hundebesitzer, der bei der Erziehung seines Hundes auf die Hundeschule setzt. Erziehen müssen Sie Ihren Hund nämlich am besten selbst, von Anfang an richtig und nicht, indem Sie anerzogene Fehler später mühsam korrigieren.

Verstehen Sie Ihren Hund und er wird Sie verstehen und es Ihnen danken.

Wie erziehe ich meinen Hund?

Das Buch vom Einfachsten

von Rita Lell

Impressum

Herstellung und Verlag
Books on Demand GmbH, Norderstedt

Bildnachweise
110 Abbildungen
Maria Lell: Seite 28
Tobias Lell: Titelbild und Seite 10, 11, 16, 42,
49, 83, 84, 89, 94, 114, 116
Rita Lell: alle weiteren Bilder

Layout: Rita Lell
Lektorat: Katharina Lehner, Eva Maria Körber, Maria Lell

ISBN: 978-3-839-8602-2

Inhalt

Der Hund braucht einen Anführer

Der Hund versteht nur eine einfache Sprache

Der Hund braucht klare Regeln mit viel Konsequenz

Der Hund braucht Bewegung, Schutz und Sicherheit

Vorwort

Es ist oft schwer zu erkennen, was das Einfachste und Normale ist. Von Kindheit an war ich mit Hunden zusammen und ich lernte ganz von selbst, wie man mit Hunden gut auskommt und viel Freude mit ihnen hat. Das Selbstverständliche wird in zahlreichen Hundeerziehungsbüchern gerne verkompliziert oder mit wissenschaftlichen Ansätzen verklausuliert. Es entsteht eine weit verbreitete Unsicherheit in Hundefragen.

Bei meinen Spaziergängen mit meinen Hunden werde ich laufend gefragt, wie ich es denn schaffe, dass meine Hunde so brav und folgsam sind. Durch diese Begegnungen entwickelte sich im Laufe der Jahre die Idee, einfach aufzuschreiben wie eine Mensch-Hund-Beziehung aussehen könnte, um ein harmonisches Zusammenleben zu gewährleisten. Bei meinen Überlegungen kam ich zu dem Schluss, dass es dafür nicht viel braucht, dieses Wenige dann jedoch unbedingt.

Es gilt das Einfachste wieder zu entdecken, das ist oft nicht so leicht. Zumindest fällt es dem Menschen in der modernen Zeit scheinbar sehr schwer. Dieses Buch soll helfen, das Normale und Richtige, also das Einfachste wieder zu erkennen. Mit vielen Bildern anschaulich aufbereitet, versuche ich, Ihnen Mut zu machen für das Abenteuer Hund in der heutigen Welt. Ein Hund hilft Ihnen dabei, sich auf Wichtiges zu besinnen - auf das Jetzt und Hier – und sich an den Maßstäben der Natur zu orientieren.

Dieser Hund spricht eine ganz klare Sprache.
Ich bin spielbereit, ich freue mich, es geht mir super gut!

Die Hund–Mensch-Beziehung

Eine gute Hund–Mensch-Beziehung ergibt sich von selbst, wenn man die Gelegenheit hat, mit vielen Tieren in Kontakt zu kommen.

Von Kindesbeinen an galt mein besonderes Interesse den Tieren. Vor allem Hunde und Pferde hatten es mir angetan. In meiner Familie gab es keine Tiere, darum nutzte ich jede Möglichkeit, auf Bauernhöfen mit Kühen, Schweinen, Schafen und Hühnern in Kontakt zu kommen. War ein Bauernhof in der Nähe, fand man mich im Stall. Zum Ärger meiner Eltern, denn der Stallgeruch war sehr anhaftend, was mich jedoch in keiner Weise störte. So verbrachte ich viele Jahre meiner Kindheit ohne eigenes Tier, bis in der Nachbarschaft ein dreijähriger Pudel auftauchte, mit dem ich mich anfreunden durfte. Dieser bildschöne Königspudel mit dem Namen Peggy wurde zu meinem täglichen Begleiter auf ausgedehnten Spaziergängen. Die Besitzer, ein älteres Ehepaar, waren froh, dass ich den Hund zum Gassigehen abholte. Aus meinen bisherigen Hundekontakten wusste ich, wie Hunde reagieren, wie man sie anspricht, wie sie sich verhalten und wie ich dieses Verhalten beeinflussen kann.

Der Hund lässt seinen Besitzer an seinem Befinden teilhaben, indem er seine Gefühle eindeutig zeigt. Der Hund wedelt - er kann gewissermaßen lachen - wenn er uns auffordert etwas zu tun, was er möchte und was ihm Freude bereitet. „Komm, wir gehen

Gassi“, oder „Gib mir etwas von deiner Wurst“, oder „Schau mal ein Besuch kommt“ usw. Ich habe ganz von selbst gelernt, wie ich reagieren muss, um das Verhalten des Hundes in wichtigen Situationen zu beeinflussen, wie ich dem Hund eine klare Autoritätsperson bin und wie ich Kommandos geben muss, die der Hund beachtet. Es ist mir als zwölfjähriges Kind einwandfrei gelungen, nur der Hund hat es mich gelehrt. Dieses Hund-Mensch-Verhältnis erscheint mir so klar und selbstverständlich, dass ich mich wundere, wie kompliziert es in zahlreichen Hundebüchern dargestellt wird. Erziehungsmethoden kommen und gehen, zurück bleibt ein verunsicherter Hundehalter.

Es tut scheinbar Not, sich wieder auf ein natürliches Mensch-Hund-Verhältnis zu besinnen, darum sehe ich mich veranlasst, meine Erfahrungen aufzuschreiben. Mit diesem Buch versuche ich Ihnen das Einfache in vielen Facetten zu beleuchten, in der Hoffnung, dass es Ihnen dann auch wirklich logisch erscheinen und vielen Hunden ein glückliches Leben bescheren wird.

Wie erziehe ich meinen Hund?

Entgegen verbreiteter Meinungen beginnt die Erziehung des Welpen in dem Moment, in dem Sie ihn zu sich nehmen. Das heißt nicht, dass Sie eine strenge Schulung beginnen oder Ihr Leben zu Gunsten der Gewohnheiten des Hundes verändern müssen. Im Gegenteil, der Hund wird sich Ihrem Lebensstil anpassen.

Das heißt vielmehr, dass die Situation, die der Hund bei Ihnen vorfindet, ihn für sein Leben prägen wird.

Der Verstand des Hundes akzeptiert gemäß seiner Natur die Verhaltensregeln, die ihm seine Gruppe vorgibt. Dieses Verhalten ist seit Jahrtausenden in seinen Genen, sie sichern sein Überleben. Er wird diese Regeln unbedingt befolgen. Der Besitzer tut gut daran, klare Regeln aufzustellen, an denen sich der Hund orientieren kann, denn anders wird eine Kommunikation nicht gelingen. Diese Regeln sind die Ordnung und der Zusammenhalt der Gruppe; das sogenannte Rudelverhalten.

Die Weichen richtig stellen

Der Hund braucht günstige Lebensumstände, eine positive Umgebung und ein selbstverständliches Miteinander von Mensch und Tier.

Oft legen sich Menschen einen Hund zu und warten, wie sich die Sache entwickelt. Ein Ärgernis jagt das andere und Frust macht sich breit. Der Hund folgt nicht, läuft bei jeder Gelegenheit weg und randaliert in der Wohnung, indem er Möbel anknabbert, Türen verkratzt und sich anderweitig störend verhält. Die Folgen beeinträchtigen das Zusammenleben mit dem Hund, je länger sie andauern, umso schwerer sind sie zu beheben. Der Hund kann nicht alleine im Garten sein, weil er über den Zaun springt, er muss beim Spaziergang immer angeleint sein, weil er sonst davonläuft. Ein Teufelskreis entsteht, der sich permanent steigert.

Ich spreche diese Probleme an, weil sich in meiner Umgebung gerade ein solcher Fall entwickelt hat und diese Menschen es sehr gut meinen, aber keine Ahnung haben, wie man das Zusammenleben mit einem Hund angeht.

Das Einfachste wurde nicht bedacht, und zwar, dass man einen Hund von Anfang an auslasten und erziehen muss. Ein Hund ist kein Ziergegenstand für Haus und Garten, von dem man erwarten kann, dass er sich still und unauffällig in die vorhandene Situation einfügt.

Ein Hund braucht vom ersten Tag an viel Bewegung. Ob es ein Welpe ist oder ein erwachsener Hund, je nach Rasse und Alter des Hundes muss ein angemessener Auslauf eingeplant werden. Möchten Sie nicht mit dem Hund spazieren gehen, haben aber einen großen Garten, dann wäre es sinnvoll, einen älteren Hund oder eine Hunderasse zu wählen, die in diese Situation passt. Beim aktiven erwachsenen Hund darf der Spaziergang schon eine Stunde oder länger dauern. Je nach Vorlieben kann dabei Ihr Fitnessprogramm, wie Joggen, Radfahren, oder einfach nur Spazierengehen, absolviert werden. Ein Welpe darf natürlich nicht überfordert werden, aber in kurzen Einheiten lernt er das Begleiten sowie die Kooperation mit Ihnen und macht sich mit seiner Umwelt vertraut.

Von der ersten Stunde an soll ein Hund erzogen werden. Schrittweise lernt er dann, dass er sich im Haus ruhig und brav verhält. Das kann der Hund nur lernen, wenn er genug Bewegung hat und natürlich sein Geschäftchen gemacht hat. Und auch nur, wenn man im Haus nicht mit ihm spielt und ihn in Ruhe lässt. Der Hund braucht im Haus nicht beschäftigt werden, er kann schlafend in seinem Körbchen liegen, einen Kauknochen zerbeißen oder Ihnen bei der Arbeit zusehen. Wichtig ist, dass er immer in Ihrer Nähe sein darf und sich rundum wohl fühlt.

Natürlich braucht ein Hund seine Streicheleinheiten und Schmusepausen, die je nach Rasse und Veranlagung unterschiedlich eingefordert werden. Manche Hunde sind die reinsten Schmusetiger, andere geben sich mit dem alltäglichen Lob als Anerkennung zufrieden. Aber Leckerli und einen Türsteher, der ihn beliebig rein oder raus lässt, braucht er nicht. Er braucht auch keine Beschäftigung durch Bellen und Toben, wenn jemand am Haus vorbei geht. So wie es eingelernt wird, so wird es auch in Zukunft sein. Wenn Sie Ihrem Hund nicht beibringen, wie er sich zu verhalten hat, dann wird ein Hund sich eben so verhalten, wie es ihm gefällt, auch wenn Sie dieses Verhalten auf Dauer stört. Sie müssen solche Unarten dann jede Stunde, jeden Tag und viele Jahre lang ertragen, oder dem Hund mit viel Mühe, Arbeit und Disziplin ein neues Verhalten anlernen.

Beginnen Sie mit der „Erziehung“ erst, wenn vieles schon im Argen liegt, dann ist es viel schwerer, die Weichen umzustellen. Klare Regeln von Anfang an ersparen Ihnen große Mühen und Ärger.

In erster Linie müssen Sie ein klares Konzept haben; denn die Anstrengungen werden viel größer sein, einen verzogenen Hund umzuschulen als einen „neuen“ Hund richtig einzugewöhnen. Sie werden die Initiative ergreifen müssen und Sie müssen Disziplin lernen im Umgang mit Ihrem Vierbeiner, erst dann kann der Hund entsprechend reagieren.

Fühlt sich der Hund wohl und ist brav, kann sich auch der Mensch an ihm freuen und dem entspannten Miteinander steht nichts mehr im Wege. Nur mit klaren Regeln können Mensch und Tier harmonisch zusammen leben. Diese Entwicklung muss bewusst angestrebt werden und das gelingt nur, wenn Bedürfnisse des Hundes von vorne herein berücksichtigt werden und zwar in einer Form, die mit den Interessen des Menschen im Einklang stehen. Nur wenn Sie die Weichen richtig stellen und der Hund günstige und freundliche Lebensumstände bei Ihnen vorfindet, wird das „Abenteuer Hund" auch gelingen.

Wählen Sie einen erwachsenen Hund, der neue Besitzer braucht, oder einen Hund aus der Tierhilfe, dann ist die Situation die Gleiche. Eigentlich ist es hier noch viel wichtiger, dem Hund eine klare Verhaltensstruktur anzubieten, in der er sich sofort orientieren kann. Der Hund in der neuen Familie braucht klare Regeln, die ihm Schutz und Sicherheit bieten. Ängste und Unsicherheiten werden leichter überwunden, wenn Sie eine starke Autorität für Ihren Hund darstellen, die ihn wohlwollend anleitet, mit viel Lob bestätigt und klare Grenzen zieht, die strikt eingehalten werden. Ein Hund ist intelligenter als gelegentlich angenommen wird. Er kann unser Befinden, unsere Gemütsverfassung und Stimmung leicht erkennen. Der Hund schließt sich bereitwillig einer Autorität an, verhält sich gerne kooperativ und reagiert auf die angebotene Situation. Versäumen Sie es nicht, dem Hund immer klar anzuzeigen, was Sie von ihm möchten und kommunizieren Sie mit ihm in einer Weise, die er verstehen kann. Wie Ihnen das gelingt, erläutern Ihnen die folgenden Kapitel.

Der Hund braucht einen Anführer und klare Regeln, damit er sich orientiern kann

Planen Sie also im Voraus, wie Sie sich das Zusammenleben mit Ihrem Hund vorstellen und zeigen Sie Ihrem Hund immer klar an, was Sie von ihm möchten.

Jeder Hund ist aufgeschlossen, lernbegierig und dankbar. Natürlich muss der richtige Hund ausgewählt werden, denn seine Interessen sind zu berücksichtigen, sie müssen in die Grundlagen Ihrer Planung eingebaut werden.

Zuverlässigkeit, Wohlwollen und eine gelungene Kommunikation sind der Weg zur Psyche des Hundes und zum entspannen Miteinander.

Wie alles beginnt

Die Entwicklung des Hundes beginnt nicht bei der Geburt, sondern eigentlich schon im Bauch der Hündin. Es ist maßgebend, ob die Hündin ein geborgenes Zuhause hat, ob sie gesund ist und gut ernährt wird. Das Sozialverhalten der Hündin, wie sie mit anderen Hunden umgeht, ob sie eine gute Mama ist, wirkt sich auf den Welpen aus.

Für einen idealen Start ins Hundeleben spielen viele Faktoren zusammen. Die Ernährung der Hündin ist von überragender Bedeutung, was die gesundheitlichen Voraussetzungen der Welpen betrifft. Genauso ausschlaggebend ist die Lebenssituation der Hündin und der Welpen, so ist zum Beispiel eine Haltung in dunklen Räumen ohne natürliches Sonnenlicht extrem ungünstig für die Entwicklung der jungen Hunde. Zu wenig Sonnenlicht bewirkt Vitaminmangel und Fehlentwicklungen der Knochen.

Die Anzahl der Welpen variiert von Rasse zu Rasse. Der Magyar Vizsla zum Beispiel entwickelt in den neun Wochen der Trächtigkeit ca. 8 – 12 Welpen. Jedes der Hündchen wird perfekt angelegt, mit Knochen, Fell, Zähnchen usw. Es ist daher nur logisch, dass die Hündin einen enormen Bedarf an Nährstoffen bester Qualität hat. Die Hündin muss auch vor der Trächtigkeit in einem optimalen Ernährungszustand sein, damit gut ausgebildete und gesunde Welpen entstehen können.

Wissenschaftliche Untersuchungen haben ergeben, dass die Anlage zur Hüftgelenksdysplasie (HD) von genau dieser guten oder schlechten Ernährung abhängt. Hüftgelenksdysplasie konnte durch züchterische Selektion bisher nicht zurückgedrängt werden. Es ist also davon auszugehen, dass Hüftgelenksdysplasie nicht ausschließlich durch Vererbung entsteht, wie bisher oft behauptet wurde. Auch die angepasste Bewegung ist für die Entwicklung der Hüften von Bedeutung. Der Welpe bewegt sich von selbst genügend, er darf nicht mit langen Spaziergängen usw. überfordert werden. Der erwachsene Hund soll seiner Rasse entsprechend ausgelastet werden. Jede übermäßige Beanspruchung kann Schäden anrichten. Eine ausgewogene Fütterung ist eine Ernährung des Hundes, die der natürlichen Nahrung nahe kommt, nicht eine übermäßige und zu üppige Nahrung. Der Welpe muss in seiner Entwicklungsphase alle notwendigen Nährstoffe zur Verfügung haben, darf nicht zu schnell an Gewicht zunehmen und zu dick werden, aber auch nicht hungern oder darben. Kurz gesagt: Es soll das Richtige in der angepassten Menge gefüttert werden. Ich sehe hier Parallelen zu Fastfood und ausgewogener Ernährung beim Menschen.

Es wird behauptet, dass Fertigfuttermittel alle notwendigen Nährstoffe enthalten. Willkürliche Gaben von künstlich erzeugten Vitaminen und Mineralstoffen können aber

genau das Gegenteil bewirken. Ich bin der Ansicht, dass künstlich zusammengemixte Futtermittel, auch wenn sie vielleicht im richtigen Verhältnis zueinander stehen, niemals dem Naturzustand von Nahrungsmitteln nahe kommen. Fertigfutter sind häufig auch mit Lockstoffen und Geschmacksverstärkern, sowie mit Zucker versetzt, was sich nicht gut auf den Hund auswirkt. Ein mit Vitaminen angereicherter Hamburger ist schließlich auch nicht mit einer ausgewogenen Ernährung gleichzusetzen

In der Natur frisst der Hund von erbeuteten Tieren den Mageninhalt (vorverdaute Pflanzen), sowie Sehnen, Knorpel, Knochen, Fell, Blut, Fleisch usw. Die ideale Hundenahrung sollte so zusammengestellt sein, dass sie diesem Fressverhalten des Hundes am nächsten kommt.

Bei selbst zubereitetem Hundefutter besteht die Gefahr, dass zuwenig Calcium enthalten ist. Wenn das Futter in Eigenregie zusammen gestellt wird, sollte man sich über die Vollständigkeit der Bestandteile dieser Mischung kundig machen. Gerade für Hunde im Wachstum macht es Sinn, Futterkalk ins Futter zu mischen. So kann man sicher gehen, dass der Hund richtig ernährt wird. Ich habe meinen Welpen Markknochen vom Rind gegeben, damit sie das leckere Knochenmark herausnagen konnten.

Im Fertigfutter ist Calcium in der Regel ausreichend vorhanden, eine weitere Zugabe könnte zuviel sein und das Gegenteil bewirken. Zuviel Kalkeinlagerungen im Knochen können zu Schäden führen. Bei Fertigfutter sollte immer auf gute Qualität geachtet werden.

Auch die angepasste Bewegung des Welpen spielt eine wesentliche Rolle für eine optimale Entwicklung. Der junge Hund braucht viel Bewegung, mit ausreichend Platz und Spielkameraden. Die Welpen eines Wurfes spielen ohnehin schön miteinander, wenn sie in einer fördernden Umgebung aufwachsen. Beim neuen Hundebesitzer soll diese Entwicklung dann nahtlos weiter gehen, mit Spielkameraden (Menschen und Hunde), genügend Platz und einer positiven Umgebung. Ein guter Züchter wird dafür Sorge tragen, dass die Welpen mit vielen Umwelteinflüssen vertraut gemacht werden. Sie sollen fremde Menschen, Kinder, andere Hunde, Katzen usw. kennen lernen dürfen. Man nennt diese frühe Erziehung des Welpen auch Sozialisierung. Ein Welpe, der vertraut ist mit Wohnräumen, mit gepflasterten Wegen, mit Grasflächen, mit Autos, mit Musik, mit Kindern, mit Sonne, Regen, Wind usw. hat einen guten Start ins Hundeleben. Ein junger Hund, der vertraut ist mit seiner Umgebung ist sicher und unerschrocken im Erkunden seiner Welt. Die Grundsteine für ein positives Sozialverhalten des Hundes werden hier gesetzt.

Es ist zweifelsfrei erwiesen, dass diese Prägung in den ersten Lebenswochen des Welpen eine entscheidende Auswirkung auf das Verhalten und den Charakter des Hundes haben. Kann sich ein Hund vertrauensvoll und angstfrei entwickeln, wird er sich im späteren Leben bei richtiger Förderung auch entsprechend verhalten, zugewandt, offen und ausgeglichen sein. Es ist eben nicht unerheblich, woher sie Ihren Hund bekommen.

Die Abstammung und der Zustand der Hündin spielen eine entscheidende Rolle, wie auch die Gene des Rüden. Die Aufzucht mit medizinischer Versorgung, Ernährung und Sozialisierung der Welpen prägen den Hund für sein Leben.

Wichtige Überlegungen zum neuen Hund

Mit der gezielten Auswahl eines Welpen beginnt das „Abenteuer Hund". Man kann auch sagen, es beginnt ein neuer Lebensabschnitt. Die Erweiterung der Familie um ein neues Mitglied will gut überlegt sein und besonnen angegangen werden. Damit dieser erste Schritt gelingt müssen einige Faktoren beachtet werden.

Sind meine Voraussetzungen für die Hundehaltung günstig?

Sind alle Familienmitglieder in die Entscheidung mit einbezogen worden und damit einverstanden?

Welcher Hund passt in meine Situation?

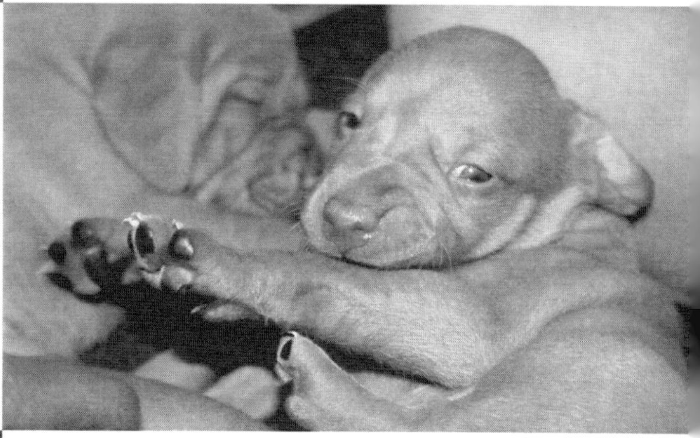

Wie komme ich an einen geeigneten Welpen?

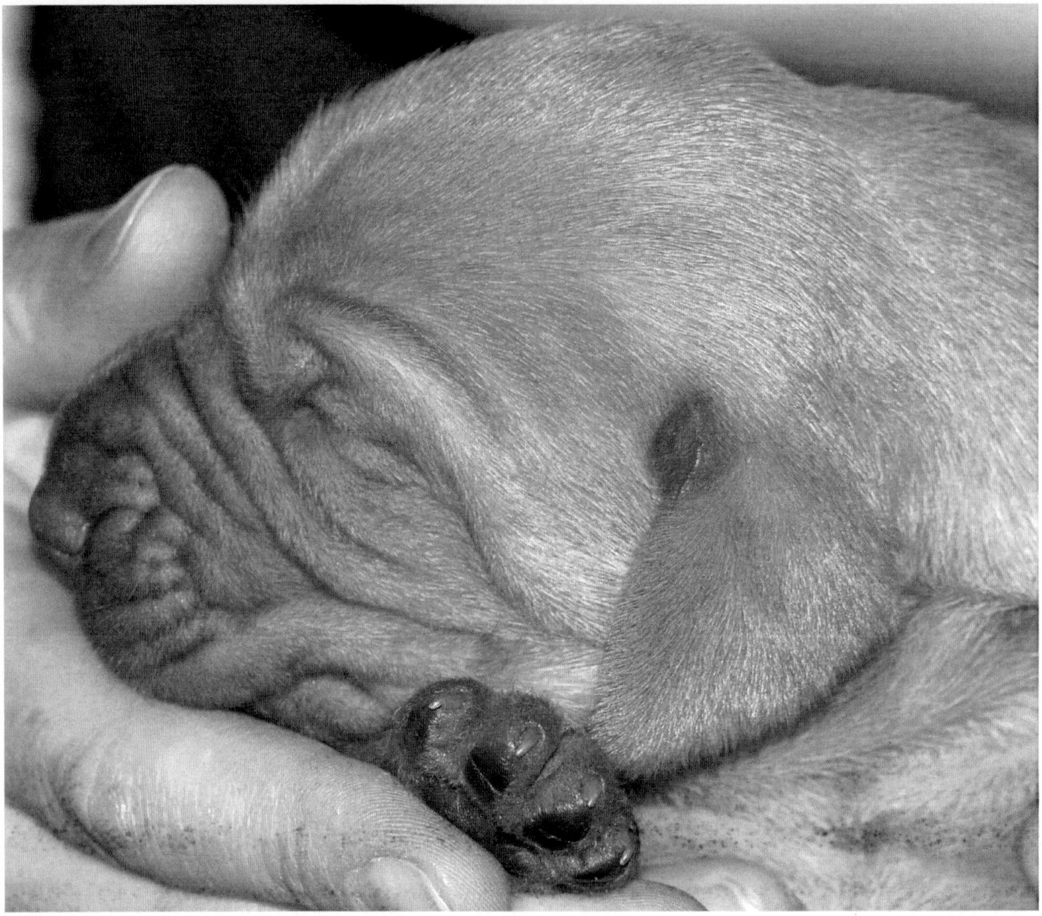

Die Auswahl der Rasse

Es ist nicht gleichgültig, für welche Rasse Sie sich entscheiden. Auch bei Mischlingen kann der Hund einer bestimmten Richtung, die Abstammung betreffend, zugeordnet werden. Es gibt durchaus Hunderassen, die nicht die erhofften Eigenschaften entwickeln. Hier wäre es sehr schade, wenn Sie durch negative Erfahrungen klüger würden. Informieren Sie sich daher vorher, zu welcher Rasse Sie tendieren und schauen Sie sich Vertreter der gewünschten Rasse genauer an. Welpen sind immer wunderschön und verleiten dazu, sie direkt mit nach Hause nehmen zu wollen. Die Ausstrahlung eines süßen Welpen oder Mitleid mit einem Hund sind kein guter Grund, den Hund sogleich in

Ihre Familie aufzunehmen. Nicht dass ich generell dagegen bin, einem Hund zu helfen. Natürlich kann sich eine Situation ergeben, die Sie veranlasst, einen Hund bei sich aufzunehmen, der gerade zufällig ein Heim braucht, weil er in einer Notlage ist. Solche Entscheidungen sind nicht unbedingt die Schlechtesten. In der Regel ist es aber doch so, dass ein Hund bewusst ausgesucht und gekauft wird und eine reifliche Überlegung voraus geht.

Der gemeinsame Lebensweg, der mit einem Hund gegangen wird, soll für Mensch und Tier eine Bereicherung sein, die so wenig wie möglich durch unbeherrschbare Schwierigkeiten getrübt wird. Eine gelungene Hundehaltung definiert sich nicht mit einer ständigen Problembewältigung. Ein schwieriger Hund aus dem Tierheim oder aus dem Ausland kann in der richtigen Hand zum idealen Begleiter werden. Aber nicht jeder Hundefreund ist in der Lage, solche Situationen zu beherrschen. Darum ist es wichtig, dass Sie sorgfältig auswählen, damit Sie zusammen glücklich werden. Ich kann Ihnen hier keine Rassevorschläge machen, dafür gibt es spezielle Bücher, die Hunderassen genau beschreiben. Aber dass ein Husky kein guter Familienhund ist, kann durchaus fest gehalten werden (außer Sie fahren mit Hundegespannen ganzjährig im Wald herum). Und dass ein Pudel ein sehr intelligenter und unkomplizierter Hund ist, der fast zu jedem passt, kann auch pauschal behauptet werden. Aber weiter möchte ich hier nicht auf die Hunderassen eingehen. Wählen Sie Ihren Hund sorgsam aus, ob aus dem Tierheim oder vom Züchter, schauen Sie immer genau hin. Ihr neuer Begleiter wartet irgendwo auf Sie.

Meine Voraussetzungen für die Hundehaltung

An erster Stelle steht hier der klare Wille, mit einem Hund zusammen leben zu wollen.

Der Zeitfaktor spielt eine große Rolle, je nach Hunderasse und -alter brauchen Sie Zeit, um etwas mit dem Hund unternehmen zu können, damit er seinen notwendigen Auslauf hat.

Eine wichtige Voraussetzung ist die günstige Wohnsituation, um nicht schon von Anfang an Ärger mit Hausverwaltung und Nachbarn zu bekommen. Halte ich meinen Hund in einer Mietswohnung ohne Garten, ist die Hundehaltung wesentlich aufwändiger; denn Sie müssen wegen jedem Pfützchen und Häufchen die Wohnung verlassen, bei jedem Wetter, egal, ob Sie krank oder müde sind. Zur nächsten Grünanlage kann es ein weiter Weg sein. Hinterlassen Sie mit Ihrem Hund dort täglich Hundehäufchen, bekommen Sie vermutlich den nächsten Ärger.

Auch die finanzielle Belastung ist ein entscheidender Faktor; zwar ist Futter zu kalkulieren, aber Tierarztkosten z .B. können sehr stark variieren. Alle Familienmitglieder sollten mit dem Hund einverstanden sein. Denn es kann nicht immer darauf gesetzt werden, dass der Hund geliebt wird, wenn er erst einmal in der Familie ist. Der Hund braucht viel Zeit, kostet Geld und macht viel Schmutz in der Wohnung. Herumliegende Haare, Schmutztapser bei schlechtem Wetter und das eine oder andere Häufchen im Garten müssen toleriert werden. Kommt es deshalb zu Streitigkeiten, belastet dies den Familienfrieden und trübt die Freude am Hund.

Niemand darf mit dem Gassigehen und Hundesitten genervt werden. Drohungen wie „Wenn du einen Hund bekommst, musst du täglich um 7 Uhr Gassigehen", schmälern die Freude am Hund und schaden dem Hund-Mensch-Verhaltnis.

Ist der Hund für ein Kind gedacht, muss ein Erwachsener die Fürsorge übernehmen. Das Kind soll lernen, dass für ein Tier gewissenhaft Sorge getragen werden muss. Diese Gewissenhaftigkeit und Zuverlässigkeit muss vom Erwachsenen vorgelebt werden. Es ist also notwendig, dass ein Erwachsener den Hund anschafft und sich dafür verantwortlich fühlt. Ein Kind entwickelt sich und seine Interessen können sich verändern. Es ist somit unfair, einem Kind die volle Verantwortung für einen Hund aufzubürden und es mit Pflichten unter Druck zu setzen, die es so nicht vorhersehen konnte. Wird einem Kind vorgelebt, dass ein Hund als Lebewesen geachtet und artgerecht behandelt wird, hat es einen großen Vorteil in seiner Entwicklung. Es lernt, wie man auf einen Hund eingeht, dass man zuverlässig ist und diszipliniert handelt. Es wird zu Naturverbundenheit, gegenseitiger Toleranz und Rücksichtnahme erzogen. Wird der Hund also für ein Kind angeschafft, übernimmt ein Erwachsener die Pflege, Fütterung und Erziehung des Hundes. Das Kind wird angeleitet, solche Fähigkeiten zu erlernen und fürsorgliches Handeln als sinnvoll und lebensbereichernd zu erkennen und dann teilweise selber zu übernehmen. Der Erwachsene bleibt aber der Zuverlässige, der zur Hundeanschaffung steht und dem Hund ein Hundeleben lang wohlwollend ein gutes Umfeld ermöglicht. Genau diese Einstellung und Verantwortung wird dem Kind vermittelt, dadurch entsteht der erzieherisch positive Effekt.

Dieses Kind ist noch zu klein, um richtig auf den Hund eingehen zu können. Es übt unter Aufsicht den vorsichtigen Umgang mit dem Hund. Der Hund kennt das Kind genau und lässt alles geduldig über sich ergehen, unter dem Schutz seines Frauchens.

Welcher Hund passt in meine Situation?

Aus der Lebenssituation ergibt sich die Möglichkeit, einem Hund ein artgerechtes Umfeld zu bieten. Je mehr Freiraum an Zeit und Platz vorhanden ist, umso günstiger sind die Voraussetzungen.

Je nach Temperament hat jeder Mensch andere Erwartungen an seine Lebensgestaltung mit einem Hund.

Für einen älteren Menschen, der lediglich ruhige und kurze Spaziergänge machen möchte, kann ein älterer Hund, der ein neues Zuhause sucht, die richtige Wahl sein. Es ist sorgfältig abzuwägen und viele Möglichkeiten sind zu überdenken, damit es passt mit der Hundehaltung. Dynamische und aktive Hunde brauchen das entsprechend sportliche Frauchen oder Herrchen.

Kind und Hund passen wunderbar zusammen, wenn der Erwachsene die Verantwortung übernimmt und die Weichen richtig stellt. Ein Kind lernt viel für sein Leben aus dem Zusammenleben mit einem Hund. Nicht nur das richtige Einschätzen von Hunden in der Öffentlichkeit, sondern auch Mitgefühl, Einfühlungsvermögen, aber auch Verantwortung, Durchsetzungskraft und Zuverlässigkeit.

Kinder und Hunde sollten sich vertraut miteinander machen. Ein Kind, das Erfahrung im Umgang mit Hunden hat, kann Hunden sicherer begegnen, es hat keine übertriebene Angst und läuft weniger Gefahr, jemals gebissen zu werden. Ein Kind lernt im Zusammenleben mit Hunden, dass das Tier respektiert werden muss, wann und wie ein Kontakt aufgenommen werden kann und wann nicht. Diese Hundeannäherungen dürfen natürlich nur unter Aufsicht von Erwachsenen stattfinden. Kleine Kinder wirken auf Hunde bedrohlich, wenn sie keine Erfahrungen mit ihnen haben. Kinder verhalten sich anders als Erwachsene, bewegen sich unkoordiniert, schreien und zappeln. Ein Hund muss lernen, dieses ungewohnte Verhalten richtig einzuschätzen. Darum ist eine langsame Gewöhnungsphase notwendig.

Wie komme ich an den richtigen Welpen?

Ob Rassehund oder Mischling, die Herkunft und Aufzucht sollte in Erfahrung gebracht werden, soweit das möglich ist.

Bei einem erwachsenen Hund aus zweiter Hand ist es oft nicht nachvollziehbar, was der Hund alles erlebt hat. Ein Hundekenner kann hier hilfreich sein und Sie beraten, wie das Tier einzuschätzen ist. Der erste Eindruck ist sehr aussagekräftig, die Ausrede, „das bekommen wir schon hin", kann ins Auge gehen. Der Selbstbetrug, dass alles besser wird, wenn der Hund erst einmal zuhause ist, sollte nicht über Zweifel hinweg täuschen. Es ist ratsam, sich langsam an die Entscheidung heranzutasten und reiflich zu überlegen. Spaziergänge mit dem Hund können sehr aufschlussreich sein.

Möchten Sie einen Rassehund kaufen, muss genauso viel Vorsicht an den Tag gelegt werden. Gerne züchten skrupellose Züchter Hunde, deren Rasse gerade in „Mode" gekommen ist und verdienen sich mit unseriösen Methoden eine Menge Geld.

Als unseriös bezeichne ich einen Züchter, der mit ungeeigneten oder sogar kranken Hunden züchtet, der die Hunde schlecht hält und ernährt.

Gute zuchtgeeignete Hunde sind teuer und vermindern den Gewinn durch hohe Anschaffungskosten oder Deckkosten. Ein verantwortungsloser „Hundevermehrer" besorgt sich einen günstigen Hund, der vielleicht ausrangiert wurde weil er krank war oder durch ungünstige Umstände herrenlos geworden ist und versucht aus diesem Hund so viele Würfe wie möglich herauszuziehen. Die Welpen werden mit dem geringst möglichen Aufwand groß gezogen, weil teureres Futter, ausreichend Wurmkuren usw. den Gewinn schmälern. Die Hündin wird entsorgt, wenn sie keine Welpen mehr bekommen kann. Auf derartige tierfeindliche Gauner sollte man nicht hereinfallen!

Wenden Sie daher große Sorgfalt bei der Auswahl des Züchters an. Entfernung und Preis sollten nicht ausschlaggebend sein. Kaufen Sie keinen Hund von einem skrupellosen Hundehändler.

Seriöse Züchter erkennt man daran, dass sie:

- nichts zu verbergen haben,
- die Elterntiere gut genährt und gepflegt sind,
- sie einem anerkannten Zuchtverband angeschlossen sind,
- sie ordentliche Papiere für die Hunde haben,
- sie Käufer jederzeit empfangen können und sich selber ein Bild vom Käufer machen, denn nicht jeder bekommt vom guten Züchter einen Hund;
- ein guter Züchter züchtet nur eine oder maximal zwei Rassen.

Pro Hündin ist höchstens ein Wurf im Jahr zumutbar, der Welpe ist beim guten Züchter mit großem Aufwand gezogen worden und hat somit auch seinen Preis. Die Zuchtverbände schreiben vor, dass eine Hündin nur einmal im Jahr gedeckt werden darf. Um dieses Verbot zu umgehen soll es Züchter geben, die den einen Wurf ohne Papiere auf dem freien Markt und den nächsten dann mit Papieren offiziell über den Zuchtverband anbieten. Damit können sie die Hürde, dass nur einmal im Jahr gedeckt werden darf umgehen und produzieren zweimal im Jahr Welpen. So überfordern sie die Hündin extrem.

Es ist sorgfältig darauf zu achten, dass der Hund Papiere von einem anerkannten Zuchtverband hat (Eltern und Welpen). Es ist eine gewisse Garantie, dass Welpen mit Papieren sorgfältig gezüchtet sind, denn der Züchter unterwirft sich den Regeln des Zuchtverbandes. Das heißt, dass Zuchttauglichkeit, Freiheit von Erbkrankheiten, Freiheit von Schönheitsmängeln usw. weitgehend garantiert werden können. Weitgehend daher, weil auch hier betrogen werden kann. Schauen Sie sich die Hundezüchter kritisch an, seinen Sie skeptisch und sparen Sie nicht am falschen Fleck. Ein kranker Hund muss viel leiden und kostet Sie beträchtliche Summen. Papiere, die sich ein Züchter selber ausstellt sind völlig wertlos.

Finden Sie den Weg zur Seele des Hundes...

...indem Sie sich mit aller Deutlichkeit klar machen, was ein Hund ist. Der Hund ist ein hochsozialisiertes Wesen mit großer Intelligenz und starken Emotionen, mit dem Sie viel Freude haben, aber auch nur, wenn Sie sich mit ihm optimal verständigen können. Lassen Sie sich auf das Weltbild der Hunde ein und es wird Ihnen bald selbstverständlich erscheinen. Sie rücken der Natur und auch sich selbst ein gutes Stück näher.

Sie merken schon, Sie sind an der Reihe, sich darüber klar zu werden, wie ein Hund denkt und handelt. Sie müssen ein Stück weit Hundesprache lernen, das erfordert auch eine ganze Menge Disziplin Ihrerseits und auch von Ihrer Umgebung (Ehepartner, Kinder, Oma, Freunde usw.).

Das neue Familienmitglied wird nicht Ihr Freund oder Kumpel, es wird auch nicht Ihr Kindersatz, sondern Ihr Hund. Der Hund möchte zwar die gewünschten Eigenschaften in sich vereinen und alle Ihre Wünsche erfüllen, aber er kann halt nur Hund sein. Es erscheint vielleicht komplizierter als es ist. Gehen Sie von dem natürlichen Verhalten von Hunden aus, dann liegen Sie schon richtig.

Wenden Sie nur das Einfachste an und Ihr Hund wird Sie verstehen.

Das Einnehmen der Führungsposition

Die Rangordnung

Holen Sie sich einen Hund ins Haus, muss klar sein, dass er in der Rangfolge ganz hinten in der Familie steht. Alle Familienmitglieder, auch die Kinder, sind selbstverständlich ranghöher als ein Hund. Kinder haben noch keine Autorität gegenüber einem Hund, darum stellt der Erwachsene Kinder unter seinen Schutz und lässt kleine Kinder nie mit einem Hund alleine. Diese Sozialstruktur muss der Hund beachten, sie darf sich niemals ändern.

Ihr Hund wird versuchen, sich hin und wieder über die Regeln hinweg zu setzen, Sie auszutesten und alle sich bietenden Freiräume zu besetzen. Seien Sie also immer auf der Hut und machen Sie dem Hund seine und Ihre Position immer wieder deutlich. In Hundeerziehungsbüchern wird empfohlen, als erster durch die Türe zu gehen oder vor dem Hund zu essen und dem Hund sein Futter erst nach der Mahlzeit der Familie zu geben usw. Ich halte diese Ratschläge für merkwürdig, denn wenn ich es nötig habe, solche Prozeduren in mein Leben einzubauen, damit ich vom Hund als ranghöher anerkannt werde, dann bin ich in der Achtung meines Hundes schon ganz schön weit unten gelandet. Die symbolischen Handlungen werden daran leider nichts ändern.

Ein Rudelführer hat es nicht nötig, irgendetwas zu unternehmen, um seine Vormachtstellung zu beweisen, denn er ist der Anführer. Er verlangt vom Hund den notwendigen Gehorsam und bestimmt ganz selbstverständlich, wann gefressen wird, wann spazieren gegangen wird, wo der Hund schläft usw. Er lässt sich vom Hund nicht manipulieren, was er wann zu tun hat. Der Hund ist ein neuer Bestandteil Ihres Lebens und möchte vom ersten Tag an in passender Position in Ihren Alltag eingebaut werden. Ein Hund lernt sehr schnell, ist intelligent und willig. Er erforscht sein neues Reich und bringt sich in die Situation nach seinen Möglichkeiten ein.

Es gibt nun Hunde, die machen viel kaputt, die bleiben nicht alleine, die sind ängstlich oder aggressiv wenn Fremde kommen, die betteln bei jeder Gelegenheit, die liegen auf dem Sofa und im Bett, obwohl es der Besitzer gar nicht schätzt usw. Hoffentlich gibt es noch mehr Hunde, die sich im Haus unauffällig verhalten, nichts kaputt machen, gern folgen, nie betteln und freundlich sind zu Mensch und Tier.

Beobachtet man die Situationen genauer, fällt ganz schnell der Mensch ins Blickfeld, der seinen Hund beeinflusst und die Weichen richtig oder falsch stellt. Mit Schmunzeln nimmt man die Tatsache zur Kenntnis, dass der vorhergehende Hund dieses Besitzers

genauso war, oder dass der nächste Hund wieder das gleiche Verhaltensmuster aufweist. Bis auf wenige Ausnahmen muss davon ausgegangen werden, dass der Mensch sein Umfeld gestaltet und den Hund so oder so darin einbaut, sodass dieser immer die gleichen Eigenschaften entwickelt.

Missverstandene Tierliebe ist es vermutlich, die viele Hundehalter dazu veranlasst, dem Hund Freiheiten zu gewähren, die das Zusammenleben unter Umständen erheblich belasten. Aus meiner Erfahrung ist es sehr schwer, seine Einstellung zum Hund zu ändern, auch wenn die Situation aus dem Ruder läuft. Es wird als Schicksal angenommen, wenn der Hund die Familie schikaniert oder jeder Spaziergang zum Abenteuer wird. Es sind in der Regel passionierte Hundeliebhaber, die schlimme Unarten ihres Vierbeiners als bemitleidenswerte Eigenschaft interpretieren. Der Hund könne nichts dafür, er hat nur Angst, ist unsicher, kann keine Kinder leiden usw. Oft wird noch dazu ein Hund aus der Tierhilfe aufgenommen, der vermutlich Schlimmes erlebt hat, dem man seine Leiden mit Gutem vergelten möchte, ihm bereitwillig alle 10 Minuten die Türe zum Garten öffnet, ihm den eigenen Platz auf der Couch überlässt, ihm einfach ein gutes

Leben ermöglichen will, auch wenn er andere Hunde zerfleischen würde, falls man ihn von der Leine lässt.

Es ist aus meiner Erfahrung fast nicht möglich, solchen Tierfreunden einen Denkanstoß zu geben, dass es an ihrer Einstellung zum Hund liegt, dass sie ihn zu ihrem Tyrannen machen und niemals eine Verhaltensänderung seitens des Hundes, vielleicht darüber hinaus noch aus Dankbarkeit erwarten können.

Dabei wäre es relativ einfach, aus jedem Hund einen angenehmen Begleiter zu machen. Gerade der verunsicherte und schlecht sozialisierte Hund braucht einen sicheren Anführer an seiner Seite, der ihm klare Regeln vorgibt, damit er sich richtig und angstfrei orientieren kann. Ich gehe hier gezielt auf die Problematik ein, um darzulegen, wie wichtig die richtige Einstellung zum Hund von Anfang an ist.

Es soll hier niemand kritisiert werden und ich möchte betonen, dass diese übermäßig besorgten Hundebesitzer aus bestem Gewissen und edler Überzeugung handeln. Sie verurteilen Härte und Zwang in der Hundehaltung. Hier liegt allerdings ein Missverständnis vor. Eine gute Hundehaltung darf nichts mit Zwang und Härte zu tun haben, sondern funktioniert vielmehr mit einer zuverlässigen Führung und Eingliederung des Hundes in sein Ersatzrudel. Dass einem Hund gezeigt wird, welche Regeln gelten, hat nichts mit Härte zu tun, im Gegenteil, nur ein freundlicher und angepasster Hund genießt die größt mögliche Freiheit in seinem Leben. Wie komme ich nun zu einem angepassten und glücklichen Hund?

Übernehmen Sie die Führungsposition!

Kommunizieren Sie erfolgreich mit Ihrem Hund!

Stellen Sie klare Regeln auf und halten Sie diese Regeln konsequent ein!

Sorgen Sie für viel Bewegung und Beschäftigung!

Übernehmen Sie die Führungsposition

Eine zufriedenstellende Hundehaltung kann nur gelingen, wenn der Hund von seinem Besitzer bzw. seiner Familie sicher geführt und geleitet wird. Vergleichen wir es mit Begriffen aus der Pädagogik und nennen wir es Autorität, die Sie gegenüber ihrem Hund haben sollten. Diese Autorität müssen Sie sich nicht erarbeiten, denn Sie haben sie von Natur aus, genauso wie Sie sie gegenüber Ihrem Kind haben sollten.

Der Mensch ist dem Hund in jeder Weise überlegen und nimmt eine Leitfunktion für den Hund ein. Scheinbar ist es für viele Hundehalter schwierig, sich dieser Position bewusst zu werden und ihren Platz in der Hierarchie einzunehmen. Für den Hund stellt es aber eine Notwendigkeit dar, einen Anführer zu haben.

Ihr Hund weiß nichts von veralteten Dressurstilen mit Härte und Schlägen und Sie brauchen ihm auch nicht beweisen, dass Sie ein ganz lieber Besitzer sind, der ihm allen Raum zur Selbstentfaltung gibt. Der Hund ahnt nichts von kommenden und vergangenen Haltungsformen für Hunde. Der Hund richtet sich nach Ihren Vorgaben und freut sich jeden Tag auf das Zusammenleben mit Ihnen. Gestalten Sie es so, dass der Hund freudig zu Ihnen aufschauen kann und sich genau auskennt, wo seine Freiheiten sind und was von Ihnen verboten wurde.

Eine Autorität ist ein gegenseitiges Akzeptieren mit klaren Regeln und viel Wohlwollen, aber auch viel Konsequenz der Autoritätsperson. Sie achten Ihren Hund mit seinen Anlagen und Eigenheiten und der Hund lernt, Sie zu respektieren und Ihnen zu folgen. Der Hund fühlt sich sicher und geborgen in einer klar definierten Welt mit Freiräumen und Gesetzen.

Je nach Situation muss ein Hund Verhaltensregeln erlernen, die sein Besitzer von ihm verlangt. Ein Blindenhund wird ganz andere Gesetzmäßigkeiten einüben als ein Jagdhund usw. Wer spezielle Fertigkeiten von einem Hund verlangt, muss beachten, dass er einen Hund auswählt, der diese Anlagen mitbringt. Er soll auch berücksichtigen, dass jeder Hund seinen Auslauf, seine Streicheleinheiten und seine Geborgenheit im menschlichen Ersatzrudel bekommen muss. Es ist also ein Gegenseitiges, das zum optimalen Ergebnis führt, ein gegenseitiges Geben und Nehmen. Aber mit einer ganz klaren Autorität des Menschen, der seinen Hund respektiert, aber eben als Hund.

Von einem Begleit- und Familienhund wird nicht weniger verlangt als von einem Jagdhund, denn er hat umfassende Fähigkeiten zu erlernen. Sei es das Verhalten im Haus, seine Freundlichkeit zu Kindern, Katzen oder Meerschweinchen, seine Folgsamkeit bei Spaziergängen ohne Leine, bei Autofahrten, in Gasthäusern usw. Der Ausbilder

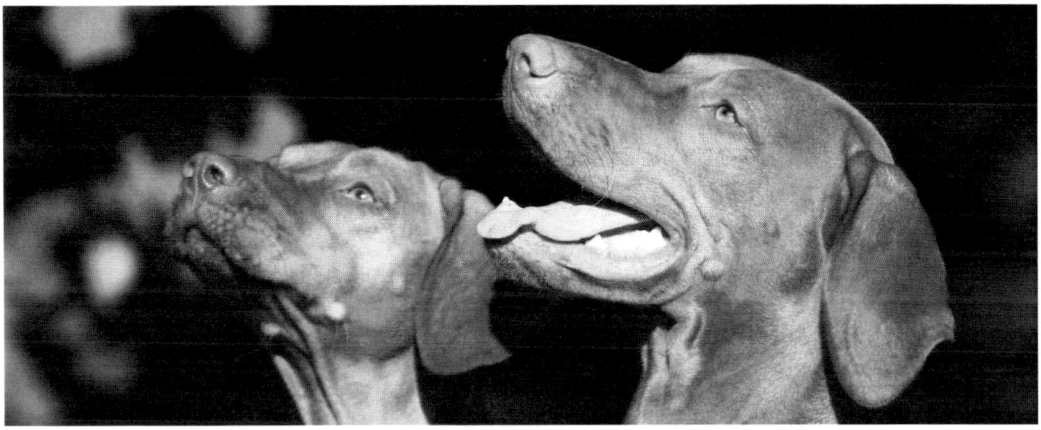

von Blindenhunden hat ein festes Konzept, das er anwendet, welches dann den grösst möglichen Erfolg garantiert. Folglich wäre es für eine Familie, die sich für eine Hundehaltung entscheidet genauso wichtig, ein klares Konzept zu entwickeln, das den Hund befähigt, den Anforderungen zu entsprechen. Leider wird diese Notwendigkeit häufig nicht erkannt und eine große Chance vergeben, um von Anfang an Schwierigkeiten zu vermeiden.

Das Einfachste ist also:

Verkörpern Sie für Ihren Hund eine klare Autorität, die klare Regeln aufstellt, welche immer gelten:

- Der Hund wird nicht bei Tisch gefüttert
- Der Hund darf dem Kleinkind den Keks nicht aus der Hand stehlen
- Der Hund schläft im Hundebett und nicht auf dem Sofa
- Der Hund darf die Katze nicht jagen
- Der Hund darf Spaziergänger nicht belästigen
- Der Hund darf Besucher nicht anspringen
- Der Hund darf nicht an der Leine ziehen
- Der Hund muss auf Zuruf sofort kommen
- Der Hund muss sich im Auto ruhig verhalten

Und was für Sie sonst noch wichtig ist.

Eine Autorität ist eine Person, die mit ihrem Auftreten Respekt und Anerkennung signalisiert. Wer Autorität hat, ist in seiner Handlungsweise überlegen aber niemals ungerecht oder willkürlich, er missbraucht seine Autorität nicht, sonst handelt er autoritär.

Autoritäres Verhalten ist der Missbrauch von Autorität.

Die Kommunikation mit dem Hund

Um Ihre Autorität durchsetzen zu können, muss der Hund erkennen, was Sie von ihm möchten. Dafür brauchen Sie eine Sprache, die der Hund genau versteht. Der Hund ahnt zwar, was Sie möchten, er kann aber nicht wie ein Mensch angesprochen werden. Sie müssen ihm deutlich sagen, was Sie genau von ihm verlangen. Der Hund kann die menschliche Sprache nicht lernen, darum erleichtern Sie die Verständigung mit Ihrem Hund, indem Sie sich für alle wichtigen Lernschritte geeignete Codewörter ausdenken. Für das Herkommen vielleicht „Hierher", für das Hinsetzen „Sitz" usw. Benutzen Sie dieses eine Wort immer für das jeweilige Kommando.

Ein Beispiel: Sie möchten, dass Ihr Welpe oder auch Ihr neuer erwachsener Hund zu Ihnen kommt. Gehen Sie am Besten in die Hocke, breiten die Arme aus und rufen „Hierher". Es wird leicht gelingen und der Hund kommt freudig angelaufen. Um den Hund zu belohnen und zu bestärken, sollten Sie große Freude zeigen und kräftig loben. Der Hund lernt: „Herkommen ist toll, da freut sich mein Frauchen oder Herrchen so". Wiederholen Sie diese Übung mehrmals am Tag und der Hund wird schnell lernen, was das Wort „Hierher" bedeutet und wird es bald befolgen, auch wenn Sie Ihr Kommando „Hierher" nicht mehr mit Gesten verstärken. Ein freudiges Lob sollte die erste Zeit das richtige Verhalten des Hundes als Belohnung bestärken. Üben Sie zuerst im Wohnzimmer, dann im Garten und dann im Park usw. Genauso verfahren Sie mit dem „Sitz". Gehen Sie auf den Hund zu, (zeigen Sie mit dem Zeigefinger nach oben) und sagen Sie „Sitz". Befolgt der Hund das „Sitz", muss freudig gelobt werden.

So lernen Sie Ihrem Hund nacheinander die Kommandos, die für Sie wichtig sind. Es sollten Wörter sein, die Sie ansonsten in der Umgangssprache mit dem Hund nicht verwenden, damit diese Wörter eine klare Bedeutung haben. Alle Familienmitglieder oder Personen, die mit dem Hund zu tun haben, sollen diese Wörter verwenden, damit der Hund auch sie verstehen kann. Diese Codewörter machen nur Sinn, wenn sie immer mit Konsequenz umgesetzt werden. Alle Kontaktpersonen sollen diese Wörter verwenden, aber nur dann, wenn sie mit Konsequenz eingefordert werden, ansonsten verwässern sie und werden unwirksam. Der Hund gewöhnt sich an diese Befehle und versteht sein Herrchen oder Frauchen genau. Er wird diese Kommandos befolgen, wenn sie diszipliniert angewandt und beharrlich eingefordert werden, sie gehören bald zur selbstverständlichen Lebensordnung für Ihren Hund.

Das Beispiel mit dem Kommando „Hierher" habe ich bewusst ausgewählt, weil es in meinen Augen das wichtigste Kommando überhaupt ist. Der sichere Rückruf ist unver-

zichtbar, wenn Sie mit einem Hund unterwegs sind. Der Hund muss in jeder Situation sofort hergerufen werden können und beim Besitzer bleiben um angeleint zu werden, oder „bei Fuß" zu begleiten, bis wieder die Möglichkeit zum Freilaufen besteht.

Natürlich kann eine Verständigung mit einem Hund nur gelingen, wenn der Hund aufmerksam ist und Sie den Kontakt mit ihm hergestellt haben. Entweder durch Zuruf, oder durch eine klare Körpersprache, mit der Sie signalisieren, dass Sie etwas von ihm möchten. Erst wenn der Hund kontaktbereit ist, wird er auf Ihr Kommando hören. Hetzt der Hund einem Reh oder Hasen nach, können Sie keinen Blickkontakt aufnehmen, hier bewährt sich die gute Erziehung, wodurch der Hund sehr wohl ein schlechtes Gewissen hat und auf Ihren Rückruf eingestellt ist. Dieser Rückruf muss dann in entsprechender Form ausgeführt werden, also sehr laut oder mit Hilfe einer Pfeife.

Auch der Hund spricht mit uns

Jeder Hund spricht mit seinem Herrchen oder Frauchen, er wedelt mit dem Schwanz, wenn er sich freut, er läuft zur Türe wenn er hinaus will, er bellt, wenn ein Fremder kommt usw. Jeder Hundebesitzer kann seinen Hund genau verstehen und erkennt, was sein Hund ihm sagen will. Wie aus den vorigen Beispielen zu erkennen ist, benutzt der Hund für seine Kommunikation Gesten und Lautäußerungen. Das Verständnis für seine Sprache ergibt sich oft aus der Situation. Kommt ein Hund wedelnd angelaufen, weil ich eine Leckerei aus dem Kühlschrank hole, oder weil ich die Leine und sein Halsband vom Hacken nehme? Einmal freut er sich, weil er eine Belohnung bekommt und das andere Mal, weil ein Spaziergang zu erwarten ist.

Je enger die Beziehung des Menschen zu seinem Hund ist, umso perfekter klappt die Verständigung. Der Hund verständigt sich mit dem Menschen durch seine Körpersprache und auch durch seine Stimme.

Nehmen Sie diese Kommunikation auf, sie gelingt mit dem Ausdruck der Stimmlage, der Gestik und durch klare einzelne Codewörter, die dann verbindlich als „Kommando" angewandt werden.

Ich benutze das Wort „Kommando", um zu verdeutlichen, dass dieses Wort auch sinngemäß befolgt werden muss und von Ihnen nur in der Form gebraucht werden soll, wenn Sie die Umsetzung auch einfordern und überwachen. Ein Kommando, das beliebig ausgesprochen wird und nicht eingefordert wird, ist kein Kommando. Darum benutzen Sie diese Codewörter nur, wenn es wirklich wichtig ist und das Befolgen durch den Hund Sinn macht. Niemals dürfen diese Codewörter zur Schikane und zu unnötigem Drill missbraucht werden. Sie haben die Autorität und die Verantwortung auch für Ihr eigenes Handeln.

Es ist eine Art von Disziplin, die von Ihnen abverlangt wird, wenn Sie Ihren Hund erziehen. Denn Konsequenz, Zuverlässigkeit und Aufmerksamkeit sind Tugenden, die einen großen persönlichen Einsatz verlangen. Dieser Einsatz ist die Voraussetzung, damit Ihnen die Erziehung Ihres Hundes gelingt.

Es klingt vielleicht komisch wenn ich behaupte, Sie müssen das lernen, denn der Hund kann es ja schon. Der Hund weiß instinktiv, dass der Anführer, der Stärkere, der Rudelführer das Sagen hat und dass diese Naturgesetze immer gelten und dass er davon ausgehen kann, dass solche Gesetze in seiner Umgebung vorhanden sind. Es ist somit an

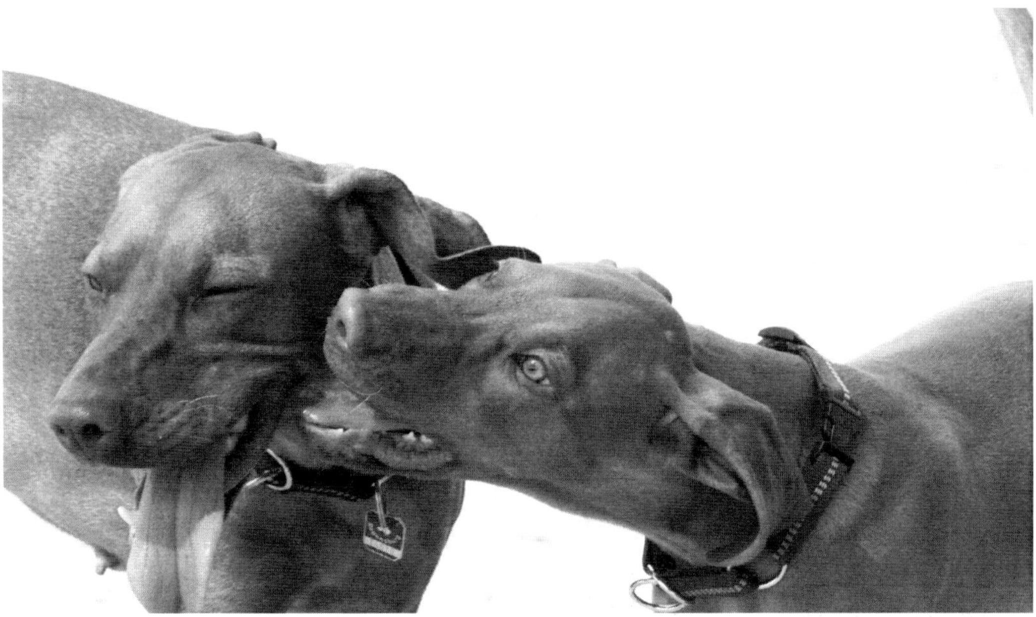

Hunde sprechen eine klare Hundesprache untereinander. Der Welpe lernt es von seiner Mutter

Ihnen, diesen Rahmen zu schaffen, in dem sich Ihr Hund orientieren kann und Sicherheit findet.

Auch Ihr Hund ist ein Rudeltier, im Rudel gelten klare Regeln und eine klare Rangfolge. Sie als Hundebesitzer kommen nicht umhin, die Rudelführerrolle zu übernehmen. Was ist ein Rudelführer oder eine Rudelführerin? Ganz einfach, es ist der Chef, die Chefin, der oder die Vorgesetzte, die Autorität. Wie immer Sie das auch nennen wollen, es ist die treibende Kraft, die sagt, was Sache ist.

Übernehmen Sie diese Autorität nicht, handelt der Hund nach seinen Interessen, er macht, was er für richtig hält und übernimmt die Führung. Vielleicht verteidigt er sein „schwaches Frauchen" oder sein „hilfloses Herrchen" und legt sich mit fremden Hunden an. Dieses „schwache Frauchen" beschwichtigt dann auch noch ihren Hund und streichelt und sagt „brav, brav", womit sie den Hund in seinem Verhalten auch noch bestärkt. Das Verhalten dieses Hundes wird mit der Zeit immer dominanter, der Hund immer aggressiver, das Frauchen oder Herrchen immer hilfloser. Der Hund muss immer mehr eingeschränkt werden, immer an der Leine gehen, somit ist er weniger ausgelastet und wird aggressiver. Ein Teufelskreis entsteht, zum Schaden des Hundes und zur Plage der Umwelt. Eine Situation, die leider häufig zu beobachten ist. Fragt man den Hundehalter, warum sein Hund nicht spielen darf, dann kommt die Antwort: Er haut immer ab

oder er verträgt sich nicht mit anderen Hunden, er lässt sich dann nicht mehr anleinen oder ähnliches.

Dieser Hund ist seiner Freiheiten beraubt, er kann sich nicht in Gesellschaft bewegen und hat soziales Verhalten nicht gelernt. Der Hundehalter handelt geradezu egoistisch, wenn er es nicht für nötig hält, seinen Hund zu befähigen, sich im Leben problemlos zurechtzufinden. Er führt ihn eben ein Leben lang an der Leine mit sich und bedenkt nicht, was er dem Hund damit antut, dass er ihn nahezu nicht artgerecht hält. Keine Erziehung oder eine falsch verstandene Erziehung ist kein guter Start ins Hundeleben.

Es ist bei der Hundehaltung unerlässlich, dass Sie Ihrem Hund einen klaren Rahmen vorgeben und erfolgreich mit ihm kommunizieren. Natürlich sprechen Sie mit Ihrem Hund mit freundlicher oder tadelnder Stimme. Der Hund erkennt an der Stimmlage, ob es positiv oder negativ gemeint ist. Für das Befolgen aber kommt nur das von Ihnen festgelegte Codewort wie für das Herkommen „Hierher“ in Frage. Dieses Hierher muss sitzen und wird nur ausgesprochen, wenn es auch konsequent eingefordert wird.

Folgende Situation: Es kommt Ihnen ein fremder Hund entgegen und Ihr Hund will natürlich sofort hinlaufen um ihn zu kontaktieren. Das wäre von Ihnen sehr unhöflich, wenn Ihr Hund fremde Hunde unerlaubt beschnuppert. Sie laufen ja auch nicht auf die andere Straßenseite, um einen wildfremden Menschen zu umarmen, oder vielleicht sogar zu bedrohen. Wir leben alle sehr dicht aufeinander, es muss Rücksicht genommen und bestimmte Anstandsregeln eingehalten werden.

Der entgegenkommende Hundehalter hat das Recht, dass er unbelästigt an Ihnen und Ihrem Hund vorbei gehen kann. Sie müssen dafür sorgen, dass das selbstverständlich und möglich ist.

Es gilt das ungeschriebene Gesetz, dass angeleinte Hunde nicht kontaktiert werden. Das heißt, Sie müssen Ihren Hund auch anleinen oder ihn befähigen, ohne Leine und ohne Kontakt an fremden Hunden vorbei zu gehen. Ohne Leine geht das sicher auch, setzt aber eine gute Erziehung und Übung voraus. So mustergültig müssen Sie ihren Hund nicht erziehen, es genügt, wenn Sie ohne Probleme an fremden Hunden vorbeigehen können. „Ohne Probleme" schreibe ich deshalb dazu, weil ihr Hund nicht an der Leine ziehen, bellen, knurren usw. soll. Sie sollten Ihren Hund so erziehen, dass er ohne Reaktion an der lockeren Leine neben Ihnen an einem anderen Hund vorbeigehen kann. Wenn Ihr Hund das von klein auf lernt, sollte es kein Problem sein, es ist selbstverständlich. Es setzt voraus, dass der Hund ruhig und locker an der Leine gehen kann, dass er weiß, an der Leine werden keine Hunde kontaktiert, auch nicht angeschnüffelt, es wird auch kein Versuch gestartet, an der Leine zu ziehen, um zum fremden Hund zu gelangen.

Diese Regeln werden nur selbstverständlich, wenn Sie sie immer anwenden und es dem Hund von Anfang an so lernen. Diese Regeln werden untergraben, wenn dann Ihr Ehepartner mit dem Hund geht und ihn jeden Hund an der Leine anschnüffeln lässt, ihn nicht rechtzeitig zu sich ruft usw. Die Erziehungsdisziplin muss auf alle Familienmitglieder ausgedehnt werden, dann ist es für den Hund ein Leichtes, sie zu befolgen. Sie sehen schon, es ist vermutlich für den Menschen viel schwerer, sich an das Einfachste zu halten.

Um diese Regeln bei Hundebegegnungen einzuhalten, müssen Sie Ihres Hundes erst einmal habhaft werden und ihn rechtzeitig zu sich rufen können. Darum ist das „Hierher", oder welches Wort Sie sich dafür ausgedacht haben, ganz wichtig und muss sicher eingeübt werden. Vermutlich ist es das wichtigste Wort überhaupt, denn der Hund soll es ja in jeder Lebenslage befolgen. Nicht nur wenn ein anderer Hund kommt, auch wenn er vor einem Auto über die Straße laufen will oder wenn er einem Reh nachhetzt. Ich bin mit zwei Hunden unterwegs, die das „Hierher" zuverlässig befolgen. Wenn uns ein fremder Hund entgegen kommt, schauen meine Hunde erst einmal zu mir und erwarten meine Reaktion. Rufe ich sie zu mir mit dem eingelernten Codewort, kommen sie freudig wedelnd angelaufen und gehen bei Fuß oder werden angeleint, je nachdem, ob der andere Hund frei läuft oder angeleint ist. Es ist hier kein Frust zu bemerken, im Gegenteil, die Hunde freuen sich über mein Lob und warten an meiner Seite ab, bis der fremde Hund näher kommt und es sich entscheidet, ob vorbei gegangen oder ob ein Beschnuppern erlaubt wird.

Es muss für einen Hund eine Selbstverständlichkeit sein, dass beim Auftauchen eines fremden Hundes das Frauchen oder Herrchen kontaktiert wird. Wird dieses Ritual nicht hartnäckig umgesetzt, versucht der Hund natürlich seine Interessen durchzusetzen, missachtet das Kommando des Besitzers und läuft schnurstracks zum fremden Hund. Von Natur aus möchte der Hund den anderen Hund begrüßen und sich nicht zurückhalten und beim Herrchen abwarten, ob eine Erlaubnis erteilt wird. Dieser Zwiespalt kämpft im Hund, nur durch eine klare Verhaltensvorgabe mit einem Kommandowort und der notwendigen Autorität des Besitzers kann die Reaktion des Hundes zuverlässig beeinflusst werden. Sie kontaktieren Ihren Hund und zeigen ihm mit Ihrem Tonfall, Ihren

Gesten und bestimmten Codewörtern, was Sie von ihm möchten. Am Anfang steht das Konzept, das Sie dem Hund vorgeben und das Sie mit ihm einüben.

Es ist wie immer ganz einfach, Sie müssen sich nur im Klaren sein, was Sie für Regeln aufstellen wollen. Möchten Sie, dass der Hund nicht aufs Sofa springt, dann sorgen Sie für mehrere Hundebetten in den Räumen, in denen Sie sich aufhalten können und erlauben Sie dem Hund niemals, auf das Sofa zu springen. Möchten Sie, dass der Hund nichts kaputt macht, keine Möbel anknabbert und keine Schuhe zerbeißt, dann geben Sie dem Hund geeignete Kaumöglichkeiten in Form von Kauknochen, Schweineohren, Hundespielsachen usw., damit er seine Zähnchen benutzen kann und verbieten Sie dem Hund das Anknabbern unerlaubter Gegenstände. Dieses konsequente Unterbinden von verbotenen Aktivitäten erreichen Sie durch Kommunikation mit dem Hund. Sie bedenken, dass Sie einen Hund vor sich haben und kreieren Codeworte, die der Hund verstehen kann. Der Hund kann lernen, was „Aus" bedeutet oder „Platz" oder „Nein". Der Hund kann nicht verstehen, wenn Sie zu ihm sagen, „den Schuh darfst du nicht zerbeißen, den brauche ich noch". Der Hund erkennt zwar an Ihrer Stimme, wenn sie ärgerlich sind, aber er kann nicht in menschlicher Form mit Ihnen kommunizieren.

Gehen Sie also auf Ihren Hund ein und geben Sie ihm klare Anweisungen mit nur einem Wort. Das kann bei einem Welpen so aussehen: Das Hündchen holt sich einen Schuh zum Kauen und Sie beenden das Unterfangen mit einem klaren „Aus", das unumstößlich eingehalten werden muss. Das heißt, Sie behalten die Situation im Auge und wenn sich der Hund, wie zu erwarten ist, wieder über den Schuh her macht, dann kommt von Ihnen wieder ein klares „Aus". Der kleine Hund muss nun begreifen, dass das „Aus" ernst gemeint ist und definitiv gilt. Sie können den Hund an eine andere Stelle setzen und ihm ein anderes erlaubtes Spielzeug anbieten, aber der Schuh bleibt liegen und unter Ihrer Beobachtung. Ist der Hund hartnäckig und findet den Schuh interessanter, kommt von Ihnen wieder das „Aus". Erkennt der Hund das Verbot und lässt dennoch nicht vom Schuh ab, kann der Hund schon mal an der Haut am Genick gepackt und ausgeschimpft werden. Diese Geste dient zur Einschüchterung und zur Verstärkung des Kommandos „Aus". Man muss mich hier nicht falsch verstehen, der Hund wird nicht geschüttelt und gemartert oder verängstigt. Dem Hund wird nur klar gemacht, dass der Schuh tabu ist. Es wird für den Hund selbstverständlich, dass Schuhe nicht beachtet werden und nicht als Spielzeug taugen. Je konsequenter Sie sind, umso schneller wird der Hund auch folgen und zum z. B. Schuhe nicht mehr beachten, sogar wenn Sie nicht aufpassen. Kommunizieren Sie mit Ihrem Hund viel, wenn Sie spielen, ihn loben, ihn anlocken, mit ihm scherzen oder ihm etwas verbieten. Der Hund entwickelt feine

Antennen, was jetzt gut ist und was zu unterlassen ist. Durch viel Übung versteht Sie der Hund perfekt und Sie werden ein glückliches Team.

Halten wir fest: Beachten Sie die natürlichen Instinkte Ihres Hundes, stellen Sie klare Gesetzmäßigkeiten auf, denn ein Gesetz, das nicht immer gilt, ist kein Gesetz. Der Hund braucht klare Regeln, sprechen Sie den Hund mit deutlichen Kommandos an,

in Form von einem Wort, das gut eingelernt wird. Verkörpern Sie für Ihren Hund eine sichere Autorität, indem Sie die Rolle des Rudelführers einnehmen.

Die Konsequenz

Autorität und klare Kommandos bedingen eine logische Konsequenz. Ohne Konsequenz keine Autorität und ohne Konsequenz auch keine erfolgreichen Kommandos. In der Konsequenz liegt der Erfolg in der Hundeerziehung und auch die Schwierigkeit für den Hundebesitzer. Denn eine konsequente Hundeführung ist gewissermaßen anstrengend. Sie müssen sich überwinden und ein Kommando durchsetzen, wenn es der Hund nicht befolgt. Das kann bedeuten, das Kommando energisch zu wiederholen bis der Erfolg eintritt oder Sie holen den Hund zu sich und bereinigen die Situation. Es ist keine Seltenheit, dass ich sehr laut werden muss, wenn der Hund in einer wichtigen Situation nicht folgt. Es kommt vor, dass ich laut schreien muss, bis der Hund von seinem Vorhaben ablässt. Erstaunte Blicke von anderen Spaziergängern sind mir sicher, wenn ich ungewöhnlich laut werde. Gelegentlich denkt sich der Hund: „Das kann ich jetzt übergehen, da sind andere Menschen, dann lässt sie mir das durchgehen". Weit gefehlt, ich setze mich durch, denn mit gelegentlichem Ungehorsam fängt es an, das Übergehen von Kommandos wird schrittchenweise ausgeweitet. Hat der Hund das Kommando dann brav befolgt, erkläre ich den erstaunten Passanten, dass Disziplin eben sein müsse, auch wenn es jetzt nicht unbedingt notwendig gewesen wäre. Oft ergeben sich daraus nette Gespräche und neue Bekanntschaften. Hunde haben sehr feine Antennen, wann der Besitzer ausgetrickst werden kann. Unternehme ich einen Spaziergang in Begleitung und unterhalte mich angeregt, fühlen sich die Hunde gleich viel freier und nützen diesen Freiraum sofort aus.

Es ist jedenfalls so, dass ich in Begleitung energischere Kommandos geben muss, als wenn ich alleine unterwegs bin. Alleine braucht es fast kein Einwirken von mir, kaum bin ich mit jemandem im Gespräch, laufen die Hunde größere Runden und verlangen mehr Aufmerksamkeit von mir. Im Laufe der Jahre reißt es natürlich ein, dass das eine oder andere nicht so ernst genommen wird und dass alte Hunde oft Rechte haben, die dem Welpen niemals zugestanden würden. Der Hund kämpft sich in der Rangordnung beständig nach oben, darum ist es bei einem jungen, schnellen und lernfähigen Hund notwendig, die Regeln strikt einzuhalten und sein Verhalten laufend zu korrigieren.

Bei Kommandos, die Ihnen wichtig sind, sollten Sie darum immer streng bleiben. Das Herkommen ist ein unverzichtbares Kommando, das vor allem in wichtigen Situationen umgesetzt werden muss. Kommt ein fremder Hund entgegen, dem Sie nicht recht trauen, ist ein zuverlässiger Rückruf wichtig. Das Gelingen des Rückrufs in einer Notsituation funktioniert nur sicher, wenn Sie dieses Kommando immer konsequent einfordern.

Ein Hund ist sehr intelligent, er versucht laufend, seine Interessen über die des Besitzers zu stellen. Wenn ein Kommando des Besitzers hinterfragt und umgangen werden kann, wird der Hund diese Lücke sofort ausnutzen und bei jeder Gelegenheit versuchen, sich zu widersetzen. Nur ganz klare Regeln, die als eine Art Naturgesetz vom Hund erkannt werden, können willig akzeptiert werden. Ein Naturgesetz ist nur

ein Gesetz, wenn es immer gilt. Auch im Hunderudel werden die Gesetzmäßigkeiten des Zusammenlebens niemals geändert.

Nur klare Anweisungen kann der Hund verstehen und dann auch befolgen, wenn sie konsequent umgesetzt werden. Ohne Konsequenz gibt es keine erfolgreiche Anweisung. Ich wiederhole mich bewusst, um die große Bedeutung dieser Aussage zu untermauern.

Sie können natürlich alles wegräumen, was der Hund nicht zerstören soll und die angeknabberten Tischbeine tolerieren. Sie können sich zum Sklaven Ihres Hundes machen, ständig Schäden abwenden und Niederlagen einstecken. Spätestens wenn die Oma den Hund beaufsichtigt, werden Ihre Lieblingsschuhe übersehen und zerbissen. Die Oma ist entsetzt und bedauert, dass sie damit nicht gerechnet hat usw. Kurz gesagt, der Hund wird zum Tyrannen, wie so oft zu hören ist. Möchten Sie aber ein friedliches Zusammenleben mit Ihrem Hund, dann kommen Sie um eine für beide Seiten erfreuliche Hundeerziehung nicht herum. Dazu gehört die erfolgreiche Kommunikation mit der logisch notwendigen Konsequenz.

Besonders wichtig ist die Konsequenz, wenn Ihr Hund in das Flegelalter kommt. Das passiert so um den neunten Monat. Genau wie bei Kindern haben auch Hunde eine Phase, in der Sie ihre Stärken ausprobieren möchten. Es kann leicht passieren, dass der Hundehalter resigniert und denkt, es hat doch keinen Sinn, der Hund verlernt alles wieder. Ist man aber darauf vorbereitet und weiß um diese Entwicklungsphase des Hundes, kann man leicht gegensteuern und genauso schnell wie er gekommen ist, ist der Spuk auch bald wieder vorbei. Es erfordert mehr Durchsetzungskraft und Aufmerksamkeit von Ihnen, um diese Phase schnell zu überwinden.

Wenn der Hund „Hörprobleme" hat, fordern Sie den Gehorsam energisch und setzen Sie sich jetzt besonders streng durch, dann stimmt das Weltbild Ihres Lieblings bald wieder.

Diese Strenge ist notwendig, denn auch in der Natur wird der Hund erwachsen und sucht seinen Platz im Hunderudel. Auch hier fliegen sicher gelegentlich die Fetzen, um seinen Rang im Rudel auszutesten. Auch in der Familie macht ein Hund diese Phasen durch. Wie wir ja schon klar gestellt haben, muss ein Hund im „Menschenrudel" immer den letzen Platz einnehmen, ohne dass man ihm Schlechtes will, aber das ist eben sein einzig möglicher Platz in der Rangordnung mit Menschen.

Der Hund wird seinen Platz finden und zufrieden sein. Sie müssen ihm die Möglichkeit geben, sich zu orientieren und klare Verhältnisse schaffen. Wenn Sie ein guter Hundehalter sind, ist dieser letzte Platz in der Rangordnung der beste Platz auf der Welt für Ihren Hund. Vergessen Sie nicht, Sie haben es mit einem Hund zu tun.

Hundekontakte müssen sein

Der Hund lernt den richtigen Umgang mit Hunden nur durch reichliche Kontakte vom Welpenalter an. Allerdings immer unter Ihrer Aufsicht und unter Ihrem Schutz. Erscheint Ihnen eine Kontaktaufnahme zu unsicher, gehen Sie lieber ohne Kontakt am fremden Hund vorbei.

Nicht alle Frauchen und Herrchen beherrschen ihren Hund und können seine Ungefährlichkeit garantieren. Wägen Sie darum sorgfältig ab und beschützen Sie Ihren Hund zuverlässig, indem Sie vorausschauend handeln und unkalkulierbare Situationen meiden. Oft erkennt man einen mit Vorsicht zu genießenden Hund an seinem Besitzer.

Am Waldrand hatte ich einmal eine Begegnung mit zwei jungen Damen und einem einjährigen Dobermann. Ihr Verhalten fiel mir bereits in der Ferne auf, indem sie zögerten, weiter zu gehen, als sie mich mit meinen zwei Vizslarn sahen. Unsicher kamen sie dann auf mich zu und ich konnte erkennen, dass sie ihren Hund an einer Schleppleine führten. Ich leinte meine Hunde an und wollte an ihnen vorbeigehen. Die zwei Damen ließen aber den Dobermann an der langen Schleppleine zu meinen angeleinten Hunden laufen. Ich forderte sie auf, ihren Hund bei sich zu halten und stieß gleich auf Unverständnis. Sie beschwerten sich, warum ich denn die Hunde nicht zusammen lassen wolle. Ich erklärte Ihnen, dass Hunde an der Leine schlecht kommunizieren können und sie mir unsicher vorkämen. Die Zwei erklärten mir, ihr Hund sei gerade in einer Flegelphase, die sie mit einer sehr guten Hundeschule zu bewältigen versuchen würden. Ihr Hund vertrage sich schon, wenn die anderen Hunde brav seien. An der Schleppleine führten sie ihn, damit sie ihm habhaft werden könnten, wenn er nicht folgen würde, und dann hätten sie auch noch die Leckerli, damit sie ihn positiv bestärken könnten. Ich blieb dann bei meiner Haltung und ging weiter. Ich habe den zwei jungen Frauen allerdings noch erklärt, dass sie mit der Schleppleine, dem Leckerlibeutel, dem sanften Hundegeschirr und der freundlichen Hundeschule nicht zum Erfolg kommen würden und sie sich klar machen sollten, dass sie einen Dobermann führen würden. Nichts gegen Dobermänner, aber sie machen immerhin einen imposanten Eindruck auf mich. Das Problem war sicher nicht der Dobermann, sondern die unsicheren Besitzer, die ihn nicht beherrschten. Mit einem Jahr war der Dobermann vermutlich noch ganz brav, aber was wird später sein? Ich bin den Damen nie mehr begegnet.

Das mag Ihnen jetzt vielleicht voreingenommen erscheinen, aber wenn man sich in eine solche Situation begibt, muss man sie auch bewältigen können. Die richtige Entscheidung muss vorher getroffen werden. Auch ich habe manchmal Angst vor Hunden.

Besonders wenn Sie mit Besitzern unterwegs sind, die sich große Mühe geben mit der Lenkung ihres Lieblings, aber leider keine Folgsamkeit erzielen, ihren Hund somit auch nicht zurückrufen können. Unsichere Hunde haben oft kein sicheres Auftreten gegenüber anderen Hunden und werden leicht in Missverständnisse verwickelt, die dann in Raufereien ausarten. Ein erfahrener Hundehalter erkennt eine schwierige Situation schnell und vermeidet solche Kontakte einfach. Es ist für mich eine echte Horrorvorstellung, in eine Rauferei meiner Hunde mit einem ausgewachsenen Dobermann eingreifen zu müssen. Ich könnte sie wohl nur zurückrufen und hoffen, dass es glimpflich ausgeht und keiner verletzt wird.

Hundespiele sehen durchaus ruppig aus. Es wird aber keinem Hund auch nur ein Haar gekrümmt. Jeder Hundehalter sollte ein Spiel von einem Kampf unterscheiden können.

Ich möchte mit diesem Beispiel aufzeigen, dass ein Hund ohne eine klare Autoritätsperson und ohne sichere Kommandos niemals folgsam werden wird. Ein unsicherer Hundehalter befähigt einen Hund auch zu keinem brauchbaren Sozialverhalten. Wie soll der Hund sich sicher fühlen, wenn schon der Hundehalter nicht erkennt, wann und wie ein Hund mit anderen Hunden Kontakt aufnehmen kann und wann nicht. Ein Hund muss sich auf seinen Anführer verlassen können, damit er nicht in vermeidbare Raufereien verwickelt wird und daraus ein unsicheres und aggressives Verhalten entwickelt.

Es wird häufig als Kavaliersdelikt angesehen, wenn ein Hund nicht erzogen ist und der Besitzer unsicher reagiert. Leider gehört so ein Verhalten zum täglichen Begegnungsumfeld für einen Hundehalter. Es bestärkt die Angst vor Hunden bei Nichthundebesitzern und bewirkt viel Ärger für Hundebesitzer untereinander. Schlimm ist aber nicht der Ärger, der verursacht wird, sondern die Gefahr, die von solchen Begegnungen ausgeht, in dem Fall für die Hunde.

Ich wollte meine Hunde der Situation nicht aussetzen und ausprobieren, ob es gut aus geht mit dem Dobermann. Damit würde ich meinen Hunden unter Umständen lernen, dass Hundebegegnungen schwierig sind, dass sie wehrhaft sein müssen, dass Dobermänner aggressiv sind und dass das Leben gefährlich ist. Es hätte auch friedlich ablaufen können und meine Bedenken wären umsonst gewesen. Ich habe mich für die sichere, vielleicht biedere Variante entschieden und den Kontakt vermieden. In schwierige Situationen kommt man ohnehin ab und an, da hilft dann der sichere Rückruf und das Vertrauen meiner Hunde auf mich.

Dem einen Menschen fällt es leicht, seinen Hund zu erziehen, dem anderen fällt es schwer. Eine gewisse Begabung ist natürlich von großem Nutzen. Darum sollte man sich ehrlich prüfen, bevor man sich zu einem Hund entschließt. Mit der Auswahl der Rasse kann hier viel ausgeglichen werden. Die beiden Damen wären sicher mit einem Pudel besser beraten gewesen als mit einem Dobermann.

Damit will ich Ihnen keine Angst machen, sondern Sie bestärken, Ihren Hund gut zu erziehen und ihm den Umgang mit anderen Hunden zu ermöglichen, so oft es nur geht. Aber man hat auch immer die Wahl und sollte gefährliche Situationen vermeiden, die dem Hund Schaden zufügen und schlechte Erfahrungen machen lassen könnten. Die Auswahl der Kontakte liegt bei Ihnen. Schauen Sie sich den Hund und die dazugehörigen Halter kritisch an und zeigen Sie Selbstbewusstsein, machen Sie sich klar, dass Ihnen die Verantwortung hier keiner abnehmen kann. Wenn Sie unsicher sind, verabreden Sie sich mit bekannten Hundehaltern, mit denen sich Ihr Hund anfreunden kann und tasten Sie sich langsam vorwärts zum Hundeexperten; denn der werden Sie bald sein, wenn Sie

Ihren Hund ernst nehmen. In die Rolle des Hundehalters muss man sich hineinarbeiten, wie in jede neue Lebenslage. Es lohnt sich auf jeden Fall.

Lernen durch Freude

Die größte Belohnung für Ihren Hund ist, wenn Sie über sein Verhalten Freude zeigen. Ihre Freude zeigt dem Hund am eindringlichsten, welches Verhalten von Ihnen gewünscht wird. Daraus resultiert die Erkenntnis, dass es Sinn macht, die Hundeerzie-

hung möglichst positiv und erfreulich zu gestalten. Dieser Ansatz bringt nicht nur für den Hund, sondern auch für den Besitzer Erfolg und Freude.

Das heißt jetzt nicht, dass Sie Ihren Hund ständig loben und bestärken sollen, damit er sich wohl fühlt und ja niemals frustriert wird. Leider wird es von vielen Hundehaltern so verstanden, dass sie ihren Hund immer mit „brav, brav" beschwichtigen, auch wenn er nicht gefolgt hat und sich der Anweisung entzogen hat. Vermutlich befürchtet der Hundehalter, der Hund könnte ihn nicht mehr lieben und Angst vor ihm bekommen und dann gar nicht mehr folgen. Genau dieser Fall tritt dann jedoch ein, der Hund kennt sich nicht mehr aus und gehorcht nicht. Die erfreulichen Momente werden immer weniger, die Erziehung entgleitet.

Lernen durch Freude heißt vielmehr, dass Sie eine keine Lernlektion so gestalten sollten, dass Sie gelingt und dann große Freude zeigen. Dem Hund also in einfachen Schritten zeigen, dass es positiv ist, wenn er sich richtig verhält. Dieses richtige Verhalten wird spielerisch eintrainiert und zur Selbstverständlichkeit, wenn Sie es mit dem entsprechenden Codewort verbinden und in den Alltag einbauen. Es setzt allerdings auch voraus, dass Sie sich auf keinen Fall freuen, wenn der Hund etwas falsch macht.

Ein Beispiel: Ihr Hund hat das Herkommen mit dem Codewort „Hierher" schon gut gelernt (mit Freude, Loben und viel Konsequenz) und Sie wollen dieses Verhalten weiter vertiefen, wenn Ihnen ein fremder Hund entgegen kommt. Gestalten Sie den Lernprozess so leicht wie möglich und rufen Sie Ihren Hund rechtzeitig zu sich, wenn der fremde Hund noch weit genug entfernt ist und Ihr Hund keinen zu großen Anreiz hat, unerlaubt mit dem Hund Kontakt aufzunehmen. Kommt Ihr Hund sofort zu Ihnen, zeigen Sie große Freude und loben überschwänglich. Leinen Sie Ihren Hund an und gehen auf den fremden Hund zu, bis klar ist, ob er mit dem Hund spielen darf oder vorbei gehen muss. Machen Sie diese Übung bei jeder Hundebegegnung, werden Sie bald feststellen, dass Ihr Hund zuerst Blickkontakt mit Ihnen aufnimmt, wenn ein anderer Hund auftaucht. Dann ist es für Sie ein Leichtes, Ihren Hund herzurufen und kräftig zu loben und anzuleinen. Der Hund verbindet dieses Verhalten mit Freude und Zufriedenheit, keinesfalls mit Frust und Enttäuschung. Schon bald sollen Sie dieses Verhalten Ihres Hundes auch ohne Anleinen sicher einfordern können.

Sie wissen ja, es ist ein ungeschriebenes Gesetz, wenn Ihnen ein Hund an der Leine entgegen kommt, dann leinen Sie auch an und gehen ohne Kontaktaufnahme vorbei.

Kommt Ihnen ein Hund ohne Leine entgegen, und der Besitzer leint auch nicht an, wenn er Sie mit Ihrem frei laufenden Hund sieht, dann können die Hunde Kontakt aufnehmen.

Nicht alle Hundhalter beherrschen diese Regeln oder verhalten sich zuverlässig danach, darum ist es notwendig, sich auch einem frei laufenden Hund langsam anzunähern. Das bedeutet für Ihren Hund, er soll bei Ihnen bleiben, bis Ihr Kommando „Lauf", oder das Codewort, das Sie dafür ausgewählt haben, gesprochen wird.

Zum Einlernen dieser Verhaltensweise ist es sinnvoll, den Hund anfangs immer anzuleinen, damit er das Abwarten an Ihrer Seite klar versteht. Fügen Sie dabei noch ein Codewort für das Bei-Fuß-Gehen an, logischerweise „Bei Fuß".

Gehen Sie nun mit Ihrem angeleinten Hund an dem fremden, angeleinten Hund ruhig vorbei, es soll für Ihren Hund eine Selbstverständlichkeit werden. Natürlich soll Ihr Hund leinenführig sein und Sie das ruhige Vorbeigehen an Hunden und Mensch gut geübt haben. Spätestens jetzt ist es an der Zeit, Übungen einzuschalten, wenn es noch nicht zuverlässig gelingt. Sprechen Sie sich einfach mit anderen Hundehaltern ab und gehen Sie angeleint einige Male aneinander vorbei. Gelingt es ohne Probleme, kommt wieder das Lob von Ihnen. Üben Sie solange, natürlich an verschiedenen Tagen und mit verschieden Hunden weiter, bis Ihr Hund genau weiß, was Sie möchten und er sich ein dickes Lob abholen kann, wenn er brav an anderen Hunden vorbeigeht.

Nach dem Passieren müssen Sie sicher stellen, dass der Hund nach dem Ableinen nicht dem fremden Hund nachläuft, denn dann wäre die ganze Übung völlig umsonst. Dem Hund muss klar sein, Vorbeigehen ist Vorbeigehen, das Frauchen oder Herrchen wird nicht ausgetrickst. Die Übung geht also noch weiter, indem Sie den Hund unter Kontrolle behalten bis alle Versuchungen außer Reichweite sind. Womit wir wieder bei der Frage der Konsequenz angelangt sind. Macht der Hund alles brav, zeigen Sie große Freude, vielleicht bauen Sie ein Spiel in den Spaziergang ein und gehen glücklich mit Ihrem Hund weiter. Das klingt alles sehr anstrengend, ist es auch, es erfordert große Sorgfalt und Aufmerksamkeit von Ihnen. Es wird aber auch bald zur Selbstverständlichkeit, Sie können Ihren Hund mit wenigen Worten oder Gesten leiten und werden allgemeine Bewunderung ernten. Nur ein ganz klares Verhältnis zu Ihrem Hund mit gelingender Kommunikation, Aufmerksamkeit und Konsequenz ermöglicht diese Leichtigkeit, die für viele wie Zauberei erscheint. Es ist wirklich ganz leicht, Sie müssen es nur tun.

Zum klaren Verständnis möchte ich anfügen, dass es eine Voraussetzung ist, dass Ihr Hund natürlich reichlich Kontakte mit anderen Hund haben muss, viel spielen darf, ausgeglichen ist und keinesfalls immer an fremden Hunden vorbei gehen muss, ohne sie kontaktieren zu dürfen. Normalerweise nimmt man mit jedem fremden, braven Hund Kontakt auf, aber immer erst nach der Erlaubnis durch den Besitzer, oder der wortlosen Verständigen durch Blickkontakt und gegenseitigem nicht anleinen. Nur ein ausgeglichener, gut sozialisierter Hund kann solche Lernprozesse ohne Weiters bewältigen, ohne den geringsten Frust, im freudigen Einklang mit seinem Besitzer.

Keine Vorurteile anlernen

Ihr Hund sollte sich mit jedem normalen Hund vertragen und nicht von Vorurteilen beeinflusst werden. Ein Hundehalter, der selbst überzeugt ist, dass sich Rüden untereinander nicht vertragen, lernt seinem Hund unbewusst an, dass fremde Rüden mit

Vorsicht zu betrachten sind. Steigt die Anspannung beim Hundehalter und wird der Hund im Vorfeld weggezerrt, wenn sich ein Rüde nähert, dann signalisiert man dem Hund, Rüden sind zu meiden. Genauso verhält es sich mit Hündinnen. Viele Hundebesitzer glauben, Hündinnen vertragen sich nicht untereinander. Das sind Vorurteile, die so nicht zutreffen, sich aber im Gedächtnis des Hundes verankern, wenn es ihm so beigebracht wird. Wie auch beim Menschen, mögen sich die einen und die anderen gehen sich lieber aus dem Weg. Jeder Hund hat einen eigenen Charakter und ist durch seine Erlebnisse und seinen Besitzer geprägt. Im Normalfall vertragen Hunde sich untereinander.

Ermöglichen Sie Ihrem Hund ein unbeschwertes Hundeleben, ohne Vorurteile und unter Ihrer Anleitung und Ihrem zuverlässigem Schutz. Darum ist es so wichtig, den Hund bei jeder Begegnung zu sich zu rufen, aus Routine und völlig wertfrei, es soll eine Gewohnheit werden, die nichts mit Vorurteilen zu tun hat. Hunde müssen laufen, spielen und toben dürfen. Zu einem braven Hund gehört die Möglichkeit, sich richtig auspowern zu können und sich überall sicher verhalten zu lernen. Er braucht viele Hundekontakte, viel Bewegung und ein Leben in seinem Menschenrudel, oder einem gemischten Hunde-Menschen-Rudel. Ein Hund, der weggesperrt, immer an der Leine geführt oder ängstlich von allem fern gehalten wird, kann kein ausgeglichener Hund werden, er wird seines glücklichen Hundelebens beraubt und, eventuell je nach Rasse, sogar gefährlich.

Das Spiel der Hunde sieht ruppig aus, die Hunde fügen sich aber keinen Kratzer zu und toben sich richtig aus. Hunde müssen auch Hund sein dürfen. Das Spiel der Hunde unterscheidet sich deutlich vom Kampf zwischen Hunden. Jeder Hundehalter sollte das unterscheiden können und seinem Hund vom Welpenalter an reichlich Hundekontakte ermöglichen. Ein Hundebesitzer, der aus Angst solche Kontakte vermeidet, kann keinen ausgeglichenen Hund aufziehen. Angst und übertriebene Vorsicht sind keine Basis für

eine Hundehaltung. Sie bringen Problemhunde hervor und unnötige Gefahren mit sich. Gefahren deshalb, weil ein Hund, der sich nicht so recht auskennt mit seiner Umwelt, auch Angst bekommt und abwehrend reagiert. Zur Abwehr und Angstbewältigung gehört Drohen, Bellen und Beißen. Das macht ein Hund nur, wenn er Angst hat, unsicher ist, zu wenig Sozialkontakte und Bewegung hat.

Die Hundeschule

Hundeschulen wachsen wie Pilze aus dem Boden und bieten Hundebesitzern ihre Hilfe an. Die Trainingsmethoden sind unterschiedlich und meiner Meinung nach nicht immer hilfreich.

Es bleibt Ihnen überlassen, ob und welche Hundeschule Sie besuchen. Es ist sinnvoll, sich eigene Gedanken über die Erziehung Ihres Hundes zu machen, um die Angebote beurteilen zu können. Je besser Ihnen die Erziehung Ihres Hundes nach den Anleitungen in diesem Buch gelingt, umso weniger benötigen Sie eine Hundeschule. Erziehen Sie Ihren Hund von Anfang an richtig, dann erübrigt sich jede weitere Hilfe.

Streben Sie eine sportliche Karriere mit Ihrem Hund an oder möchten die Begleithundeprüfung ablegen, dann macht das Training in der Gemeinschaft sicher mehr Spaß als alleine.

Für die Entwicklung eines Welpen ist es hilfreich, Welpenspielstunden zu besuchen. Fast alle Hundeschulen bieten Welpenstunden an. Achten Sie unbedingt darauf, dass die Welpen nach Gewicht und Alter in Gruppen eingeteilt werden, damit keine Verletzungen durch zu schwere oder stürmische Hunde entstehen. Ihr Hund hat dann Gelegenheit, Kontakt mit Welpen aufzunehmen und andere Hunde kennen zu lernen. Sie haben Ihren Welpen von seinen Geschwistern getrennt und können ihm in diesen Spielstunden wieder Kontakte mit jungen Hunden ermöglichen. Vielleicht entstehen hier schon neue Freundschaften oder „Gassigemeinschaften". Der Anfang zur Sozialisierung mit Artgenossen ist gemacht.

Die Hundehaltung

Eine Voraussetzung für eine gelingende Hundehaltung ist die Auslastung des Hundes mit viel Bewegung und Beschäftigung.

Die besten Kommandos und der perfekte Rudelführer nützen nichts, wenn der Hund nicht ausgelastet ist. Ein Hund braucht, je nach Rasse, ausreichend Auslauf und Abwechslung im Tageslauf. Er wird nur ruhig und zufrieden in seinem Körbchen liegen und an seinem Kauknochen nagen, wenn er genug Auslauf gehabt hat.

Manche Hundehalter sind der Meinung, ein Spaziergang im Park würde genügen. Sie bedenken nicht, dass in den Städten, vor allem in öffentlichen Grünanlagen, ein Führen der Hunde an der Leine vorgeschrieben ist, was einen lauffreudigen Hund in keiner Weise auslastet. Leider herrscht in vielen Städten ein großer Mangel an geeigneten Freilaufflächen.

Ein Hund ist ein Lauftier, das schnelle Sprints hinlegt, mit der Nase zwischen Büschen stöbert, mit anderen Hunden oder mit seinem Herrchen spielt und tobt. Hunde spielen Fangen, Kämpfen und jagen sich gegenseitig. Der Mensch kann sich einbringen und Bälle werfen, Suchspiele anbieten oder einfach den Hund bei Spaziergängen begleiten und die Wegesränder nach interessanten Gerüchen absuchen lassen. Ein Hund erkundet die Gegend mit der Nase und der Mensch mit den Augen. Es ist nichts Böses zu erwarten, wenn ein Hund Spuren erkundet und die Botschaften anderer Tiere liest; das hat vorerst nichts mit Jagen zu tun, wird aber von Mitmenschen häufig so ausgelegt. Oft begegnen uns Spaziergänger, die verlangen, dass die Hunde an der Leine geführt werden. So kann ein Hund sein Laufbedürfnis aber nicht ausleben und ausgeglichen sein. Zu weit hat sich unsere Zivilisation von der Natur entfernt und vom Bezug zum ältesten Begleiter des Menschen, dem Hund. Es scheint so, als müsste der Hundehalter in der heutigen Zeit eine Vorreiterrolle übernehmen und für eine vernünftige Hundehaltung eintreten, Beschimpfungen über sich ergehen lassen und aufklären.

In den Naherholungsgebieten unserer Stadt werden gerade neue Wege angelegt. Dabei wird eine Art Straße durch die naturnahen Wiesen gebaut, Wegränder mit Unkrautvernichtungsmitteln gespritzt, die Felder so angebaut und mit Chemie behandelt, dass keine Lerche mehr fliegt und kein Schmetterling mehr zu sehen ist, Bienen gibt es sowieso nicht mehr. Diese Tatsachen werden hingenommen, wird aber ein freilaufender Hund gesichtet, ist es für manche Mitmenschen ein Grund, ein Anleinen zu fordern, obwohl keine Leinenpflicht herrscht, der Hund aufs Wort folgt, keine Wildtiere jagt und auch sonst nicht stören auffällt.

Ich führe meine Probleme hier an, um zu verdeutlichen, dass es keinesfalls immer leicht ist, einen Hund vernünftig zu halten. Die Natur, sowie die Einstellung der Menschen zur Umwelt sind in eine gefährliche Schieflage geraten, die Sie für sich und wenn möglich auch für andere Hundehalter in ein selbstverständliches Miteinander verwandeln müssen. Die Natur ist nicht nur zum Walken, Joggen und Radfahren da, es muss auch möglich sein, in Ruhe mit seinem Hund spazieren zu gehen. Natürlich ist es notwendiger denn je, einen gut erzogenen Hund mit sich zu führen, um reichlich Selbstvertrauen demonstrieren zu können und Problemen mit verärgerten Passanten die Stirn zu bieten. Ich will damit einen Denkanstoß geben, dass es leider nicht immer leicht ist, einen Hund artgerecht zu halten. Ich will Ihnen auch den Rücken stärken, sich durchzusetzen und die ungünstige Lobby gegen die Hundehalter selbstbewusst aufzuwerten.

Wählen Sie einen aktiven Hund, müssen Sie sich Gedanken machen, wie Sie den Hund in Ihren Alltag einbeziehen. Mit etwas Forschergeist und guten Tipps von anderen Hundehaltern entdecken Sie schöne Wege und hundetaugliche Naturräume, die ideal sind für Ihren Hund, aber vor allem auch für Ihre Seele und Ihr Wohlbefinden. So erleben Sie zur täglichen Erholung göttliche Ruhe und Zufriedenheit, ohne Wellnessangebot, ohne Psychiater und ohne schickes Sportoutfit, ganz einfach zu Fuß, mit dem Duft von Ligusterhecken und den Blüten von Heckenrosen. Hier entstehen wahre Glücksmomente, welche die Zeit allemal wert sind, die man dafür investiert. Ganz von selbst wissen Sie dann Wege, die bei Hitze angenehm schattig, im Herbst besonders schön sind, auf denen man noch gehen kann, wenn andere Strecken aufgeweicht sind. Im Sommer entdecken Sie Badeseen für Hundehalter, an denen Sie einen erholsamen Nachmittag verbringen können. Im Winter wandeln Sie durch märchenhafte Winterlandschaften. In Ihr Leben wird mehr Ruhe einkehren und Sie werden mehr Zeit für sich haben, gerade mit einem aktiven Hund.

Sind Sie selbst aktiv und absolvieren ein Laufprogramm, gehen regelmäßig Nordic Walking, fahren mit dem Rad oder sind mit dem Pferd unterwegs, ist ein Hund immer eine Bereicherung für diese Unternehmungen. Bedenken Sie aber, dass der Hund auch seinen Auslauf braucht, wenn Sie eine Sportverletzung haben und einige Wochen oder länger auf Ihr Fitnessprogramm verzichten müssen.

Der brave und folgsame Hund ist keine Zauberei. Ein Hund kann allerdings nur ausgeglichen und folgsam sein, wenn er genug „Hundeleben" hat. Ich meine damit, wenn er spielen, laufen und toben darf. Er möchte das nicht nur mit Ihnen machen, sondern braucht auch reichlich Hundekontakte, um sich auspowern zu können.

Die geistige Auslastung des Hundes

In Hunderatgebern ist häufig zu lesen, der Hund müsste auch geistig ausgelastet werden. Es ist ein beliebter Erklärungsversuch von Jägern, die damit beweisen möchten, dass nur die Jagd mit Verfolgen, Suchen und Bringen einen Hund nicht nur körperlich, sondern auch geistig auslastet. Sicher ist es ein ideales Leben für einen Jagdhund, wenn er täglich mit seinem Besitzer im Einsatz ist. Der normale Freizeitjäger ist in der Regel höchstens am Wochenende auf der Jagd und dann auch nicht immer mit Hund. Ein Hund aber lebt jeden Tag und braucht seine Bezugspersonen und seinen Auslauf. Ich bin der Meinung, ein Hundebesitzer, der genügend Zeit für seinen Hund hat, lastet ihn in jeder Hinsicht aus und wird seinem Hund gerecht, wenn er mit ihm kommuniziert und ihm ausreichend Auslauf ermöglicht. Eine geistige Auslastung darf nicht mit dem Vollbringen von Leistungen unter menschlichen Gesichtspunkten verglichen werden, ansonsten vermenschlicht man den Hund. Es ist oft falsch verstandene Tierliebe, einen Hund für das Erringen von sportlichen Auszeichnungen oder Schönheitswettbewerben zu verwenden, vor allem wenn der menschliche Ehrgeiz im Vordergrund steht. Ein Jäger wird seinem Hund auch nicht gerecht, wenn er ihn im Zwinger hält und gelegentlich mit auf die Jagd nimmt. Ein Hund ist eben ein Hund. Er möchte in einem intaktem

Rudel leben mit viel Bewegung und Kontakten zu Menschen und Artgenossen. Ein Hund läuft nicht zu jedem Hund automatisch hin, weil ihm langweilig ist, sondern weil ihn Hunde interessieren und er mit ihnen kommunizieren will. Ein Jagdhund wurde für seine Aufgaben speziell gezüchtet und ist dafür besonders befähigt, er ist und bleibt aber auch ein ganz normaler Hund. Wird ein solcher Hund nicht jagdlich gefördert und nicht speziell auf diese Eigenschaften hin gezüchtet, dann verlieren sich diese Anlagen nach und nach. Für die Jäger eine Katastrophe, für den Hundefreund ein Segen. Gerade der Jäger will keine wildernden Hunde im Revier haben, wer also A sagt, soll auch B sagen.

Hunde dürfen und sollen zu Freizeit- und Sportzwecken vom Menschen gehalten werden, es muss aber auch umfassend Sorge für das Allgemeinbefinden eines Tieres getragen werden. Eine geistige Auslastung darf nicht verwechselt werden mit dem Lernen von Kunststücken und Bewältigen von Aufgaben, die dem Menschen als Leistung erscheinen und die messbar sind. Eine Hundehaltung darf auch nicht zur Vollzeitbeschäftigung des Besitzers ausarten. Alles mit Maß und Ziel und nach den Möglichkeiten des Hundehalters.

Erziehen wir unseren Hund artgerecht in engem Kontakt mit dem Menschen, wird der Hund automatisch geistig gefördert. Bei jeglichen Unternehmungen, die eine Harmonie mit dem Menschen voraussetzt, werden alle Sinne des Hundes angeregt. Bei einem Spaziergang ohne Leine (wie es üblich sein sollte) ist der Hund zu jeder Zeit gefordert, mit seinem Herrchen oder Frauchen Kontakt zu halten und für Anweisungen aufmerksam zu sein. Besitzer und Hund sollten die gleiche Sprache sprechen und sich gegenseitig verstehen. Kann ein Hund vom Menschen ohne jeden Zwang sicher geleitet werden, mit wenigen Worten und Gesten, spricht das für einen intelligenten und geförderten Hund. Sicher setzt es eine gewisse Begabung des Menschen voraus, das Wesen des Hundes zu erfassen und einen Hund sicher zu führen. Ohne ausreichende Erfahrung mit Tieren wird es schwieriger, darum ist der frühe Kontakt mit Tieren für Kinder überaus positiv in allen Lebenslagen.

Zur Verdeutlichung möchte ich hier einige Beispiele aus dem Alltag anführen.

Meine Hunde sind von der Rasse Magyar Vizsla, die zu den Jagdhunderassen gezählt werden. Diese Rasse ist allerdings sehr an seinem Besitzer orientiert und neigt nicht zum Wildern und Aufstöbern von Wild, obwohl sie hervorragend dafür veranlagt ist. Darum ist es notwendig, so einen Hund entsprechend zu erziehen, dass Wild nicht verfolgt und gestört werden darf. Der Hund ist durchaus in der Lage, diese Einstellung seines Menschen zu verinnerlichen und Fähigkeiten in der Weise zu entfalten, die in seiner Situation gefordert werden. Natürlich versucht jeder Hundehalter, seinem Hund

mit irgendwelchen Aktivitäten Freude zu machen. Es ergibt sich aus dem Alltag, dass der Hund durch Stöbern am Wegesrand bei Spaziergängen, durch Apportieren von Stöckchen oder durch das Verstecken von Leckereien seine Sinne einsetzen kann und zufrieden ist.

In bester Absicht wurde von mir hochwertiges Hundespielzeug gekauft, vor allem Wurfspielsachen zum Apportieren. Die Freude währte nicht lang, denn die Spielsachen wurden entweder in kürzester Zeit zerfetzt oder sie blieben in einem Baum hängen. Auch meine Kinder berichteten immer wieder, die Hunde würden den Ball drei oder viermal holen und sich dann Interessanterem zuwenden. Wir haben es bei dem Versuch gelassen, denn ich bin ohnehin nicht erpicht darauf, stundenlang Bälle zu werfen, sondern gehe lieber zügig in der Natur spazieren. Sicher hätte man die Hunde auf das Apportieren trainieren können, aber warum bewusst Aktivitäten einlernen, die man selber gar nicht so erstrebenswert findet. Meine Hunde holen lieber einen Stock, der vom Wegesrand aufgehoben und geworfen wird, der kann dann zerbissen oder auch einfach wieder zurückgelassen werden. Auch am Badeweiher sind die teuersten Schwimmdummys davon getrieben, weil kein Hund sie mehr holen wollte. Auch hier bin ich auf das Werfen von Stöckchen übergegangen, die holen die Hunde am liebsten. Geht mal einer verloren ist

er ersetzbar. Aber zerbissen werden sie immer, bis sie ganz klein und unbrauchbar sind. Das macht anscheinend großen Spaß und pflegt die Zähne.

Das einzige Problem, das sich hier stellt, ist die Tatsache, dass kaum mehr Stöckchen in Ufernähe zu finden sind, denn auch andere Hundehalter bedienen sich fleißig. Wir kommen oft an einem Waldweiher vorbei, an dem dann auch kein brauchbares Hölzchen mehr zu finden ist. Ich beschloss eines Tages auf dem Weg zum Weiher Stöckchen am Weg zu sammeln, damit ich etwas zum Werfen habe. Meine Hunde fanden es ganz toll, dass ich Stöckchen sammle und wollten sie natürlich gleich haben und sind spielend um mich herum gesprungen. Ich musste sie ganz hoch halten, damit ich mein Apportiermaterial bis zum Weiher retten konnte. Die Freude war am größten, als die Hunde ins Wasser springen und sich um die Hölzchen streiten konnten.

Am nächsten Tag auf dem Weg zum Waldweiher habe ich wieder Stöckchen gesammelt und siehe da, die Hunde wollten sie nicht gleich in Besitz nehmen, sondern sind schon mal weiter voraus gelaufen in Richtung Weiher. Ich war total begeistert, die Hunde haben erkannt, dass ich die Stöckchen für die Schwimmübungen sammelte. Es freut mich sehr, wenn ich erkenne, wie intelligent die Hunde sind und wie gut wir kommunizieren können. Die Hunde begreifen Zusammenhänge und menschliche Absichten erstaunlich schnell, wenn Mensch und Hund ein eingespieltes Team sind. Das verstehe ich auch unter „geistiger Auslastung". Den Hund zum Mitdenken und überlegtem Handeln zu trainieren, ist geistige Auslastung in Perfektion. Es beschert dem Menschen echte Glücksmomente bei jeder Aktivität mit seinem Hund. Kommunizieren Sie mit Ihrem Hund und erziehen Sie ihn gut, dann hat er mehr als genug geistige Auslastung.

Einmal kamen wir an diesem kleinen Waldweiher vorbei und es schwamm eine einzelne Ente im Wasser. Es ist für mich selbstverständlich, dass die Ente das Vorrecht hat und die Hunde sie nicht aufschrecken dürfen. Meine Hunde wurden mit viel Sorgfalt dazu erzogen, Wildtiere in Ruhe zu lassen. Darum bin ich einfach weitergegangen ohne die Hunde baden zu lassen. Sie haben das ohne Problem mitgemacht, und können solche Situationen durchaus verstehen, wenn der Hundehalter eine solche Einstellung vorgibt und die Hunde dann genau wissen, dass das Aufschrecken der Ente unerwünscht ist. Sie haben ohne ein Wort von mir auf das Baden verzichtet. Hätten sie Anstalten gemacht, ins Wasser zu springen, wären sie zurückgerufen worden. Das können gut trainierte Hunde ohne Weiteres vorwegnehmen, wenn der Halter konsequent ist. Ein Lob

darf natürlich schon sein, die Hunde bemerken es aber ohnehin, wenn ich erfreut und zufrieden bin. Hunde sind intelligenter als man glaubt. Bei diesem Spaziergang war ein Bekannter dabei, der fragte erstaunt: „Warum lässt Du die Hunde die Ente nicht jagen, die erwischen sie ja sowieso nicht?“ Ich hoffe, die Antwort erübrigt sich.

Hunde kommunizieren den ganzen Tag miteinander, wenn sie Gelegenheit dazu haben. Darum ist es nicht verkehrt, sich zwei Hunde zu halten, die vom Temperament zusammen passen. Diese zwei machen sich gegenseitig das Stöckchen streitig, fordern sich zum Spielen auf, spielen Fangen usw. Für zwei Hunde ist jeder Tag kurzweiliger und interessanter. Das Führen von zwei Hunden an der unsichtbaren Leine wird nicht unbedingt schwieriger, denn ein Hund richtet sich nach dem anderen. Beide Hunde müssen gut erzogen sein, dann folgen sie zusammen genauso wie ein einzelner Hund. Kommt zu einem gut erzogenen Hund ein zweiter dazu, schaut letzterer sich vieles vom ersten Hund ab und erzieht sich sozusagen ein klein wenig selber.

Kann ein Hund selbstständig denken?

In manchen Hundebüchern wird die Meinung vertreten, ein Hund könne nicht zwischen Gut und Böse unterscheiden. Stimmt das wirklich? Nach ethischen Gesichtspunkten wird sich Ihr Hund nicht orientieren, aber nach den Vorgaben, die Sie ihm beibringen. Hier sind wir wieder bei den einheitlichen Richtlinien und der Konsequenz in der Hundeerziehung.

Im April, in der Schonzeit für Rehe, bin ich mit meinem Rüden an einem Buchenwald spazieren gegangen. Die linke Seite des Weges begrenzte eine Hecke, hinter der sich von mir unbemerkt Rehe aufhielten. An der nächsten Wegkreuzung kam ich mit einer Reiterin ins Gespräch, die einige hundert Meter hinter uns des Weges kam und uns hier überholte. Die Reiterin konnte vom Pferd aus alles gut überblicken und erzählte mir: „Sie haben aber einen braven Hund, er hat die Rehe nicht gestört, die wenige Meter neben ihm am Feldrand hinter der Hecke standen. Er hat sie wohl bemerkt, ist dann aber zu seinem Frauchen gelaufen.“

Mein Rüde ist zwar ein Jagdhund, aber einer von der ganz lieben Sorte. Er ist so erzogen, dass er Wild nicht jagen darf und er weiß genau, wenn er es dennoch tut, wird er sofort erbost zurückgerufen. Mein Hund will es mir immer recht machen und benimmt sich auch gerne so, dass er meine Wünsche erfüllt und sogar im Voraus erkennt und sich danach richtet. Im Nachhinein habe ich ihn dann ausgiebig gelobt, denn sein vorbildliches Verhalten ist mir ja vorher nicht bewusst gewesen. Ich hoffe, das Lob wirkt im Nachhinein auch noch und gibt dem Hund ein Gefühl der Bestätigung, auch wenn er es vielleicht nicht direkt mit seinem Verhalten in Beziehung bringen wird, aber irgendwie kann er das doch, denke ich. Es freut mich sehr, wenn die Hundeerziehung so gut gelingt. Es ist hier natürlich nur so schön gelaufen, weil sich die Rehe ruhig verhalten haben, wären sie geflüchtet, hätte er sicher nachgesetzt, bis er von mir zurückgerufen worden wäre.

Hunde können bei sorgfältiger Erziehung ihre angeborenen Triebe durchaus überwinden und nach den Wünschen des Besitzers handeln. Irgendwie hat das schon etwas mit Denken zu tun. Oder nennen wir es Verhaltensmuster, die der Hund entwickeln kann, wenn ein bestimmtes Verhalten effektiv eintrainiert wird. Es verhält sich allerdings so, dass meine Hunde Damwild in Gehegen überhaupt nicht beachten. Wildtiere, die sich kaum oder zumindest nicht fluchtartig bewegen, werden von den Hunden ignoriert. Meine Hunde haben eigentlich an dem Tier Reh kein Interesse, es ist also keine große Überwindung, die mein Rüde vollbracht hat. Aber toll ist es trotzdem, bei der Reiterin haben wir einen grandiosen Eindruck hinterlassen.

oben: Hundesitter mit Schützlingen am Badesee unten: der Hund erkundet die Umgebung mit der Na

oben: Mama mit Sohn unten: wo bleibt mein Frauchen

Schutz und Geborgenheit

Ihr Hund schaut vertrauensvoll zu Ihnen auf, zu seinem menschlichen Rudelführer. Erweisen Sie sich seines Vertrauens würdig und leiten und beschützen Sie ihn zuverlässig. Die Rolle des Anführers beinhaltet nicht nur Rechte, sondern auch Pflichten. Sie versorgen den Hund mit Nahrung, verschaffen ihm reichlich Auslauf und Spielmöglichkeiten und beschützen ihn vor möglichen Gefahren, wie vor Krankheit, dem Straßenverkehr usw.

Der Hund kann von Ihnen erwarten, dass Sie eingreifen, wenn es zu Problemen mit anderen Hunden kommt und ihm rundum das Gefühl geben, in seinem „Rudel" sicher eingebaut zu sein. Der Hund wird sich dann auch entsprechend verhalten, ausgeglichen und friedlich sein.

Begegnen Sie einem unfreundlichen Hund und gehen mit Ihrem Hund gelassen in sicherem Abstand vorbei, hat Ihr Hund keinerlei Veranlassung, sich oder Sie zu verteidigen; denn er ist ja unter Ihrem Schutz. Sind Sie ruhig und unbesorgt, so wird es Ihr Hund auch sein. Es entwickelt sich ein gewisses Urvertrauen, das durch eine zuverlässige Führung aufgebaut wird.

Lehren Sie Ihren Hund, ruhig an Ihrer Seite zu bleiben, wenn Sie im Lokal sitzen, oder beim Tierarzt warten. Ruhe und Gelassenheit müssen auch trainiert werden. Sie

erreichen es, wenn Sie Ruhe und Gelassenheit vorgeben und auch einfordern. Es ist logisch, dass ein Hund sich nur vertrauensvoll an Ihnen orientiert, wenn er sich auf Sie verlassen kann.

Diese Erziehung zum Vertrauen beginnt an dem Tag, an dem Sie den Hund zu sich nehmen. Ein Hund in einer fremden Umgebung ist seines Rudels beraubt und somit in einer schwierigen Situation. Ein Welpe wäre sogar in akuter Lebensgefahr, wenn er den Schutz durch sein Rudel verliert. Machen Sie sich die Nöte des Hundes bewusst, dann wird es Ihnen selbstverständlich erscheinen, dass Sie Ihren neuen Hund, ob erwachsen oder Welpe, nicht alleine lassen dürfen. In dieser ersten Zeit des Zusammenlebens müssen nicht nur die klaren Regeln aufgestellt, es muss auch eine beschützende und beruhigende Situation für den Hund gewährleistet sein. Zur Eingewöhnung und zum Aufbau des Vertrauens in Sie und in die neue Umgebung, würde ich einen Hund nicht alleine lassen. Mit etwas Planung ist es leicht zu bewerkstelligen, dass immer eine Person anwesend ist, wenn Sie den Hund zu sich nehmen.

Diese Zeitspanne, die der Hund benötigt, um sich bei Ihnen heimisch zu fühlen, sollte nicht mit Übungen zum Alleinebleiben belastet werden. Der Hund würde unnötig Angst bekommen, ein Umstand, der nicht eintreten wird, wenn der Hund sicher eingewöhnt ist. Solange der Hund nicht eingewöhnt ist, nehmen Sie ihn einfach mit wo es geht und lassen ihn an Ihrer Seite sein. Für kurze Einkäufe kann er auch bald im Auto warten, wenn Sie das Autofahren geübt und dem Hund gezeigt haben, dass Sie immer sehr schnell wiederkommen.

Zur Eingewöhnung braucht ein erwachsener Hund vielleicht zwei Wochen, ein Welpe braucht natürlich länger; denn er ist hilflos und wäre somit dem Untergang geweiht, wenn er alleine in der Natur zurück gelassen werden würde, er muss also eine gewisse Selbständigkeit erreicht haben.

Diese Sicherheit ist wichtig, um ängstliches Verhalten in Zukunft auszuschließen. Ganz von selbst wird es sich ergeben, dass der Hund Sie nicht mehr überall begleiten wird, weil er sein Schläfchen nicht unterbrechen will, oder gerade anderes zu tun hat. Dann ist es soweit, dass Sie sich kurz entfernen können, um daraufhin gleich wiederzukommen. Wichtig ist hier, dass Sie keinerlei Aufsehen erregen, sondern einfach kurz nach draußen gehen und sogleich wieder hereinkommen. Auch beim Wiederkommen unterlassen Sie jede Reaktion und machen es zu einer Selbstverständlichkeit, dass Sie gelegentlich weggehen. Nimmt der Hund keine Notiz davon, dass Sie den Raum verlassen, dann nehmen auch Sie keinerlei Notiz von dem Hund und seinem Befinden. Ein „Jetzt war er aber brav" wäre genau das Falsche; denn es signalisiert Ihrem Hund, dass gerade etwas passiert ist, das er gut gemeistert hat. Dadurch verunsichern Sie Ihren Hund nur unnötig, weil Ihr Hund denken könnte, es hat eine Gefahr bestanden, die Gefahr, alleine zu sein. Ein Lob würde hier die Unbekümmertheit, dass Sie die Wohnung oder das Haus ab und an kurz verlassen, zerstören.

Grundlegend falsch wäre es, sich vom Hund zu verabschieden, ihn vielleicht in ein bestimmtes Zimmer zu bringen, oder ihm gar eine Belohnung in Form eines Kauknochens zu geben. Alles, was den Hund auf eine ungewöhnliche Situation aufmerksam macht, ist hier fehl am Platz. Es darf kein Ritual geben, es ist einfach nur normaler Alltag, wenn Sie sich gelegentlich entfernen. Gelingt es, dass der Hund ruhig schläft, wenn er alleine

in seinem sicheren Heim ist, dann können Sie die Zeiten steigern, von fünf Minuten bis zu zwei Stunden. Länger kann nur ein älterer Hund alleine gelassen werden, der mit der Situation vertraut ist und mit seinem Geschäftchen so lange aushalten kann. Diese Sicherheit ist Basis für Vertrauen in allen Lebenslagen. Vertrauen ist gleichbedeutend mit Konsequenz und Zuverlässigkeit.

Diese Konsequenz ist auch sehr hilfreich bei Lokalbesuchen. Bekommt der Hund im Gasthaus nie etwas zu fressen, kann er sich voll darauf verlassen, muss nicht betteln, kann ruhig schlafen und weiß genau, es geht erst wieder weiter, wenn der Besitzer aufsteht und das Lokal verlassen wird. Hier dreht sich die Situation um, der Hund weiß, dass er nichts bekommt. Es ist für Mensch und Hund wichtig, keine lästigen Erwartungshaltungen einzugewöhnen, die dann das Zusammenleben beeinträchtigen.

Beim Alleinesein weiß er, dass er zuhause ist, sicher und geborgen und dass Sie rechtzeitig wieder kommen.

Bei einem eingespielten Hund-Mensch-Team entwickeln sich dann gegenseitige Verständigungen, die vom Hund sehr wohl beherrscht werden. Ich habe es ihnen nicht eigens gelernt, aber meine Hunde bleiben liegen, wenn ich das Haus verlasse, ohne die Halsbänder vom Haken zu nehmen. Greife ich aber nach den Halsbändern, verrät ihnen das leise Klimpern sofort, dass es hinaus geht und sie stehen freudig wedelnd vor mir und lassen sich die Bänder überstreifen. Natürlich richte ich mir meinen Tagesablauf so ein, dass ich mit den Hunden draußen war, bevor ich sie längere Zeit alleine lasse.

Die unsichtbare Leine

Das Ziel jeder Erziehung soll es sein, eine unsichtbare Leine zwischen sich und dem Hund zu etablieren. Haben Sie den Hund die ganze Zeit um sich, nehmen Sie automatisch Einfluss auf sein Verhalten. Durch jede Anweisung zum Herkommen, zum Weitergehen, zum Ruhigbleiben wirken Sie auf den Hund ein und lernen ihm, sich immer mit Ihnen kurzzuschließen und aufmerksam zu sein. Von Klein auf lassen Sie Ihren Hund frei begleiten, wenn die Umstände es erlauben. Der Hund lernt ganz automatisch, in welcher Entfernung er bleiben muss, weil er sonst zurückgerufen wird. Die Aufmerksamkeit, das Gefühl für seinen Freiraum und das Befolgen von Kommandos entwickelt sich so ganz von alleine. Der Hund ist in ständiger Kommunikation mit Ihnen, auch wenn er zuhause in seinem Körbchen liegt und weiß, es ist nichts geplant. Er wird sich immer an Ihnen orientieren und auch lernen, wenn Sie zum Wäscheaufhängen in den Keller gehen, braucht er Sie nicht zu begleiten und wenn Sie mit dem Auto wegfahren, kommen Sie irgendwann zurück, er braucht sich nicht beunruhigen, denn er ist ja zuhause. Diese Sicherheit erlernt der Hund aus dem engen Kontakt mit Ihnen, der langsam aufgebaut

wird und aus einem Gefühl der Geborgenheit entsteht. Das Wissen um die Notwendigkeit, Ihre Kommandos zu befolgen, erschließt sich dem Hund aus Ihrer Autorität und der Konsequenz, mit der Sie diese Kommandos durchsetzen. In kurzer Zeit können Sie Ihren Hund sicher führen, die Anstrengungen, ihm klar zu machen, was Sie von ihm erwarten werden immer kleiner, die Kommandos immer leiser, die Gesten immer knapper. Sie werden mit Ihrem Hund ein perfektes Team bilden, wie durch eine unsichtbare Leine verbunden. Ein sicher geführter Hund ist stolz und glücklich, er wird begeistert seine Runden laufen, sein Augenmerk immer auf Sie richten, freudig zu Ihnen zurückkommen und bereit sein, Ihr Kommando zu befolgen. Die Kommandos müssen immer seltener gegeben werden, Strafen werden ganz überflüssig. Ihre Freude und Zufriedenheit bestärken den Hund in seinem Tun.

Das Führen des Hundes an der unsichtbaren Leine ist Ziel eines jeden Hundetrainings.

Naturerlebnisse

Mit einem Hund werden Sie verleitet, sich in die Natur zu begeben, sich Zeit zu lassen, Ihre Umgebung besser wahr zu nehmen. Ausflugsziele aus der Schulzeit werden wieder entdeckt und neue Wege gefunden. Sie erleben Naturschönheiten, Ausblicke, Veränderungen der Landschaft in den Jahreszeiten und wechselnden Wetterlagen. Fast bei jedem Spaziergang kommt man mit anderen Menschen ins Gespräch, es ergeben sich laufend nette Begegnungen.

Abendstimmungen, Nebellandschaften, duftende Pflanzen, neue Kontakte usw. sind Erlebnisse, die Sie ohne Hund so nicht hätten. Die täglichen Ausflüge mit dem Hund sind auch für den Besitzer lohnend und bereichernd. Leider hat nicht jeder Hundebesitzer genügend Zeit, sich täglich in der Natur zu bewegen. Diese individuellen Möglichkeiten können mit der Auswahl des Hundes und seiner Rasse ausgeglichen werden. Es gibt Hunde, die mit dem Auslauf, den ein großer Garten bietet, zufrieden sind.

Genehmigen Sie sich die Zeit für Streifzüge in der Natur, dann werden Sie begeistert sein, wie sich Landschaften mit den Jahreszeiten und Tageszeiten verändern und immer wieder von Neuem faszinieren. Auch ohne Fotoapparat gewinnen Sie tiefe Eindrücke, die der Erholung dienen und Kraft geben.

Die Sache mit dem Leckerli

Der Futtermittelindustrie ist es sehr erfolgreich gelungen, die Hundebesitzer für den Konsum von Hundeleckerli zu begeistern. Die Erziehung des Hundes mit Futterbelohnungen hat sich in vielen Hundeschulen etabliert und wird von der Mehrzahl der Frauchen und Herrchen als eine Notwendigkeit angesehen.

In der Tierdressur ist es üblich, Kunststücke für Futterbelohnung einzulernen. Bei Löwen, Delfinen usw. wird eine bestimmte Handlung direkt mit Futter belohnt, das Tier macht also diese Übung, um an das gewünschte Futter zu gelangen. Die Belohnung dient als positive Verstärkung und als Anreiz für ein gewünschtes Verhalten. Sicher können wir unserem Hund Kunststückchen beibringen, die er dann freudig vorführt um an eine Belohnung zu kommen. Es ist nichts dagegen einzuwenden, wenn Sie mit Ihrem Hund Lektionen einüben und dann zur Freude der Zuschauer zum Besten geben. Sicher ist es, in Maßen angewandt, auch eine sinnvolle Beschäftigung des Hundes, um den Alltag interessanter zu gestalten. Geht es aber um die Erziehung des Hundes und um das Verhältnis zu seinem Besitzer, ist der Einsatz von Futtermitteln unter einem anderen Aspekt zu sehen.

Der Dominante und Stärkere wird vom Hund geachtet und respektiert, er ist seine Autorität. Dieser Rudelchef besticht nicht mit Futter und muss sich die Zuneigung und den Respekt nicht erkaufen. Kommt der Mensch in die Lage, dass er seinen Hund mit Leckereien gnädig stimmen muss, begibt er sich in eine rangniedrige Position, die den Hund in der Hierarchie über den Menschen stellt.

Mit dem Füttern nimmt der Hundehalter eine niedrige Rangfolge ein und wird vom Hund nicht als Leitfigur anerkannt. Er gehorcht vielleicht, um an das Futter zu gelangen, ist aber nicht wirklich folgsam. Erscheint dem Hund etwas anderes interessanter, wird er das Futterangebot verschmähen.

In der Natur kommt es nicht vor, dass ein Anführer um etwas bettelt oder bittet; wer in der Natur das Sagen hat, der nimmt sich, was er braucht und wird als der Stärkere respektiert.

Ein Hund kann nicht umdenken und erkennen: „Beim Menschen darf ich ein Kumpel sein, der behandelt mich wie jemand Seinesgleichen und belohnt mich laufend mit Leckereien." Der Hund kann nicht erkennen, dass es edelmütig und aufgeschlossen gemeint ist, wenn er großmütig auf eine freundschaftliche Ebene mit dem Menschen gestellt wird.

Natürlich sind wir wieder beim Einfachsten angelangt, der Hund ist ein Hund und achtet den, der ihn dominiert und beherrscht und nicht den, der ihn verwöhnt und an falscher Stelle in sein Leben einbaut.

Aus Angst, man könnte dominant sein oder jemanden unterdrücken, entwickelte sich die Hundeerziehung auf Partnerschaftsebene, die aber das Hund–Mensch-Verhältnis falsch interpretiert und zu großen Irritationen mit Hunden in der Gesellschaft führt.

Es kann sogar richtig gefährlich werden, wenn man einem leckerli-gesteuerten Hund mit seinem Herrchen begegnet. Mancher Hund beschützt seinen Besitzer wie einen Futterautomaten, dem sich kein anderer Hund nähern darf. Gehorsamsübungen mit Futterbelohnung untergraben die Autorität und sind kontraproduktiv. Ein Hund muss Ihre Kommandos befolgen, weil Sie der Chef sind und nicht damit er an Futter kommen kann. Sie werden sehen: Der Hund macht das gern, sehr gerne sogar.

Kommunizieren Sie erfolgreich mit Ihrem Hund, braucht es kein Leckerli. Belohnungen machen Freude und können in passenden Situationen eingebaut werden. Meine Hunde bekommen ein Stückchen Butterbrot, wenn ich mein Frühstück herrichte. Meine Tochter hat diese Angewohnheit eingeführt und ich habe sie beibehalten, weil ich denke: „Sollen sie ihre Freude haben, warum nicht". Solche Rituale schleichen sich von selbst ein, da hat es keine Not.

Sie können Ihrem Hund mit Futter Freude machen, wann Sie wollen und es die Figur des Hundes erlaubt, nur nicht bei Gehorsamsübungen.

Strafe muss sein

Freilich gelingt die Folgsamkeit nicht immer nur durch das Zeigen von Freude. Zum Einlernen wirkt das Bestätigen von großer Freude Wunder. Ihr Hund wird aber immer wieder einmal versuchen, Ihre Kommandos zu umgehen, wenn ihm etwas anderes interessanter erscheint. Um die notwendige Konsequenz durchzusetzen, brauchen Sie ein Mittel, das den Hund veranlasst, Ihre Anweisungen zu befolgen.

Nennen wir es eine Strafe, die Sie anwenden können, um den notwendigen Respekt einzufordern. Ich wende einen kräftigen Griff ans Genick an, um den Hund zurecht zu weisen und mein Missfallen zum Ausdruck zu bringen.

Hier braucht niemand an Tierquälerei denken, denn dem Hund wird nicht wirklich weh getan, er wird auch nicht geschüttelt und ihm auch sonst kein Schaden zugefügt. Ein ernstes Wort mit einem festen Griff an die Haut am Nacken erzeugen eine große Wirkung auf den Hund. Es kommt auf die Situation an und auf den Hund, mit dem Sie es zu tun haben. Diese Zurechtweisung darf nur angewendet werden, wenn der Hund ein gut gelerntes Kommando bewusst nicht befolgt. Niemals darf eine Strafe als Erziehungsmittel eingesetzt werden!

Je nachdem, für welches Fehlverhalten Sie Ihren Hund bestrafen müssen, können auch andere Möglichkeiten in Betracht gezogen werden. Eine Blechdose mit schepperndem Inhalt könnte zur Verhinderung von unerwünschtem Verhalten benutzt werden. Benimmt sich Ihr Hund zum Beispiel schlecht und bellt übergebührlich, wenn jemand an der Türe läutet, dann kann das Werfen dieser Blechdose das falsche Verhalten unterbinden. Benutzen Sie in so einer Situation aber zuerst das Codewort laut und deutlich, zum Beispiel „Aus“; folgt der Hund nicht und bellt fürchterlich, kann ihm die Blechdose vor die Füße geworfen werden. Der Hund weicht zurück, wird in sein Körbchen geschickt und der Besuch empfangen. Setzt der Hund wieder zum Bellen an, kommt wieder die Blechdose. Nach einigen Übungen sollten Sie soweit kommen, dass der Hund das Kommando „Aus“ befolgt und das unerwünschte Verhalten unterlässt. Durch die negativen Erfahrungen mit der Blechdose soll der Hund sein Verhalten korrigieren. Aber nur mit Ihrer Autorität und dem effektiven Kommando wird es gelingen. Die Erwartung der unangenehmen Blechdose wird den Hund veranlassen, seine Unart zu unterlassen. Sollte sich das unerwünschte Verhalten aber langsam wieder einschleichen, dann ist eine entsprechende Reaktion von Ihnen notwendig. Das Werfen der Blechdose ist nur ein unterstützendes Mittel, um den Hund zu unterbrechen, wenn er in einer Situation schwer zu beeinflussen ist. Anstatt einer Blechdose kann auch eine Spritzpistole usw.

eingesetzt werden. Am besten, Sie lassen es gar nicht so weit kommen und verhindern schlechte Verhaltensweisen im Ansatz.

Viele Hunde sind sehr sensibel und der Einsatz einer scheppernden Blechdose kann einen verheerenden Eindruck hinterlassen. So ein Mittel sollte nur in wirklich gravierenden Situationen und dann auch höchstens ein- oder zweimal eingesetzt werden. Sie kennen Ihren Hund am besten und können seine Empfindlichkeit einschätzen und Ihr Erziehungsmittel wohl dosieren.

Keinesfalls dürfen Sie sich zu einem blechdosenwerfenden oder spritzenden Dompteur entwickeln. Solche Maßnahmen sind nur ein Hilfsmittel zum Unterbinden von Fehlverhalten, das zur Überraschung eingesetzt wird, um dann von geeigneten Maßnahmen abgelöst zu werden.

Entscheidend ist hier sicher die Tatsache, dass es Ihnen ernst ist mit der Unterbindung des Bellens und es nicht mehr tolerieren. Diese klare Entscheidung von Ihnen muss dem

Hund bewusst werden. Hier sind wir wieder bei der Konsequenz, die eine Wiederholung der schlechten Angewohnheit unterbindet. Meine Hunde sind leicht zu beeindrucken. Für meinen Rüden Janosch wäre der Wurf mit der Blechdose zu einschüchternd, er ist auch ohne große Aktion steuerbar. Seine Mutter ist da schon etwas stabiler und würde eine Zeit lang abwägen, ob eine Blechdose in der Nähe ist und mich austesten. Zwei Hunde sind im Bellverhalten schwerer zu beeinflussen, konzentriert man sich auf den einen, bellt der andere doch und beide bestärken sich in dem unerwünschten Verhalten und tricksen den Besitzer aus.

Jeder Fall ist anders, wie auch jeder Hund und jeder Hundehalter. Ich will hier nicht auf besonders schwierige Situationen eingehen, denn sie brauchen eine individuelle Beratung durch einen erfahrenen Trainer. Gute Trainer sind allerdings dünn gesät. Hundetrainer darf sich jeder nennen, also schauen Sie kritisch hin. Ihre richtige Entscheidung kann Ihnen auch hier keiner abnehmen, genauso wie bei der Auswahl der Spielkameraden muss sich Ihr Hund auf Sie verlassen.

Das Zusammenleben mit einem Hund macht die Einhaltung von Regeln und Ordnungen notwendig, damit die Erziehung nicht aus dem Ruder zu läuft. Eine klare Ordnung kann nur erfolgreich umgesetzt werden, wenn es auch Folgen hat, sobald gegen die Regeln verstoßen wird.

Werden die Regeln klar vermittelt und wird dem Hund durch Lob und Wiederholung deutlich gelernt, wie er sich zu verhalten hat, kommt es unvermeidlich auch zu Situationen, in denen der Hund versucht, sich der Anweisung bewusst zu widersetzen. Es könnte als Versuch ausgelegt werden, in der Rangfolge höher aufzusteigen und die Rollen zu vertauschen, indem der Hund bestimmt was gerade gemacht wird, zum Beispiel, dass ein Reh gejagt wird, weil es gerade so schön aufspringt, oder über die Straße gelaufen wird, weil ein anderer Hund dort begrüßt werden kann.

Eine Strafe ist hier notwendig, um einer Wiederholung des falschen Verhaltens vorzubeugen. Wie und ob eine Strafe angewandt wird, ergibt sich immer aus der Situation, aus dem Hund–Mensch-Verhältnis und dem Charakter und der Veranlagung des Hundes.

Was für eine Strafe angewandt wird, ist sorgsam abzuwägen. In jedem Fall muss dem Hund bewusst gemacht werden, dass sein Verhalten Folgen hat, die er das nächste Mal besser vermeiden sollte.

Generell muss hier klar verdeutlicht werden, dass Strafe kein Erziehungsmittel sein darf. Widersetzt sich ein Hund oft und wird dann laufend bestraft, muss davon ausgegangen werden, dass der Hundehalter etwas falsch macht und nicht sinnvoll mit dem Hund arbeitet. Wird ein Hund bei einem von seinem Herrn vermuteten „Fehlverhalten“

immer bestraft, würde ein Hund verunsichert, abgestumpft und eingeschüchtert. Genau das Gegenteil einer guten Erziehung wäre die Folge. Ein Hund, der Angst vor seinem Besitzer hat, ist in falscher Hand und schlecht erzogen.

Als Ausdruck meiner Verärgerung, weil mein Hund zu einem anderen Hund über eine Straße läuft, obwohl ich ihm eine klare Anweisung zum Bleiben erteilt habe, wäre, dass ich dem Hund folge, ihn am Genick packe und gewaltig ausschimpfe; zurück rufen kann ich ihn ja nicht, wenn es sich um eine mit Autos befahrene Straße handelt. Ich habe noch keine solche Situation erlebt, weil ich im Straßenverkehr meinen Hund anleine und immer vorausschauend reagiere. Ich hätte hier zumindest eine Teilschuld dem Hund gegenüber.

Sind Sie immer konsequent, aber immer fair. Bestrafen Sie Ihren Hund niemals für Ihren eigenen Fehler. Erziehungspannen sind oft die Fehler des Hundebesitzers. Also immer erst überlegen, dann handeln.

Bleiben wir bei den Beispielen. Es springt ein Reh auf und mein Hund läuft nach. Ich rufe „Hierher", laut und deutlich und brülle „Hierher" so laut ich kann und der Hund bricht die Verfolgung ab und kommt zurück. Dann ist das für mich eine Situation, in der ich dem Hund verdeutlichen muss, dass das nicht in Ordnung war, ich ihn aber für sein Verhalten nicht bestrafen werde. Vielleicht ein symbolischer Griff ans Genick (ohne zu schütteln und weh zu tun) und ernste Worte. Meine Reaktion wäre hier, meinen Hund 100 m bei Fuß gehen zu lassen. Die Situation ist völlig in Ordnung, der Hund ist seinem natürlichen Instinkt gefolgt, hat meine Anweisung aber doch befolgt. Ich will dem Hund hier vermitteln, dass sein Verhalten falsch war und ich nicht möchte, dass er Rehe jagt. Dem Hund wird von mir der Ernst der Situation vermittelt, er wird aber nicht bestraft. Meine Hunde können auch mich sehr gut einschätzen und wissen, dass sie gefolgt haben, sie Rehe aber nicht jagen sollen. Hunde mit Heiligenschein gibt es nicht, ein Hund ist eben ein Hund.

Diese Beispiele sind sehr von der Hunderasse abhängig. Ich habe Hunde, die nicht sonderlich an der Verfolgung von Wild interessiert sind und es auch nicht lernen sollen. Ich wähle meine Hunde immer sehr sorgfältig aus, um unbeherrschbare Situationen von vornherein zu vermeiden. Darum habe ich Ihnen die Auswahl der Rasse so sehr ans Herz gelegt.

Ich versuche zu verdeutlichen, dass Sie sich Gedanken über das Verhalten eines Hundes machen und dem Hund viel Sicherheit durch Ihre Reaktionen geben sollen, damit er verstehen kann, was Sie von ihm möchten. Ein Hund muss aufgeschlossen sein und sich bei Ihnen sicher fühlen, um alles richtig lernen zu können. Der Hund soll erkennen, was richtig ist und nicht lediglich reagieren, um Strafen zu vermeiden.

Das Bestrafen darf also kein Erziehungsmittel sein. Geben Sie Ihre Anweisungen richtig, kann sich der Hund richtig orientieren. Ein Beispiel für eine effektive Anweisung:

Die effektive Anweisung

Mit der Geschichte der kleinen Leonie möchte ich Ihnen verdeutlichen, was unter einer klaren Anweisung, die vom Hund befolgt wird, zu verstehen ist.

Eine Familie mit einem dreijährigen Mädchen kaufte sich einen Magyar Vizsla Welpen, eine Hündin namens Wimpy. Die Mutter besuchte mit Wimpy eine Hundeschule und zeigte das Gelernte auch ihrer Tochter Leonie. Schon bald lernte Leonie die Kommandos und der Hund Wimpy befolgte auch die Anweisungen des kleinen Mädchens. Voller Stolz darf Leonie stellvertretend für die Mutter dem Hund Anweisungen geben, wie „Sitz" oder „Komm". Die Mutter lehrte das Kind, wie eine solche Anweisung zu machen ist. Der Hund muss aufmerksam sein, indem man ihn ruft, und ihm mit der Körperhaltung signalisiert, dass man etwas von ihm möchte. Die Anweisung muss sich dann auf das eine Wort beschränken, das entsprechend fordernd und bestimmend ausgesprochen wird. Das dreijährige Mädchen kann diese Anweisung geben und hat gelernt, dass es die Einhaltung auch ernsthaft fordern muss, entschlossen und verbindlich. Dem kleinen Mädchen gelingt das sehr gut und Leonie ist mächtig stolz auf ihre Fähigkeiten, die sie natürlich nur im Beisein der Mutter anwendet.

Nun kommt der Papa ins Spiel, der sich mit der Hundeerziehung nicht so recht befassen will. Der Papa soll eine Anweisung üben und probiert es auch gelegentlich. Lässig an einen Baum gelehnt, genüsslich eine Zigarette rauchend spricht er dann das „Komm" im den Himmel und nichts passiert. Die Familie hat es inzwischen aufgegeben mit der Einbeziehung des Vaters. Zum Glück haben sie ja einen sehr lieben Hund, der solche Ausrutscher nicht ausnutzt. Aber die kleine Leonie ahmt zur Belustigung manchmal ihren Papa nach, indem sie sich an einen Baum lehnt, so tut, als rauchte sie eine Zigarette und dann in den Himmel spricht „Komm", und nichts passiert. Alle müssen lachen, aber Leonie kann dann auch anders. Sie ruft „Wimpy!", nimmt eine fordernde Haltung ein und Blickkontakt mit dem Hund auf, gibt laut und deutlich die Anweisung „Komm" und Wimpy kommt eifrig angelaufen und wird gelobt. Das dreijährige Mädchen ist problemlos in der Lage, dem Hund eine wirksame Anweisung zu geben, es sollte Ihnen auch gelingen.

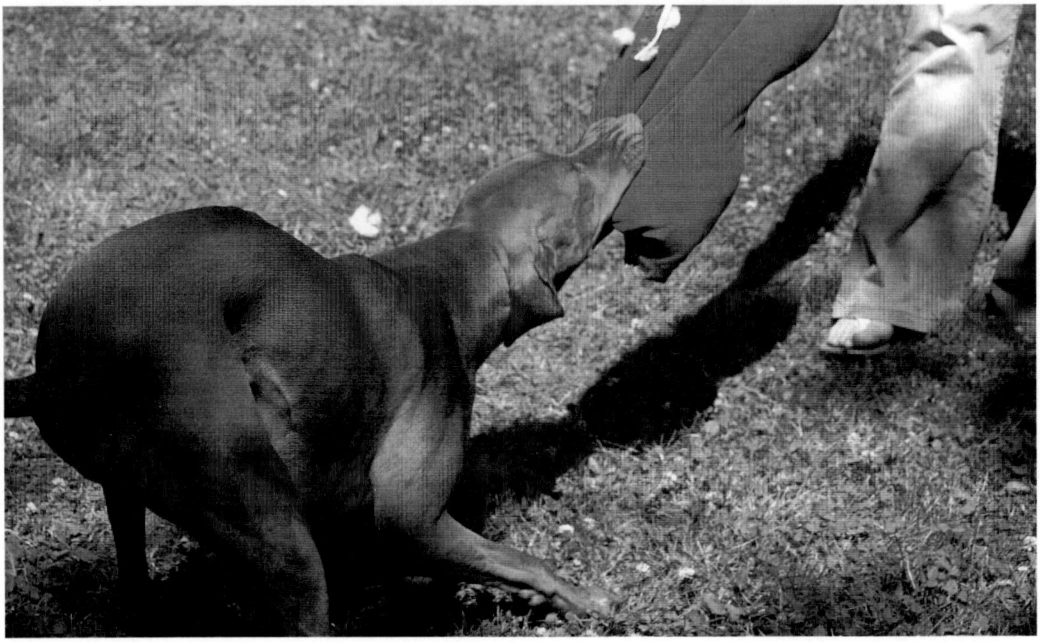

Das Zerrspiel

Spielen Sie mit Ihrem Hund ein „Kampfspiel" um ein Spielzeug. Der Hund zerrt mit Ihnen um die Beute und hat großen Spaß dabei. Das Zerrspiel ist eine wirkungsvolle Möglichkeit, die Autorität und die Folgsamkeit zu trainieren. Mit dem Zerrspiel erzielen Sie die größte Aufmerksamkeit bei Ihrem Hund.

Beenden Sie das Spiel mit einem klaren „Aus", das vom Hund respektiert wird. Damit beeindrucken Sie Ihren Hund ungemein, denn in der Natur kann die Unterbrechung des Spiels nur von einem ranghohen Hund gefordert werden. Mit diesem Spielabbruch verschaffen Sie sich größte Bewunderung beim Hund. Er ist nun zutiefst beeindruckt und aufmerksam. Ihr Hund wird auch anschließende Kommandos sofort eifrig befolgen.

Schließen Sie darum weitere Anweisungen an, wie zum Beispiel das „Sitz", der Hund ist nun voll konzentriert und lernbereit. Die Übung soll immer nur kurz sein und kann mehrmals am Tag eingeplant werden.

Nach dem Spiel ist ein überschwängliches Lob fällig, oder ein weiteres Zerrspiel, natürlich mit Schwerpunkt Spiel, vermeiden Sie zu häufige Kommandos, damit der Hund die Freude nicht verliert.

Gelingt das Spiel mit dem „Aus“ und dem „Sitz“, kann später auch ein „Bleib“ angefügt werden. Lernt der Hund brav sitzen zu bleiben, wenn Sie sich einige Schritte entfernen, kann das Kommando „Hierher“ trainiert werden.

So üben sie alle wichtigen Kommandos in einer sinnvollen Anordnung, aber vergessen Sie nie: Nicht zu lange üben und hinterher viel loben.

Mit diesem Spiel vertiefen Sie Ihre Autorität in den Augen des Hundes enorm und erwecken großen Eifer für die Befolgung der Kommandos. Im Spiel ist der Hund eifrig bei der Sache. Hunde untereinander spielen auch Fangen und Stöckchen abjagen. Der Geschicktere oder Stärkere ist der Ranghöhere. Den Spielabbruch kann nur der Ranghöhere einfordern, nur er bestimmt, wann alle gehorchen müssen. So ein Eingreifen des Ranghöchsten bewirkt beim Hund keinen Frust, sondern uneingeschränkte Bewunderung.

Mein Rüde Janosch erkennt inzwischen, wenn ich das Zerrspiel vorführen möchte, dass irgendwann das Kommando „Aus“ kommt und nimmt es vorweg, indem er sich gar nicht mehr auf das Spiel einlässt. Sein Respekt ist so groß, dass er das Spielzeug gar nicht erst annimmt, denn er weiß ja, dass es ums zurückgeben geht. Er nimmt hier, wie in vielen anderen Situationen, das Kommando vorweg. Ich bin überzeugt, Janosch kann sehr wohl in einfachen Strukturen denken. Er ist ein braver Hund, der solcher Übungen gar nicht bedarf.

Stöckchen abjagen ist ein beliebtes Spiel meiner Hunde. So ein Stöckchen kann überall gefunden, und dann auch wieder liegen gelassen werden. Häufig wird es im Spiel zerbissen und pflegt die Zähne. Natürlich muss man Sorge tragen, dass geeignete Stöckchen ausgewählt werden, die nicht spitz sind und somit auch zu keinen Verletzungen führen können. Abgestorbene und morsche Ästchen sind ideal, sie sind nicht hart oder spitz und können leicht zerbissen werden.

Hunde spielen gerne und sind im Spiel besonders lernfähig. Je nach Rasseveranlagung und Ihrer Lust und Laune sollten Spiele in den Alltag eingebaut werden. Meine Hunde sind begeistert von Suchspielen jeder Art. Für die Personensuche im Wald benötigt man eine zweite Person, die sich versteckt. Einer leint die Hunde an und der andere versteckt sich hinter einem Baum oder im Gebüsch. Zuhause kann man Gegenstände im Garten verstecken, während der Hund im Haus wartet, und ihn dann suchen lassen.

Professionelles Suchen erlernt der Hund in Hundeschulen oder Rettungshundestaffeln. Eine bestimmte Systematik wird für die Suche eintrainiert, die dann auch zuhause geübt werden kann. Hier ist es nicht sinnvoll, selbst mit einem Training zu beginnen und den Hund dann auf eine neue Suchgewohnheit umzuschulen.

Kämpfen Sie mit Ihrem Hund um ein Spielzeug

Beenden Sie das kurze Spiel mit einem klaren „Aus“

Als weitere Übung können Sie noch ein „ Sitz“ anschließen

Wiederholen Sie das Zerrspiel, oder loben Sie Ihren Hund überschwenglich und beenden Sie die Übung

Hundesport

Hundesport bedeutet Sport von Menschen mit Hunden. Es werden zahlreiche Möglichkeiten angeboten wie Agility, Dogdancing, Dogging, Dummytraining, Hundefrisbee, Fährtenarbeit, Flyball, Treibball, Hütewettbewerb, Mantrailing, Obedience und viele mehr.

Je nach Vorlieben und Hunderassen sind sie mehr oder weniger geeignet. Der Sport mit dem Hund sollte in erster Linie eine gemeinsame Beschäftigung sein, bei der die Fitness und der Spaß an erster Stelle stehen. Mit der gemeinsamen Betätigung wird das Vertrauen zwischen Mensch und Hund gestärkt und auch die gegenseitige Verständigung und die Folgsamkeit des Hundes gefördert.

Meine Versuche, mit meinen Hunden an Sportarten wie Obedience oder Fährtenarbeit teil zu nehmen sind leider kläglich gescheitert. Immer wurde verlangt, dass einem Verein beigetreten wird, mit allen dazugehörigen Pflichten und Aufgaben. Stets sollten die Hunde im Auto warten oder still sitzend an der Leine ausharren, bis sie zu einem kurzen Training an der Reihe waren. Eigentlich waren wir immer mittendrin in einer Hundesportgruppe, die auf Wettbewerbe trainiert, an denen wir dann auch teilnehmen sollten. So hatte ich mir das nicht vorgestellt. Leider ist es mir bislang nicht gelungen mit meinen Hunden eine geeignete Sportmöglichkeit zu finden, um ihre Fähigkeiten zu schulen und eine Abwechslung zum Spaziergang zu bekommen. Vielleicht gelingt es ja noch irgendwann. Wir bleiben dran.

Jeder Hundehalter kann auch ohne Gruppe die Leinenführigkeit, das Ablegen, das Fährtensuchen usw. trainieren, es macht aber in der Gemeinschaft mehr Spaß, vielleicht gründen Sie mit Freunden eine private Hundetrainingsstaffel, just for fun.

Beteiligt man sich an wettkampforientierten Gruppen, wird man schnell in einen Strudel hineingezogen, der vom Hund Höchstleistungen verlangt, die ihn vielleicht sogar überfordern. Schnell übernimmt dann der Ehrgeiz das Leitziel von Spaß und Abwechslung. Leicht wird der Hund dann ein Mittel zum Zweck des ehrgeizigen Menschen.

Der Ehrgeiz kann solche Blüten treiben, dass ein zweiter, besserer Hund angeschafft wird und sogar ein Dritter und ein Vierter.

Sportlich sind Sie mit Ihrem Hund auch unterwegs, wenn Sie joggen, Rad fahren, Nordic Walking betreiben oder einfach nur ausgedehnte Spaziergänge machen. Jeder sollte das Richtige für sich selbst aussuchen.

Ich habe sehr sportliche Hunde, die täglich eine gute Stunde schnell laufen möchten. Das erreiche ich bei jedem Spaziergang, vor allem auch durch die Haltung von zwei

Hunden. Zwei Hunde laufen mehr, erkunden die Natur genauer und spielen zwischendurch miteinander. Springt der eine in den Bach, muss der andere das Gleiche tun. Schnüffelt der eine hinter einem Baum, muss der andere die Stelle auch inspizieren, so sind die zwei mit viel Spaß immer flott unterwegs. Mit der Anfahrt im Auto investiere ich etwa eineinhalb Stunden täglich. Das passt in meinen Tagesablauf und dient meiner Gesundheit.

Nähme ich an einer Hundetrainingseinheit auf dem Hundeplatz teil, würden die Hunde etwa 15 Minuten im Einsatz sein und hätten ihren täglichen Auslauf noch nicht gehabt. Ich ziehe es somit vor, die ganze Zeit meinen Hunden zu widmen, denn auch meine Zeit ist begrenzt und mein Tagesablauf kann nicht nur von der Hundehaltung bestimmt werden. Jeder hat seine Vorlieben und wer gerne in einem Verein mitwirken möchte, findet dort Spaß und gesellschaftlichen Anschluss.

Ob im Verein oder alleine mit dem Hund unterwegs, es bieten sich genügend Möglichkeiten für Hund und Besitzer, um sich sportlich in der Natur zu bewegen.

Nicht jeder Hund ist eine Wasserratte, der eine apportiert gerne, der andere findet Suchspiele faszinierend. Was der Besitzer schön findet, sollte natürlich auch eine Rolle spielen. Darum ist es eine individuelle Entscheidung, wie Sie Ihren Hund auslasten und selber Gefallen daran finden.

Die neue Hundesportart Obedience

Sehr beliebt ist zur Zeit die Hundesportart Obedience. Es heißt übersetzt auf Deutsch „Gehorsam“ und fördert nicht nur den Gehorsam des Hundes, sondern auch die Sozialverträglichkeit mit Menschen und fremden Hunden. Obedience wird als die „Hohe Schule der Unterordnung“ bezeichnet und kommt, wie viele Hundesportarten, aus England. Bei uns in Deutschland wurde die erste offizielle Prüfungsordnung in Jahr 2002 veröffentlicht. Diese Sportart ist für alle Hundehalter geeignet, denn es wird keine außergewöhnliche Sportlichkeit vorausgesetzt, es können Menschen und auch Hunde mit körperlichen Behinderungen teilnehmen. Einschränkungen beim Hund oder beim Menschen werden bei der Bewertung berücksichtigt.

Es kommt hier auf die Harmonie zwischen Hund und Besitzer an, mit der die Gehorsamkeitsübungen möglichst perfekt ausgeführt werden. Die Aufgaben ähneln den Anforderungen bei Begleit- und Schutzhundeprüfungen. Verlangt wird zum Beispiel das Gehen „bei Fuß“ mit und ohne Leine, das „Sitz“ und „Platz“ aus dem Stand und aus der Bewegung, sowie das „Bleib“ mit und ohne Sichtkontakt. Es gibt auch Geruchsübungen mit Hölzchen, an denen zum Beispiel der Geruch des Herrchens oder Frauchens identifiziert werden muss. Das Ziel von Obedience ist das Meistern der Aufgaben mit Präzision und Eleganz.

Im Unterschied zu anderen Hundesportarten werden beim Obedience dem Hundeführer die auszuführenden Übungen von einem Wettkampfleiter vorgegeben. Die Anweisungen des Wettkampfleiters müssen dann direkt von Hund und Herrchen ausgeführt werden. Man erfährt praktisch erst in der Prüfung, welche Übungen zu absolvieren sind.

Obedience ist eine Hundesportart, die laufend an Bedeutung gewinnt, es ist eine durchaus sinnvolle Beschäftigung für Hund und Halter. Diese Übungen können von jedem Hundebesitzer auch in Wald und Flur bei Spaziergängen eingebaut werden. Sie fördern die Beziehung und die Verständigung zwischen Mensch und Hund, machen Spaß und bieten Abwechslung. Es ist ohnehin sinnvoll, alle Gehorsamkeitsübungen immer wieder aufzufrischen und bewusst zu üben. Ein Hund ist nur wirklich folgsam, wenn er die Kommandos präzise befolgt, darum sind Übungen hilfreich und bereichern den Alltag.

Wichtige Tipps, die das Leben mit einem Hund erleichtern

Das Problem mit den Häufchen

Es ist unangenehm für Sie und Ihre Mitmenschen, wenn an unerwünschter Stelle ein Hundehäufchen platziert wird. Darum lohnt es sich unbedingt, peinlichen Zwischenfällen vorzubeugen. Planen Sie einen Besuch bei Freunden oder beim Tierarzt, dann brechen Sie einfach 10 Minuten früher auf und lassen Ihren Hund an geeigneter Stelle vorher sein Geschäft verrichten.

Erfahrungsgemäß erleichtern sich Hunde nach kurzer Zeit, wenn sie mit ihrem Besitzer unterwegs sind. Diese Zeit gilt es abzuwarten, um dann relativ sorglos den fremden Garten betreten zu können. Auch das Umfeld des Tierarztes wird es Ihnen

danken, wenn Ihr Hund keine Spuren hinterlässt. Der Stadtbummel wird entspannter, wenn entsprechend vorausgedacht wird.

Die Leinenführigkeit

Versäumen Sie es nicht, Ihren Hund vom Welpenalter an mit der Leine und dem Halsband vertraut zu machen. Ein junger Hund kann natürlich nicht perfekt bei Fuß gehen, aber er kann lernen, sich angeleint an seinem Besitzer zu orientieren. Üben Sie darum von Anfang an das Gehen an der Leine. Es könnte so aussehen: Sie legen dem Welpen das Halsband mit Leine an und warten einfach einige Minuten ab, damit sich der kleine Hund mit der Situation vertraut machen kann. Es genügt, wenn Sie stehen bleiben und den Hund erkennen lassen, dass er mit Ihnen verbunden ist. Vielleicht gelingt es, einige Schritte an der lockeren Leine vorwärts zu gehen. Zeigen Sie dem Hund viel Freude nach dem Beenden der sehr kurzen Übung. Es darf keinerlei Stress oder Zwang entstehen. Der junge Hund soll das Gehen an der Leine gerne mit Ihnen trainieren. Kleine tägliche Übungseinheiten führen zum Ziel. Hier könnten ausnahmsweise auch Leckereien als Lernverstärkung eingesetzt werden, denn das Gehen an der Leine ist doch eine etwas trockene Angelegenheit.

Wichtig ist: Verlangen Sie immer das lockere Gehen an der durchhängenden Leine. Zieht der Hund an der Leine, bleiben Sie einfach stehen. Wechseln Sie öfters die Richtung, damit der Hund lernt, sich ganz an Ihnen zu orientieren. Üben Sie niemals Druck aus. Stellen Sie sich einen kleinen Parcours vor, den Sie mit dem Hund abgehen. Vielleicht einen Weg entlang, dann um einen Baum und wieder zurück, alles an der lockeren Leine.

Erst am Ziel wird gelobt und eventuell sogar belohnt. Fangen Sie ganz klein an, erst 10m dann steigern bis 50m, es soll immer ein Erfolgserlebnis für den Hund sein. So gelangen Sie mit regelmäßiger Übung an Ihr Ziel, einen Hund zu führen, der brav neben Ihnen an der Leine geht. Es ist ganz einfach, nur fleißig üben müssen Sie. Das ist zwar mit Zeit und Geduld verbunden, aber es knüpft sich hier bereits die wichtige unsichtbare Leine zwischen Ihnen und dem Hund. Kann der Hund an der lockeren Leine begleiten, wird es mit dem Kommando „Bei Fuß" auch ohne Leine schnell gelingen. Verwenden Sie dieses Kommando deshalb auch schon beim Erlernen der Leinenführigkeit.

Für einen gut erzogenen Hund ist es kein Problem, gelegentlich angeleint zu werden. Im Gegenteil, ein kurzes Lob beim Anleinen, das Kommando für das Begleiten „Bei

Fuß“ und das freudige Davonspringen beim Ableinen gehören zum Alltag und bedeuten keinerlei Frust oder Stress. Ein gut erzogener Hund ist mit einem Halsband bestens ausgerüstet, denn der Sinn des Halsbandes ist der sensible Kontakt zum Besitzer, keinesfalls ein Mittel, um den Hund zu würgen und am Hals zu zerren. Darum braucht der Besitzer eines gut erzogenen Hundes auch kein Geschirr, um ihn anzuleinen. Nichts gegen Hundegeschirre, sie werden allerdings oft benutzt, um den Hund komfortabel an der Leinen ziehen zu lassen. So sollte das Mitführen eines angeleinten Hundes nicht aussehen. Wenn Sie also lieber ein Hundegeschirr benutzen möchten, erziehen Sie Ihren Hund ebenso zum lockeren Gehen an der Leine.

Niemals darf der Hund an der Leine nachgezerrt, oder ständig zurückgehalten werden. Wenn es noch nicht klappt mit der Leinenführigkeit des Welpen, muss er getragen werden oder frei laufend folgen, wenn keine Gefahrenquelle in der Nähe ist und die Zeit dafür zur Verfügung steht.

Den Hund an der Leine zu zerren oder gar mit einem Ruck zurückzureißen führt niemals zum Erfolg. Der Leinenruck stumpft den Hund ab und verängstigt ihn. Lehren Sie Ihrem Hund vom Welpenalter an, sich auf Sie zu konzentrieren, auf Ihr Tempo und Ihre Richtungswechsel.

Der Futterneid und das Betteln

Leicht entstehen Schwierigkeiten bei der Hundehaltung, wenn mit Futter unbedacht umgegangen wird. Schon das Mitführen von Futter beim Spaziergang führt zu Problemen. Ganz unbewusst rufen allzu beflissene Hundehalter Aggressionen mit fremden Hunden hervor, wenn sie als wandelnde Futterquelle in der Öffentlichkeit unterwegs sind. Nur zu leicht wird der Hund dann seinen Besitzer verteidigen wie seinen Futternapf. Ein Teufelskreis mit Problemen bei Hundekontakten entsteht und schaukelt sich immer weiter auf. Ein Spaziergang sollte ohne Futter stattfinden, wie schon in dem Kapitel über die Führungsposition beschrieben.

Probleme beim Füttern entstehen auch, wenn Sie mehrere Hunde oder Katzen besitzen und unter den Tieren eine Rivalität entsteht. Beugen Sie vor, indem Sie jedem tierischen Hausbewohner das Futter so reichen, dass er es ohne jede Konkurrenzgefahr in Ruhe fressen kann. Ich habe meine Hunde daran gewöhnt, dass ich bestimmte Rituale genau einhalte. Meine zwei Vizsla werden immer gleichzeitig gefüttert, der Rüde in der Küche und die Hündin im Flur. Ich rufe beide Hunde zu mir, geben dem Rüden seine Schüssel, indem ich seinen Namen dazu sage und spreche dann die Hündin an und gehe mit ihrer Schüssel zum Flur. Die Hunde kennen die Prozedur und wissen, dass ihnen niemand das Futter streitig macht. Damit die zwei Hunde ihr Futter nicht gierig hinunterschlingen, aus Furcht, der andere könnte schneller fertig sein und sich über ihr eigenes Futter hermachen, schaffe ich eine räumliche Trennung zwischen den Hunden.

Meine Hunde sind mit der Situation voll zufrieden und fressen in Ruhe ihre Ration. Ein Wechseln zwischen den Futterschüsseln würde von mir strengstens unterbunden und somit von meinen Hunden auch nicht in Betracht gezogen werden. Frisst einer das Futter nicht ganz auf, wird die Schüssel sofort entfernt. Außerhalb der Futterzeiten gibt es bei mir kein Futter zur freien Verfügung. Ähnlich ist die Situation, wenn Sie im Haushalt neben dem Hund auch eine Katze haben. Hier erleichtert sich die Situation, denn das Katzenfutter kann an einer für den Hund unzugänglichen Stelle gefüttert werden.

Entscheidend ist hier, dass der Hund niemals an das Katzenfutter gelangen kann und somit auch keinen Futterneid entwickelt.

Bei Tisch verhält es sich genauso, der Hund sollte ganz sicher wissen, dass er bei den Mahlzeiten keine Leckerbissen bekommt. Haben Sie Essensreste, die dem Hund zuträglich sind, dann reichen Sie diese vermutlich heiß begehrten Abwechslungen an einem neutralen Ort, zu einer Zeit, die mit Ihren Mahlzeiten nichts gemeinsam hat. Gewöhnen Sie keine Bettelei an, indem Sie vom Tisch aufstehen und die Reste sofort an den Hund verfüttern. Achten Sie darauf, dass Sie zeitversetzt füttern und niemals auf Drängen und Betteln reagieren. Mit anderen Worten, der Hund bekommt kein Futter wenn er bettelt,

sondern nur dann, wenn Sie es für angebracht halten. Im Zweifel geben Sie die Reste einfach unters tägliche Hundefutter. Sie können dann richtig dosieren und eventuell dieses zusätzliche Futter von der üblichen Ration abziehen.

Ich möchte Sie nicht anregen, den Hund mit Essensresten zu füttern. Aber meiner Erfahrung nach ergibt es sich bisweilen, dass man Nahrungsmittel hat, die übrig bleiben und ansonsten weg geworfen werden, aber eigentlich eine feine Sache für den Hund sind.

Der Lokalbesuch

Der Hund genießt den Vorteil, Sie überall hin begleiten zu dürfen, wenn er gut erzogen ist. In fast allen Wirtshäusern sind Hunde willkommen, wenn sie sich unauffällig benehmen. Diese Unauffälligkeit erreichen Sie, indem Sie den Hund von Anfang an mit der Situation vertraut machen. Vertraut bedeutet hier, er hat nichts zu erwarten als seine Hundedecke und viel Ruhe unterm Tisch, bis Sie das Lokal wieder verlassen.

Es ist wieder unglaublich einfach, lernen Sie dem Hund, dass nichts anderes angesagt ist als hinlegen und schlafen. Etwas Geschick von Ihrer Seite ist angebracht, der Hund sollte natürlich sein Geschäftchen gemacht haben und einen gemütlichen Schlafplatz bekommen, indem Sie eine Hundedecke mitbringen. Vor allem kurzhaarige Hunde liegen nicht gerne auf Steinböden. Da ich im Vorhinein meist nicht weiß, welcher Bodenbelag im Lokal vorhanden ist, führe ich immer eine Hundedecke im Auto mit, die dann unter oder neben dem Tisch ausgebreitet werden kann. Entscheidend ist, dass der Hund im Lokal seine Ruhe hat, nicht angesprochen, nicht gestreichelt und nicht gefüttert wird. Ich bitte meine Tischgesellschaft, die Hunde nicht zu beachten und ruhig liegen zu lassen. Ganz gleich was passiert, ob ein fremder Hund den Raum betritt oder ein leckeres Essen aufgetragen wird, für den Hund besteht keinerlei Grund, seinen Schlaf zu

unterbrechen. Ist es so eingeführt, dass im Lokal außer Schlafen nichts passiert, kann der Hund ruhig abwarten, bis die Runde aufgehoben und das Lokal verlassen wird.

Ich bin der Meinung, ein Hund, der sich darauf verlassen kann, dass kein Bissen abfällt, ist glücklicher als ein Hund, der in ständiger Erwartung bettelt und unruhig und sabbernd unterm Tisch sitzt. Fängt man gar nicht damit an, kennt es der Hund nicht anders und ist zufrieden mit seiner Situation. Bei einem Hund verhält es sich genauso wie in vielen anderen Lebenslagen, so wie es eingeführt wird, so bleibt es auch. Wählen Sie für jede wichtige und wiederkehrende Situation eine passende Strategie, die sinnvoll ist und den Interessen von Hund und Halter entspricht. Stellen Sie die Weichen richtig; denn es liegt in Ihrer Hand, jede Situation perfekt zu meistern.

Der Magyar Vizsla

Viele Bilder in diesem Buch zeigen die Rasse Magyar Vizsla, einen Vorstehhund aus Ungarn. Ich habe Fotos meiner Hunde für die Illustration verwendet, weil diese Hunde mir bei allen Spaziergängen als treue Modelle zur Verfügung stehen. Die Rasse ist sehr anspruchsvoll im Bezug auf Auslauf und Familienanschluss. Ich möchte die Bilder nicht unkommentiert stehen lassen, ohne darauf hinzuweisen, dass der Magyar Vizsla kein leicht zu haltender Hund ist. Sollte Ihnen die Rasse gefallen, informieren Sie sich bitte vorher eingehend über diese Hunde. Ich habe ein Buch zur Rasse verfasst: „Unser Hund, der Magyar Vizsla" erschienen im Kynos Verlag, in dem Sie alles Wissenswerte über diese Hunde nachlesen können.

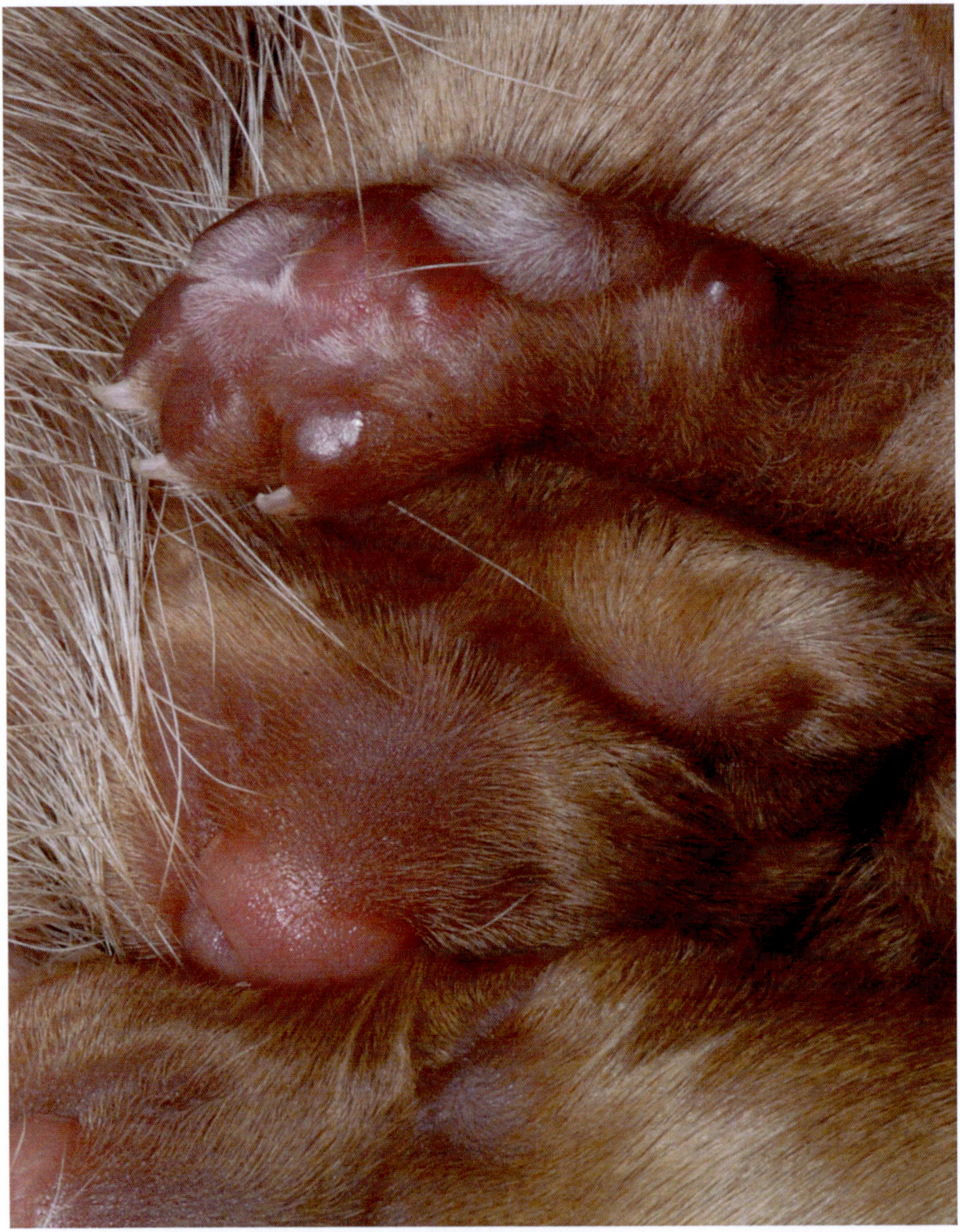

Zum Schluss

Dieses Buch will Sie mit der Hundeerziehung vertraut und Ihnen Mut machen, die Situation mit Selbstvertrauen anzugehen. Jeder Mensch ist in der Lage, einen Hund gut zu erziehen, mit einfachen Erkenntnissen, auf die es sich zu besinnen gilt. In unserer schnelllebigen Zeit verlernt man, das Einfachste zu erkennen. Gelingt es aber, ein harmonisches Verhältnis mit seinem Hund aufzubauen, holt Sie der Hund zurück zur Natur, zu sich selbst, in eine heile Welt ohne Stress und Leistungsdruck. Bewusst verschone ich Sie mit Begriffen wie operanter und klassischer Konditionierung, denn ich werde nicht kompetenter, wenn ich dem Buch einen wissenschaftlichen Touch gebe und Sie werden auch nicht klüger, wenn Sie es lesen. Bewusst habe ich lebensnahe Beispiele und Erklärungen gewählt, denn das Leben ist es, von dem wir hier reden, das Leben von Menschen mit Hunden. Um einen Hund zu halten, braucht es nicht viel, das Wenige scheint aber dennoch für Viele zuviel zu sein. Wenn Sie eine steril saubere Wohnung benötigen und ein fabrikneu sauberes Auto, dann ist es zuviel, sich auf einen Hund einzustellen. Ich glaube fest daran, man kann auch inne halten und sich auf das besinnen, was Glück bedeutet. Das muss nun kein Hund sein, es könnte aber ein Hund sein, den Sie sich genehmigen, wenn Sie diese Tiere lieben und dieser Hund kann dann alles relativieren und Sie zurückholen zu sich selbst, zu Ihren Lebensvisionen.

Auch wenn es scheinbar sehr schwer ist, möchte ich doch bei meinem Titel bleiben und es das Einfachste nennen, was es braucht, um mit einem Hund gut zu leben. Denn gerade in unserer temporeichen Zeit mit ihren hohen Ansprüchen muss es wohltuend sein, einfach loszulassen und sich Zeit zu nehmen für sich, für die Natur und seinen Hund. Das getrauen sich nur wenige, es ist wohl als ein moderner Luxus zu betrachten, wenn man es erkennt, das Einfachste.

Ich wünsche Ihnen viel Mut und Freude mit Ihrem kleinen Glück, das es tatsächlich gibt. Wie gesagt, es muss kein Hund sein, auch andere Lebensfreuden bedürfen des Einfachsten.

Das Buch befähigt seinen Leser zu einem grundsätzlichen Hundeverständnis, das notwendig ist, um auf einen Hund eingehen zu können. Lösungen für Problemfälle können hier nicht geboten werden, denn sie verlangen ein Eingehen auf die jeweilige Situation und auf die individuellen Verhaltensweisen von Mensch und Hund.

Jede erfolgreiche Klärung von Missverständnissen zwischen Hund und Mensch basiert auf dem Wissen, das durch dieses Buch vermittelt wird. Die Herstellung eines natürlichen Hund-Mensch-Verhältnisses, ermöglicht es dem Hund, sich dem Menschen anzuvertrauen und sich richtig zu verhalten.

Verfahrene Situationen und schlimme Unarten eines Hundes verlangen ein kluges Handeln, oft sind es nur kleine Änderungen in der Verhaltensweise des Hundebesitzers, die eine große Wirkung erzielen. Für eingefahrene Probleme empfiehlt sich die Zuhilfenahme eines erfahrenen Hundetrainers. Ein guter Hundetrainer arbeitet darauf hin, ein funktionierendes Hund-Mensch-Verhältnis aufzubauen, er zeigt Ihnen Ihre Fehler im Umgang mit dem Hund und Wege, die Sie aus verfahrenen Situationen dauerhaft heraus führen. Das Basiswissen aus diesem Buch erleichtert diese Arbeit und ermöglicht Ihnen sogar, alleine hartnäckig eingeübte Verhaltensweisen zu verstehen und zu ändern.

Wenn Sie Ihren Hund von Anfang an nach den aufgezeigten Richtlinien erziehen, werden Sie keine Probeme haben, keine Hundeschule und keinen Trainer benötigen und dennoch einen sehr gut erzogenen Hund haben. Sie werden sogar einen wesentlich besser erzogenen Hund vorzeigen können, als ein Hundebesitzer, der bei der Erziehung seines Hundes auf die Hundeschule setzt. Erziehen müssen Sie Ihren Hund nämlich am besten selbst, von Anfang an richtig und nicht, indem Sie anerzogene Fehler später mühsam korrigieren.

Verstehen Sie Ihren Hund und er wird Sie verstehen und es Ihnen danken.